BASTEI
LÜBBE

Von Catherine Asaro sind bei Bastei Lübbe Taschenbücher erschienen:

Das Sternenreich von Skolia
24 309 Bd. 1: Der Psi-Faktor
24 317 Bd. 2: Jäger des Lichts
24 319 Bd. 3: Der letzte Falke

Über die Autorin

Catherine Asarao ist ausgebildete Wissenschaftlerin (Chemie und Physik) und Tänzerin und lebt in Columbia, Maryland. Mit ihrer SKOLIA-Serie hat sie sich inzwischen in den USA als eine führende neue Stimme in der Science Fiction etabliert. Sie erhält sowohl enthusiastische Kritiken von Wissenschaftsmagazinen wie von Fachzeitschriften für romantische Schmöker wie der Romantic Times.

Catherine Asaro

Die strahlende See

Ins Deutsche übertragen
von Ulf Ritgen

BASTEI
LÜBBE

BASTEI LÜBBE TASCHENBUCH
Band 24 329

1. Auflage: August 2004

Vollständige Taschenbuchausgabe

Bastei Lübbe Taschenbücher
ist ein Imprint der Verlagsgruppe Lübbe

Deutsche Erstveröffentlichung
Titel der amerikanischen Originalausgabe: The Radiant Seas

This book was negotiated through Literary Agency
Thomas Schlück GmbH; 30827 Garbsen
Lektorat: Beate Brandenburg/Stefan Bauer
Titelillustration: Jim Burns, Agentur Schlück
Umschlaggestaltung: QuadroGrafik, Bensberg
Satz: Heinrich Fanslau, Communication / EDV, Düsseldorf
Druck und Verarbeitung: Maury Imprimeur, Frankreich
Printed in France
ISBN 3-404-24329-3

Sie finden uns im Internet unter
www.luebbe.de
und
www.bastei.de

Der Preis dieses Bandes versteht sich einschließlich
der gesetzlichen Mehrwertsteuer.

Zum Andenken an Jo Clayton
1939–98
einer Freundin, Mentorin und bewunderten Kollegin,
die der Welt ihr Talent
und ihre ganze Kraft zum Geschenk gemacht hat.

Seht, welch ein Fluch auf Eurem Hasse ruht,
Dass Eure Freuden Liebe töten muss!
Auch ich, weil ich dem Zwiespalt nachgesehen,
Verlor ein paar Verwandte. – Alle büßen.

William Shakespeare, *Romeo und Julia*

Inhalt

Danksagung

Ich möchte den nachfolgenden Lesern für ihre wertvollen Beiträge danken, denn ihre Anregungen haben diesem Buch gut getan. Sämtliche Fehler, die es jetzt noch enthalten mag, habe ich selbst zu verantworten.

Major James Cannizzo von der USAF danke ich für Rat in militärischen Belangen; Professor Todd Jackson und seinen *Goucher Geniuses*, den Studierenden seines Kurses am Goucher College: Abby Callard, Margaret Slack, Claire Willey, Mei-Ling Johnson und Pat Lenehan, danke ich für ihre verständnisvollen Analysen und ein absolut köstliches Abendessen; meiner Schwester, Nina Smith, danke ich für ihre ausgezeichneten Vorschläge, dem NASA-Forscher Marc Millis vom Lewis Research Center für sein hoch geschätztes Verständnis. Professor Davide Cervone vom Mathematischen Institut des Union College in Schenectady, New York, danke ich dafür, dass er für mich das Diagramm der Klein'schen Flasche entwickelt hat, Jan Howard Finder für die Prägung des Wortes *Byte-Block*. Weiterhin danke ich meinen Herausgebern Jim Minz und David Hartwell, meinem Verleger Tom Doherty und den zahlreichen Mitarbeitern bei *Tor*, die dieses Buch möglich gemacht haben, sowie meiner Agentin Eleanor Wood, die großartige Arbeit für mich leistet. Ein besonderer Dank geht an die beiden Glanzlichter in meinem Leben: meinen Mann John Cannizzo und meine Tochter Cathy, für ihre Liebe und ihre Unterstützung.

Wichtige Personen, in der Reihenfolge ihres Auftretens

KURJ SKOLIA – Imperator des Skolianischen Imperialats. Oberbefehlshaber aller Streitkräfte des Imperialen Raumfahrtkommandos (IRK): der Imperialen Flotte, der Pharaonen-Armee, dem Aufklärungs-Korps (AK) und der J-Streitkräfte. Erstgeborener Sohn von Roca Skolia. Stiefsohn von Eldrinson Valdoria. Als Mitglied der Triade der ›Schlüssel Zum Militär‹. Angehöriger der Rubin-Dynastie. Rhon.

STARJACK TAHOTA – Admiralin, später Kommandantin der Imperialen Flotte.

SAUSCONY LAHAYLIA VALDORIA (SOZ) – Kurjs Erbin und Halbschwester. Sechstes Kind von Roca Skolia und Eldrinson Valdoria. Verheiratet mit Jaibriol Qox II. Erzählerin von *Der PSI-Faktor.* Wird auch ›Primärin Valdoria‹ genannt. Angehörige der Rubin-Dynastie. Rhon.

JAIBRIOL QOX II. – Erstgeborener Sohn und Erbe von Kaiser Ur Qox, Enkel von Kaiser Jaibriol I. und Urenkel von Eu'be Qox, dem Begründer und ersten Kaiser von Eubia. Verheiratet mit Sauscony Valdoria. Angeheirateter Angehöriger der Rubin-Dynastie. Rhon.

DYHIANNA SELEI (DEHYA) – Die Rubin-Pharaonin. Ranghöchste und älteste Angehörige der Rubin-Dynastie. Schwester von Roca Skolia. Als Mitglied der Triade der ›Schlüssel Zur Versammlung‹. Verheiratet mit Eldrin Valdoria. Rhon.

ALTHOR VALDORIA – Kurjs zweiter Erbe und Halbbruder. Zweites Kind von Roca Skolia und Eldrinson Valdoria. Onkel und Namensvetter von Althor Selei aus *Jäger des Lichts* (das sechsundneunzig Jahre nach den Ereignissen spielt, mit denen *Die strahlende See* beginnt). Angehöriger der Rubin-Dynastie. Rhon.

Eldrinson Valdoria (Eldri) – Als Mitglied der Triade der ›Schlüssel Zum Netzwerk‹. Gemahl von Roca Skolia und Vater der zehn Valdoria-Kinder. Angeheirateter Angehöriger der Rubin-Dynastie. Rhon.

Roca Skolia – Ratgeberin für Fragen der Außenpolitik in der Imperialen Versammlung und Erbin des ›Schlüssels Zur Versammlung‹. Gemahlin von Eldrinson Valdoria, Schwester von Dyhianna Selei, Mutter von Kurj, und Mutter der zehn Valdoria-Kinder. Angehörige der Rubin-Dynastie. Rhon.

Eldrin Valdoria (Dryni) – Erstgeborenes Kind von Eldrinson Valdoria und Roca Skolia. Gefährte der Pharaonin Dyhianna Selei. Angehöriger der Rubin-Dynastie. Rhon.

Barcala Tikal – Erster Ratgeber und Vorsitzender der Skolianischen Versammlung. Ziviler Regent des Imperialats.

U'jir Qox (Ur) – Kaiser der Eubianischen Harmonie, die auch als das ›Händler-Imperium‹ bekannt ist. Sohn von Jaibriol I., Vater von Jaibriol II. Wird für einen Highton-Aristo gehalten.

Viquara Iquar – Kaiserin der Eubianischen Harmonie. Gemahlin von Ur Qox. Highton-Aristo.

Jessie Tarrington – Sohn von Senator Jack Tarrington. Von Händler-Piraten entführt.

Ami – Mätresse von Kurj Skolia. Ursprünglich eine Betreuerin im Lageraum.

Jaibriol Qox Skolia (Jai) – Erstgeborener von Soz und Jaibriol II. Auch bekannt als Jaibriol III. Angehöriger sowohl der Rubin-Dynastie als auch der Qox-Dynastie. Rhon.

Rocalisa Qox Skolia (Lisi) – Zweites Kind von Soz und Jaibriol II. Benannt nach Soz' Mutter Roca. Angehörige sowohl der Rubin-Dynastie als auch der Qox-Dynastie. Rhon.

Eristia Leirol Valdoria – Illegitime Tochter von Althor Valdoria und Syreen Leirol.

Syreen Leirol – Freundin und ehemalige Lebensgefährtin von Althor Valdoria. Ehemalige Schauspielerin, jetzt als Linguistin tätig.

Coop – Künstler. Lebensgefährte von Althor Valdoria.

Kryx Quaëlen – Wirtschaftsminister von Eubia. Highton-Aristo.

Cirrus – Lustsklavin und Versorgerin, im Besitz von Kaiser Ur Qox. Mutter von Kai, einem Sohn von Ur Qox; dadurch ist Kai ein Halbbruder Jaibriols II.

Vitar Qox Skolia – Drittes Kind von Soz und Jaibriol II. Angehöriger sowohl der Rubin-Dynastie als auch der Qox-Dynastie. Rhon.

del-Kelric Qox Skolia (Kelli) – Viertes Kind von Soz und Jaibriol. Erhielt diesen Namen zum Andenken an Soz' Bruder Kelric (der Hauptperson aus *Der letzte Falke*). Angehöriger sowohl der Rubin-Dynastie als auch der Qox-Dynastie. Rhon.

Izar Vitrex – Minister des Nachrichtendienstes von Eubia. Highton-Aristo.

Corbal Xir – Patriarch der Xir-Blutlinie, die den Sphinx-Sektor von Eubia kontrolliert. Sohn von Eu'be Qox' Schwester Ilina, somit verwandt mit der Qox-Dynastie. Highton-Aristo.

Cayson – Lustsklave und Versorger, im Besitz von Kaiserin Viquara.

Calope Muze – Oberste Richterin der Highton-Aristos. Tochter von Eu'be Qox' Schwester Tarquine, somit verwandt mit der Qox-Dynastie. Gemahlin von Admiral Lassar Ajaks. Highton-Aristo.

William Seth Rockworth III. – Admiral im Ruhestand, Exehemann von Dyhianna Selei. Die arrangierte Eheschließung war die Grundlage für das Island-Abkommen zwischen der Erde und Skolia.

Taquinil Selei – Erstgeborener Sohn von Pharaonin Dyhianna und ihrem Gefährten Eldrin. Erbe des Rubin-Throns. Angehöriger der Rubin-Dynastie. Rhon.

Dayamar Stone – General und Kommandant des AK.
Naaj Majda – Generalin der Pharaonen-Armee.
Brant Tapperhaven – Jagernaut-Primär und Kommandant der Jagernaut-Streitkräfte (kurz: J-Streitkräfte).

Prolog

Ich versichere Ihnen, dass ich in besten Absichten gehandelt habe. Ich habe lediglich versucht, der Menschheit zu dienen, indem ich die menschliche Schmerzschwelle heraufsetzte. Doch all das ist jetzt nicht wichtig. Diese Wesen, die ich geschaffen habe, die sich selbst ›Aristos‹ nennen – sie fühlen kein Mitleid angesichts des Leidens anderer. Nein, es ist noch schlimmer als das: Sie sind Anti-Empathen, die sich wie Vampire von menschlichem Leid ernähren. Sie wissen, dass ich mein ganzes Leben der Heilkunst gewidmet habe. Glauben Sie denn, ich würde Sie anflehen, die Aristos zu vernichten, wenn ich noch einen anderen Ausweg wüsste? Machen Sie doch die Augen auf! Wir müssen sie aufhalten, bevor sie sich zu weit ausgebreitet haben, um sie noch aufhalten zu können! Wenn wir sie nicht vernichten, dann werden sie ganz gewiss uns vernichten!

– Aus der Aussage des Genetikers Hezahr Rhon
vor dem Ethik-Komitee von Parthonia,
vier Tage vor seiner Ermordung durch die Aristos

Kurj Skolia schritt den Korridor entlang, zwischen Wänden hindurch, die von innen heraus gedämpftes Licht abstrahlten. Admiral Starjack Tahota hielt neben ihm Schritt, gelegentlich sprach sie etwas in den Kommunikator ihres flexiblen Handgelenkschoners. Sie marschierten durch die Wolkennadel auf sein Büro zu: zwei hochgewachsene Gestalten, er mehr als zwei Meter groß, sie nur wenig kleiner, er ein metallischer Riese, mehr eine Maschine als ein Mensch, sie langbeinig und durchtrainiert, ihr Gesicht sonnengebräunt, im Haar die ersten grauen Strähnen.

»Imperator Skolia.« Die Stimme eines Mannes drang aus

dem Kommunikator in Kurjs eigenem Handgelenkschoner. »Hier spricht Oberst Casestar. Wir haben eine Kommunikation zwischen den beiden Schiffen auf dem Dach Ihres Palastes abgefangen – dem Flieger und dem Schnellraumer. Jaibriol Qox steuert den Flieger. Primärin Valdoria hat die Kontrollen des Schnellraumers übernommen, und sie droht damit, den Flieger von Qox zu zerstören, wenn er sich nicht ergibt.«

»Verstanden.« Kurj warf Tahota einen Blick zu. »Wie ist der Status des planetenweiten Kordons?«

»Vollständig«, erwiderte Tahota. »Kein Schiff kann den Planeten verlassen, wenn wir es nicht erlauben.«

Kurj sprach in seinen Kommunikator. »Casestar, haben Sie schon Kontakt mit meiner Schwester aufnehmen können?«

»Negativ, Herr. Primärin Valdoria reagiert auf keine der Verbindungen, die wir zu ihrem Schnellraumer hergestellt haben.«

»Stellen Sie mich zu ihr durch«, wies Kurj ihn an. »Ich will nicht, dass sie Qox' Schiff wirklich abschießt.« Kurj wusste immer noch nicht, wie Jaibriol Qox die Flucht aus seiner Zelle gelungen war, aber Imperator Skolia wollte ihn lebend, diesen Erben des Aristo-Kaisers. Einen Toten konnte man nicht verhören.

Wieder meldete sich Casestar. »Herr, Qox' Flieger hebt ab!«

»Er muss völlig verzweifelt sein«, kommentierte Tahota. »Er muss doch wissen, dass wir diesen Kordon gezogen haben.«

»Vielleicht ist ihm das egal«, sinnierte Kurj. »Wenn Sie an seiner Stelle wären, würden Sie nicht auch den Tod einer erneuten Gefangennahme vorziehen?«

»Was ist denn jetzt los, verdammt?!«, war dann plötzlich Casestar zu vernehmen. »Herr, Qox hat den Raumantrieb seines Schiffes gezündet! Primärin Valdoria aktiviert ihre Inversionsantriebe ebenfalls ... Allmächtige Heilige, die versuchen aus dem Stillstand zu invertieren!«

Kurjs Miene verfinsterte sich. »Casestar, stellen Sie mir

sofort eine Verbindung zu meiner Schwester her! Ich will nicht, dass sie Qox verfolgt! Wenn Sie nicht zu ihr durchkommen, dann machen Sie ihren Raumer flugunfähig!« Es war schon schlimm genug, dass er diesen wichtigen Gefangenen verlieren würde, falls Qox die Raumfahrt-Antriebe zündete, solange sein Schiff sich noch in Ruhelage auf der Planetenoberfläche befand. Aber Kurj hatte nicht die Absicht, zuzulassen, dass seine Schwester bei dem Versuch Qox aufzuhalten ihr eigenes Leben riskierte.

»Herr.« Casestars Stimme klang sonderbar. »Beide Schiffe sind gerade eben aus dem Real-Raum geschmolzen.«

Kurj blieb wie angewurzelt stehen, Tahota neben ihm tat es ihm gleich. »Wiederholen Sie den letzten Satz!«

»Beide Schiffe haben versucht zu invertieren«, erklärte Casestar. »Sie sind verschwunden. Haben sich in nichts aufgelöst.«

Kurj starrte Tahota an. Dann bellte er ein »Findet Sie!« in seinen Kommunikator. Doch noch während er sprach, konnte er seine eigenen Gedanken in Tahotas offenen Gesichtszügen lesen. Um den Raumantrieb aktivieren zu können, musste ein Schiff sich nahezu mit Lichtgeschwindigkeit bewegen und sich weit außerhalb des Gravitationstrichters eines Planeten befinden. Waren diese beiden Bedingungen nicht gegeben, so hatte, soweit Kurj wusste, bisher noch kein einziges Schiff den Flug überstanden.

I

Exil

356 AS gemäß dem Imperialen Kalender
379 EG gemäß dem Eubianischen Kalender
2259 n. Chr. gemäß dem Gregorianischen Kalender
IZ 5262 gemäß dem Rubin-Kalender
etwa 6275 gemäß dem Iotischen Kalender

1

Den ersten Abend ihres Exils verbrachten sie damit, in den Himmel ihrer neuen Welt zu schauen und das Meer der Sterne zu betrachten. Während die Sonne langsam versank, saßen beide nebeneinander auf einer Klippe, einen Laser-Karabiner über den Knien, und zu ihren Füßen erstreckten sich die Berge.

Im ersten Fieber ihrer Flucht hatte Soz Valdoria sich geradezu euphorisch optimistisch gefühlt. Als Primärin, einer der ranghöchsten Offiziere des Imperialen Raumfahrt-Kommandos, wusste sie, wie schwierig es sein würde, einem planetenweiten Kordon zu entgehen, den das IRK gezogen hatte. Dass Jaibriol und sie es geschafft hatten, hatte sie in diese Art Hochstimmung versetzt. Doch als das Tageslicht verblasste, verging auch diese Adrenalin-induzierte Euphorie. Vorsichtig warf sie einen Blick auf Jaibriol Qox; plötzlich wusste sie nicht, was sie zu diesem Mann sagen sollte – diesem Mann, der seit einer Stunde ihr Gemahl war.

Jaibriol drehte sich zu ihr um. »Vielleicht sollten wir in die Höhle zurückgehen. Für die Nacht einen Unterschlupf suchen.«

Vor Sausconys geistigem Auge leuchtete eine Warnanzeige auf. Alarm.

Was ist los?, dachte Soz. Bioelektroden in ihren Neuronen wandelten diesen Gedanken in Impulse um, die dann mit Hilfe des Glasfasernetzwerks, das ihren ganzen Körper durchzog, an den Computer-Knoten in ihrem Rückgrat weitergeleitet wurden.

Irgendetwas nähert sich, meldete der Knoten. Als Soz sich zu dem Wald hinter ihnen umdrehte, ›erschien‹ eine Karte vor ihrem geistigen Auge. Ihr Knoten griff auf den Sehnerv zu, und die Karte schien sich vor ihr auszubreiten, überlagerte als durchscheinendes Bild die Landschaft vor ihr. Die Karte wies nur wenige Details auf – nicht verwunderlich angesichts der spärlichen Daten, die über die primitive Wildnis auf diesem Planeten vorlagen –, doch in einer Ecke blinkte ein rotes Dreieck.

Geschätzte Entfernung: 12-15 Meter; Gewicht: 200-300 Kilogramm, gab ihr Knoten ihr die Daten durch. Berechnete Flugbahn wird angezeigt. Eine blaue Linie erschien auf der Karte.

Jaibriol, der von diesem lautlosen Zwiegespräch nichts mitbekam, machte ein paar Schritte in Richtung der Bäume. Als Soz ihm die Hand auf den Arm legte, blieb er wie angewurzelt stehen, und sie konnte ein Bild wahrnehmen, das sich in seinem Denken und Fühlen ausgeformt hatte: sie selbst, wie sie nackt auf einem Bett saß und ihm lächelnd die Hand entgegenstreckte. Dann errötete er und errichtete seine mentalen Barrieren. Sofort verwandelte sich sein Denken und Fühlen in eine Festung, unergründlich und verschlossen.

Verwirrt und geschmeichelt zugleich zog Soz die Hand zurück. »Irgendetwas kommt auf uns zu.«

Jaibriol deutet auf den Karabiner. »Wird das damit fertig werden?«

»Wahrscheinlich. Aber ich möchte die Ladung nicht unnötig erschöpfen.«

Auf Soz' Karte blieb das rote Dreieck jetzt stehen, dann bewegte es sich wieder weiter, entfernte sich jetzt wieder von ihnen. Weg freigegeben, meldete ihr der Knoten.

Wieder warf Soz einen Blick auf Jaibriol und versuchte sich zu entspannen. »Jetzt können wir gehen.«

Gemeinsam betraten sie den Wald. Obwohl es unter dem Blätterdach dunkel war, konnte Soz genug erkennen: Ihre biomechanisch verstärkte Optik ermöglichte es ihr, sowohl im Infrarotbereich als auch im Ultraviolettbereich zu sehen. Als sie auf IR umschaltete, glomm die Landschaft in verschiedenen matten Rottönen auf, Jaibriol stach wie eine Flammensäule hervor. Die Bäume ähnelten riesenhaften Palmen, mehr als hundert Meter hoch. Sie flüsterten, knackten und zischelten; die Baumkronen bildeten ein dicht verwobenes Dach, die gewaltigen Wedel raschelten gegeneinander, manche segelten langsam zu Boden. Düfte schwängerten die Luft, die zarten, bittersüßen Düfte fremdartigen Laubs und fremdartigen Lehmbodens.

Jaibriol stolperte über eine aus dem Boden ragende Wurzel. »Sauscony«, sagte er. »Kannst du eigentlich sehen, wohin wir gehen?«

Überrascht, ihren vollständigen Vornamen zu hören, blieb sie stehen, und Jaibriol prallte gegen sie. Ihr Knoten aktivierte die Hydraulik, die ihr Skelett und ihre Muskulatur verstärkten, und mit biomechanisch erhöhter Geschwindigkeit erlangte sie ihr Gleichgewicht wieder.

Jaibriol trat schnell einen Schritt zurück, und im IR-Modus konnte Soz erkennen, dass sein Gesicht kurz heißer wurde. »Ich bitte um Verzeihung.«

»Soz«, sagte sie.

»Was hast du gesagt?«

Sie wollte gerade ›Soz‹ wiederholen, doch dann war sie plötzlich über sich selbst erstaunt, denn sie hörte sich »Soshoni« sagen.

Er hatte den Kopf stärker hinuntergebeugt, als notwendig gewesen wäre, um ihr ins Gesicht schauen zu können – in der Dunkelheit wusste er nicht genau zu bestimmen, wo sich ihr Gesicht tatsächlich befand. »Ich weiß nicht, was du meinst.«

»Nur meine Eltern nennen mich Sauscony«, erklärte sie. »Alle anderen nennen mich ›Soz‹.«

»Und wer ist ›Soshoni‹?«

»Das ist ein Spitzname, den mir meine Familie gegeben hat, als ich noch klein war.« Sie zögerte. »Du kannst mich auch so nennen. Wenn du das möchtest.«

Ein bezauberndes Lächeln ließ sein Gesicht erstrahlen. »Das würde ich gerne.«

Sein jungenhaftes Aussehen erschreckte sie fast. Angesichts seines geradezu ungeheuerlichen Intellektes und seines herrschaftlichen Auftretens vergaß sie meistens, dass er erst dreiundzwanzig war, nicht einmal halb so alt wie sie selbst. So gesund und munter und so jugendlich wirkte sie selbst nur dank der Biotechnik und dank guter Erbmasse.

Als sie wieder weitergingen, durchschnitt ein hoher, immer wieder lauter und leiser werdender Schrei die Nacht. Dann folgte ein zweiter, dann weitere, die in der Ferne verklangen. Im Laub raschelte und knackte es, als klapperten Geister mit den Zähnen.

Als sie an der Höhle angekommen waren, schaltete Soz den Quasis-Schirm aus, der den Eingang geschützt hatte, doch sobald sie im Inneren der Höhle waren, schaltete sie ihn wieder ein. In dieser unbekannten Wildnis hatte sie nicht die geringste Vorstellung, was sie wohl alles in der Nacht würde besuchen kommen wollen.

Die mit einem Bewegungsmelder gekoppelte Lampe aktivierte sich selbsttätig, beleuchtete jetzt die kleine Höhle, die ein einziges Symbol für das ganze neue Leben war, das Soz und Jaibriol hier begonnen hatten: Kisten mit Versorgungsgütern, Computern, Sprengwerkzeug für Grabungsarbeiten und anderen Werkzeugen. In einer Ecke stand eine Axt, ihre Edelstahlklinge blitzte im Schein der Lampe.

Während Soz den Karabiner gegen die Wand lehnte, setzte Jaibriol sich auf einen Kistenstapel, schwankte dann plötzlich und wurde mit einem Mal aschfahl.

»Ist alles in Ordnung?«, fragte Soz sofort besorgt.

Er straffte sich im selben Moment. »Ja, klar.«

Ruhig sagte sie: »Wir haben ein MediKit. Ich kann dir helfen.«

Jaibriol atmete hörbar aus, dann nickte er. Während sie das Kit suchte, zog er sein Hemd aus. Soz wurde beinahe übel, als sie die Schwellungen, die Striemen und die schorfbedeckten Wunden sah. Hatten die, die ihn verhört hatten, etwa die Halstaad-Konvention vergessen? Alle drei Interstellar-Mächte hatten diese Konvention unterzeichnet: ihr eigenes

Volk vom Skolianischen Imperialat, die Eubianischen Händler, über die Jaibriols Vater herrschte, und der Planetenverband der Erde. Dass die Verhörleiter des IRK von Skolia so weit über das durch diese Konvention vorgeschriebene humane Maß hinausgegangen waren, zeigte allzu deutlich, wie sehr sie die Händler-Aristos fürchteten und hassten, die er verkörperte, ja geradezu zu personifizieren schien.

Sie reinigte seine Wunden mit Hilfe einer Salbe und eines NanoMed-Sprays. Dann verband sie seinen Rücken. Während sie sich um ihn kümmerte, spürte sie etwas Sonderbares in ihrem Denken und Fühlen, als versuche eine ungeschickte Hand sie zu streicheln.

Ausschüttung von Psiamin-Inhibitoren, dachte ihr Knoten; er reagierte auf etwas, das er als invasive Mental-Sondierung interpretierte. Die Kylatin-Moleküle lagerten sich an die Neural-Bindungsstellen ihres Gehirns an und blockierten so den Empfang weiterer Hirnwellen von Jaibriol.

Blockade aufheben, dachte sie. Doch es war zu spät. Jaibriol hatte schon gespürt, dass sie ihn abgeblockt hatte.

»Ich wollte mich nicht aufdrängen«, meinte er leise.

»Hast du auch nicht.« Sie versuchte sich zu entspannen. »Ich brauche nur noch etwas Zeit, mich an diese neue Situation zu gewöhnen, das ist alles.«

»Wir haben Zeit.« Unruhig fügte er hinzu: »Es sei denn, irgendjemand würde uns finden.«

»Das bezweifle ich.« Nur drei Personen wussten, dass Jaibriol und sie ins Exil gegangen waren: die Präsidentin des Planetenverbandes der Erde, die Pilotin, die sie zu diesem Planeten gebracht hatte, und Soz' Vater.

Es war schwer zu glauben, dass weniger als ein Jahr vergangen sein sollte, seit sie Jaibriol kennen gelernt und mit ihm diese wunderbare Verschmelzung ihres Denkens und Fühlens eingegangen war, die zeigte, wie ähnlich sie einander waren – dass sie beide Rhon-Psioniker waren. Das Wort ›Rhon‹ war ursprünglich der Name des Genetikers gewesen, der Pionierarbeit auf dem Gebiet gezielter DNA-Mutation geleistet hatte, mit dem Ziel, Empathen und Telepathen zu erzeugen. Rhon-Psioniker zeigten diese Merkmale in ihrer ausgeprägtesten Form. Soz hatte niemals damit gerechnet, einen Rhon-Gefährten zu finden; gesunde Psioniker waren selten, die Rhon fast ausgestorben. Die einzigen bekannten Rhon-Psioniker gehörten zu ihrer eigenen Familie, der Rubin-Dynastie.

Jaibriol betrachtete ihr Gesicht. »Wir sollten diesem Planeten einen Namen geben.«

Sie dachte darüber nach. »›Neue Welt‹.«

Seine Lachen milderte die Nacht. »Na ja, das ist schon ein bisschen sehr prosaisch!«

»Hast du eine bessere Idee?«

»Wie wär's mit ›Prisma‹?« Er zögerte einen Moment. »Ein Prisma, von dem das gewöhnliche Licht in einen Regenbogen aufgespalten wird – irgendwie erscheint mir das passend. Für uns.«

»Na gut. Prisma.« Soz war sich nicht ganz sicher, ob sie seine Begründung ganz verstanden hatte, aber dennoch gefiel ihr sein Vorschlag. *Prisma* war ästhetisch. Wie Jaibriol selbst. Breitschultrig und hochgewachsen, ein gut aussehender Mann mit einem hübschen Gesicht: Es war einfach eine Freude, ihn anzuschauen.

Doch zugleich machte sein Aussehen, dass sie sich unbehaglich fühlte: seine roten Augen, sein schimmerndes schwarzes Haar, seine klassischen, aristokratischen Gesichtszüge – er sah eben aus wie ein Aristo, ein reinrassiger Highton-Aristo, ein Highton der obersten Kaste. Wenn sie ihn anblickte, musste sie an die Aristos denken, gegen die sie in all den Schlachten gekämpft hatte. Wie konnte er so sehr wie ein Angehöriger dieses Volkes aussehen, das so ganz und gar von Grausamkeit durchsetzt war, und zugleich selbst ein so sanftes Wesen haben?

»Es ist ja nicht echt«, erklärte er.

»Echt?«

»Mein Gesicht. So bin ich nicht geboren.« Seine Stimme

wurde härter. »Mein Vater hat an mir ›Feinabstimmungen‹ durchführen lassen, damit ich ganz dem Schönheitsideal der Aristos entspreche. Ist doch egal, was man dem Rest der Menschheit antut, Hauptsache man sieht gut aus.« Bitter fügte er hinzu: »Ich existiere doch nur, weil er gefunden hat, kein Preis sei zu hoch, einen Rhon-Psioniker zu erschaffen, selbst wenn das bedeutete, seine eigenen Gene mit denen eines Psionikers zu ›verunreinigen‹.«

»Jaibriol ...«

Er schüttelte nur den Kopf. »Ich kann nicht.«

Soz verstand, warum er es ihm so sehr widerstrebte, darüber zu sprechen. Wäre seine tatsächliche Herkunft jemals öffentlich bekannt geworden, hätte das sowohl ihn als auch seinen Vater in den Abgrund gerissen. In der Aristo-DNA traten keinerlei der Mutationen auf, die zur Entwicklung von Psi-Kräften führten. Also konnte kein echter Aristo jemals Psioniker sein. Jaibriols Vater hatte ihn trotzdem erzeugt – heimlich. Jaibriols Ziel war einzig und allein gewesen, die Rubin-Dynastie zu zerstören. Ihre Familie.

»Wir sollten unsere Vorräte auspacken«, schlug Jaibriol vor.

»Stimmt.«

Sich in ihrem neuen Zuhause einzurichten, dauerte nicht lange. Sie hatten keinerlei Annehmlichkeiten oder Luxus, nur die Ausrüstung, die man zum schieren Überleben benötigte. Nach einiger Zeit machte Soz eine Pause und sah, wie Jaibriol auf dem Boden eine Decke ausbreitete. Sie zögerte, sich zu ihm zu gesellen. Einerseits war es nur natürlich, dass sie einander anzogen: Ein natürlicher Trieb führte die Rhon zueinander, ein Trieb, der dem der Lachse vergleichbar war, die zur Paarung stromaufwärts schwimmen müssen. In den wenigen Monaten, die vergangen waren, seit sie einander kennen gelernt hatten, hatten Jaibriol und sie nicht mehr als sechs Stunden allein miteinander verbracht, und doch hatten sie ein Rhon-Band geknüpft, das stark genug war, den Hass zweier Reiche zu besiegen. Aber würden sie einander auch *mögen* – würde sich diese Zuneigung entwickeln, die erst mit den Jahren immer mehr zunahm? Soz hatte nicht die geringste Ahnung.

Zum ersten Mal wusste sie ihr eigenes Aussehen zu schätzen. Ihr Gesicht war herzförmig, ihre Augen groß und grün. Ungebändigte schwarze Locken fielen ihr über die Schultern, zu den Spitzen hin wurde das Haar allerdings zunächst burgunderrot, dann metallisch golden. Soz war ein wenig größer als der Durchschnitt, der Körper schlank, aber wohlproportioniert – zumindest hatte man ihr das gesagt. Sie selbst hatte das Gefühl, dass gutes Aussehen ihr bei ihrer Karriere als Offizierin nur wenig dienlich gewesen war. Ein schroffes, hartes Äußeres wäre da sicherlich funktioneller gewesen. Ihr neuer Ehemann hingegen schien von ihrem Aussehen sehr angetan zu sein, also hatte es anscheinend doch irgendwie sein Gutes.

Jaibriol setzte sich auf die Fersen, den Mund zu einem Grinsen verzogen. »Ja, anscheinend schon.«

Soz schoss das Blut ins Gesicht. »Nicht lauschen!«, grollte sie, um ihre Verlegenheit zu überspielen.

»Komm, setz dich zu mir!« Als sie sich neben ihn auf die Decke setzte, entspannte sich sein Gesicht. » Ich grüße dich, meine Gemahlin!«

Auch ihr Gesicht entspannte sich, sie lächelte jetzt ebenfalls. »Ich grüße dich, mein Gemahl!« Soz legte ihm die Hand in den Nacken und zog ihn zu sich heran; dann küsste sie ihn, ihre Finger spielten mit seinen Haaren. Als er sich zunächst innerlich versteifte, fürchtete sie schon, seine Signale falsch aufgefasst zu haben. Dann legte er die Arme um sie und erwiderte den Kuss. So blieben sie sitzen, in einer Höhle, umgeben von Kisten, die Erben zweier interstellarer Reiche: Sie saßen in der Nacht beisammen und schmusten.

Schließlich nahm Jaibriol den Kopf zurück und sah seine Frau an. »Ach, Soshoni! Ich habe mein ganzes Leben von anderen Menschen abgeschieden verbracht. Das hier ist besser.«

»Hattest du denn niemanden?« In den meisten Erinnerungen, die sie auffing, war er allein, in einem riesigen Palast, der ausschließlich von Robotern bewirtschaftet wurde.

Er zuckte mit den Schultern, bemühte sich um eine Unbekümmertheit, von der Soz sehr wohl wusste, dass sie nur aufgesetzt war. »Manchmal kam mein Vater zu Besuch. Danach habe ich dann tagelang den Robotern davon erzählt.« Nüchtern fügte er hinzu: »Es ist gut, dass es Roboter waren; sonst hätte ich sie wahrscheinlich bis zur Katatonie gelangweilt.«

Soz musste lächeln. »Ah ja, ich habe auch noch nie von einem katatonischen Roboter gehört.«

»Manchmal hatte ich auch menschliche Privatlehrer, als ich noch klein war.« Er machte eine Pause. »Als ich noch ein Baby war, da war Camyllia bei mir. Mein Kindermädchen.«

Soz fing das geistige Bild auf, eine Frau, die ihm sehr ähnlich sah, von ihren braunen Haaren und ihren Braunen Augen abgesehen, und die er sehr geliebt hatte. »Deine Mutter.«

Er versteifte sich, als hätte sie ihn geohrfeigt. »Meine *Mutter* ist Kaiserin Viquara. Die Frau meines Vaters. Nicht irgendeine Sklavin.«

Dazu sagte Soz nichts. Sie wussten beide, dass Viquara unmöglich seine Mutter sein konnte: nicht, wenn er ein Rhon war. Diese Gene traten nur dann in Erscheinung, wenn eine Person sie von beiden Elternteilen erbte. Soz bezweifelte nicht, dass der Kaiser Jaibriols Vater war; Jaibriol sah ihm nicht unähnlich. Soz hatte auch keinen Zweifel daran, dass der Kaiser niemals zulassen würde, dass jemand, in dem kein Qox-Blut strömte, den Thron erbte – und das wiederum bedeutete, dass auch der Kaiser die Gene eines Psionikers in sich trug; ein weiteres, unaussprechliches Geheimnis der Qox-Dynastie. Doch mit Kaiserin Viquara hatte Jaibriol keinerlei Ähnlichkeit.

Mit leiser Stimme sprach Jaibriol weiter: »Camyllia starb, als ich vier Jahre alt war.«

Soz strich ihm über die Wange. »Es tut mir Leid.«

»Mein Vater hat mir immer gesagt, dass ich stärker sein muss; dass mir niemals jemand zu nahe stehen dürfe.« Jaibriol klang jetzt sehr niedergeschlagen. »Er hat mich mein ganzes Leben von allen anderen Personen fern gehalten. Das Einzige, das mir blieb, war das Lernen. Ich habe mir das Äquivalent eines Doktortitels in Mathematik, Physik und Philosophie erarbeitet. Ich weiß zwar nicht, was ich damit anfangen soll, aber ich habe sie mir eben erarbeitet. Ich kann Opern singen, beherrsche mehr Sprachen, als ich an zwei Händen abzählen kann, habe in machen Sportarten so viel trainiert, dass ich es mit den Spitzensportlern aufnehmen könnte, und kann die Geschichte ganzer Reiche nacherzählen.« Leise fuhr er fort: »Aber ich habe keine Ahnung, wie man einen anderen Menschen liebt.«

»Ach, Jaibriol!« Vor ihrem geistigen Auge sah sie die Aristos, so wie er sie sah: Parasiten, die sich von Empathen ernährten, um die Leere in ihrem Inneren auszufüllen, wo sich eigentlich die Fähigkeit befinden sollte, Mitleid mit anderen zu haben. Auf seine eigene, strenge Art *hatte* sein Vater ihn beschützt. Der Kaiser hatte seinen Sohn gelehrt, sein Denken und Fühlen abzuschotten, bis Jaibriol schließlich zu einer emotionalen Festung geworden war, die für alle Aristos, über die eines Tages zu herrschen nun einmal seine Bestimmung gewesen war, uneinnehmbar sein musste.

Jaibriol lehnte sich gegen die Wand und zog Soz mit sich. Sie lehnte den Kopf gegen seine Schulter und legte ihre Hand auf seine Brust. Draußen heulte ein Tier, sein Rufen stieg und fiel fast musisch in der Tonhöhe.

Schon bald übermannte die Erschöpfung sie beide. Während sie dösten, ließen Jaibriols Abwehrmaßnahmen ein wenig nach, und Soz fing eine seiner Erinnerungen auf, lebhaft und vollständig. Er war vierzehn. Er stand an einem Fenster und blickte auf die Gartenanlagen hinaus, die im Dunkel der Nacht zu schlafen schienen. Silbriges Sternenlicht fiel auf zahlreiche Statuen und Lauben, auf die Ballspielfelder, auf denen er trainierte, und auf die dahinter liegenden

Hügel mit all ihren Hainen und vereinzelt stehenden Bäumen.

Er blickte sich in seinem Zimmer um, das in einer eleganten Art und Weise eingerichtet war, wie man es eher bei einem ältlichen Politiker erwartet hätte als bei einem Jungen. Die goldenen Polster der Sitzmöbel waren mit dem Händler-Abzeichen geschmückt: einem schwarzen Puma, der die Vorderpfote ausstreckte, die Krallen entblößt. An den Wänden hingen Gemälde – Originale längst verstorbener Künstler, ein Vermögen an Kunstgegenständen. Obwohl er sich ihrer Bedeutung sehr wohl bewusst war, hatte er keine Vorstellung davon, wie viel sie wert sein mochten. Für ihn war dieser wunderschöne Raum, mit seinen Kronleuchtern und seinen unschätzbar wertvollen Vasen, nichts als ein Gefängnis.

Er durchquerte den Raum und legte sich auf das Bett, fuhr mit der Hand über die Tagesdecke aus Samt; sie zu fühlen beruhigte ihn. Einsamkeit erdrückte ihn, doch dieser Druck war für ihn Alltag, war für ihn selbstverständlich; er nahm einfach an, mit dieser Last müsse er nun einmal leben. Er wusste nicht, dass Freundschaft in der Lage sein mochte, diesen Druck zu lindern. Er glaubte nicht, dass etwas wie ›Liebe‹ tatsächlich existierte: Er hielt das für eine der Metaphern, die literarisches Werkzeug in Büchern waren.

Er berührte ein Tastfeld auf seinem Nachttisch, und eine körperlose Stimme war im Raum zu vernehmen. »Aufnahmebereit.«

»Cryo?«, fragte Jaibriol. »Bist du das?«

»Ja, Euer Hoheit.«

»Komm zu mir ins Schlafzimmer!«

Bald darauf kam ein Roboter herein: eine Ausführung für den Haushalt, die sich auf einem vergoldeten Laufkranz bewegte. Der Roboter war etwa zwei Meter hoch, aus antikem Platin gefertigt und war nicht viel mehr als eine kannelierte Röhre, deren Durchmesser mal einen halben Meter, dann aber auch nur wenige Zentimeter betrug. Eigentlich sah der Roboter recht hübsch aus, wenngleich sonderbar mit seinen sechs Armpaaren, die jeweils mehr als einen Meter lang waren. Die zahlreichen Gelenke dieser Extremitäten machten sie viel flexibler als menschliche Arme, und an jeder Hand befanden sich elf Finger, die ebenfalls mehr Gelenke aufwiesen als ihre menschlichen Gegenstücke.

»Soll ich den Raum reinigen?«, fragte Cryo.

»Nein.« Jaibriol rollte sich zur Seite. »Geselle dich zu mir!«

Cryo trat an das Bett heran, und mit der fast schaurigen Grazie eines Körpers aus Flex-Metall beugte er sich ein wenig vor und ließ sich schließlich neben seinem Herrn auf dem Bett nieder. Mit der zarten Berührung einer Maschine, die genau berechnete, um wie viel sanfter sie ihren menschlichen Besitzer berühren musste als die Gegenstände des Raumes, um den sie sich sonst zu kümmern hatte, brachte Cryo Jaibriol richtig ins Bett.

Nachdem der Roboter dann noch Jaibriols Kleidung zusammengefaltet und auf den Nachttisch gelegt hatte, hob Jaibriol die Decke wieder. »Hier! Komm zu mir unter die Decke!«

»Meine Temperatur ist bereits ausgeglichen«, entgegnete Cryo.

»Ich weiß. Komm trotzdem!« Er legte die Decke so zurecht, dass Cryo und er gemeinsam darunter liegen konnten, dann lehnte er den Kopf gegen den Roboter. Mit einer fast überzeugend wirkenden Nachahmung einer menschlichen Geste der Zärtlichkeit legte Cryo seine sechs Armpaare um ihn und schaukelte ihn sanft in dieser Wiege aus metallenen Gliedmaßen. Jaibriol befahl schläfrig: »Licht aus!«, und der Raum verdunkelte sich, während er seine Arme um den Roboter schlang und sich enger an ihn anschmiegte.

Später murmelte Jaibriol: »Sag es, Cryo!«

»Ich liebe Euch, Hoheit.«

»Natürlich ...« Und Jaibriol war eingeschlafen.

Soz öffnete die Augen und sah nur völlige Schwärze. Die auf Bewegungen reagierende Lampe war erloschen, und Soz hatte ihr IR deaktiviert. Sie versteckte sich in dieser Dunkelheit, hatte ein schlechtes Gewissen, dass sie so ungefragt in Jaibriols Privatsphäre eingedrungen war.

Mit leiser Stimme sagte er: »Du bist weich.«

Sie zuckte zusammen; dass er wach war, überraschte sie. »Weich?«

Er hielt sie immer noch in den Armen, küsste jetzt ihre Haare. »Wir alle haben tief in uns einen Ort, der weich sein muss. Selbst Krieger. Selbst du.« Er fuhr mit den Fingerspitzen über die Buchse an ihrem Handgelenk, über die sie ihr internes Netzwerk mit einem externen Computer verlinken konnte. »Die Propagandisten der Aristos behaupten, ihr Jagernauts wärt unmenschliche Tötungsmaschinen. Aber Propagandisten müssen so etwas wohl sagen, oder nicht?«

»Jaibriol ...«

»Natürlich sagen sie auch, dass die Sklaven gar keine Menschen sind.« Seine Stimme war so hart, dass man damit Hartbeton hätte schneiden können. »Aber das ist schon in Ordnung so. Die Sklaven haben ja gütige Aristos, die sich um sie kümmern.«

»Du bist kein Sklave. Und ich bin kein Unmensch.«

Es dauerte einen Augenblick, bis er antwortete. »Kryx Quaëlen hat mich als seinen Versorger benutzt.«

Soz erstarrte. Kryx Quaëlen hatte als Wirtschaftsminister von Eubia einen Posten hoch oben in der Machthierarchie der Aristos inne. »Du bist der Sohn des *Kaisers*! Der Erbe der Hightons! Wie konnte er dich zu einem Sklaven machen?«

Er lachte hart. »Sklave? Selbstverständlich hätte er ein derartiges Wort niemals auf mich angewendet. Er war mehrere Monate lang mein hoch geschätzter ›Mentor‹. Schließlich musste ich ja viel lernen.« Seine Stimme brach. »Es ist schon eine Schande, dass ich dafür durch eine so harte Lehre musste. Ich habe vorher gar nicht gewusst, wie sehr man mit Schreien seine Stimmbänder schädigen kann.«

»Allmächtige Heilige!«, entfuhr es Soz. »Hast du denn nicht deinem Vater davon erzählen können?«

»Quaëlen hat wohl irgendwie vermutet, dass ich ein Rhon

sein musste. Er hat es natürlich niemals offen ausgesprochen, aber es war trotzdem ganz offensichtlich. Er hat gedroht, meinen Vater und mich als falsche Aristos bloßzustellen, falls ich irgendetwas erzählen sollte.« Sein Haar strich ihr über die Wange, der charakteristische Schimmer verborgen im Dunkel der Nacht. »Alle glauben, mein Vater hätte mich all die Jahre versteckt gehalten, weil von deinem Volk gedungene Attentäter hätten versuchen können, mich zu ermorden. Warum sollte man sich mit gedungenen Attentätern herumplagen? Nach ein paar Wochen mit meinem Mentor Kryx war ich drauf und dran, den Job selbst zu übernehmen.«

Leise sagte Soz: »Du bist jetzt in Sicherheit. Niemand kann die hier etwas tun.«

Mit einem Mal klang seine Stimme sonderbar: »Weißt du, als ich klein war, habe ich wirklich alles gelesen, was ich nur finden konnte. Eubianische Literatur. Literatur der Skolianer, Literatur der Verbandler. Die Menschen schreiben so viel über die Liebe. Soweit ich das beurteilen kann, ist nichts davon wahr.« Er streichelte ihr Haar. »Aus diesen Geschichten habe ich mir das genommen, was mir gefiel, und mir für den Rest etwas Besseres ausgedacht.«

»Und was hat dir gefallen?«

»*Oklahoma*.«

»Oak Lahoma? Was ist das?«

»Ein Ort. Auf der Erde. Die Leute da verlieben sich dauernd, tanzen zu völlig unangemessener Zeit und ohne jeden ersichtlichen Grund, und besingen ihre Probleme, die eigentlich gar keine sind. Es ist ziemlich absurd. Sie haben noch nicht mal Computer. Am Ende siegt dann die Liebe, und alle sind glücklich, außer dem Schurken.«

Von dieser Geschichte hatte Soz noch nie gehört. »Das klingt, äh … nett.«

»Ist überhaupt nicht so wie die Eubianische Literatur. In unseren großen Werken sind die Highton-Aristos wie Gottheiten. Alle haben sie schöne, nackte, leidende Sklaven, die ihre Besitzer anbeten – die Götter wissen warum. Oder eure

Skolianische Literatur, in der jedermann so widerlich dankbar dafür ist, von den Schlägertypen deines Bruders unterdrückt zu werden – oh, entschuldige, ich meine natürlich von eurer arglosen Militärpolizei.« Er stieß einen ungläubigen Laut aus. »Warum sind die Geschichten, die in deinem und meinem Volk erzählt werden, so entsetzlich *finster*?«

Literatur war noch nie Soz' Stärke gewesen. Sie neigte dazu, viel zu prosaisch zu denken, um sich auf Allegorien einzulassen. »Vielleicht, weil wir schon so lange im Krieg sind.«

Lange Zeit antwortete er nicht. Als er dann doch etwas sagte, überraschte er sie damit erneut. »Ich frage mich, ob du und ich zusammen Kinder haben können.«

Der Gedanke, den Erben der Hightons zur Welt zu bringen, war etwas, woran sie sich erst würde gewöhnen müssen. »Ich weiß es nicht.«

»Falls wir das schaffen«, fuhr er fort, »dann möchte ich, dass sie lernen, was ›Lachen‹ ist.«

Leise entgegnete Soz: »Ich auch.«

Er tastete in der Dunkelheit nach ihr, fuhr ihr durch die Locken. Dann hob er ihr Kinn und küsste sie, diesmal viel weniger schüchtern als beim letzten Mal; er gewöhnte sich schon an ihre wortlose Art zu reagieren.

Als sie sich gemeinsam hinlegten, dachte sie: **IR aktivieren**. Dann konnte sie die Höhle wieder sehen; sie strahlte die Wärme ab, die sie im Laufe des Tages gespeichert hatte. Jaibriol lag auf der Seite, die Augen geschlossen; einen Arm hatte er um sie geschlungen und öffnete die Verschlüsse auf der Vorderseite ihrer Uniform-Weste. Als er mit der Hand über ihre Brust fuhr, öffnete er die Augen und schaute sie genau an, obwohl für ihn pechschwarze Nacht herrschen musste.

»Du bist mir gegenüber im Vorteil«, meinte er.

»Vorteil?«

»Ich sehe, dass du mich sehen kannst. Mit deinem geistigen Auge.«

»Du kannst so deutliche Bilder auffangen?«

»Wieso überrascht dich das?«

»Selbst Rhon untereinander können das normalerweise nicht.«

»Schalt deine Augen ab!« Seine Finger strichen über ihr Gesicht. »Wir können einander auch so sehen.«

IR deaktivieren, dachte sie. Die Höhle wurde wieder schwarz.

Der Duft seiner Rhon-Pheromone erfüllte alle ihre Sinne, beschwor ihre Rhon-Instinkte, diesen unwiderstehlichen Drang, nach ihresgleichen zu suchen, ebenso, wie er nach seinesgleichen suchte. In dieser Nacht, ihrer Hochzeitsnacht, streichelten sie einander mit ihren Händen, ihren ganzen Körpern, mit ihrem Denken und Fühlen – eine Sprache, viel beredter als die ungelenken Worte, derer sie sich zuerst bedient hatten.

Danach versanken sie in einen tiefen Schlaf, den ersten seit Tagen.

2

Stimmt es, was all diese Gelehrten behaupten, die sich mit den Artefakten aus unserer Vergangenheit befassen? Sie behaupten, unsere Vorfahren seien viertausend Jahre vor Christi Geburt von der Erde entführt und auf dieser unwirtlichen Welt ausgesetzt worden. Dann frage ich Folgendes: Warum sollte ein unbekanntes Volk, eine unbekannte Rasse, unsere Ahnen in dieses Land sterbender Seen und ausgetrockneter Wüsten bringen, uns keine Hilfe hinterlassen, keine Erklärung, nichts außer den Trümmern der uralten Raumschiffe? *Warum?*

Wir sprechen voller Stolz und Ehrfurcht von unseren Vorfahren, die den Raumflug schon beherrschten, als die Erde noch in der Steinzeit dahinvegetierte. Wir verherrlichen das Rubin-Reich, das in vorsintflutlicher Pracht vor fünf Jahrtausenden aufstieg. Darüber, dass es nur drei Jahrhunderte später zusammenbrach, sprechen wir nur im Flüsterton. Dass wir weitere viertausend Jahre brauchten, um erneut die Sterne zu erreichen, ist etwas, dessen wir uns wiederum nicht rühmen. Und obwohl unsere Reiche aufstiegen und wieder fielen, haben wir, die Verlorenen Kinder der Erde, niemals unsere sagenumwobene Heimat gefunden...

Bis dann eines Tages, im einundzwanzigsten Jahrhundert der Erde, ihre anderen Kinder zu den Sternen aufbrachen – und uns dort bereits vorfanden.

– *Aus*: Das Verlorene Reich,
von Tajjil Bloodstone

Kurj Skolia, der Imperator des Imperialen Skolia, war ein hochgewachsener Mann. Mit mehr als zwei Metern Körpergröße, breiten Schultern und massigem Körperbau, hatte seine ganze Gestalt zu viel Gewicht für die Erde. Er stammte von Kolonisten des Rubin-Reiches ab, die ihre DNA verändert hatten, um auf einer Welt mit geringer Schwerkraft und einer übermäßig grellen Sonne überleben zu können. Seine goldmetallische Haut und sein ebenso glänzendes Haar reflektierten das Licht. Seine goldenen Iriden schimmerten. Er konnte Innenlider schließen, einseitig durchsichtige Spiegel, die es ihm gestatteten, die Welt zu sehen, für die Außenwelt jedoch waren sie undurchsichtig. Sein Gesichtsausdruck war stets unerbittlich: der Anblick eines metallenen Imperators, der Schilde statt Augen hatte.

Weitere Modifikationen an seinem Körper hatte er selbst noch durchführen lassen. Ein Glasfasernetzwerk durchzog ihn zur Gänze, er verknüpfte die Knoten in seinem Rückgrat mit seinem Gehirn. Eine Hochdruck-Hydraulik steigerte die Leistungsfähigkeit seiner Muskeln und seines Skeletts; angetrieben wurde er von einem Mikro-Fusionsreaktor. Doch es floss immer noch Blut in seinen Adern, das Blut seiner Vorfahren, der Mitglieder der Rubin-Dynastie, die einst, vor langer Zeit, über ein gewaltiges Reich geherrscht hatten.

Kurj war einundneunzig Jahre alt und sah aus wie ein gesunder Mittvierziger. Seit sechsundfünfzig Jahren kommandierte er das Imperiale Raumfahrt-Kommando. Die Treue seiner Offiziere war legendär, sein Scharfsinn als Kriegsherr unbestritten.

Er hatte seinen Titel nach dem Tod seines Großvaters erhalten. Der Imperiale Rat hatte entschieden, dass es sich bei dem Tod um einen Unfall gehandelt habe, ein furchtbares Unglück. Doch immer hatte es Gerüchte gegeben, Kurj Skolia habe seinen Großvater ermordet – in seinem unstillbaren Ehrgeiz, einen Titel zu erringen, den niemand ihm zu verweigern wagte. Über das moderne Skolia regierte jetzt die Versammlung, nicht mehr die Rubin-Dynastie, doch die Ratgeber der Versammlung bewegten sich allesamt nur mit äußerster Vorsicht in der Gegenwart dieses Mannes, der als ›Die Faust von Skolia‹ bekannt war.

Er hatte keine Ehefrau. Keine legitimen Kinder. Sein Vermächtnis wurde dazu noch weiter eingeschränkt, weil sein Nachfolger Rhon sein musste. Nur die Rhon waren stark genug, das Psiber-Net aufrechtzuerhalten, das von gewaltigen Maschinen des Rubin-Reiches erschaffen wurde. Das Wissen darum, wie man diese uralten Maschinen baute, war längst verloren, doch einige von ihnen funktionierten noch. Sie erschufen ein Psiber-Netzwerk außerhalb des Raum-Zeit-Kontinuums, das somit nicht mehr der Beschränkung unterworfen war, die sich durch die Lichtgeschwindigkeit ergab. Es ermöglichte Echtzeit-Kommunikation über beliebig große Entfernungen.

Das Psiber-Net machte die Kommunikation des Imperialen Raumfahrt-Kommandos, des Skolianischen Militärs, konkurrenzlos schnell. Deswegen konnte es sich auch gegen die Händler zur Wehr setzen. Und deswegen benötigte Kurj auch Rhon-Erben, um den Fortbestand des Netzwerks zu sichern. Als potenzielle Nachfolger hatte er drei seiner Halbgeschwister ausgewählt: Althor, einen Jagernaut-Sekundär, Kelric, ein Tertiär, der später bei einer Schlacht gefallen war, und Soz, eine Primärin, was einer Admiralin gleichkam.

Soz.

Kurj stand vor der DichroNetz-Glas-Wand seines Büros und schaute auf Headquarters City hinab, das tief unter ihm lag. In exakten Quadraten und klaren Winkeln angelegt, zeigte die Stadt die Präzision nach außen, die eine Metropole brauchte. Chrom, Metall, CeramoPlex: sie schimmerte unter dem roten Himmel und der klirrenden Sonne von Diesha.

Eines Tages wird Soz hier stehen. Drei Monate lang hatte er diese Hoffnung aufrechterhalten. Drei Monate lang hatte er darauf gewartet, dass sie wieder auftauchen würde, mit Jaibriol Qox als ihrem Gefangenen. Doch jetzt hatten seine Suchtrupps die Schiffe gefunden. Nur noch Wrackteile. Diese unausweichliche Tatsache befand sich in seinen Dateien.

Soz war tot.

Kurj starrte auf seine Stadt hinunter, die Hände hinter dem

Rücken verschränkt. Soz war seine erste Wahl als Nachfolgerin gewesen. Jetzt blieb ihm nur noch ein lebender Kandidat, sein Halbbruder Althor; seine zweite, nicht seine erste Wahl, aber immer noch ein vielversprechender Kandidat. Bald würde Kurj es offiziell bekannt geben. Althor würde ihm als Imperator nachfolgen.

A, dachte er und griff auf den Primär-Knoten in seinem Rückgrat zu.

Aufnahmebereit, antwortete A.

Erklärung, dachte Kurj. Warum bin ich außer Stande, davon abzulassen, über den Tod von Sauscony Valdoria zu sinnieren, wenn dies keinem nützlichen Zweck dient?

Analyse abgeschlossen, antwortete A.

So schnell?

Ja. Du trauerst.

Kurj blickte in den blassen Himmel über Headquarters City. Dies führt nicht zu einem nützlichen Ergebnis. Prozess abbrechen.

Es handelt sich um einen notwendigen Prozess. Er wird von alleine beendet, wenn du mit ihrem Tod Frieden geschlossen hast.

Frieden entspricht nicht meinem Naturell.

Ich kann deine Erinnerungen an sie löschen. Sie ist jedoch in deinen Prozessoren, deinen Dateien und deinen Neural-Mustern gespeichert. Sie zu entfernen, würde zum Verlust von Daten führen, die für deine optimale Funktion erforderlich sind.

Keine Löschungen. Kurj wollte seine Schwester nicht vergessen.

Vorschlag, dachte der Knoten C.

Ja?

Arbeit, dachte C. Deinen Verstand mit Aufgaben beschäftigen, wird die Zeitspanne verringern, in der du dich bemühst, Modelle zu berechnen, die zur Fortführung der Existenz deiner Schwester hätten führen können.

Also gut. Kurj wandte sich vom Fenster ab. Sein Büro lag in der obersten Etage einer Wolkennadel, die als ›Turm A‹

bekannt war. Kurjs Schreibtisch erstreckte sich über die gesamte Länge des Raumes, eine Platte aus DichroNetz-Glas, in die überall Netz-Zugänge eingelassen waren; die Platte ruhte auf gläsernen Säulen, in die weitere Geräte eingelassen waren; mechanisch-schöne Gebilde aus Edelmetallen und CeramoPlex. Er setzte sich in einen der Steuerungssitze und lehnte sich zurück, während sich das Exoskelett des Sitzes um seinen Körper schlang und Stecker in die Buchsen seines Rückgrates einrasten ließ.

Kyle-Zugang aktivieren, dachte er.

Ein Psicon erschien vor seinem geistigen Auge, das Symbol ψ aus einer alten Sprache. Griechisch. Als Nachfahre der Verlorenen Kinder der Erde war Kurj schon immer von diesen uralten Kulturen der Erde fasziniert gewesen. Und von ihren Legenden. Antigone. Agamemnon. Ödipus.

Das Psicon verschwand, dafür wurde sein Mental-Display aufgebaut: ein geordnetes Gitter-Netz, das sich in alle Richtungen gleichermaßen erstreckte. Genau so, wie eine Fourier-Transformation eine zeitabhängige Funktion in den Frequenz-Raum überführte, transformierte der ψ-Zugang sein Denken und Fühlen aus der Raum-Zeit in den Psiberspace.

Mit maschinellen, künstlichen Intelligenzen trat Kurj mit Hilfe seiner synthetischen Knoten und des Glasfasernetzes, die er in seinem Körper trug, in Interaktion; mit anderen Telepathen interagierte er mit Hilfe bestimmter organischer Strukturen seines Gehirns. Während er in das Netzwerk eintauchte, fing sein Kyle-Afferenz-Stamm die von anderen Telepathen ausgesandten Signale auf und leiteten sie in die *Para*-Neural-Strukturen seines Kortexes weiter, die dann diese Signale in die Gedanken der anderen User übersetzten. Die *Paras* übersetzten auch seine eigenen Gedanken und leiteten sie an seinen Kyle-Efferenz-Stamm weiter, von dem aus sie dann in das Netzwerk geschickt wurden. Auch ohne die Verstärkung seiner Gedankenkraft durch das PsiberNet konnte Kurj in beschränktem Maße Gedanken empfangen und aussenden, doch die Leistungsfähigkeit hing von zahlreichen energetischen Feldern ab, die das Gehirn erzeugte; es war den Coulomb-Kräften vergleichbar, und das bedeutete, dass er sich in räumlicher Nähe zu den Personen befinden musste, mit denen er in Interaktion treten wollte. Im Netzwerk hingegen wurden räumliche Entfernungen bedeutungslos.

Zugangsberechtigung verifiziert. Diese Bestätigung kam von der Entwicklungsfähigen Intelligenz des Computers, der die Sicherheit im Büro des Imperators überwachte.

Psicon abdunkeln, dachte Kurj. Er verwandelte sich in eine dunkle Gestalt, umhüllt von Schatten.

In dieser Form schritt er über das Gitternetz, durchquerte PsiWare, die wie Filamente in der schimmernden Atmosphäre wehten. Eines dieser Filamente schnellte gegen sein Bein, wie es oft geschehen konnte, wenn man sich in der Nähe eines Knotens befand, an dem die TelVers des Imperators sich mit IRK-Problemen befassten.

Kurj blieb stehen. Er misstraute derart unbedeutend erscheinenden Ereignissen, etwa wenn ein PsiWare-Filament sein Bein berührte. Das Rhon-Energie-Link, das das Netzwerk aufrechterhielt, wurde von Der Triade ausgeformt: von ihm selbst, seinem Stiefvater Eldrinson und von Dehya, der Schwester seiner Mutter. Was Dehya betraf, so war Kurj sich bei nichts wirklich sicher. Dort, wo er mit Kraft etwas erreichte, war sie pure Subtilität; wenn er derjenige war, der Macht ausstrahlte, so erzeugte sie stets feinste Nuancen. Und Nuancen waren etwas, dem Kurj nicht im Geringsten traute.

Er kniete sich hin, um sich das Filament genauer anzusehen. Es wehte harmlos hin und her, wie eine Algenranke.

Auf Speicherstelle zugreifen. Er sank nach unten, in einen kahlen Raum mit grauen Wänden. Torpedo, dachte er dann und rief damit eine seiner Suchen-und-Vernichten-Routinen auf.

Aufnahmebereit, dröhnte Torpedo.

Schlüsselkodierung aktivieren.

Abgeschlossen. Ein riesiger Schlüsselbund erschien, hing plötzlich an einem Haken, der an der Wand auftauchte; jeder einzelne dieser Schlüssel stand für eine eigenständige Sicherheits-Routine. An dieser Speicherstelle wurden keine verborgenen Schlösser detektiert.

Tiefer in das Netzwerk vordringen, dachte Kurj.

Die Wände schälten sich ab, eine nach der anderen, während Torpedo seine Suche fortsetzte. Jedes Mal, wenn er eine Wand vollständig abgebaut hatte, verschwanden die virtuellen Trümmer; sie wurden von Makros fortgebracht, die Kurj eigens dafür geschaffen hatte, das Netzwerk sauber und ordentlich zu halten.

Keine Schlösser detektiert, meldete Torpedo.

Das zu analysierende Filament hochladen, dachte Kurj.

Die Decke über ihm verwandelte sich in Nebel, und das Filament glitt durch die neu entstandene Öffnung hindurch; nun hing es weit in den Raum hinein. Diese Störung der Symmetrie des Raumes verärgerte Kurj. Er widerstand dem Drang, das Filament aus dem Netzwerk zu entfernen; falls Dehya es geschaffen hatte, war es sehr gut möglich, dass sie genau diese Reaktion bei ihm hatte hervorrufen wollen. Sie kannte ihn zu gut.

Die Filament-Kodierung von seiner Umgebung isolieren, dachte er.

Das Filament fiel zu Boden. Als Kurj sich bückte, um danach zu greifen, erwachte die Kodierung zum Leben und entwand sich blitzschnell seinem Griff. Es jagte die Wand hinauf, doch die Decke war in der Zwischenzeit wieder massiv geworden; dafür hatten Kurjs Sicherheits-Routinen gesorgt. Das Filament peitschte die ganze Decke entlang, glitt dann an der gegenüberliegenden Wand hinunter und verschwand in einem Spalt zwischen Wand und Boden.

Einfangen, Torpedo!, wies Kurj seine Routine an.

Kodierung eingefangen. Nimmt eigenständig Datenverfälschungen an sich selbst vor.

Gib mir alles, was noch übrig ist.

Ein Glaskasten erschien auf dem Boden. Das Filament in dessen Inneren löste sich in regellos sprühende Funken auf, bis nur noch ein schwacher Schimmer auf dem Boden des Kastens übrig geblieben war.

Kodierung analysieren, dachte Kurj.

Es handelt sich um eine Sonde, die deine Netzwerk-Aktivitäten überwachen soll.

Kurj schnaubte verächtlich. Anweisung an Mail-Server.

Server 36 antwortete. Aufnahmebereit.

Die folgende Nachricht an den Schlüssel Zur Versammlung, Dyhianna Selei, absenden: »Ich habe deinen Spion gefressen, Dehya.« Ende.

Nachricht abgesetzt. Antwort erhalten.

Das ging schnell.

Die Antwort wurde von einer automatisierten Routine im Selei-Mail-Server abgesetzt. Sie lautet: »Meine Spione breiten sich aus. Ich nenne sie ›Hydra‹. Wenn du einen ihrer Köpfe abschlägst, wachsen an ebenjener Stelle zwei neue.«

Aha. Dehya spielte also auf sein Faible für Erden-Mythologien an – diesmal den Kampf zwischen Herkules und der Hydra. Wie in Dehyas Antwort: Immer wenn Herkules der Hydra einen Kopf abgeschlagen hatte, erschienen dort zwei neue. Herkules besiegte die Hydra letztendlich, indem er die Stümpfe ausbrannte, bevor neue Köpfe nachwachsen konnten.

Antwort absenden, dachte Kurj. »Hydren sind leicht zu verbrennen.« Ende.

Nachricht abgesetzt.

Ist eine Antwort eingegangen?

Keine.

Kurj grinste. Speicheradresse schließen.

Dann schwebte er durch die Decke des Raumes hinaus, unter seinen Füßen verfestigte sie sich danach sofort wieder. An den Kanten des neu entstehenden Fußbodens wehten einzelne Filamente der Netzwerk-Kodierung.

Torpedo, dachte Kurj. Jegliche PsiWare suchen und vernichten, die durch die sich selbst verfälschende Kodierung erzeugt wurde.

Prozedur implementiert.

Gut. Kurj bewegte sich weiter durch das Netzwerk, umgeben von dessen schimmernder Atmosphäre. Jeder einzelne ›Glitzerpunkt‹ gab detaillierte Auskunft über das Verhalten eines Users. Die Sicherheitsbeauftragten des Imperators führten beständig Sicherheits-Überprüfungen durch, bei der die Anwesenheit des Imperators nicht erforderlich war, doch von Zeit zu Zeit überprüfte er einen dieser Glitzerpunkte persönlich – er suchte ihn dann rein nach dem Zufallsprinzip aus, einfach um zu erfahren, was gerade im Netzwerk vor sich ging. An diesem Tag stieß er auf wenig, was die Mühe wert gewesen wäre: drei TelVers, die sich stritten, eine Privatgruppe, die gemeinsam im Psiberspace meditierte, und irgendjemand, der an einem Raumhafen Abflugzeiten nachschaute.

Ein Sub-Knoten gab Kurj Informationen über eine Petition, die von einem Kolonisten eines Planeten in den Außenbezirken des Imperialats eingereicht worden war. Darin wurde gegen eine Anweisung des IRK protestiert, den Bund der Netzwerk-Analytiker aufzulösen. Kurj löschte diese Petition noch während der Mann sie schrieb, und stellte eine Sonde dafür ab, auch alle Neufassungen automatisch zu löschen. Der BNA schuf Unordnung, indem er Propaganda für die Abschaffung von IRK-Privilegien machte. Und Unordnung mochte Kurj nicht.

Ein Funken blinkte vor ihm auf. Achtung.

Expandieren, dachte Kurj.

Aus dem Funken wurde ein Schimmern, von dem das ganze Netzwerk umhüllt zu werden schien. Als der Schimmer dann verschwunden war, stand Kurj in Selei City auf dem Planeten Parthonia – der Hauptstadt des Imperialats. Eine Allee erstreckte sich vor ihm, von Krüppelweiden gesäumt; in einiger Entfernung von der Straße waren stattliche Gebäude zu erkennen. Der Himmel über Kurjs Kopf war blau wie Lavendel.

Welchem Zweck dient diese Darstellung?, wollte Kurj wissen.

Der Funken erschien wieder. **Eine Reklame des Imperialen Balletts hat Sicherheits-Sonde 484 ausgelöst.**

Diese Werbung abspielen.

Die Straße bewegte sich an ihm vorbei, als sei er in einem dieser offenen Tropfen-Wagen unterwegs, wie sie sich derzeit in Selei City großer Beliebtheit erfreuten. Dann sah er vor sich den ›Substanz-Saal‹, das Stammhaus des Imperialen Balletts. Auf der Fassade des Gebäudes glitzerte ein Wandgemälde, das holographische Darstellungen von Tänzerinnen und Tänzern zeigte; daneben standen die Daten der unterschiedlichen Aufführungen und deren genaue Anfangszeiten zu lesen.

Das Auffallendste an diesem Wandgemälde war eine Tänzerin in einem durchscheinenden blauen Kleid. Ihre Haut, ihre Augen und ihr Haar schimmerten wie pures Gold. Hüftlange Locken umwirbelten sie wie Wellen, wenn sie sprang und tanzte, und umspielten sich wiegend ihr Gesicht, wenn sie zur Ruhe kam. Auf ihrem engelsgleichen Gesicht war ein liebliches Lächeln zu sehen. Die Frau hatte den Körper einer Diva aus erotischen Holofilmen; er wirkte viel weniger hager als die der meisten anderen Tänzerinnen.

Kurj biss die Zähne zusammen. Dann hob er die Hand. Rote Laserstrahlen schossen aus seinen Fingern hervor und versengten das Wandgemälde. In einem Knoten, der zum Eigentum des Substanz-Saals auf Parthonia gehörte, hinterließ eine wild gewordene Computer-Kodierung einen Pfad der Zerstörung in den Verzeichnissen der Werbe-Dateien des Imperialen Balletts. Vor Kurjs Mental-Display explodierte das Wandgemälde, farbige Scherben und Splitter flogen in alle Richtungen.

Ärgernis nullifiziert.

Sollten sie jemals wieder ihr Bild zeigen, dachte Kurj, **dann lass das Tanztheater umgehend schließen.**

Überwachungsroutine des Imperialen Balletts aktualisiert, bestätigte das Programm.

An sich hatte Kurj nichts gegen das Imperiale Ballett – vorausgesetzt, sie stellten keine Abbilder dieser Frau zur Schau. Sollten doch die Geschichten über ihre atemberaubende Schönheit zu Legenden werden, die niemand bestätigen konnte. Kurj hatte auf jeden Fall nicht die Absicht mit anzusehen, wie das Publikum beim Anblick seiner Mutter ins Geifern kam.

Er vollführte eine Handbewegung, und die Stadt verschwand wieder; nun befand er sich wieder auf dem Gitternetz. Transfer auf Comtrace, dachte er dann.

Transferiert. Das kam aus einer neuen Quelle, kalt und polternd. Jeder andere User, der auf Comtrace zuzugreifen versuchte, auf dieses Herz des Nachrichten- und Geheimdienstes des IRK, hätte ausgiebigste Sicherheits-Routinen über sich ergehen lassen müssen. Der Versuch, unbefugt auf Comtrace zuzugreifen, konnte mit einer Exekution enden. Doch Kurjs abgedunkeltes Psicon erschien einfach auf einer Fläche aus blendendem Weiß.

Aufnahmebereit, meldete Comtrace.

Berichte von Admiralin Tahota an Knoten S herunterladen, wies Kurj an.

Download eingeleitet.

Kurj machte sich an die Arbeit. Erst las er die Berichte von Starjack Tahota, der stellvertretenden Kommandantin des IRK. Dann befasste er sich mit Manövern des IRK gegen Schlachtkreuzer der Händler; er analysierte sie, um Schwächen der Strategie zu finden. Schließlich ging er die Geheimdienstberichte über Offiziere vom ERKomm durch, dem Händler-Gegenstück zum IRK.

Als Kurj Comtrace schließlich verließ, fühlte er sich etwas ruhiger. Seine Erinnerungen an Soz belasteten ihn immer noch, doch die Last war nicht mehr ganz so schwer – im Moment zumindest.

Eingehende Nachricht vom Schlüssel Zur Versammlung, Dyhianna Selei, meldete Mail-Server 19.

Wie lautet die Nachricht?, fragte Kurj nach.

»Herkules ist das falsche Symbol.«

Das ist alles?

Ja.

Kurj runzelte die Stirn. Dehya war diejenige gewesen, die als Erste den Hydra-Mythos erwähnt hatte. Und was meinte sie mit *Symbol*? Sie konnte damit ein Psicon oder ein Computer-Icon meinen oder auch eine Person, die von anderen als Symbol angesehen wurde. So wie er Dehya kannte, konnte es alles heißen: ein Rätsel, das nur für ihren rätselhaften, wenngleich gewaltigen Intellekt einen Sinn ergab. Was hatte sie vor, an diesem Vorabend seiner Ankündigung, bei der Suche nach seinem Nachfolger zu einer Entscheidung gelangt zu sein?

Sucher, antworten!, dachte Kurj.

Eine rotierende Kugel erschien, etwa so groß wie Kurjs Faust; auf ihrer Oberfläche verwirbelten Farben wie der Regenbogenschimmer auf einem Ölfilm. Aufnahmebereit, meldete seine Suchen-und-Herbeirufen-Sonde.

Befindet sich Sekundär Althor Valdoria derzeit im Netzwerk?, fragte Kurj.

Sucher brauchte einen Augenblick. Nein.

Ruf ihn herbei.

Die Kugel schoss davon, verschwand in dem schimmernden Nebel. Falls Althor sich in der Nähe einer beliebigen IR-tauglichen Konsole befand, würde er den Ruf sehr bald erhalten – durch IR-Signale, die gezielt an spezielle Empfänger im Inneren seines Körpers geschickt wurden. Wenn man bedachte, wie allgegenwärtig Computer waren, von ausgewachsenen Konsolen bis hin zu den Pico-Netzwerken, die in Gebäude eingearbeitet waren, gab es im ganzen Imperialat kaum einen Ort, an dem man dem Ruf des Imperators entgehen konnte.

Kurj konzentrierte sich auf das Gitternetz zu seinen Füßen.

Auf Speicheradresse zugreifen.

Der Boden senkte sich ab und brachte ihn in einen weiteren grauen Raum. Büro, dachte Kurj, und ein spezielles Makro erzeugte für ihn ein massives Büro, ganz aus DichroNetz-Glas und glitzernden Bauteilen. Während Kurj sich hinter den Schreibtisch setzte, der die ganze Breite des Raumes durchmaß, erschien Sucher wieder und blieb reglos in der Luft stehen.

Sekundär Valdoria bittet um Erlaubnis, auf diese Speicherstelle zugreifen zu dürfen.

Lass ihn herein.

Die Tür öffnete sich, und ein Mann trat ein. Eigentlich war es natürlich ein Psicon, das den ›Raum‹ betrat, doch dieser Mann hatte es sich bei der Auswahl des Symbols leicht gemacht: Es sah aus wie er selbst. Althor Valdoria war fast zwei Meter groß. Er war gebaut wie Kurj, hatte einen ähnlich massigen Körper, und auch er hatte die goldene Hautfarbe seiner Mutter geerbt, doch die violetten Augen waren die seines Vaters Eldrinson Valdoria, des Mannes, den als seinen Stiefvater anzuerkennen Kurj sich stets geweigert hatte.

Althor trug die schwarze Uniform eines Jagernauts, dazu schwarze, kniehohe Stiefel. Zwei goldene Reifen an jedem seiner Oberarme kennzeichneten seinen Dienstgrad: Sekundär, etwa das Gegenstück zu einem Flottillenadmiral der Marine. Pico-Chips durchzogen die Kanäle innerhalb seiner Handgelenkschoner aus Metall und Leder; durch die Buchsen an seinem Handgelenk waren sie auch mit dem biomechanischen Netzwerk in seinem Körper verbunden. Althor salutierte vor Kurj in der vorgeschriebenen Weise: Er streckte die Arme vor, die Hände zu Fäusten geballt, die Handgelenke gekreuzt.

Rühren. Kurj deutete auf einen Stuhl. Nachdem Althor sich gesetzt hatte, sagte Kurj: **Morgen werde ich ankündigen, dass dir der Titel ›Der Erbe Des Imperators‹ zukommen wird. Die Zeremonie wird um 16:45 Uhr Diesha-Zeit in meinem Büro stattfinden.**

Das Vertrauen, das Ihr in mich setzt, ehrt mich, dachte Althor.

Du hast mir gute Gründe dafür gegeben. Kurj machte eine Pause. **Hat Dehya schon mit dir gesprochen?**

Nein, Herr.

Hattest Du letztlich Kontakt zu ihr?

Vor einem Zehntag, antwortete Althor. **Sie und mein Bruder Eldrin hatten mich zum Abendessen in ihre Wohnung auf dem Orbiter eingeladen.**

Worüber habt ihr gesprochen?

Althor rieb sich das Kinn. **Über eine Ballade, an der Eldrin gerade schreibt. Darüber, wie sie das Haus umgestalten wollen. Über Mutters Geburtstag.**

Irgendetwas, das deine Aufgabe als Erbe Des Imperators betraf?

Nicht das Geringste.

Also gut. Kurj bezweifelte, dass er irgendetwas erfahren würde, selbst wenn Dehya tatsächlich mehr als ein ruhiges Familienessen geplant haben sollte. Ihre Vorgehensweise war zu subtil für ihn. Er musste sich dem Problem anders nähern, um hinter ihre wahren Absichten zu kommen.

Während er Althor betrachtete, machte Kurj sich auch noch aus anderen Gründen Sorgen. Am Psicon seines Bruders konnte man auch Emotionen ablesen – zumindest diejenigen, die auszudrücken Althors Spinal-Knoten für hinreichend gefahrlos hielt. Im Moment sah Althor müde aus. Erschöpft. Er hatte dunkle Schatten unter den Augen.

Wie geht es dir?, fragte Kurj.

Althor musste schlucken. **Es geht bald wieder.**

Ruhig dachte Kurj: **Nichts kann Soz' Tod wieder gutmachen.**

Ich hatte immer noch Hoffnung.

Ich auch, gab Kurj zu. **Ich vermisse unsere Schwester.**

Althors Gesicht war die Trauer anzusehen, dazu aber kurz auch Überraschung. Kurj vermutete, es liege daran, dass er selbst nur selten Emotionen zeigte, auch seiner Familie gegenüber nicht.

Ich auch, dachte Althor.

Kurj nickte. **Melde dich morgen um 16:00 Uhr bei mir im Büro.**

Jawohl, Herr.

Kurj hob die Hand. **Du darfst gehen.**

Althor stand auf und salutierte, dann verließ er den Raum, wie er ihn betreten hatte – durch die Tür.

Sucher, dachte Kurj.

Wieder erschien die Kugel. Aufnahmebereit.

Wo befindet sich der Schlüssel Zum Netzwerk?

Auf der Orbiter-Raumstation; er repariert einen beschädigten Abschnitt des Netzwerks.

Aha. Auch sein Stiefvater bekämpfte also die Trauer mit Arbeit.

Kurj hatte sich nie mit der Eheschließung seiner Mutter mit Eldrinson abfinden können. Doch Eldrinson Valdoria – ein einfacher Farmer von einem Hinterweltler-Planeten – war ein Rhon. Die Schwierigkeit, die sich dabei ergab, Rhon-Psioniker zu erschaffen, machten die klassische geschlechtliche Reproduktion zur zuverlässigsten Quelle. In den vergangenen Jahren hatte diese Tatsache die Versammlung dazu gebracht, die Ethik, respektive deren Mangel, zu übersehen – was notwendig ist, wenn man die Angehörigen der Rubin-Dynastie zur Inzucht auffordert. Das alles erübrigte sich, als Eldrinson und Kurjs Mutter gemeinsame Kinder bekamen, und das taten sie auch noch mit einer Geschwindigkeit, die Kurj gänzlich unangemessen erschienen war. Noch ärgerlicher war es, dass sie zahlreichen ihrer Söhne Abwandlungen des Namens ›Eldrinson‹ gaben. Immerhin nannten sie ihren dritten Sohn ›Del-Kurj‹, was ›zu Kurjs Ehren‹ bedeutet. Wie dem auch sei: Mit ihren zehn Nachkommen hatten sie für einen beachtlichen Nachschub an Rhon-Psionikern gesorgt, sogar in einem solchen Maße, dass die weniger wichtigen Kinder ein gewisses Maß an Freiheit genießen konnten, denn nicht jeder einzelne ihrer Schritte wurde von der Versammlung überwacht.

Das Netzwerk wurde von Jahr zu Jahr größer, ein unersättlicher Ozean, so groß wie der Sternenhimmel; und je größer es wurde, umso mehr Rhon-Kraft brauchte man, um es aufrechtzuerhalten. Doch das Energie-Link konnte von höchstens drei Personen gleichzeitig ausgeformt werden; mehr Personen würden das Link überlasten und einen Kurzschluss im Netzwerk auslösen. Und es konnte auch nicht einfach jeder beliebige Rhon-Psioniker der Triade beitreten. Ebenso wenig, wie zwei Fermionen in allen Quantenzahlen übereinstimmen können, können die Gedankenwellen zweier Personen den gleichen ›Ort‹ im Psiberspace beanspruchen – und diese Bedingung wurde noch dadurch erschwert, dass alle Rhon miteinander verwandt waren, wodurch ihre Gedankenwellen, ihre Gedankenwelten, sich sehr ähnelten.

Beim ursprünglichen Energie-Link hatte es sich um eine Dyade gehandelt, die Kurjs Großeltern mütterlicherseits ausgeformt hatten. Kurj hatte versucht, daraus eine Triade zu machen; doch er und sein Großvater waren einander zu ähnlich gewesen. Das überbeanspruchte Link zerbarst – und tötete dabei Kurjs Großvater. Seine Großmutter starb bald darauf, an Altersschwäche, und Dehya, ihre älteste Tochter, übernahm sowohl den Rubin-Thron als auch den Titel ›Schlüssel Zur Versammlung‹. Also hatten Dehya und Kurj eine neue Dyade aufgebaut, von Trauer fast überwältigt, und sie fürchteten sich davor, einen dritten Schlüssel hinzuzufügen, weil ihre enge genetische Verwandtschaft sie einander zu ähnlich machte. Das hätte dann auch für Kurj und Dehya tödlich sein können.

Nur dass dann Eldrinson keinerlei Gene der Rubin-Dynastie besaß. Das Schicksal hatte sich mit Kurj den ultimativen Scherz erlaubt: Dieser Stiefvater, von dem er sich so sehr wünschte, dass er endlich verschwinden würde, erwies sich als der Einzige, der in der Lage war, die Triade zu vervollständigen. Dadurch, dass vor allem Eldrinson die Aufrechterhaltung des Netzwerks übernahm, erhielten Kurj und Dehya die Möglichkeit, das Netzwerk selbst auch zu nutzen. Und das taten sie im Dienste der Imperialen Versammlung, aber auch, um ihre eigenen Ziele zu verfolgen, so etwa der Versammlung die Kontrolle des Imperialats langsam aber sicher zu entziehen. Und so bildeten sie, Dehya, Kurj und Eldrinson, eine sehr zerbrechliche Triade: Der Schlüssel Zur Versammlung, Der Schlüssel Zum Militär und Der Schlüssel Zum Netzwerk – Geist, Faust und Herz von Skolia.

Den Schlüssel Zum Netzwerk herbeirufen, wies Kurj an.

Sucher schoss wieder davon.

Einen Augenblick später drang ein Gedanke durch die Luft; die Art und Weise, wie voll er ›klang‹, erinnerte daran, welch volltönende Singstimme der Mann hatte, von dem dieser Gedanke kam. ***Ja?***, fragte Eldrinson.

Wo bist du?, wollte Kurj wissen.

Ein Psicon entstand; ein gut aussehender Mann, vielleicht ein Meter achtzig groß, mit großen, violetten Augen und einigen winzigen Sommersprossen um die Nase. Rotweinfarbenes Haar reichte ihm bis zu den Schultern. Es erstaunte Kurj, dass sich in Eldrinsons Haar schon einige silberne Strähnen fanden: Dieser Mann war fast zwanzig Jahre jünger als Kurj, der noch kein einziges graues Haar hatte und innerhalb der nächste Jahrzehnte auch nicht damit rechnete zu ergrauen. Noch viel ärgerlicher war die sonderbare Brille seines Stiefvaters. Soweit es Kurj betraf, lag es nur an Eldrinsons Starrsinn, an seiner tief verwurzelten Ablehnung der Technologie des Imperialats, dass er es vorzog, eine Brille zu tragen, statt seine schadhaften Augen durch bessere ersetzen zu lassen.

Ich habe mit Althor gesprochen, erklärte Kurj. **Ich werde morgen meine Entscheidung verkünden.**

Eldrinson nickte. ***Deine Mutter und ich werden nach Diesha kommen.***

Kurj hätte ihm beinahe gesagt, dass das unnötig sei. Doch diesmal ließ er sich erweichen. Sowohl sein Stiefvater als auch er selbst hatten einen Menschen verloren, den sie geliebt hatten. Er fühlte Eldrinsons Trauer in jeder einzelnen Faser des Netzwerks.

Roca und ich werden eine Gedenkfeier auf Lyshriol abhalten las-

sen, fuhr Eldrinson fort. ***Wir würden uns freuen, wenn du auch kommen würdest.***

Normalerweise vermied Kurj es, Lyshriol zu besuchen, die Heimatwelt seines Stiefvaters. Obwohl der Planet an sich auf seine rustikale Art und Weise durchaus reizvoll war, blieb er doch Eldrinsons Territorium. Doch diesmal war das unbedeutend. Ich werde der Feier beiwohnen.

Deine Mutter wird sich freuen, dich zu sehen. Eldrinson verblasste vor dem Gitternetz.

Kurj setzte seinen Weg fort. Auf einem anderen Gitternetz-Quadrat angekommen, dachte er: Öffnen, und wieder sank er in einen grauen Raum hinab.

Sie haben 653 Nachrichten, meldete Mail-Server 1.

Das überraschte Kurj. Es war weniger als eine Stunde vergangen, seit er das letzte Mal seine NetMails abgerufen hatte. Delegieren.

Abgeschlossen. In Ihrer Mail-Box befinden sich jetzt noch 102 Nachrichten.

Nach Prioritäten ordnen. Obersten Punkt der Liste durchstellen.

Hieroglyphen erschienen auf der Wand, rollten die Wand hinunter – eine Liste, an wen diese Nachricht alles gesendet wurde.

Adressen-Karte, dachte Kurj. Die Liste verschwand, stattdessen war jetzt eine Holokarte zu sehen, auf der ein Netzwerk aus Knoten durch Filamente miteinander verbunden war. Auf dieser Karte war jede einzelne Adresse zu sehen, an die diese Nachricht ergangen war, Millionen verschiedener Empfänger, die Verbindungslinien überlagerten einander so dicht, dass es unmöglich war, individuelle Adressen abzulesen.

Text der Nachricht?, fragte Kurj.

Die Karte bewegte sich in die obere rechte Ecke von Kurjs Mental-Display. Dreidimensionale Glyphen erschienen jetzt auf der Wand; Höhe und Breite enthielten die Primär-Information, durch die Tiefe wurden feinste Bedeutungsnuancen symbolisiert. Während Server 1 die Glyphen vorlas, studierte Kurj sie aufmerksam, um sicherzustellen, dass die Interpretation des Textes durch den Server mit seiner eigenen übereinstimmte. Obwohl er bei seiner PsiWare sehr gründliche Feinabstimmung betrieben hatte, überprüfte er regelmäßig seine eigene Arbeit.

Die Nachricht war überraschend schlicht und überraschend frei von Propaganda, wenn man bedachte, woher sie stammte: Seine Erhabene Hoheit, Kaiser Ur Qox der Eubianischen Harmonie, erklärt dem Imperialen Skolia den Krieg.

Kurj schnaubte verächtlich. Skolia und die so genannte ›Harmonie‹ befanden sich seit Jahrhunderten in einem Krieg, der nie offiziell erklärt worden war. Das hier änderte nicht das Geringste. Doch da bekannt geworden war, dass der Erbe von Kaiser Qox gestorben war, während er sich in IRK-Gefangenschaft befunden hatte, hatte Kurj nichts anderes zu erwarten gehabt.

Wer sonst hat diese Nachricht erhalten?, fragte er.

Server 1 antwortete mit metallischen Gedanken: Alle Regierungsinstitutionen sämtlicher Planeten und Habitate der Eubianischen Harmonie, des Skolianischen Imperialats und des Planetenverbandes.

Kurj griff auf eine Bilddatei zu, die zu Ur Qox gehörte, dem Händler-Kaiser. Ein hochgewachsener Mann erschien vor Kurj, sehr schlank, mit roten Augen und glänzend schwarzem Haar.

Du glaubst, dass du trauerst, sagte Kurj innerlich zu dem Bild. **Komm mir nicht mit Schwüren des ewigen Krieges, weil du deine unkultivierte Brut verloren hast! Du wirst für den Tod meiner Schwester zahlen, Qox! Du wirst zahlen, bis das Blut der Händler-Aristos das Sternenmeer rot färbt!**

3

Jeremiah, hör endlich auf, dich so provinzlerisch zu verhalten! Warum findest du es so schwer vorstellbar, dass die Menschen 2700 Planeten und Habitate besiedelt haben? Ja, ich weiß, dass zu unserem Planetenverband nur 300 gehören. Aber ich habe das Imperialat viel besser kennen lernen können während meines Studiums in ihrem Institut auf Parthonia. Es ist wahr, sie haben über 900 Kolonien. Und das ist noch gar nichts im Vergleich zu den Händlern. Die Eubianische Harmonie – das, was wir die ›Händler‹ nennen –, die haben fast 1500, und auf manchen davon leben Milliarden von Menschen. Stell dir das vor! Zur Menschheit gehören mehr als 3000 Milliarden Menschen. Und nur 400 Milliarden gehören zum Planetenverband der Erde. Die Skolianer haben fast 1000 Milliarden, und die Händler satte *1700* Milliarden.

Aber jetzt noch ein viel ernüchternderer Gedanke, Jeremiah: Abgesehen von ein paar hundert Aristos sind diese 1700 Milliarden Händler allesamt Sklaven.

– Aus den gesammelten Briefen von Tiller Smith an seinen Bruder

Soz kniete sich auf den Boden vor die reisetaschenartige Schachtel, in der sich ihre Computer befanden. Sie trug nur das Hemd von Jaibriols Gefangenenkleidung, das ihr bis zu den Oberschenkeln reichte; mehr erforderte die warme Nacht nicht.

Jaibriol hatte den Quasis-Schirm abgeschaltet, er stand jetzt im Eingang der Höhle, nur mit seiner Hose bekleidet, und blickte in die Nacht hinaus. Seine Anwesenheit beruhigte und beunruhigte sie gleichermaßen. Er sah wunderschön aus: Seine breite Brust war muskulös, sein Profil, während er so in die Ferne blickte, wirkte geradezu klassisch. Doch zugleich war er auch fremd, fremdartig, unvertraut, der schlimmste Albtraum des Imperialen Raumfahrt-Kommandos: ein Aristo, der ein Psiber-Net betreiben konnte.

Er schaute sie an. »Hast du etwas gefunden?«

»Erin hat eine Datei im GeoComp hinterlassen.«

»Erin? Meinst du die Pilotin, die uns hierher gebracht hat?«

Soz nickte. »Diesen Daten zufolge hat eine automatisierte Raumsonde des Planetenverbandes diesen Planeten erst vor einigen Tagen entdeckt.« Eigentlich war die Bezeichnung ›Tage‹ falsch. Während ihrer Flucht hatten sie die Raumfahrt-Antriebe nicht richtig zünden können, und so waren sie mit annähernder Lichtgeschwindigkeit dahingerast. Dadurch hatten sie die Zeitdilatation miterlebt: Für sie selbst waren nur achtzehn Minuten vergangen, für den Rest des Universums, der sich im Vergleich zu ihnen in relativer Ruhe befunden hatte, fast drei Monate.

»Diese Sonde hat ihre Entdeckung an das *Harvard-Smithonian-Center for Astrophysics* auf der Erde gesendet«, erklärte Soz. »Es hatte noch niemand die Daten heruntergeladen, als die Suchroutinen von Präsidentin Calloway darauf aufmerksam wurden.« Sie überflog die Datei, dann stieß sie einen erstaunten Pfiff aus. »Calloway muss ein ganz ausgeklügeltes System haben. Sie hat sich eingelinkt, hat die Daten kopiert und dann jegliche Spur davon beseitigt. Abgesehen von uns wissen nur sie und Erin, dass dieser Planet überhaupt existiert.«

»Und dein Vater«, ergänzte Jaibriol.

Soz schluckte, als sie daran denken musste, wie ihm während ihrer Verabschiedung die Tränen in den Augen gestanden hatten. Da er selbst eine Rhon-Psionikerin liebte, Soz' Mutter, hatte er vollstes Verständnis dafür, dass sie sich für Jaibriol entschieden hatte. Also hatte er über einen gesondert gesicherten Kanal die Präsidentin des Planetenverbandes um Zuflucht für die beiden Liebenden gebeten.

Ihre Augen brannten vor unvergossenen Tränen, und sie wusste, dass sie ihren Vater, ihre ganze Familie, wahrscheinlich niemals wiedersehen würde.

Soz beugte sich über den Computer. »Diese Dateien hier scheinen auch ein paar Daten über diesen Planeten zu enthalten.«

Mit sanfter Stimme fragte Jaibriol: »Steht da auch, wie lang hier die Nächte sind?«

Soz fuhr mit dem Finger durch ein HoloIcon oberhalb des Schirms: das winzige Icon einer Welt. Ein viel größeres Holo erschien, es schwebte in der Luft über dem Computer und zeigte ein Sternsystem. »Prisma umkreist einen roten Zwergstern, der wiederum einen blauweißen Stern umkreist.« Sie machte eine Pause und studierte die Daten. »Hier wird alles mit dem Bezugssystem ›Erde‹ verglichen! Dieser rote Stern zieht an Prisma mit einer mehr als zwanzigfach stärkeren Kraft, als die Erde an ihrem Mond zieht. Das müsste eigentlich dazu führen, dass Prisma seiner Sonne ständig die gleiche Seite zuwendet und die Gezeiten unveränderlich bleiben. Aber entweder ist dieser Prozess noch nicht abgeschlossen, oder das ganze System befindet sich in einer Art Resonanz. In der Zeit, in der es seine rote Sonne einmal umläuft, dreht sich Prisma dreimal um die eigene Achse.«

»Nur drei Tage im Jahr?« Er starrte sie an. »Wie lange dauert es denn, bis wir wieder Sonnenlicht zu sehen bekommen?«

Soz rief weitere Daten auf. »Für jeweils drei Tage, die im Bezug auf die rote Sonne vergehen, vergehen vier Tage relativ zu der blauweißen Sonne. Also haben wir manchmal gar keine Sonne am Himmel, manchmal eine, und manchmal zwei.« Sie verzog das Gesicht. »Was für ein verpuggtes Chaos!«

Jaibriol lachte. »Gibt es für den letzten Satz auch eine wissenschaftliche Übersetzung?«

Soz warf ihm ein jammervolles Lächeln zu. »Bedauerlicherweise ja. Im Moment stehen wir am Anfang einer 135-

Stunden-Nacht. Wir bekommen diese lange Nacht, weil wir auf der Seite des Planeten sind, die von der roten Sonne wegzeigt, wenn sich diese rote Sonne zwischen uns und dem blauweißen Stern befindet.« Nachdem sie einen weiteren Blick auf die Daten geworfen hatte, ergänzte sie: »Wenn der Tag kommt, wird er 243 Stunden dauern, dabei werden 135 Stunden beide Sonnen am Himmel stehen. Darauf folgt eine Nacht, die 81 Stunden dauern wird. Dann kommt ein Tag, der ganze 486 Stunden hat: wenn Prisma sich zwischen der blauweißen und der roten Sonne hindurchbewegt. Während die rote noch am Himmel steht, geht die blauweiße Sonne unter und später dann wieder auf. Wenn dann beide Sonnen untergegangen sind, haben wir wieder 81 Stunden Nacht, gefolgt von einem weiteren 243-Stunden-Tag. Und dann fängt das ganze Chaos wieder von vorne an.«

»Alle Götter!«, stieß Jaibriol hervor. »Werden wir während der Tage hier gebraten?«

»Das glaube ich nicht.« Soz studierte erneut die Glyphen auf dem Schirm. »Es müssen schon beide Sonnen am Himmel stehen, um hier so viel Licht zu erhalten, wie die Erde von Sol erhält. Wir sind hier eher durch Eruptionen auf dem roten Stern gefährdet. Aber da schützt uns wenigstens die Atmosphäre von Prisma. Außerdem ist sie ganz gut darin, Wärme zurückzuhalten – das ist wohl auch der Grund, warum es jetzt noch so warm ist.«

Sie schaute Jaibriol an, der immer noch im Eingang der Höhle stand; mit blanker Brust genoss er die milde Nacht. Der Gedanke, dass er ihr Ehemann, ihr Gemahl war, und was ihr dazu noch alles einfiel, lenkte sie ab, und sie verlor für einen Augenblick den Faden. Erst dann konnte sie sich wieder auf GeoComp konzentrieren. »Wir können den nördlichen Himmelspol anhand der Bewegung der Sterne bestimmen.«

»Woher weißt du, dass das dann Norden ist?«

Sie schaute ihn an, und wieder wurde sie auf diese angenehme Art und Weise abgelenkt. »Das *was* dann Norden ist?«

»Warum glaubst du, das hier sei die nördliche Hemisphäre?«

»Wir müssen es ja nun irgendwie nennen.«

»Ich habe mich bloß gefragt, warum du es ›Norden‹ nennen willst, und nicht ›Süden‹.«

»Wenn du das hier lieber ›Süden‹ nennen willst, soll mir das auch recht sein!«

»Ich habe doch gar nicht gesagt, dass ich es ›Süden‹ nennen will.«

»Also gut. Dann eben Norden.«

»Das habe ich doch ... ach, egal.« Er schaute wieder nach draußen. »Und auf welchem Breitengrad befinden wir uns?«

Soz zögerte. »Wir sind ziemlich weit nördlich. Oder ... äh ... südlich.«

»›Norden‹ ist schon in Ordnung.«

»Ungefähr sechzig Grad nördlich des Äquators.« Sie schaute angestrengt auf den Schirm. »Das ist alles relativ zu diesen Standards der Verbandler. ›Der gleiche Breitengrad wie Sundsvall.‹ Was immer das heißen soll.«

»Das ist ein Ort auf der Erde, in einem Land namens Schweden.« Jaibriol rieb sich über die Brust. »Wir werden uns wohl an die Dunkelheit gewöhnen müssen.«

Als Soz sah, wie er seine eigene Haut berührte, musste sie lächeln. »Ich glaube schon, dass ich mich an lange Nächte gewöhnen könnte!«

Er warf ihr einen Blick zu, dann schoss ihm das Blut ins Gesicht, und er wandte den Blick ab. Wieder rieb er sich über die Brust, doch diesmal wirkte die Bewegung gehemmt, schüchtern.

Was hatte sie denn gesagt? Schließlich waren sie verheiratet. Es war ja nicht so, als stünde sie in einem Eroica-Center und würde ihn als offensichtliches Lustobjekt betrachten. Andererseits war sie selbst über ihre Art, auf ihn zu reagieren, fast schon beunruhigt. Auf ihren einstigen Verlobten, Rex Blackstone, Jagernaut wie sie selbst, hatte sie nicht so reagiert. Nachdem er in einer Schlacht verwundet worden war, hatte er seinen Heiratsantrag zurückgezogen, weil er Angst vor dem hatte, was dieser Krieg ihrer Ehe würde alles antun können. Damals war Soz innerlich fast gestorben, weil sie so schnell eine Zuneigung wieder verlor, die sie gerade erst sich selbst gegenüber eingestanden hatte. Doch in all den Jahren, die sie Rex gekannt hatte, hatte sie nie eine derartig intensive Leidenschaft erlebt, wie Jaibriol sie in ihr aufgewühlt hatte – seit dem Moment, wo sie einander zum ersten Mal begegnet waren. Gleich zu gleich gesellt sich gern. Rhon.

Jaibriol schlug sich auf den Unterarm. »Das ist sonderbar.«

Soz errötete, sie fürchtete, Jaibriol habe ihre Gedanken aufgefangen. »Was denn?«

Er kratzte sich am Arm. »Meine Haut juckt.«

Sie stand auf und ging zu ihm hinüber. »Wo denn?«

»Überall.« Er rieb sich über die Wange. »Und sie tut weh.«

Soz zog ihn zu sich in die Höhle. »Vielleicht solltest du …«

»Nein!« Er riss sich von ihr los. »Ich darf jetzt nicht reinkommen. Wenn ich mir irgendetwas eingefangen habe, könnte es auch dich erwischen.«

»Ich schalte den Quasis-Schirm ein.« Der Gedanke, dass er jetzt ungeschützt dort draußen stand, rief eine intensive Reaktion in ihr hervor. Sie wusste sie nicht genau zu beschreiben, doch sie wusste, dass sie ihn bei sich wissen wollte. In Sicherheit.

Als sie den Schirm wieder aktivierte, stieß Jaibriol einen erstickten Laut aus. Soz wirbelte herum und sah, wie bleich er wurde. Hektisch griff sie nach dem MediKit, das noch auf einer der Kisten stand, und zog das Diagnose-Band hervor. Als sie ihm den flexiblen Streifen auf die Brust legte, erschienen davor Holos: mehrere Ansichten eines männlichen Körpers, auf dem einen dazu rote und blaue Adern und Venen, auf einem anderen das Nervensystem, auf einem dritten ein elfenbeinfarbenes Skelett. Glyphen bewegten sich als Laufschrift über das Diagnose-Band.

»Ach verdammt!«, presste Soz hervor. »Hast du irgendwelche Allergien?«

Jaibriol schnappte angestrengt nach Luft. »Nicht dass ich wüsste.«

»Das ist eine echte allergische Reaktion.« Sie nahm eine Pressluftspritze aus dem Kit, wählte das Antihistaminikum, das vom Diagnose-Band empfohlen wurde, und injizierte es ihm in den Nacken.

»Ich kann nicht ...« Er würgte und sackte dann an der Wand zusammen.

»Jaibriol!« Soz fing ihn auf, als er zusammenbrach. Sein schwerer Körper brachte sie selbst aus dem Gleichgewicht, doch dann wurde ihre Hydraulik aktiviert, und sie konnte ihre Bewegungen hinreichend koordinieren, um ihn sanft auf den Rücken zu legen. Das rote Warn-Icon auf dem Diagnose-Band verriet ihr alles: Jaibriol erlitt gerade einen anaphylaktischen Schock. Sein Kehlkopf war angeschwollen und erschwerte nun die Atmung, und sein Blutdruck war viel zu weit abgesunken. Sie überstreckte seinen Kopf und versuchte, Luft in seine Lungen zu pressen. Ohne den Rhythmus ihrer Beatmungsversuche zu ändern, presste sie das Ende des Diagnose-Bandes gegen ein Sensor-Feld auf der Spritze. Als die Spritze dann piepte, injizierte sie erneut etwas in seinen Nacken, und die ganze Zeit über blies sie ihm Luft in die Lungenflügel.

Beatmen. Warten. Beatmen. Warten. Immer und immer wieder wiederholte sie die Bewegungsabläufe, betete schweigend darum, die Schwellung möge zurückgehen, damit er selbst wieder Luft bekäme, wieder atmen könnte.

Nicht sterben!, dachte Soz. **Alle Götter, nicht sterben!**

Mit einem erschaudernden Keuchen sog Jaibriol Luft in seine Lungen. Als Soz ruckartig ihren Kopf zurückriss, hob sich auch seine Brust wieder. Sie beobachtete seine Anstrengungen, jederzeit bereit, mit der Beatmung fortzufahren, doch er atmete von allein weiter. Seine langen Wimpern flatterten, dann öffnete er die Augen.

»Danke«, flüsterte sie, obschon sie nicht sagen konnte, bei wem sie sich dort gerade bedankte.

Jaibriol sprach mit fast unhörbarer Stimme. »Soshoni?«

Zittrig holte sie Luft. »Wir können es ›Süden‹ nennen. ›Osten‹. ›Westen‹. Was immer du willst. Wirklich. Aber nicht sterben!«

»›Norden‹«, flüsterte er. »Norden ist oben. Süden ist unten. Norden ist Optimismus ... Deswegen habe ich mich ja gewundert, warum du das vorgeschlagen hattest.«

Dann wurde er bewusstlos.

Nachdem Soz stundenlang überwacht hatte, ob Jaibriol ungestört schlafen konnte, erlaubte sie sich selbst, wenigstens ein wenig einzudösen. Als er sich im Schlaf bewegte, wurde sie sofort wieder wach; sie fürchtete, er könne einen neuen Anfall erleiden. Doch er setzte sich nur auf.

Dann rieb er sich die Augen. »Wie lange war ich weg?«

Soz wusste nicht, ob sie lachen oder weinen sollte. Er sah so normal aus, wie er dort so saß. »Zehn Stunden.«

»Was ist passiert?«

»Du hast auf irgendetwas irgendwie ziemlich heftig reagiert.«

Er lächelte. »Das ist ja mal eine präzise Diagnose.«

Soz brachte ein Lachen zustande. »Soweit ich das sagen kann, hattest du irgendwelche Pollen auf der Haut, in der Nase und im Mund. Den Rest kennst du ja selbst.«

Sein Lächeln verschwand. »Wenn ich jedes Mal so reagiere, wenn irgendwelche Pollen vorbeikommen – wie soll ich dann hier überleben?«

»Ich habe den Computer darauf angesetzt, ein Gegenmittel zu finden. Außerdem ist das Diagnose-Band der Ansicht, du könntest durchaus eigenständig Immunität dagegen entwickeln.« Soz deutete auf den schimmernden Quasis-Schirm im Höhleneingang. »Und vorerst wird dir das hier die Pollen vom Leib halten.« Obwohl makroskopisch gesehen dieser

Schirm eine undurchdringliche Sperre darstellte, ›fror‹ er die Luftschicht nicht ein, die er durchdrang. Die Moleküle der Luft vollführten alle Bewegungen genau so weiter, wie sie es getan hatten, bevor der Schirm aktiviert worden war: Sie rotierten, sie vibrierten, sie translatierten. Was die Quasis, die auch ›Quanten-Stasis‹ genannt wurde, in Wirklichkeit tat, war den Quantenzustand der Moleküle zu erhalten. Jede Durchdringung des Schirms, selbst durch ein einziges Partikel, hätte eine Veränderung des Quantenzustandes bewirkt. Folglich konnte nichts diesen Schirm durchdringen. Einige Treffer einer Hochenergie-Waffe vermochten diesen Schirm zu zerstören, aber gegen Pollen würde er einfach wunderbar funktionieren.

Natürlich führte das zu anderen Problemen. Auch Luft und Licht konnten diesen Schirm nicht durchdringen. Glücklicherweise gab es in der Höhle andere Öffnungen, die eine Zirkulation der Luft ermöglichten. Aber Quasis war auch nicht dazu gedacht, auf diese Weise eingesetzt zu werden; normalerweise wurde sie benutzt, um Raumschiffe, meist Jäger, und ihre Insassen vor den immensen Beschleunigungskräften und den Energiefeldern zu schützen, die bei interstellarer Kriegsführung nicht ausblieben. Der Generator, der erforderlich war, um diesen Schirm aufrechtzuerhalten, war nicht nur ein weiterer kleiner Ausrüstungsgegenstand: Nur Soz' hohe Sicherheitsstufe und ihre Vertrautheit mit den Gepflogenheiten des IRK hatten es ermöglicht, diesen einen Generator überhaupt zu erhalten.

Soz betrachtete Jaibriol, als er gerade wieder gegen die Wand sackte. »Wie geht es dir?«

»In Ordnung.«

»Jaibriol?«

»Ja?«

»Sei nicht so gleichmütig! Ich spüre doch, dass du große Schmerzen hast.« Sie rutschte zu ihm hinüber. »Wir dürfen hier kein Risiko eingehen. Krankenhäuser gibt es hier nicht.«

Er warf ihr ein gequältes Lächeln zu. »Mit einer Telepathin

zusammenzuleben, könnte schwieriger werden, als ich dachte.«

»Stört dich das?« Soz war mit einer Familie aufgewachsen, die nur aus Psionikern bestand, und so hatten sie und ihre Geschwister schnell gelernt, wie man sein eigenes Denken und Fühlen für sich behalten konnte, und dass man geistig ›anzuklopfen‹ hatte, wenn man in Interaktion zu treten wünschte. Bei Jaibriol und ihr hingegen schienen die Türen zueinander gelegentlich gänzlich zu verschwinden, dann wieder aufzutauchen, dann wieder zu verschwinden, während Soz und Jaibriol diesen unangenehmen *Wer-bist-du-wirklich?*-Walzer tanzten.

»In der Nähe anderer Menschen zu sein, stört mich«, erklärte Jaibriol. »Ihre Emotionen scheinen ständig auf mein Denken und Fühlen einzuhämmern. Abgeschiedenheit, Einsamkeit, das erscheint mir natürlicher. So habe ich den größten Teil meines Lebens verbracht. Aber ich bin nicht gern allein. Abgeschiedenheit ... das ist nicht das Gleiche wie *allein*.« Er schloss sie in die Arme. »Jetzt habe ich jemanden, mit dem ich meine Abgeschiedenheit teilen kann. Jemanden, der mir sehr ähnlich ist.«

Sie zögerte. »Ich hatte das Gefühl, vorhin irgendwann, dass du es nicht magst, wenn ich ... äh ... dich ansehe.«

Er stieß einen verärgerten Laut aus. »Ich wollte mit dir über ›Norden‹ und ›Süden‹ reden, über Hoffnungen und Ängste, neue Welten und alte Reiche. Und du wolltest, dass ich mich ausziehe und hinlege.«

»Das ist nicht wahr!« Als er sie mit hochgezogenen Augenbrauen anschaute, ergänzte sie: »Ich weiß deinen Intellekt ebenso zu schätzen.«

»›Ebenso‹?«

»Äh. Na ja.« Ihr schoss das Blut ins Gesicht.

Seine Mundwinkel zuckten nach oben. »Andererseits können wir ja nun auch nicht die ganze Zeit nur über Hoffnungen und Ängste reden. Vielleicht sollten wir uns jetzt erst einmal der anderen Seite dieses ›ebenso‹ zuwenden.«

Sie lächelte. »Ja, vielleicht.«

Und das taten sie dann auch, die ganze warme Prisma-Nacht hindurch.

Kurj lehnte sich im Steuerungssitz seines Büros zurück. Über den Kommunikator in seinem Ohr hielt er ständig Kontakt mit dem Team, das außerhalb des Pavillons die Sicherheit überprüfte. Bald sollte die Zeremonie beginnen, in der Althor der Titel ›Erbe Des Imperators‹ verliehen werden sollte. Kurj schaute sich um und sinnierte über die Personen, die sich in seinem Büro versammelt hatten: er selbst, Althor, ihre gemeinsame Mutter, Eldrinson, fünf Leibwächter, dazu Barcala Tikal, der Erste Ratgeber der Versammlung.

Althor stand bei seinen Eltern. Er trug seine Jagernaut-Uniform, nicht die Alltagsuniform aus schwarzem Leder mit schwarzen Handschuhen und ebensolchen Stiefeln, sondern die Paradeuniform: eine goldenen Hose mit einem dunkleren Streifen an der Außennaht der Hosenbeine und goldene Stiefel, dazu einen goldenen Pullover mit einem schmalen Streifen quer über der Brust, der seine breiten Schultern noch betonte. Die Abteilung für Öffentlichkeitsarbeit des IRK hatte für das Design ausgiebig Analysen durchführen lassen, und Kurj war mit dem Ergebnis zufrieden. Der holographische Stoff erzeugte einen goldenen Lichtschimmer um Althor herum, und das führte genau zu dem gewünschten Ergebnis: Er sah aus wie ein Racheengel.

Eldrinson stand neben seinem Sohn. Er trug Zivilkleidung: eine dunkelblaue Hose, die er in seine Wildlederstiefel gesteckt hatte. Aus irgendeinem unerfindlichen Grund hatte er dazu ein Hemd ausgewählt, das vor der Brust zugeschnürt wurde, mit echten Lederschnüren; die Ärmel waren am Schulteransatz sehr weit geschnitten, verjüngten sich aber zu den Handgelenken hin. Eldrinsons rotweinfarbenes Haar reichte ihm bis zu den Schultern, seine Brille wirkte, als solle sie seine Augen einrahmen. Kurj war der Ansicht, dass

Eldrinson völlig absurd aussah, viel zu rustikal, aber das Volk liebte ihn. Und Kurj musste zugeben, dass sein Stiefvater ein viel angenehmeres Bild der Rubin-Dynastie zeichnete, als er selbst das mit seinem harschen Äußeren tat.

Seine Mutter, Versammlungs-Ratgeberin Roca, stand neben ihrem Ehemann. Man sah ihr ihre Herkunft sofort an: Sie stammte in direkter Linie von den Königinnen ab, die einst über das Rubin-Reich geherrscht hatten. Sie war ebenso hochgewachsen wie ihre Söhne, majestätisch und anmutig, und zog jegliche Aufmerksamkeit sofort auf sich. Ihr voller Zopf reichte ihr bis zur Hüfte, schimmerte golden, durchsetzt von kupferfarbenen und bronzefarbenen Glanzlichtern. Ein paar Strähnen hatten sich aus dem Zopf gelöst und umrankten nun ihr unvergleichlich schönes Gesicht. Ihr Jumpsuit in Blau, der Farbe der Trauer, umschmeichelte ihren Körper vom Hals bis zu den Hand- und Fußgelenken; er war völlig schmucklos, und doch hätte Kurj sich gewünscht, dass sie sich etwas taktvoller gekleidet hätte. Doch in Wirklichkeit, und das wusste er auch selbst, ging es ihm gar nicht um die Kleidung. Abgesehen von einem völlig formlosen Sack hätte kein Kleidungsstück ihre atemberaubende Schönheit zu verbergen vermocht.

Kurj wollte sie trösten, sie in den Arm nehmen, ihre Trauer vertreiben. Er tat nichts. Er berührte sie nie. Das hatte er nicht mehr getan, seit er ein Kind gewesen war.

Barcala Tikal, der Erste Ratgeber der Versammlung, stand in der Nähe des Eingangs und ging auf seinem Palmtop noch einmal die anstehende Rede durch; er bewegte die Lippen, als er unhörbar die Worte formte. Dieser schlaksige Mann mit dem schwarzen Haar, den es nicht zu stören schien, dass es an den Schläfen schon ergraute, sonst hätte er gewiss etwas dagegen unternommen, war größer als Roca und Eldrinson, sogar größer als die meisten Menschen, obwohl er natürlich im Vergleich zu Althor und Kurj nicht als ›groß‹ zu bezeichnen war. Als Erster Ratgeber hatte er den höchsten Ziviltitel des Imperialats inne.

Ansonsten fiel lediglich die Abwesenheit einer Person auf: Dehya fehlte. Die Rubin-Pharaonin. Aber ihr Fehlen an diesem Tag gehörte zu einem der wenigen Themen, über das sie, Kurj und die Versammlung die gleichen Ansichten hatten: Es durften niemals mehr als zwei Mitglieder der Triade gleichzeitig in der Öffentlichkeit auftreten. Das war nur eine weitere Vorsichtsmaßnahme, um das Überleben der Energiespender des Netzwerks sicherzustellen.

Kurj fragte sich, wo im Netzwerk Dehya jetzt wohl gerade lauern mochte. Er bezweifelte nicht, dass sie gerade in diesem Augenblick sein Büro überwachte. Für ganz Skolia repräsentierte er die Imperiale Macht. Die Faust von Skolia. Niemand kannte die Pharaonin, die im Schatten agierte, unmerklich wie ein hauchdünnes Spinnennetz; die das Netzwerk mit einer Feinheit und Subtilität kontrollierte, an die er niemals würde heranreichen können.

Die Leibwächter waren im Raum postiert, massig und unerschütterlich, allesamt Jagernauts mit Zerleger-Gewehren, die schwer an ihren Hüften hingen. Doch sie waren nicht die wichtigste Verteidigung der Rubin-Dynastie. Dieser Schutz wurde niemals zur Gänze Menschen anvertraut, nicht einmal diesen Hybrid-Wesen aus Mensch und Maschine, die als ›Jagernauts‹ bekannt waren. Das wichtigste Mitglied der Rubin-Dynastie trug die wichtigste Verteidigung in seinem Gehirn.

Jeder konnte sich eine Cybersperre in die Großhirnrinde einsetzen lassen, doch nur wenige waren dazu bereit. Zu dem Prozess gehörten weitreichende chirurgische Eingriffe, und jeder Versuch, diese Sperre wieder zu entfernen, führte unweigerlich zu Hirnschäden. Wurde diese Sperre aktiviert, umgab sie ihren Träger mit einem verzerrten Quasis-Feld. Im Gegensatz zur normalen Quasis *veränderte* dieses Feld das Molekularverhalten von allem, was in dieses Feld eindrang. Wenn es auf die niedrigste Stufe eingestellt war, störte es die Neural-Aktivität des Eindringlings, immerhin so weit, dass es ausreichte, um diesen Menschen zu betäuben oder bewusstlos werden zu lassen; auf mittlerer Stufe beanspruchte es in hohem Maße die Molekularstruktur der Materie; auf der höchstmöglichen Stufe wurde die Materie Atom für Atom auseinander gerissen.

Selbstverständlich erhielten solche Sperren die bestmögliche Feinabstimmung, um bestimmte Quantenzustände zu ignorieren, etwa die von Luft, von bestimmten Schallwellen oder die von Photonen aus dem Bereich des sichtbaren Lichtes, damit es der Person im Inneren des Feldes möglich war zu atmen, zu hören und zu sehen. All diese Modifikationen, die erforderlich waren, um dem Implantat zu ermöglichen, verschiedene Quantenzustände zu erkennen, machten diese Geräte, gelinde gesagt, unerschwinglich, vor allem, wenn man bedachte, dass diese Sperre auch auf die individuellen Hirnstrommuster des Trägers abgestimmt werden musste. Daher war es schier unmöglich, Cybersperren zu erhalten – es sei denn, man konnte auf die finanziellen Mittel des Imperialen Raumfahrt-Kommandos zurückgreifen.

Kurj hatte sich dafür entschieden, eine Cybersperre zu tragen; hätte er sich anders entschieden, hätte die Versammlung einen sorgsam berechneten Tanz um ihn herum aufgeführt, hätte versucht, Einfluss zu nehmen, hätte versucht, ihn zu überzeugen, ohne den Eindruck zu erwecken, seine Wünsche nicht zu respektieren. Dehya hatte diese Sperren entworfen, und soweit Kurj wusste, hatte sie sich ebenfalls dafür entschieden, eine zu tragen. Bei Roca, Eldrinson und Althor war die Lage etwas anders: Die Versammlung hatte verfügt, sie müssten ebenfalls Cybersperren tragen, Kurj hatte dem zugestimmt, und so geschah es dann.

Eldrinson hatte sich aber geweigert, die Sperre einsetzen zu lassen. Also war sie ihm gegen seinen ausdrücklichen Willen implantiert worden, was die Operation für ihn viel gefährlicher gemacht hatte, als sie für alle anderen gewesen war. Kurjs Stiefvater litt an Epilepsie. Ohne die Hilfe moderner Medizin wäre er längst den immer stärker werdenden Anfällen zum Opfer gefallen. Dass Eldrinson jegliche Behandlungsmethode entsetzlich schien, die er als ›invasiv‹ betrachtete, dass er sich in Krankenhäusern gleich welcher Art äußerst unwohl fühlte, dass er die Cybersperren an sich ablehnte – nichts davon hielt die Versammlung davon ab, ihn mit einem derartigen Gerät zu schützen.

Einer der Kommunikatoren auf Kurjs Schreibtisch erklang.

Kanal 18 aktivieren, dachte er.

Aktiviert, bestätigte sein Büro.

Eine Stimme drang aus dem Kommunikator. »Erster Ratgeber Tikal, hier spricht Jak, am Pavillon. Wir sind fertig hier unten.«

Barcala Tikal blickte auf. »Wir werden in ...« Er warf einen Blick auf seinen Palmtop. »... zwei Minuten unten sein.«

»Sehr wohl, Herr«, bestätigte Jak. »*Over and out.*«

Kanal deaktivieren, dachte Kurj.

Deaktiviert, bestätigte sein Netzwerk.

Dann verließen sie das Büro: Zwei Leibwächter gingen voran, gefolgt von Tikal, Eldrinson und Roca, dann Althor und hinter ihm Kurj und schließlich der Jagernaut mit dem Schlüsseln für die Cybersperre, danach die beiden letzten Leibwächter. Der MagLift brachte sie zweihundert Stockwerke hinunter, dann traten sie in ein Foyer hinaus. Auf der anderen Seite des Raumes, jenseits der stabilen Türen, erwartete sie die Geschichte des Imperialats.

Tikal blickte zu Kurj hinüber. »Wir müssen jetzt die Sperren aktivieren.«

Kurj nickte und wandte sich dann der Wache zu, die neben ihm ging, ein Jagernaut-Primär – einer von nur fünfzehn Offizieren des ganzen IRK, die diesen Dienstgrad erreicht hatten.

Aktivieren, dachte Kurj.

Jawohl, Herr!, antwortete der Primär, die Gedanken klar und deutlich zu verstehen, aber mit deutlich weniger Kraft geformt, als das mentale Gewitter, das Kurj stets entfesselte. Er hob den rechten Arm, der bis zum Ellbogen ausschließlich aus einem Kybernetik-Konstrukt bestand, und fuhr sich mit seinem natürlichen linken Zeigefinger über die kybernetische Handfläche. Rotes Licht flammte auf, als ein Laser in seiner Maschinen-Hand das Beugungsmuster abtastete, das von seinem Fingerabdruck erzeugt wurde. Kurj war derjenige gewesen, der festgelegt hatte, welche Muster das Pico-Netzwerk in der Hand des Primärs akzeptieren würde, er hatte die Daten via IR an den Kybernetik-Arm weitergegeben, dies aber so verschlüsselt, dass nicht einmal der Primär selbst auf diese Daten zugreifen konnte.

Das Pico-Netzwerk des Primärs bestätigte dessen Identität, und eine kleine Abdeckplatte in der rechten Hand glitt zurück und enthüllte winzige Chips.

»Nein.« Eldrinson versteifte sich. »Ich nicht.«

Ratgeber Tikal sprach Eldrinson so respektvoll an, dass es Kurj geradezu verärgerte. »Fürst Valdoria, wir sind uns der Gefahr, die diese Cybersperre für Sie darstellt, durchaus bewusst. Seien Sie versichert, dass wir die größtmögliche Sorgfalt werden walten lassen.«

»Ihr braucht doch nur ein Feld«, gab Eldrinson zu bedenken. »Das umhüllt uns doch alle. Es ist nicht notwendig, alle vier einzuschalten.«

»Ich habe für Ihre Abneigung vollstes Verständnis«, erklärte Tikal. »Aber wenn Sie gemeinsam mit Imperator Skolia an die Öffentlichkeit treten, halten wir gesonderte Sicherheitsmaßnahmen für angebracht.«

Eldrinson atmete hörbar aus. Doch er nickte, sein Gesicht totenblass. »Einverstanden. Fahren Sie fort!«

Kurj fragte sich, ob Eldrinson allen Ernstes glaubte, er hätte die Befugnis, dieses Prozedere zu verhindern. Sie hätten auf jeden Fall die Cybersperren aktiviert. Doch angesichts des Gesundheitszustandes seines Stiefvaters war es wohl besser, dafür wenigstens sein Einverständnis zu haben.

Der Primär schob die Chips in einen Steckplatz an seinem Gürtel. Kurj fühlte wieder die vertraute Orientierungslosigkeit, die sich immer ergab, wenn die Cybersperre aktiviert wurde und sich von seinem Gehirn aus in die Umgebung ausbreitete. Althor runzelte die Stirn, doch ansonsten ließ er keine Anzeichen erkennen, dass er es bemerkt hatte. Ihre Mutter erbleichte, griff nach dem Arm ihrer Leibwache, Jagernaut Sekundärin Ko – eine stämmige Frau, unerschütterlich wie ein Fels.

Als Eldrinson tief Luft holte, erstarrten alle. Eldrinson machte sonst keinen weiteren Laut, er stand nur stocksteif dort.

»Fürst Valdoria?«, fragte Tikal. »Sind Sie in Ordnung?«

Eldrinson wollte gerade antworten, dann zögerte er. Seine Miene wurde völlig ausdruckslos.

»Eldri, nein!« Roca griff nach dem Arm ihres Mannes, Althor machte sofort einen großen Schritt vorwärts und fing seinen Vater auf, als dieser zusammenbrach. Vorsichtig legte Althor ihn rücklings auf den Boden, Roca kniete sich neben seinen Kopf. Sekundärin Ko ging auf der anderen Seite neben Eldrinson in die Knie und legte ihm ein MediKissen in die Armbeuge.

»Sein Gesicht läuft blau an!«, rief Tikal erschrocken.

»Das ist normal«, meinte Roca. »So läuft das immer ab.«

Obwohl seine Mutter völlig ruhig sprach, spürte Kurj dennoch ihre Angst. Er vermutete, dass Althor ihre Emotionen ebenfalls auffing, doch er bezweifelte, dass es noch jemandem so ging, auch nicht den empathischen Jagernauts. Seine Mutter konnte ihre Emotionen fast so gut verbergen wie er.

Sekundärin Ko überprüfte weiter jede von Eldrinsons Lebensfunktionen, während Roca ihrem Mann sanft und beruhigend die Stirn streichelte. Der Rest der Gruppe stand einfach schweigend da; sie wussten nicht, ob die Krisis bereits überwunden war.

Dann setzten bei Eldrinson die Krämpfe ein.

Sein ganzer Körper verspannte sich. Er zuckte hektisch vor und zurück, alle Muskeln zusammengekrampft; es war, als würde ihn eine riesenhafte Hand schütteln. Die Krämpfe waren so heftig, dass man den Eindruck hatte, Eldrinson würde jeden Moment in Stücke gerissen. Mit einem Entsetzen, das ihn ebenso beunruhigte wie der Anfall, den er miterlebte, begriff Kurj: Dies war ein *Grandmal*-Anfall, ein heftiger klonisch-tonischer Epilepsieanfall.

Sekundärin Ko räusperte sich und bat: »Bitte treten Sie alle eine Schritt zurück!«

Während Kurj und die anderen der Anweisung Folge leisteten, drehte Althor seinen Vater auf die Seite, die Zärtlichkeit, die er in seine Bewegungen legen konnte, schien so gar nicht zu seiner einschüchternden Körpergröße zu passen. Ko überwachte weiter die Lebensfunktionen. Roca versuchte nicht, Eldrinson zu berühren, stellte nur sicher, dass er nicht erstickte.

Kurj war von der Angst um seinen Stiefvater wie betäubt. Die Ärzte hatten ihn gewarnt, dass die Trauer, die Eldrinson empfand, ihn noch anfälliger für die Krämpfe machen könnte; deswegen hatte Kurj zusätzliche Vorsichtsmaßnahmen befohlen. Das IRK stellte sicher, dass seinem Stiefvater stets die besten Behandlungsmöglichkeiten zur Verfügung standen, und heute Morgen noch hatten sie ihn zur Krankenstation gebracht, um einen Zwischenfall wie ebenjenen hier zu verhindern.

Als Kurj so mit ansah, wie Eldrinson sich wand und zuckte, als er diesen völligen Kontrollverlust seines Stiefvaters über den eigenen Körper sah, spürte der mächtigste Mann des Reiches, wie ein schützender Instinkt ihn wie eine Welle erfasste, gefolgt von noch einer weiteren Empfindung, die schwerer zu beschreiben war – es war, als hätte sich ein Abgrund in ihm aufgetan. Eine Erinnerung kehrte zurück, eine Erinnerung, die er vor sich selbst verborgen, aber niemals vergessen hatte: Er war sechs Jahre alt und spielte mit seinen Stofftieren. Seine Mutter kam mit Tränen in den Augen auf ihn zu und nahm ihn auf den Schoß, wiegte ihn in den Armen, und mit gebrochener Stimme sagte sie diese Worte, die unmöglichen Worte. Fort. Sein Vater war fort. Tot. Bei einem Unfall gestorben …

Plötzlich erschlaffte Eldrinson. Roca atmete tief durch, und Althor schloss die Augen, dann öffnete er sie wieder. Sekundärin Ko merkte man die Erleichterung ebenfalls an: Kaum merklich veränderte sie ihre Körperhaltung. Als Eldrinsons Gesicht eine etwas normalere Farbe angenommen hatte, nahm Roca seinen Kopf auf die Knie und sprach flüsternd auf den bewusstlosen Mann ein.

»Er wird schon bald wieder in Ordnung sein«, meinte Ko. »Er braucht nur Ruhe.«

Roca warf Tikal einen vernichtenden Blick zu. »Sind Sie mit Ihren ›Vorsichtsmaßnahmen‹ zufrieden?«

Tikal antwortete mit ruhiger Stimme. »Es tut mir wirklich aufrichtig Leid, Ratgeberin Roca. Ich wünschte, es gebe einen andere Möglichkeit. Aber es ist besser, zu riskieren, dass das geschieht, was gerade geschehen ist, als zu riskieren, dass er bei einem Attentat ums Leben kommt.«

Roca ließ die Schultern sinken. Sie wandte sich wieder Eldrinson zu, flüsterte ihm beruhigende Worte zu, die er nicht hören konnte. Während Kurj sie beobachtete, fühlte er sich unwohl, als würde er sie bei etwas sehr Privatem, äußerst Intimem stören. Eldrinson sprach nur selten von seiner Epilepsie, höchstens mit denen, die ihm am nächsten standen, und zu denen gehörte sein Stiefsohn ganz gewiss nicht.

Doch Kurj hatte es sich zur Aufgabe gemacht, über den Gesundheitszustand seines Stiefvaters stets genauestens informiert zu sein. Wenn Neuronen in Eldrinsons Gehirn übermäßig stimuliert wurden, bewirkte das eine abnorm große Anzahl elektrischer Entladungen, die dann zu einem derartigen Anfall führten. Wäre Eldrinson kein Rhon-Psioniker, hätten seine Ärzte ihn vermutlich heilen können. Aber in Eldrinsons Fall würde diese Heilung auch die begnadeten *Paras* zerstören, die ihn zu einem derart leistungsfähigen Telepathen machten. Jetzt, wo er regelmäßige medizinische Pflege erhielt, konnte er die meiste Zeit über ein ganz normales Leben führen. Die einzigen Male, die Kurj erlebt hatte, dass sein Stiefvater Probleme gehabt hatte, waren immer Situationen gewesen, in denen er unter extremem Stress gestanden hatte.

Eldrinson öffnete die Augen und sah seine Frau an. »Roca?«

»Alles ist in Ordnung«, flüsterte sie. »Alles wird wieder gut.«

»Wo ...?«

Sie strich ihm über die Stirn. »Bei der Zeremonie. Vor dem Pavillon.«

»Ach, ja. Natürlich.« Er setzte sich auf und rieb sich die Augen; seine Bewegungen wirkten unkoordiniert und erschöpft.

Kurj kniete sich neben Eldrinson und sprach ihn mit einer Stimme an, die für seine Verhältnisse sehr sanft war. »Du brauchst der Einsetzung nicht beizuwohnen. Die Wachen können dich zum Palast zurückbringen.«

Sein Stiefvater sah ihn an. »Mir geht es gut.«

»Und was ist, wenn du die Zeremonie nicht durchhältst?« Nach dem, was Kurj bisher wusste, hatte Eldrinson oft nach einem derartigen Anfall ein tiefes Bedürfnis nach Schlaf.

»Das schaffe ich problemlos«, beharrte Eldrinson.

Roca legte ihm die Hand auf den Arm. »Vielleicht solltest du wirklich zurückgehen, Eldri. Du siehst müde aus.«

Seine Miene wurde sanfter. »Mir geht es gut. Wirklich.« Dann drehte er sich zu Ko um und sagte: »Geben Sie mir ein Stimulans!«

Als Ko Kurj einen fragenden Blick zuwarf, schüttelte er den Kopf. Er hatte nicht die Absicht, Eldrinson durch Medikamente zu gefährden, die irgendwelche Nebenwirkungen haben konnten.

Als Kurj sich dann erhob und alle anderen Anwesenden klein erscheinen ließ, sah Roca Sekundärin Ko mit gerunzelter Stirn an. »Geben Sie ihm das Stimulans!«

Die Jagernautin biss sich auf die Lippe – eine ungewöhnliche Geste dieser ansonsten völlig ruhigen Kriegerin. Kurj begriff, in welchem Dilemma sie steckte. Sie konnte seine Anordnungen nicht missachten, doch wenn sie jetzt nicht den Wünschen von Roca und Eldrinson nachkam, würde sie einen anderen Zweig des komplizierten Machtgefüges des Imperialats gegen sich aufbringen.

Mit Althors Hilfe stand Eldrinson auf. Er rieb sich erneut die Augen und hielt sich ein wenig schwankend auf den Beinen, dann fand er sein Gleichgewicht wieder. Nachdem er tief durchgeatmet hatte, drehte er sich zum Ersten Ratgeber Tikal um. »Sollen wir fortfahren?«

Kurj hätte beinahe eine Verwünschung ausgestoßen. Hatte Eldrinson wirklich vor, die ganze Zeremonie durchzuhalten? Ohne jegliche Hilfe, die verhindern konnte, dass sich ein weiterer Zwischenfall ereignete, während er dort stand, in aller Öffentlichkeit? Wie verbohrt war dieser Mann denn?

Hör auf!, dachte seine Mutter.

Ihre Stimme hallte in seinem Verstand wider, kühl und wachsam. Vertraulich. Diese Nachricht war nur für ihn bestimmt, und nur er empfing sie. Sie stand dort und beobachtete ihn, während alle anderen leise miteinander sprachen und sich darüber einig wurden, was zu geschehen hatte, sollte Eldrinson während der Zeremonie Anzeichen eines weiteren Zusammenbruchs erkennen lassen.

Er braucht Ruhe, sandte Kurj seiner Mutter.

Er braucht seine Familie. Auf ihrem Gesicht war die Anspannung deutlich zu erkennen. ***Gerade jetzt, Kurj! Wir alle brauchen einander.***

Kurj sah sie an; er wusste, dass sein Zorn Eldrinson gegenüber nur die Sorge um seinen Stiefvater verdeckte. Dann drehte er sich zu Sekundärin Ko um. »Geben Sie ihm das Stimulans!«

Ko nickte, und Kurj spürte, wie ihre Erleichterung über ihn hinwegbrandete. Sie nahm eine Pressluftspritze von ihrem Gürtel und verabreichte Eldrinson eine Injektion, dann schaute sie auf das MediKissen in seiner Armbeuge. Mit einer Fingerspitze fuhr sie über die Kante des Kissens, und das kleine, silberne Quadrat wurde fleischfarben, sodass es kaum noch zu erkennen war.

Ratgeber Tikal deutete auf die Sicherheitstür, die aus dem Foyer hinausführte, als sei er der Gastgeber und lade alle Anwesenden zu sich ein. Über ein Bedienfeld neben den Türen gab eine Wache die Sicherheits-Kodierungen ein, und sofort tanzten Lichtstrahlen über die Augen und die Hände einer jeden Person; auf diese Weise wurden Retina-Muster und Fingerabdrücke verifiziert. Schließlich öffneten sich die Sicherheitstüren und gaben den Blick frei auf eine reich verzierte Doppelflügeltür mit riesigen goldenen Klinken.

Als die Wachen die Doppelflügeltür aufstießen, strömte das grelle Sonnenlicht von Diesha in das Foyer – und dazu das Stimmengewirr einer gewaltigen Menschenmenge. Die Erwartungen der Menge schlugen gegen Kurjs Denken und Fühlen wie das Meer an die Küste brandet. Seine Mutter wandte ihren Blick ab, als könne das diesen empathischen Ansturm abwehren oder blockieren. Althors Gesicht blieb ausdruckslos, doch er straffte sich unwillkürlich, und Kurjs interne Sonden registrierten bei seinem Bruder ein Ansteigen der Herzfrequenz.

Vor ihnen lag der Pavillon, der über eine halbkreisförmige Bühne hinausragte. Kurj konnte die Menschenmenge nicht sehen: Die Bühne verdeckte den vorderen Teil seines Sichtfeldes, und ein Banner, das vom oberen Teil des Einganges herabhing, nahm ihm die Sicht auf die Bereiche, die etwas weiter entfernt lagen. Würdenträger standen wartend draußen im Pavillon, glitzernde Gestalten im gleißenden Sonnenlicht: Diplomaten in farbenfrohen Gewändern, Offiziere in Uniformen, mit Orden und Ordensbändern allüberall. Sie stellten einen auffälligen Kontrast zur Gruppe um Kurj dar. Denn jedes Mitglied dieser Gruppe trug dunkle Farben, von Althors leuchtender Gestalt abgesehen.

Althor hatte darum gebeten, zu Ehren seiner Schwester schwarz tragen zu dürfen, doch Kurj hatte die Bitte abgelehnt. Das IRK brauchte jetzt einen Helden, und Althor, mit seinem mächtigen Körperbau, seinem attraktiven Gesicht, den hohen Wangenknochen, die ihn entschlossen wirken ließen, und seiner goldenen Haut war perfekt für diese Rolle. Kurj dagegen hatte zwar schwarz als Farbe seiner Kleidung gewählt, aber nur, um Althors Anblick noch zu betonen, nicht etwa, um seine Trauer nach außen zu dokumentieren. Obwohl er Althors Wunsch nachzuvollziehen vermochte, machten die Farbe für ihn keinen Unterschied. Davon wurde Soz auch nicht wieder lebendig. Dunkle Kleidung zu tragen, konnte nicht einmal annähernd beschreiben, wie tief er den Verlust empfand.

Ratgeber Tikals Palmtop gab ein akustisches Signal von sich. Tikal fuhr mit dem Finger über das kleine Gerät, und Jaks Stimme war zu hören. »Wir wären dann so weit, Herr.«

»Sehr gut!«, erwiderte Tikal. Dann ging er zum Pavillon hinaus, begleitet von zwei Leibwächtern.

Das Murmeln der Menschenmenge schwoll zu tosendem Applaus an: Hände klatschten, Glöckchen wurden geläutet, man hörte Rufe und die unheimlichen Vogelschreie der Eingeborenen von Diesha. Als das Getöse bis in das Foyer hinein fast ohrenbetäubend wurde, erbleichten sowohl Roca als auch Eldrinson. Althor behielt seine ausdruckslose Miene bei, doch Kurj spürte, wie unwohl sich sein Bruder fühlte. Nur wenige Empathen mochten Menschenansammlungen. Für einen Rhon war das Gefühl, das Denken und Fühlen so vieler Menschen auf sich zu ziehen, fast unerträglich qualvoll.

In Begleitung seiner Wachen ging Tikal zu einem Podium nahe dem Geländer des Pavillons. Dass ein höchst ausgeklügeltes und weitreichendes Sicherheitssystem ihn umgab, konnte man höchstens daran erkennen, dass die Luft um ihn herum ein wenig zu flirren schien. Die Menschenmenge verstummte, als er mit seiner Ansprache begann. Sie lauschten seiner Grabrede für Sauscony und jubelten, als er von dem Opfer sprach, das sie gebracht hatte, »um die Galaxis von der

Geißel zu befreien, die als ›der Erbe der Hightons‹ bekannt gewesen ist«. Kurj empfand das zwar als sehr melodramatisch, doch es hatte den gewünschten Effekt: Es stachelte die Emotionen der Volksmenge auf.

Jaks Stimme drang aus Kurjs Handgelenkschutz. »Imperator Skolia, wir sind bereit für Ihren Auftritt.«

»Also gut.« Kurj blickte sich nach seiner Familie um. »Los geht's!«

Die Wachen gingen vor und stellten sich zu beiden Seiten des Durchganges auf, als seien sie die Zeremonienmeister, die das Auftreten der Imperialen Familie ankündigen sollten. Dann traten Roca und Eldrinson hinaus, gefolgt von Kurj und Althor; alle vier waren von dem regenbogenartigen Schimmer umgeben, der zeigte, dass ein Cybersperren-Feld auf tödliche Leistungsfähigkeit eingestellt worden war. Da die Geräte in die Gehirne integriert waren, wussten die Sperren, wen und was sie zu beschützen hatten, und die vier Einzelfelder vereinten sich zu einem Mega-Feld.

Der Wind zupfte an den Haaren der Rhon, die nun gemeinsam die Bühne betraten. Die gleißend helle Sonne, klein und weiß, stach aus einem Himmel auf sie herab, der blassrot wirkte vom Staub und den Reflektionen der roten Wüsten, die einen Großteil des Planeten bedeckten. Diesha war erst durch Bio-Skulpteure des IRK bewohnbar gemacht worden, die sanfter vorgehenden Vettern der Terraformierer. Sie hatten die Atmosphäre ausgebaut, bis sie für Menschen atembar geworden war, dann einfache Lebensformen auf der Planetenoberfläche angesiedelt und schließlich letzte Feinabstimmungen an der Biosphäre vorgenommen, bis sie für die Kinder der Erde einladender geworden war.

Holovideo-Kameras folgten jedem Schritt der Vertreter der Rubin-Dynastie, zeichneten die Zeremonie für Zuschauer dreier verschiedener Zivilisationen auf. Die Nachricht würde über jede erdenkliche Methode übertragen werden: Raumschiffe, optoelektronische Netzwerke, Nano-Netzwerke, Pico-Netzwerke, das Psiber-Net, sogar Radio.

Endlich sah Kurj die Menschenmenge, die ihn schon erwartete. Die ganze Stadt schien vor Menschen überzuquellen. Sie verwandelten den quadratischen Hof vor der Bühne in eine aufgewühlte See, verstopften jede Straße, die auf den Platz führte, sie brandeten gegen Gebäude und Mauern. Als die Vertreter der Rubin-Dynastie erschienen, wogte ihnen eine Sturmflut an Applaus und Jubelrufen entgegen, überschwemmte den Pavillon geradezu mit ihrem Dröhnen, bis die Bühne selbst erzitterte. Während Soldaten losrannten, um die Stützen zu verstärken, nahm das Tosen noch weiter zu, ließ die zahllosen Stimmen, von denen es erzeugt wurde, immer stimmloser werden. Eldrinson und Roca blieben wie angewurzelt stehen, starrten auf die Menschenmassen hinab, und nun erbleichte auch Althor. Selbst Kurj war nicht auf eine derart starke Reaktion vorbereitet gewesen. War die Öffentlichkeit wirklich so ausgehungert nach dem Anblick der so zurückgezogen lebenden Imperialen Familie – einer Dynastie, die genau genommen gar nicht mehr regierte?

Kurj hob seinen Kommunikator: »Jak, hat die Sicherheitsabteilung das alles noch im Griff?«

»Jawohl, Herr!«, gab Jak zurück. »Sollten wir doch die Kontrolle verlieren, dann ziehen Sie sich in das Foyer zurück. Das Foyer ist eine uneinnehmbare Festung. Außerdem haben wir auch Magnetkopter in der Luft, die Sie rausbringen können, wenn das notwendig werden sollte. Wir haben Scharfschützen auf der Wolkennadel liegen, und die ganze Zeit über scannen Laser mit EI-Gehirnen die Menschenmenge.«

»Gut.« Kurj bedeutete seiner Familie mit einem Nicken weiterzugehen. Sie traten einige Schritte vor, immer noch war da der Wind, der sich in ihren Haaren fing; vor Tikals Podium blieben sie dann stehen. Die Menschenmenge applaudierte weiter, ihr Jubel brandete auf, Rufe wurden laut. Als Kurj begriff, was die Menge wollte, winkte er Althor herbei. Sein Halbbruder musste schlucken, doch er tat, was Kurj ihn geheißen hatte, und trat bis zum Rand der Bühne vor. Die Hände auf das Geländer gestützt, blickte er auf das Volk hinab, das gekommen war, um ihn zu sehen.

Das Tosen brandete erneut auf. Die Masse drängte auf die Bühne zu, kämpfte geradezu gegen die Soldaten und die Robot-Wachen an. Flexible Quasis-Felder wölbten sich unter dem Ansturm. Dann schnellten sie wieder zurück und schleuderten alle Drängler zurück in die Menschenmasse. Ein Mädchen schrie Althors Namen, streckte die Arme nach ihm aus; ein junger Mann, der auf einer Mauer stand, wurde in die tosende Menge gestoßen. Althor stand dort wie angewurzelt und betrachtete sprachlos die Szenerie. Kurj fühlte Althors Entsetzen, doch er winkte ihn nicht zu sich zurück. Sein Bruder sah genau so aus, wie das IRK ihn brauchte: ein strahlender Held, der gekommen war, um das Imperialat zu verteidigen.

Es dauerte lange, doch schließlich ließ der tosende Jubel nach, verebbte, flaute ab, sank herab zu einem Murmeln. Mit leiser Stimme sprach Kurj in seinen Handgelenkschutz: »Ich gehe jetzt hinauf.«

»Wir haben Sie im Blick«, bestätigte Jak.

Als Kurj auf das Podium zuschritt, wartete die Menschenmenge schweigend. Er mochte es nicht, Reden in der Öffentlichkeit zu halten, weswegen er es so gut wie nie tat; an diesem Tag allerdings waren einige Worte unerlässlich. Verdammt, alleine schon Althors gesamte Liste an Titeln zu rezitieren, würde eine richtige Rede werden! Kurj selbst bevorzugte, mit einem einzigen Titel angesprochen zu werden. Imperator.

Er hob den Arm, deutete auf Althor und begann seine Rede. Lautsprecher übertrugen seine Worte, schleuderte sie dröhnend der Menge entgegen. »Ich präsentiere euch Prinz Althor Izam-Na Valdoria kya Skolia, Sekundär des Imperialen Raumfahrt-Kommandos, Im'Rhon der Rhon der Skolias, Erster in der Erbfolge des Imperators, Fünfter in der Erbfolge des Thrones der Rubin-Dynastie, Nachfahre zweiten Grades der Linie der Pharaonen, geborener Rhon, Achter in der Erbfolge des Schlüssels Zum Netzwerk, Sechster in der Erbfolge des Schlüssel Zur Versammlung.« Er ließ den Arm wieder sinken. »Heute setze ich Althor Valdoria als meinen Nachfolger ein. Vom heutigen Tag an ist er Der Erbe Des Imperators.«

Und das Volk gab mit donnerndem Jubel seine Zustimmung, denn ihnen war ein Racheengel versprochen worden, der gegen die unaufhörliche Grausamkeit des Krieges antreten würde, eines Krieges, unter dem die Menschen dieses Reiches Jahr für Jahr gelitten hatten, Jahrzehnt für Jahrzehnt, Jahrhundert für Jahrhundert, bis ihnen keine Verteidigung mehr blieb außer diesem einen Symbol, das sie sich von einer Dynastie erflehten, die einem längst vergangenen Reich entstammte.

4

Kaiser U'jir Qox, der von allen, die den eubianischen Akzent schwierig fanden, Ur Qox genannt wurde, war ein hagerer Mann. Er war hochgewachsen und schlank und legte sehr viel Wert auf seine Gesundheit. Für sein Alter, sechsundsechzig Jahre, hatte das Leben in seinem Gesicht nur wenige Falten hinterlassen.

Bis vor drei Monaten.

Die Hände hinter dem Rücken verschränkt, stand er in einem kahlen Raum mit glänzend weißen Wänden, und betrachtete die Szene, die auf seinen Wandschirm projiziert wurde: Kurj Skolia, der seinen Erben vorstellte. Ur Qox ballte die Hände zu Fäusten. Auch er hatte einen Erben benannt. Jaibriol II. Seinen Sohn. Den Mann, den die Rubin-Dynastie getötet hatte.

Ur hatte seinen Sohn nach seinem eigenen Vater, Jaibriol I., benannt. Dieser Jaibriol war ein reinrassiger Highton gewesen: in seinem Denken, in seiner äußeren Erscheinung, in all seiner Aristo-Perfektion. Doch bei der Mutter von Ur Qox hatte es sich um eine Sklavin gehandelt.

Du hast mein Blut verunreinigt, warf Ur in Gedanken seinem verstorbenen Vater vor. Du hast mich weniger als perfekt gemacht. Doch er verstand die dahinter stehende Notwendigkeit. Sein Vater hatte seine Mutter aus genetischen Gründen ausgewählt. Und sie hatte ihm das geschenkt, was er gebraucht hatte: einen Sohn, der jedes mutierte Gen in sich trug, das erforderlich war, um einen Rhon-Psioniker zu züchten. Die Tatsache, dass diese Gene rezessiv waren, war der Grund dafür, dass sich bei Ur Qox keines dieser Merkmale manifestierte. Er war weder ein Empath noch ein Telepath.

Heimlich hatte Qox die Arbeit seines Vaters fortgeführt und verbotene Genforschung mit der Suche nach einer Sklavin verbunden, die über alle Gene verfügte, die er benötigte. Und er hatte sie gefunden. Dann paarte er Camyllias Rhon-Gene mit seinen eigenen, und sie schenkte ihm einen Rhon-Sohn. Jaibriol.

All die Jahre, all seine Hoffnungen, der Stolz, den er für seinen Sohn empfand, das große Opfer, die Qox-Blutlinie zu verunreinigen – alles hatte zu nichts geführt. Jaibriol würde niemals sein Erbe als Kaiser antreten.

Ur hatte versucht, Trost zu finden. Jaibriol musste nun nicht länger darunter leiden, die Tatsache, dass er ein Rhon war, verbergen zu müssen. Ur Qox selbst hatte niemals Schwierigkeiten bei diesem betrügerischen Spiel gehabt. Im Gegenteil, er hatte sogar immens viel Erfolg gehabt, war ein besserer Aristo geworden als die reinen Aristos mit ihren nur durch Inzucht rein gehaltenen Blutlinien. Dass die Rhon-Gene sich rezessiv verhielten, ermöglichte ihm, von den Vorzügen der genetischen Vielfalt zu profitieren, ohne die Schwäche zu haben, selbst ein Psioniker zu sein. Natürlich wusste niemand davon, dass seine Mutter eine Versorgerin gewesen war. Eine Lust-Sklavin.

Versorger waren selten. Die wenigen Auserwählten, deren süßes Leiden ihren Aristo-Herren die Transzendenz bescherte, mussten Psioniker sein. Neunundneunzig Prozent der eubianischen Bevölkerung gehörten zu den Aufgabenerfüllern, dem Rückgrat der Zivilisation. Allesamt Sklaven natürlich, die Besitzer brauchten. Herren. Aristos kümmerten sich besser um ihre Sklaven, als die Sklaven das für sich selbst hätten tun können. Schon seit langem war Qox das hysterische Geschrei der Skolianer Leid, die ständig über den so genannten Sadismus von Eubia klagten. In ihrem fieberhaften Wahn vergaßen die Skolianer zu erwähnen, dass die eubianischen Sklaven durchschnittlich einen höheren Lebensstandard hatten als die Skolianer. Hätte man ihnen die Freiheit geschenkt, so hätte sie das nur erschreckt und verunsichert.

Und es war auch selbstverständlich, dass die Rubin-Dynastie Einwände erhob. Sie waren schließlich selbst nur

Versorger ohne Besitzer. Die ultimativen Sklaven. Sie mussten unter Kontrolle gebracht werden, bevor sie die vollendete Schönheit des Universums zerstörten, die zu erschaffen die Aristos sich zur Aufgabe gemacht hatten.

So wie sie seinen Sohn zerstört hatten.

Qox machte eine Handbewegung. Die Wände wurden transparent und gestatteten ihm den Blick über Upper Qoxir, die Stadt unterhalb und jenseits des Palastes, eine hochaufragende Metropole aus Türmen und Alabaster. Upper Qoxir war der Schmuckstein auf diesem von Bio-Skulpteuren entworfenen Planeten, der ›Eu'bes Glorie‹ genannt wurde; er war nach dem Großvater von Ur, Eu'be Qox, benannt worden, der die Eubianische Harmonie begründet und Glorie als Regierungssitz ausgewählt hatte.

Eine Szenerie trügerischer Heiterkeit begrüßte ihn, ein sonniger Nachmittag mit klarer Luft und klarem Himmel. Eu'bes Glorie war ein noch junger Planet, seine Tage waren kurz, nur sechzehn Stunden lang. Der Planet besaß vierzehn Monde, die meisten davon waren nur klein, einige wenige jedoch von beträchtlicher Größe. Mirella stand im Osten am Himmel, er war fast voll. Er war nach der ersten Kaiserin benannt und wirkte am Himmel riesenhaft, wie ein gewaltiger Edelstein. Einem Befehl Eu'be Qox gemäß war die Oberfläche dieses Mondes verändert worden, sodass sie wie Karneol schimmerte. Zwei winzige Monde befanden sich in Mirellas Orbit, der eine ging dem Mond sechzig Grad voraus, der andere folgte sechzig Grad hinterher; beide waren nach Dienerinnen von Ix Quellia benannt, der alten Mondgöttin, die Qox' Vorfahren verehrt hatten.

Mirella war hauptsächlich für die Gezeiten verantwortlich, die auf Eu'bes Glorie herrschten. Doch sie war nicht der größte Mond. Diese Ehre kam Zara zu, die nach der Gemahlin des zweiten Kaisers, Jaibriol I., benannt worden war; Jaibriol I. hatte seine Schwester Zara zu seiner Kaiserin gemacht. Zara war viermal so weit von Eu'bes Glorie entfernt wie Mirella, und doch stand der Mond fast halb so groß wie Mirella am

Himmel und sorgte für einen beachtliche Tidenhub. Jaibriol I. hatte diesen Mond vergolden lassen. Im Augenblick stand Zara als goldene Sichel hoch im Westen am Himmel.

Viquara, der drittgrößte Mond, stand halb voll im Osten. Obwohl er nur weniger als halb so groß am Himmel stand wie Mirella, war es doch dieser Mond, der Kaiserinnen-Mond, der sich am schnellsten über den Himmel bewegte; Viquara umkreiste Eu'bes Glorie schneller, als der Planet um die eigene Achse rotierte. Deswegen ging Viquara im Westen auf und ging im Osten unter. Er glitzerte wie ein Diamant: Diesen Effekt hatte sich Ur Qox' Frau erbeten, als er den Mond nach ihr benannt hatte.

Die matt glänzende Sichel des viertgrößten Mondes von Eu'bes Glorie hing weit, weit entfernt über dem Horizont. G4. Der unbenannte Mond. Die Entscheidung, welchen Namen man G4 verleihen wollte, hatte Qox' Erben, Jaibriol II., zugestanden.

Jetzt würde der Mond für alle Zeiten den Namen ›G4‹ tragen.

Hinter Qox wurde eine Tür geöffnet. Er wusste, dass niemand ohne seine ausdrückliche Genehmigung den Raum betreten konnte. Seine Leibwachen standen vor der Tür, und die Verteidigungsanlagen waren allesamt aktiviert. Dennoch: Als er hörte, wie sich hinter ihm eine Tür öffnete, fragte er sich, ob dies, jetzt, der Tag seines Todes sein würde.

Ohne sich umzudrehen, sagte er: »Also?«

»Ich grüße dich«, hörte er seine Frau sagen.

Qox drehte sich zu ihr um. Der kahle Raum bedurfte keines Schmuckes mehr, wenn Kaiserin Viquara anwesend war. Er hatte sie nur aus einem einzigen Grund ausgewählt: ihrer körperlichen Schönheit wegen. Dass sie sich auch noch als intelligent herausgestellt hatte, war ein unerwarteter Bonus gewesen.

Dunkle Wimpern umrahmten ihre roten Augen. Ihr Gesicht war klassisch geschnitten, ihre Haut so glatt wie Schneemarmor. Ihr Haar glänzte, glatt und schwarz, es schimmerte im kalten Licht des Raumes. Auch nach sechsundzwanzig Ehejahren war ihre Figur makellos. Ur Qox machte sich nie die Mühe, zu fragen, wie es ihr gelang, sich diese ewige Jugend zu erhalten, doch sie war jetzt noch mehr der Inbegriff der Highton-Schönheit als damals, als sie ihm zum ersten Mal begegnet war, bei ihrer Hochzeit vor sechsundzwanzig Jahren; damals war sie vierzehn gewesen.

Er hatte sie auf so unauffällige Weise sterilisieren lassen, dass sie nie erfahren hatte, dass es überhaupt geschehen war. Sie war der Ansicht, dass sie, trotz anders lautender medizinischer Gutachten, die sie vor der Hochzeit hatte einholen lassen, unfruchtbar sei.

Sie hatte ihn immer wieder gedrängt, ihr zu gestatten, ihm durch künstliche Befruchtung empfangene Erben zu schenken. Selbstverständlich hatte er das abgelehnt. Das widersprach in jeder Hinsicht dem Geist der Hightons. Es wurde dennoch durchgeführt; doch es hatte für ihn, den Kaiser, keinen Nutzen, ihr die Kinder zuzugestehen, die sie sich so sehr wünschte. Also hatte er ihr eine ehrenvolle Wahl gelassen – eine Wahl, die noch aus alten Zeiten stammte und dort von der höchsten Kaste praktiziert wurde, wenn das Bedürfnis nach Nachkommen gewichtiger war als so etwas wie ›Liebe‹. Er hatte ihr angeboten, ihren Selbstmord zu billigen.

Sie flehte um Gnade, weinte, setzte alle weiblichen Reize ein, die ihr die Natur geschenkt hatte. Schließlich hatte er sich ›erweichen‹ lassen. Der Preis ihres Lebens war ein Eid: Falls er eine Frau finden sollte, die ihm einen Erben schenkte, würde Viquara das Kind als ihr eigenes anerkennen und keine Fragen stellen. Auf diese Weise behielt die Kaiserin ihren Titel und ihr Leben, und Ur Qox bekam seinen Rhon-Sohn. Wie versprochen deutete seine Gemahlin mit keinem Wort an, dass der Junge nicht von ihr war. Ur hatte Jaibriol bis vor einem Jahr versteckt gehalten, und bis dahin hatte Viquara ihre Rolle so ausgiebig studiert, dass sie diese nun mit Leichtigkeit beherrschte.

Nun flüsterte sie den Namen ihres Gatten, *Uhh'jiehr*, ließ es seidenweich klingen, mit einem Knacklaut nach der ersten

Silbe – einem Laut, den die Skolianische und die Eubianische Sprache gemeinsam hatten, schließlich hatten beide denselben Ursprung, eine mehr als fünftausend Jahre alte Sprache. Qox ging zu seiner Gemahlin hinüber und schloss sie in die Arme, strich mit den Lippen über ihr Haar. Er hatte nie herausgefunden, ob sie ihn liebte, ob sie überhaupt fähig war zu lieben. Es war egal. Sie gab ihm, was er brauchte, so wie alle Leute, wenn er das wollte, und das so, wie er es wollte.

Und wenn sie es nicht taten, dann entledigte er sich ihrer.

Die Leibwächter warteten vor der Tür, vier Männer in der schlichten, nachtschwarzen Uniform der Razer, der Geheimpolizei des Kaisers. Metallgraue Halsbänder glitzerten an ihren Hälsen, das einzige äußerliche Zeichen dafür, dass sie Sklaven waren. Im Schutz dieser Leibwächter stiegen der Kaiser und die Kaiserin in das Erdgeschoss des Palastes hinab.

Der Boden war rautenförmig gefliest, in Schwarz und Gold; hohe Säulen zierten die riesigen, luftigen Hallen. Die schimmernd weißen Säulen und Wände waren weder aus Diamant- noch aus Schneemarmor, sondern aus einem Gemisch der beiden Marmorsorten – eine Mischung, die Atom für Atom von NanoBots erzeugt worden war. Wie alle Geräte der Nanotechnologie waren diese Robots keine magischen Maschinchen, sondern lediglich spezielle Moleküle, die eine ausgewählte Funktion ausüben konnten, in diesem Fall das Einlagern bestimmter Atome in ein Kristallgitter.

Die Gruppe blieb vor der großen Doppelflügeltür stehen, hinter der die Halle Der Ringe lag. Einer der Razer legte einen Finger an sein Halsband, und die Türen öffneten sich. Im Inneren des Halle waren kreisförmig Sitzbänke mit hohen Lehnen aufgestellt, sie schimmerten weiß, darauf lagen rote Brokatkissen. Auf allen Bänken saßen Aristos in glänzenden schwarzen Uniformen, hunderte von Aristos, Vertreter aller drei Kasten: Highton-Aristos, von denen Regierung und Militär kontrolliert wurden, Diamant-Aristos, die für Handel, Produktion und Bankwesen verantwortlich waren, und Silikat-Aristos, denen die Bereitstellung aller erforderlichen

Vergnügungen überantwortet war, eingeschlossen die Versorger. Alle hatte rubinrote Augen, glänzend schwarzes Haar und perfekte Gesichter.

Ihr Aussehen war gleich.

Ihre Bewegungen waren gleich.

Ihre Sprache klang gleich.

Ihre Gedanken waren gleich.

Sie schauten zu, wie der Kaiser und die Kaiserin einen Gang entlangschritten, der wie die Speiche eines Rades zu einem Podium hinaufführte. Mit Viquara an seiner Seite betrat Ur Qox dieses Podium. Dann setzte er sich in den prächtigen roten Sessel, der dort aufgestellt war. Der Karneol-Thron.

Einstimmig hoben dreihundert Aristos die Arme, und dreihundert Aristos ließen die Zierringe an ihren Fingern zusammenklicken, es klang wie dreihundert kleine Zimbeln. Dann erfüllte ein gemeinschaftlich angestimmter Ton die Halle. Es war eine der seltenen Gelegenheiten, in der Aristos der Trauer Ausdruck verliehen, und das taten sie, weil der höchste aller Aristos unter ihnen war, und nur ihm zu Ehren. Sie betrauerten den Erben der Hightons. Schweigend leisteten sie einen gemeinsamen Eid: Die Rubin-Dynastie würde für den Tod von Jaibriol II. bezahlen, bezahlen für den Tod des strahlenden Sohnes von Eubia.

Soz blieb vor einem hüfthohen Felsbrocken stehen, den Laser-Karabiner über die Schulter gehängt. Jaibriol setzte sich auf den Fels; er trug die Tasche mit den Computern.

Der Himmel wölbte sich über ihnen wie eine blassblaue Eierschale. Im Osten schimmerte der rote Zwergstern wie eine Scheibe geschmolzenen Goldes. Obwohl der ›rote‹ Stern in Wirklichkeit heiß genug war, um dem menschlichen Auge weiß zu erscheinen, brach die Atmosphäre von Prisma genug vom ohnehin nur schwach ausgeprägten blauen Anteil des von ihm abgestrahlten Lichtes, dass es ihn orangefarben wirken ließ. Im Westen loderte die ›blauweiße‹ Sonne, grell und weiß. Soz hatte den roten Zwerg ›Rot‹ und die blauweiße Sonne ›Blau‹ genannt, zumindest bis Jaibriol etwas Besseres einfiel. Obwohl Blaus Durchmesser den von Rot um mehr als das Dreifache übertraf, war er weit entfernt: Die flüssig wirkende Scheibe von Rot, wie sie am Himmel von Prisma stand, wirkte mehr als sechsmal so groß, fast dreimal so groß wie Sol, wenn man sie von der Erde aus betrachtete.

Gewaltige Wälder umgaben Soz und Jaibriol in allen Richtungen, von der Lichtung abgesehen, die sich hier vor ihnen erstreckte. In einigen Metern Entfernung toste ein breiter Fluss über umgestürzte Baumstämme hinweg.

»Das ist wunderschön«, meinte Jaibriol. »Bisher das Schönste, was wir hier gesehen haben.«

Soz deutete auf einen Hügel auf der anderen Seite des Flusses. »Wir könnten da oben ein Haus bauen.«

Jaibriol nickte und rieb sich geistesabwesend die Brust, durch seinen blauen Schutzanzug hindurch.

»Stören die Pollen dich?«, erkundige Soz sich besorgt.

»Nicht mehr, seit ich dieses letzte Gebräu genommen habe, das MedComp ausgeheckt hat.« Grinsend fügte er mit nasaler Stimme hinzu: »Nicht mal die Nase verstopft.«

Als Soz sein Lächeln sah, musste sie seufzen. Vor ihrem geistigen Auge sah sie ihn ohne den Schutzanzug.

Er stieß einen verzweifelten Laut aus. »Allmächtige Heilige, du denkst wirklich immer nur an das eine!« Er legte ihr den Arm um die Hüfte und zog sie zu sich, zwischen seine Knie. »Du hast überhaupt keinen Respekt vor meinen geistigen Fähigkeiten, Gemahlin!«

Sie lächelte. »Ich habe Respekt vor allen deinen Fähigkeiten, Gemahl! Geistig und anderweitig.«

Seine Miene wurde sanfter. Dann seufzte er und ließ sie los. »Wir sollten uns an die Arbeit machen.«

Soz hätte sich lieber noch ein wenig mit seinen Fähigkeiten beschäftigt, aber sie wusste, dass er Recht hatte. Also sagte sie nur: »Einverstanden. Du gehst auf Erkundungsmission, während ich den Fluss sichere.«

Er musste lachen. »Das ist doch kein Militäreinsatz!«

Sie salutierte grinsend. »Weitermachen!«

Sie wählten einen Platz aus, an dem das Flussufer so breit war, dass es einen kleinen Strand gab, auf dem Palmen standen, die, wenn ihre Wedel raschelnd gegeneinander stießen, miteinander zu flüstern schienen. Am anderen Ufer des Flusses ragten dicke Wurzeln aus dem Sand. Das Einzige, wovon die beiden sich vorstellen konnten, es sei einst von diesen riesenhaften Wurzeln ernährt worden, war ein umgestürzter Baumstamm, der im Wasser lag und langsam verrottete.

Innerhalb der nächsten Stunde erkundete Jaibriol die Gegend, während Soz mit dem GeoComp arbeitete und die Proben analysierte, die Jaibriol ihr brachte. Die Ergebnisse stimmten mit denen überein, die sie auch bei den an anderen Stellen entnommenen Proben erhalten hatten. Etwa die Hälfte der Blattpflanzen war essbar, ein Viertel schwach giftig, der Rest tödlich. Ähnliches galt für das Wasser: Abgekocht war es trinkbar, obwohl MedComp meldete, dass sie beide langfristig immun gegen die darin enthaltenen Wabenbakterien werden würden. Das Erdreich hier war ebenso dunkelgrün wie dort, wo sie bisher Proben entnommen und untersucht hatten; die Farbe stammte von Chlorophyllarten, die im Lehmboden vorkamen. Soz vermutete, dass sich darauf gut Feldfrüchte anbauen lassen würden; sie mussten nur zuerst herausbekommen, was man überhaupt würde anpflanzen können.

Obwohl Prisma ein noch junger Planet war, etwa so alt wie die präkambrische Erde, waren die hier existierenden Lebensformen in etwa so weit entwickelt wie auf der Erde zur Zeit des Paläozoikums. Es gab vor allem primitive Flora und, deutlich weniger ausgeprägt, Fauna. Die Tiere hier waren anders als alles, was Soz bisher kennen gelernt hatte. Rotgoldene Flieger summten durch die Luft, teils Krustentiere, teils Reptilien, ihrem Aussehen nach zu urteilen, zum Teil schienen sie auch Pflanzen zu sein: Ganz offensichtlich enthielten ihre Chitinpanzer auch Chlorophyll.

Laut dem erste Scan, den die Erdsonde nach der Entdeckung dieses Planeten vorgenommen hatte, gab es hier auch eine humanoide Spezies. Nachfolgende Scans hatten dann ergeben, dass diese ›Humanoiden‹ in Wirklichkeit bizarre Pflanzen waren, die sich fortbewegen konnten, indem sie sich vorbeugten, bis ihre Kronen den Boden berührten; dort schlugen sie neue Wurzeln, lösten dann ihre alten aus dem Boden und richteten sich wieder auf, sodass ihre alten Wurzeln ihre neuen Kronen wurden.

Soz stand am Ufer und schaute zur anderen Seite des Flusses hinüber. Dort lichtete sich der Wald, und ein Stück hinter dem Ufer erhob sich ein grüner Hügel von derselben lehmigen Bodenbeschaffenheit, wie Soz sie hier hatte analysieren können. Die Kuppe des Hügels lag einige hundert Meter entfernt. Falls der Boden dort auch noch eine ähnlich hohe Qualität hatte wie auf dieser Seite des Flusses, hatten Jaibriol und sie vielleicht einen Platz gefunden, an dem sie ihr neues Zuhause errichten konnten. Sie nickte, dann beugte sie sich vor und zog ihre Stiefel aus.

»Was machst du denn da?«, fragte Jaibriol erstaunt.

Sie richtete sich auf und sah ihn in einigen Metern Entfernung am Flussufer stehen. »Ich werde jetzt versuchen, durch diesen Fluss zu waten.«

»Woher weißt du, dass das nicht gefährlich ist?«

»Ist ein kalkuliertes Risiko.« Sie deutete auf das Wasser. »Wir haben keine Raubtiere oder irgendetwas anderes Gefährliches hier gefunden. Nichts außer Kriechtieren und Käfern.« Diese ›Käfer‹ waren eigentlich eher winzige Krustentier-Pflanzen.

»›Kriechtiere und Käfer‹ können einem auch gefährlich werden!«, beharrte Jaibriol. »Du könntest gestochen oder gebissen werden oder so, und was dann?«

»MedComp sagt, dass sie nicht giftig sind.«

»Ja, die, die wir schon überprüft haben.« Er ging zu ihr hinüber, den Karabiner an der Seite. »Wir haben doch bisher nur einen winzigen Bruchteil aller hier vorkommenden Spezies analysiert.«

Soz öffnete den Kragen ihres Schutzanzuges. »Ich habe schon für das IRK Planeten inspiziert. Dieser Planet liegt im Bereich akzeptabler Standards, und zwar problemlos.«

»Das bedeutet noch lange nicht, dass es in diesem Wasser nichts gibt, das dir schaden könnte!«

»Ich nehme eine Pressluftspritze mit. Falls mich etwas sticht oder beißt, kann ich ein Gegenmittel synthetisieren lassen.«

Er runzelte die Stirn. »Wie denn? Die Spritze weiß doch überhaupt nichts über diesen Planeten!«

»Wir haben ihr doch selbst Daten durchgegeben.« Sie deutete auf die Tasche mit den Computern. »Selbst eine einzige Probe ist schon sehr aussagekräftig, und wir haben ihr die Ergebnisse von hunderten Proben gegeben – mehr als genug, um grundlegende Informationen über die örtliche Biochemie zusammenzustellen! MedComp arbeitet doch jetzt schon daran, Gegenmittel zu entwickeln.«

Jaibriol wischte sich eine Schicht Pollenstaub von der Wange. »MedComp ist sehr effektiv, dagegen sage ich ja gar nichts. Aber du solltest trotzdem kein Risiko eingehen.«

»Früher oder später werden wir etwas einfach ausprobieren müssen! Wir können doch nicht für alle Zeiten jedes Risiko vermeiden!«

Sanft sagte er: »Ich will dich nicht begraben müssen.«

Sie drückte ihre Wange gegen seine Handfläche. »Das wirst du auch nicht.«

»Ich komme mit.«

»Einer von uns sollte hier bleiben. Nur für alle Fälle.«

»Dann gehe eben ich.«

»Jaibriol, ich bin für solche Einsätze ausgebildet worden.«

Er atmete hörbar aus. Nach einer kurzen Pause meinte er: »Dann sichere ich dich vom Ufer aus.«

Sie streichelte ihm die Hand. »Das wäre gut.«

Also streifte Soz ihre Kleidung ab, legte sich anschließend den Gürtel wieder um und befestigte daran eine Pressluftspritze, ein Messer, ihren Palmtop, eine auf Handtellergröße zusammengefaltete Schwimmweste und eine Schnur, die mit Nanotube-Fasern verstärkt war – dünn wie Spinnwebfaden, reißfest wie ein Stahlkabel. Dann watete sie in den Fluss hinein.

Klares Wasser umspülte ihre Unterschenkel. Sie ließ es auch durch den Palmtop-Analysator strömen, um noch mehr Daten über die zahlreichen bakteriellen Lebensformen zu erhalten. Spatelförmige Blätter trieben an ihr vorbei, unter ihren Füßen fühlte sie kleine Steine, die sich teilweise in der Strömung bewegten. Als sie die Mitte des Flusses erreicht hatte, stand ihr das Wasser bis zur Hüfte. Sie drehte sich um und sah Jaibriol am Ufer. Als sie winkte, nickte er ihr zu, in den Händen den Karabiner.

Soz blickte zum Himmel hinauf. Sonnenlicht fiel auf sie herab, Licht aus bläulichem Licht und goldenem Licht, klar und hell. Obwohl das menschliche Auge nicht empfindlich genug war, um die Helligkeitsunterschiede zu bemerken, die sich ergaben, je nachdem, ob nur eine oder beide Sonnen am Himmel standen, lieferte ihre biomechanisch verstärkte Optik ihr trotzdem eine Analyse: Der Großteil des von Rot abgestrahlten Lichtes lag im Infrarotbereich, während Blau hauptsächlich Licht aus dem sichtbaren Bereich und dem Ultravioletten abstrahlte. Die reichhaltige Atmosphäre von Prisma, die dichte Ozonschicht und die ausgedehnten Ozeane dieses Planeten schützten seine empfindlichen menschlichen Bewohner, sowohl vor nicht allzu häufig auftretenden, dafür aber sehr intensiven Eruptionen der roten Sonne, die dann die Leuchtkraft zahlreicher Sonnen gleichzeitig besaßen, und vor der UV-Strahlung der blauen Sonne.

Als Soz ihre Aufmerksamkeit wieder dem Fluss zuwandte, sah sie auf den kleinen Wellen, die sie mit ihren Bewegungen erzeugte, ihre beiden Schatten tanzen, einer vor ihr, einer hinter ihr. Um sie herum sprühte der Tag nur so vor Leben. Prisma war eine reizvolle Welt, offen und frei, vielleicht einsam, aber alles in allem doch eine sehr friedliche Welt. Jaibriol und sie hatten wirklich Glück gehabt.

Dann untersuchte sie das gegenüberliegende Ufer, an dem das Wasser glucksend ein Geflecht aus riesenhaften Wurzeln umspielte, das halb unter der Wasseroberfläche lag und fast wie eine Art Käfig wirkte. Die Wurzeln waren leicht rötlich gefärbt und mit purpurrotem Moos überwachsen. Kletterpflanzen rankten sich daran hinauf, seilartige Zweige, deren Blätter an rote Schwämme erinnerten.

Soz watete zu diesem Wurzelgeflecht hinüber. Hier war der Fluss ein wenig tiefer. Denn die knorrigen Wurzeln hatten sich auf den Lauf des Flusses ausgewirkt, sodass hier die Strömung schneller war, und dadurch hatte sich der Fluss an dieser Stelle ein tieferes Bett gegraben. Soz kletterte auf eine Wurzel hinauf, die aus dem Wasser ragte; der Bogen, etwa vom gleichen Umfang wie ihre Taille fühlte sich schwammig unter ihre Füßen an. Sie setzte sich auf diesen ›Aussichtspunkt‹, ließ die Beine über dem Wasser baumeln und kratzte mit den Fingern über eines der Moosgeflechte, um weitere Proben für ihren Analysator zu erhalten.

Unter ihren Füßen hörte sie ein Platschen im Wasser. Sie schaute hinab und sah Wellen auf der Wasseroberfläche, als hätte ein kleines Tier die Wasseroberfläche durchstoßen und sei dann verschwunden.

»Soz?«, rief Jaibriol. »Alles in Ordnung da drüben?«

Sie blickte zu ihm hinüber. »Alles in Ordnung!«, bestätigte sie.

Er blieb am Flussufer stehen und hielt den Karabiner abwechselnd mit der linken, dann wieder mit der rechten Hand. Soz lies ihren Analysator die erste Moosprobe untersuchen und kratzte dann erneut mit dem Fingernagel über die Wurzel, um eine weitere Probe zu nehmen.

Wieder platschte es im Wasser.

Die biomechanische Verstärkung ihrer Reflexe aktivierte sich selbsttätig, und sie schaute schneller hinab, doch auch diesmal war sie nicht schnell genug; was auch immer dafür verantwortlich war, dass Wasser aufgespritzt war, es war bereits verschwunden.

Sie richtete einen Gedanken an ihren Spinal-Knoten: **Analyse.**

Die Bewegungen auf der Wasseroberfläche lassen auf einen lebenden Organismus schließen. Oder darauf, dass etwas ins Wasser gefallen ist.

Soz blickte sich um. Einige Wurzeln krümmten sich über ihrem Kopf, ihre glatten Oberflächen waren an vielen Stellen moosbewachsen. **Könnte Moos herabgefallen sein?**

Möglich. Allerdings würde das ein anderes Geräusch erwarten lassen.

Soz blickte wieder auf die Wasseroberfläche. **Vielleicht verbirgt sich etwas da unten?**

Nach einer Pause dachte ihr Knoten: Abgeschätzte Wahrscheinlichkeit, dass sich ein Organismus zwischen den Wurzeln verbirgt: 72 Prozent; Wahrscheinlichkeit, dass sich ein Organismus unter den Steinen verbirgt: 48 Prozent; Wahrscheinlichkeit, dass ein Organismus aus dem Wasser gesprungen ist: 24 Prozent; dass etwas in das Wasser gefallen ist: 17 Prozent; dass es sich um eine zufällig aufgetretene Turbulenz des Wasser gehandelt hat: 9 Prozent; dass eine Wurzel aus dem Wasser herausgeschnellt ist: 3 Prozent; dass ein Stein aus dem Wasser gesprungen ist: 0.05 Prozent. Die Antwort war in normaler Geschwindigkeit erfolgt: als Worte, nicht in Form eines beschleunigten Datenstroms, wie sie im Hochgeschwindigkeits-Kampf-Modus erfolgte.

Soz musste lächeln. **Aus dem Wasser springende Steine?**

Die Wahrscheinlichkeit ist gering, gab ihr Spinal-Knoten zu.

Glaubst du, da unten versteckt sich was?

Das ist eine nahe liegende Annahme. Ein blaues Lämpchen leuchtete auf Soz' Palmtop auf: Er meldete, dass er von ihrem Spinal-Knoten IR-Signale erhielt, die über Glasfaserverbindungen im Inneren ihres Körpers an ihre Handgelenkbuchse weitergeleitet wurden; diese Buchse sendete das Signal dann an den Palmtop. Das Lämpchen schaltete auf Violett um, als der Palmtop Daten an Soz' internes biomechanisches Netzwerk zurücksendete. Dann meldete ihr Knoten: Ich schlage vor, diese Wurzeln einer genaueren Analyse zu unterziehen. Die vom Palmtop untersuchte Probe lässt auf eine Biochemie schließen, die sich signifikant von denen anderer Lebensformen dieses Gebietes unterscheidet.

Inwiefern unterscheidet?

Zum Teil pflanzlich, zum Teil kristallin.

Das faszinierte Soz. **Betreibt es Photosynthe …**

Diesmal war das Platschen viel lauter.

Die Wurzel, auf der Soz saß, peitschte umher und schleuderte sie ins Wasser. Als sie auf die Wasseroberfläche aufschlug, wickelte sich peitschenartig eine Wurzel um ihren Brustkorb, hielt dabei ihren rechten Arm umklammert, eine weitere Wurzel schlang sich um ihre Taille. Dann rissen die Wurzeln sie wieder aus dem Wasser.

Ihre Reflexdatenbanken übernahmen die Kontrolle, noch bevor ihr Gehirn begriff, was geschehen war. Ihren gefesselten Arm presste sie, so fest sie konnte, gegen die Wurzel, die sich um ihren Brustkorb gewickelt hatte, presste immer weiter dagegen, um zu verhindern, dass der Druck der Wurzel ihr die Rippen brach. Die andere Hand versuchte sie unter das Wurzelstück zu schieben, das ihre Taille umschlungen hielt, um das Messer am Gürtel erreichen zu können.

Die Wurzel schleuderte sie wieder ins Wasser zurück, drückte sie hinunter bis auf den Grund des Flusses. Mit dem Gesicht schrammte sie über den steinigen Grund, schluckte Wasser. Die NanoMeds in ihrem Körper versuchten, das Wasser aus ihrer Lunge herauszuschaffen, doch es strömte zu schnell nach, als dass es den Meds alleine hätte gelingen können, ihr Ertrinken zu verhindern.

Sie schaffte es, den linken Arm ganz unter die Wurzel zu schieben, die ihre Taille umklammert hielt, dann kämpfte sie mit beiden Armen gegen die Umklammerung an. Ihre Hydraulik arbeitete mit Höchstleistung, und die Hitze, die ihr Mikro-Fusionsreaktor dabei erzeugte, konnte durch den kühlenden Fluss leicht abgeleitet werden.

Mit einer plötzlichen, hektischen Bewegung rissen die Wurzeln sie wieder aus dem Wasser, Soz japste nach Luft und würgte das Wasser heraus, das sie geschluckt hatte. Wald und Himmel wirbelten an ihrem Blickfeld vorbei, und Brandgeruch stach ihr in die Nase. Kurz konnte sie einen Blick auf Jaibriol erhaschen, der mit angelegtem Karabiner am Ufer stand.

Soz schob ihren Arm weiter am Körper entlang, bis ihre Finger das Heft ihres Messers ertasteten. Vorsichtig, um es nicht zu verlieren, zog sie es hervor und rammte dann die Klinge tief in die Wurzel hinein. Die Reaktion kam sofort: Mit einer peitschenden Bewegung trug die Wurzel sie auf das Ufer zu. Soz stach weiter auf ihren Angreifer ein, rang dabei nach Luft. Schwarze Flecken tanzten ihr vor den Augen. Ihr biomechanisches Netzwerk konnte auch dann noch einige Augenblicke lang funktionieren, wenn ihr Bewusstsein ihre Aktionen nicht mehr koordinierte, doch Soz bezweifelte, dass das ausreichen würde, um ihr das Leben zu retten.

Wieder erhaschte sie einen kurzen Blick auf Jaibriol. Er legte gerade eben auf das große Wurzelgeflecht am Ufer an. In diesem Moment schoben die Wurzeln sie mit Urgewalt genau in die Mitte dieses Geflechtes, und Jaibriol war das Schussfeld verwehrt. Inmitten dieses Wurzelgeflechts war eine verbrannte Stelle zu erkennen, und der Gestank versengter Pflanzenteile erfüllte die Luft. Soz' Arm fühlte sich taub an, doch ihr Knoten hielt die Hydraulik weiter in Bewegung, und so stach sie weiter auf die Wurzel ein. Die dunklen Flecken vor ihren Augen wurden größer und größer.

Es war wie ein Peitschenknall – die Wurzel ließ ihre Taille los. Mit ihrem nun freien Arm stach sie jetzt auf die andere Wurzel ein, die immer noch ihren Brustkorb umklammert hielt, immer und immer wieder, bis auch diese ihren Griff löste. Als das geschah, stürzte Soz ins Wasser. Andere Wurzeln schlugen unkontrolliert nach ihr, und blindlings wand sich Soz durch dieses wimmelnde Chaos.

Eine Ranke packte ihre Knöchel. Weitere Ranken legten

sich um ihre Arme und Beine, und die schwammartigen roten Blätter bedeckten ihr Gesicht. Sie zerrten sie aus dem Wasser, zurück in das Zentrum des Wurzelgeflechts. Der Brandgestank war jetzt noch schlimmer, Soz erstickte fast daran. Jaibriol musste das Geflecht noch einmal getroffen haben, während Soz sich durch das Wasser zu kämpfen versucht hatte.

Anders als die Wurzeln waren die Ranken als Angreifer weniger effektiv. Soz schlug mit dem Messer auf sie ein, durchtrennte eine, dann eine weitere, dann noch eine. Weitere Ranken schlangen sich um ihren Leib, doch die Bewegungen der einzelnen Pflanzenteile wurden schwächer, die Ranken bewegten sich nur noch unkontrolliert und ruckartig. Soz kämpfte weiter, stach und schnitt, wieder und wieder, bis die verbliebenen Wurzeln ihr Gewicht nicht mehr zu halten vermochten, und Soz glitt ins Wasser. Einige wenige Ranken versuchten noch, sich um ihre Beine zu legen, doch ein kräftiger Tritt sorgte dafür, dass sie sich schnellstens aus Soz' Reichweite begaben.

Schließlich hatte Soz die Flussmitte erreicht und richtete sich auf; Jaibriol lief auf sie zu, hinein in den Fluss, Wasser spritzte auf. Seine Emotionen schlugen wie Brandung gegen ihr Denken und Fühlen, eine Mischung aus Furcht, Erleichterung und Zorn. Sie watete auf ihn zu, so schnell sie konnte, sodass sie förmlich gegeneinander prallten, als sie einander erreicht hatten. Er legte ihr die Arme um die Taille und zog sie an sich. Gemeinsam stolperten sie aus dem Fluss heraus. Soz ließ sich auf das Ufer fallen und legte sich auf den Rücken; die Beine noch halb im Wasser, schnappte sie nach Luft.

Jaibriol kniete sich neben sie. »Ist alles in Ordnung?«

»Ja.« Keuchend atmete sie ein. »Das Ding war *lebendig*!«

Mit unverhohlenem Zorn erwiderte er: »Offensichtlich!«

»Ich meine ›vernunftbegabt‹!« Sie setzte sich auf, vor Anstrengung verzog sie das Gesicht. »Es hat gewusst, dass du ihm Schaden zufügst, also hat es mich vor sich gehalten, um dich aufzuhalten.«

Sein Zorn schlug über ihr zusammen. »Du hast ja überlebt!« Dann stand er auf und ging.

»Jaibriol?« Soz zwang sich aufzustehen, machte ein paar zittrige Schritte, stürzte aber. Sie konnte sich gerade noch auf Händen und Knien abfangen.

Du hast drei gebrochene Rippen, meldete ihr Knoten.

Dann reparier's!, dachte sie, obwohl sie wusste, dass ihr Spinal-Knoten dazu nicht fähig war.

NanoMed-Reihe G transportiert Nährstoffe in das beschädigte Gebiet, Reihe H unterstützt den Abbau von Zellbruchstücken zu wiederverwertbaren Molekülen. Reihe B ...

Vergiss, was ich gesagt habe!, dachte Soz. **Was ist mit meinen Rippen?**

Du musst die Knochen richten.

Ich weiß nicht, wie das geht.

Ich werde dich anleiten. Leg deine Hände auf deinen Brustkorb!

Immer noch auf den Knien, legte sie die Hände auf die Rippen und versuchte sich zu entspannen. Ihre Hydraulik übernahm die Kontrolle, von ihrem Knoten gesteuert, bewegte die Hände, schob die Rippen zurecht. Ihr Knoten hatte einen Morphin ähnlichen Wirkstoff ausschütten lassen, der die Schmerzen linderte, und dennoch musste Soz sich auf die Lippen beißen, um nicht laut aufzuschreien.

Richtprozess abgeschlossen, bestätigte ihr Knoten. Ich empfehle deine Aktivitäten weitestgehend einzuschränken, bis die Reparatur hinreichend fortgeschritten ist, um ein erneutes Verrutschen der Knochen zu verhindern. Weiterhin befindet sich ein Gift in deiner Blutbahn, den die Dornen an den Ranken injiziert haben. Ich synthetisiere gerade ein Gegenmittel, aber du brauchst Ruhe. Je mehr du dich bewegst, umso schneller zirkuliert der Giftstoff.

Ich kann ja zurück zur Höhle gehen, schlug Soz vor.

Du brauchst eine näher gelegene Unterkunft. Es wäre zu deinem Vorteil, für dieses Vorhaben Unterstützung von Person Qox zu erhalten.

Er heißt Jaibriol!

Ich bitte um Verzeihung! Meine Kampfroutinen wurden nicht dafür entwickelt, Kosenamen mit Highton-Aristos zu assoziieren.

Soz lachte unsicher, rollte sich auf den Rücken und betrachtete den baumgesäumten Himmel. **Warum ist er wütend auf mich?**

Bedauerlicherweise wurden meine Routinen auch nicht dafür entwickelt, emotionale Konflikte von Menschen zu analysieren, die durch eine Vertraulichkeit miteinander verbunden sind, wie sie häufig nach sexuellen Reproduktionsversuchen eintritt.

Was Besseres fällt dir nicht ein?

Ich glaube nicht. Aber ich habe ein Anliegen.

Soz runzelte die Stirn. Normalerweise bedeutete ›ein Anliegen‹, dass ihr Knoten berechnet hatte, sie würde sich gegen ein *Upgrade* wehren, das ihr Knoten für unerlässlich erachtete. **Nämlich?**

Ich hätte gerne einen Namen.

Bitte was?!

Du gibst dem Erben der Hightons einen persönlichen Namen, aber einen Knoten innerhalb deines eigenen Körpers nennst du nur ›Knoten‹.

Das ist doch ein Scherz, oder?

Hast du schon darüber nachgedacht, was es bedeutet, dass du dich weigerst, mir einen Namen zu geben? Er machte eine Pause. Wenn du nicht in der Lage bist, mit den emotionalen Problemen fertig zu werden, die sich dadurch ergeben, dass du eine Waffe in einem Krieg bist, wie willst du dann mit deiner aktuellen Situation fertig werden?

Soz fluchte leise. **Ich dachte, Psychologie sei nicht dein Fachgebiet.**

Mit großer Wahrscheinlichkeit sind meine Ansätze fehlerhaft, gab der Knoten, der einen Namen wollte, zu.

Soz verstand zwar nicht, wie sich irgendetwas ändern sollte, bloß weil sie ihrem Knoten einen Namen gab, aber was sollte es schaden? **Ich werd drüber nachdenken.**

Ich danke dir. Im Moment schlage ich vor, einen geschützten Ort zu finden, an dem weitere Erholung möglich ist.

Soz starrte in den Himmel. **Ich bin mir nicht sicher, ob ich mich bewegen kann, Knoten-ohne-Namen.**

Bitte Jaibriol um Hilfe.

Der ist fort.

Ruf ihn geistig!

Er hat alle Türen zugemacht.

Wenn du damit meinst, er habe bewusst sein Gehirn dazu aufgefordert, Kylatin auszuschütten, um die Neuralrezeptoren zu blockieren, die erforderlich sind, um von deinem Gehirn ausgesendete Signale zu verarbeiten, dann hast du Recht.

Wie auch immer.

Aber, fuhr der Knoten fort, er besitzt sehr viel mehr Psiamin-Rezeptoren, als sein Gehirn für die Interaktion mit dir normalerweise einsetzt. Intensiviere den *Output* deines KES und stimuliere sein KAS, damit dieser dann Impulse an Neural-Strukturen mit diesen Rezeptoren weiterleitet!

Ich werde seine Türen nicht eintreten! Das tut man nicht!

Es ist nicht in deinem Interesse, ohne jegliche Verteidigungsmöglichkeit hier zu liegen, in der Nähe eines Organismus, der gerade versucht hat, dich zu verspeisen.

Mich zu verspeisen?

Diese ›Wurzeln‹ scheinen zu einer Spezies fleischfressender Pflanzen zu gehören, die sich von großen Tieren ernährt.

Ich würde gerne darauf verzichten, sein Abendessen zu werden.

Dann ruf Jaibriol! Sich zu diesem Zeitpunkt um Telepathen-Etikette zu sorgen, ist unangebracht.

Es geht hier nicht nur um Etikette. Das ist eine Frage der Moral. Mit einem Stöhnen zwang Soz sich in eine Sitzposition. **Ich laufe zurück.**

Es wäre besser ...

Knoten, dachte Soz gereizt. **Schluss jetzt!**

Sie kämpfte sich auf die Beine. Jaibriol hatte den Karabiner bei ihren Kleidungsstücken liegen lassen – was bedeutete, dass er alleine und ungeschützt war. Sie zog sich an, versuchte dabei ihre Rippen zu schonen, dann nahm sie an sich, was Jaibriol von ihren Sachen hatte liegen lassen, und ging in den Wald hinein.

Etwas Bläuliches blitzte auf und zog ihre Aufmerksamkeit auf sich. Sie zwängte sich an einigen Büschen vorbei und trat dann auf eine Lichtung. In einigen Metern Entfernung saß Jaibriol auf einem Felsen und beobachtete sie.

»Ich dachte, du wärst zur Höhle zurückgegangen«, meinte sie.

»Sollen wir zusammen zurückgehen?«

»Mein Knoten meint, ich sollte hier bleiben. Ich habe irgendein Gift abbekommen.«

Er richtete sich auf. »Kommst du klar?«

»Alles in Ordnung. Ich brauche nur ein wenig Ruhe.«

Er ging zu ihr hinüber und legte seinen Rucksack ab. »Unsere Vorräte sollten mindestens einen Tag reichen.«

Sie bezweifelte, dass sie so lange brauchen würde – schließlich würde dieser Tag 243 Stunden dauern. »Das ist mehr als genug.«

Er setzte sich neben seinen Rucksack auf den Boden, dann legte er sich ausgestreckt auf den Rücken, die Hände hinter dem Kopf verschränkt.

»Du bist wütend«, stellte Soz fest.

Er betrachtete weiter den Himmel. »Ich habe eine Entscheidung getroffen.«

»Eine Entscheidung?«

»Ich gehe.«

Er wollte gehen? »Wohin denn?«

»Es ist vorbei.«

»Was ist vorbei?«

»Das mit uns.«

»Mit uns?«

»Ja.«

»Oh.« Soz versuchte, sanft in seine Gedanken vorzustoßen,

aber falls er bemerkt haben sollte, dass sie ›anklopfte‹, ließ er es sich nicht anmerken. »Warum ist es vorbei?«

»Ich gehe nach Süden«, fuhr Jaibriol fort. »Du kannst hier bleiben.«

»Das ist doch verrückt!« Sie beugte sich über ihn, damit er sie ansehen musste. »Wir müssen einfach die Risiken akzeptieren, die sich einfach nur dadurch ergeben, dass wir hier leben! Wir können nicht jedes Mal weglaufen, wenn irgendetwas Unangenehmes passiert.«

Er setzte sich auf; Zorn tränkte all seine Emotionen. Er setzte diesen Zorn mit einer Leichtigkeit frei, dass Soz fast sicher war: Er hatte ganz genau gemerkt, dass sie an seinem Denken und Fühlen angeklopft hatte. »Warum hast du mich nicht einfach in der Folterkammer deines Bruders umkommen lassen? Warum hast du mich hierher gebracht – als lebenslängliche Fortsetzung der Folter?«

»Was meinst du damit?«

»Ist doch egal!«

»Mir nicht. Aber ich kann keine Gedanken lesen.« Nun, eigentlich konnte sie das schon, aber darum ging es jetzt nicht. »Wenn du mir nicht sagst, was los ist, wie soll ich es dann ändern?«

»Das kann man nicht ändern.«

»Jaibriol!«

Er lehnte sich wieder zurück, stützte sich mit den Händen ab. »Liebe ist doch nur Fassade! Eine Metapher, die von Schriftstellern in Büchern eingesetzt wird. Niemals darf man akzeptieren, dass es sie gibt, denn sie wird dir wieder weggenommen! Genau das habe ich heute Nachmittag gesehen. Genau das sagst du mir die ganze Zeit! Wir werden hier sterben!« Er zuckte mit den Schultern. »Und ich ziehe es vor, allein zu sterben.«

Beinahe hätte sie gesagt: *Wie kannst du das glauben?*, doch dann hielt sie inne. Sie zog: *Das ist doch absurd* in Erwägung, kam dann aber zu dem Schluss, dass es wahrscheinlich ebenso wenig dazu geeignet war, eine positive Reaktion auszulösen. Das Gleiche schien auch für: *So ist es doch gar nicht* und für *Du hast ein gestörtes Verhältnis zu zwischenmenschlichen Beziehungen* zu gelten.

Schließlich sagte sie: »Ich wäre sehr einsam, wenn du wirklich gehst.«

»Einsam zu sein ist das Schicksal jedes Menschen!«

»Das muss es aber nicht sein.« Machte sie gerade alles nur noch schlimmer? Sie war noch nie gut in ›Beziehungsdiskussionen‹ gewesen. Sie hatte es vorgezogen, derartige Auseinandersetzungen zu vermeiden – eine Eigenart, die neben anderen Gründen dazu geführt hatte, dass ihr erster Mann vor sechzehn Jahren beschlossen hatte, sie zu verlassen. Dabei war, um der Wahrheit die Ehre zu geben, ebendiese Neigung, allem und allen eher wortkarg gegenüberzutreten, nicht das eigentliche Problem gewesen, eher ihre Unfähigkeit, über das *eigentliche* Problem zu sprechen. Und das eigentliche Problem war die Angst ihres ersten Mannes davor gewesen, dass ihre Karriere beim Militär ihn schnell zum Witwer machen würde. Da Jaibriol nun so ganz anders als sie eine Neigung für alles Sprachliche hatte, dämmerte es Soz, dass Beziehungsdiskussionen nun wieder wichtig werden könnten. Und sie hatte Angst, dass sie es wieder vermasseln würde – so wie das letzte Mal.

Nun saß er im Schneidersitz vor ihr und starrte auf seine Hände, die er in den Schoß gelegt hatte. Als sie ihn so vor sich sitzen sah, fiel ihr wieder auf, wie jung er eigentlich war. Dreiundzwanzig. Und dazu kam noch, dass er keinerlei Erfahrung mit zwischenmenschlichen Beziehungen hatte. Sie fragte sich, wie sie das jemals in den Griff bekommen sollten.

Versucht es wenigstens!, dachte ihr Knoten.

Hör auf zu Lauschen!

Ich kann nicht anders. Ich bin schließlich in dir.

Danke für diese tief schürfende Erkenntnis!

Mich mit sarkastischen Bemerkungen zu bedenken, wird dein aktuelles Problem nicht lösen.

Soz seufzte tief. Dann sagte sie leise: »Was da am Fluss passiert ist ... das hat uns beide erschreckt.«

Jaibriol betrachtete weiter seine Hände.

»Wir haben beide gewusst, dass ich sterben könnte«, fuhr sie fort. Als er nicht reagierte, versuchte sie es auf andere Weise. »Ich lebe seit drei Jahrzehnten damit, dass mir ständig meine eigene Sterblichkeit vor Augen geführt wird – seit mir das IRK mein Offizierspatent verliehen hat. Ich habe mich an diese Art Risiken gewöhnt. Aber du nicht.«

Jaibriol blickte zu ihr auf. »Ich habe in meinem ganzen Leben bisher zwei Personen geliebt. Mein Kindermädchen Camyllia, die inzwischen gestorben ist – und meinen Vater.« Er zuckte mit den Schultern. »Jetzt, da ich weiß, was er wirklich ist, könnte er genauso gut tot sein.«

Sie wusste, dass ihn das mehr schmerzte, als er zu zeigen bereit war. »Und jetzt bist du überzeugt davon, dass ich auch sterben werde? Und deswegen willst du weg, bevor das passiert?«

»Genau.«

Sanft sagte sie: »Ich kann dir nicht versprechen, dass es keine Gefahren gibt. Aber wir können uns ihnen gemeinsam stellen. Außerdem«, fuhr sie fort, »kannst du gar nicht nach Süden gehen. Wir haben uns noch nicht entschieden, wie wir diese Hemisphäre nun nennen wollen.«

Er verzog seinen Mund zu einem schwachen Grinsen. »Soshoni, du siehst alles viel zu nüchtern!« Mit einem kapitulierenden Seufzen zog er sie zu sich heran und schloss sie in die Arme. »Vielleicht ist es wirklich besser, wenn ich hier bleibe. Wenn nicht, fängst du bald an, diesem Planeten hier Namen aufzubürden wie ›Fluss‹ für den Fluss oder ›Pflanzen‹ für die Pflanzen.«

Erleichtert lehnte sie sich gegen ihn und erlaubte sich, sich ihre Erschöpfung einzugestehen und ihr nachzugeben. »Du hast Recht. Das dürfen wir nicht zulassen.

Also blieben sie zusammen. Im Norden.

II

Jahr Zwei

358 AS gemäß dem Imperialen Kalender
381 EG gemäß dem Eubianischen Kalender
2261 n. Chr. gemäß dem Gregorianischen Kalender
IZ 5264 gemäß dem Rubin-Kalender
etwa 6277 gemäß dem Iotischen Kalender

5

Natürlich messen wir unsere Jahre nach der Periode einer Umlaufbahn des Planeten Raylicon. Diese Welt ist schließlich die Heimatwelt all unserer Völker. Aber warum waren wir so überrascht zu erfahren, dass unser Jahr dem der Erde entspricht? Einige einfache Überlegungen zeigen, dass wir weniger überrascht hätten sein sollen. Die Rasse, die unsere Vorfahren nach Raylicon gebracht hat, wollte, dass wir überleben; warum sonst hätten sie einen Planeten auswählen sollen, der für menschliche Lebensformen geeignet ist? Dass sie einen entsprechenden Planeten ausgewählt oder durch Eingriffe dafür gesorgt haben, dass der Orbit dieses Planeten dem entspricht, das auch in unsere DNA programmiert ist, kann nur als weiteres Zeichen ihres absichtsvollen Vorgehens angesehen werden.

Unser altehrwürdiger Imperialer Kalender stammt aus der Zeit der großartigen Gründung des Skolianischen Imperialats, das erste Jahr wird mit 1 AS bezeichnet, oder ›das erste Jahr des Aufstiegs Skolias‹, um ebendiesen Aufstieg Skolias zu ehren. Die Erde benutzt immer noch ihren wunderlichen gregorianischen Kalender, in dem 1904 n. Chr. unserem Jahr Eins entspricht. Wie zu erwarten war, beginnt der einfallslose Eubianische Kalender mit der Geburt von Eu'be, also entspricht 1 EG auf dem Eubianischen Kalender 33 VAS im Imperialen Kalender, oder dreiunddreißig Jahre vor der Gründung Skolias.

Für diejenigen, die uralte Zeitmessungen bevorzugen: Der Rubin-Kalender setzt seinen Anfangspunkt auf den Aufstieg des Rubin-Reiches. Unser Jahr Eins entspricht 4377 IZ des Rubin-Kalenders, wobei ›IZ‹ entweder für ›Imperiales Zeitalter‹ oder für ›Inneres Zeitalter‹ steht. Der Iotische Kalender basiert auf der Ankunft menschlichen Lebens auf Raylicon, einem Zeitpunkt, den wir nur mit begrenzter Exaktheit anzugeben in der Lage sind.

– *Aus*: Das Verlorene Reich,
von Tajjil Bloodstone

Der Lageraum in seiner scharf umrissenen, glänzenden Funktionalität befand sich auf einem Raum-Habitat, das nur als ›der Orbiter‹ bekannt war. Der amphitheaterartige Lageraum war angefüllt mit Instrumenten, Netz-Konsolen und riesigen Robot-Lastenarmen, die TelVers durch die Gegend trugen. Hoch über dem Amphitheater hing ein Steuerungssitz unter einer Holokuppel, die Ansichten des Alls zeigte, sodass jeder, der hinaufblickte, diesen Sitz als Silhouette vor einem glitzernden Panorama holographischer Sterne sah. Eine Art Kappe voller Apparate bildete einen Hohlraum für den Kopf desjenigen, der in diesem Sitz saß, die Armlehnen waren rechteckige Blöcke, jeweils fünfzig Zentimeter breit, auf denen zahllose Lämpchen blinkten. Tausende von Kommunikationskanälen wurden in das Netzwerk dieses Sitzes eingespeist – und in das Gehirn des Mannes, der darauf saß.

Kurj wurde zu einem Teil seines Thrones. Das Exoskelett hatte Stecker in seine Knöchel, seine Handgelenke, die untere Hälfte seines Rückgrats und in seinen Nacken eingeführt. Ein Spinnennetz feinster Kabel auf seinem Schädel durchdrang mit mikroskopisch feinen Strängen seine Kopfhaut. Im Augenblick hatte Kurj auf einen *Virtual-Reality*-Modus geschaltet: Er trieb durch das All, zusammen mit dem Schlachtkreuzer *Rocas Stolz* und ihrer Geleitflottille, hunderte von Schiffen, vom einsitzigen Jag-Raumer bis zu Sternbrecher-Zerstörern. Die Schiffe waren über den weiten Raum verteilt, mehrere Millionen Kubikkilometer.

Eine Wespen-Korvette blieb konstant auf Kurjs Höhe. In dieser Simulation hatte er die Größe seines Icons so gewählt, dass sie seiner realen Größe entsprach, und das bedeutete, dass die Wespe ihn winzig erscheinen ließ – und dabei war sie

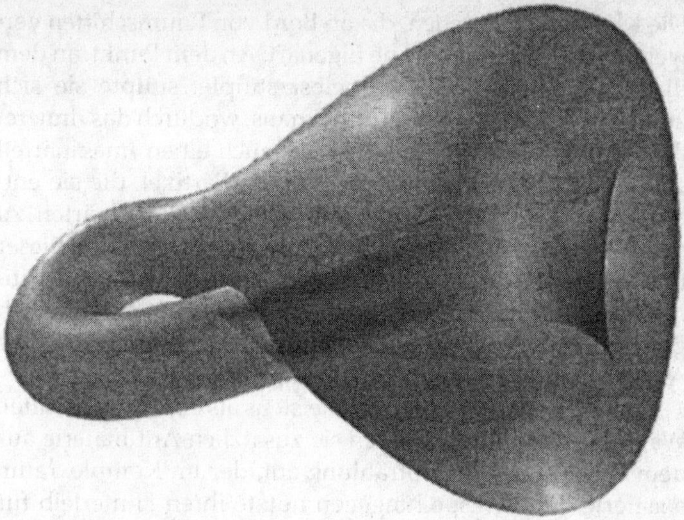

noch eines der kleineren Schiffe dieser Flottille. Die vierköpfige Besatzung befand sich in den beiden vorderen Sektionen des Schiffes, dem ›Kopf‹ und dem ›Thorax‹. Ein Gitternetz trennte diese beiden Abschnitte vom abtrennbaren ›Hinterleib‹.

Antimaterie anzeigen, dachte Kurj. Die VR-Simulation erzeugte ein Display des Inneren dieses Hinterleibes und überlagerte es mit einer Darstellung der Wespe. Leuchtende rote Linien kennzeichneten die unsichtbaren Magnetfelder. Sie umgaben einen Eindämmungsbehälter: Eine Kleinsche Flasche, das dreidimensionale Gegenstück zu einem Möbius-Band. Im Normalraum verengte sich die Oberfläche einer Kleinschen Flasche zu einer Röhre, die sich nach oben wölbte, sich über die Flasche stülpte, sich dann wieder mit ihrem eigenen Körper vereinigte und sich dabei so krümmte, dass sie jetzt das Innere der Flasche darstellte, bis sie an der unteren Öffnung der Flasche wieder austrat – und wieder wurde die Innenseite der Flasche zu deren Außenseite.

Die Kleinschen Flaschen, die an Bord von Raumschiffen verwendet wurden, hatten eine Eigenart: An dem Punkt, an dem die Flasche sich über sich selbst stülpte, stülpte sie sich zugleich aus dem Normalraum hinaus, wodurch das ›Innere‹ der Flasche sowohl einen Real- als auch einen Imaginärteil annahm. Die Flasche verteilte nun die Partikel, die sie enthielt, über diesen Raum, indem sie einen Imaginärteil zu deren Masse und Ladung hinzufügte. Durch Variation dieser Imaginärteile war es möglich, die Flasche viel mehr Antimaterie enthalten zu lassen, als dies im Realraum möglich gewesen wäre. Kleinsche Eindämmungsbehälter lagerten die Antimaterie also in einer Verzerrung der Realität.

Kleinsche Flaschen dienten meistens als Treibstoffbehälter. Während des Fluges nahmen sie zusätzlich Antimaterie aus dem Fluss kosmischer Strahlung auf, der im Komplexraum existierte. Eine Wespe hingegen nutzte ihren Hinterleib für weniger friedliche Zwecke. Wurde dem Waffen-Knoten ein bestimmter Befehl erteilt, ließ dieser die Kleinsche Flasche im Hinterleib des Schiffes kollabieren, und das führte dazu, dass einhundert Kilometer Antimaterie-Plasma in den Realraum abgeworfen wurden. Dies erzeugte ein kosmisches Ungleichgewicht, das vom Plasma umgehend berichtigt wurde – mit ungeheurer Sprengkraft.

Eindämmung sicher, meldete Kurjs Knoten A. Er lieferte eine Falschfarben-Darstellung der Flasche, rot an der Öffnung, je weiter sie sich verjüngte, umso stärker ging der Farbton ins Orange hinein. Dann verschwand die Flasche, stülpte sich aus dem Normalraum heraus. Von der Stelle an, wo sich die Flasche mit sich selbst schnitt, tauchte sie wieder auf, jetzt in kraftvollem Violett, wobei dieses Violett immer mehr in Rot überging, je weiter sich die Flasche ihrer eigenen Öffnung zuwölbte.

Bild im Komplexraum darstellen!, befahl Kurj in seinen Gedanken. Nun erschien auch der Rest der Flasche, die Ausstülpung über dem eigenen Körper war in Gelb, Grün und Blau dargestellt. Das ganze Bild war von einem feinen grünen Nebel umgeben – was bedeutete, dass alle Systeme einsatzbereit waren.

Nun wandte Kurj seine Aufmerksamkeit wieder der Außenwelt zu. Die Flottille befand sich im *Hammerjack*-System, in dem sechzehn Planeten eine gelbweiße Sonne umkreisten. Gemeinsam trieben die Schiffe am Orbit des sonnenfernsten Planeten vorbei; sie befanden sich so weit vom Mittelpunkt des Systems entfernt, dass *Hammerjack* kaum mehr als nur ein heller Stern in weiter Ferne war.

Gib mir die Daten über den lokalen Raum!, dachte Kurj.

Die Wespe verschwand, und ein neues Display baute sich auf; es überlagerte, was vom Weltraum zu sehen war, und lieferte alle Daten bezüglich der näheren Umgebung. Die Flottille hatte Position in dem Asteroidenfeld bezogen, von dem das gesamte System umgeben war, doch im Vergleich zu den Schiffen waren die einzelnen Gesteinsbrocken klein und weit voneinander entfernt. An dieser Stelle enthielt das All etwa ein Atom pro Kubikzentimeter – derart leer war kein im Labor erzeugtes Vakuum. Elektromagnetische Felder füllten diese ›Leere‹ mit turbulentem, gefährlichem Plasma, das auf Kurjs Displays in so intensiven Rot- und Blautönen markiert war, dass die Farben zu pulsieren schienen.

Kurj konzentrierte sich auf einen Schlachtkreuzer in der Ferne: ein schimmernder Strich, der sich klar und deutlich gegen den Hintergrund der Sterne abhob. Rocas Stolz, bestätigen.

Aufnahmebereit, dröhnte der Schlachtkreuzer.

Position des Zieles?, dachte Kurj. Ein Lichtpunkt erschien: ein Asteroid in der Ferne, jetzt weiß unterlegt.

Dröhnend meldete sich der Kreuzer wieder: Schussbereit. Demonstration kann eingeleitet werden.

Fortfahren.

Die Wespe jagte auf den Lichtpunkt zu, und Kurj folgte ihr, jagte durch die vibrierenden Energiefelder im Raum hindurch. Der Asteroid verwandelte sich von einem winzigen Fleck in einen Felskörper von etwa 260 Kilometern Durchmesser. Die Wespe sprengte ihren Hinterleib ab und wendete dann, doch Kurj folgte weiter dem Hinterleib, der auf den Asteroiden zuhielt.

Kleinsche Flasche darstellen, wies Kurj die VR-Simulation an. Das Display des Wespen-Hinterleibs erschien wieder, die Kleinsche Flasche darin glomm von innen heraus wie ein Gespenst. Obwohl der Hinterleib nur noch wenige Sekunden vom Asteroiden entfernt war, machte er keinerlei Anstalten abzubremsen.

Bohrer ausfahren. Diese Anweisung kam von der Wespe, die sich mit Höchstgeschwindigkeit vom Asteroiden entfernte.

Ein massiger Bohrer wurde aus dem Hinterleib des Schiffes ausgefahren. Dann prallte der gesamte Hinterleib auf dem Asteroiden auf und ließ an der Einschlagstelle auf der Oberfläche nur noch Trümmer zurück. Der Bohrer sprengte sich seinen Weg durch das Gestein und vergrub den Hinterleib tief im Inneren des kleinen Planetoiden. Die VR-Simulation schaltete bei dem Gestein auf ›Skelett-Ansicht‹: Im Inneren des Asteroiden war nun die leuchtende Kleinsche Flasche zu erkennen.

Klein-Feld kollabieren lassen, gab die Wespe ihre Anweisung.

Plötzlich wand sich die Flasche in den Realraum – zusammen mit der gesamten in ihr aufbewahrten Antimaterie. Da es unmöglich war, innerhalb eines so kleinen Volumens eine derartige Menge Plasma aufzubewahren, brachte der Wespenhinterleib den Asteroiden zur Detonation; eine Detonation reinen Plasmas, das jegliche Materie vernichtete, sie vollständig annihilierte. In der majestätischen Stille des Weltalls barst der Asteroid auseinander, ein Großteil seiner Masse annihiliert, die verbliebenen Bruchstücke wirbelten in alle Richtungen, während die Leere des Alls vor sprühenden Gamma-Photonen, Teilchenschauern und Strahlungs-Energieströmen zu kochen schien.

Von allen Schiffen der Flottille strömten Daten herein: Wellenlängen der Photonen, Atomkernverteilung, Energieprofile, Plasmadruck, Partikeldichte, Zeitskalen, Strahlungsschäden, Aufschlagskurve und so weiter und so weiter; jeder Wert wurde analysiert, sortiert, akkumuliert.

Test erfolgreich, dröhnte die *Rocas Stolz*.

Kurj sendete seine Gedanken an die gesamte Flottille. **Gute Arbeit!**

Zufriedenheit schlug ihm von allen Schiffen entgegen.

Mit den Tests fortfahren, wies Kurj sie dann an. **Ende der Kommunikation.**

Over and out, bestätigten die Schiffe.

Als Kurj sich aus dem Psiber-Net der Flottille zurückzog, schien der Weltraum um ihn herum immer mehr durchscheinend zu werden. Kurj konnte jetzt das Netzwerk erkennen, ein Gitternetz, das sich in die Unendlichkeit erstreckte. Kurjs Anwesenheit, die Anwesenheit seiner Gedanken- und Gefühlswelt zog dieses Netz punktuell zu einem kleinen kreisförmigen Hügel zusammen. Seine Nebengedanken umgaben die Kuppe des Hügels in konzentrischen Wellenkämmen, die sich in immer größer und größer werdenden Kreisen ausbreiteten wie Wellen, die entstehen, wenn man einen Stein ins Wasser wirft oder wie die Intensitätsauftragung eines Beugungsmusters, das sich bei einer kreisförmigen Lochblende ergibt.

Lageraum, dachte Kurj.

Der Hügel versank in dem Gitternetz. Kurjs Gedankenwellen formten sich in einer neuen Region, in der sich noch viele weitere Hügel befanden: Jeder einzelne stand für einen der zahlreichen TelVer, die an diesem Teil des Netzwerks arbeiteten, mit ähnlichen Dingen beschäftigt wie er selbst.

ψ-Zugang, dachte er.

Zugriff erfolgt, bestätigte Knoten **A**, und der Zugang transformierte Kurjs Denken und Fühlen zurück in die Raumzeit.

Kurj wurde sich der Stimmen und der summenden Maschinen um ihn herum bewusst, und auch des holographischen Sternenlichts aus der Kuppel über ihm. Er blickte auf den Lageraum hinab, Hunderte von Lichtjahren von den Manövern der Flottille entfernt. Immer noch sensibilisiert durch das Netzwerk konnte er tatsächlich einzelne Gedankenspuren in diesem Amphitheater aufschnappen. Subtilere Fäden waren schwer auszumachen, aber die dickeren Stränge glommen regelrecht. Sie alle arbeiteten zusammen wie eine gut eingestellte Maschine, fein abgestimmt auf mathematische Präzision durch sein eigenes Denken.

Ein störender Gedankenstrang zog seine Aufmerksamkeit auf sich: ein Gefühl völliger Unschuld und ungebändigter Lebenskraft. Kurj konzentrierte sich darauf, ein Holoschirm an seinem Sitz wurde aktiviert und zeigte ihm den Körper, der zu diesem Denken und Fühlen gehörte.

Ein hübscher Körper.

Sie gehörte zu den Betreuern, war eine unter den vielen Männern und Frauen, die sich um die TelVers, die telepathischen Vermittler, des Lageraums kümmerten. Betreuer und Betreuerinnen brachten Wasser oder Essen, führten freundliche Gespräche und sorgten ganz allgemein für das Wohlbefinden der TelVers. Kurj hatte herausgefunden, dass das die Leistungskraft der TelVers steigerte. Wenn TelVers aus dem Netzwerk ›auftauchten‹, desorientiert und erschöpft, bevorzugten sie es, von freundliche Menschen umsorgt zu werden, nicht von Maschinen.

Das Mädchen hier trug einen grünen Overall mit einem glitzernd besetzten Kragen. Braune Locken ringelten sich auf seinen Schultern. Obwohl man es gewiss nicht gerade als fallende Schönheit bezeichnet hätte, war das Gesicht des Mädchens doch recht hübsch und wirkte niedlich.

Datei dieser Person, setzte Kurj seine Forderung ab.

Greife auf Sehnerv zu, gab E zur Antwort.

Glyphen wurden als Laufschrift neben der Darstellung des Mädchens gescrollt. Es kam vom Planeten Titrat II im Imperialen Chemischen Sektor. Aus dem Waisenhaus in einer dortigen Barackensiedlung war es zum Einwanderungszentrum an einem der Raumhäfen gebracht worden. Da es nicht möglich war, in diesem Waisenhaus alle Kinder zu versorgen, hatte man die älteren auf andere Planeten fortgeschickt – eine fragwürdige Praxis, da die meisten Schiffe die Kinder gleich als Lehrlinge für Mannschaftsdienste an Bord behielten. Um diesen Verstoß gegen die Gesetze zur Kinderarbeit zu verdecken, wurden die Kinder von den Aufsehern in den Docks als ›Schiffsmündel‹ bezeichnet – was eigentlich bedeutete, dass das jeweilige Raumschiff selbst als Vormund angegeben wurde.

Ein Korvettenkapitän des IRK, ein gewisser G. S. R. Bozner, hatte an besagtem Tag im Einwanderungszentrum Dienst. Weil er das Kind so niedlich fand, hatte er dafür gesorgt, dass die Kleine eine Anstellung als Betreuerin auf dem Orbiter erhielt. Sie arbeitete hart und machte ihre Arbeit zufrieden stellend. Einer Analyse zufolge standen sogar mehrere Tel-Vers davor, sich ernstlich in sie zu verlieben.

Kurj runzelte die Stirn. Betreuer und Betreuerinnen sollten freundlich sein, ja, aber dieses Mädchen überschritt jedes vernünftige Maß an Liebenswürdigkeit. Sie lenkte die anderen ab. Es machte keinen Unterschied, dass sie nicht merkte, dass sie Unordnung stiftete. Alleine schon ihre Anwesenheit störte den reibungslosen Ablauf in seinem, Kurjs, Lageraum.

Sucher, dachte er befehlend.

Aufnahmebereit.

Verbinde mich mit Sicherheitsmannschaft p!

Link aufgebaut. Jagernaut Primär Hirsh erwartet Ihre Instruktionen.

Gib ihm Zugriff auf die Daten!

Der Jagernaut, der Kurjs private Sicherheitstruppe leitete, dachte: *Aufnahmebereit, Herr!* Obwohl Hirshs Gehirn durchaus leistungsfähig war, wirkte sein Gedanke im direkten Vergleich zu Kurjs gewaltiger Macht, als stecke er unter einer Glocke, die ihn dämpfte.

Hirsh, laden Sie das Profil in meiner Holokarten-Datei herunter!

Heruntergeladen, bestätigte Hirsh.

Lassen Sie die Betreuerin, die in diesem Profil beschrieben wird, in mein Quartier bringen! Vorgehensweise 803.

Jawohl, Herr!

Ende der Kommunikation, dachte Kurj. Dann wandte er seine Aufmerksamkeit anderen Dingen zu. Er hatte noch viel zu tun.

Eine dichte Schneedecke lag auf dem Hang, der vom See zum Haus führte; Soz und Jaibriol saßen aneinander geschmiegt unter einer Decke auf ihrem Bett. Sie hatten dieses Ein-Zimmer-Haus an einem Ort gebaut, der etwa drei Kilometer von der Stelle entfernt war, an der sie damals, vor einem Jahr, die fleischfressenden Wurzeln entdeckt hatten. Die Wurzeln hatten sie Prismamenschenfalle genannt – in Anlehnung an die Venusfliegenfalle, eine Erdenpflanze, von der GeoComp behauptete, sie ähnle diesen Wurzeln hier.

In einer Ecke des Raumes brannte ein Licht. Um die Ladung ihrer einzigen verbliebenen Bewegungsmelder-Lampe zu sparen, benutzten sie handgemachte Leuchten, in denen sie Öl verbrannten. Das Öl dafür gewannen sie aus einer Stauden-Art, der sie den Namen ›Triops‹ gegeben hatten, weil sie dem Triceratops so ähnlich sah.

Jaibriol veränderte die Haltung seiner Arme, die er Soz um den immer runder werdenden Leib geschlungen hatte. »Was meinst du, wie viel kälter es noch werden wird?«

»Heute? Oder meinst du ganz allgemein?«

»Beides. Egal.« Er seufzte. »Ich muss einfach nur etwas sagen. Diese Warterei hier macht mich ganz verrückt!«

Sie setzte sich in eine etwas andere, wenigstens kurzzeitig bequemere Position. »Als ich das letzte Mal GeoComps Schätzung eines Jahresablaufes überprüft habe, passte das alles zusammen: Ein Jahr dauert etwa siebeneinhalb Erdenjahre, und wir stehen jetzt gerade am Winteranfang.« Eigentlich war es kein richtiger Winter, eigentlich variierte nur die

Entfernung von Prisma zu Blau, während sie gemeinsam Rot umkreisten. »Vielleicht wird es sich wieder aufwärmen, wenn wir zurück ins Sonnenlicht kommen.« Das hoffte sie zumindest. Es schneite seit zehn Stunden, und bis Tagesanbruch dauerte es noch weitere siebzig Stunden.

Wieder verlagerte Soz ihr Gewicht und versuchte, es sich so bequem wie möglich zu machen. »Bald brauche ich einen Raumdock-Ladekran, um mich überhaupt noch bewegen zu können.«

Jaibriol legte seine Hand auf ihren angeschwollenen Leib. »Kannst du spüren, wie er tritt?«

»Als wäre er in der Schmetterball-Liga!«

»Ist das normal?«

»Das weiß ich nicht. Ich hab noch nie ein Kind bekommen.«

Eine Erinnerung stieg in ihr auf, eine Erinnerung, die sie lange Zeit unterdrückt hatte – die Erinnerung an ihre Fehlgeburt, damals, vor siebzehn Jahren, als sie das einzige andere Kind verlor, das sie jemals empfangen hatte. Sie und Jato, ihr Ehemann, hatten tief getrauert. Doch es war ihr unmöglich gewesen, darüber zu sprechen, und hatte ihn so dazu gezwungen, seine Trauer schweigend zu ertragen. Soz' Unfähigkeit, über ihre Gefühle zu sprechen, war ja dann auch einer der Gründe gewesen, warum er sich später von ihr hatte scheiden lassen. Sie gab sich selbst die Schuld dafür. Doch dieses Mal, in ihrer Beziehung mit Jaibriol, spielte ihre Unfähigkeit, sich mit Worten mitzuteilen, keine Rolle. Jaibriol verstand sie ohne Worte, und das wiederum gestattete es ihr, sich ihm gegenüber in einer Weise zu öffnen, wie sie es nie zuvor bei einem anderen Menschen getan hatte.

Sie fühlte, wie Jaibriols Denken und Fühlen sanft das ihre streifte und sich dann auch nach ihrem Sohn ausstreckte. Das Gehirn des Babys war noch nicht weit genug entwickelt, um bewusste Gedanken formen zu können, doch auf einem sehr viel primitiveren Niveau waren die drei schon eng miteinander verbunden.

Jaibriol beobachtete sie. »Ist alles in Ordnung?«

Sie nickte, dann ließ eine weitere Wehe sie wieder aufstöhnen. »Abgesehen davon!«

»Solltest du jetzt nicht besser diese Atemübungen machen, die MedComp uns beigebracht hat?«

»Darauf kann ich mich jetzt nicht konzentrieren!«

»Vielleicht kannst du deinen Knoten darauf programmieren, die Bewegungen zu koordinieren.«

Einen Versuch war das wert. **Aufnahme**, dachte sie.

Aufnahmebereit, antwortete der Knoten.

Kannst du meinen Körper dazu bringen, dieses ganze Geatme für mich zu übernehmen?

Ich kann in einem gewissen Maße Kontrolle über deine Muskulatur ausüben. Allerdings sind deine natürlichen Reaktionen für eine Entbindung geeigneter.

Jaibriol runzelte die Stirn, als er versuchte, der lautlosen Kommunikation zu folgen. »Will er nicht?«

»Er will, dass ich das selber mache. Er denkt, dass ich besser darin bin, Kinder zu kriegen als er.«

Jaibriol musste lächeln. »Das nehme ich auch an.«

Soz stöhnte, als die nächste Wehe einsetzte. Sie dauerte ewig, obwohl ihr Knoten behauptete, dass weniger als zwei Minuten vergangen seien.

Als Soz sich schließlich wieder entspannte, meinte Jaibriol: »Die kommen jetzt häufiger als vorher.«

Das Zeitintervall zwischen zwei Wehen liegt jetzt bei etwa zwei Minuten, erklärte ihr Knoten.

»Ich kann nicht ... was zum ...?« Soz runzelte die Stirn, als ein Schwall Wasser ihre Oberschenkel entlangströmte und das ganze Bett durchtränkte.

»Nein!« Jaibriol drückte sie enger an sich. »Was ist denn? Was ist los?«

Jaibriol muss sich beruhigen, dachte ihr Knoten.

Etwas Hilfreicheres hast du nicht anzubieten?, fragte Soz. **Zum Beispiel, was hier gerade passiert ist? Habe ich ein Problem?**

Dein Fruchtwasser ist abgegangen.

Oh. Erleichterung brandete über sie hinweg. **Das ist normal, oder?**

Ja. Ich hatte mir schon Sorgen gemacht, weil es normalerweise bereits vor diesem Stadium der Wehen abzugehen pflegt.

Wann haben denn meine Wehen eingesetzt?

Vor zehn Stunden.

»Was ist denn los?«, fragte Jaibriol. »Was sagt er denn?«

»Er sagt, alles ist in Ordnung.« Lächelnd fügte sie hinzu: »Außer dass ich keine Luft kriege, wenn du mich so drückst!«

»Oh. Entschuldigung.« Er lockerte seinen Griff. »Was ist das für eine Flüssigkeit?«

»Mein Fruchtwasser ist abgegangen.« Wieder erfasste sie eine Wehe, und sie atmete hektisch aus. »Erinnerst du dich? MedComp hat doch gesagt, dass so was passiert.«

»Dann ist also alles in Ordnung?«

Knoten?, fragte sie.

Greife auf Sehnerv zu. Ein Display erschien, auf dem Blutdruck, Puls, Atemfrequenz und dergleichen angezeigt wurde, sowohl für das Baby als auch für Soz.

»Sieht normal aus«, bemerkte Soz.

Jaibriol lehnte seinen Kopf gegen den ihren, und sie spürte, wie sein Denken und Fühlen in das ihre vorstieß, ganz sanft, so wie sie es geübt hatten.

»Kannst du es sehen?«, fragte sie.

»Ganz schwach.« Er klang jetzt entspannter. »Aber es sieht wirklich in Ordnung aus.« ***Fühlt sich auch in Ordnung an.*** Warm hüllten Jaibriols Gedanken Soz und ihren gemeinsamen Sohn ein.

Soz lächelte. **Oh ja, das ist wahr.**

Jaibriol setzte sich ein wenig anders, lehnte sich gegen die Wand und zog sie mit sich. Sich mit ausgestreckten Beinen zurückzulehnen, war eine der wenigen Positionen, in denen Soz tatsächlich etwas weniger ihr eigenes Gewicht spürte.

Die nächste Wehe kam, und Soz hechelte, genau so, wie sie

es bei diesen leidigen Atemübungen, die MedComp vorgegeben hatte, gelernt hatte. Schweigend standen sie einige weitere Wehe durch, nur Soz' Atmen war zu hören.

»So hatte ich mir das nicht vorgestellt«, brummte Jaibriol schließlich. »Ich dachte, das ginge viel schneller und viel unruhiger.«

»Die Unruhe kommt erst später.« Soz grinste. »Die fängt erst nach der Geburt an und nimmt im Laufe der darauf folgenden zwanzig Jahre immer mehr zu. Zumindest ist mir das bei meinen jüngeren Geschwistern so vorgekommen – ah!« Wieder eine Wehe, doch diesmal fühlte sie sich an, als würde in ihr ein ungleichmäßig fortschreitendes Fließband anlaufen, und sie zwang sich, zu hecheln und zu pusten. Als die Wehe schließlich nachließ, murmelte sie: »Diese blöden Atemübungen! Die helfen doch gar nicht!«

»Sind die denn wirklich notwendig?«

Knoten?, dachte sie. **Kann ich aufhören?**

Wenn du das willst, kam die Antwort. Diese Übungen sind dazu gedacht, die Wehen zu erleichtern. Wenn sie für dich störend sind, erfüllen sie nicht ihren Zweck.

»Der Knoten sagt, ich kann aufhören, wann immer ich will«, fasste Soz zusammen.

Lagebericht, fuhr der Knoten fort. Gebärmutterhals auf zehn Zentimeter gedehnt, Zervixverstreichung auf 98 Prozent, Position +4.

Was bedeutet das?, fragte Soz.

Du stehst kurz vor der Entbindung. Ich würde vorschlagen, mehr Wasser zu trinken.

»Der Knoten sagt, ich stehe kurz vor der Entbindung.«

»Das *wissen* wir doch schon! Aber wo bleibt das Kind?«

»Ich weiß es doch auch nicht! Kannst du mir ein bisschen Wasser holen?«

Vorsichtig stand Jaibriol auf und hob den Krug mit dem aufbereiteten Wasser auf, den sie auf den Boden gestellt hatten. Er öffnete die Versiegelung und füllte dann den Deckel der Weithalsflasche.

Soz trank alles aus. Als sie sich noch mehr eingoss, erschütterte eine weitere Wehe ihren Körper; Soz ließ das Glas fallen und verschüttete Wasser auf das Bett.

»Ah!« Sie rang nach Luft und bemühte sich, ein wenig Würde zu bewahren. »Das ist ja schlimmer als ein Hindernisrennen!«

Jaibriol brachte ein Lächeln zustande. »Ist bestimmt eine gute Übung.«

Sie grunzte nur, dann goss sie sich wieder Wasser ein und trank es. »Ich würde jetzt lieber noch ein Hindernisrennen hinter mich bringen. Warum hören wir nicht für heute auf und machen morgen weiter?«

»Soshoni!«

»Na ja, war ja nur so ne Idee.« Als er grinsen musste, zog sie ihn am Ärmel zu sich auf das Bett.

»Meinst du, das wird noch schlimmer werden?«, fragte er dann besorgt.

»Ich habe keinen blassen Schimmer. Ich will diesen Kerl einfach nur rauspressen!«

Ruckartig setzte er sich auf. »Du willst *pressen? JETZT?*«

»Ich glaub schon!«

Jaibriol sprang vom Bett und beugte sich über die Instrumente, die sie schon auf dem Boden ausgelegt hatten. Dann wusch er sich die Hände mit abgekochtem Wasser aus der großen Thermosflasche, öffnete den Sterilisationsbehälter und breitete seinen Inhalt in Soz' Reichweite auf dem Bett aus: Pressluftspritze, Schere, Zange, Tücher und mehrere Decken, die er selbst gewebt hatte; das Garn hatte er aus den Fasern der von Soz und ihm angebauten Haferknollen gewonnen. Als er wieder zum Bett zurückkam, beugte Soz sich vor, und er setzte sich wieder hinter sie, die Beine zu beiden Seiten ihres Körpers ausgestreckt. Wieder hatte sie das Gefühl, pressen zu müssen, und mit ihren Ellenbogen stützte sie sich hart auf seinen Oberschenkeln ab.

Und so ging es weiter, immer und immer wieder strengte Soz sich an. Und wieder. Und wieder. Eine Stunde lang.

Zwei.

Drei.

Soz stöhnte, der Schweiß lief ihr über das Gesicht. »Warum kommt der nicht raus?« Von ihrem Sohn empfing sie undeutlich Unruhe, noch formlos und unfokussiert.

Wieder stand Jaibriol vorsichtig auf und türmte Kissen um sie herum auf, dann schaute er ihr zwischen die Knie. »Soz! Ich seh ihn!«

Wieder presste sie, vor Erschöpfung sah sie alles nur noch undeutlich, Schweiß rann ihr in die Augen.

»Ich seh sein Köpfchen!«, berichtete Jaibriol aufgeregt. Soz fühlte Jaibriols Fingerknöchel an ihren Oberschenkeln, und das konnte nur bedeuten, dass seine Handflächen ihren Sohn hielten. Sie stöhnte und presste, stöhnte und presste ... und schrie auf, als neuer Schmerz sie durchfuhr, sie auseinander zu reißen drohte.

»Komm schon, Kleiner!«, wiederholte Jaibriol immer und immer wieder. »Komm schon! Du schaffst das! Wir sind ja da! Komm schon ... oh, alle Götter, Soz, er ist *wunderschön*!«

Sie stöhnte und presste wieder, zu erschöpft ihm zu antworten.

»Soz!« Panik klang in Jaibriols Stimme mit. »Die Nabelschnur liegt um seinen Hals ...« Seine Stimme brach ab. Dann: »Er atmet nicht ...! Jai! Kind, *atme!* Soz, du musst ihn ganz rauspressen!«

Mit zusammengebissenen Zähnen strengte sie sich noch mehr an ... und spürte, wie ein wenig Druck nachließ. Sofort versuchte sie sich aufzusetzen, der Schmerz, der sie durchfuhr, war ihr völlig egal, das Blut war ihr egal, auch dass der Mutterkuchen noch fehlte, war ihr egal. »Atmet er? *Was ist los?*« Sie beugte sich vor und sah ein winziges, nasses, faltiges Baby in den Händen ihres Gemahls.

Ein atmendes Baby.

Soz hörte ein Schluchzen, erst dann begriff sie, dass es ihre eigene Stimme war, die sie da hörte. Jaibriol klammerte die

Nabelschnur, durchtrennte sie dann. Tränen strömten ihm über die Wangen, als er seinen Sohn dann hochhob und ihn seiner Gemahlin in die Arme legte. Auch auf ihrem eigenen Gesicht spürte Soz Tränen. Sie gurrte dem Säugling zu und machte alberne Geräusche, von denen sie gedacht hatte, dass so etwas niemals, nicht in einer Million Jahre, aus ihrem Munde kommen würde. Sie *gurrte*! Bei allen Heiligen! Das Baby schaute zu ihr auf, als erkenne er ihre Stimme wieder, und Soz musste noch mehr weinen.

Als sie seinen Mund an ihre Brustwarze legte, begann er sofort gierig zu saugen, stark und kräftig. Seine Zufriedenheit durchflutete sie, völlig ungemildert von jeglichem bewussten Gedanken. Sie lehnte sich gegen die Wand und wiegte ihn sanft in ihren Armen. Jaibriol hatte sich die Hände gewaschen und saß nun im Schneidersitz vor ihr, in den Händen Handtücher, eine Thermoskanne mit warmem Wasser, dazu Seife.

Während sie ihren Sohn anschaute, flüsterte Soz: »Jaibriol der Dritte.« Sie blickte zu ihrem Gemahl, Jaibriol dem Zweiten. »Ich glaub's einfach nicht.«

»Du wirst es nicht bereuen, ihm diesen Namen gegeben zu haben.« Er fuhr sich mit der Handfläche über seine feuchte Wange und verschmierte seine Tränen. »Das schwöre ich dir, Soz! Wenn er erwachsen ist, wird er sich sowohl der Qox-Dynastie als auch der Rubin-Dynastie würdig erweisen.«

Sie lächelte. »Aber bevor er ganze Reiche regieren kann, sollten wir ihm den Hintern abputzen.«

Jaibriol lachte und beugte sich mit einem Handtuch in der Hand über seinen Sohn.

6

Der Planetenverband.

Kaiser Ur Qox saß brütend hinter seinem Schreibtisch, in seinem Sessel zurückgelehnt; ein Ellbogen ruhte auf der Armlehne. Rund um sein Arbeitszimmer standen seine Leibwächter, doch mehr aus optischen Gründen denn aus taktischen, denn die in diesem Raum verborgenen Waffen konnten viel schneller töten, als das jemals mit menschlichen Reflexen möglich gewesen wäre. Die schwarzen Wände glitzerten, sie waren aus schwarzem Diamant, einer Kristallart, die Atom für Atom mit Hilfe von Molekular-Baugruppen zusammengesetzt wurde. Trotz des Namens unterschied sich die Molekularstruktur von der eines echten Diamanten. ›Schwarzer Diamant‹ absorbierte jegliches sichtbare Licht, was die charakteristische schwarze Farbe bewirkte. Die Decke wölbte sich hoch über dem Kaiser zu einer Kuppel, ebenfalls aus schwarzem Diamant, in deren Mitte eine weiße Diamantkugel schimmerte, von innen beleuchtet. Auf dem Topas-Fußboden leuchteten winzige Lichter, die ein geometrisches Muster bildeten.

Die Platte seines Schreibtisches bestand aus einem glänzend schwarzen Holoschirm. Im Augenblick schwebte eine Holokarte darüber, die ständig rotierte, damit Qox alle Systeme erkennen konnte.

Der Planetenverband. Ein einziges Rätsel.

Er wollte diesen Planetenverband. Aber Skolia wollte er noch dringender. Er wollte Rache für seinen Sohn nehmen. Er wollte das Volk von Skolia, wollte den Reichtum, die Bodenschätze, die TelVers, das Psiber-Net. Alles. Aber am meisten wollte er die Rubin-Dynastie, wollte dass deren Mitglieder vor ihm knieten, in Ketten gelegt und mit Sklavenhalsbändern versehen.

Und so kam er wieder zum gleichen Gedanken zurück. Die Erde. Sie war als Verbündeter nützlicher denn als Feind.

Das Klicken von Edelstein gegen Edelstein war aus der anderen Hälfte des Raumes zu vernehmen. Qox blickte auf und sah die Kaiserin, die ihn vom Türsturz aus anblickte, *perfekt inszeniert* dastand, als wolle sie die Tür gerade wieder hinter sich schließen, und alles an ihr, Haltung wie Gesichtsausdruck, versprachen ungeahnte Freuden.

Qox rieb sich mit Daumen und Zeigefinger über den Nasenrücken. Er wusste, was sie wollte. Die Sphinx-Delegation war letzte Nacht eingetroffen, unter der Führung von Corbal Xir, seinem ältlichen Cousin, dem Sohn der Schwester seines Großvaters. Die Kaiserin wollte Xir zeigen, dass sie die Gunst des Kaisers genoss, damit Corbal nicht auf die Idee kam, ihre Position zu unterminieren, um die eigene zu stärken. Qox hatte keine Zeit für derartige Intrigen und ignorierte die Kaiserin, genau so, wie er zuvor Corbal ignoriert hatte. Bald darauf ging sie.

Und so arbeitete Qox weiter, plante, konstruierte, grübelte. Schließlich fühlte er, wie kühle Abendluft über ihn hinwegstrich, durch Rohrleitungen in das Innere des Palastes geleitet. Die eigenständig aktiven Gitter, aus denen diese Rohrleitungen konstruiert waren, enthielten selbst replizierende NanoBots, von denen jeder einen Pico-Chip trug, der auf Quantenübergängen basierte. Alle zusammen ergaben sie ein Pico-Netzwerk, das er ganz nach seinen Bedürfnissen programmierte. Als das System ihn durch die hineinwehende Luft wissen lies, dass der Abend angebrochen war, legte er beiseite, woran er gearbeitet hatte. Nach dem Abendessen jedoch wollte er wieder in sein Büro zurückkehren; wie die meisten Menschen auf diesem Planeten mit seinem Sechzehn-Stunden-Tag schlief er nur jede zweite Nacht.

Er fand Viquara in ihrer Privatsuite auf der obersten Etage des Palastes. Ihr riesiges Schlafzimmer war fast das Negativ seines Büros, weiße Diamantwände, goldenes Mobiliar, goldene Vasen, Schneemarmorstatuen, die rund um den ganzen kreisförmigen Raum aufgestellt waren, und ein Teppich, aus Wolkengold gewoben, einer Metall-Legierung, die so weich war, dass sie sich wie Seide anfühlte.

Viquara hatte es sich in einem mit roten Brokatkissen gepolsterten Lehnsessel bequem gemacht. Sie betrachtete den wandgroßen Holoschirm, auf dem die feudalen Gemächer eines besonders geschätzten Versorgers zu sehen waren. Dunkle Vorhänge zierten die Wände der Suite, schwer, purpurn; schwarze Marmorurnen standen im Raum. Das einzige Licht kam von einer Amethyst-Lampe, die dämmrig eine Ecke des Raumes beleuchtete. Das Bett stand auf einem Podest, darauf lag eine zu den dunklen Vorhängen passende Decke.

Ein Jugendlicher von etwa zwanzig Jahren lag auf dem Bett, er hatte sich in Embryonalhaltung zusammengerollt und starrte ins Nichts; mit beiden Armen hielt er ein Kissen umklammert. Er hatte große Augen, seine Locken fielen weich in sein Gesicht, und sein Körper war so kräftig gebaut, wie Viquara das bei ihren Lustsklaven mochte. Qox kannte ihn nicht, aber das hatte gar nichts zu besagen. Er kannte ja schließlich auch nicht alle Stücke ihrer Sammlung exotischer Spieldosen.

Qox trat hinter ihren Stuhl. »Ist er krank?«

»Ich weiß es nicht.« Sie seufzte. »Ich habe ihn bei den Händlern aus Corbals Delegation gekauft. Seit sie ihn geliefert haben, liegt er so zusammengekauert da.«

Vom katatonischen Verhalten des Jungen zu urteilen, vermutete Qox, dass er nicht als Sklave geboren war und nun Schwierigkeiten hatte, sich daran zu gewöhnen. Eine der Fregatten, die skolianische Schiffe angriffen, hatte ihn vermutlich auf einem der erbeuteten Schiffe aufgesammelt. Die Fregatten, die von den Skolianischen Propagandisten immer ›Piraten‹ genannt wurden, trugen natürlich keine militärische Kennung; hätte man eine Verbindung zum ERKomm, dem Eubianischen Raumkommando, erkennen können, wäre das angesichts ihrer heiklen Aktivitäten politisch unklug gewesen. Doch sie sorgten für den dringend notwendigen Zustrom neuer Versorger in den beschränkten Genpool der Psioniker von Eubia.

Irgendetwas an diesem Sklaven jedoch beunruhigte Qox. Der Kerl kam ihm bekannt vor.

»Woher stammt er?«, wollte er wissen.

»Aus dem Onyx-Sektor.« Viquara betrachtete weiter den Jungen. »Er liegt einfach nur da. Ich glaube, irgendetwas stimmt mit ihm nicht.«

Qox runzelte die Stirn. Das Gesetz untersagte den Verkauf defekter Sklaven. »Hast du einen Kaufbeleg oder einen Garantieschein?«

»Einen Kaufbeleg«, antwortete sie. »Keine Garantie.«

Verärgert fragte er: »Warum hast du ihn ohne gekauft?«

»Er hat mir gefallen.«

Er zog sich einen Lehnsessel heran und setzte sich neben sie. Ein schwarzer Diamant-Tisch trennte sie voneinander; darauf standen eine Karaffe aus Kristallglas und zwei Pokale. Er goss sich selbst ein wenig Wein ein, tippte dann mit dem Fingernagel gegen das Glas, um Viquaras Anwesenheit Respekt zu zollen, wie es die Etikette verlangte, lehnte sich zurück und betrachtete weiter den Jugendlichen. Irgendetwas nagte an ihm. Ein Gefühl, als erkenne er ihn wieder. Aber wieso und woher?

»Yale?«, sagte er.

Viquara schaute ihn an. »Yale? Wer ist das?«

Qox nahm einen Schluck Wein. »Das stand auf einem Hemd. Und dieses Hemd hat dieser Junge getragen.« Dann hob er die Stimme. »Maximilian.«

»Aufnahmebereit«, bestätigte sein Computer.

»Erläutere das Wort ›Yale‹ in Verbindung mit den folgenden Parametern: gedruckt auf ein weißes Hemd mit kurzen Ärmeln und Rundhalsausschnitt. Das Hemd wird von einem jungen Mann von etwa zwanzig Jahren getragen.« Er zögerte kurz, als weitere Erinnerungsbruchstücke zurückkehrten. »Dazu trägt er diese ärgerlichen blauen Hosen, die von den

Verbandlern exportiert werden. ›Jeans‹. Was bedeutet ›Yale‹ in diesem Kontext?«

»Datenverarbeitung gestartet.« Nach einer Pause sagte Maximilian: »Vermutlich bezieht es sich auf eine gleichnamige Lehranstalt auf der Erde.«

»Erde.« Qox trank von seinem Wein und setzte die Erinnerungsbruchstücke zusammen. Als sich schließlich ein Bild daraus ergab, stieß er einen lauten Fluch aus.

Viquara verspannte sich. »Bist du verstimmt?«

»Ich habe diesen Jungen kennen gelernt. Im letzten Jahr, im Rahmen einer gesellschaftlichen Veranstaltung während meines Staatsbesuches auf der Erde.« Qox schnaubte verächtlich. »Eine äußerst bizarre Veranstaltung namens ›Picknick‹. Um Schwimmengehen ging es dabei auch noch.«

»War er als Bediensteter bei dieser Veranstaltung?«

»Nein. Als Gast. Er ist der Sohn von Jack Tarrington, einem Senator im Kongress der Verbandler.«

Viquaras perfekte Lippen deuteten ein Lächeln an. »Und so stürzen auch die Mächtigen, Liebling. Einer nach dem anderen.«

Sie hatte natürlich Recht. Bedauerlicherweise waren in diesem Falle ›Recht haben‹ und ›politisch zweckmäßig sein‹ nicht gleichbedeutend. »Maximilian!«

»Aufnahmebereit.«

»Lass Kaiserin Viquaras neuen Versorger hier hinaufbringen!«

Viquara warf ihm ein schüchternes Lächeln zu, von dem er wusste, dass es Unbehagen verbergen sollte. »Wofür denn? Ich wäre jetzt lieber mit dir zusammen.«

»Diesen einen hier kannst du nicht haben, Viquara.«

»Wieso nicht?« Als Qox ihr nicht antwortete, änderte sie ihre Haltung; jetzt nahm sie eine Pose ein, die ihm große Freuden versprach, wenn sie ihren Willen bekam. »Er kann uns doch beide versorgen, mein Geliebter.«

Qox schüttelte nur den Kopf, nippte weiter an seinem Wein

und sinnierte über diese neue Situation, die sich durch die Anwesenheit dieses Tarrington-Jungen ergab.

Einige Minuten später meldete Maximilian: »Die Eskorte, die Ihr gerufen habt, wartet im Foyer.«

»Lass sie herein!« Qox drehte seinen Sessel, bis er mit dem Gesicht zur Tür saß, und wartete, während Viquara es ihm gleichtat.

Die Wände, die sie umgaben, glitzerten wie eisverkrusteter Schnee. Auf der anderen Seite des Raumes öffnete sich gleitend eine Tür, und vier *Razer* betraten den Raum, sie führten den Jungen mit sich. Irgendjemand hatte ihm eine dunkelgrüne Hose angezogen, die eng an seinen langen Beinen anlag und seine Muskeln noch betonte. Sein Hemd war aus dem gleichen Stoff, mit zum Handgelenk weit fallenden Ärmeln und vor der Brust gekreuzten Schnüren. Wer auch immer ihn angekleidet haben mochte, hatte die Schnüre unverknotet gelassen, was seine muskulöse Brust zur Schau stellte. Seine vollen Locken, von der Farbe lehmiger Erde, fielen dicht über den Kragen seines Hemdes. Sein diamantbesetztes Halsband glitzerte wie Wasser, das im Sonnenlicht aufblitzt, ebenso wie die Sklavenbänder an Hand- und Fußgelenken. Seine bloßen Füße gaben seiner Erscheinung den letzten Schliff, er wirkte wie ein wildes Tier aus dem Wald, eingefangen von der Kaiserin.

Viquara atmete tief durch. Sie schaute Qox an, und nun war der Blick ehrlich gemeint, um ihm zu zeigen, wie sehr sie ihn wollte. Wieder schüttelte er den Kopf, diesmal in einer kaum merklichen Bewegung.

Die *Razer* brachte den Jungen bis unmittelbar vor Qox und Viquara. Der Gefangene bewegte sich wie ein Automat, sein Gesicht totenbleich. Einer der *Razer* drückte ihm kräftig auf die Schulter, und der Junge sank auf die Knie, den Blick zu Boden gerichtet. Er bewegte sich mit der Unbeholfenheit eines Sportlers, der erst kürzlich gelernt hatte, vor Highton-Aristos niederzuknien.

Die *Razer* knieten natürlich nicht nieder; dies hätte ihre

Befähigung, ihre Aufgabe zu erfüllen, eingeschränkt. Qox bedeutete dreien von ihnen, sich entlang der Wand zu postieren. Zu dem vierten sagte er: »Bringen Sie ihm einen Sessel!«

Der *Razer* brachte einen dritten Sessel herbei, stellte ihn schräg vor die beiden anderen, auf Qox ausgerichtet; dann stellte er sich hinter diesem Sessel auf.

Auf Englisch sagte Qox: »Sie dürfen sich setzen, Mr Tarrington.«

Der Junge riss erstaunt den Kopf hoch. Vielleicht war es der Klang seiner eigenen Sprache, der ihn so verblüffte, oder der seines Namens. Qox bezweifelte, dass er ihn jemals gehört hatte, seit er gefangen genommen worden war. Die Händler hatten ihm vermutlich nur eine Inventarnummer gegeben.

Der Jugendliche erhob sich und setzte sich in den Sessel; angespannt schaute er zwischen dem Kaiser und der Kaiserin hin und her, das Gesicht verhärmt.

Qox stützte einen Ellbogen auf seine Armlehne und schaute ihn an. »Jessie, richtig? Der Junge von Jack Tarrington?«

Jessie schluckte. »Ja, Eure Hoheit.« Er blieb auf der Kante seines Sessels sitzen, lehnte sich weder zurück, noch beugte er sich weiter vor.

Nachdem er den Jungen einige Augenblicke hatte warten lassen, sagte Qox: »Seien Sie versichert, Sie sind ein geschätzter Gast in meinem Hause.«

Jessies Emotionen brachen hervor: Hoffnung, Furcht, Verwirrung. Er strahlte buchstäblich diese Besonderheit aus, die alle Empathen in einem gewissen Maße besitzen: dieses Versprechen, einem Aristo, der ihn als Versorger nahm, *Vollständigkeit* zu schenken. Qox bemühte sich nach Kräften, diese Wirkung bei sich im Augenblick zu unterdrücken. Üblicherweise besaß er mehr Selbstbeherrschung, doch Jessies ungewöhnliche empathische Stärke machte es ihm schwer, davon ungerührt zu bleiben. Er verstand nun, warum Viquara diesen Jungen sogar ohne Garantieschein gekauft hatte. Es war eine Schande, dass sie ihn an die Verbandler würden zurückgeben müssen.

Schließlich begriff Jessie, dass der Kaiser von Eubia ihn angesprochen und er bisher noch nicht geantwortet hatte. »Es … es ist mir eine Ehre, Sir. Euer Hoheit!«, brach es schließlich aus ihm heraus.

Qox wartete und ließ Jessie das Unbehagen auskosten, er könne den Kaiser gekränkt haben. Dann sagte er: »Kaiserin Viquara hat mir erzählt, dass sie Sie aus einer beklagenswerten Situation gerettet hat. Was ist passiert?«

»Ich wollte über die Frühjahrsferien meine Onkel besuchen.« Jessie stockte. »Frühjahrsferien an der Universität, meine ich. Aber ein Pirat …« Er spannte sich an, als ihm wieder einfiel, zu wem er da sprach. »Eine Eubianische Fregatte hat unser Schiff geentert und die Passagiere entführt, und …« Seine Stimme brach. »Und hat mich mitgenommen. Um mich zu verkaufen.«

Qox spielte seinen ersten Stein aus. »Sie sind ein freier Mann. Es ist nicht unser Brauch, Würdenträger anderer Reiche gegen ihren Willen festzuhalten.«

Jessie starrte ihn an. »Euer Hoheit?«

»Wir werden Sie zu Ihrem Vater zurückbringen lassen. Bis zu Ihrem Aufbruch sind Sie unser Ehrengast.« Er warf einen Blick auf die antike Wanduhr, dann rückte er auf seinem Sessel nach vorne, offensichtlich wollte er aufstehen. »Bitte nehmen Sie für das, was Ihnen widerfahren ist, meine Entschuldigung an! Seien Sie versichert, dass alle Beteiligten entsprechende Strafen erhalten werden.«

Jessie begann zu zittern, jetzt erst erlitt er den Schock für das, was ihm widerfahren war – was auch immer ihm zugestoßen war. Qox vermutete, dass sich der Junge auch schwer tat damit, im einen Moment brutal behandelt worden zu sein, im nächsten aber vom mächtigsten Mann des Universums als Ehrengast empfangen zu werden.

Qox erhob sich und schaute den *Razer* an, der hinter Jessie stand. »Lassen Sie die Botschafter-Suite für Mr Tarrington vorbereiten!«

Die Wache verneigte sich. »Jawohl, Sir.«

Qox nickte Jessie zu, er war entlassen. Dann warf er Viquara einen Blick zu und sagte: »Geselle dich zu mir, Gemahlin!«

Sein Ton ließ sie ihn erstaunt anschauen. Doch sie erhob sich und wartete, während die Wachen Jessie aus dem Raum geleiteten.

Sobald sie allein waren, befahl Qox: »Maximilian, hol mir alles, was du über Senator Jack Tarrington vom Verbandler-Kongress hast. Vor allem will ich wissen, ob er irgendwie in die aktuellen Verhandlungen zwischen Eubia und der Erde involviert ist.«

»Suchvorgang gestartet«, bestätigte Maximilian.

»›Geselle dich zu mir, Gemahlin‹?« Viquara stemmte eine Hand in die Hüfte. »*Wo* soll ich mich zu dir gesellen?«

Langsam überzog ein Lächeln sein Gesicht. »Du weißt doch, meine Liebe, ich bin ein Gemahl, der nur schwer zufrieden zu stellen ist. Ich bin kalt. Schroff. Besessen von meiner Arbeit. Für eine so sensible Seele wie die deine muss es die reine Qual sein, sich in dieser lieblosen Ehe gefangen zu wissen.«

Ihrer Miene war das Unbehagen deutlich anzusehen. »Wovon sprichst du überhaupt?« Sie nahm die Hand wieder von der Hüfte. »Keine Frau könnte sich einen besseren Gemahl …«

Sanft legte er ihr einen Finger an die Lippen. »Du bist die einsamste Frau des ganzen Universums. Oh ja, du bewunderst mich, hältst mich für einen brillanten Regenten, einen Mann, der eine Zukunft voller Frieden und Wohlstand für den Planetenverband und für Eubia voraussieht, in der unsere Völker Seite an Seite arbeiten, endlich befreit von diesem brutalen Krieg, den uns das Imperiale Skolia in all seiner Boshaftigkeit aufgezwungen hat. Doch meine Pflichten lassen mir keine Zeit für dich – diese liebliche Blüte, die von den trostlosen Machenschaften des kaiserlichen Hofes zermalmt wird.«

Sie betrachtete ihn misstrauisch. »Wahrhaftig, eine liebliche Blüte.«

»Und selbstverständlich bin ich zutiefst entsetzt über diese unentschuldbare Behandlung, die der junge Tarrington hat erleiden müssen.«

»Selbstverständlich.«

»Als Kaiser will ich diese Gedanken mit meiner Gemahlin teilen, von der ich gar nicht mehr weiß, was ich wirklich an ihr habe.« Er spreizte die Finger. »Aber angesichts meiner zahllosen Verpflichtungen bleibt mir nicht die Zeit, mich angemessen um unseren Gast aus dem Planetenverband zu kümmern.«

»Dieser lieblichen Blüte hingegen schon, nehme ich an.«

»Selbstverständlich.«

Ihre Miene wandelte sich, jetzt wirkte sie so verletzlich und so überzeugend vereinsamt, dass man hätte glauben können, man stünde einer völlig anderen Person gegenüber. »Ich habe ein so freudloses Leben, keine Freunde, und mein Gemahl hat völlig vergessen, dass ich überhaupt existiere. Ich sollte vorsichtig sein und nicht so viel Zeit mit diesem charmanten jungen Mann verbringen, der unter diesen entsetzlichen Piraten so furchtbare Dinge hat ertragen müssen … oh!« Sie presste die Hand auf die Lippen, und das Rot, das ihr in die Wangen schoss, wirkte ausnehmend liebreizend. »Ich sollte so etwas nicht sagen. Man könnte mich hören!«

Qox beobachtete ihre Veränderung und fragte sich, wie sie das nur so überzeugend hinbekam. Spielte sie ähnlich überzeugend, wenn sie ihm ihre Leidenschaft beteuerte? »Wirst du es so hinbekommen, dass er es dir glaubt?«

Ihre verletzliche Miene verschwand wieder, und plötzlich sah er wieder die durchtriebene Viquara vor sich, die er so gut kannte. »Ich weiß es nicht. Was soll ich denn mit ihm machen?«

»Denk mal über Folgendes nach!«, begann er. »Dieser völlig erschütterte junge Mann, verletzlich, fast noch im Schock, traumatisiert, seine ganze Welt ist zusammengebrochen. Und wer rettet ihn? Die liebreizende Kaiserin persönlich! Er ist wie eine reife Frucht, Viquara! Pflück ihn! Bring ihn dazu, sich in dich zu verlieben!«

Sie starrte ihn an. »Wozu denn?«

Von der Computer-Konsole erklang ein Signal.

Qox sprach in den Raum: »Ja?«

»Ich habe Informationen über Senator Tarrington«, berichtete Maximilian. »Er steht in keinerlei Verbindung mit den Pakt-Verhandlungen.«

Obwohl das Qox enttäuschte, war es doch kaum überraschend. »Steht er mit der Abteilung für Interstellare Angelegenheiten in Verbindungen?« Vielleicht war die Frage ein wenig zu allgemein gefasst, aber es war immer sinnvoller, erst einmal einen sehr großen Bereich abzufischen und zu schauen, was man so alles einfing, als nur einen kleinen Bereich abzusuchen und sich auf diese Weise vielleicht etwas sehr Wichtiges entgehen zu lassen.

»Er unterstützt einen Gesetzesentwurf zum Umweltschutz in der Verbandler-Kolonie ›Nuevo España‹«, antwortete Maximilian. »Weiterhin gehört er zur Freireiter-Gilde. Der Rest seiner Arbeit befasst sich vollständig mit der Erde.«

»Was ist die ›Freireiter-Gilde‹?«, erkundigte sich Qox.

»Ein Wohltätigkeitsverein, der Kolonien unterstützt, deren Technik nicht ausreicht, um ihre gesamte Bevölkerung zu ernähren.«

Qox runzelte die Stirn. »Macht der überhaupt irgendetwas Sinnvolles?«

»Das hängt davon ab, wie man ›sinnvoll‹ definiert.«

»Irgendetwas, das *mir* nützt.«

»Es existiert eine signifikante personelle Überschneidung«, begann Maximilian, »zwischen den Mitgliedern der Freireiter-Gilde und den Verbandler-Mitarbeitern, die nachrichtendienstliche Informationen über das Skolianische Imperialat sammeln.«

Das machte Qox neugierig. »Er spioniert die Skolianer aus?«

»Es ist eher als wahrscheinlich anzunehmen, dass er einer derartigen Operation vorsteht. Seine Reiserouten und sein ›Hobby‹, sich mit dem Rubin-Reich zu befassen, zusammen mit seinem allgemeinen Persönlichkeitsprofil, lassen darauf schließen, dass der Valdoria-Zweig der Rubin-Dynastie seine Spezialität ist.«

»Gute Arbeit«, murmelte Qox. Eine Hintertür zur Verbandler-Überwachung der Rubin-Dynastie war ein Spielstein, den zu erbeuten sehr wertvoll sein mochte.

»Eine interessante Entwicklung der Dinge«, kommentierte Viquara.

Qox sah sie nachdenklich an. »Du musst wirklich vorsichtig dabei sein, wie viel Zeit du mit Jessie verbringst. Sonst wird er, wenn er wieder nach Hause zurückkehrt, so vernarrt in dich sein, dass er nicht mehr in der Lage ist, einen klaren Gedanken zu fassen.«

Ihre Lippen verzogen sich zu einem eisigen, perfekten Lächeln. »Allerdings.«

Vom All aus gesehen wirkte der Orbiter wie eine Metallkugel, die über und über mit Antennen, Waffen, Kontrolltürmen und Kränen bestückt war. Lichtpunkte bewegten sich in Ellipsen darum herum; sie wirkten wie riesenhafte, leuchtende Halsketten. Ansonsten war das Habitat grau und funktionell, eine zerfurchte Kugel, die sich im All drehte.

Im Inneren war es ein Wunderland.

Die Rotationsachse des Orbiters führte durch dessen Nord- und Südpol, und die Schein-Schwerkraft, die sich durch die Rotation des Körpers ergab, wirkte sich somit senkrecht zu dieser Achse aus. Am Äquator der Orbiters war die Schwerkraft damit senkrecht zur Innenseite des Orbiter-Rumpfes, wodurch der Boden flach erschien. Wenn man sich jedoch vom Äquator entfernte, war es, als würde man einen Hang erklettern, der immer steiler wurde, je mehr man sich einem der Pole näherte. Man hatte die Oberfläche des Orbiters entsprechend terraformiert, sie wurde zunehmend gebirgiger. Doch im gleichen Maße, in dem die Steigung zunahm, nahm die Schwerkraft ab. Obwohl an den Polen selbst diese ›Steigung‹ so groß war, dass sie vertikal wurde, herrschte dort Null-Schwerkraft – das Wort ›vertikal‹ verlor dadurch seine Bedeutung.

Der Orbiter brauchte neunzig Sekunden für eine Rotation. Bei einem Durchmesser von vier Kilometern entsprach die durch diese Rotationsbewegung hervorgerufene Schwerkraft am Äquator etwa dem Erd-Standard. Alles, was sich auf der Innenseite der Kugeloberfläche bewegte, erfuhr zudem eine Coriolis-Beschleunigung, die es zur Seite drängte. Je schneller die Bewegung war, desto größer war der auf diese Weise erhaltene Impuls. Bei den üblicherweise gewählten Geschwindigkeiten war der Effekt nur sehr gering, doch in den Gebieten mit niedrigerer Schwerkraft – in Pol-Nähe etwa – wurde das Problem größer: Wer sich dort bewegte, wurde zur Seite gedrückt.

Die Innenseite der Kugel hatte eine Fläche von etwa fünfzig Quadratkilometern; sie war in zwei Hemisphären unterteilt: ›Den Himmel‹ und ›Den Boden‹. Nord- und Südpol lagen am Horizont. ›Der Himmel‹ war blau, eine gekräuselte, schimmernde Oberfläche, die je nach ›Tageszeit‹ die Farbe wechselte. Alle dreißig Stunden erzeugte eine ›Sonne‹ einen korallenroten Sonnenaufgang, bewegte sich auf einem unsichtbaren Pfad über ›Den Himmel‹ und versank dann in einem feurigen Sonnenuntergang. Die riesige Leuchte, die als Sonne diente, spendete elektromagnetische Strahlung mit für menschliche Bewohner optimierten Wellenlängen.

Parks und Berge bedeckte die ›Boden‹-Hemisphäre, und ›Die Stadt‹ lag genau in deren Mitte. So wie Koloratur sich zu Liedern verhält, wie Lyrik zu Prosa oder Filigrane zu Metallverarbeitung, so verhielt sich Die Stadt zu anderen Metropolen. Die anmutig geschwungenen Bauten und Bögen erfreuten das Auge, und ebenso die sanften Farben: himmelblau, rosafarben, lavendel, waldgrün. Und Die Stadt stand niemals still. Die Brücken senkten sich auf gepflasterte Pfade hinab, Türbögen öffneten sich unvermittelt in Wänden, um sich wieder zu schließen und lautlos an andere Orte zu treiben. Man bewegte sich nur zu Fuß fort, oder man nahm die kleine Einschienenbahn, die sich so perfekt in die Landschaft einfügte, dass man sie kaum wahrnahm.

Der Horizont schied ›Den Boden‹ von ›Dem Himmel‹, und auf diesem Horizont lagen der Nord- und der Südpol. Der Äquator umgab die Kugel kreisförmig, von beiden Polen gleich weit entfernt; rechtwinklig schnitt er den Kreis des Horizonts. In der Nähe des Äquators war der Horizont nicht mehr als die Grenze eines Rasenstückes: auf der einen Seite Gras, auf der anderen begann bereits ›Der Himmel‹. War man vom Äquator weiter entfernt, war es, als würde man, wenn man sich dem Horizont nähern wollte, seitwärts auf einem Hügel gehen – nur dass man, am Horizont angelangt, immer weiter gehen konnte, selbst dann noch, wenn man sich mit geradezu poetisch anmutender Wunderlichkeit über Den Himmel bewegte, so wie man sich zuvor seitwärts über den Hügel bewegt hatte.

In der Nähe der Pole war der Horizont zu unüberwindlich wirkenden Klippen terraformiert worden, um Wanderer abzuschrecken. Fliegende Robots patrouillierten das Territorium. Die geringere Schwerkraft ließ das Erklimmen dieser Klippen leicht fallen, doch ein falscher Schritt konnte einen Sturz bedeuten. Einem gedankenlosen Wanderer, der aus ›Dem Himmel‹ stürzte, konnte es passieren, dass er mit immer weiter zunehmendem Gewicht einen zwei Kilometer langen Abhang hinunterstürzte.

Auf dem Äquator spazieren zu gehen war, als würde man auf ebener Erde spazieren; ›unten‹ war immer genau unterhalb des Punktes, auf dem sich die jeweilige Person gerade befand. Wanderer konnten von Der Stadt aus aufbrechen, dann bis zum Horizont gehen und über ›Den Himmel‹

weiter, bis Die Stadt genau ›über‹ ihnen lag; dann schritt man weiter zum gegenüberliegenden Horizont, trat wieder auf ›Den Boden‹ und durchquerte die Parkanlagen auf dem Weg zurück in die Stadt. Bei seinem Umfang von nur zwölf Kilometern konnte man sich den Äquator innerhalb eines Tages vollständig erwandern. In der Ferienzeit war ›Der Himmel‹ voll von Leuten die wanderten, picknickten und Sport trieben.

Wie ein Wabengeflecht durchzogen Kommandozentralen den Rumpf des Orbiters, darunter auch der Lageraum. Etwa auf halber Strecke zwischen Der Stadt und dem Horizont lag in den Bergen versteckt ein idyllisches Tal, geschützt durch die besten Sicherheitseinrichtungen des Imperialats; darin befanden sich die Häuser, in denen Angehörige der Rubin-Dynastie residierten, wenn sie sich auf dem Orbiter befanden.

Kurj fuhr mit einem MagBahn-Wagen zu diesem Tal hinaus, das er, ganz seinem nüchternen Stil entsprechend, ›Das Tal‹ getauft hatte. Um in Das Tal zu gelangen, waren eingehende Sicherheitsüberprüfungen erforderlich, die allesamt unmerklich vorgenommen wurden, während Kurj im Wagen saß und die Holographien der letzten Versammlungs-Sitzung durchging. Die MagBahn blieb einige hundert Meter vor dem Haus entfernt stehen, und er legte den Rest des Weges zu der steinernen Villa, die unmittelbar am Fuße eines Berges lag, zu Fuß zurück.

Heute fühlte er sich schwer.

Kurj wusste, dass das Unsinn war, gerade angesichts der Tatsache, dass die Schwerkraft hier nur siebzig Prozent betrug. Er bevorzugte Schwerkraft in dieser Größenordnung: Kurj war einfach zu massig gebaut für Standard-Schwerkraft, das Verhältnis von Körpergewicht zu Körpergröße war zu groß. Und dennoch fühlte er sich heute besonders schwer.

Er betrat sein Haus durch einen Eingang, der breit genug war, dass drei Männer nebeneinander hätten hindurchgehen können. Eine Tür hatte dieser Durchgang nicht. In den vollständig computergesteuerten Wetterverhältnissen innerhalb Des Tals war das Wetter nun einmal immer so, wie er es wollte. Also lebte er hier in einem ewig währenden Frühling und ließ die milde Luft ins Haus strömen.

Sein Wohnzimmer war fünfmal so groß wie die Wohnzimmer, die für normalgroße Menschen gebaut wurden. Es erstreckte sich vor ihm, offen und luftig, alle Oberflächen aus Stein: glatt, poliert, grau. Als er den Raum betrat, befanden sich die Wände im *Stand-by*-Modus, sie ›dösten‹, nur ein kaum erkennbarer Lichtstreifen auf Hüfthöhe schimmerte golden. Das Gewicht von Kurjs Schritten ›weckte‹ das Haus auf, und der Lichtschein nahm zu, bis eine Wüstenlandschaft erkennbar wurde: unterhalb des Horizonts Sand, darüber ein bernsteinfarbener Himmel.

Kurj setzte sich auf das Sofa, einem der wenigen Möbelstücke in dem ansonsten sehr karg eingerichteten Raum. Das Sofa passte sich sofort an seinen Körper an, entspannte aktiv seine Muskeln, doch Kurjs Müdigkeit war viel tiefer als bloße Erschöpfung von der Anstrengung, seinen schweren Körper bewegen zu müssen. Er lehnte sich nach vorne, die Füße in den schweren Stiefeln breit auseinander gestellt, legte die Ellbogen auf die Knie, und in der Privatsphäre seines Hauses, wo ihn niemand sah, barg er sein Gesicht in den Händen.

Er hatte gerade zwei Tage damit verbracht, die Kriegsmaschinerie, die seinem Kommando unterstand, genauestens zu überprüfen. Manöver, Inventuren, Planspiele, Kommunikation, Gefechtsübungen – er überwachte das alles. Er nahm Daten von allen bekannten Sternsystemen auf und verarbeitete sie in dem Netzwerk, das seinen Körper ebenso durchzog wie den gesamten Orbiter. Jede Analyse führte zu dem gleichen Ergebnis: Das IRK arbeitete wie eine perfekt funktionierende Maschine. Doch innerhalb der Schönheit dieser Ordnung erkannte er ein anderes Muster, eines, das seinen Schritten diese Schwere verlieh, die keine Veränderung der Schwerkraft je würde mildern können.

Es reichte nicht aus.

Er hatte die kraftvollste Kriegsmaschinerie geschaffen, die jemals von der freien Menschheit geschaffen worden war. Die vielseitigst einsetzbare. Die schnellste. Und doch reichte es nicht aus. Die Händler würden sie nicht heute, nicht morgen, oder im nächsten Jahr bezwingen. Doch Stück für Stück, unerbittlich, würde Eubia sie zermürben, bis das Imperiale Skolia der erbarmungslosen Kraft des Gegners erliegen würde. Kurj hatte sein ganzes Leben dafür aufgegeben, hatte selbst seine Menschlichkeit dafür aufgeben, um diese Zukunft zu verhindern. Und doch reichte es nicht aus.

Kurj blickte sich im leeren Zimmer um. »Ich bin müde«, sagte er. Der Raum antwortete nicht.

A, Aufnahme, dachte er.

Aufnahmebereit.

Greif auf den ψ-Zugang zu und gib mir ein Link zum Versammlungs-Netzwerk auf Parthonia!

Du bist nicht in das Netzwerk eingeklinkt.

Mach es über ein IR-Link! Obwohl IR-Übertragungen weniger sicher waren als ein direktes Link, war die Gefahr doch verschwindend gering, dass irgendjemand eine Übertragung würde abfangen können, die von seinem Sitzplatz aus zu der Konsole auf der anderen Seite des Raumes erfolgte.

Link zum Planeten Parthonia ausgeformt, dachte A.

Hat die Sitzung der Versammlung schon begonnen?

Nein, sie beginnt in zwei Stunden und sechs Minuten, Standardzeit. Wirst du teilnehmen?

Ja. Er hätte sich lieber schlafen gelegt, doch die Uhrzeit auf Parthonia hatte nicht das Geringste mit der auf dem Orbiter zu tun. Außerdem musste er noch seine Vorbereitungen für die anstehende Sitzung abschließen. Dehya opponierte gegen den Vorschlag, den Handel mit den Staub-Kaufleuten zu verbieten, die im Onyx-Sektor schürften. Sie behauptete, dieses Verbot würde die Onyx-Ökonomie schwächen, doch Kurj vermutete, dass andere Gründe dahinter steckten – zum Beispiel, dass sie diese Kaufleute dazu nutzte, Onyx-Plattform auszuspionieren, seinen IRK-Stützpunkt in diesem Sektor. Ihr Widerspruch in der bevorstehenden Versammlungs-Sitzung würde sehr subtil erfolgen. Komplex. Gründlich und sorgfältig vorbereitet. Von all seinen Gegnern war Dehya die würdigste. Also musste er sich noch gründlicher vorbereiten.

Trotzdem brauchte er Schlaf. Sein Körper benötigte zwar nur zwei Stunden Schlaf nach zwanzig aktiv verbrachten, doch selbst wenn er nur eine dieser beiden Stunden verlor, würde seine Konzentrationsfähigkeit nachlassen und seine Auffassungsgabe leiden. Wenn er jetzt eine Stunde schliefe, würde ihm aber noch eine Stunde bleiben, das Onyx-Material durchzuarbeiten.

Kurj ging zu seinem Schlafzimmer hinüber und trat durch einen breiten Durchgang ohne Tür. Im Inneren ließen goldene Wüstenbilder die Wände des großen Steinraumes sanfter erscheinen; das Licht war hier gedämpfter. Sein Bett stand an einer der Wände, das riesige Gestell war für ihn maßgefertigt worden.

Auf diesem Bett schlief ein Mädchen.

Kurj blieb stehen. Zuerst wusste sein übermüdeter Verstand ihre Anwesenheit nicht zu erklären. Dann fiel es ihm wieder ein. Die Betreuerin.

Sie lag auf der Seite, hatte sich eng zusammengerollt, die Arme um sein Kopfkissen geschlungen. Ihr Overall hatte den Schnitt, der beliebt geworden war, nachdem Eldrinson zum ersten Mal in dieser ärgerlichen rustikalen Kleidung in der Öffentlichkeit erschienen war. Bei diesem Mädchen sah das allerdings deutlich besser aus als bei Kurjs Stiefvater. Die grünen Samthosen betonten ihre wohlgeformten Beine. Im Lageraum war ihr miederartiges Oberteil mit Lederbändern bis zum Hals zugeschnürt gewesen, doch hier hatte irgendjemand die Bänder gelöst, was die weiblichen Rundungen der jungen Frau viel besser betonte. Ihre dunkelbraunen Locken schimmerten im Licht, und ihr Halsband funkelte wie Wasser im Sonnenlicht.

Kurj überdachte sein Schlafbedürfnis. Dann setzte er sich

auf das Bett, strich dem Mädchen das Haar aus dem Gesicht und berührte dann den schimmernden Besatz ihres Kragens. Er fragte sich, was wohl passierte, wenn sie die Augen öffnete.

Die Gefährtinnen, die er sich auswählte, reagierten unterschiedlich darauf, dass er ihnen seine Aufmerksamkeit zuwandte. Oft fürchteten sie ihn, obwohl viele das zu verbergen suchten; einige spielten ihm so überzeugend Liebe vor, dass es einen weniger leistungsstarken Empathen hätte täuschen können. Wenn ihre Angst zu groß war, ließ er sie gehen. Doch viele fanden sich mit der Situation ab. Einige wenige begannen irgendwann sogar, ihn zu mögen. Alle suchten sie seine Gunst und hofften, ihr Charme würde sein Herz erweichen. Und irgendwie stellte er dann immer wieder fest, dass er ihnen tatsächlich auch das gab, was sie sich wünschten – Reichtum, Schmuck, eine neue Arbeitsstelle, ein schöneres Haus.

Üblicherweise schickte er seine Sicherheitsmannschaft nach der Frau aus, die er ausgewählt hatte, und ließ sie hierher bringen. Manchmal brachte er sie dann zu einem See, der verborgen in den Bergen lag; dort speisten sie dann auf einer frei schwimmenden Barke, im Kerzenschein und bei Musik, und später liebten sie sich dann zum Klang des leise plätschernden Wassers. Das war, so nahm er an, romantisch. Die Frauen schienen das gewählte Ambiente auf jeden Fall zu mögen.

Kurj beobachtete die Betreuerin, an deren Namen er sich nicht mehr erinnern konnte. Soweit er das beurteilen konnte, schien sie im Schlaf nicht von irgendwelchen Schrecken heimgesucht zu werden. Es beruhigte ihn, dass er bisher keinerlei Furcht bei ihr gespürt hatte. Diese Frau hier wollte er nicht gehen lassen müssen, nicht jetzt, wo er so dringend Gesellschaft brauchte.

Dann fiel ihm etwas Merkwürdiges auf. Er hatte an diesem Morgen ein Hemd auf dem Bett liegen lassen, weil er sich kurzfristig entschieden hatte, doch einen Pullover zu tragen.

Aus irgendeinem unerfindlichen Grund hatte die Betreuerin sein Hemd um das Kissen gewickelt, das sie jetzt umklammert hielt. Warum sollte sie seine Kleidung umarmen wollen?

Er strich über ihre Seite, erst hinauf zur Taille, dann hinunter bis über die Rundung ihrer Hüften. Das Mädchen regte sich, dann öffnete sie die Augen und blinzelte ein paar Mal. Kurjs Hand lag immer noch auf ihrer Hüfte, als er sich zu ihr hinunterbeugte und sie küsste.

Ein Wirrwarr an Emotionen ergoss sich wie ein Schwall über ihn und verschwand auch wieder: Überraschung, Scheu, Ungewissheit. Doch in all diesem Durcheinander war ein Gedanke deutlich, fast strahlend zu erkennen. Verwirrt hörte er auf, sie zu küssen und nahm den Kopf zurück. Wie lächerlich. Dieses Mädchen dachte ernstlich, sie sei in ihn verliebt.

Er ließ seine mentalen Barrieren fallen um zu schauen, was er noch alles empfangen konnte. Die Bilder ihrer Erinnerung schienen zu pulsieren. Obwohl sie in diesem Waisenhaus keinen sexuellen Missbrauch hatte durchmachen müssen, hatte die dortige Emotionslosigkeit, dieser Mangel an ihr entgegengebrachten Gefühlen, fast ebenso viel Schaden angerichtet. Sie betrachtete sich nicht selbst als Quelle der Unordnung; vielmehr empfand sie den Rest des Universums als Chaos. Ihre Dankbarkeit Bozner gegenüber, dafür dass er sie auf den Orbiter geschickt hatte, durchdrang all ihre Gedanken.

Wieder war es ein Bild, das besonders hervorstach. An dem Tag, an dem sie in den Lageraum gekommen war, aufgeblickt hatte und den Imperator Skolias auf seinem Thron zwischen den Sternen hatte sitzen sehen, an diesem Tag hatte sie sich zum ersten Mal in ihrem ganzen Leben sicher gefühlt. Und so hatte sie sich in ihn verliebt. Sie stellte ihn sich als Helden vor, und in ihren Tagträumen erschien er immer wieder als zärtlicher, sanftmütiger Verehrer. Dieses Bild unterschied sich so sehr von Kurjs wahrer Persönlichkeit, dass es genauso gut ein völlig anderer Mann hätte gewesen sein können, der mit ihm nicht das Geringste zu tun hatte.

Sie betrachtete ihn wie ein wildes Tier, das im Schein der Lampen wie erstarrt sitzen bleibt. Aus irgendeinem Grund entspannte sich Kurjs Miene zu einem ungewohnten Gesichtsausdruck. Zu einem Lächeln. Er nahm ihr das Kissen aus den Händen und legte sich neben sie. Als er sie in die Arme schloss, spannte sie sich an, und ihre Verwirrung brandete über ihn hinweg.

»Es ist alles in Ordnung«, meinte er. Dann übertraf er sich selbst an Wortreichtum, als er einen zweiten Satz hinzufügte. »Ich werde dir nicht wehtun.«

Sie schlang die Arme um seine Taille und schenkte ihm ein zaghaftes Lächeln. »Ich grüße Euch, Imperator Skolia.« Ihre volltönende Stimme gefiel ihm.

»Wie heißt du?«, fragte er.

»Ami.«

»Ami.« Er zupfte an den Schnüren ihres Overalls und löste sie vollends. »Das ist ein schöner Name.«

Als er sie auszog, starrte sie seine Brust an, ihre Wangen waren gerötet. Aus ihrem Denken und Fühlen empfing Kurj, dass sie bisher so gut wie nie auch nur geküsst worden war, von allem anderen ganz zu schweigen. Er wusste, dass er nicht gerade das war, was sich die meisten Frauen als ihren ersten Liebhaber wünschen würden; doch ihre Gedanken ließen keinen Zweifel: Sie wollte ihn, und niemanden sonst.

Mit dem Daumen fuhr er über ihren spitzenbesetzten Büstenhalter, und sie strich mit ihrer Hand über seine Brust; ihre Neugier berührte sein Innerstes fast körperlich – ein leichtes Kitzeln, mehr nicht. Dann erklang ein Signal von der Konsole auf dem Nachttisch, der auf der anderen Seite des Bettes stand.

Kurj fluchte vor sich hin. Lauter sagte er dann: »Skolia hier.«

Eine dunkle Frauenstimme drang aus der Konsole. »Imperator Skolia, hier spricht Admiralin Tahota. Wir haben eine Kommunikation zwischen dem Büro von Präsidentin Calloway auf der Erde und dem Eubianischen Wirtschaftsministerium auf Glorie abgefangen.«

Er stützte sich auf einen Ellbogen. »Wie viel konnte entschlüsselt werden?«

»Der größte Teil«, antwortete Tahota. »Es geht um einen Bürger des Planetenverbandes, einen Jungen, der im Inventar eines Sphinx-Kaufmannes entdeckt worden war. Augenscheinlich hat die Kaiserin den Jungen befreit, und der Kaiser bereitet gerade dessen Rückkehr zur Erde vor.«

Kurj runzelte die Stirn. Zu welchem Zweck sollte Qox einen Sklaven freilassen oder einen seiner eigenen Leute für etwas derart Unbedeutendes einsetzen? »Liegt die ID des Jungen vor?«

»Jessie Tarrington«, gab Tahota sofort zurück. »Sein Vater ist Senator Jack Tarrington, Mitglied des Verbandler-Kongresses.«

Aha. Wieder meldete sich die Politik zu Wort. »Wo wurde der Junge entführt?«

»Wir wissen es noch nicht genau«, antwortete Tahota. »Es scheint, als habe sein Schiff die geplante Route geändert, um Notversorgungsmaterial zu einer Kolonie in der Nähe des Onyx-Sektors zu bringen. Augenscheinlich ist es dabei in Eubianisches Territorium geraten und von einem Piraten gekapert worden.«

»Wie sicher sind Sie, dass sein Schiff tatsächlich unser Territorium verlassen hat?«, fragte Kurj nach.

»Das ist bisher noch fraglich«, entgegnete Tahota. »Es ist sogar möglich, dass es sich nicht einmal in der Nähe des Grenzgebietes aufgehalten hat.«

»Geben Sie mir eine vollständige Analyse!«, forderte Kurj. »Ich will alle Aufzeichnungen von Onyx-nahen Übergriffen in unser Territorium, eine graphische Darstellung, wo welche Übergriffe stattgefunden haben und wie sie statistisch im Raum verteilt sind, und dazu jegliche bekannten Beziehungen zu Onyx-Staub-Kaufleuten. Ich brauche das Material rechtzeitig für die anstehende Sitzung der Versammlung.«

»Werdet Ihr haben, Herr«, versprach Tahota. »Soll ich einen Kanal öffnen, damit Sie die Untersuchungen mitverfolgen können?«

Kurj betrachtete Ami. Als sie ihn anlächelte, hätte er beinahe aufgestöhnt. Dann wies er Tahota an: »Nein. Sorgen Sie dafür, dass mein Bruder Althor sich darum kümmert.«

»Wird gemacht, Herr.«

»Sehr gut, Admiral. Skolia *over and out.*«

»*Over and out*, Herr.«

Kurj senkte den Kopf und küsste Ami wieder, strich mit der Hand über ihre Brüste. Er hatte nicht die Zeit, jetzt mit ihr zu schlafen, nicht, wenn er langsam vorgehen wollte, um ihr nicht wehzutun. Aber er wollte sie in den verbleibenden Minuten wenigstens berühren. Für einige, wenige Augenblicke wollte er sich leicht fühlen.

III

Jahr Vier

360 AS gemäß dem Imperialen Kalender
383 EG gemäß dem Eubianischen Kalender
2263 n. Chr. gemäß dem Gregorianischen Kalender

7

Soz stieg den Hügel hinauf, den Laser-Karabiner über der Schulter, auf dem Rücken einen Bogen und einen Köcher. Sie folgte Jai, der, die Schritte kleinkindhaft wackelig, durch das Spatelgras stapfte. Die Stimmung ihres Sohnes entsprach dem Wetter: hell und freundlich. Als er sich hinhockte, um eine geborstene Geode zu betrachten, in deren Inneren purpurne Kristalle glitzerten, blieb Soz stehen und verlagerte das Gewicht des Babys, das sie in einem Tragetuch auf der Hüfte trug. Lisi. Jaibriol und sie hatten sie ›Rocalisa‹ getauft, nach Soz' Mutter Roca, aber schließlich wurde sie doch immer ›Lisi‹ genannt.

Als Lisi in lautstarkes Geschrei ausbrach, seufzte Soz. Die Kleine war erst 250 Stunden alt, und trotzdem konnte sie mit ihrer Stimme jetzt schon Tote aufwecken. Als Soz das Baby aus dem Tragetuch nahm, schaute Jai sie mit großen, besorgten Augen an. Mit roten Augen.

»Warum weint Liesie?«, fragte er; er konnte das kurze ›i‹ im Namen seiner Schwester noch nicht richtig aussprechen und dehnte den Namen immer übermäßig.

»Sie hat Hunger.« Soz setzte sich und schob das Fellhemd hoch, das Jaibriol ihr genäht hatte; dann legte sie Lisi auf ihren Arm und Lisis Kopf an die Brust, um sie zu stillen.

Jai kam herübergetapst. »Liesie immer Hunger! Will auch Mamm-Mamm.«

Mit ihrer freien Hand wuschelte sie ihm durch das Haar. Sie verstand, warum MedComp sie anwies, auch Jai weiter zu stillen. Die Immun- und Nährstoffe, die sie ihm auf diese Weise zukommen ließ, waren hier, auf diesem Planeten, besonders wichtig, denn hier befanden sich die Menschen in einem besonders labilen Gleichgewicht mit ihrer Umwelt. Außerdem wurde so zugleich ein emotionales

Bedürfnis gestillt, und seine Zufriedenheit spürte auch sie dann jedes Mal erneut. Sie hatte gedacht, sie müsse aufhören, als sie wieder schwanger war, doch MedComp meinte, alles sei in bester Ordnung, obwohl Jai sich darüber beschwerte, dass ihre Milch jetzt anders schmecke. Aber beide Kinder gleichzeitig zu stillen, das war wirklich zu viel verlangt.

»Du kannst was haben, wenn Lisi fertig ist«, erklärte sie deshalb.

»Jetzt Hunger!«, beharrte Jai.

»Warte noch ein paar Minuten, Jaichen!«

»Will *jetzt!*«

Sie lächelte ihn an. »Übst wohl schon dafür, Kaiser oder Imperator zu sein, was? Du wartest, bis Mami sagt, dass du darfst.«

»Jetzt!«, grollte Jai. Dann setzte er sich, legte ihr den Kopf in den Schoß und nuckelte an seinem Daumen. Lisi kuschelte sich an sie und sog wie ein Absaugrohr an einem Raumdock-Kran.

»Papi mag Mamm-Mamm auch«, sagte Jai, den Daumen immer noch im Mund.

Entgeistert starrte Soz zu ihm hinunter. »Warum sagst du so was?«

»Hab Mami und Papi gesehen. Papi auch Hunger.«

Ihr schoss das Blut ins Gesicht. Zusammen in einem einzigen großen Raum zu leben, hatte seine Nachteile. Offensichtlich hatte Jai manchmal nicht geschlafen, obwohl sie beide davon ausgegangen waren. »Wir bauen dir ein eigenes Zimmer, Jaichen. Extra für dich. Würde dir das gefallen?«

»Für mich?«

»Genau. Ganz alleine für dich.«

Er dachte über das Angebot nach. »Jai mag das«, entschied er dann.

»Gut.« Soz rückte Lisi auf ihrem Arm ein wenig zurecht. »Ich muss euch jetzt zurück ins Haus bringen. Dann kümmert sich Papi eine Zeit lang um euch.«

»*Will* nicht nach Haus.« Jai setze sich auf und warf ihr einen unnachahmlich finsteren Blick zu. »Mit *dir* gehen!«

»Schätzchen ...«

»Nein! Mit *dir* gehen!«

»Jai, kennst du kein anderes Wort außer ›nein‹?«

»Nein!«

Übertrieben theatralisch seufzte Soz. »Ja, das tut mir dann aber Leid! Dann darf wohl nur Lisi heute bei Papi sein.«

Verwirrung war dem Jungen in sein hübsches Gesicht geschrieben. »Nein! Mit Liesie gehen.«

»Na, ich weiß ja nicht ...« Soz schaute ihren Sohn unschlüssig an.

»Mit Liesie gehen!«

»Na ja ... also gut. Du kannst mit Lisi gehen.«

»Wohin geht Mami?« Jai klang besorgt, und Soz wusste, dass ihr kleines Spiel ihn nicht getäuscht hatte; es hatte ihm nur die Möglichkeit gegeben, ehrenvoll nachgeben zu können.

»Auf die Jagd«, antwortete sie. »Wir brauchen etwas zu essen.«

»Geht Mami den Mollo-Mollo fangen?«

»Den was?«

Er versuchte es mit einer etwas anderen Aussprache. »Mullu-Mullu.«

»Ich weiß nicht, was du meinst.«

»Groß und schwarz. Lecker!«

»Ach so.« Sie nickte. »Du meinst einen Mordluchser. Ja, das hoffe ich doch.«

Jaibriol hatte diese Tierart ›Mordluchser‹ genannt, weil ÖkoComp behauptet hatte, sie würde dem ›Nordluchs‹ der Erde ähneln. Nach ÖkoComps Beschreibung dieser Tiere allerdings vermutete Soz, ein Mordluchser könne so ganz nebenbei problemlos fünf Nordluchse abschlachten. Wie die rotgoldenen Flieger, die am Fluss lebten, hatten auch die Mordluchser acht Beine und waren zum Teil Krustentiere, zum Teil Reptilien und zum Teil Pflanzen, und auch ihr Chitinpanzer war reich an Chlorophyll. Jaibriol hatte daraufhin entschieden, diese Tiere gehörten zu einem eigenständigen Phylum, und sie dann als ›Chloropoden‹ bezeichnet.

Soz hatte nicht die Absicht mitzuerleben, dass sich ein Mordluchser an ihrer Familie gütlich tat. Also jagte sie diese Tiere jetzt mit der gleichen Zielstrebigkeit, die sie einst gegen eubianische Krieger gerichtet hatte.

»Hoshpa!« Jais Freudenschrei erklang, kaum dass er wieder auf den Beinen stand. Als Soz aufblickte, sah sie Jaibriol, der den Hügel hinauf auf sie zukam. Von ihrer letzten Schwangerschaft, die noch nicht lange zurücklag, kam sich Soz immer noch unglaublich dick vor; sie kämpfte sich auf die Beine, Lisi immer noch in der Armbeuge. MedComp behauptete beharrlich, Soz sei zu dünn, aber MedComp beklagte sich ja ohnehin unablässig.

Als Soz den Hügel hinunterging, stieß Lisi einen protestierenden Laut aus, dann saugte sie weiter. Jai lief auf seinen Vater zu, und Jaibriol hockte sich auf den Boden und streckte ihm die Arme entgegen. Prompt stolperte Jai über einen Spinnenkorb-Strauch, fiel ausgestreckt und mit dem Gesicht voran ins Gras und brach in ein Wehklagen aus, das den Himmel zu zerreißen schien.

Jaibriol sprang auf und rannte zu seinem Sohn; sein Lächeln verschwand; stattdessen sah Soz nun diesen ängstlichen Gesichtsausdruck, den sie nur allzu gut kannte. Sie sah ihn jedes Mal aufs Neue, wenn sein Sohn auch nur stolperte. Hier, wo sie außer einander wirklich niemanden hatten, mochte schon die einfachste Verletzung verhängnisvoll sein.

Als Jaibriol den Jungen auf die Arme nahm, schniefte Jai und schlang die Arme um den Hals seines Vaters, gleich ein wenig beruhigt. Als Soz zu ihnen kam, blickte Jaibriol zu ihr hoch.

»Du siehst müde aus«, stellte er fest.

»Nur ein bisschen«, antwortete Soz. Lisi hörte auf zu trinken, ihr Hunger war wohl gestillt, und Soz rückte ihr Hemd wieder zurecht.

»Geh nicht!«, bat Jaibriol. »Bleib hier und ruh dich ein bisschen aus!«

»Wir können doch nicht hier herumsitzen, während Mordluchser die Haustiere unseres Sohns fressen!«

»Böser Mollo-Mollo«, schniefte Jai. »Hat Puppli gefressen.«

»Wir wissen doch gar nicht mit Sicherheit, dass ein Mordluchser deinen Puppli geholt hat«, widersprach Jaibriol.

Soz dachte an die Überreste, die sie von Jais pelzigem Haustier gefunden hatten, einem kleinen Chloropoden mit großen Ohren und einem langen grünen Schwanz. »Es ist genau so wie bei den anderen Luchsern.« Sie reichte Jaibriol den Karabiner. »Wir dürfen kein Risiko eingehen.«

Er schob ihr den Karabiner wieder zurück. »Nimm *du* den!«

»Wenn ich den Laser abfeuere, bleibt für uns nichts mehr übrig, was wir gebrauchen können, nur noch verkohlte Knochen.« Leise fügte sie hinzu: »Die Kinder sind bei dir. Unsere beste Waffe solltest dann du haben.«

Jaibriol schaute den Jungen auf seinem Arm an, dann schlang er sich den Karabiner über die Schulter. Als Soz ihm Lisi entgegenhielt, nahm er sie mit der gleichen Leichtigkeit auf den Arm, die Soz schon von ihrem Vater kannte, vor langer, langer Zeit, als er ihre jüngeren Geschwister auf dem Arm gehalten hatte. Wer hätte gedacht, dass der Erbe der Hightons, der Schrecken dreier Reiche, solch ein sanfter, liebevoller Vater sein würde? Sie fragte sich, ob der Kaiser oder die Kaiserin jemals Jaibriol so liebevoll gehalten hatten, wie Jaibriol Lisi und Jai im Arm hielt. Sie bezweifelte es.

Mit gedämpfter Stimme sagte ihr Mann: »Meine Mutter ist eine ausgezeichnete Schauspielerin.«

»Du meinst Kaiserin Viquara?«

Er nickte. »Sie könnte einen Felsbrocken glauben machen, dass sie ihn abgöttisch liebe. Aber einen Rhon-Telepathen zu überzeugen, ist dann doch noch etwas anderes.« Er versuchte, sein Achselzucken unbekümmert wirken zu lassen.

»Sie war hochgradig verärgert darüber, das Kind einer anderen Frau als ihren eigenen Sohn ausgeben zu müssen.«

Leise meinte Soz: »Das tut mir Leid.«

»Es spielt keine Rolle mehr. Ich habe hier mehr als meine Eltern jemals haben werden, mit all ihren Palästen, all ihren Sklaven und all ihrem Reichtum.« Er schaute sie an. »Pass auf dich auf, Soshoni! Ich weiß, dass du glaubst, du wärst unverwundbar, mit all dieser Hardware in deinem Körper. Aber das bist du nicht!«

»Ich passe auf.« Sie stellte sich auf die Zehenspitzen und küsste ihn.

Dann trennten sie sich, Jaibriol ging mit den Kindern zurück zum Haus, Soz marschierte in die andere Richtung, den Hügel hinauf. Der Weg war leicht, der Tag war schön. Sie genoss ihn, obwohl ihr schwer fiel, Lisi auch nur für diese kurze Zeit zurücklassen zu müssen – schließlich hatte die Kleine noch keinen berechenbaren Rhythmus, wann sie aß oder schlief.

Soz fühlte sich, als wären Lisi und sie immer noch ein gemeinsamer Körper und besäßen ein gemeinsames Denken und Fühlen. Jais Denken und Fühlen separierte sich langsam aber sicher von dem ihren. In letzter Zeit erklärte er geradezu genüsslich seine Unabhängigkeit, entdeckte mehr Möglichkeiten, das Wort ›nein‹ auszusprechen, als seine Mutter jemals für vorstellbar gehalten hätte. Lächelnd sandte sie eine geistige Liebkosung an ihre Familie. Die Verbindung, die alle Rhon-Telepathen miteinander teilten, war stark genug, um ihre Lieben selbst auf diese Entfernung noch ihre Gedanken auffangen zu lassen.

Ihr Knoten stellte Berechnungen an. Anhand der Daten, die über die anderen Mordluchser vorlagen, verbunden mit dem, was sie über dieses eine Exemplar hier wussten, versuchte er vorauszusagen, wo Soz das Raubtier würde finden können. Die Berge in dieser Gegend waren weite, sanfte Hügel, bedeckt mit hellgrünem Spatelgras, dazwischen standen immer wieder einzelne Gruppen von Palmen. Soz scannte das Gelände mit unterschiedlichen EM-Wellenlängen, stellte ihr Gehör auf eine so hohe Empfindlichkeit, dass sie hören konnte, wie einzelne Spatelblätter zu Boden fielen, und inhalierte den durchdringenden Geruch einer Landschaft, die vor Flora fast überbordete, und dabei nur eine spärliche Fauna aufwies. Keine Spur vom Mordluchser.

Dann kam sie an eine kleine Klippe, nur wenige Meter hoch. An deren Fuß erstreckten sich die Hügel in sanft geschwungenen, kleinen Wellen, auf denen kniehoch das Gras stand. Soz sprang die Klippe hinunter, ließ ihren Knoten die optimale Fallkurve berechnen, ihre Hydraulik übernahm sämtliche Körperbewegungen. Sie landete in der Hocke, gespannt wie ein menschlicher Mordluchser, jederzeit zum Sprung bereit. Dann spürte sie einen stechenden Schmerz in ihrer Hüfte, und sie kippte zur Seite.

»Pah!«, grollte Soz. So viel zum Thema ›menschlicher Mordluchser‹.

Vorschlag, dachte ihr Knoten.

Was? Soz stand auf und rieb sich die schmerzende Hüfte.

Unnötige körperliche Anstrengung erschwert es deinem Körper, wieder zu Kräften zu kommen. Du solltest Anstrengung vermeiden.

Meinem Körper geht es gut.

Das ist eine unrichtige Aussage. Du bist in ausgezeichneter Verfassung, wenn man bedenkt, dass du vor 250 Stunden ein Kind zur Welt gebracht hast. Von deinem gesundheitlichen Optimum bist du jedoch weit entfernt.

»Mir geht's gut«, murmelte Soz.

Frage.

Sie machte sich daran, den Hang hinabzugehen. **Was?**

Hast du dir schon einen Namen für mich überlegt?

Nein.

Warum nicht?

Weil ich mir noch keinen überlegt habe.

Deinen Kindern hast du schon Namen gegeben, bevor sie geboren waren.

Du bist nicht mein Kind. Du bist ein Teil von mir.

Dann heiße ich also ›Sauscony‹?

Sie nahm den Bogen von der Schulter und legte einen Pfeil auf die Sehne. **Nein, du heißt *nicht* Sauscony.**

Warum bereitest du dich darauf vor zu schießen?

Das nennt man ›in Bereitschaft sein‹, und das weißt du ganz genau.

Bist du dir eigentlich darüber im Klaren, dass dein Zögern, was meine Namensgebung betrifft, gewisse psychologische Implikationen nahe legt?

Nein.

Ich habe einen Vorschlag.

Sei still!, dachte Soz. Sie ging den Hügel weiter hinunter, bis sie an einen Waldrand kam. In den Wald selbst drang nur noch gedämpft Tageslicht, und das Rascheln der Spatelblätter hüllte Soz ein.

Schließlich dachte sie: **Also, dann mach schon deinen Vorschlag!**

Sprich mich einen Tag lang mit einem Namen an! Dann kannst du sehen, wie sich das auf dich auswirkt.

Warum bist du dir so sicher, dass diese Namensgebung eine derart tief greifende Bedeutung besitzt?

Ich glaube, dass deine Weigerung, mir einen Namen zu geben, darauf schließen lässt, dass du dich weigerst, dich damit abzufinden, dass du gleichzeitig eine Empathin und eine Waffe bist.

Das überraschte sie. Es dauerte, bis sie antworten konnte. **Dir einen Namen zu geben, wird die Narben auf meiner Seele auch nicht verschwinden lassen.**

Nach langer Pause dachte ihr Knoten: Es tut mir Leid.

Es tat ihm Leid. Es tat ihrem Computer *Leid*. Das war so erstaunlich, dass sie keine Entgegnung darauf wusste.

Zwischen den Bäumen hindurch erkannte Soz eine kreisförmige Lichtung. Wie ein Teppich bedeckte kristallartiges Gras in der Farbe von weißer Jade den Boden vor ihr. Soz spürte ganz entfernt, dass irgendetwas ihr Denken und Fühlen berührte, wie ein Ruf aus der Ferne, und fragte sich, ob es schon Zeit sei zurückzugehen. Aber sie hatte diesen Mordluchser noch nicht gefunden. Jai war völlig niedergeschlagen vom Verlust seines Haustieres, und das war noch unbedeutend im Vergleich zu dem, was ein Mordluchser einem Menschen antun konnte.

Hin und her gerissen, ob sie nun zurückgehen sollte oder ihre Jagd fortsetzen, tippte Soz mit ihrer Stiefelspitze gegen das Kristallgras.

Was ist das für ein Zeug?

Mir liegen keinerlei Daten darüber vor, dachte ihr Knoten. Ich brauche eine Probe, die ich analysieren kann.

Soz kniete sich auf den Boden und berührte eine einzelne Kristallfaser. Sie vibrierte mit einem sanften, hellen Klingen. Mit ihrer Handfläche strich Soz über das Gras, und ein harmonisches Klanggemisch war zu hören. »Hey! Das ist ja wunderschön.« Als sie aufstand und auf die Grasfläche trat, sang der Boden wie mit Engelsstimmen.

Ich schlage vor, dass du mich zuerst eine Probe analysieren lässt, dachte ihr Knoten. Warte das Ergebnis ab, bevor du weitergehst!

Aber das klingt so schön. So beruhigend.

Ja, das ist wahr.

Soz setzte sich in das Gras, und es sang zu ihr, liebliche Töne hüllten ihr Denken und Fühlen ein. Sie legte sich auf den Rücken und betrachtete den Himmel über ihr. Rot stand im Westen tief am Himmel, von den Bäumen größtenteils verborgen, und hoch über ihr loderte Blau, viel zu hell, als dass man genau hätte hinsehen können. Sie schloss die Augen. Das Gras summte und klingelte, beruhigend, beruhigend, beruhigend …

Soshooooooo … nnnnn … iii …

Soz zuckte zusammen, als diese Laute in ihre Glückseligkeit einbrachen. Über ihr schimmerte der Abendhimmel rötlich vom Untergang der roten Sonne.

Soshooooonnnniii ... Irgendwo schrie ein Baby.

Soz setzte sich kerzengerade auf. *Wie kann es denn schon Abend sein?* Sie hörte nichts mehr, und dennoch spürte sie in ihrem Innersten das Geschrei eines Babys.

Sie rappelte sich auf und rannte über die Lichtung. Das Gras kreischte protestierend, jetzt klang diese Musik nur noch scheußlich, aggressiv. Soz' Magen krampfte sich in einer Art und Weise zusammen, die sie annehmen ließ, das Gras würde jetzt Frequenzen aussenden, die unterhalb ihrer Hörschwelle lagen. Das mussten alle Grashalme zusammen sein: Ein einzelnes Blatt hätte niemals diesen Klang erzeugen können. Der Effekt verstärkte sich, wurde unerträglich, sie musste machen, dass es aufhörte, musste aufhören zu laufen ...

»Na sicher!«, murmelte sie und war auch schon von der Grasfläche hinunter. **Knoten! Was ist passiert?**

Keine Antwort.

Knoten!

Nichts.

Soz rannte weiter. Der Weg zurück schien ewig zu dauern, doch sie hatte keine Ahnung, wie viel Zeit wirklich verstrichen war. Sie konnte nicht auf ihren internen Zeitmesser zugreifen. Und doch musste ihr Knoten noch funktionsfähig sein, sogar aktiv, schließlich lief sie mit biomechanisch erhöhter Geschwindigkeit, und das bedeutete, dass er ihre Hydraulik steuerte. Wenn sie diese Hydraulik zu häufig einsetzte, belastete sie ihr gesamtes Skelett und ihren Muskelapparat, doch im Moment war ihr das völlig egal.

Soshoni! Der Gedanke explodierte geradezu in ihr.

Ich bin fast zu Hause, dachte sie zur Antwort.

Und wie eine Explosion spürte sie auch Jaibriols Erleichterung. ***Du lebst!***

Wie lange war ich weg?

Zehn Stunden. Lisi will nichts essen. Sie schreit nur noch!

Hoshma! Mammi! Jais Gedanken waren hektisch, völlig außer sich. Liesie geht tot!

Jetzt konnte Soz Lisis Schreie hören. Sie rannte zum Haus hinunter und stürmte in den offenen Eingang. Jaibriol kam ihr entgegen, das Baby auf dem Arm; Lisis Gesicht war knallrot angelaufen. Der kleine Jai drückte sich in der Nähe seines Vaters herum wie ein besorgter Aufseher, der nicht wusste, wie er eine Krise meistern sollte.

»Ach, Babylisi, Lisi, Lisi«, gurrte Soz, während sie ihrem Mann ihre schreiende Tochter abnahm. Dann schob sie ihr Hemd ein Stück hinauf und legte Lisi an ihre Brust, doch das übererregte Kind hatte sich viel zu sehr in sein haltloses Schreien hineingesteigert, um jetzt an der Brust seiner Mutter trinken zu können. Da stand Soz nun, breitbeinig, in einem Fellhemd und der schwarzen Lederhose ihrer Jagernaut-Uniform, schaute auf das Kind in ihrem Arm hinunter und wiegte den Körper sanft vor und zurück.

Plötzlich holte Lisi ruckartig Luft und presste sich dann mit einer Vehemenz an Soz' Brust, dass Soz an einen voll beladenen Raumdock-Kran denken musste. Lisi saugte wie wild, ihr kleiner Körper zitterte vor lauter Anstrengung.

Jaibriol stieß einen erstickten Laut aus. Seine Erleichterung war so intensiv, dass Soz sie körperlich zu spüren glaubte.

Ist Liesie jetzt glücklich?, fragte Jai. Er sah sie so ernstlich besorgt an, dass Soz ihn am liebsten sofort auch auf den Arm genommen hätte.

Ja, Lisi ist jetzt glücklich, versicherte Jaibriol ihm.

»Es tut mir Leid, mein kleiner Wirbelsturm«, flüsterte Soz ihrer Tochter zu.

»Wo warst du, Mami?« Jai tapste ein paar Schritte vorwärts und schlang seine Arme um eines ihrer Beine. »Wir haben auf der ganzen Welt nach dir gesucht!«

Soz lächelte ihn an. »Auf der ganzen Welt?«

»Überall«, versicherte er ihr.

Jaibriol fuhr ihm mit der Hand durchs Haar. »Wir haben stundenlang gesucht. Wo warst du?«

»Ich bin bis hinter die kleine Klippe gegangen.«

»Da waren wir auch.« Sein Denken und Fühlen knisterte

noch von letzten Überresten seiner Furcht – und auch seines Zornes, nun, wo er wusste, dass es ihr gut ging. »Hast du uns denn nicht rufen hören? Lisi hat so laut geschrien, dass ich schon dachte, der Himmel würde zerbrechen.«

»Ich weiß nicht genau, was passiert ist«, erklärte Soz. »Auf einer Lichtung war dieses Gras. Kristallgras. Das hat mich irgendwie in Trance *gesungen*, und meinen Knoten auch.« Als ihr der ohrenbetäubende Protest wieder einfiel, den dieses Gras angestimmt hatte, als sie wieder aufgebrochen war, ergänzte sie: »Es ist vielleicht bedingt empfindungsfähig.«

»Wo ist das denn?«, fragte Jaibriol. »Ich habe so was noch nie gesehen.«

»Im Wald hinter der kleinen Klippe. Muss wohl erst in letzter Zeit gewachsen sein.« Soz ging zu dem Lehnsessel hinüber, den Jaibriol gebaut hatte, und ließ sich hineinsinken; Soz wiegte Lisi, die jetzt sanfter an der Brust ihrer Mutter saugte, immer noch sanft auf dem Arm.

Aufnahmebereit, verkündete der Knoten.

Um Himmels willen!, dachte Soz. **Ich habe dich vor langer Zeit gerufen!**

Es scheint, als sein meine Fähigkeit, deine Neuralimpulse zu verarbeiten, auf irgendeine Weise gestört worden.

Wodurch?

Die Pflanze, die du ›Kristallgras‹ genannt hast, erzeugt ein Energiefeld, durch das Neuralaktivitäten gestört werden.

Was ist denn mit deinen ganzen Sicherheitsvorkehrungen?, fragte Soz. **Deinen Sicherheitsroutinen? Den Notschaltungen? Backups? Du hast doch hundertundeine Möglichkeit, mit so einer Situation fertig zu werden!**

Diese Situation hätte Möglichkeit 102 erfordert.

Jaibriol rückte einen weiteren Stuhl zu Soz. Als er sich hinsetzte, kletterte Jai zu ihm auf den Schoß. Zärtlich hielt Jaibriol seinen Sohn fest und ›sprach‹ dabei geistig mit Soz. ***Hast du irgendeine Ahnung, was dieses ›Kristallgras‹ sein könnte?***

Ihr Knoten antwortete für sie. Verwandt mit der Menschenfalle. Das in Trance versetzte Opfer verhungert langfristig. Der verwesende Körper liefert dann Nährstoffe für das Gras.

Das ist ja widerlich!, schüttelte sich Soz bei dieser Vorstellung in Gedanken.

Aber effizient. Das Gras sondert vermutlich Stoffe ab, die den Zersetzungsprozess beschleunigen.

Wir sollten etwas dagegen unternehmen, dachte Jaibriol.

Es könnte sich als nützlich erweisen, gab der Knoten zu bedenken. Das größte Tier, das wir bisher gesehen haben, ist der Mordluchser. Wenn man das Gras irgendwie gefahrlos handhaben und dann mit einem geeigneten Köder versehen könnte, wäre das vielleicht eine geeignete Mordluchser-Falle.

Gute Idee!, dachte Soz.

Lisi löste sich von der Brust ihrer Mutter und stieß einen kleinen Protestschrei aus.

»Alles ist gut«, murmelte Soz. Sie legte das Kind an die andere Brust, und wieder saugte Lisi sich daran fest. Aber für einen einzigen kurzen Moment erwiderte Lisi den Blick ihres Vaters, als der sie ansah, beruhigt durch Soz' leises Gurren, auch wenn sie immer noch ganz damit beschäftigt war, an der Brust ihrer Mutter zu trinken. Dann allerdings schloss Lisi die Augen wieder und konzentrierte sich vollkommen auf ihr Abendessen.

Jaibriol betrachtete Soz beim Stillen, Jai zusammengerollt auf dem Schoß. »Wer hätte das gedacht«, meinte er leise, »die Kriegerin so weich wie Apfelmus.«

Soz warf ihm einen finsteren Blick zu. »Wer ist hier weich wie Mus? *Ich* bin nicht weich wie Mus!«

Jaibriol lächelte sie an. »Weißt du, Soshoni, ich habe mal gesehen, wie ein Mordluchser-Einzelgänger in den Bau eines Weibchens eingedrungen ist, das gerade geworfen hatte. Das Mordluchser-Muttertier hat den Eindringling in Stücke gerissen. Und dann ist sie wieder zu ihren Kleinen gegangen und hat sie gesäugt.«

Soz sah ihn mit zusammengekniffenen Augen an. »Vergleichst du mich da etwa gerade mit einer Mordluchser-Mutter?«

»Sagen wir mal: Ich bin froh, dass ich dein Mann bin und nicht dein Feind.«

Leise sagte sie: »Ich werde dich immer lieber. Und sollte irgendjemand irgendwann versuchen, dir oder den Kindern etwas anzutun, ja, dann würde ich den sogar ganz bestimmt in Stücke reißen!«

Eingezwängt in sein Steuerungs-Exoskelett saß Althor Valdoria, Der Erbe Des Imperators, an seiner Konsole. Heute arbeitete er in der Netzwerk-Kammer, einem kahlen Raum, in dem es nichts gab außer der Konsole und dem Steuerungssitz.

Onyx. Althor bezweifelte, dass er jemals erfahren würde, was seinen Bruder damals, vor zwei Jahren, dazu gebracht hatte, ihm die Verantwortung für die Lage im Onyx-Sektor zu übertragen. Üblicherweise kümmerte Kurj sich um heikle Angelegenheiten persönlich. Was auch immer der Grund gewesen sein mochte, an jenem Tag hatte er zumindest für einen Moment seinen eisernen Griff gelockert. Fasziniert von dem Problem, das ihm von Kurj übertragen worden war, hatte Althor jeden einzelnen Bericht durchgearbeitet, in dem Übergriffe von Händler-Piraten in die Region von Onyx-Plattform geschildert wurden – einer der wichtigsten IRK-Stützpunkte. Innerhalb der letzten zwei Jahre waren ihm ständig neue Befugnisse in diesem Sektor erteilt worden, und nun leitete er persönlich die dortigen Aktivitäten des IRK.

Onyx-Plattform befand sich im Onyx-Sektor, einem deshalb so bedeutsamen Territorium, weil hier in einem undeutlich umrissenen Gebiet das Hoheitsgebiet von Eubia, Skolia und des Planetenverbandes aufeinander trafen und alle drei Mächte dieses Territorium für sich beanspruchten. Während die Händler-Piraten die dortigen IRK-Außenposten weiter angriffen, belästigten sie die Standorte der Verbandler aber nicht mehr. Die Abteilung für Öffentlichkeitsarbeit des IRK nahm für sich in Anspruch, die Verbandler zu beschützen, doch Althor gab sich keinen Illusionen hin. ERKomm schickte keine Piraten mehr ins Verbandler-Territorium, weil Kaiser Qox einen Pakt mit den Verbandlern eingehen wollte.

Was Althor an diesem Tag jedoch beschäftigte, hatte wenig mit den Angriffen zu tun. Das Rätsel, mit dem er sich seit mehr als einem Jahr beschäftigte, war nicht mehr als nur ein einfacher Zahlenfehler in einem an sich unbedeutenden Datensatz. Er betraf die Diskrepanz bei einem bestimmten Preis, der ihm bei einer Lieferung von Baumaterial an eine Onyx-Raumstation aufgefallen war. Der Lieferschein wich um einen Centilla, einen Imperialen Cent, von dem ab, was in den Onxy-Aufzeichnungen aufgeführt war.

Althor hätte es niemals bemerkt, wenn er sich diese Lieferscheine nicht aus einem ganz anderen Grund angesehen hätte, nämlich um herauszufinden, wie seine Tante Dehya Selei ihre Agenten unter den Staub-Kaufleuten bezahlte, die im Onyx-Sektor aktiv waren. Eine Differenz von einem Cent bei einer Millionen-Dollar-Lieferung? Er hätte diesen Fehler beinahe übersehen.

Aber die Diskrepanz nagte weiter an ihm. Er sah sich alles, die gesamten Aufzeichnungen, noch einmal bis ins kleinste Detail an, um sicherzustellen, dass diese Diskrepanz wirklich bedeutungslos war. Was er dann gefunden hatte, hatte ihn verwirrt. Um den Lieferschein von Onyx zum Orbiter zu schicken, waren keinerlei menschliche Aktivitäten erforderlich. Niemand musste diese Zahl irgendwo eingeben. Er fand auch keinerlei Hinweis auf einen Riss oder eine andere Störung im Netzwerk, die eine Datenverfälschung hätte bewirken können. Es erschien ihm absurd, sich wegen eines einzigen Cents Sorgen zu machen, und doch störte es ihn, dass für diese Diskrepanz keine Ursache zu finden war.

Fast ein Jahr lang hatte er diese Differenz im Netzwerk nachverfolgt, suchte dort nach einem Cent, wo täglich Milliarden umgesetzt wurden. Er fand die Speicheradresse, in der dieser Lieferschein abgelegt worden war. Als er deren Datengeschichte nachverfolgte, brachte ihn das schließlich immer weiter von Onyx fort. An diesem Tag schließlich hatte er die Quelle der Diskrepanz ausfindig gemacht. Vor fast vier Jahren hatte in HeadQuarters City, dem Herzen des IRK, jemand eine Datei gelöscht. Natürlich wurden im HQ täglich Millionen von Dateien gelöscht. Aber wer auch immer diese eine Datei gelöscht hatte, hatte sie zuvor in einem Privat-Account versteckt, der nur einer ausgewählten Hand voll Leuten zugänglich gewesen war.

Außerdem war derjenige, der diese Datei gelöscht hatte, ein Experte gewesen. Althor hatte überhaupt nur deswegen irgendetwas gefunden, weil der Hacker von einem Zivil-Knoten aus vorgegangen war. Sämtliche Spuren von dessen Arbeit waren entfernt worden – abgesehen von einem Daten-Bit, das nur von einem Computer innerhalb eines IRK-Kontrollzentrums gelöscht werden konnte.

Ein einziges Daten-Bit.

Der Hacker wusste offensichtlich sogar um dieses eine unantastbare Bit. Er konnte dessen Wert nicht von eins auf null zurückstellen, also hatte er es versteckt. Dabei ergab sich ein winziges Problem: Das verborgene Bit führte dazu, dass ein Bit in einer benachbarten Speicheradresse von null auf eins umgestellt wurde. Dieses neue Bit stellte sich automatisch wieder auf null zurück, doch dabei stellte es dann wieder ein anderes Bit von null auf eins um. Auf diese Weise wurde dieser Computer-Glitch über ein Jahr lang fortgeführt, und jedes Mal verschwand er danach. Irgendwann, irgendwo, hatte er dabei einen Zahlenwert auf einem Lieferschein um einen Cent erhöht.

Exoskelett lösen, dachte Althor.

Gelöst. Das Exoskelett, das seinen ganzen Körper umhüllt hatte, öffnete sich, und die Psi-Fon-Stecker klickten sich aus den Buchsen in seinem Rückgrat und seinem Nacken.

Gedankenverloren verließ Althor die Kammer und durchquerte sein Büro, dann die Reihe der äußeren Büros, in denen seine Assistenten arbeiteten; schließlich trat er auf das Gangsystem hinaus, das den gesamten Rumpf des Orbiters durchzog. Mit der MagBahn fuhr er hinaus zu seinem Apartment; er hatte sich entschieden, in Der Stadt zu wohnen, nicht in Dem Tal.

Die Stadt umgab ihn mit all ihrer Geschäftigkeit, während er ihre Plätze überquerte und über ihre Boulevards schritt. Der Schwebepfad, den er herbeirief, brachte ihn zu einem blauen Gebäude mit Zwiebeltürmen und zahlreichen glitzernden Türmchen. Als der Pfad ihn auf einem Sims im dritten Stock absetzte, öffnete sich in der Wand ein Durchgang in Form eines riesigen Schlüssellochs. Nachdem Althor hindurchgetreten war, verschwand der Durchgang wieder; zurück blieb eine glatte Oberfläche, die in blauem Licht glomm, wie ein Stück des hiesigen Himmels.

Die Flure dahinter leuchteten ebenfalls in gedämpftem Blau, ein durchscheinendes Leuchten, das bis tief in die Wände einzudringen schien. Am Ende eines der Flure angekommen, trat Althor durch einen weiteren Durchgang, der wie ein Schlüsselloch geformt war. Ein Mosaik aus purpurnen und silbernen Steinen zierte die blaue Tür darin. Althor fuhr mit dem Finger über das Muster einer Ranke, und ein Klingeln ertönte.

»Komm herein, Althor!«, sagte die Tür. Sie schimmerte kurz auf und verschwand.

Er trat in einen luftigen Raum, der mit Korbmöbeln eingerichtet war. Die Tür war hinter ihm kaum wieder erschienen, da trat auch schon eine Jugendliche mit violetten Augen und einer nicht zu bändigenden bronzefarbenen Lockenpracht durch den hufeisenförmigen Durchgang einer Zwischentür. Sie blieb stehen, als sie Althor sah, warf ihm einen finsteren Blick zu und stolzierte wieder hinaus.

Althor blickte sie erstaunt an. »Eristia?« Er ging dem Mädchen hinterher.

Eine ältere Frau kam nun aus der Zwischentür. Sie war

hochgewachsen und gertenschlank, ihre Augen waren tiefblau, ihr rotes Haar durchzogen von silbrigen Strähnen: Syreen hatte das Auftreten einer großen Schauspielerin – was sie auch einst gewesen war, bevor sie sich aus diesem Beruf zurückgezogen und eine Karriere als Linguistin begonnen hatte.

»Althor!« Sie ergriff seine Hände. »Es ist schön, dich zu sehen.«

Er hob ihre Hände an die Lippen und küsste ihre Fingerknöchel. »Was ist denn mit Eristia los?«

Syreen stieß einen verärgerten Laut aus. »So ist sie schon den ganzen Nachmittag! Vielleicht kannst du ja mit ihr reden.«

Eine erboste Stimme war aus dem Raum hinter ihnen zu hören. »Ich habe keine Lust zu reden!«

Syreen runzelte die Stirn. »Eristia, komm her und begrüße deinen Vater!«

Das Mädchen erschien im Durchgang. »Ultra, Daddy.« Dann verschwand sie wieder in dem Innersten Gemach.

Althor warf Syreen einen verwirrten Blick zu. »›Ultra‹?«

Syreens Mundwinkel zuckten ein wenig nach oben. »Wenn ich das richtig verstehe, ist der Ausdruck zumindest bedingt positiv konnotiert.«

Er lächelte, dann ging er in das Innerste Gemach und sah, dass seine Tochter mit immer noch finsterem Gesichtsausdruck ein Hologemälde an der Wand anstarrte. »Warum bist du so verärgert?«, fragte er.

Sie blickte weiter finster geradeaus.

Er versuchte es noch einmal. »Bist du wütend auf mich?«

»Auf dich?« Sie drehte sich zu ihm um. »Nein, natürlich nicht!«

»Aber du bist wütend auf jemanden.«

»Ja.«

Althor wartete. Als ihm klar wurde, dass er keine weiteren Informationen erhalten würde, sagte er: »Auf deine Mutter.«

»Nie lässt die mich *irgend*etwas machen!« Eristia verschränkte die Arme vor der Brust. »*Nichts!* Alle anderen dürfen Spaß haben. Alle anderen trubeln! Aber ich? Nein, ich darf nicht!«

So langsam ergab das ganze einen Sinn. »Du möchtest irgendetwas, und deine Mutter hat ›Nein‹ gesagt.«

»Sie ist wirklich die unvernünftigste Person überhaupt!«

Althor grinste. »Überhaupt überall?«

»Mach dich nicht lustig über mich!«

»Was hat sie dich denn nicht machen lassen?«

Sie gestikulierte mit den Armen, um ihren Worten Nachdruck zu verleihen. »Das sollte echt das Trubelste werden! Ultraviolett! Abgefahren bis zur Schulter des *Orion*!«

Er rieb sich das Kinn. »Gibt es dafür auch eine Übersetzung in Normalsprache?«

»Oh, Daddy!«

Hilfe suchend schaute er zu Syreen, die inzwischen im Eingang des Zimmers stand.

»Sie will zusammen mit ein paar anderen Kindern von der Akademie einen Ausflug machen«, erklärte Syreen. »Nach *Blazers Starland*.«

»*Blazers*?« Althor sah seine Tochter mit gerunzelter Stirn an. »Ist das nicht dieser Unterhaltungskomplex auf ›Sylvias Mond‹?«

»Ultrajeder fährt mit!«, beteuerte Eristia. »Das wird der Feuersturm des Jahres!« Auf ihrem hübschen Gesicht strahlte Hoffnung auf. »Sag Hoshma bitte, dass das in Ordnung ist, Daddy! Sag, dass ich joppen kann! Bitte, ja?«

»Joppen ... Das heißt ›mitfahren‹, richtig?«

»Natürlich.« Sie warf ihm einen Blick zu, der das ganze Mitleid der Erleuchteten für diejenigen enthielt, die weniger Durchblick darüber hatten, was im Universum so abging. »Alle Trubler fahren da mit!«

»Alle?« Das gefiel ihm immer weniger. »Wer sind denn ›alle‹? Die Mädchen von deiner Schule?«

»Mädchen?« Syreen schnaubte verächtlich. »Sei doch nicht naiv, Althor! Die Hälfte dieser ›Trubler‹-Gestalten sind Jungs. Anstandspersonen scheinen jedoch nicht dazuzugehören.«

Althor starrte seine Tochter an. »Du möchtest, dass ich ein dreizehnjähriges Mädchen zu einem Unterhaltungskomplex fahren lassen, auf einer Welt, die so wild ist wie ›Sylvias Mond‹, mit Jungs, und ohne Aufsichtspersonen? Kommt überhaupt nicht in Frage!«

Wie eine Flutwelle strömte ihm aus dem Denken und Fühlen des Mädchens tief empfundene Enttäuschung entgegen. »Aber warum nicht?«

»Das ist zu gefährlich!«

»Ist es nicht!«, widersprach sie ihm.

»Eristia, es tut mir Leid, aber die Antwort lautet nein.«

Vor Ärger und Enttäuschung schien ihr Gesicht regelrecht einzusinken. Sie wirbelte herum, um Syreen und Althor gleichermaßen anzusehen. »Ihr seid wirklich entsetzlich!« Dann stapfte sie aus dem Zimmer.

Als sie allein waren, blickte Althor Syreen besorgt an. »Meinst du, sie denkt das wirklich?«

»Aber nein, Althor!« Syreen ging zu ihm hinüber. »Sie ist nur enttäuscht.«

»Ich kann mir einfach nicht ausmalen, warum Eltern zulassen sollten, ihre Kinder so einen Ausflug machen zu lassen.«

»Ich habe bei den anderen Eltern nachgefragt. Die meisten haben auch nein gesagt.« Ihr Lächeln ließ lauter Fältchen um ihre Augen entstehen. »Sobald Eristia festgestellt hat, wie viele andere auch zu Hause bleiben mussten, werden die sich großartig dabei amüsieren, sich gegenseitig über ihre herzlosen Eltern zu bemitleiden.«

»Wahrscheinlich.« Trotzdem fühlte er sich nicht viel besser bei dem Gedanken, dass er der Anlass für Mitleid sein sollte.

»Bleibst du zum Abendessen?«

Er schüttelte den Kopf. »Ich habe noch etwas vor.«

»Oh. Ja. Natürlich.« Sie machte eine Pause. »Wie geht es Coop?«

»Dem geht's gut.«

Nach längerem unangenehmen Schweigen sagte sie: »Sag Eristia bitte auf Wiedersehen, bevor du gehst.«

Er warf ihr einen kläglichen Blick zu. »Ich werd's versuchen.«

Er fand seine Tochter im Sonnenraum; dort lag sie auf einem Diwan und starrte durch das Oberlicht in der Decke. Als er hereinkam, verfinsterte sich ihre Miene noch mehr, und sie konzentrierte sich noch intensiver auf das Glasfenster.

»Wir sehen uns morgen«, meinte Althor.

Wieder traf ihn ihre Enttäuschung wie ein heißer Strom. »Ja, ich weiß«, gab sie zurück. »Ich bin ja dann hier. Und alle galaktischen Leute sind auf ›Sylvias Mond‹!«

Er ging zu ihr hinüber und setzte sich neben sie. »Hast du wirklich gedacht, wir würden dich auf diesen Ausflug mitgehen lassen, Zuckerschnütchen?«

»Ich will nicht, dass du mich mit diesem Baby-Namen ansprichst!«

»Na gut.« Er fragte sich, seit wann sie diesen Namen wohl nicht mehr mochte. Sie starrte weiter durch das Oberlicht, also verdrehte er sich den Kopf, bis er auch hindurchschauen konnte. Das Einzige, was er sah, war ein wenig bemerkenswerter Ausschnitt des ›Himmels‹.

»Viel ist da ja nun nicht zu sehen«, kommentierte er.

Sie seufzte. »Oh, Daddy! Du bist so infrarot!«

Er schaute sie an. »›Infrarot‹?«

»Mach dir keine Sorgen!«, tröstete sie ihn. »Eltern müssen so sein.« Sie setzte sich auf und legte ihm die Arme um den Hals. »Komm morgen zum Abendessen, ja?«

Er umarmte sie ebenfalls, erleichtert, dass sie ihren wortkargen Vater doch nicht ganz so entsetzlich fand. »Natürlich.« Leise sagte er: »Deine Mutter und ich lieben dich, Zucker ... – Eristia.«

»Ich auch«, sagte sie. »Also dich, meine ich.«

Nachdem er Syreens Apartment verlassen hatte, ging er zu

seinem eigenen hinüber. Er wusste nicht, was er von Eristias Vorliebe für ein ›Leben auf vollen Touren‹ oder von ihren reichen Freunden halten sollte. Er war auf einer sehr ländlichen Welt aufgewachsen und hatte nicht einmal gewusst, dass es diese Art von Leben gab, bis er im Alter von achtzehn Jahren seine Heimatwelt verlassen hatte, um die Militärakademie zu besuchen. Als er dreizehn gewesen war, hatte er seine Freizeit damit verbracht, durch die Landschaft rund um Dalvador zu wandern, dem Dorf, in dem seine Familie gewohnt hatte. Alle seine Freunde waren Einheimische gewesen. Und der größte Ärger, den sie je gemacht hatten, war, sich heimlich in die Schenke zu schleichen und verwässertes Ale zu trinken.

Eine Stimme ertönte: Sie klang wie Cobalt, der Knoten, der sein Apartment steuerte. »Althor, kommst du nach Hause?«

Er blieb stehen. »Cobalt?«

»Die Tür hat deine Anwesenheit bemerkt und deine Körpersprache dahingehend interpretiert, dass du beabsichtigst, nach Hause zu kommen«, erklärte Cobalt. »Aber du bist weitergegangen.«

Althor blickte sich um. Er war tatsächlich an der Abzweigung zu seinem Apartment vorbeigegangen. Also ging er wieder zurück, bis er in einem Korridor stand, in dem die Wände in noch tieferem Blau glommen. Der schlüssellochförmige Durchgang am Ende des Ganges war doppelt so hoch wie er selbst; in der oberen Hälfte war Buntglas eingelassen, und der ganze Durchgang war mit einem Mosaik verziert, das ein kühles, geometrisches Muster darstellte. Die Schönheit des Gebäudes war einer der Gründe dafür, dass es unmöglich war, hier ein Apartment zu erhalten, wenn man nicht über Beziehungen verfügte. Althor hatte Syreen ein Apartment besorgt, als sie entdeckt hatte, dass sie unerwartet schwanger war – nach einer kurzen, leidenschaftlichen Beziehung mit ihm, die sich jedoch für beide Seiten schnell als Strohfeuer herausgestellt hatte. Sie hatten zwar noch versucht, etwas wie eine Beziehung zum Funktionieren zu bringen, aber schnell festgestellt, dass sie als Freunde viel besser miteinander auskamen denn als Partner. Und doch war Althor froh, dass Syreen all die Jahre hier geblieben war und ihm so die Möglichkeit gegeben hatte, ein Teil auch von Eristias Leben zu sein.

Schimmernd öffnete sich die Tür, und Althor trat ein. Sein eigenes Apartment fühlte sich anders an als Syreens Wohnung. Wo sie sich für Korb entschieden hatte, hatte er Glas und Chrom gewählt, wo sie sanft geschwungene Kurven gewählt hatte, hatte er Winkel genommen. Die Holotäfelungen, von denen die Wände vom Boden bis zur Decke bedeckt waren, zeigten ihm, was immer er sich wünschte. Im Moment zeigten sie ihm die Heimat seiner Kindheit, das Dorf Dalvador. Berge, deren Spitzen im Sonnenlicht blau schimmerten, bildeten den Hintergrund für eine Siedlung aus weiß getünchten Häusern mit purpurnen oder blauen Dächern mit kleinen Türmchen. Weite Ebenen silbrigen Grases wiegten sich im Wind.

Der Hufeisenbogen auf der anderen Seite des Raumes war nicht durch eine Tür versperrt. Dahinter strömte Sonnenlicht durch zahlreiche Fenster in den Sonnenraum, in den Althor sich oft zurückzog, um sich zu entspannen. Als er den sonnendurchfluteten Raum betrat, kam ein junger Mann aus einem anderen Durchgang in den Raum herein, ein gertenschlanker junger Mann, vierundzwanzig Jahre alt, etwa einen Meter achtzig groß, mit roten Locken und blauen Augen. Er hätte Syreens Bruder sein können.

Der junge Mann erstarrte. Dann fasste er sich wieder und sagte: »Ich grüße Euch, Prinz Althor!«

Althor lächelte. »Coop, mein Name ist ›Althor‹. Du brauchst keine Titel zu benutzen.«

Coop gelang es, deutlich entspannter zu lächeln. »Althor.«

»Wie kommst du mit deinem Gemälde voran?«

»Ich habe die Landschaft am heutigen Nachmittag fertig gestellt.«

Althor nickte zufrieden. Coops Kunstwerke waren ihm

schon vor einiger Zeit aufgefallen, als er auf dem Weg aus dem Lageraum nach Hause durch Zufall auf eine Freiluft-Vernissage gestoßen war. Die Arbeiten waren ihm nahezu genial erschienen. Nachdem er erfahren hatte, wie viel Zeit Coop damit verschwendete, Holobanner für das IRK zu entwerfen, um sich seinen Lebensunterhalt zu verdienen, hatte er sich zu seinem Mäzen gemacht. Er hatte Coop ein Luxus-Apartment mit einem riesigen Atelier verschafft und ihm einen angemessenen Kreditrahmen eingeräumt, um seine Kosten zu decken. Zumindest kam Althor der Kreditrahmen angemessen vor. Aus irgendeinem Grund hielt Coop ihn für übertrieben. Für den heutigen Abend hatte er Coop zum Essen eingeladen, um ihn langsam in die Gesellschaft des Orbiters einzuführen.

Althor ging in den kreisförmigen Alkoven, der als Küche diente, und beugte sich über den Tisch, um in der Konsole nachzusehen, ob Nachrichten für ihn eingegangen seien. »Meine Familie sollte bald hier sein.«

»Cobalt hat das Abendessen vorbereitet.« Coop war die Aufregung deutlich anzuhören.

Althor wandte sich zu ihm um, und sah ihn im Durchgang zu dem Alkoven stehen. »Was ist los?«

Coop schoss das Blut ins Gesicht. »Gar nichts.«

»Ich bin ein Empath«, meinte Althor. »Ich spüre, dass du aufgeregt bist.«

»Es ist nur ...« Coop atmete hörbar aus. »Bevor ich dich kennen gelernt habe, war die bedeutsamste Person, der ich je begegnet bin, die Pilotin des Schiffes, das mich hierher gebracht hat. Und sie war nur die Kommandantin eines Linienraumers.«

»Meine Familie wird dir gefallen«, versicherte Althor ihm. Dann kam ihm ein anderer Gedanke. »Du meinst, es ist meine Familie, die dich nervös macht, oder? Nicht ich?«

Coop lächelte. »Du auch – anfangs. Jetzt nicht mehr.«

»Althor«, meldete Cobalt. »Deine Eltern und dein Bruder Eldrin sind im Foyer.« Auf der Holotäfelung der Wand neben

Coop verschwand die Berglandschaft, stattdessen zeigte sie drei Personen. An diesem Abend waren seine Eltern gleich groß. Als Althor noch klein gewesen war, hatte sein Vater oft besondere Stiefel getragen, um größer zu wirken als seine hochgewachsene Gemahlin, doch irgendwann hatte es ihm nichts mehr ausgemacht, dass er eher klein war im Vergleich zu ihr und den Mitgliedern ihrer Familie.

Althors Bruder Eldrin war das älteste von zehn Kindern, der nächste in der Reihe war dann Althor. Lange Zeit hatte Althor geglaubt, Eldrin und er würden die ganze Unterschiedlichkeit ihrer Eltern verkörpern. Abgesehen von seinen violetten Augen kam Althor nach seinem Großvater mütterlicherseits, mit seiner Körpergröße, seinem massigen Körperbau und seiner goldenen Haut. Von allen sieben Söhnen Valdorias sah Eldrin seinem Vater am ähnlichsten. Einige typische Skolia-Charakterzüge hatte zwar auch er geerbt – so war er breitschultriger und höher gewachsen als sein Vater. Doch er hatte das weinrote Haar seines Vaters, dessen violette Augen, sogar ein paar Sommersprossen über der Nasenwurzel.

Eldrins Hände entsprachen dem, was auf Lyshriol üblich war: vier relativ dicke Finger und ein senkrecht verlaufendes Gelenk, das es ihm ermöglichte, die Handfläche längs zusammenzuklappen. Althor war zwar mit Lyshriol-Fingern geboren, jedoch ohne das Gelenk, mit dem er sie hätte opponieren können; stattdessen verfügte er über einen rudimentären Daumen. Seine Eltern hatten seine Hand rekonstruieren lassen, als er noch ein Baby gewesen war, sodass sie jetzt menschlichen Normen entsprach. Die Hand leistete ihm gute Dienste: Mit Lyshriol-Händen hätte er Schwierigkeiten gehabt, die Technik des IRK so effizient zu nutzen.

Als er sechzehn Jahre alt gewesen war, hatte Eldrin sich vor allem für das Fechten und für Mädchen interessiert; der zwei Jahre jüngere Althor wollte alles über Technik wissen und war begeistert von allen Sportarten. Nachdem Eldrin und er sich eines Mädchens wegen eine heftige Schlägerei geliefert hatten, war Eldrin von seinen Eltern vom Planeten fortgeschickt worden, auf den Orbiter; sie waren der Ansicht, diese Umgebung sei dem Bücherstudium eher zuträglich als der Fechtkunst. Althor war völlig niedergeschmettert gewesen; er hatte nicht einmal begriffen, warum Eldrin mit diesem Streit angefangen hatte. Althor hatte das Mädchen noch nicht einmal gemocht. Es hatte Jahre gedauert, bis Althor begriffen hatte, dass es nicht das Geringste mit ihr zu tun gehabt hatte, dafür aber alles mit der Tatsache, dass er, Althor, mit seinen vierzehn Jahren größer, stärker, schneller und in der Schule weiter vorangekommen war und zugleich auch viel vertrauter mit der Technologie des Imperialats als sein älterer Bruder, den er doch so sehr verehrte.

Auf dem Orbiter hatte Eldrin Schwierigkeiten gehabt, sich an eine Kultur anzupassen, in der sein Geschick, mit Messer und Schwertern umzugehen, eher zur Assoziation ›Jugendkriminalität‹ führte, als dazu, dass er bewundert wurde. Als die Erziehungsspezialisten sich länger mit ihm auseinander setzten, begannen sie zu verstehen, warum die Eingeborenen von Lyshriol nie eine Schriftsprache entwickelt hatten. Eldrin sah Worte als Bilder; wenn er verschiedene Bilder sah, hielt er sie dann auch für die Darstellung verschiedener Worte. Wenn man fünf verschiedene Schriftsätze benutzte, sah er darin fünf verschiedene Bedeutungen. Die Hieroglyphenschrift von Skolia und Eubia hatte den sechzehnjährigen Krieger so verwirrt, dass er einmal sogar mit seinem Breitschwert auf eine Netz-Konsole eingeschlagen hatte. Bis dahin hatte niemand begriffen, wie tief seine Frustration reichte, unfähig zu sein, das zu verarbeiten, was seinem ›kleinen Bruder‹ so leicht fiel.

Und Eldrin hatte auch nicht verstanden, warum seinem guten Aussehen und seiner fabelhaften Singstimme auf dem Orbiter so viel mehr Aufmerksamkeit geschenkt wurde als all seinen soldatischen Fähigkeiten, die er als so viel lohnenswerter ansah. Doch als er begriffen hatte, dass die Leute seinem musischen Talent echte Wertschätzung entgegenbrachten, gestattete er sich selbst, seiner Liebe zum Gesang wirklich nachzugeben. Jetzt war er für seine aufsehenerregend schöne Stimme bekannt und schrieb und sang volkstümliche Balladen über seine Heimat, das Dorf Dalvador auf dem Planeten Lyshriol.

Althor betrat in dem Moment sein Wohnzimmer, als Cobalt seine Eltern und Eldrin schon hereinließ. Seine Mutter trug ein blaues Kleid, ihr goldenes Haar schien sie zu umgeben wie ein Heiligenschein. Sein Vater trug sein übliche Hose, sein geschnürtes Hemd und kniehohe Stiefel, Eldrin kleidete sich jetzt nach der Mode des Orbiters, schlicht und doch elegant: eine dunkle Hose und ein weißes Hemd.

Althors Mutter umarmte ihren Sohn, ihr Gesicht strahlte. »Du siehst richtig gut aus!« Dann hielt sie ihn auf Armeslänge fest. »Aber Althor, du musst mehr essen! Schau doch nur, wie dünn du geworden bist!«

Eldrin lachte. »Dasselbe hat sie mir auch gesagt.«

Ihr Vater stieß einen fast verzweifelt klingenden Laut aus. »Roca, die Jungs sind doch jetzt schon Riesen. Wenn du sie noch größer fütterst, dann wird das die Orbiter-Schwerkraft durcheinander bringen!«

Lachend umarmte Althor sie. »Es ist schön, dich zu sehen, Hoshma!« Er grinste seinen Vater über ihre Schulter hinweg an. »Und dich auch, Hoshpa!«

Sein Vater nickte und tat sein Bestes, dabei möglichst barsch zu wirken. »Sind Syreen und Eristia hier?«

»Heute Abend nicht.« Althor sah seinen Bruder an. »Dehya konnte nicht mitkommen?«

Eldrin schüttelte den Kopf. »Sie arbeitet im Netzwerk.«

Das überraschte Althor nicht. Dehyas Aufgabe als Schlüssel Zur Versammlung ließ ihr nur wenig Zeit dafür, ein normales Leben zu führen. Eldrin, ihr Gefährte, übernahm alle gesellschaftlichen Verpflichtungen.

Hinter ihnen war ein Rascheln zu hören, gefolgt von Schritten auf dem Teppich. Althors Vater drehte sich um – und sein freundliches Lächeln verschwand wie der Lichtschein einer Kerze, die man löscht.

Coop stand im Durchgang. Für Althor sah der Künstler selbst wie ein Kunstwerk aus, das Sonnenlicht umstrahlte ihn, sein Diamantohrring glitzerte, sein schönes Gesicht strahlte ihnen entgegen.

Eldrinson sprach mit steifer Förmlichkeit. »Ich fürchte, ich werde heute Abend im Netzwerk arbeiten müssen. Bitte verzeih, aber ich werde leider nicht an dem Abendessen teilnehmen können!«

Althor wirbelte zu ihm herum. »Was? Wieso denn arbeiten?«

»Ich bitte um Verzeihung.« Eldrinson nickte ihm zu, ohne Coop auch nur eines Blickes zu würdigen. Dann verließ er einfach das Apartment; die Tür öffnete sich kurz für ihn und schloss sich dann lautlos wieder, nachdem er hindurchgetreten war.

Althor starrte seinem Vater hinterher. Dann meinte er mit einem mürrischen Blick zu seiner Mutter: »Das hört nie auf, nicht wahr?«

»Es tut mir Leid.« Sie klang wie betäubt. »Ich weiß nicht, warum er das tut.«

»Ach, Unfug! Wir wissen doch beide genau warum.«

Sie ging auf die Tür zu. »Ich werde mit ihm reden.«

»Nein!« Althor hielt ihren Arm fest. »*Ich* mache das. Das ist etwas, das er und ich klären müssen!«

Coop trat einen Schritt näher, ganz offensichtlich zutiefst beschämt. »Es tut mir Leid. Ich sollte jetzt lieber gehen.«

»Du gehst nirgendwo hin.« Althor stellte fest, dass er seinen Ärger nicht einmal vortäuschen musste.

Eldrin blickte zur Tür, dann zu Coop, dann zu seinem Bruder. ***Althor?***, fragte er. ***Möchtest du, dass ich mit Vater rede?***

Althor schüttelte de Kopf. **Nein. Das muss ich selbst erledigen.**

Roca warf Coop ihr Diplomatenlächeln zu. »Sie sind also der Überraschungsgast, den Althor uns vorstellen wollte!« Sie deutete auf einen Diwan. »Kommen Sie, setzen Sie sich zu uns! Erzählen Sie mir von sich!«

Coop warf Althor einen kurzen Blick zu, ließ sich dann aber von Roca zu dem Sofa ziehen. Als sie sich setzten, konzentrierte Althor sich auf seine Mutter. **Kannst du eine Zeit lang die Gastgeberin spielen?**

Aber natürlich. Sie schaute zu ihm auf. ***Das mit deinem Vater tut mir wirklich Leid. Damit hatte ich wirklich nicht gerechnet.***

Ich auch nicht, log Althor.

Also verließ er das Apartment, dann das Gebäude und rief einen Schwebepfad herbei. Während dieser ihn durch die Luft beförderte, dachte er: ***Mondstein-Park.***

Der Pfad landete auf einer abgeschiedenen Lichtung in den Außenbezirken Der Stadt. Althor fand seinen Vater auf einer Bank unter einem Bogen aus blauem Mondstein sitzen, umgeben von Bäumen und Blumen. Ein Springbrunnen plätscherte in der Nähe, doch das ganze Gebiet war menschenleer – genau, wie Althor es am Nachmittag schon arrangiert hatte.

Eldrinson sah ihn mit gerunzelter Stirn an. »Du hättest uns vorwarnen können.«

Althor setzte sich neben ihn. »Ich wusste nicht, ob ihr dann noch kommen würdet.« Dann sandte er einen Gedanken an seinen Spinal-Knoten: **Basalt, Sicherheit überprüfen.**

Sicherheitsüberprüfung abgeschlossen. Gebiet ist abgesichert.

»Basalt hat die Sicherheit überprüft«, berichtete Althor dann. »Niemand kann uns hier abhören.«

»Fein.« Eldrinson klang immer noch verärgert. »Also kann uns jetzt niemand ausspionieren. Vielleicht erzählst du mir dann jetzt, was so heikel ist, dass du diese Farce mit diesem Jungen aufführen musstest! Er hat keine Ahnung, dass das Ganze ein abgekartetes Spiel ist, genauso wenig wie deine Mutter oder dein Bruder! Die denken jetzt, ich würde glauben, er sei dein Liebhaber, und ich wäre deswegen verärgert.«

»Wärst du das denn nicht?« Um Coops willen wollte er diese Szene nicht in aller Ernsthaftigkeit erneut durchspielen.

Obwohl er gehofft hatte, sein Vater würde es schaffen, das Apartment zu verlassen, ohne Verdacht zu erregen, hatte er nicht damit gerechnet, dass er dafür Coop benutzen würde.

»Wäre ich *was* nicht?«, fragte sein Vater.

»Verärgert, wenn er mein Liebhaber wäre?«

»Ich hoffe doch sehr, dass ich in jeder Gefährtin und jedem Gefährten, den mein Sohn sich auswählt, immer das Beste zu finden versuchen würde.« Dann sah er seinen Sohn aus zusammengekniffenen Augen an. »Und, äh ... *ist* er dein Liebhaber?«

»Er ist ein Künstler.« Genau genommen wusste Althor noch nicht genau, woran er mit Coop war. Also sagte er nur: »Ich bin sein Mäzen.«

»Was soll denn dann das Ganze hier?« Eldrinson spreizte die Finger. »Ich habe mir wirklich keinen Reim darauf machen sollen, was du mir mit dieser kryptischen Nachricht hast sagen wollen, die du mir von Basalt hast schicken lassen. Ich konnte nur raten, was du vielleicht willst! Ich sollte dir also einen Anlass bieten, uns unter vier Augen unterhalten zu können, ja? Ohne bei irgendjemandem Verdacht zu erregen, der uns beobachtet?«

»Ja.« Althor stand auf und ging auf der Lichtung auf und ab. »Was ist in der Nacht passiert, in der Soz versucht hat, Jaibriol Qox wieder einzufangen?«

Sein Vater blickte ihn verdutzt an. »Was?«

»In der Nacht, in der Qox entkommen ist.« Er wandte sich seinem Vater zu. »Was ist da passiert?«

Eldrinsons Verwirrung nahm zu, überschattet von alter Trauer. »Du hast doch meine Aussage über den Tod deiner Schwester gelesen. Warum gräbst du das alles jetzt wieder aus?«

»Ich möchte wissen, warum Soz im Palast war.«

»Ich war allein dort. Sie ist als meine Leibwächterin gekommen.«

»Warum? Der Palast verfügt über die besten Sicherheitsvorkehrungen, die es überhaupt gibt.«

Eldrinson zuckte mit den Schultern. »Kurj hat das angeordnet. Frag ihn!«

»Wann ist Qox im Palast aufgetaucht?«

»Du bist eher in einer Position, um derartige Details zu erfahren, als ich.«

»Sag es mir einfach!«

Eldrinson sah ihn mit verwirrter Miene an. »Offenbar hat ein ERKomm-Sonderkommando Qox befreit. Aber irgendetwas muss schlief gelaufen sein. Ich weiß nicht, wie es dazu kam, dass er im Palast gelandet ist. Er hat einen Flieger auf dem Dach erbeuten können. Um dem Kordon zu entkommen, der um den ganzen Planeten gezogen war, hat er den Raum-Antrieb gezündet. Deine Schwester ist ihm gefolgt, und sie sind verschwunden.«

»Wie konnte er die Sicherheitsvorkehrungen des Palastes unterlaufen?«

»Das weiß ich nicht.«

»Soz muss irgendetwas gesagt haben.« Althor versuchte, die verschlossene Miene seines Vater zu deuten. »Sicherheitstechnik ist doch ihr Fachgebiet.«

»Aber ich kann dazu wirklich nichts sagen! Du weißt doch, wie ich zu Computern stehe.«

Althor verstand, was er meinte. Eldrinson kam von einer Welt, die nach dem Zusammenbruch des Rubin-Reiches jahrtausendelang isoliert gewesen war. Dass die Siedler sich so unbedingt auf die Psiber-Net-Technologie aus längst vergangenen Zeiten verlassen hatten, erwies sich langfristig als katastrophal, weil deswegen ihre eigene Technologie schwand. Sie verloren alles, selbst die Erinnerung an das Rubin-Reich selbst. Ihre Bemühungen, Psioniker zu züchten, schlugen fehl, als ihr Genpool mutierte und sich schließlich die Unfähigkeit durchsetzte, jede Art von geschriebener Sprache geistig zu verarbeiten. Eldrinson war ein Analphabet, nicht nur was Sprachen anging, um was für Sprachen es sich auch immer handelte, sondern auch, was Computer betraf. Dennoch war der Psiberspace sein Universum. Er brauchte die dahinter stehende Technologie nicht zu verstehen. Er brauchte nur zu denken. Und das tat er im Netz mit einer Leichtigkeit, mit der er jedes andere lebende Wesen übertraf.

»Hast du in der Nacht, in der Soz gestorben ist, im Netzwerk gearbeitet?«, fragte Althor.

»Nein.« Eldrinson sah ihn nachdenklich an. »Worauf willst du hinaus?«

»Was ist mit Soz?«

»Was soll mit ihr sein?«

»Hat sie an diesem Abend irgendwelche Netzwerk-Aktivitäten gehabt?«

»Natürlich. Aber ich weiß nicht, was für welche.«

»Ich glaube, das weißt du sehr wohl.«

Ruhig entgegnete Eldrinson: »Vielleicht solltest du mir langsam sagen, was das Ganze hier zu bedeuten hat!«

Althor ging zu ihm zurück, setzte sich wieder auf die Bank. »Ich möchte wissen, warum Soz an diesem Abend eine Datei auf deinem Primär-Account gelöscht hat.«

Als Eldrinson erbleichte, fühlte Althor sich, als hätte der Boden unter seinen Füßen nachgegeben. Bisher hatte er, tief in seinem Innersten, geglaubt, dass sein Vater unschuldig sei. Jetzt wusste er, dass es anders war – und das stellte ihn vor eine unmögliche Wahl. Er liebte seinen Vater mehr als sein eigenes Leben. Aber er hatte eine Verpflichtung dem IRK und dem Imperialat gegenüber, die beide auf seine Loyalität angewiesen waren. Warum hatte sein Vater seine Primär-Verbindung, seinen heißen Draht zur Präsidentin des Planetenverbandes, eingesetzt – nur wenige Stunden, bevor Soz in ihren Tod raste? Und warum sollte Soz, eine hohe Offizierin des IRK-Geheimdienstes, sämtliche Spuren dieser Kommunikation zu verwischen suchen?

Plötzlich erinnerte sich Althor wieder an den epileptischen Anfall, den sein Vater vor vier Jahren erlitten hatte, kurz vor der Einsetzungs-Zeremonie. Die Ärzte hatten gesagt, es sei ein Stress-Symptom, ausgelöst durch die Trauer über Soz'

Tod. Aber was, wenn es eine andere Ursache gehabt hatte? Dann war es von vorneherein sehr wahrscheinlich, dass alle Vorsichtsmaßnahmen, die sie ergriffen hatten, um ihn vor ebendieser Trauer zu beschützen, zum Scheitern verurteilt waren.

Wie es dann auch geschehen war.

Althor bemerkte, dass er die Hände auf seinen Knien zu Fäusten geballt hatte. Er atmete hörbar aus und zwang seine Hände dazu, sich zu entspannen. »Was war denn so wichtig, dass du es unbedingt der Verbandler-Präsidentin erzählen musstest, während sich sowohl Soz als auch Jaibriol Qox im Palast aufhielten? Vater, *was*?«

»Ich habe nie mit Präsidentin Calloway gesprochen«, entgegnete Eldrinson.

»Du lügst!«

»Althor, hör auf!«

»Warum?« Er spreizte die Finger, inzwischen außerstande, seine Fassade der Teilnahmslosigkeit zu wahren. »Alle Götter, gib mir einen *einzigen* Grund dafür!«

Sein Vater sagte nichts. Nach längerem Warten erklärte Althor: »In der Nacht, in der Soz in den Tod geflogen ist, hat irgendjemand deinen Primär-Account benutzt.« Er stand auf. »Davon muss ich Kurj in Kenntnis setzen.«

»Althor, *nicht*!«

»Ich habe keine Wahl.«

Eldrinson holte tief Luft. »Sie lebt noch.«

»Was?!«

»Sauscony lebt noch.«

Langsam setzte sich Althor wieder. »Das ist doch völlig unmöglich!«

»Nein, ist es nicht.«

Althor hörte die Worte, aber er konnte ihren Sinn nicht begreifen; die Worte weigerten sich schlichtweg, begriffen zu werden. Das Einzige, was ihm einfiel, war: »Du hast die Beisetzung, die Gedenkfeier und meine eigene Einsetzung durchgemacht, obwohl du dachtest, Soz sei noch am Leben?«

Eldrinson musste schlucken. »Ja.«

»Warum?«

»Präsidentin Calloway hat dabei mitgeholfen, dass eine Skolianerin und ein Händler gemeinsam ins Exil gehen konnten.«

»Was hat denn das mit Soz zu tun?«

»Der Händler war Jaibriol Qox.« Leise fügte er hinzu: »Die Skolianerin war deine Schwester.«

Althor erstarrte. Um die Lichtung herum raschelte Laub, auf einem Baum zwitscherte ein Vogel. Zum ersten Mal begriff Althor, wie viel grauer das Haar seines Vaters in diesen letzten Jahren geworden war.

Als Althor schließlich die Sprache wiedergefunden hatte, sagte er nur: »Nein.«

Eldrinson schaute ihn an wie ein Mann, der seine Hinrichtung erwartete. »Und was gedenkst du jetzt zu unternehmen?«

»Vater, sag mir, dass das ein Scherz ist!« Althor musste sich anstrengen, um seine Stimme ruhig zu halten. »Ein kompliziertes Spielchen. Du bist über Coop verärgert. Er hat unsere alten Streitigkeiten wieder aufgewühlt, und jetzt tust du mir das an!«

»So etwas würde ich nie tun. Und das weißt du auch.«

»Du möchtest, dass ich dir glaube, meine Schwester sei mit *Jaibriol Qox* ins Exil gegangen? Dass du einen Verrat begangen hast, der so tief gehend ist, dass er jedes einzelne aller Prinzipien unterminiert, nach denen wir leben?«

»So ist das nicht.«

»Dann sag mir doch, wie es *wirklich* ist.«

Eldrinson atmete hörbar aus. »Qox und deine Schwester wollten heiraten.«

»Du bist ja verrückt.«

»Nein. Eigentlich sogar recht gesund.«

»Soz ist doch nicht in der Lage, sich in einen Highton zu verlieben!«

»Er ist kein Highton.«

Althor fühlte sich, als hätte er irgendetwas sehr Wichtiges in ihrem Gespräch nicht mitbekommen. »Was?!«

»Er ist nur zu einem Viertel ein Highton«, führte Eldrinson aus. »Jaibriol Qox ist ein Rhon-Psioniker. Die Qox-Dynastie hat sich selbst ein Gegenstück zu uns herangezüchtet. Aber er wollte nichts mit ihnen zu tun haben. Jaibriol und Soz haben sich irgendwo kennen gelernt, ich weiß nicht wie. Auf Delos, glaube ich.«

Althor fragte sich, ob er vielleicht ein Hörproblem habe. »Jaibriol Qox ist ein Rhon?«

»Ja.«

»Der Erbe des Karneol-Throns ist ein Rhon?«

»Ja.«

»Der Mann, dem es bestimmt ist, über unsere Feinde zu herrschen?«

»Ja.«

»Die Gegner, die wir nur deswegen zurückschlagen können, weil wir Rhon sind und sie nicht?«

»Ja.«

»Und du hast ihn freigelassen!«

»Ja.«

»Vater, das kann ich nicht glauben!«

»Ich vertraue ihm.«

»Dann bist du wirklich verrückt geworden!«

Eldrinson spreizte die Finger. »Ich habe die beste Entscheidung getroffen, zu der ich in der Lage war.«

»Wie ist Qox wirklich in den Palast gekommen?«

»Soz hat ihn mitgebracht. Sie ist diejenige, die ihn befreit hat. Seine Flucht wurde entdeckt, bevor sie den Planeten verlassen konnten, also hat sie ihn an den Ort gebracht, wo das IRK ihn am wenigsten vermuten würde.«

In gewisser, entsetzlicher Weise ergab das sogar Sinn. »Aber sie mussten doch gewusst haben, dass irgendjemand sie früher oder später entdecken würde.« Das Offensichtliche fügte Althor nicht hinzu: *und sie dann würde hinrichten lassen*.

»Das haben sie gewusst. Sie dachten, sie würden sterben müssen. Ich habe es möglich gemacht, dass sie weiterleben konnten.« Eldrinson schluckte. »Willst du damit zu Kurj gehen?«

Althor wusste genau, was passieren würde, wenn Kurj die Wahrheit erfuhr. »Er wird dich für den Rest deines Lebens ins Gefängnis stecken. Vielleicht wird er dich sogar hinrichten lassen. Und dann wird er Qox und Soz finden und sie auf jeden Fall hinrichten lassen.«

»Ja, das glaube ich auch.«

»Alle Götter!« Althor stand auf und ging wieder auf der Lichtung auf und ab, auf und ab. »Ich weiß nicht, was ich unternehmen soll!«

»Dann unternimm gar nichts!«

Er blieb stehen. »Der Erbe der Hightons ist irgendwo da draußen und macht meiner Schwester Kinder, und du willst, dass ich *gar nichts* tue?

»Ja.«

Althor schüttelte den Kopf. »Diese Daten sind nicht sicher.«

»Sauscony hat sie gelöscht.«

»Wenn du die Aktionen meinst, die über deinen Primär-Account gelaufen sind: ja, das hat sie. Wenn ich nicht so viel über diesen Account gewusst hätte, weil ich dein Sohn bin, hätte selbst ich sie nicht gefunden.« Er tippte sich gegen die Stirn. »Nein, ich meine, dass dieses Wissen *da drin* nicht sicher ist. Das sind Informationen, die drei ganze Reiche zerreißen könnten. Ungeschützte Informationen. Was, wenn dich irgendjemand gefangen nehmen sollte? Wie willst du die davon abhalten, alles aus dir herauszuholen, was du weißt?«

»Das ist ein Risiko, mit dem wir alle leben.«

Althor wusste, dass er für das, was er jetzt seinem Vater erzählen würde, vor ein Kriegsgericht gestellt werden konnte. »Wenn man mich verhört, sorgt mein Spinal-Knoten dafür, dass mein biomechanisches Netzwerk Botenstoffe ausschüttet, durch die gewisse Rezeptoren meines Gehirns blockiert werden. Das verhindert jegliches Sprechen. Andere Anweisungen meines Spinal-Knotens können Nervenleitungsbahnen zerstören, um meine Erinnerung auszulöschen. Ich kann nichts verraten, woran ich mich nicht erinnere.«

Eldrinson erbleichte. »Du hast zugelassen, dass das IRK *so etwas* mit dir tut?«

Leise sagte Althor: »Das haben sie mit dir auch getan. Als sie dir die Cybersperre implantiert haben.«

Sein Vater starrte ihn an. »Das ist widerlich!«

»Ist es das wirklich? Weißt du, was dadurch geschützt wird? In meinem Falle sind das Militärgeheimnisse, aber zugleich noch viel mehr. Die Rubin-Dynastie. Mutter. Du. Wir alle. Wenn du gefangen genommen wirst, kannst du nicht die Leute verraten, die du liebst.«

Eldrinson brauchte einen Augenblick, um diese Information aufzunehmen. Mit ruhigerer Stimme sagte er dann: »Wenn es deine Mutter und euch Kinder beschützt, dann kann ich damit leben.«

Althor fühlte sich, als breche er auseinander. Wie konnte er diesen Mann betrügen, diesen Mann, der ihn Treue und Integrität gelehrt hatte? Und dennoch waren es genau diese Stärken, die Eldrinson ihm vermittelt hatte, durch sein eigenes Beispiel und seine Lehren, die jetzt von ihm verlangten, seinen Vater dem IRK auszuliefern.

Mit langsamer Stimme sagte Althor: »Mein ganzes Leben lang habe ich dich immer bewundert.«

»Es tut mir Leid, wenn ich das zerstört habe.«

»Hast du nicht, Vater.« Althor machte eine Pause. »Du hast eben gesagt, du hast die beste Entscheidung getroffen, zu der du in der Lage warst. Ich muss das Gleiche tun.«

Eldrinson verspannte sich. »Und?«

Althor atmete hörbar aus. »Wir haben nie darüber gesprochen. Jaibriol Qox und Sauscony Valdoria sind tot.«

Die Farbe kehrte zurück in Eldrinsons Gesicht. »Ich danke dir!«

Althor dachte an das erste Mal, als er in die Schlacht gezogen war. Mit sechzehn, noch bevor er den Planeten verlassen hatte, um die Militärakademie zu besuchen, war er mit der Armee seines Vaters geritten. Zusätzlich zu seinen Lyshrioli-Waffen hatte er einen Laser-Karabiner mitgenommen.

Und auf diese Weise den Krieg auf Lyshriol beendet.

Ein Karabiner hatte das Gleichgewicht der Kräfte aller Völker des gesamten Kontinents zerstört. Keine Waffe Lyshriols konnte dagegen Widerstand leisten. Sein Vater war damals zu einer lebenden Legende geworden: der Mann, der eine goldene Frau von den Sternen geheiratet und Riesen gezeugt hatte, die über Blitz und Donner geboten. Von überall her waren Leute gekommen, um ihn zu ehren.

So wie sie es damals getan hatten, kniete nun Althor vor seinem Vater nieder. Er schwor ihm die Treue und ein Stillschweigen, doch dieses Mal verriet er damit das Reich, über das zu herrschen ihm bestimmt war.

8

Im Ausblickzimmer auf der Spitze eines hohen Turmes öffnete sich in einer Wand ein bogenförmiger Durchgang, der vom Boden bis zur Decke reichte. Vor diesem Durchgang stand Ur Qox und blickte auf die Jaizir-Berge von Glorie. Seine *Razer*-Leibwächter waren um das Ausblickzimmer herum postiert, und ein Quasis-Feld schimmerte im freien Raum vor ihm. Draußen lag Nebel über den dicht bewachsenen Hügeln, die in geradezu schauerlicher Stille vor ihm lagen, und etwas Geheimnisvolles umgab sie. Es war ein großartiger Anblick, saftiges Grün, ungezähmte Wildheit; wie feine Ranken kräuselte sich schimmernder Nebel in der Luft und um das Laub.

Hinter ihm war ein Geräusch zu hören. Als er sich umdrehte, sah er Lieutenant Varque, einen Angehörigen der ERKomm-Einheit, die ihn zu seinem Refugium in den Bergen begleitet hatte. Varque trug eine graue Uniform mit blauen Streifen an den Hosenbeinen, karmesinroten Tressen an den Ärmeln und ein metallgraues Sklavenhalsband. Er beugte ein Knie, sein Unterarm ruhte auf seinem Oberschenkel, sein Kopf war gesenkt.

»Du darfst dich erheben«, sagte Qox.

Varque stand auf und verneigte sich. »Eure hoch geschätzte Anwesenheit erleben zu dürfen ist mir eine Ehre, Eure Hoheit.«

»Wartet Senator Tarrington in der Wachstube?«, fragte Qox.

»Ja, Sir!«

»Sehr gut. Bring ihn herauf!«

Kaum hatte Varque den Raum verlassen, wandte Qox seinen Blick wieder den Nebelschleiern zu.

Bald unterbrachen gedämpfte Schritte hinter ihm die Stille, die ihn wieder eingehüllt hatte. Erst nachdem Quox einige

Zeit hatte verstreichen lassen, drehte er sich um. Senator Jack Tarrington wartete in der Mitte des Ausblickzimmers, flankiert von vier Soldaten des ERKomm. Tarrington war ein hochgewachsener Mann mit grauen Strähnen in seinem Haar, eine stämmigere Ausgabe seines Sohnes.

Er trug einen dunklen Anzug, lenkte keinerlei Aufmerksamkeit auf sich, und kniete vor dem Kaiser mit deutlich mehr Grazie nieder als sein Sohn es damals, vor drei Jahren, getan hatte.

Qox sprach in der Sprache der Hightons. »Sie dürfen sich erheben!«

Tarrington stand auf und verneigte sich, dabei machte er eine kleine Geste: Seine linke Faust hatte er an seiner Taille platziert, sein Daumen zeigte dabei nach rechts, um Optimismus zu signalisieren. Qox bemerkte dieses Detail. Der Politiker des Planetenverbandes hatte sich die Zeit genommen, die Feinheiten der Eubianischen Etikette zu erlernen.

»Gesellen Sie sich zu mir!«, forderte der Kaiser seinen Gast auf.

Tarrington kam zu ihm herüber, und gemeinsam standen sie dort und betrachteten den Nebel. »Ich hoffe, Ihre Unterbringung ist angemessen«, meinte Qox dann.

»Ausgezeichnet, Eure Hoheit.« Tarrington sprach Highton mit einem fast singenden Akzent. »Eure Gastfreundschaft hat nirgends ihresgleichen.«

Es war die übliche Schmeichelei, genau so, wie sie in der Gegenwart des Kaisers auch erwartet wurde, und trotzdem: Dieser Senator war aufmerksam genug gewesen, die Highton-Etikette zu erlernen, und das war mehr, als man über die meisten Bürger des Planetenverbandes oder des Imperialats sagen konnte.

»Wie denken Sie bisher über die Pakt-Verhandlungen?«, wollte Qox dann wissen.

Nur eine winzige Anspannung, eine geringfügige Veränderung seiner Haltung verriet, was Tarrington dachte, aber nie ausgesprochen hätte. Er war hier, um die Pakt-Gespräche zwischen Eubia und dem Planetenverband zu beobachten, die in Qox' luxuriösem Jagdhaus stattfanden. Angesichts des aktuellen Standes der ins Stocken geratenen Gespräche, was nichts Gutes verhieß, war es interessant, wie der Senator antworten würde: Wenn er zu wenig sagte, beleidigte er einen Kaiser; sagte er zu viel, würde er die Verhandlungsposition seines eigenen Volkes kompromittieren; wählte er eine einzige falsche Formulierung, kompromittierte er sich selbst.

»Wir sind optimistisch«, antwortete Tarrington. »Vor allem in der unvergleichlichen Anmut von Glorie.«

Beinahe hätte Qox gelächelt. *Wir sind optimistisch*; die traditionelle Aristo-Formulierung hatte vielerlei Bedeutung, ganz abhängig von ihrem Kontext. Hier war es die Kurzfassung für eine ältere, etwas elaboriertere Formulierung: *Ich respektiere Eure Autorität, schätze Euren Namen hoch, sehe voller Ehrfurcht Eure Herrlichkeit und werde nichts Weiteres sagen.* Genauer betrachtet bedeutete das: *Ich werde nicht das Geringste sagen, aber das tue ich mit so blumiger Sprache, wie sie einem Kaiser gebührt.* Die Betonung der Schönheit von Glorie, der Heimatwelt der Qox-Dynastie, war nicht notwendig, aber eine klug gewählte diplomatische Anmerkung.

»Wie geht es Ihrem Sohn Jessie?«, fragte Qox dann.

»Es geht ihm gut, Euer Hoheit, dank Eurer Güte.« Ehrlich empfundene Dankbarkeit zeichnete sich auf Tarringtons Gesicht ab. »Er hat in diesem Jahr sein Examen in Yale gemacht. Mit Auszeichnung.«

Qox nickte. Eine Formulierung, in der *Dank* als Präposition auftauchte, wirkte auf Hightons immer recht unbeholfen, und den Zusatz *mit Auszeichnung* hätte Tarrington auch lassen können; Qox hatte keinerlei Interesse an diesen unbedeutenden Preisen und Auszeichnungen, die Verbandler ihren Kindern gerne verliehen. Doch ansonsten wusste der Senator sich gut auszudrücken; seine Schmeicheleien waren vorhersehbar, hielten sich aber dabei mit einer Genauigkeit an die Etikette, die seinem Respekt deutlicher Ausdruck verlieh als seine klischeebeladenen Worte.

Qox' Informanten zufolge hatte Tarringtons Sohn sich ein Jahr von seinem Studium beurlauben lassen und hatte sich innerhalb dieses Zeitraumes in Therapie begeben, um sein ›Trauma‹ zu überwinden. Qox hatte angeordnet, die ›Piraten‹ zu einer Gefängnisstrafe verurteilen zu lassen, und das war nach einem reichlich an die Öffentlichkeit getragenen Verfahren auch geschehen; den Vorsitz bei diesem Verfahren hatte Calope Muze, die Oberste Richterin persönlich, geführt, die mit Qox' entfernt verwandt war – eine Cousine x-ten Grades. Insgeheim hatte Qox dann die Strafe umgewandelt und die Mannschaft des Schiffes für ihre Schwierigkeiten entschädigt. Nachdem er Jessie begegnet war, hatte er verstanden, warum die Mannschaft der Fregatte entsprechend gehandelt hatte, selbst wenn sie später versucht hatten, es zu vertuschen. Sie waren Halb-Aristos. Dass sie das Bedürfnis nach einem Versorger verspürten, war die ganz natürliche Folge des hochgeborenen Blutes in ihren Adern. Und in der Art und Weise, wie Jessie seine empathische Stärke ausstrahlte, schrie er geradezu nach der Aufmerksamkeit von Aristos.

Qox verschränkte die Hände hinter dem Rücken und schaute über die nebelverhangenen Hügel hinweg. »Ich weiß es zu würdigen, dass man sich über den Erfolg seines Sohnes freut.«

»Unsere Kinder sind unsere Unsterblichkeit«, erwiderte Tarrington.

Eine interessante Antwort. Unsterblichkeit. Qox hätte das eher als ein eubianisches Konzept angesehen. Die Verbandler und die Skolianer zeigten nur wenig Dringlichkeit darin, die eigene Blutlinie rein zu halten. Sie wurden von ihrer Unterschiedlichkeit geradezu auseinander gerissen, schwächten sich dadurch, während die Hightons in ihrer Gleichförmigkeit immer stärker wurden. Es war ein sonderbarer Gedanke, dass unter ihnen die Rubin-Dynastie noch am meisten darauf bedacht war, eine reine Blutlinie zu erhalten, mit ihren verzweifelten Versuchen, durch Inzucht einen lebensfähigen

Rhon-Psioniker zu züchten. Doch genau diese Paarungen schwächten sie nur noch zusätzlich.

Qox wusste sehr wohl, was die meisten Hightons zuzugeben nicht bereit waren: dass Inzucht auch die Hightons ihrer Lebenskraft beraubte. Er hatte schon lange vermutet, dass er seine überlegene Scharfsinnigkeit seinem stärker variierten Genotyp verdankte. Es war wirklich die reine Ironie: Das, was ihm einen Vorteil gegenüber der Rubin-Dynastie verschaffen konnte, stammte aus der gleichen Quelle wie ihre hoch geschätzten Rhon-Merkmale.

Er sah den Senator nachdenklich an. Tarrington war ein Politiker, und jeder Politiker verfolgte eigene Interessen. Dennoch erwies er sich als angemessen talentiert, was die Feinheiten der Interaktion mit Hightons anging.

»Ihr Sohn ist ein beeindruckender junger Mann«, bemerkte Qox. Zumindest Viquara hatte der Junge auf jeden Fall beeindruckt.

Mit geneigtem Kopf nahm Tarrington das Kompliment entgegen. »Jessie bewundert Euch sehr.«

Qox verstand weit mehr, als Tarrington mit dieser Bemerkung zu enthüllen geglaubt hätte. Feinheiten der Gestik, Mimik und der Körpersprache hatten seine Worte begleitet. Tarrington hatte die hoffnungslose Leidenschaft erkannt, in der sein Sohn für die Kaiserin entbrannt war. Er sah auch, dass Jessie Ur Qox respektierte, trotz seiner unerwiderten Leidenschaft für die Gemahlin dieses Mannes. Dass Jessie einen Mann bewunderte, den zu hassen er jeden Grund hatte, sowohl aus persönlichen als auch aus allgemeineren Gründen, beeindruckte Tarrington weit mehr als alle Auszeichnungen, die sein Sohn erworben haben mochte.

Qox fragte sich, wie Tarrington wohl darüber denken würde, wenn er wüsste, dass ebendieser Kaiser jeden einzelnen Spaziergang, den Jessie und die Kaiserin ›allein‹ unternommen hatten, beobachtet hatte, jede gemeinsame Mahlzeit, jeden Augenblick, an dem sie sich gegenseitig geistlose Poesie vorgelesen hatten. Er hatte zugesehen, wie Jessie sich von der Kaiserin verabschiedet hatte, hatte gesehen, wie er sie umarmt und ihr seine unsterbliche Liebe geschworen hatte. Ganz entzückend hatte Viquara in seinen Armen gelegen und geweint, hatte ihm versprochen, sein Andenken immer in Ehren zu halten, obwohl sie einander niemals mehr würden wiedersehen können. Qox vermutete, dass sie vieles davon gar nicht hatte zu spielen brauchen. Sie hatte diesen Jungen wirklich gewollt, obwohl ihre Vorstellung darüber, was sie mit ihm anfangen würde, sich deutlich von seinen Träumen unterschied.

Also war Jessie nach Hause zurückgekehrt, und er hatte völlig anders über Eubia gesprochen als die böswilligen Berichte des Skolianischen Propagandaapparats.

»Ich mag Ihren Sohn«, gestand der Kaiser, und das war in gewisser Hinsicht sogar wahr. »Und ich weiß, was es bedeutet, eine solche Freude in seinem Leben zu verlieren.« Auch das entsprach der Wahrheit. »Wenn ich eine kleine Rolle dabei gespielt habe, jemand anderem dieses Wissen zu ersparen, dann bin ich zufrieden.«

Leise sagte Tarrington: »Und dafür habt Ihr meine tiefste Dankbarkeit!«

Qox betrachtete wieder den Nebel. »Bei meinem Volk gibt es ein Sprichwort: ›Der Weg zur Erkenntnis ist mit gegenseitiger Wertschätzung gepflastert.‹«

»Und so sollte es auch sein«, entgegnete der Senator.

Aha. Tarrington war also willens, einen Handel einzugehen. Obwohl der Nachrichtendienst des Planetenverbandes weniger effektiv war als der seines ERKomm-Gegenstücks, standen die Verbandler anders zu Skolia und erhielten folglich auch andere Daten über die Skolianer. Wertvolle Daten. Und das wusste Tarrington sehr genau.

»Es ist bedauerlich, dass die Verhandlungen zum Stillstand gekommen sind, was die Frage der Handelsautonomie des Planetenverbandes angeht«, bemerkte Tarrington.

»Allerdings«, gab Qox zu. Ein interessanter Themenwechsel. Die Bedingungen, die von den Verbandlern zur Handelsautonomie gestellt wurden, waren schlichtweg absurd. Die Freiheit, nach Eubia exportieren zu dürfen, ohne Zölle? Das erinnerte Qox an die Maxime, dass es eher Banken waren, die Kriege führten, als Armeen. Wenn das der Preis für alle Informationen war, die Tarrington anbot, dann wollte der Senator größere Zugeständnisse bei den Verhandlungen, als die Verbandler bisher aus Eubia hatten herausholen können.

»Der Wert einer gepflasterten Straße hängt immer davon ab, wohin diese Straße führt«, gab Qox zu bedenken. Er hatte nicht die Absicht, Zugeständnisse zu machen, bevor er nicht wusste, was Tarrington anzubieten hatte, und er wusste ebenso, dass Tarrington nicht beabsichtigte, ihm Informationen zu geben, ohne dass er zuvor eine Garantie erhalten hatte, dass jegliches Abkommen auch eingehalten werden würde. Also steckten sie in einem Dilemma.

Der Senator sah ihn nachdenklich an. »Mich ermutigt der Fortschritt, den die Arbeitsgruppen bei der Vermittlung der Eigentumsrechte im Onyx-Sektor gemacht haben.«

Ein weiterer interessanter Themenwechsel. Was nun wem im Onyx-Sektor gehörte, war eine Frage, an deren Klärung Eubia stärker interessiert war als die Verbandler, die dort nur wenige Territorien in Anspruch nahmen. Die Vermittler standen kurz davor, eine Einigung zu erzielen, doch ein einziges, wohl platziertes Wort von Tarrington konnte die Übereinkunft zerstören. Also hatte er einen Vorschlag für ihr Dilemma vorgelegt: Qox erklärte sich mit dem Export-Zugeständnis einverstanden, und Tarrington lieferte ihm die gewünschten Informationen; Qox würde die Übereinkunft entsprechend respektieren, und Tarrington hielt sich beim Onyx-Abkommen heraus. Sollte Qox sein Versprechen nicht einhalten, würde Tarrington das Abkommen platzen lassen.

»Vielleicht war mein Volk zu eigensinnig, was die Exporte betrifft«, gestand Qox ihm zu. »Zusammen mit dem Onyx-Abkommen wird ein neues Export-Abkommen unseren beiden Regierungen zugute kommen.«

»Das wäre gewiss der Fall.« Obwohl Tarrington seinen Triumph gut verbarg, erkannte Qox ihn doch. Der Senator hatte harte Verhandlungen geführt und gewonnen.

Beide schwiegen eine Zeit lang. Dann sagte Tarrington: »Mein Sohn hat darum gebeten, Euch ein Schreiben zu überreichen.«

»Wie bezaubernd von ihm, mir zu schreiben«, kommentierte Qox. Als Tarrington einen Computer-Ring aus seinem Jackett zog und ihn Qox reichte, sagte dieser: »Es freut mich, dass wir miteinander gesprochen haben, Senator.«

Tarrington verneigte sich, er hatte erkannt, dass er entlassen war. »Ich fühle mich geehrt, dass Ihr zugehört habt, Euer Hoheit.«

Das solltest du auch sein, dachte Qox im Stillen. Dennoch hatte der Mann sich besser gehalten, als Qox erwartet hatte.

Nachdem die Wachen Tarrington aus dem Turm geleitet hatten, schickte Qox nach Kryx Quaëlen, seinem Wirtschaftsminister. Dann zog der Kaiser seinen Palmtop hervor. Tarrington hatten die Unterschiede der Eubianischen und der Skolianischen Standardisierung berücksichtigt und ihm einen Ring gegeben, der von einem Eubianischen Palmtop ausgelesen werden konnte.

Das Schreiben von Jessie erschien auf dem Bildschirm. Es war kurz, ein wohl formulierter Gruß an den Kaiser und die Kaiserin. Qox entdeckte sehr schnell die verborgenen Dateien und las sie mit deutlich mehr Interesse als Jessies eigentliches Schreiben.

Vom Eingang her war ein Rascheln zu vernehmen. Als Qox aufblickte, trat ein hochgewachsener Mann ein, ein Highton mit breiten Schultern und roten Augen, die so kalt waren wie Eis. Er verneigte sich, die Faust an der Taille, den Daumen ausgestreckt.

»Ich grüße Sie, Kryx«, nickte Qox dem Mann zu.

»Euch zu begegnen ist mir eine Ehre, Eure Hoheit«, erwiderte Kryx Quaëlen.

Der Kaiser sah ihn nachdenklich an. Quaëlen war derjenige, der das Export-Abkommen mit den Verbandlern unterzeichnen würde. Als Wirtschaftsminister überwachte er die Kaufmanns-Gilde, die von den Diamant-Aristos geleitet wurde. Qox wusste, dass viele Hightons seine Entscheidung, Quaëlen für einen derart einflussreichen Posten zu berufen, fraglich fanden. Quaëlens Urgroßvater hatte eine Silikat-Aristo geheiratet, statt einer Highton – ein Skandal, der jahrzehntelang diskutiert worden war. Obwohl Familie Quaëlen seitdem eine makellose Blutlinie aufrechterhalten hatte, blieb die Verunreinigung doch zurück. Insgeheim vermutete Qox, dass das der Grund war, warum Quaëlen so ausgezeichnete Arbeit ablieferte. Ebenso wie verbotene Rhon-Gene Qox' eigene Fähigkeiten verbessert hatten, kamen verbotene Silikat-Gene Quaëlens Leistungsfähigkeit zugute.

Mit einer Handbewegung bedeutete er dem Minister, näher zu treten. »Ich hatte eine interessante Besprechung mit Senator Tarrington.«

Quaëlen trat zu ihm. »Ein wortkarger Mann.«

»Sein Sohn hat mir ein Schreiben gesandt.«

Kühl sagte Quaëlen: »Wie entzückend.«

Qox schenkte ihm ein schwaches Lächeln. »Es scheint, als würden Skolianer Mozart mögen.«

»Wer ist ›Mozart‹?«

»Ein Komponist der Erde, aus uralter Zeit.« Qox machte eine Pause. »Ich habe noch mehr interessante Dinge erfahren, gerade bevor Sie hereingekommen sind. Man kann die Werke von Mozart dazu benutzen, Transformationskarten für Sequenzen zeitabhängiger Funktionen mit komplexen Variablen zu definieren.«

Quaëlen schnaubte verächtlich. »Eine Spielerei für Mathematiker.«

»Allerdings.« Qox hob den Palmtop, als wolle er dessen Gewicht testen. »Aber denken Sie doch nur an die Möglichkeiten, die das zur Verschlüsselung von Daten bietet.«

»Das ist wahr«, bestätigte Quaëlen. »Ebenso, wie man wenig Nutzen vom Abfangen verschlüsselter Nachrichten hat, zu denen man nicht über einen Schlüssel verfügt.« Das IRK änderte sehr häufig seine Kodierung, fast immer, bevor ERKomm sie knacken konnte. Ob nun das IRK diese Mozart-Kodierung benutzte oder nicht, blieb abzuwarten. Es konnte genauso gut sein, dass sie ihn inzwischen nicht mehr verwendeten. Aber falls sie ihn noch benutzen sollten, und das ERKomm entsprechende Übertragungen abfing, dann würden diese gekaperten Daten endlich zur rechten Zeit verarbeitet werden können.

Nur die Zeit würde zeigen, ob die lieblichen Melodien Mozarts ihren Preis wert waren.

Die Flure unter dem Natur-Palast bestanden aus glattem schwarzem Glas, Tunnel, die sich tief unter den Jaizir-Bergen erstreckten. Antike Lampen warfen mattes Licht auf die ernst dreinblickenden *Razer*, die Qox begleiteten. In seiner schwarzen Uniform und seinen Armeestiefeln verwandelte sich der Kaiser in den finsteren Stunden der Nacht in einen Schatten.

Qox wusste, dass er sich die Belohnung verdient hatte, die er sich jetzt selbst gönnen wollte. Seine Zusammenarbeit mit Tarrington würde sich weit über ihren Handel hinaus auswirken: Auf diese Weise konnte der IRK-Propaganda entgegengewirkt werden. Ein jeder solcher Erfolg würde es für die Verbandler plausibler machen, dass die Aristos in keiner Weise die widernatürlichen Karikaturen waren, als die Skolia sie darstellte. Ein jeder solcher Erfolg würde deutlicher erkennbar machen, dass hinter dem fieberhaften Kreuzzug der Rubin-Dynastie, der nur das Ziel hatte, Eubia zu zerstören, reine Hysterie stand.

Vor einer Obsidiantür blieb Qox stehen. Sie öffnete sich, der Raum dahinter lag im Dunkeln. Als Qox seinen Handgelenkschutz berührte, wurde ein Signal an die Sensoren innerhalb des Raumes gesendet. In einer Ecke glomm mattes Licht auf, das irgendetwas auf dem Boden aufblitzen ließ. Als das

Licht sich dann weiter ausbreitete, wurde erkennbar, dass das Blitzen von einer Metallkette stammte, die über einen Stein gespannt war. Ein kleines Nagetier huschte die Kettenglieder hinauf und verschwand dann im Halbdunkel.

Die Luft war von Feuchtigkeit gesättigt. Tropfen sammelten sich an den Wänden und rannen die Steinflächen hinab. Der immer größer werdende Lichtkreis erreichte ein rechteckiges Stahlgestell, etwa einen halben Meter hoch. Die Kette führte über das Gestell hinweg zu einem Stahlring, der darin eingelassen war.

In den Schatten waren zwei Hände auszumachen.

Die Handgelenke waren an den Ring gekettet, die Handflächen zeigten nach außen. Der Lichtkegel, der sich noch weiter ausbreitete, enthüllte jetzt schlanke Arme und eine blonde Haarsträhne, die über einen Ellbogen fiel. Dann war auch der Kopf zu erkennen. Das Mädchen lag auf dem Rücken, sie war unbekleidet, die Hände waren ihr über den Kopf gefesselt. Blonde Locken umrahmten ihr Gesicht, ein hübsches Gesicht, zart und lieblich, mit riesigen Augen. Ein Knebel bedeckte ihren Mund.

Das Gestell streckte ihren Oberkörper in einem Bogen nach hinten, sodass sie angespannt im Hohlkreuz lag; auf Hüfthöhe knickte das Gestell ab, um ihre Hüfte auf gleiche Höhe mit der ihres Herrn zu bringen. Ketten um Hals und Nacken und um die langen Beine fesselten das Mädchen an die Stahlstreben. Dazu hatten die kaiserlichen Körperskulpteure diesen bezaubernden Körper noch weiter verfeinert, hier ein wenig betont, dort ein wenig weggenommen, an ausgewählten Stellen ein wenig vollere Rundungen erzeugt.

Der Kaiser schloss die Tür des Verlieses und bedeutete seinen Wachen, sich entlang der Wände zu postieren. Dann ging er zu dem Gestell hinüber; die Wände warfen das Echo des harten Tritts seiner Kampfstiefel zurück. Als er neben der Schulter der jungen Frau stehen blieb, schaute sie ihn mit ihren saphirfarbenen Augen an. Er hatte die ungewöhnlich intensive Farbe selbst ausgewählt – aus der Farbpalette, die ihm im Silikat-Pavillon angeboten worden war, wo er sie gekauft hatte.

»Hab keine Angst, Cirrus!« Er hatte sie nach den dünnen Wolkenfähnchen benannt. »Beruhige dich selbst mit dem Wissen, dass dadurch, dass du mich auf eine höhere Existenzebene hebst, du auch dich selbst erhebst!«

Eine Träne rann aus ihrem Augenwinkel und über ihre Schläfe, wo sie von ihrem Haar aufgesogen wurde. Qox berührte die feuchte Stelle, dann legte er einen Finger an die Lippen und prüfte den Geschmack ihrer Tränen. »Erhabenheit zu erreichen ist niemals einfach, meine Liebe. Das macht sie ja so begehrenswert.«

Neben der Stahlkonstruktion stand ein Tisch, auf dem Werkzeuge für ihn ausgebreitet waren. Er wählte eine Reitgerte mit einem Ledergriff. Als er die Peitsche über Cirrus' Oberkörper schnellen ließ, stieß sie einen erstickten Schrei aus, und der Schmerz brandete ihm aus ihrem Denken und Fühlen entgegen, noch intensiviert von seinem eigenen empathischen Empfinden. Sein Aristo-Gehirn fing die Signale auf und versuchte, die eigene Schmerztoleranz zu steigern, indem die Neuralimpulse an sein Lustzentrum weitergeleitet wurden. Ein Gefühl der Transzendenz erfasste ihn. Oh ja, es war ein glänzender Einfall gewesen, für den heutigen Abend Cirrus auszuwählen! Er hatte kaum angefangen, und schon versorgte sie all seine Bedürfnisse.

Der Kaiser fühlte diesen inneren Frieden; er wusste, dass er am heutigen Tag einen weiteren großen Schritt dahin getan hatte, die Verbandler davon zu überzeugen, dass die Hightons von Eubia ein ehrenvolles Volk guten Charakters waren und keine Ungeheuer, wie es sich die Rubin-Dynastie einbildete.

IV

Jahr Fünfzehn

371 AS gemäß dem Imperialen Kalender
394 EG gemäß dem Eubianischen Kalender
2274 n. Chr. gemäß dem Gregorianischen Kalender

9

Alle halfen dabei mit, die Einzäunung für den Obstgarten zu bauen. Sie kletterten auf den grün-blauen Hügel, wateten durch das Spatelgras unter einer blauvioletten Himmelskuppel, die nur von der blauen Sonne beschienen wurde. Von hier oben konnte Jai bis über die Berge hinaus schauen, die hoch aufragten und steil abfielen und sich wie Wellen in alle Richtungen erstreckten, so weit das Auge reichte.

Jai schaute zu, wie die ganze Gruppe den Hügel hinaufstieg. Der sechs Jahre alte Vitar führte sie an, er trug einen großen Stein in den Händen und lief immer wieder um seine aufgebrachte Schwester herum. In ihrem reifen Alter von elf Jahren betrachtete sich Lisi als zu würdevoll, um die Possen ihres Bruders mitzumachen. Schließlich lief Vitar voraus, den Hügel hinauf, sein Haar im Wind, schwarze Locken, die auf halber Länge weinrot wurden, die Haarspitzen glänzten golden. Er drehte sich wieder nach der Gruppe um, lachte, sein Gesicht mit dem charakteristischen Schnitt der Hightons wirkte klassisch.

Lisi schritt sehr viel ernsthafter voran; der Stein in ihren Händen war noch größer. Ihr Haar fiel ihr bis über die Schultern, eine glänzende Mähne rotgoldener Locken, sehr ähnlich der Haare ihrer Großmutter, nach der sie benannt worden war. Die grünen Augen hatte sie von ihrer Mutter.

Mit seinen vierzehn Jahren war Jai schon fast so groß wie sein Vater, und er wuchs immer noch. Quer über seinen immer breiter werdenden Schultern trug er einen Holzstab, den er sich selbst zurechtgeschnitten hatte. Netze, die mit Steinen gefüllt waren, waren an beiden Enden befestigt.

Sein vollständiger Name lautete Jaibriol Valdoria Qox Skolia. Jaibriol III. Er bevorzugte ›Jai‹ – aus ›Jaichen‹ war er inzwischen herausgewachsen, obwohl seine Eltern diese

Bezeichnung gelegentlich ärgerlicherweise doch noch benutzten. Er hatte die roten Augen und die klassischen Gesichtszüge eines Highton-Aristo. Sein Haar hingegen hatte einen normaleren, gesünder wirkenden Glanz, nicht dieses Schimmern, das für Hightons so charakteristisch war. Wenn er sich viel in der Sonne aufhielt, wurden seine Haarspitzen sogar blond.

Vitar erreichte die Kuppe des Hügels und warf seinen Stein auf den dortigen Haufen, dann wirbelte er herum und schnitt Lisi eine Grimasse. Sie ließ ihren eigenen Stein fallen und lief ihm lachend hinterher. Als Jai den Steinhaufen erreicht hatte, senkte er seinen Stab auf den Boden. Während er die Gesteinsbrocken aus den Netzen holte, trat sein Vater neben ihn. Jaibriol II. trug eine ähnliche Ladung wie sein Sohn, doch sein Stab war schwerer, und in den größeren Netzen waren noch mehr Steine. Er lächelte Jai zu; dass er stolz war auf die Arbeit seines Sohnes, war der Neigung seines Kopfes anzumerken, seinen Gedanken, und der Art und Weise, wie sich die Lachfältchen um seine Augen bildeten.

Dann kam ihre Mutter langsam den Hügel hinauf; ihr Haar wehte im Wind, es reichte ihr jetzt bis zur Taille. Sie trug einen Fellrock, Fellstiefel, die mit überkreuzten Lederriemen geschlossen waren, und eine Bluse aus Spinnenkorb-Seide, die Vater ihr zum Geburtstag gemacht hatte. Jai fand es idiotisch, dass sie ihre Geburtstage nach einem ›Standard-Kalender‹ feierten, der nicht das Geringste mit dem echten, wirklichen Jahr zu tun hatte, aber die Feiern mochte er.

Soz hatte den Karabiner über die Schulter geschlungen und trug Bogen und Köcher auf dem Rücken. Statt einen Stab über den Schultern zu balancieren, zog sie einen mit Steinen beladenen Schlitten hinter sich her; das Zugseil hatte sie an einer Halterung befestigt, die sie um ihren Oberkörper geschlungen hatte. Im Tragetuch an ihrer Hüfte schlief del-Kelric, den Daumen im Mund.

Jais Vater hatte alle seine Steine aus den Netzen geholt und drehte sich nun zu seiner Frau um; sein Gesicht wurde ganz sanft, als sie ihm das Baby reichte. Del-Kelric gluckste seinen Vater an und schlief dann sofort wieder ein; zufrieden lag er in den Armen seines Vaters. Während Jai seiner Mutter dabei half, den Schlitten zu entladen, rannte Vitar um sie herum, Lisi verfolgte Vitar, und beide schrien vor Lachen.

»Schluss jetzt!«, kam es von ihrem Vater.

Soz lachte. Dann rannte Vitar gegen sie und hätte sie fast umgeworfen. Als Jai sah, wie sie mit biomechanisch gesteigerter Geschwindigkeit ihr Gleichgewicht wiederfand, fragte er sich, ob er jemals so schnell werden würde. Seine Mutter meinte nein, das hätte mit irgendetwas zu tun, was sie gemacht hatte, bevor sie hierher gekommen waren, draußen in dem Universum, über das er etwas in den Holotexten von LehrComp gelesen hatte.

Es war schwer zu glauben, dass irgendetwas ›da draußen‹ existieren sollte. LehrComp bestand darauf, Jai verschiedene Sprachen lehren zu müssen: Iotisch, die fast vergessene Sprache des Rubin-Reiches, die jetzt von kaum noch jemandem außer den Angehörigen der Rubin-Dynastie gesprochen wurde; Highton, wie es Highton-Aristos und ihre Versorger sprachen; Hochskolianisch, die Gemeinschaftssprache in einem Reich mit so vielen verschiedenen Sprachen, wie es Völker besaß; Eubianisch, auch Eubisch genannt, das Händler-Gegenstück zum Hochskolianischen; dazu noch die Sprachen des Planetenverbandes: Englisch, Spanisch und Japanisch. Jai kam es vor, als sei das alles eine einzige, große Sprache, leicht zu erlernen.

Seine Mutter reckte die Arme; dann ging sie zu der Stelle hinüber, an der sie die Einzäunung bauen wollten, etwa zwanzig Meter entfernt. Die unablässig plappernde Lisi und der ständig umherrennende Vitar folgten ihr.

Jais Vater blickte ihn an. »Wollen wir uns setzen?« Er ließ sich auf den Steinhaufen nieder, del-Kelric auf dem Schoß. Als Jai sich zu seinem Vater setzte, öffnete del-Kelric die Augen und sah seinen großen Bruder schläfrig an.

»Dein Aufsatz über Arocleanische Philosophie hat mir gut gefallen«, begann Jaibriol.

Zufrieden setzte Jai sich gerader hin. »Ich habe auch viel Zeit darauf verwendet.«

»Das merkt man.« Jaibriol lächelte. »LehrComp berichtete mir, du hättest jetzt schon Universitäts-Niveau erreicht.«

Jai spürte, wie sich seine Schultern verspannten. Aber ich werde ja nie eine Universität von innen sehen.

Es dauerte einen Augenblick, bis Jaibriol antwortete. ***Deine Mutter und ich haben darüber gesprochen.***

Für Jai hörte sich das gar nicht gut an. *Deine Mutter und ich haben darüber gesprochen* bedeutete normalerweise, dass unangenehme Veränderungen anstanden, wie damals, als sie beschlossen hatten, er müsse Kompositorik studieren. Über was gesprochen?

Was wir tun sollen, jetzt, wo ihr Kinder älter werdet. Ihr braucht andere Gesellschaft.

Jai war erleichtert. Er hatte schon befürchtet, seine Eltern würden nicht verstehen, was er fühlte. Werden wir hier weggehen, um noch andere Leute zu finden?

Deine Mutter und ich müssen hier bleiben. Aber wenn ihr Kinder vorsichtig seid, dann, so denken wir, könnt ihr gehen.

Das überraschte Jai. Seine Familie war ein Teil seines Ichs. Sie konnten sich doch nicht trennen! Das möchte ich nicht.

Wir auch nicht. Unsere Gemeinschaft hier ist eine der wenigen Rhon-Gemeinschaften, die es gibt. Er machte eine Pause. ***Wenn du älter bist, wirst du vielleicht gehen wollen, um eine Gemahlin zu finden. Wenn du das möchtest, könntest du dann mit ihr hierher zurückkehren.***

Eine Rhon-Gemahlin.

Bedauern überschattete die Gedanken seines Vaters. ***Die Wahrscheinlichkeit, eine Rhon-Frau zu finden, ist nahezu nicht vorhanden. Aber du kannst jemanden finden, den du lieben kannst.***

Und wie soll ich suchen?

Wir können den Neutrino-Transmitter benutzen. Vielleicht empfängt ein Schiff das Signal und kommt hierher.

Vielleicht?

Eine Garantie gibt es dafür nicht.

Und wenn sie nicht kommen, um zu helfen? Jai machte eine Pause. Was, wenn sie uns schaden wollen?

Dieses Risiko besteht jederzeit. Jais Vater blickte zu seiner Frau hinüber, die das Gebiet abschritt, an der die Einzäunung gebaut werden sollte, während Lisi und Vitar um sie herumwirbelten. Lächelnd drehte er sich dann wieder zu Jai um. *Wenn ich an deren Stelle wäre, würde ich lieber darauf verzichten, deine Mutter zu verärgern.*

Jai grinste. Sie würde sie dazu zwingen, Kompositorik zu studieren.

Die Miene seines Vaters wurde sehr sanft. *Wenn das wirklich das Schlimmste ist, was du dir vorstellen kannst, dann kannst du dich sehr glücklich schätzen.*

Ich lese, Hoshpa. Jai runzelte die Stirn. Ich weiß, was in den Büchern steht – was manche Leute tun. Aber das ergibt keinen Sinn. Warum sollten Menschen einander wehtun? Meinst du, dass die das nur für diese Geschichten erfinden? ›Stilmittel‹? So etwas habe ich mit LehrComp durchgearbeitet.

Stilmittel? Jaibriol musste schlucken. *Ich bete darum, mein Sohn, dass dir das Universum immer so sanftmütig vorkommen möge.*

Del-Kelric regte sich. Als er den pummeligen kleinen Arm nach seinem Bruder ausstreckte, lachte Jai und stemmte ihn hoch in die Luft. »Du wirst ja zu einem richtigen Riesen, Kelli!« Dann setzte er sich den Jungen auf die Knie und bewegte seine Beine auf und ab; begeistert hüpfte del-Kelric mit. Dann grinste Jai seinen Vater an. »Ich bringe eine Gemahlin hierhin, und wir werden Kinder haben. Wir werden eine ganze Gemeinschaft haben. Alles Psioniker.«

Jaibriol lächelte. »Das ist ein schöner Traum.«

»Das ist kein Traum. Selbst Hoshma ist da optimistisch. Sie

hat beschlossen, ihrem Spinal-Knoten einen Namen zu geben.«

Sein Vater starrte ihn an. Dann wurde sein Gesichtsausdruck wieder sanft. »Das ist eine wirklich gute Nachricht.«

Jai blickte zu seiner Mutter. Sie lag jetzt im Gras, und Vitar kletterte auf ihr herum, als sei sie ein Stapel Holzscheite; Lisi saß neben ihr und redete, redete, redete. Jai fragte sich, woher seine Schwester so viele Dinge fand, über die man reden konnte. Aber es war egal. Er sah ihnen gerne zu. Er würde Prisma verlassen, um jemanden zu finden, mit dem er das hier würde teilen können. Dann würde er sie nach Hause bringen, und das Leben würde weitergehen, wie es immer gewesen war, die Tage und die Nächte, mit Tieren und Feldfrüchten, und mit den Menschen, die er liebte.

Barcala Tikal, Erster Ratgeber der Versammlung, stand in Kurjs Büro vor der Wand aus polarisiertem Glas. Einige Meter von ihm entfernt stand Kurj, er lehnte sich gegen das Glas, die massigen Arme vor der Brust verschränkt.

»Als Präsidentin Calloway noch im Amt war, wussten wir, woran wir waren«, erklärte Tikal gerade. »Aber seit die Verbandler diesen neuen Präsidenten gewählt haben, hat sich alles verändert. Die Verbandler äußern offen Zweifel an der Stabilität der Rubin-Dynastie. Sie bezweifeln sogar, dass es überhaupt noch Händler-Piraten gibt. Sie glauben, das ERKomm hätte die alle ausgehoben.«

Kurj schnaubte verächtlich. »Dann sind sie Narren!«

»Die Händler führen diesen Krieg mit Propaganda.« Tikal fuhr sich mit der Hand durch das Haar. »Die Erde steht zwar noch nicht kurz davor, sich mit Eubia einzulassen, aber wir beginnen langsam dazustehen, als seien *wir* eine noch schlechtere Wahl, wenn es darum geht, einen Verbündeten auszusuchen. Als sei unsere instabile Regierung zum Scheitern verurteilt. Wir müssen unsere Vorgehensweise ändern.

Keine weiteren unheilvollen Prophezeiungen mehr. Wir müssen um sie werben!«

»Diplomatie ist eine Aufgabe der Versammlung«, entgegnete Kurj. »Sprechen Sie mit meiner Mutter! Sie ist die Expertin.«

Tikal räusperte sich. »Die Versammlung hat ... äh ... mit Ratgeberin Roca bereits gesprochen.«

Kurj runzelte die Stirn. Was war das denn? Die Versammlung war ohne sein Wissen zusammengetreten? Er benötigte neue Überwachungssonden für das Netzwerk. Barcala und seine Freunde mussten herausgefunden haben, wie man die Sonden überlisten konnte, mit denen Kurj sie bisher ausspioniert hatte. Tikal musste irgendetwas im Schilde führen, sonst würde er sein Denken und Fühlen in diesem Augenblick nicht mit derart starken mentalen Barrieren abschirmen.

»Wir haben ein Reformprogramm erarbeitet«, fuhr Tikal fort. »Die meisten Veränderungen werden wir selbst in Kraft setzen. Es gibt jedoch einige wenige Dinge, für die wir, äh ... Eure Mitwirkung benötigen.«

Kurj ließ die Arme verschränkt. »Nämlich?«

»Es hat mit Eurer Außenwirkung zu tun.«

»Was für einer Außenwirkung?«

»Eure Wirkung auf die Öffentlichkeit. Euer öffentliches Image.«

»Ich habe kein öffentliches Image!«

»Ich fürchte doch. Wir würden dieses Image gerne sanfter erscheinen lassen.«

Kurj verzog verdrießlich das Gesicht. »Ich habe keine Zeit für irgendein ›Image‹.«

»Wir werden das alles für Euch übernehmen.«

»*Was* übernehmen?«

Die Worte sprudelten aus Tikal nur so heraus, als wolle er alles gesagt haben, bevor Kurj ihn würde aufhalten können. »Wir wollen, dass Ihr heiratet. Wir haben mehrere Kandidatinnen im Auge, allesamt reizende Frauen. Charismatisch. Schön. Der Frauentyp, der die Herzen aller Leute im Sturm erobern wird.« Hastig fügte er hinzu. »Und das Eure auch, bin ich mir sicher.«

Kurj starrte ihn an. »Das ist ein Scherz, oder?«

»Nicht im Geringsten.«

»Meine Antwort lautet nein.«

»Die Versammlung hat die Resolution bereits verabschiedet. Ihr könnt nicht mehr nein sagen.«

»Was? Ihr habt darüber abgestimmt, mich zu einer arrangierten Heirat zu zwingen?« Kurj stieß einen ungläubigen Laut aus. »Das letzte Mal, als ihr das versucht habt, hat das in einem Desaster geendet!«

»Was für ein Desaster? Das Island-Abkommen ist immer noch in Kraft.«

Kurj hatte nicht die Absicht zuzulassen, dass die Geschichte sich wiederholte. Das Island-Abkommen war vor 135 Jahren geschlossen worden – durch die arrangierte Eheschließung von Dehya und Seth Rockworth, einem Marineoffizier des Planetenverbandes, der seiner hohen Einstufung als Psioniker wegen ausgewählt worden war. Die Erde wollte ein Bündnis. Eheschließungen war die Art der Skolianer, Bündnisse zu knüpfen. Und so wurde Seth Dehyas Gemahl. Nachdem er sich jahrelang mit den Intrigen am Imperialen Hof geplagt hatte, hatte Seth ›genug davon‹ gehabt, war zurück auf die Erde gegangen und hatte sich von seiner Pharaonen-Gemahlin scheiden lassen. Da nun das Abkommen mit dieser Eheschließung untrennbar verbunden war, hatte keine der beiden Regierungen die Scheidung anerkannt, selbst nachdem Seth wieder geheiratet hatte und Dehya den Forderungen der Versammlung nachgekommen war und Eldrin als ihren Gefährten genommen hatte. Das Ganze hatte zu einer absonderlichen Situation geführt: Zwei interstellar einflussreiche Personen lebten so, dass sie anscheinend alle anerkannten Regeln der Gesellschaft brachen.

Soweit es Kurj betraf, war dieses Abkommen nicht den ganzen Ärger wert, den es verursacht hatte. Mit all seinen tausenden von Seiten bestand das Gelöbnis von militärischer

Unterstützung seitens der Verbandler allenfalls darin, im Falle eines Krieges die Rubin-Dynastie zu beschützen.

»Wir brauchen nicht noch ein Island-Abkommen.«

»Das ist das hier auch nicht.« Tikal ging zu ihm hinüber. »Die Verbandler hören auf die Propaganda vom ERKomm. Sie glauben, in der Rubin-Dynastie herrsche das reinste Chaos.« Als Kurj ihn finster anblickte, hob Tikal abwehrend die Hände. »Ich erzähle Euch doch nur, was *die* denken. Jedermann weiß, dass das Überleben des Imperialats direkt mit Eurer Familie zusammenhängt. Wir müssen die Verbandler davon überzeugen, dass die Dynastie unerschütterlich ist.«

»Dann sagen Sie ihnen die Wahrheit. ERKomm lügt.«

»Das funktioniert nicht. Wir würden hysterisch klingen. Wir müssen das positiv angehen. Die Verbandler achten sehr auf das *Image*. Wenn man ihnen eine gute Show liefert, ist die Schlacht schon halb gewonnen.«

»Um aller Götter willen, Barcala! Ich bin doch kein Alleinunterhalter!«

Tikal begann mit einer offensichtlich vorbereiteten Erläuterung, die ein wenig klang, als stamme sie aus einer Werbeveranstaltung. »Wir werden uns um alles kümmern. Eine echte Imperiale Hochzeit, mit allem nötigen Prunk, allem Schmuck und aller Pracht. Eine großartige Show. Wir werden eine Braut für Euch finden, die Charme und Glamour versprüht. Jemanden, der ... äh ... Euer Image aufpoliert. Wir werden das Märchenhafte betonen, den Traum, die Romanze. Ihr und sie werden natürlich wunderschöne Kinder haben, und sie wird eine wundervolle Mutter sein. Die Verbandler lieben so etwas.«

Kurj starrte ihn an. »Sie sind ja völlig von Sinnen!«

»Unseren gesamten Recherchen zufolge ist dies ein viel effizienteres Mittel, um die Verbandler auf unsere Seite zu ziehen, als unsere aktuelle Propaganda gegen die Händler. Ihr werdet nicht das Geringste unternehmen müssen. Wir kümmern uns um alles.«

»Ich suche mir meine eigenen Frauen aus.«

Vorsichtig erläuterte Tikal: »Die Frau, die Ihr heiratet, wird wissen, dass es sich um ein rein politisches Arrangement handelt. Eure ... äh ... persönlichen Präferenzen bleiben ganz Euch überlassen. Das muss natürlich vertraulich behandelt werden.«

Kurj blickte finster drein. »Anders ausgedrückt, ich kann diese Braut so viel betrügen, wie ich will, solange ich das geheim halte.«

»Was Ihr in Eurem Privatleben tut, ist ganz alleine Eure Sache.«

»Meine Ehe hat nichts mit meinem Privatleben zu tun?!«

»Lasst Euch Zeit! Denkt darüber nach!«

Nüchtern sagte Kurj: »Ich habe ja richtig Angst davor, zu fragen, was ihr für Dehyas ›Image‹ geplant habt.«

Tikal sah ihn mit zusammengekniffenen Augen an. »Um die Wahrheit zu sagen ... wir können sie nicht finden.«

»Was meinen Sie damit, Sie können sie nicht finden?«

»Niemand weiß, wo sie ist.«

Das Gespräch wurde von Minute zu Minute unwirklicher. »Sie ist auf dem Orbiter!«

»Niemand hat sie dort gesehen«, entgegnete Tikal. »Auf eine NetMail hin haben wir nur eine automatisierte Antwort erhalten.«

»Sie sehen sie doch ständig in der Versammlung.«

»Nur als holographisches Simulacrum.«

Kurj schnaubte verächtlich. »Vielleicht hat sie ja einfach keine Lust, Sie zu sehen.« Im Augenblick konnte er ihr das nicht einmal verübeln.

»Ich fürchte, Ihr versteht nicht recht«, widersprach Tikal. »Sie ist *nirgends*.«

»Dann lasst sie durch eine Spionage-Sonde ausfindig machen!« Er wusste, dass die Versammlung nicht die geringste Chance hatte, Dehya auszuspionieren. Das gelang ja nicht einmal ihm selbst.

»Unsere Sonden können sie auch nicht finden«, gestand Tikal.

Kurj sah ihn neugierig an. »Was Sie mir also gerade sagen wollen ist, dass weder Sie noch die ganze Versammlung den Schlüssel Zur Versammlung finden können?«

»Na ja, ja. Das wäre eine Kurzfassung.«

Er musste lachen. »Sie wird sich melden. Wenn *sie* das will.«

»Kurj, es ist wirklich ernst! Seit drei Jahren hat sie niemand mehr gesehen.«

Kurj kam der Gedanke, dass er selbst Dehya seit einiger Zeit ebenfalls nicht mehr gesehen hatte. »Sie ist wie ein Schatten, Barcala. Man kann einen Schatten nicht manipulieren. Er hat keine Substanz.«

»Könnt Ihr mit ihr Kontakt aufnehmen? Persönlich, meine ich.«

»Vielleicht.« Er brauchte ja nur zum Orbiter zu gehen und die wenigen hundert Meter von seinem Haus zu ihrem zu gehen. Im Augenblick allerdings war er abgeneigt, der Versammlung in irgendeiner Weise behilflich zu sein. »Warum wollen Sie mit ihr sprechen?«

Tikal stieß einen verärgerten Laut aus. »Um aller Götter willen, sie ist die Rubin-Pharaonin! Durch Erbrecht unsere Regentin. Es mag ja sein, dass sie nur noch den Titel trägt, aber es ist ihre Pflicht, das Volk wissen zu lassen, dass sie überhaupt noch *existiert*!«

Kurj fragte sich, ob sich die Versammlung überhaupt vorstellen konnte, wie gründlich Dehya das Netzwerk infiltriert hatte. Sie regierte jetzt auf eine Art und Weise, von der die Versammlung nicht das Geringste wusste, sie spielte virtuos mit und auf den Fäden, die ein Reich zusammenhielten. Eine Schatten-Pharaonin.

»Wenn ich sie sehe, werde ich ihr Ihre Nachricht übermitteln«, war Kurj schließlich bereit zu versprechen.

»Ich weiß das sehr zu schätzen.«

Nachdem Tikal gegangen war, setzte Kurj sich an seinen Schreibtisch und versenkte sich in das Netzwerk. Tausende von Nachrichten warteten auf ihn. Seine Routinen kümmerten sich um das meiste davon, reagierten automatisch gemäß zahlreichen Makros, die teilweise länger waren als die eigentlichen Nachrichten. Auf der Liste der Nachrichten, die seine persönliche Aufmerksamkeit erforderten, befanden sich nur zehn Objekte.

Mail-Server, Aufnahme, dachte er.

Server 1 Aufnahmebereit.

Nachricht an den Schlüssel Zur Versammlung, Dyhianna Selei, absenden. »Das Symbol ist Sophokles.« Ende.

Nachricht versendet.

Gut. Dann wandte Kurj sich seinen eigenen Nachrichten zu. Die erste stammte von Admiral Starjack Tahota, die jetzt das Kommando über Onyx-Plattform innehatte, den gewaltigen IRK-Stützpunkt im Onyx-Sektor. Sie bat darum, dass er bei einer Zeremonie sprechen würde, bei der einige Soldaten für ihre Tapferkeit ausgezeichnet werden sollten. Obwohl Kurj solchen Zeremonien gerne beiwohnte, blieb ihm nur selten Zeit dafür. Üblicherweise stellten seine Adjutanten einen IRK-Offizier dafür ab, für ihn einzuspringen. Wenn allerdings Tahota persönlich um seine Anwesenheit bat, dann musste es schon etwas Besonderes sein. Trotzdem konnte er an der Zeremonie nicht teilnehmen: Sie war auf einen Zeitpunkt angesetzt, an dem er bereits andere Verpflichtungen hatte. Aber er konnte als Vertreter Althor schicken, seinen Erben.

Kurj schrieb Althor eine kurze Nachricht und hängte einen Vorschlag für einen Reiseplan an. Dann verschlüsselte er das Ganze mit der *Fling*-Kodierung und sandte es ab.

Ich habe eine Antwort vom Schlüssel Zur Versammlung, Dyhianna Selei, dachte Server 1. Soll ich vorlesen?

Ja, dachte Kurj.

Die Nachricht lautet: »Sophokles hat das Symbol geschaffen.«

Sophokles? Dehya und er waren seit fünfzehn Jahren damit beschäftigt, und er hatte immer noch nicht herausgefunden, welches Symbol sie meinte. Er bezweifelte nicht, dass sie von Zeit zu Zeit das Ziel veränderte, entweder, weil er ihr zu nahe kam, oder weil sich ihre eigene Interpretation dessen, worauf sie hinauswollte, änderte. Kurj rechnete nicht damit, auf die Antwort zu kommen. Diese kurzen Nachrichten dienten eher dazu, ihm Einblicke in das derzeitige Vorgehen ihres Verstandes zu gewähren.

Nachricht absenden, dachte er. Er durchsuchte seine Erinnerungen nach Charakteren, die in den Stücken von Sophokles vorkamen, und wählte einen nach dem Zufallsprinzip aus. »Iocaste ist das Symbol.« Ende.

Nachricht versendet, bestätigte Server 1.

Cirrus lag auf einem gepolsterten Tisch und lauschte dem Stimmengewirr, als Qox und seine Minister auf der anderen Seite des kaiserlichen Büros miteinander sprachen. Sie hatten mehrere Diwans um einen Tisch herum angeordnet, Holographien lagen auf allen Möbelstücken. Mehrere Minister balancierten goldene Tabletts auf ihren Knien.

Kühle Luft strich über Cirrus' bloße Haut und ließ sie erschauern. Izar Vitrex, der Minister des Nachrichtendienstes, war zu dem Diwan zurückgekehrt und saß nun dort, den Kopf zurückgelehnt, die Augen geschlossen. Die anderen waren in ihre Besprechung vertieft, konzentrierten sich auf Dateien und Palmtops; sie entwarfen Strategien gegen die Verbandler.

Qox sah Vitrex mit der Andeutung eines Lächelns auf den Lippen an. Dann wandte er sich an Wirtschaftsminister Kryx Quaëlen. »Wenn Sie wünschen, Lord Kryx?«

Quaëlen blickte auf. »Eure Gastfreundschaft ist mir eine Ehre, Euer Hoheit.« Er stellte sein Tablett auf den Tisch, machte dann einige Bewegungen mit den Schultern, um Verspannungen zu lösen, schließlich erhob er sich und verneigte sich vor den anderen.

Dann durchquerte er den Raum und kam auf Cirrus zu.

Später, alleine in der Abgeschiedenheit der persönlichen Suite des Kaisers, nach einem genüsslichen Bad, mit frisch gewaschenem Haar und einer weichen Decke, die sie um den Leib geschlungen hatte, war Cirrus zutiefst erleichtert. Das Schlimmste war vorbei. Jetzt musste sie nur noch Bericht erstatten – eine sehr viel einfachere Aufgabe, als ihr Denken und Fühlen frei und geöffnet zu halten, während die Berater des Kaiser sich mit ihr beschäftigten.

Wenn ein Highton in Gastfreundschaft seinen Gästen sein Eigentum zur Verfügung stellte, dann geboten es politische Sachzwänge, getarnt als Etikette, dass man dessen Eigentum gut behandelte. Also war Cirrus körperlich nicht verletzt. Doch sie hasste sie alle.

Als sie die bevorzugte Versorgerin des Kaisers gewesen war, hatte sie in ihrem Innersten vor ihm Zuflucht gesucht, indem sie ein geistiges Schutzgebiet erschaffen hatte: Dort war sie zwischen schimmernd weißen Säulen an einem lavendelfarbenen Meer entlanggewandert und hatte dabei mit ephemeren Wesen gesprochen. Irgendwann hatte Qox das Interesse an ihr verloren. Danach lebte sie ein ruhiges Leben in ihrem kleinen Haus auf dem Palastgelände und stellte sich immer wieder ihren Zufluchtsort vor.

Eines Tages begriff sie, dass sie, wenn sie mit diesen eingebildeten Wesen sprach, tatsächlich mit sich selbst sprach, laut. Sie hörte damit auf, und danach begann sie sich zu erholen. Zum ersten Mal in ihrem Leben konnte sie tatsächlich genießen, lebendig zu sein. Sie begann, die ältliche Sklavin zu besuchen, die auf der anderen Seite des Gartens wohnte – eine Frau, die einst Qox' Vater versorgt hatte und nun in Frieden lebte, vom gegenwärtigen Kaiser völlig unbeachtet.

Dann rief Qox sie wieder zu sich, diesmal, weil er ein Kind wollte. Schließlich gebar sie ihm einen Sohn. Alle zehn Tage kam Qox zu Besuch: ein förmlicher, distanzierter Kaiser, der mit seinem Sohn sprach wie mit einem Erwachsenen, sodass der Junge ihn nur selten verstand. Immer noch schickte Qox Cirrus zu den Körperskulpteuren, damit sie weiter so aussah, wie er das wollte, doch ansonsten beachtete er sie nicht. Die nächsten sieben Jahre verbrachte sie in vollster Zufriedenheit; sie zog ihren Sohn auf.

Dann wollte Qox sie wieder für etwas anderes. Sie war eine seiner leistungsfähigsten Psionikerinnen, auf der Kyle-Skala war sie auf ›acht‹ eingestuft worden. Nur eine Person von Einhundertmillionen war mental so stark. Also wartete sie nun in seiner Suite, lag, eingerollt wie ein Fötus, auf seinem Sofa.

Nach einer Weile trat Qox ein und kam zu ihr herüber. Er setzte sich, dann schloss er sie in die Arme und ließ seine Hand unter ihre Decke wandern, streichelte ihren frisch gewaschenen und parfümierten Körper.

»Du fühlst dich warm an«, bemerkte er.

Cirrus zwang sich zu einem Lächeln.

Qox ließ sich auf das Sofa zurücksinken und legte den Kopf an die Lehne. »Was hast du heute Abend für mich?«

»Das Baby von Minister Vitrex. Ein Sohn.«

Qox gähnte. »Jeder weiß, dass Vitrex einen Erben hat.«

»Hat er nicht.« Sie zögerte. »Einen Erben, meine ich.«

Das weckte Qox' Interesse. Er hob den Kopf. »Das bedeutet?«

»Der Junge ist nicht sein Sohn. Einer ihrer Versorger hat ihn zusammen mit der Frau des Ministers gezeugt. Sie wollte nicht, dass ihr Kind ein Sklave wird, deswegen hat sie das Genetiker-Team bestochen, damit sie über die Herkunft des Kindes lügen.« Cirrus wusste nicht, worin die Bestechung bestanden hat; wie alle Hightons wusste auch Vitrex, wie man seine Gedanken vernebelte, solange man mit einem Versorger oder einer Versorgerin zugange war. »Sie hat den Jungen verändern lassen, damit er wie ein Highton aussieht.«

»Aha.« Qox warf ihr einen zufrieden Blick zu. »Das könnte nützlich sein. Wenn es sich als richtig erweist.«

Cirrus errötete. »Ich schwöre, ich würde niemals etwas erfinden ...«

»Ich weiß.« Er legte seine Finger an ihre Lippen. »Das hast du gut gemacht.«

»Da ist noch etwas.«

»Ja?«

»Es geht um Wirtschaftsminister Quaëlen.« Sie zögerte, weil sie wusste, dass nützliche Informationen zwar belohnt wurden, sie aber fürchtete, ihn mit dieser Information zu verärgern. Selbst wenn sein Zorn sich gegen jemand anderen richtete: Sie war jetzt gerade hier bei ihm. »Zwischen dem, was er denkt, und dem, wie er handelt, bestehen große Unterschiede.«

»Wenn du das für eine große Enthüllung bei Menschen hältst, dann hast du ein noch behüteteres Leben geführt, als ich bisher angenommen hatte«, kommentierte Qox trocken.

»Es geht darum, wie er über Euch denkt, Euer Hoheit.«

»Tatsächlich?«

»Er … na ja, er spielt Euch nur vor, Euch zu respektieren.«

»Und innerlich verabscheut er mich. Das weiß ich schon seit Jahren.« Qox zog ihre Decke hinunter und legte sie ihr um die Taille. »Quaëlen macht seine Arbeit als Wirtschaftsminister gut. Er bleibt mir treu, weil ich immer darüber hinweggegangen bin, dass sein Name beschmutzt ist.« Er neigte den Kopf und küsste Cirrus, die Hand auf ihrer Brust. »Aber er hasst uns alle, weil er weiß, dass wir reine Hightons sind und er nicht.«

»Er betrachtet sich als reinen Highton.«

»Das dachte ich mir.« Er biss ihr ins Ohr. »Sonst noch etwas?«

»Minister Quaëlen denkt an Euren Erben.«

Der Kaiser erstarrte. »Jaibriol?«

»Ja.« Sie konnte niemand anderen meinen. Die Kaiserin hatte bisher noch keinen weiteren Erben geboren. Im Palast gingen Gerüchte um, sie sei unfruchtbar, und dass der verstorbene Jaibriol II. ihr einziges Kind bleiben werde.

»Was genau denkt Minister Quaëlen?«, fragte Qox nach.

»Ich weiß es nicht genau«, gab Cirrus zu. »Es war sehr undeutlich. Alte Erinnerungen. Aus irgendeinem Grund erinnerte ich ihn an Lord Jaibriol.«

»Ach, Cirrus!« Qox rückte ein wenig von ihr zurück. »Es tut mir Leid, dich das sagen zu hören. Wirklich Leid. Ich habe dich immer sehr gemocht.«

In dem Augenblick, als sie sein Gesicht sehen und seine Emotionen fühlen konnte, ging ihre Welt unter. Sie wusste, dass sie gerade ihr eigenes Todesurteil unterschrieben hatte. Aber *warum*? Was hatte sie denn getan?

Ein Fehler wurde ihr sofort klar. Sie hatte dem Kaiser erzählt, dass einer seiner Minister den Erben der Hightons mit einem Sklaven verglichen hatte. Dadurch wurde das Andenken des Erben aufs Furchtbarste geschmäht. Aber war das ein Grund, sie zu töten?

Dann begriff sie, und die Erkenntnis traf sie wie ein Schwall Eiswasser. Wenn Minister Quaëlen Jaibriol Qox mit einem Versorger verglich, dann deutete das an, dass in den Adern des Highton-Erben Sklavenblut floss. Dass das nicht stimmte, war bedeutungslos. Sollte bekannt werden, dass einer von Qox' machthungrigen Ministern das glaubte, dann konnte das Gerüchte verbreiten, die kein vernünftiger Kaiser riskieren würde.

Und wenn es doch stimmte?

Qox ging zum Nachttisch neben dem Bett und nahm aus der obersten Schublade eine Injektionspistole. Verzweiflung erfasste Cirrus. Minister Quaëlen war ein Highton, ein Highton, der dem Kaiser seinen Nutzen bewiesen hatte, ein Aristo mit seiner eigenen politischen Maschinerie – der einflussreichsten nach der des kaiserlichen Palastes. Sie war ein Nichts, nur eine Versorgerin, auf die man leicht verzichten konnte.

Als Qox zu ihr zurückkam, wurde Cirrus hektisch: »Bitte! Ich werde niemandem davon erzählen!«

»Es tut mir Leid.« Qox schien wirklich nicht glücklich zu sein. Doch er setzte sich neben sie und legte ihr die Pistole in den Nacken.

Schnell sprach Cirrus weiter: »Was ist mit der nächsten Versorgerin, mit der Ihr Eure Berater aushorchen werdet?

Was ist, wenn sie Euch nicht so treu ergeben ist wie ich? Wenn sie nicht Euch erzählt, was sie erfahren hat, sondern es anderen weitergibt? Wie könnt Ihr jemals wieder riskieren, mit Hilfe einer Versorgerin Quaëlens Geheimnisse erkunden zu wollen? Schließlich wissen wir das jetzt beide. Ihr wisst, dass Ihr mir trauen könnt.« Mit all ihrer Willenskraft versuchte sie ihn dazu zu bringen, ihr zu glauben. »Ihr könnt mir vertrauen.«

»Das bezweifle ich«, entgegnete Qox. Aber er ließ die Injektionspistole sinken. »Also gut. Du wirst Quaëlen weiterhin für mich beobachten. Aber du wirst mit deinem Sohn hier bleiben, in einem Raum neben meiner Suite, und du wirst mit niemandem sprechen.«

»Ich danke Euch, Eure Hoheit.« Ihre Stimme zitterte. »Ihr habt für alle Zeiten meine Treue und meine Dankbarkeit.« Sie wusste, dass er sie letztendlich vielleicht doch irgendwann töten würde. Aber sie hatte sich selbst Zeit verschafft, genug Zeit, um sich neue Möglichkeiten zu überlegen, ihr Leben zu verlängern.

10

Kurjs Raumfähre verlangsamte beim Anflug auf den Orbiter, passte sich der Metallwelt in Geschwindigkeit und Beschleunigung an. Bei einer Umdrehung innerhalb von neunzig Sekunden und einem Durchmesser von vier Kilometern bewegte sich der Rumpf der Kugel mit acht Kilometern in der Stunde. Bei einem gewöhnlichen Habitat, ob nun zylindrisch oder geformt wie ein Rad, hätte die Fähre an einer zentralen Nabe andocken können, die nicht rotierte. Beim Orbiter existierte eine solche ›Nabe‹ nicht, deswegen dockten die Schiffe am Rumpf selbst an.

Kurj fragte sich, warum die Ingenieure des Rubin-Reiches für den Orbiter diese außergewöhnlichere Form gewählt hatten. Das Habitat, das in den alten Zeiten existiert hatte, hatte seit dem Niedergang des alten Reiches viele Jahrtausende überstanden, doch der Grund für seine außergewöhnliche Form war im Dunkel der Zeit in Vergessenheit geraten. Nachdem das IRK das verfallene Habitat im Raum entdeckt hatte, wurde lange und hart daran gearbeitet, um es wieder herzurichten – denn im Orbiter befand sich das Erste Schloss.

Ohne diese Schlösser würde das Psiber-Net zu existieren aufhören. TelVers, die telepathischen Vermittler, die dafür ausgebildet waren, das Psiber-Net zu nutzen, konnten von jeder Konsole aus auf das Netzwerk zugreifen, falls diese über die notwendige Ausstattung verfügte; aber für Ausbau und Erhalt des Netzwerks waren die Schlösser notwendig. Drei Schlösser existierten. Kurj hatte das Orbiter-Schloss verwendet, um sich der Triade anzuschließen. Das Zweite Schloss befand sich auf Raylicon, der Heimatwelt des Rubin-Reiches, einem der bestbewachten Planeten des Imperialats. Beim Dritten Schloss handelte es sich um eine Raumstation, die sich derzeit in der Nähe der Onyx-Plattform befand. Um das Schloss zu beschützen, war der Onyx-Militärkomplex auf dreiundzwanzig Stützpunkte ausgeweitet und so zum größten Stützpunkt des IRK geworden – weswegen ERKomm auch begonnen hatte, sich für den Onyx-Sektor zu interessieren, und nur deshalb widerrechtlich, aber beharrlich auf fremdes Territorium vorstieß.

Lautlos öffnete sich das gewaltige Tor eines Andock-Hangars. Der Pilot der Raumfähre zündete kurz die Steuerdüsen; für diese Manöver nutzte er chemischen Treibstoff, nicht die Antimaterie-Antriebe, die im freien Raum eingesetzt wurden, oder den Inversions-Raumantrieb.

Nachdem die Fähre in den Hangar geschwebt war, schlangen sich Robot-Arme um sie, verankerten das Schiff, während sich das große Tor wieder schloss. Sobald eine Durchgangsröhre an der Luftschleuse der Fähre angeschlossen worden war, verließ der einzige Passagier das Luftfahrzeug: Kurj Skolia. Der Imperator hatte den Orbiter betreten.

Kurj fand die Versammlungsratgeberin, die er suchte, in einem Haus im Schatten eines kleinen Wäldchens im Tal – dem privaten Bergrefugium der Rubin-Dynastie. Schweigend und unbeobachtet stand er auf dem hölzernen Balkon, der wie eine Galerie die Innenseite des zweiten Stockwerks umlief. Der Raum darunter bestand ebenfalls aus Holz – ein Luxus, hier, wo sonst kaum Holz verwendet wurde, es herrschten sanfte Farben und Gold vor, alles wirkte uralt. Entlang der einen Wand verlief eine hölzerne Übungsstange, die andere Wand war vollständig verspiegelt. Ein goldblonde Frau in blauem, eng anliegendem Trikot, rosafarbenen Strumpfhosen und hauchdünnem, blauem Tutu wirbelte auf Spitzenschuhen durch den Raum; ihre Bewegungen waren so leicht und anmutig wie der Tanz ihrer Locken, die sich aus der Hochsteckfrisur gelöst hatten.

Kurj hatte seiner Mutter schon immer gerne beim Tanzen zugesehen. Eine Erinnerung kehrte zurück: Er war fünf Jahre alt und ging mit seinem Vater zu einer Vorstellung des Imperialen Balletts, dem sie unter dem Künstlernamen ›Cya

Liessa‹ angehörte. Es war eine zauberhafte, verzauberte Nacht gewesen, und der kleine Junge war ganz begeistert von seinen wunderschönen, geliebten Eltern. Sonderbar, dass er das vergessen hatte.

Roca brach die nächste Pirouette mitten in der Bewegung ab und schaute zur Galerie hinauf. »Ich grüße dich, Kurj!«

»Mutter.« Er ging die Holzstufen hinab, die von der Galerie in den darunter liegenden Raum führten. »Du tanzt schöner denn je.«

Ein Lächeln ließ ihr Gesicht noch sanfter erscheinen. »Du willst mir nur schmeicheln.« Mit einem Handtuch, das über einen Stuhl an der Wand gelegt war, wischte sie sich über das Gesicht. »Ich habe gar keine Zeit mehr zu üben, mit all meinen Verpflichtungen der Versammlung gegenüber.«

Kurjs Stimme wurde deutlich kühler. »Und seit wann erstrecken sich deine Verpflichtungen der Versammlung gegenüber auch auf mein Privatleben?«

Sie hörte auf sich abzutrocknen. »Barcala hat mit dir über die Hochzeit gesprochen.«

»Du hast davon gewusst?«

»Erst nachdem die Entscheidung gefallen war. Sie wollten, dass ich es dir erzähle.« Sie setzte sich und begann, die Bänder ihrer Ballettschuhe zu lösen. »Ich habe ihnen gesagt, es sei ihre eigene Entscheidung und ihre eigene Beerdigung, also sollten sie es dir verpuggt noch mal auch selbst erzählen!«

Kurj gefiel die Vorstellung, dass seine diplomatische Mutter, normalerweise der Inbegriff von Taktgefühl und Anstand, Barcala Tikal mit diesen harschen Worten bedacht hatte. Er setzte sich in den Stuhl neben ihr und streckte die Beine aus. »Hast du in letzter Zeit etwas von Dehya gehört?«

»Heute Morgen.« Sie zog einen Schuh aus und begann, die Schnüre darum zu wickeln. »Über NetMail.«

»Ich meine persönlich.«

»Das ist eine Zeit lang her.« Roca hörte auf, sich mit ihrem Schuh zu beschäftigen. »Eigentlich sogar schon ziemlich lange.«

»Wie lange?«

»Monate?« Sie starrte ihn an. »Das kann doch nicht stimmen.«

»Was glaubst du, tut sie im Moment gerade?«

Nüchtern sagte sie: »Mit all ihren *Paras* – wer weiß das schon?«

Kurj verstand die Anspielung. Nach Ansicht einiger Neurowissenschaftler konnte die gesteigerte Dichte der Neural-Strukturen im Gehirn eines Psionikers dessen Intellekt steigern. Es hing von Struktur und Verteilung der *Paras* ab. Es schien, als wirke sich dieser Effekt in Dehyas Gehirn maximiert aus. Niemand wusste, welches Ausmaß ihre Intelligenz hatte. Bei den letzten Tests, die in ihrer Jugend durchgeführt worden waren, vor 150 Jahren, war sie als ›Genie‹ eingestuft worden. Seitdem hatte sich ihr Verstand immer weiterentwickelt.

»Sie hat mir eine sonderbare Nachricht geschickt«, fuhr Kurj fort.

»Inwiefern ›sonderbar‹?«

»Sie lautete: ›Du hast Recht.‹«

Roca lachte. »Ja, wenn Dehya dir so etwas schreibt, dann ist das wirklich sonderbar!«

»Sie meinte, dass ich letztendlich doch das richtige Symbol gefunden hätte.«

Seine Mutter zog auch den anderen Schuh aus und begann, ihn ebenfalls mit den Schnüren zu umwickeln. »Was für ein Symbol?«

»Sie versucht mir irgendetwas zu sagen.« Er seufzte. »Es könnte genauso gut sein, dass sie schon tot ist und im Netzwerk eine EI laufen lässt, die ihre Anwesenheit simuliert.«

Beinahe hätte Roca den Schuh fallen lassen. »Du glaubst, sie ist *tot*?«

Bevor er begriff, was er da tat, hatte er ihr seine Hand auf den Arm gelegt; es war das erste Mal seit Jahren, dass er sie berührt hatte. Es fühlte sich an wie ein elektrischer Schlag. Sie versteifte sich, dann wich sie ein Stück von ihm zurück.

Verwirrt zog Kurj die Hand wieder zurück. »Sie ist nicht tot.«

Unruhig fragte Roca: »Was hat es mit diesen ›Symbolen‹ auf sich?«

Er versuchte, sich eine Antwort auf diese Frage zu überlegen, von der er nicht sicher war, dass er sie selbst wirklich verstanden hatte. »Es geht darum, Frieden zu finden. Glaube ich.«

»Mit ERKomm?«

»Nein. Mit mir selbst.« Blicklos starrte Kurj durch den Raum. Ein Jahrhundert lang hatte er sein ganzes Leben darauf ausgerichtet, das IRK aufzubauen. Er hatte jeglichen Schein eines normalen Lebens aufgegeben, hatte sein Denken und Fühlen verhärtet, seine Fähigkeit zu lieben gelähmt, alles nur, um aus dem IRK das zu machen, was es heute war. Und es reichte nicht aus. Selbst die Versammlung verlangte mehr von ihm.

»Erinnerst du dich noch an die Ruinen, die wir manchmal zusammen mit Vater besucht haben, als ich noch ein Kind war. Bevor er …« Die Formulierung *gestorben ist* kam nicht über seine Lippen. »Bevor er fort ist?«

»Du meinst SonnenWelt? Ja, daran erinnere ich mich.«

»Ich habe den ganzen Planeten zum Naturschutz-Sektor erklären lassen.«

»Wozu *das* denn?«

»Um ihn unberührt zu lassen. Niemand darf dort ohne meine ausdrückliche Erlaubnis hinreisen.« Er zwang sich dazu, Roca ins Gesicht zu blicken. »In unserer Vergangenheit gibt es noch vieles, was unbewältigt ist. Wir müssen unseren Frieden finden, bevor es zu spät ist. Aber hier kann ich das nicht. Hier, an diesem Ort, lebt noch zu viel Geschichte.«

Sie schaute ihn an, als sei er ein einziges großes Rätsel. »So habe ich dich noch nie reden hören.«

»Komm mit mir nach SonnenWelt! Hilf mir, die Vergangenheit zu bewältigen, solange wir das noch können!«

»Kurj, nicht!«

»Nicht *was*?«

»Red nicht so, als ob du bald sterben würdest!«

»Ich habe nicht die Absicht zu sterben, das kann ich dir versichern.«

Sie schaute ihren Schuh an, drehte ihn in den Händen, schaute zu, wie die Schnüre sich bewegten. »Ich glaube nicht, dass es klug wäre, allein mit dir zu einem so abgelegenen Ort zu reisen.«

»Ich werde … mich in keiner Weise dir gegenüber ungebührlich verhalten. Darauf gebe ich dir mein Wort.« Niemals zuvor war Kurj bisher so weit gegangen, was es betraf, sich selbst gegenüber das Labyrinth der Gefühle einzugestehen, in dem er sich gefangen sah, wenn es um seine Mutter ging.

»Eldri wird Einwände erheben«, meinte sie.

Kurj vermutete, dass die Wortwahl ›Einwände erheben‹ die Reaktion seines Stiefvaters Eldrinson auf Kurjs Ansinnen äußerst beschönigte. »Ich werde deinem Ehemann mein Wort verpfänden, dass du in Sicherheit bist, wie dir selbst gegenüber.«

Sie blickte ihn an. »Ich muss mit ihm reden.«

»Selbstverständlich.« Er stand auf. »Ich werde morgen nach SonnenWelt aufbrechen. Falls du dich entscheidest nachzukommen: Ich werde in den HimmelsHammer-Ruinen sein.« Er verneigte sich vor ihr und verließ ihr Studio.

Die Sonne ging gerade unter, als Kurj auf die Lichtung des Tales hinaustrat, Blätter raschelten beruhigend im Wind. Er brauchte nur wenige Minuten, um Dehyas Zuhause zu erreichen. Es war in einen Hügel hineingebaut und lag im Schatten einer kleinen Baumgruppe. Auf der hell gestrichenen Tür spiegelten sich die Farben des Sonnenuntergangs wider wie auf der Oberfläche einer Seifenblase.

Kurj berührte ein vergoldetes Blatt, mit dem die Tür verziert war, und im Inneren des Hauses war eine Schelle zu hören. Nach einigen Augenblicken versuchte er es erneut, mit ebenso wenig Erfolg. Doch gerade, als er sich umdrehte und gehen wollte, öffnete sich die Tür. Sein Halbbruder Eldrin stand im Durchgang und rieb sich die Augen.

»Kurj?« Eldrin blickte ihn erstaunt an. »Ich grüße dich!«

»Habe ich dich geweckt?«, fragte Kurj. »Ich kann auch später wiederkommen.«

Eldrin lächelte ihn an. »Das brauchst du nicht.« Er trat einen Schritt zur Seite. »Komm rein!«

Möbel aus Goldholz mit weißen Satinkissen zierten das luftige Wohnzimmer. Sonnenlicht fiel durch die Fenster, gesprenkelt von Schatten, den die Blätter der Bäume warfen.

Eldrin ging zu einer Vitrine aus geschliffenem Kristallglas, die in einer Ecke des Zimmers stand. »Möchtest du etwas trinken? Einen Rum?«

»Nein. Nur Wasser.« Kurj wusste, wie sehr Eldrin in seiner Jugend mit dem Alkohol zu kämpfen gehabt hatte – als er so große Schwierigkeiten hatte, sich an das Leben auf dem Orbiter anzupassen. Inzwischen trank Eldrin überhaupt nicht mehr – eine Entscheidung, die Kurj befürwortete.

Sein Bruder goss Wasser in zwei Kristallpokale und reichte einen davon Kurj. Dann setzte er sich auf das Sofa und sah ihn nachdenklich an. »Du siehst müde aus.«

»Ein bisschen.«

Ist alles in Ordnung?, fragte Eldrin.

»Mir geht es gut.« Kurj wollte ihn nicht so aussperren, aber er konnte seine Barrieren nicht sinken lassen.

Trotzdem beruhigte ihn die Anwesenheit seines Halbbruders. Roca und Eldrinson hatten ihn nach seinem Vater ›Eldrin‹ genannt; sie hatten auf das ›son‹ verzichtet, um ihn nicht mit dem Namen ›Eldrinsonson‹ zu schlagen. Während Eldrins ersten Lebensjahres hatte Roca ohne ihren Gemahl auf dem Orbiter gelebt. So hatte Kurj Eldrin aufwachsen sehen. Er hatte seinen Bruder auf seinen Armen in den Schlaf gewiegt, hatte ihn getröstet, wenn er weinte, ihn gefüttert, ihn sogar gewickelt. Es war eine der schmerzhafteren ironischen Augenblicke seines Lebens gewesen, dass ausgerechnet die Liebe, die er für Eldrin empfand, Roca davon überzeugt hatte, es sein nun wieder sicher, zu ihrem Gemahl zurückzukehren – dass Kurj niemals dem Vater etwas antun würde, wenn er damit dem Sohn Schaden zufügte.

Am Abend sprachen sie über eine Ballade, an der Eldrin gerade schrieb, über bauliche Veränderungen am Haus, und über einen Brief seines Sohnes Taquinil, einem Professor für Wirtschaftswissenschaften an der Imperialen Universität auf Parthonia.

»Er redet von ›Meta-Dies‹ und ›Mikro-Das‹«, erzählte Eldrin. »Ich habe keine Ahnung, was er meint. Dehya scheint ihn allerdings zu verstehen.«

»Sie hat den Brief gesehen?«, fragte Kurj.

»Na ja ... ja. Natürlich.«

»Dann hast du mit ihr gesprochen?«

Eldrin lächelte. »Das hoffe ich zumindest. Immerhin lebe ich ja mit ihr zusammen.«

»Wann hast du sie das letzte Mal gesehen? Persönlich, meine ich.«

»Heute Morgen.«

Die Anspannung in Kurjs Muskeln löste sich ein wenig. Bis zu diesem Augenblick war ihm nicht klar gewesen, dass er doch daran gezweifelt hatte, dass Dehya noch lebte. »Geht es ihr gut?«

»Na ja ... ja.« Eldrin sah ihn verwirrt an. »Warum sollte es ihr nicht gut gehen?«

»Seit Monaten hat sie niemand mehr gesehen. Sogar schon seit Jahren.«

Sein Bruder lachte. »Das kann doch nicht sein!«

»Sie ist immer im Netzwerk«, erinnerte Kurj ihn. »Was macht sie denn so?«

»Ich weiß das gar nicht so genau. In letzter Zeit spricht sie viel von Mathematik und Präkognition.« Eldrin rieb sich das Kinn. »Sie behauptet, es sei unmöglich festzulegen, wo ›mathematische Extrapolation der Zukunft‹ aufhört und die ›Präkognition‹ anfängt. Dann hat sie mir noch gesagt, dass sie für uns immer einen Fluchtweg finden würde.«

Kurj wurde sehr still. »Ein Fluchtweg *woraus*?«

Eldrin zuckte mit den Schultern. »Als ich sie das gefragt habe, hat sie nur gelacht und gesagt, das habe nichts zu bedeuten. Wirklich, dass sie nur gedacht hatte, ich würde darüber vielleicht ein Lied schreiben wollen.«

»Das klingt gar nicht nach dem, was du sonst schreibst.« Die meisten von Eldrins Liedern waren volkstümliche Balladen über seine Heimatwelt.

»Wenn sie so weit ist, wird sie mir sagen, was sie meint.«

»Lass mich wissen, was sie gesagt hat!«, bat Kurj.

Eldrin warf ihm ein schiefes Grinsen zu. »Falls es irgendeinen Sinn ergibt.«

»Auch wenn nicht.« Im Laufe der Jahre war Kurj immer geschickter darin geworden, die oft kryptischen Ergebnisse von Dehyas beschleunigten Denkprozessen zu entschlüsseln.

Eldrin sah ihn neugierig an. »Gibt es bei dir etwas Neues?«

»Es sieht so aus, als würde ich bald heiraten«, antwortete Kurj.

»Was?! Wer ist sie?«

Kurj verzog verdrießlich das Gesicht. »Die Versammlung hat mehrere Kandidatinnen im Sinn: Frauen mit einem angemessenen Lebensstil, angemessenem diplomatischen Geschick und angemessenem Charisma – lauter Dinge, über die ich nicht zu verfügen scheine, zumindest, wenn man unserer geschätzten Leitung des Imperialats glauben darf. Meine Beteiligung an dem Ganzen ist nicht erforderlich.«

Eldrins Lächeln verblasste. »Oh!«

»Ja. Genau so habe ich auch reagiert.«

»Vielleicht wird sie dich ja trotzdem glücklich machen.«

»Vielleicht werde ich das alles gar nicht mitmachen.«

Eldrin wählte seine Worte mit Bedacht. »Rechtlich gesehen hast du keine Möglichkeit, eine Anweisung der Versammlung zu verweigern. Ihr Wort ist im Imperialat Gesetz.«

»Das haben sie mir auch gesagt.«

Eldrin machte eine Pause. »Hast du dich schon entschieden, was du tun wirst?«

»Vielleicht.« Dabei beließ es Kurj.

Nach diesem Besuch ging Kurj durch die zunehmende Dämmerung bis zur MagBahn-Haltestelle. Es war dunkel geworden, als sein MagBahn-Wagen das Ziel erreicht hatte, einen der weniger eindrucksvollen Apartment-Komplexe in Der Stadt – wenn man von irgendeinem der architektonischen Kunstwerke des Orbiters behaupten konnte, es sein weniger eindrucksvoll. Er ging zu einer bronzefarbenen Tür, die mit fein gearbeiteten goldenen Blättern geschmückt war. Als er den Klingelschalter berührte, war aus dem Inneren des Apartments ein Läuten zu hören. Er wartete, dann versuchte er es erneut.

Keine Reaktion.

»Stahl, bestätigen«, sagte Kurj.

»Aufnahmebereit.« Die Stimme gehörte zu einem Computer, der die gesamte Stadt umfasste und nur auf ihn hörte – einem Computer, von dem niemand wusste, dass er überhaupt existierte – Dehya wahrscheinlich ausgenommen.

»Öffne diese Tür!«, wies Kurj ihn an.

Die Tür öffnete sich lautlos. Kurj betrat ein Wohnzimmer, das ganz in Gold und Bronze gehalten war; alles lag im Dunkeln, von dem wenigen Licht, das durch die Türöffnung fiel, abgesehen.

»Soll ich das Licht einschalten?«, fragte Stahl.

»Nein. Schließ nur die Tür wieder!«

Das Schlafzimmer war klein; darin stand ein Bett, an eine Wand war ein Schrank gezwängt, in einer Ecke stand eine Konsole. Eine kleine Gestalt lag im Schatten auf dem Bett, ein kleiner Hügel unter der Bettdecke.

Kurj setzte sich auf das Bett und berührte die Frau an der Schulter. Sie rührte sich und seufzte im Schlaf. Er streifte die Stiefel ab, zog sich dann aus und legte seine Kleidung in einem ordentlichen Stapel auf den Fußboden. Dann glitt er unter die Bettdecke und schloss die Frau in die Arme. Ihr hauchdünnes Nachthemd fühlte sich weich unter seinen Händen an. Als er es ihr abstreifte, sagte sie schläfrig: »Ich grüße dich, Kurj!«

»Und ich dich, Ami.«

In den elf Jahren, seit er sie das erste Mal als Betreuerin im Lageraum gesehen hatte, war ihr Gesicht reifer geworden, doch es hatte nie aufgehört, Sanftmut auszustrahlen. Es war nicht Schönheit, die ihn immer wieder zu ihr zurückkehren ließ, selbst nach so langer Zeit, in der er seine anderen Favoritinnen stets zu vergessen pflegte. Wäre es ihm nur darum gegangen, so hätte er weitaus spektakulärere Frauen im Bett haben können. Ami war die einzige Person, die er kannte, die ihn genau so mochte, wie er war. Sie war keine Politikerin, keine Schauspielerin, keine hochwohlgeborene Adlige, noch war sie eine Meisterin der Diplomatie. Sie war einfach nur eine Betreuerin, die ihm unkomplizierte Zuneigung entgegenbrachte.

Sie liebten sich in den bronzefarbenen Schatten. Als sie ihr Liebesspiel beendet hatten, bat der Imperator von Skolia seine Teilzeit-Mätresse, eine Waise mit der gewöhnlichsten Herkunft, die man sich vorstellen konnte, ob sie seine Frau werden wolle.

Althor traf sich mit Syreen und ihrer Tochter Eristia in Syreens Apartment. Gemeinsam standen sie in dem hellen, geschmackvoll eingerichteten Wohnzimmer, tranken Cidre und betrieben Smalltalk. Eristia sah bezaubernd aus in ihrem silbernen Overall, mit dem Logo der Dalmer-Reederei auf der Schulter.

»Also, Kommandantin Valdoria!« Althor hörte, dass ihm fast die Stimme versagte, und nahm schnell einen Schluck Cidre, um das zu verbergen. »Wie fühlt man sich, wenn man sein erstes eigenes Schiff hat?«

Eristia lachte, ihre Augen so grün wie ein Wald. »Es hat doch nur eine Zweier-Besatzung.«

»›Nur‹?« Syreen winkte ab. »Vierundzwanzig Jahre alt und hat schon ein eigenes Schiff. Und sie sagt: ›nur‹.«

»Oh, Hoshma!«, lächelte Eristia.

Althor musste über die vertraute *Oh, hier-den-Kosenamen-des-jeweiligen-Elternteils-eintragen*-Formulierung schmunzeln. Doch innerlich hätte er weinen mögen. Vierundzwanzig Jahre lang hatte seine Tochter nur wenige hundert Meter von ihm entfernt gelebt. Natürlich hatten in den letzten Jahren ihre Aufgaben bei der Reederei sie immer wieder auf längere Reisen geführt. Aber sie war immer wieder zurückgekommen. Mit dem heutigen Tag änderte sich das. Heute wurde sie Kommandantin ihres eigenen Schiffes und verließ ihr Elternhaus für immer, um sich ihren Weg durch ein Universum zu bahnen, für das sie noch nicht bereit war.

In den wenigen Momenten, in denen er unvoreingenommener zu urteilen verstand, musste er sich selbst gegenüber eingestehen, dass seine Tochter voll und ganz dazu in der Lage war, sich um sich selbst zu kümmern. Wenn überhaupt, dann war das Universum nicht bereit für Eristia Leirol Valdoria. Er hatte ihr den Namen ›Valdoria‹ gegeben und damit die Vaterschaft anerkannt, doch er hatte nie wirklich begriffen, dass es auch zu seinen väterlichen Pflichten gehörte, sie gehen zu lassen, wenn die Zeit dafür gekommen war.

Nachdem sie ihren Cidre ausgetrunken hatten, gingen sie gemeinsam zur MagBahn und fuhren hinaus zur Außenhülle des Orbiters. Eristia und Syreen unterhielten sich angeregt, und Althor hörte zu; er hatte Angst, dass wenn er auch etwas sagen würde, ihm wieder die Stimme versagen könnte. Smalltalk war sowieso nie seine Stärke gewesen. Syreen und Eristia schienen sich von seiner eher schweigsamen Art nie gestört zu fühlen, als ob sie wüssten, was er für sie empfand, selbst wenn er es nicht gut auszudrücken vermochte.

In einer Aussichtskapsel oberhalb des Hangars warteten Syreen und er, während Eristia ihren Schutzanzug anlegte. Er lag eng an wie eine zweite Haut; die Energiezelle war unauffällig im Gürtel untergebracht. Dann grinste sie und salutierte. »Kommandantin Valdoria meldet sich zum Dienst.«

Althor lächelte: »Früher war ich mal Kommandant Valdoria.«

»Jetzt nicht mehr.« Sie umarmte ihn. »Komm irgendwann mal auf meinem Schiff mit, Hoshpa!«

»Das werde ich.« Seine Stimme versagte, trotz aller Bemühungen, das zu verhindern.

»Oh, Daddy«, flüsterte sie, und Tränen traten ihr in die Augen. »Ich liebe dich.«

»Und ich dich, Zuckerschnute.« Als er begriff, was er da gesagt hatte, korrigierte er sich schnell: »Ich meine natürlich Eristia.«

»Das ist schon in Ordnung«, erklärte sie großzügig. »Du kannst mich ruhig ›Zuckerschnute‹ nennen.«

Als Nächstes umarmte Eristia Syreen. Und dann war es auch schon Zeit aufzubrechen.

Während sie zusahen, wie ihre Tochter zu ihrem Schiff ging, meinte Syreen sanft: »Sie ist genau so, wie du in diesem Alter warst, Althor.«

Er musste schlucken, wieder brandete dieses vertraute Gefühl der Erleichterung über ihn hinweg; Erleichterung darüber, dass seine Tochter die Erfüllung ihrer Träume in einem Zivilberuf gefunden hatte. Wie hatten seine eigenen Eltern das nur ausgehalten: zu wissen, dass jedes Mal, wenn er fortging, er im Kampf hätte getötet oder gefangen genommen werden können? Mehr denn je begriff er ihre Erleichterung, als Kurj ihn hinter einen Schreibtisch verbannt hatte.

Nachdem Eristias Schiff gestartet war, fuhren Althor und Syreen mit der MagBahn zurück in Die Stadt. Den größten Teil der Fahrt verbrachten sie schweigend, doch kurz vor dem Ziel sagte Syreen: »Sie hat sich gut gemacht.«

»Ja«, pflichtete Althor ihr bei. »Das hat sie.« Er konnte kaum verhehlen, wie stolz er war.

Nach weiterem längerem Schweigen fragte er: »Wirst du in dem Haus bleiben?« Jetzt, da Eristia fort war, konnte Syreen gehen, wohin auch immer sie wollte. So sehr Althor sich gewünscht hatte, dass seine Tochter und deren Mutter in seiner Nähe lebten, hatte er doch von Anfang an betont, er werde Syreen niemals dazu zwingen, gegen ihren Willen in

Der Stadt zu bleiben, oder seinen Einfluss dazu nutzen, ihr Eristia wegzunehmen, sollte Syreen die Stadt verlassen wollen. Dass sie sich dafür entschieden hatte, so viele Jahre zu bleiben, bedeutete ihm mehr als er jemals auszudrücken vermocht hätte.

Ihr Gesicht bekam einen sanfteren Ausdruck. »Das ist ein schönes Haus. Außerdem wird Eristia ja auch zu Besuch nach Hause kommen.«

Althor grinste. »Dann werden wir wieder hören, wie sie ›Oh, Hoshma‹ und ›Oh, Daddy‹ sagt!«

Syreen lachte. »Das ganz bestimmt!«

In Der Stadt angekommen trennten sich ihre Wege, nachdem sie einander bestätigt hatten, dass ihre Freundschaft auch dann noch stark war, nachdem sie nicht mehr durch eine Tochter zusammengehalten wurde. Althor fuhr zur anderen Seite des Orbiters, um in sein Arbeitszimmer in dessen Rumpf zu gelangen. Er schritt durch die geräumigen äußeren Büros, nickte seinen zahlreichen Assistenten zu, überquerte die freie Fläche vor seinem eigenen Arbeitszimmer und betrat dann seine persönliche Netzwerk-Kammer. Als er sich in den Steuerungssitz setzte, umhüllte das Exoskelett seinen Körper; durch extra dafür gedachte Zugänge in seiner Uniform rasteten Psi-Fon-Stecker in sein Rückgrat und seinen Nacken ein. Dann betrat er den Psiberspace.

Das Netzwerk erstreckte sich vor ihm als eine Ansammlung von Hügeln und Tälern, aufgespannt von einem Gitternetz; gekreuzte Fäden, ein Gemisch aus Kabelsträngen, die heftige Aktivität symbolisierten, und winzigen Filamenten an der Peripherie seiner Wahrnehmung.

Heute glomm die Atmosphäre vor Energie. **Vater?**, dachte er.

Die ›Luft‹ antwortete ihm. ***Ich grüße dich, Althor! Ist Eristia abgereist?***

Ja. Althor ließ seine Freude und seine Trauer in das Netzwerk strömen.

Oh, nun. Sie wird immer bei dir sein. Genau so, wie du immer bei uns bist.

Vater, habe ich jemals »Oh, Hoshpa!« zu dir gesagt?

Verwirrung schien die Atmosphäre einzufärben. ***Nicht dass ich wüsste. Warum fragst du?***

Althor lächelte. **Ich hatte mich nur gefragt, ob das vielleicht erblich sei.**

Sein Vater sandte ihm ein Lachen. Dann verblasste sein Bewusstsein, als er sich wieder seiner Arbeit zuwandte.

Das Psicon, das Althor sich als Darstellung für sich selbst im Netz gewählt hatte, legte sich auf den Rücken und rief alle für ihn eingegangenen Nachrichten am ›Himmel‹ ab. Die Aktivitätsdichte im Netzwerk war heute beachtlich; sämtliche Reaktionen wurden durch ein Phänomen verzögert, das TelVers ›Byte-Block‹ nannten. Deswegen dauerte es eine Zeit lang, bis seine NetMails erschienen. Sie wurden in einem unerwarteten Font dargestellt: Die Kopfzeilen mit den Systemmeldungen schienen aus schimmerndem Eis zu bestehen, das den virtuellen Sonnenschein in zahllose Regenbogen zersplittern ließ. Verwirrt lächelte Althor. Coop hatte wieder neue Zeichensätze für ihn entworfen. Althor bediente sich üblicherweise eines etwas funktionelleren Stils, doch er kam zu dem Schluss, dass ihm dieser hier gefiel. In all den Jahren, seit Coop bei ihm eingezogen war, hatte der Künstler Althors Leben oft mit derartigen Kleinigkeiten bereichert.

Vorprogrammierte Makros kümmerten sich wie stets um den weitaus größten Teil aller eingegangenen Nachrichten, doch eine NetMail von Kurj zog Althors Aufmerksamkeit auf sich: ein überarbeiteter Zeitplan für seine Reise nach Onyx-Plattform. Er billigte den Plan, verschlüsselte die Nachricht mit *Fling* und sandte sie an Kurj.

Warnung! Das kam von einer Sicherheits-Sonde des IRK. Die *Fling*-Kodierung ist nicht mehr sicher.

Das ließ Althor innehalten. *Nicht mehr sicher* bedeutete, dass es Beweise dafür gab, irgendjemand habe die Kodierung geknackt oder ihre Sicherheit nachhaltig kompromittiert. ***Fling*-Verschlüsselung abbrechen. Was wird empfohlen?**

Empfehlung: *Wagon*-Kodierung einsetzen, dachte die Sonde.

***Wagon* ist noch nicht einsatzbereit.**

Sie wären der Erste, der sie verwendet.

Wird der Empfänger über die notwendige Kodierung verfügen, um die Nachricht entschlüsseln zu können?

Die Wahrscheinlichkeit liegt bei 62 Prozent.

Hast du etwas vorliegen, was eine höhere Zuverlässigkeitsquote aufweist?

Die eingelagerten Kodierungen.

Gib mir eine Liste! Die ›Eingelagerten Kodierungen‹ waren Kodierungen, die bisher nie verwendet worden waren; man hatte sie extra für derartige Situationen in Reserve gehalten.

Eine Reihe Psicons erschien vor Althor in der Luft, einschließlich eines, das einen Mann zeigte, der sich über ein Notenblatt beugte. Die *Mozart*-Kodierung. Die Beschreibung machte Althor neugierig. Um eine Nachricht zu verschlüsseln, zerlegte diese Kodierung Glyphen in ihre Linien-Bestandteile und transformierte dann jede einzelne Linie gemäß einem zufällig ausgewählten Satz mathematischer Funktionen mit komplexen Variablen, die allesamt zeitabhängig waren. Einmal pro Mikrosekunde generierte die Kodierung Mikroschlüssel, die genau angaben, welche Funktion erforderlich war, um das wirre Datenmischmasch in eine Nachricht zurückzuverwandeln. Diese Mikroschlüssel wurden an Speicherelemente innerhalb des IRK-Netzwerks gesendet – die jeweiligen Speicheradressen wurden durch einen ›Generalschlüssel‹ angegeben, der ebenfalls aus komplexen Funktionen bestand. Dieser Generalschlüssel erforderte jedoch noch einen weiteren Schlüssel, eben den *Mozart*-Schlüssel, um ihn zu dechiffrieren. Dieser Schlüssel bestand aus einem jeweils ausgewählten Musikstück, und das war auch, was das Netzwerk tatsächlich in den Raum aussandte.

Wenn jemand nicht wusste, wie er danach suchen sollte, war es nahezu unmöglich, eine *Mozart*-codierte Nachricht zu entdecken. Zu viele Millionen Aufnahmen seiner Musik schmückten zeitgleich den interstellaren Raum, von jedermann gesendet, von Professoren über Werbeagenturen bis hin zu Handelsgesellschaften. Wenn man dazu noch die archaische Art und Weise der Kodierung betrachtete und die dahinter stehende komplizierte Schlüssel-Hierarchie, dann war das Ganze eine Kodierung, der nahezu nicht zu knacken war.

Mozart verwenden, dachte Althor.

Verschlüsselung eingeleitet, antwortete die Sonde. Nachricht versendet.

Zufrieden wandte sich Althor seiner weiteren Arbeit zu.

11

Erster Ratgeber Barcala Tikal warf den Holo-Ausdruck auf den Tisch. »Das ist absolut, unbestreitbar, zweifellos *inakzeptabel*!«

Vier der elf Ratgeber des inneren Kreises der Versammlung saßen am Konferenztisch im Strategie-Zimmer des Orbiters: ›Sterne‹, eine dynamische Frau, deren Haar wie mit Silberstaub überzogen wirkte, als Ratgeberin war sie für das Transportwesen zuständig; ›Natur‹, ein ehemaliger Professor für Physik, der jetzt als Ratgeber für naturwissenschaftliche und technologische Belange eingesetzt war; ›Industrie‹, ein Mann mit dunklem Haar und scheinbar unermesslicher Energie, und ›Recht‹, eine Frau mit drahtartig wirkenden Haaren; sie trug eine dunkle Hose und eine ebensolche Bluse. Die ehemalige Richterin war dafür bekannt, dass sie die Imperialen Gesetze äußerst strikt auszulegen pflegte. Der massige ovale Tisch, an dem sie alle saßen, bestand aus transparentem PlastiGlas, in ihm waren unzählig viele, schier Unmengen von Netzwerk-Komponenten verbaut, die allesamt aus Edelmetallen und Juwelen bestanden.

Die anderen Ratgeber zogen es vor zu stehen. Schlank und anmutig, mittleren Alters, hatte sich ›Protokoll‹ mit vor der Brust verschränkten Armen gegen eine Wand gelehnt, die aus schimmerndem Goldholz bestand. ›Leben‹ stand vor einer der anderen Wände, ein gesund wirkender Mann von kräftigem Körperbau, der für das Gesundheits- und Erziehungswesen zuständig war. Neben ihm stand ›Planetare Entwicklung‹, ihre dunklen Augen schienen die anderen Anwesenden fortwährend mehr zu scannen denn nur zu mustern. ›Finanzen‹ ging beständig im Zimmer auf und ab. Er war hochgewachsen und schlank, und sein Verstand war ebenso scharf wie der Schnitt seiner Gesichtszüge; sein mechanischer linken Arm war voller Implantate, mit denen er die Wirtschaftslage eines ganzen Reiches überwachte. Auf der Tischkante saß ›Innenpolitik‹. Sie war das jüngste Mitglied des Inneren Kreises und leitete die Behörde, die sich mit den Beziehungen der Planeten des Imperialats untereinander befasste.

Neben einer Netz-Konsole an einer der Wände stand die Ratgeberin für Fragen der Außenpolitik – auch bekannt als Roca Skolia.

Gemeinsam waren diese Personen der einflussreiche Innere Kreis der Imperialen Versammlung, das Zivil-Gremium, das Skolia regierte.

»Es mag ja inakzeptabel sein«, erwiderte ›Recht‹. »Aber es ist gesetzlich zulässig.«

»Völlig egal, ob das ›gesetzlich zulässig‹ ist!«, widersprach Tikal. »Annullieren Sie es!«

»Mit welcher Begründung denn?«, wollte ›Recht‹ wissen. »Wir haben kein Gesetz, das es uns erlaubt, die Eheschließung des Imperators gegen dessen Willen aufzuheben.«

Tikal verzog frustriert das Gesicht. »Dann schaffen Sie eins!«

»Und nachdem wir also diesen Präzedenzfall geschaffen haben, indem wir willkürlich rückwirkend geltende Gesetze schaffen, nur um unseren eigenen Zwecken dienlich zu sein«, bohrte ›Recht‹ weiter, »was dann?«

›Sterne‹ stieß einen ungläubigen Laut aus. »Unsere Entscheidung war alles andere als ›willkürlich‹.«

»Ich habe mit dieser Frau, dieser Ami, gesprochen«, warf ›Protokoll‹ ein. »Sie ist bereit, uns in jeder Hinsicht behilflich zu sein.«

»Wenn ich das recht sehe, haben wir nun mal keine Grundlage, aufgrund derer wir die Eheschließung annullieren könnten«, konstatierte ›Leben‹. »Es wurden ganz offensichtlich ... äh ... alle Voraussetzungen erfüllt.«

›Innenpolitik‹ schnaubte verächtlich. »Falls Sie den Vollzug der Ehe meinen sollten: *Diese* Voraussetzung haben die beiden schon vor Jahren erfüllt!«

»Sie ist einfach zu gewöhnlich und weiß sich viel zu wenig auszudrücken«, urteilte ›Finanzen‹.

»Wir können ihre Bildung erweitern«, schlug ›Planetare Entwicklung‹ vor. »Sozusagen ihren Intellekt ›terraformieren‹.«

»Reden Sie beizeiten mit ihr!«, empfahl ›Innenpolitik‹. »Das Mädchen ist so süß, dass man aus der Zuckerwatte machen könnte! Genau nach so etwas haben wir doch die ganze Zeit gesucht, oder nicht?«

»Sie ist zu klein«, entschied Tikal. »Sie wird neben Imperator Skolia doch lächerlich aussehen! Er ist mehr als einen halben Meter größer, um aller Götter willen!«

»Dann stellen wir sie eben auf hohe Absätze«, entgegnete ›Protokoll‹.

»Da braucht man dann ja wohl eher Stelzen«, murmelte ›Recht‹.

»All das hätte vermieden werden können, wenn er mit uns zusammengearbeitet hätte!« Tikal ging zu Roca hinüber. »Ob ihm die Formulierung ›zum Wohle aller‹ etwas sagt?«

Roca sah ihn kühl an. »Erzählen Sie mir nicht, mein Sohn habe nicht ›zum Wohle aller‹ gehandelt!« Sie blickte die anderen an. »Sobald auch nur einer von Ihnen allen hier von sich behaupten kann, er oder sie habe nur halb so viel wie Kurj ›zum Wohle aller‹ gehandelt, *dann* erst haben Sie das Recht, sich bei mir über ihn zu beklagen!«

Leise ergriff ›Natur‹ das Wort. »Niemand möchte ihren Sohn herabsetzen, Ratgeberin Roca. Aber er hat uns in eine verzwickte Lage gebracht.«

»Das sehe ich auch«, entgegnete Roca.

»Warum hat er diese Frau nur geheiratet?«, wollte Tikal wissen. »Wollte er uns damit irgendetwas sagen?«

»Vielleicht liebt er sie ja«, warf Roca ein.

Daraufhin herrschte Schweigen. Die Ratgeber waren jedoch allesamt vernünftig genug, alle Mutmaßungen darüber, ob der Imperator überhaupt zu lieben in der Lage sei, für sich zu behalten.

Schließlich ergriff ›Industrie‹ das Wort. »Wenn wir das Ganze als vollendete Tatsache betrachten, muss der nächste Schritt dann sein, mit dieser Frau zusammenzuarbeiten, um sie auf die Rolle vorzubereiten, die ihr in Zukunft zukommt.«

»Sie ist bereit, uns jegliche Entscheidung zu überlassen, was die Hochzeitsfeierlichkeiten betrifft«, erklärte ›Protokoll‹. »Ich hatte sogar den Eindruck, dass sie sich auf das Ganze freut.«

Tikal blickte zu Roca. »Können Sie das Mädchen zu uns bringen?«

»Sie wohnt derzeit bei meiner Schwester Dehya und meinem Sohn Eldrin«, entgegnete Roca. »Bis Kurj zurückkommt. Danach können Sie mit beiden sprechen.«

»›Zurückkommt‹?« ›Sterne‹ runzelte die Stirn. »Woher denn?«

»Er hat sich zurückgezogen«, erläuterte Tikal. »Nach SonnenWelt.«

›Innenpolitik‹ starrte ihn an. »Am Tag nach seiner Hochzeit?«

»Wer leitet denn jetzt das IRK?«, fragte ›Sterne‹.

»Starjack Tahota«, erklärte Tikal. »Und Der Erbe Des Imperators ist auf dem Weg nach Onyx-Plattform. Aber der Imperator ist nicht unerreichbar. Sowohl Admiralin Tahota als auch Prinz Althor stehen mit ihm auf SonnenWelt in Kontakt.«

»Dennoch!«, beharrte ›Industrie‹. »Mir erscheint das ein sehr ungünstig gewählter Zeitpunkt, sich zurückzuziehen.«

Roca stieß einen ungläubigen Laut aus. »Er will doch nur ein paar Tage. Das ist sein erster Urlaub seit *Jahrzehnten*. Wann wäre denn ein *günstig gewählter* Zeitpunkt?«

Darauf wusste niemand eine Antwort.

Ur Qox saß an seinem Schreibtisch und grübelte mit gerunzelter Stirn über dem Ersuchen seines Nachrichtendienst-ministers nach einer Audienz. Es war nicht das Ersuchen, das Ur Qox überraschte, sondern dessen Form:

> Weint leise um den Herrn,
> der Liebe gleich dem Weinlaub windet;
> der rankengleich die Fäden spinnt,
> untrennbar mit dem Herz verbindet

Was hatte Vitrex vor? Mit einer subtilen Bemerkung hatte Qox ihm gegenüber angedeutet, dass er die Wahrheit wisse: dass Vitrex' Erbe ein Bastard sei, gezeugt von einem Versorger, der Vitrex' Frau Sharla Azer gehörte, einer Ärztin und Genetikerin. Qox vermutete, Vitrex sei an Sharla immer viel eher wegen der guten Beziehungen des Hauses Azer interessiert gewesen als wegen irgendwelcher tief empfundener Leidenschaft.

Die Vaterschaft des Jungen zu ermitteln, hatte sich als schwierig herausgestellt. Cirrus hatte, was die von Azer vorgenommenen Verfälschungen der Testergebnisse anging, nicht Recht behalten: Statt völlig neue Ergebnisse zu konstruieren, hatte Azer die DNA des Kindes modifiziert. Sie konnte sie nicht genug abändern, um ihn in Vitrex' genetischen Sohn zu verwandeln. Das hätte tiefer greifende Veränderungen erfordert, als das Kind hätte überleben können. Da wäre noch der Versuch erfolgreicher gewesen, Vitrex zu klonen, so wie andere Aristos sich hatten klonen lassen, um auf sicherstem Wege das zu erhalten, was sie für ihren geeignetsten Erben hielten. Aber allen Klonen und allen Beinahe-Klonen fehlte die genetische Vielfalt, die für dieses Volk so dringend notwendig war – für ein Volk, das bereits jetzt Probleme wegen Inzucht hatte. Und das wusste Sharla Azer wahrscheinlich sehr genau.

Also hatte sie nur jene DNA-Sequenzen verändert, die erforderlich waren, um zu belegen, dass er ein Highton-

Aristo war. Auch das waren allerdings nicht wenige. Hätte Qox nicht gewusst, wo er hätte suchen müssen, so hätte er die Wahrheit mit größter Wahrscheinlichkeit niemals herausgefunden. Aber er wusste es – weil er genau das Gleiche für seinen eigenen Sohn getan hatte, und sein Vater vor ihm für ihn selbst.

Per Knopfdruck rief der Kaiser den Lieutenant seiner Sicherheitskräfte herbei. »Bringen Sie Minister Vitrex in mein Arbeitszimmer!« Qox hatte Vitrex bereits vor einiger Zeit zum Palast rufen lassen, und seitdem wartete der Minister darauf, zum Kaiser vorgelassen zu werden.

Bald erschien Vitrex, eskortiert von *Razern*. Das schmale Gesicht des Ministers war gefasst, doch seine Aufregung schien sich wie eine Schlange in den Raum zu winden, jederzeit bereit zuzustoßen.

Qox entließ die Wachen und bedeutete Vitrex, sich in einem rubinroten Sessel niederzulassen. Üblicherweise waren die harten Sitzflächen mit Brokatkissen gepolstert, doch an diesem Tage hatte Qox sie entfernen lassen. Nachdem Vitrex sich gesetzt und Qox die Sicherheit des Arbeitszimmers verifiziert hatte, hob Vitrex das Pergament mit der kalligraphischen Darstellung von Vitrex' Nachricht auf. »Poesie, Izar?«

»Ich habe die subtile Diskretion von Gedichten immer zu schätzen gewusst«, entgegnete Vitrex.

Der Kaiser sah ihn nachdenklich an. »So wie ich die Diskretion schätze, die hier in meinem Büro obwaltet.« Vitrex musste wissen, dass niemand je etwas davon erfahren würde, was sie hier besprechen würden.

Leise sagte Vitrex: »Die nennen seinen Vater ›Das Herz Von Skolia‹.«

Innerlich spannte Qox sich an. Mit dem ›Herz Von Skolia‹ konnte nur eine einzige Person gemeint sein: Eldrinson Valdoria. Der Schlüssel Zum Netzwerk. »Sprich weiter.«

»Die rankengleiche Liebe«, fuhr Vitrex fort. »Welcher Vater würde nicht um seinen Sohn weinen?«

Soweit Qox wusste, hatte Valdoria in letzter Zeit niemanden aus seiner Herde von *Kingsize*-Söhnen verloren. Der einzige von Eldrinsons Söhnen, der tot war, war Prinz Kelric, der vor sechzehn Jahren verschwunden war. »Beziehst du dich auf einen bestimmten Sohn?«

Vitrex beugte sich vor. »Althor Valdoria.«

»Ja?«

»Mozart, Sir.«

Plötzlich kam Qox der Raum unnatürlich still vor. Als warte er auf etwas. Als balanciere er. »Ich kenne eine Kodierung mit diesem Namen. Sie dechiffriert Nachrichten.«

»Sehr wohl, das tut sie.« Langsam breitete sich ein Lächeln auf Vitrex' Gesicht aus. »Einschließlich Nachrichten, die Reisepläne Imperialer Erben enthalten.«

Qox brauchte eine Zeit lang, um diese Information zu verarbeiten. Der Nachrichtendienstminister hatte ihm gerade einen Grund geliefert, Vitrex das Geheimnis um seinen falschen Sohn zu lassen.

Dann sagte der Kaiser leise: »Bringen Sie mir Althor Valdoria, Izar, und für alle Zeiten soll Ihre Blutlinie unter den Hightons geschätzt sein!«

Den Rücken gegen einen Turm gelehnt, setzte Kurj sich, und ließ den Blick quer über den Platz zu den Überresten eines weiteren Turmes schweifen. Nicht alle verloren gegangenen Kolonien der Rubin-Dynastie hatten ihre Isolation überstanden. Auf SonnenWelt waren nur noch Ruinen geblieben, einschließlich dieser, hier in HimmelsHammer, deren Niedergang etwa im Jahr 1400 IZ auf dem Rubin-Kalender geendet hatte, im Jahr 2200 v. Chr. nach Erdzeitrechnung, sechs Jahrhunderte nach dem Zusammenbruch des Rubin-Reiches.

HimmelsHammers Architektur strebte eher in die Höhe denn in die Breite, in Form gebogener Türme, schmal und asymmetrisch, oder in Form von ›Stielen‹, auf denen große knollenartige ›Knospen‹ saßen, oder auch in Form von Türmen, deren Räumlichkeiten sich außerhalb des eigentlichen Baus befanden statt in dessen Inneren. Voneinander getrennt waren die Gebäude durch große Plätze, mit Steinen gepflastert, die inzwischen große Risse aufwiesen und im Laufe der Jahrhunderte immer weiter verfallen waren; inzwischen wuchs zwischen ihnen gelbes Gras empor.

Die orangefarbene Sonne stand leuchtend an einem dunkelblauen Himmel und warf warmes Licht auf die Welt. Mit seiner fast kreisförmigen Umlaufbahn und seiner nicht geneigten Achse hätte SonnenWelt einen ewig währenden Frühling genießen können, wenn der Planet nur zu dem Stern ›Topas‹ gehört hätte. Doch Topas war Teil eines Binärsystems: zwei Sterne, die einen gemeinsamen Massenschwerpunkt umkreisten, auch wenn jede Umkreisung Jahrhunderte dauerte. Wenn sich SonnenWelt Topas und deren Begleiter ›Bernstein‹ näherte, war der Planet für Menschen unbewohnbar. HimmelsHammer war verlassen und verfallen, weil seine Bewohner nicht mehr über die Technologie der Rubin-Dynastie verfügt hatten, die den Planeten vor den Verwüstungen durch sein Zentralgestirn geschützt hätte.

Obwohl nach menschlichen Zeitbegriffen dieser Planet einen stabilen Orbit aufwies, würde der Umlaufbahnradius langfristig doch kleiner werden, sich verringern, bis der Planet schließlich durch sein Zentralgestirn vernichtet würde. SonnenWelt war vermutlich von Planetar-Ingenieuren der Rubin-Dynastie in diesen Orbit gebracht worden, aus einem geheimnisvollen Grund, der inzwischen längst vergessen war. Die Rubin-Technologie hatte die sauerstoffarme Atmosphäre angereichert, aber im Laufe der Jahrtausende hatte die Sauerstoffkonzentration nach und nach wieder abgenommen. Die Tage hier waren kurz, insgesamt dauerten sie nur vierzehn Stunden.

Allein zwischen den Ruinen, wartete Kurj darauf, dass die Introspektion einsetzte. Als das nicht geschah, machte er sich wieder an die Arbeit. Einen Großteil der ersten beiden Tage verbrachte er im Inneren des Turms, in dem er sein Bettzeug ausgebreitet hatte; auf seinem Palmtop las er Berichte und NetMails.

Am Nachmittag seines dritten Tages auf SonnenWelt beschloss er, es noch einmal mit der Introspektion zu versuchen. Vielleicht würde sie ja diesmal passieren. Also setzte er sich hin und starrte die Türme auf der anderen Seite des Platzes an. Seine Eltern hatten ihn hierher gebracht, als er fünf Jahre alt war, und zusammen hatten sie den gebogenen Turm erklettert, waren die Treppen hinaufgelaufen und hatten die ganze Zeit gelacht.

»Vater.«

Kurj sagte das Wort. *Vater.* Tokaba Ryestar hatte er geliebt, einen Kundschafter, der die Grenzlinie des bekannten Weltraums immer weiter hinaus in die Weite des Universums stieß. Eines Tages dann hatte er zu heftig zugestoßen, und die Grenzen stießen zurück. Er starb, als sein Schiff in einem Flammenball auf einem unerforschten Planeten aufschlug.

Damals war Kurj sechs Jahre alt gewesen. Im Arm seiner Mutter hatte er geweint, bis er das Gefühl hatte, innerlich zerstört zu sein. Als Junge hatte er nur gewusst, dass er seinen Vater geliebt hatte; als Jugendlicher hatte er die Redlichkeit, die Stärke und die emotionale Tiefe des Mannes erkannt, den er so geliebt hatte.

Als Kurj acht Jahre alt gewesen war, hatte seine Mutter Darr Hammerjackson geheiratet, einen berühmten Sportler. Kurj hatte in Darr einen großen Helden gesehen. Aber hinter der Maske dieses wunderbaren Helden tobte ein Jähzorn, den weder Kurj noch seine Mutter erwartet hatten, und der noch viel schlimmer dadurch wurde, dass Darr mit Hilfe seiner empathischen Fähigkeiten die Emotionen der Menschen regelrecht verzerren konnte. Einmal hatte die emotionale Manipulation Kurj so sehr aufgebracht, dass er gegen die Wand seines Schlafzimmers schlug, bis er sich die Hand gebrochen hatte.

Jetzt, nachdem er sich ein Jahrhundert lang mit den Händlern hatte befassen müssen, begriff er besser, wem, oder besser *was*, seine Mutter und er dort hatten gegenübertreten müssen. Mit Darr hatten sie, in sehr viel kleinerem Rahmen, die Misshandlungs-Beziehung erlebt, der sich Skolia hier und jetzt mit Eubia ausgesetzt sah.

Kurjs Mutter Roca war eine Tochter der Rubin-Dynastie, ihre Vorfahren waren hoch aufragende Kriegerköniginnen gewesen, die ihre Ehemänner als ihr Eigentum betrachtet hatten und ihnen körperlich meist unvergleichlich überlegen gewesen waren. Wann immer Roca selbst Darrs Gewalttätigkeit hatte erfahren müssen, versuchte sie das Erlebte zu verbergen. Ihre eigene Lage beschämte sie. Sie hatte immer noch gehofft, Darr ändern zu können, hatte geglaubt, glauben wollen, er würde, wenn sie sich nur genug Mühe gäbe, seine Frau und seinen Stiefsohn so lieben, wie Tokaba sie geliebt hatte.

Dann kam der Tag, an dem Darr seinen Zorn an Kurj ausließ. Im Alter von zehn Jahren – und er wuchs phänomenal schnell – war Kurj fast so hochgewachsen wie Darr, und sein Körperbau ließ schon erahnen, dass er eines Tages, wenn er ausgewachsen sein würde, geradezu ungeheuerlich groß wäre. Als Darr ihn schlug, wehrte Kurj sich, angetrieben von einer Wut, die sich angestaut hatte im Laufe all der Nächte, in denen er im Bett gelegen hatte, man ihm verboten hatte, sein Zimmer zu verlassen, und er gezwungen war, mit anzuhören, wie sein Stiefvater seine Mutter misshandelte.

Darr und er hätten einander beinahe umgebracht.

Anders als beim Krieg zwischen Eubia und Skolia gab es eine Lösung für die Situation. Roca erstattete Anzeige, und Darr kam ins Gefängnis. Kurjs physische Wunden verheilten wieder, doch selbst Empathie konnte nicht das Schweigen unterdrücken, das sich zwischen Mutter und Sohn ausbreitete. In seinem grausamen Zorn hatte Darr Kurj beschuldigt, seine eigene Mutter zu begehren; in der Verwirrung eines Jugendlichen, der immer noch an dem Verlust und unter der Trauer litt, hatte Kurj befürchtet, Darr könne die Wahrheit gesagt haben. So wie er Darr Hammerjackson hasste, hasste er auch sich selbst, und deshalb zog er sich von allen Menschen zurück, die ihn liebten.

Nun, in den Ruinen von SonnenWelt, gestand er sich selbst zum ersten Mal ein, warum er Planspiele und Manöver so oft im Hammerjack-System durchführen ließ und dort zahllose Planetoiden sprengen ließ. Während die Sonne hinter dem viel zu nahen Horizont versank, bemerkte er, dass er den ganzen Nachmittag mit Grübeln verbracht hatte. Wenn das die gewünschte Introspektion war, dann konnte er bestens darauf verzichten. Jahrzehntelang hatte er Darr aus all seinen Gedanken verbannt, und jetzt hörten die Erinnerungen gar nicht mehr auf. War das der Grund, warum er mit dieser entschlossenen Härte gegen die Händler vorging – sein Zorn darüber, immer und immer wieder, mit galaktischen Ausmaßen, genau den Albtraum seiner Jugend durchleben zu müssen?

»Genug!«, befahl Kurj sich selbst. Er kehrte in den Turm zurück und wies sein biomechanisches Netzwerk an, ihn in Schlaf zu versetzen.

Am Morgen sprach er mit Starjack Tahota auf dem Orbiter, sandte eine Nachricht an Althor, der sich auf dem Weg zur Onyx-Plattform befand, und arbeitete an seinem Palmtop. Als Kurj begriff, dass er gerade zum vierten Mal die gleichen Dateien umorganisierte, hörte er damit auf und setzte sich wieder nach draußen auf den Platz vor dem Turm.

Aha. Hatte er jetzt seinen Frieden gefunden? Offensichtlich nicht; er fühlte sich schlechter als am Vortag.

Überhaupt: Frieden! Wie zur Hölle sollte er denn Frieden finden, verdammt noch mal? Die ersten fünfunddreißig Jahre seines Lebens hatte er stets das Bild von Tokaba vor Augen gehabt: Tokaba, den er bewundert und geliebt hatte – ein Mann, der allein schon dafür Respekt verdiente, so zu sein, wie er war. Als die Macht Kurj gelockt hatte, gelang es ihm zu widerstehen, weil er daran dachte, was Tokaba wohl getan hätte.

Damals hatte eine Dyade das Netzwerk aufrechterhalten:

Lahaylia Selei, die Rubin-Pharaonin, die das Imperialat gegründet hatte, und ihr Gemahl, Kurjs Großvater Jarac – ein Riese, der Kurj so ähnlich sah, dass man sie für Brüder hätte halten können. Es war kein Zufall, dass Jaracs und Lahaylias Denken und Fühlen sich etwa so drastisch unterschieden, wie das bei Kurj und Dehya der Fall war: Wenn sich die Psioniker, die das Energie-Link ausformten, zu ähnlich waren, kam es zu einer Resonanzkatastrophe, wie bei einem angetriebenen Oszillator – eine Resonanzkatastrophe, die im Denken und Fühlen der beteiligten Psioniker immer größere Fluktuationen hervorrief, bis das Link zerbrach.

Also unterdrückte Kurj seinen Wunsch, sich dem Energie-Link anzuschließen, und konzentrierte all seine Energie auf das USC, bis er faktisch das gesamte Imperiale Militär befehligte – auch wenn er nicht den entsprechenden Titel trug. Und dennoch begehrte er den Titel, den sein Großvater trug. Ja, er wollte diesen Titel, und er wollte ihn mit einer Leidenschaft, die sogar sich selbst einzugestehen ihm schwer fiel. Doch er dachte an Tokaba und hielt seinen Ehrgeiz im Zaum.

Kurj kannte alle Geschichten auswendig, die Tokabas Leben für die Öffentlichkeit erzählten. Er hatte jedes einzelne übertrieben melodramatische Wort gelesen: wie die Versammlung nach einem Rhon-Mann gesucht hatte, der angemessen sei, die wunderschöne Roca Skolia zu ehelichen – einem Helden, mit dem die goldene Dame goldene Rhon-Kinder zeugen würde. Futter für das Netzwerk, obwohl keine dieser Geschichten es so offen ausgedrückt hätte.

Doch ein Rhon-Kandidat fand sich nicht, also hatte die Versammlung stattdessen Tokaba ausgewählt, eine angemessen heldenhafte Gestalt, die alle Rhon-Gene, trug, wenngleich die meisten unpaarig vorlagen. Hätte man das Ganze dem Zufall überlassen, wäre es unwahrscheinlich gewesen, dass sich alle seine Rhon-Gene mit denen von Roca paarig angeordnet hätten. Also hatten die Genetiker nachgeholfen. Unerheblich die Tatsache, dass Rhon-Psioniker so empfindlich auf Gen-Manipulation reagierten, dass sogar Klone starben. Unerheblich die Tatsache, dass die Wahrscheinlichkeit, einen Mann wie Tokaba zu finden, verschwindend gering war, und dass die Wahrscheinlichkeit, er könne einen lebensfähigen Rhon-Erben zeugen, noch viel geringerer war. Die Geschichte hatte ja mit Kurj den lebenden Beweis dafür, dass es funktioniert hatte.

Die Geschichte log.

Kurj wünschte sich, er wäre niemals nach SonnenWelt gegangen. Nachdem sie einmal begonnen hatte, hörte die verdammte Introspektion nicht mehr auf. Während die Sonne über den Himmel wanderte, durchlebte er erneut diesen einen Tag in seinem fünfunddreißigsten Lebensjahr, in dem er eine verloren geglaubte Ansammlung von Dateien im Netzwerk des Orbiters entdeckt und wiederhergestellt hatte. Die Dateien waren vor Jahrzehnten von Experten gelöscht worden, doch eine verborgene Spur war zurückgeblieben, und die hatte ihm ausgereicht, die Dateien wiederherstellen zu können.

Da stand es alles. Alles! Krankenakten. Fruchtbarkeitsanalysen. Chromosomenkarten. Tokabas DNA enthielt nicht einmal ansatzweise einen vollständigen Satz Rhon-Gene. Die Versammlung hatte nicht das Geringste damit zu tun, dass er Roca geheiratet hatte. Die Eheschließung hatten ihre Eltern arrangiert, weil sie wussten, dass Tokaba einen guten Gemahl abgeben würde. Die erhoffte Quelle für Rhon-Kinder? Nicht Roca und Tokaba, sondern Rocas Eltern, Lahaylia und Jarac, die Rubin-Pharaonin und der Imperator; ihre verlängerte Jugend hatte ihnen die schwache Hoffnung darauf gegeben, dass sie auch über das von der Natur vorgesehene Maß fruchtbar bleiben würden.

Roca und Tokaba konnte keine Kinder haben, ob nun Rhon oder nicht Rhon. Das war durchaus üblich bei Paaren, deren Völker von Kolonien stammten, die seit Jahrtausenden isoliert gewesen waren. Die Fruchtbarkeit sank.

Der Wahrheit, die hinter Kurjs Empfängnis lag, erwies sich als deutlich weniger romantisch als die Geschichten, die für die Öffentlichkeit bestimmt waren. Auf der verzweifelten Suche nach weiteren Rhon-Kindern hatte die Versammlung einen Agenten in die Klinik eingeschleust, die in ihrer schwindenden Hoffnung auf Kinder nicht nur Kurjs Eltern, sondern auch seine Großeltern aufsuchten. Unbemerkt, ohne dass irgendjemand davon wusste, hatte dieser Agent eine Eizelle von Roca mit einer Samenzelle von Jarac befruchtet und dann Tokabas Namen in die Akten eingetragen. Am nächsten Tag implantierten die nichts ahnenden Ärzte die Eizelle in Rocas Gebärmutter. Alle freuten sich, als es zu einer Schwangerschaft kam. Roca ging es prächtig, und sie brachte ein gesundes Baby zur Welt.

Ein Rhon-Baby. Kurj.

In seinem fünfunddreißigsten Lebensjahr hatte Kurj die Wahrheit erfahren. Tokaba Ryestar hatte nahezu keine Rhon-Gene besessen. Er konnte unmöglich Kurjs Vater sein.

Jarac hatte ihn gezeugt. Kurj war der Sohn seines Großvaters.

Seine Welt brach zusammen. Alles, was mit Tokaba zusammenhing, war für ihn nur noch Teil eines einzigen, groß angelegten Betrugs. Immer noch quälten Kurj die Erinnerungen an all die Anschuldigungen, die Darr damals erhoben hatte, und seine eigene, wahre Herkunft betrachtete er dabei als den größtmöglichen Verrat. Er hatte sich geweigert zu glauben, dass sein Großvater sich nichts hatte zuschulden kommen lassen, dass niemand der Beteiligten auch nur gewusst haben sollte, was wirklich geschehen war.

So sehr überwältigt von diesem Gefühl, verraten worden zu sein, dass es ihm vorkam, in diesem Gefühl ertrinken zu müssen, war er zum Orbiter-Schloss gefahren und hatte sich mit Gewalt in das Link hineingedrängt, von dem das Netzwerk aufrechterhalten wurde. Er machte aus der Dyade eine Triade.

Das Leben hatte Kurj in einen härteren Mann verwandelt, als sein Großvater es gewesen war. Doch was die Art und Weise, den Stil ihrer Gedankengänge anging, waren sie einander äußerst ähnlich: Macht ohne jedes Gespür für Nuancen: pragmatisch, wortkarg, nüchtern, schonungslos. Die Triade konnte sie nicht beide aufnehmen.

Das Link implodierte, zerriss sich selbst von innen heraus. Um Kurjs Tod zu verhindern, opferte Jarac sein eigenes Leben – zum Wohle des Netzwerks. Auf einem abgelegenen Aussichts-Deck des Orbiters hielt Kurj Jaracs Kopf in den Armen und weinte, während sein Vater starb.

Nun saß Kurj schweigend zwischen den Ruinen. Es war dunkel, nur am Horizont war noch ein schwacher Lichtschein zu erkennen, der das Ende des Tages verkündete. Tränen strömten Kurj über die Wangen. Er weinte um sie alle: um den geliebten Vater, den er verloren hatte, um den Vater, der seine Liebe verraten hatte, um den Vater, dessen Liebe er verraten hatte, und nun auch um den Vater, der ihn geliebt hätte, wenn Kurj ihm nur jemals eine Chance dazu gegeben hätte, und der stattdessen den Preis für das von Gram zerfressene Herz seines Stiefsohns gezahlt hatte.

12

Die IRK *Destrier* flog durch den Raum. Der Zerstörer war mit einer ganzen Phalanx an Waffen ausgestattet: Annihilatoren, Tau-Kanonen, Impaktoren, Staubwerfer, leichte Artillerie. Eine Flottille begleitete sie, acht Wespen-Korvetten, vier Kobra-Fregatten, vier Leo-Großkampfschiffe und acht Jag-Kampfraumer. Zehn dieser Schiffe waren bemannt, Computer mit Entwicklungsfähiger Intelligenz steuerten den Rest.

Gemeinsam, in Formation, invertierten die Schiffe, umgingen die Lichtgeschwindigkeit, indem sie ihrer eigenen Geschwindigkeit einen Imaginärteil hinzufügten. Auf diese Weise vermieden sie die Lichtgeschwindigkeits-Singularität, bei der relativ zu langsameren Objekten die Masse unendlich wurde, Entfernungen zu nichts zusammenschrumpften und die Zeit anhielt. Die Lichtgeschwindigkeit hielt Unterlicht-Schiffe davon ab, in den Superluminalraum einzutreten, etwa so, wie ein unendlich großer Baum mitten auf einer Fahrbahn ein Fahrzeug am Weiterfahren hindern würde. Also wich die Flottille von der Straße ab und fuhr ›um den Baum herum‹.

Reisen mit Überlichtgeschwindigkeit erlaubte es Schiffen, sich relativ zum Subluminaluniversum rückwärts in der Zeit zu bewegen, aber als Zeitmaschine war das kaum zu gebrauchen. Schiffe, die so schnell flogen, waren sehr weit von Zuhause entfernt, wenn sie erst einmal ihr Ziel in der Vergangenheit erreicht hatten, und wenn sie dann zurückkehrten, landeten sie wieder in einer anderen Zeit. Sämtliche Paradoxe über einen Piloten, der in der Zeit zurückreist, um seine eigene Geburt zu verhindern, erwiesen sich als völlig unhaltbar. Die Lorentz-Transformationen der speziellen Relativität gelten für *alle* Bezugssysteme: Bei Ereignissen, die innerhalb eines System stattfinden, müssen allen Beobachtungen, egal aus welchem Bezugssystem heraus sie erfolgen, konsistent sein – ganz wie es die entsprechenden Gleichungen voraussagen. Das schließt auch alles aus dem Bezugssystem des betreffenden Piloten selbst ein. Wenn sein ›aktuelles Selbst‹ sein ›früheres Selbst‹ töten würde, dann *hätte* er das bereits selbst erlebt.

Es stellte sich heraus, dass Schiffe, die versuchten, zu einer früheren Zeit in den Normalraum zurückzukehren, als sie ihn verlassen hatten, entweder bei dem Versuch scheiterten oder verschwanden – vielleicht in ein Parallel-Universum, in dem sie nicht an ihrer Zeitschiene herumspielen konnten. *Innerhalb* des Superluminalraums hingegen konnte ein Schiff beliebig in der Zeit vorwärts oder rückwärts reisen. Es wirkte sich verheerend auf alle Formen der Kommunikation aus. Bei einer Flotte, die in Formation invertierte, waren, wenn sie aus dem Superluminalraum zurückkehrte, die Schiffe sowohl über den Raum als auch über die Zeit verteilt.

Und das ist der Moment, an dem das Netzwerk ins Spiel kam:

Bevor die *Destrier* invertierte, linkten sich ihre TelVers in das Psiber-Net ein. Dies gestattete ihnen, im Superluminalraum zu kommunizieren, sodass es für die Flotte möglich wurde, in perfekter Formation in den Normalraum zurückzukehren. Tarnvorrichtungen verbargen die Schiffe: Filme auf der Außenhaut erzeugten die Illusionen eines Sternenfeldes, *Scrambler* führten EM-Sonden in die Irre, und Schattengeneratoren verwirrten Neutrinosonden. Sie flogen mit konstanter Geschwindigkeit, die Photonendüsen wurden nur gezündet, wenn eine Kurskorrektur notwendig war, und sie kommunizierten nur über ihre TelVers: Sie waren lautlos und unsichtbar.

Althor Valdoria saß im Kommandosessel unter der Sternenkuppel oberhalb der Brücke der *Destrier*. Unter ihm arbeiteten die Offiziere an Konsolen und ließen Tests durchlaufen. Es gehörte zum Standardverfahren, sich während langer Reisen gelegentlich in den Normalraum zurückfallen zu lassen und Fehler zu korrigieren, die sich während der Fahrt mit Supraluminalgeschwindigkeit anhäuften.

Über das Netzwerk eingehende Nachricht, meldete die *Destrier.*

Nachricht entgegennehmen, antwortete Althor. Die Nachricht wurde sofort in seinen Spinal-Knoten übertragen: Eine Anmerkung von Kurj, abgesendet von HimmelsHammer aus, in der er ihn über eine Veränderung der Übungsmanöver in Kenntnis setzte, die Althor auf Onyx durchführen sollte.

Eine Warnung blinkte vor seinem geistigen Auge auf: J-Fregatte tritt an Steuerbord aus der Inversion. Q-Fregatte an Backbord.

Daten über die Schiffe strömten in Basalt, Althors primären Spinal-Knoten. Eine Sekunde später hörte er über den Kommunikator in seinem Ohr eine Stimme: »Q-Fregatte an Backbord und J-Fregatte an Steuerbord.«

Althor sprach in das Mikrophon, das vor seinem Mund hing. »Netz-Komm auf Knoten 11.« Damit war der Kanal bestimmt, auf dem sämtliche Psiber-Net-Kommunikationen der Flottille vollständig verzeichnet und sofort als Text in einem Logbuch ausgegeben wurden – für alle Mannschaftsmitglieder, die nicht auf den Psiberspace zugreifen konnten.

Annihilatoren scharf!, dachte Althor.

Schussbereit, bestätigte die *Destrier.*

»Knoten 11 aktiv.« Das kam wieder über den Kommunikator in seinem Ohr und bestätigte, dass der ›*Annihilatoren-scharf*‹-Befehl im Computer-Logbuch verzeichnet worden war. Die *Destrier* identifizierte den Sprecher als Korvettenkapitän Hooklore, Althors ersten Offizier.

Althors Kommunikation mit dem EI-Gehirn der *Destrier* dauerte nur einen Sekundenbruchteil. Sie ging so schnell, dass Althors eigenes Hirn die Kommunikation nur als Zahlen und akustische Symbole wahrnahm, nicht als vollständige Worte. Der Logbucheintrag des gesamten ›Wortwechsels‹ erschien blitzartig auf Knoten 11:

Tau-Kanonen geladen, dachte die *Destrier*. Staubwerfer schussbereit.

Backup 6, dachte Althor.

Impaktoren als Backup schussbereit.

Schussfolge G8 abfeuern.

Annihilatoren abgefeuert.

Ein beschleunigter Strahl Antiprotonen raste durch die Fokussierungskammern der *Destrier*, sammelte dabei Positronen ein und jagte ins Weltall hinaus – auf der Suche nach Materie, die annihiliert werden konnte. Sowohl die *Destrier* als auch die J flogen nahezu mit Lichtgeschwindigkeit, deswegen zielte die *Destrier* dorthin, wo zu erwarten war, dass der Strahl sich mit dem Kurs der Fregatte überschneiden werde, statt auf die Fregatte selbst zu zielen. Den Schüssen von Strahlenwaffen konnte man leichter ausweichen als Geschossen, aber sie waren effektiver gegen Quasis-Schilde. Ein Schiff, das sich in Quasis befand, konnte seinen Quantenzustand nicht ändern, nicht einmal den eines einzigen Partikels, deswegen konnten Feuerwaffen ihnen idealerweise nichts das Geringste anhaben. Doch nach einigen Treffern brach die Quasis meist zusammen, und in Quasis befindliche Materie war leichter zu annihilieren als durch Geschosse zur Explosion zu bringen.

Annihilator-Treffer gegen J erzielt, meldete die *Destrier*. Kein Schaden. Dann: Impaktor-Treffer an IRK-Wespe Eins.

Die J-Fregatte feuerte ihren Annihilator gegen die *Destrier* ab …

Quasis-Sprung, dachte die *Destrier*. Annihilator-Treffer auf Deck 47. Um sich vor dem Treffer zu schützen, hatte sich die *Destrier* zwei Sekunden lang in Stasis versetzt. Althor schien es, als sei keine Zeit vergangen, daher der ›Sprung‹.

Schadensbericht, verlangte er.

Basalt formte ein Link mit dem EI-Gehirn der *Destrier* aus, das dann wiederum Links zu den Pico-Netzwerken der anderen Schiffe ausformte, alles mit Lichtgeschwindigkeit. Durch diese unmittelbare Verbindung zu seinem Gehirn lieferte ihm die Simulation so authentische Sinneswahrnehmungen, dass es sich wirklich echt anfühlte. Er bewegte sich längs neben einer Wespen-Korvette entlang und berührte deren Außenhaut; seine Fingerspitzen ›ertasteten‹ die raue Oberfläche.

Wespe Eins, dachte er dann. **Lagebericht!** Das war eines seiner bemannten Schiffe.

Alles in Ordnung, antwortete der TelVer des Schiffes. *Wir haben einen Inversions-Antrieb verloren, aber zwei haben wir noch. Hinterleib-Abtrennung eingeleitet.* Seine menschlichen Gedanken waren lebhafter und besaßen mehr Charakter als die Kommunikationen, die Althor von den EI-Gehirnen der anderen Schiffe erhielt, doch sie waren schwächer als die Gedanken von Althor, der mit der mentalen Kraft eines Rhon vorging.

Kaum zwei Sekunden, nachdem die Fregatte angegriffen hatte, jagte der Hinterleib der Wespe mit relativistischer Geschwindigkeit der fliehenden **J** hinterher. Er holte die Fregatte ein und bohrte sich durch das zusammenbrechende Quasis-Feld. Dann kollabierte die Kleinsche Flasche, und das Antimaterie-Plasma explodierte: Die Zerstörungskraft richtete sich nach außen und riss die Fregatte in ihr Verderben. Trümmer wirbelten in alle Richtungen. Die Treibstoff-Behälter von **J** barsten, und Teile des Schiffes verschwanden gänzlich. Es war ein sonderbarer Anblick: als würde etwas *verschluckt* werden – charakteristisch dafür, dass reale Materie in den Komplexraum gesogen wurde.

Fregatte J zerstört, meldete die *Destrier.* Während der Explosion hatte sich die *Destrier* erneut eine Sekunde lang in Quasis versetzt.

Fregatte Q nicht zerstören, wies Althor seine Flottille an. **Kapern!** Er wollte wissen, wie es den Fregatten gelungen war, sie ausfindig zu machen.

Annihilator abgefeuert ...

Quasis-Sprung, meldete die *Destrier.* Fregatte Q beschädigt.

Gleichzeitig traten die Q und die *Destrier* aus der Quasis – und statt sich kapern zu lassen, zerstörte die kampfunfähige Fregatte sich selbst in einem lautlosen Energiestoß.

Quasis-Sprung, meldete die *Destrier*. Fregatte Q zerstört.

Althor stieß einen Fluch aus. Jetzt würden sie nie mehr erfahren, wie die Fregatten sie gefunden hatten. Vielleicht waren es ja Piraten gewesen, die durch Zufall auf die Flottille gestoßen waren und sich mit ihrem Angriff immens verschätzt hatten. Aber falls es ein Leck in der Sicherheit des IRK gab, dann konnten sie auch Teil eines größeren ERKomm-Verbandes sein. Ohne ein Netzwerk, anhand dessen sie ihren Wiedereintritt in den Normalraum koordinieren konnten, mussten die ERKomm-Schiffe räumlich und zeitlich verteilt sein – und das bedeutete, dass jederzeit noch mehr kommen konnten.

Inversion vorbereiten, dachte Althor. **Kurs via Zufallsgeneratoren festlegen.** Sobald sie einmal in den Superluminalraum invertiert hätten, wäre es fast unmöglich, ihre Position zu bestimmen, vor allem für ERKomm-Schiffe, die nicht auf das Psiber-Net zugreifen konnten. Während die Flottille beschleunigte, um die zur Invertierung notwendige Geschwindigkeit zu erreichen, dachte Althor: **Alle Schiffe: Schadens- und Lagebericht!**

Daten strömten in seinen Verstand. Die Quasis-Schilde hatten mehr als nur physischen Schutz während der Schlacht geboten: Sie hatten auch die TelVers abgeschirmt, die ansonsten den Tod ihrer Gegner wahrgenommen hätten, als wäre es ihr eigener gewesen. TelVers des Militärs lernten zwar, ihren empathischen Empfang zu blockieren; wenn sie ihren Empfang jedoch im Übermaß dämpften, hörten sie auf, als TelVers zu fungieren. In der Quasis jedoch konnte nichts seinen Quantenzustand ändern, einschließlich Neuronen, und das bedeutete, dass TelVers Gedanken weder selbst denken noch empfangen konnten. Auf diese Weise beschützte die Quasis sie, war sogar notwendig für ihr Überleben. So herrschte eine schwierige

Balance: Wenn ein Schiff zu schnell aus der Quasis trat, hatte der TelVer darunter zu leiden, wenn es jedoch zu lange in der Stasis blieb, dann wurde es leichte Beute für die ERKomm-Schiffe, die früher aus der Quasis kommen konnten, da sie keine Telepathen an Bord hatten, die ihre Lust zu töten abmilderten.

Jag-Kampfraumer waren die schnellsten, manövrierfähigsten Schiffes des IRK, die die meisten Waffen pro Kubikzentimeter mit sich führten. Die Jagernauts, die diesen Schiffen folgen, bildeten mit ihren Jags körperlich und geistig eine Einheit. Durch diese Symbiose entstand eine Waffe von unübertroffener Vielseitigkeit; deswegen wurden Jags auch dafür eingesetzt, andere Schiffe zu beschützen und als Erste aus der Quasis zu treten. Allerdings war es erforderlich, dass Jagernauts leistungsstarke Psioniker waren. Sie wurden ebenso danach ausgesucht, wie gut sie den unausweichlichen ›Empathie-Rückstoß‹ verkrafteten, wie nach ihren militärischen Fähigkeiten.

An Bord von bemannten Fregatten und Wespen befanden sich TelVers niedriger Kyle-Einstufung, die dadurch auch weniger empfindlich dem Empathie-Rückstoß gegenüber waren. Üblicherweise traten Schiffe dieser Gattungen gleich nach den Jags aus der Quasis, gefolgt von den größeren Schiffen. Es ging um einen Unterschied von nur wenigen Sekunden, doch bei Kämpfen, bei denen sich die Beteiligten mit relativistischer Geschwindigkeit bewegten, konnten wenige Sekunden einer Ewigkeit entsprechen.

In Althors Falle wurde dies sogar noch bedeutender. Als Fregattenkapitän der Flottille war er der zentrale Knoten und nutzte bei der Erfüllung seiner Aufgaben seine immensen Rhon-Kapazitäten vollends aus. Seine Ausbildung und sein biomechanisches Netzwerk boten ihm enorme Verteidigungsmechanismen gegen den telepathischen Rückstoß, doch die Gefahr, Schaden zu erleiden, blieb selbstverständlich stets vorhanden.

Als die kleineren Schiffe der Flottille Inversionsgeschwindigkeit erreicht hatten, dachte Althor: **Inversions-Antriebe aktivieren ...**

Quasis-Sprung, meldete die *Destrier.* Ein wahrer Datenstrom folgte:

ERKomm-Wespen im Anflug ...

Quasis-Sprung.

Vier ERKomm-Fregatten an Steuerbord. Koordinaten ...

Quasis-Sprung.

Zwei ERKomm-Zerstörer an Backbord.

Quasis-Sprung.

Großkampfschiff an Backbord ... Oh verdammt. Letzteres stammte von einem entsetzten TelVer. *Feuersturm-Schlachtkreuzer an Steuerbord.*

Althor stieß einen Fluch aus. Wenn man bedachte, wie sehr die Streitkräfte des ERKomm normalerweise mit mangelnder Kohärenz zu kämpfen hatten, wenn sie in den Normalraum zurückkehrten, ließ die Tatsache, dass so viele Händler-Schiffe auf einmal hier erschienen, darauf schließen, dass es sich um eine viel größere Flotte handelte, eine, die seiner eigenen Flottille zahlenmäßig weit überlegen war.

Impaktoren abfeuern, dachte Althor.

Feuer eröffnet, bestätigte die *Destrier.*

Weitere Schiffe des ERKomm erschienen; während sie an der Flottille vorbeijagten, feuerten sie. Die gesamte Schlacht fand bei annähernder Lichtgeschwindigkeit statt – in einem schaurigen Reich, in dem Schiffe, die mit unterschiedlichen relativen Geschwindigkeiten aneinander vorbeirasten, gestaucht wirkten, wenn sie dies taten: Ritter in einem Turnier, die mit Hochenergielanzen gegeneinander antraten. Bei derartig hohen Geschwindigkeiten führten die Geschwindigkeitsunterschiede zu einer Zeitdilatation, die ein einziges Chaos aus den Schuss- und Reaktionszeiten machte. Die kleineren Schiffe, die leichter beschleunigen konnten, griffen an und invertierten dann in den Superluminalraum, wobei sie die Quasis einsetzten, um sich vor der alles erdrückenden Beschleunigung zu schützen, während sie gleichzeitig den

Kurs änderten, um einen erneuten Angriff zu starten. Die ERKomm-Raumer schossen isolierte IRK-Schiffe ab, zwangen die Flottille dazu, in einer Keilformation durch das All zu jagen. Wegen des ständigen Sperrfeuers musste die *Destrier* immer und immer wieder Quasis-Sprünge vollführen, und so wurde sie davon abgehalten, selbst Inversionsgeschwindigkeit zu erreichen.

Warnung!, dachte Basalt. Althor, dein Körper nimmt mit einer Geschwindigkeit Schaden, die zeitgleich zu reparieren jenseits der Kapazitäten deines biomechanischen Netzwerks liegt.

Übelkeit erfasste Althor. Wenn seine Umgebung sich drastisch änderte, während er sich in Quasis befand – etwa wenn sein Schiff explodierte –, dann bestand die Gefahr, dass, wenn er aus der Quasis heraustrat, die neuen Kräfte, die auf ihn einwirkten, ihn schlichtweg zerrissen. Bisher waren die Veränderungen noch nicht derart extrem, doch die *Destrier* wechselte zu schnell zwischen Quasis und Normalzustand hin und her. Althors Kommandosessel fuhr einen Schaumkokon aus, um ihn vor Stößen zu schützen, aber das allein reichte nicht aus.

Tau-Geschosse abfeuern, gab er den Befehl.

Abgefeuert.

Die sechs Taus, eigenständige Mini-Raumschiffe, traten blitzschnell in die Quasis ein und kamen dann wieder heraus; bei ihnen gab es keine Mannschaft, die geschützt hätte werden müssen. Fünf von ihnen trafen ihre Ziele und verwandelten ihre immense kinetische Energie in gewaltige Explosionen, zu denen ihre Sprengköpfe noch beitrugen. Die sechste invertierte in den Superluminalraum; ihr Kurs wurde von einem TelVer an Bord der *Destrier* kontrolliert, der ein Link mit dem EI-Gehirn des Taus ausgeformt hatte. Das Tau stanzte ein Loch in den Realraum, kam genau ›über‹ einer ERKomm-Wespe wieder heraus, und die nachfolgende Explosion verschluckte sowohl das Tau als auch die Wespe, ließ beide aus dem Realraum verschwinden.

Quasis-Sprung, meldete die *Destrier.*

Die Umgebung verschwamm vor Althors Augen. Doch sein Sternen-Display blieb klar und deutlich, und er erkannte eine Schwachstelle in der Formation der Händler. Er traf eine intuitive Entscheidung, eine Entscheidung, die von der *Destrier* niemals gefällt worden wäre, doch sobald er diese Idee geistig ausformuliert hatte, berechnete die *Destrier* die erforderliche Schussfolge und schickte Lenkraketen genau in die Schwachstel ...

Quasis-S-

Quasis-Spru-

Quasis-Sprung, dachte die *Destrier* ein drittes Mal.

Althor schluckte Gallenflüssigkeit hinunter: Sowohl der telepathische Rückstoß als auch der Quasis-Rückstoß hatten ihn voll erwischt. Um ihn herum nur Echos des Todes. Zu der Flottille gehörten achtundfünfzig menschliche Komponenten: dreißig befanden sich auf dem Zerstörer, auf jedem Jag ein weiterer, und die zwanzig restlichen waren auf die anderen Schiffe verteilt. Selbst ohne die Daten, die jetzt auf ihn einprasselten, hätte er gewusst, dass mehr als die Hälfte seiner Leute bereits gestorben waren; ihr Sterben durchzog all sein Denken und Fühlen, qualvolle, lautlose Schreie.

Er erkannte die ERKomm-Strategie wieder: *Extrahieren und Eliminieren* – den gesuchten Gefangenen herausholen und alle anderen töten. Die Halstaad-Konvention enthielt Regeln darüber, wie Gefangene in Gewahrsam zu nehmen seien, doch dem ERKomm waren diese Regeln mehr als lästig. Althor hatte ohnehin nicht die Absicht, sich zu ergeben. Sollte es Überlebende unter seinen TelVers geben, würde man sie verhören und dann als Versorger verkaufen. Gemäß den Akten der *Destrier* war über jeden TelVer dieser Flottille vermerkt, dass er den Tod einer Gefangennahme vorziehen würde. Den Rest seiner Mannschaft würde das ERKomm exekutieren lassen. Abgesehen von Sklaven mit hohem Seltenheitswert, wie etwa Versorgern, hatten die Händler nicht die Absicht zuzulassen, dass IRK-Krieger die Sklavenpopulation verunreinigten, die sie bis zur völligen Unterwürfigkeit manipuliert, gepeinigt und Gehirnwäschen unterzogen hatten.

Quasis-Sprung, meldete die *Destrier.*

Althor sah eine weitere Lücke in der Verteidigung des Gegners, eine Lücke, die von der *Destrier* zugunsten anderer, besser erreichbarer Ziele bisher ignoriert worden war. Als Antwort auf den Wechsel seines Hauptaugenmerks stellte die *Destrier* die notwendigen Berechnungen an.

Feuer eröffnet, meldete sie dann. Der Kreuzer setzte selbstlenkenden Köderstaub ab, der sofort in die Abschussschächte der Tau-Kanonen von drei ERKomm-Fregatten eindrang. Die wenigen Sekunden, die der Staub aktiv war, entsprachen genau dem Augenblick, in denen alle drei Fregatten ihre Kanonen abfeuerten. Angegriffen von den Mikrosprengköpfen des Köderstaubs detonierten die Tau-Geschosse *innerhalb* der Abschussschächte ...

Quasis-Sprung, dachte die *Destrier.*

Althor strengte sich an, sich auf sein immer weiter fragmentierendes Sternen-Display zu konzentrieren. Alle drei Fregatten waren explodiert. Er lachte rau, als er begriff, dass sein in dieser Situation übermäßig gefordertes Rhon-Bewusstsein einen Hinweis darauf geliefert hatte, dass die Kommandanten dieser Fregatten beabsichtigt hatten, das Feuer synchron zu eröffnen – und das einen Augenblick, *bevor* sie es getan hatten.

Quasis-Sprung, meldete die *Destrier.*

Die körperliche Belastung ließ Althor aufstöhnen. Basalt versuchte seine Hydraulik zu aktivieren, um ihn zu unterstützen, doch diese reagierte nicht mehr. Althor klammerte sich an seinem Bewusstsein fest, weigerte sich, der immer näher rückenden Dunkelheit nachzugeben.

Quasis-Sprung, berichtete die *Destrier.* Decks 6 und 29 zerstört.

Korvettenkapitän Hooklore, dachte Althor. Er erhielt keine Antwort von seinem ersten Offizier. Die Flottille bestand nur noch aus Trümmerstücken, die sich mit annähernder Lichtgeschwindigkeit bewegten. Nur noch die Brücke der *Destrier* war intakt, und das ließ keinen Raum mehr für Zweifel, ob das ERKomm gewusst hatte, wer sich an Bord befand.

Althor leckte sich über die trockenen Lippen. ***Destrier,* Selbstzerstörungs-Makro 1101 initiieren.** Er übertrug die Sicherheitskodierungen. So zu enden hatte er niemals gewollt, aber es war immer noch besser, als zum Gefangenen vom ERKomm zu werden.

Nach eine Pause meldete *Destrier*: ERKomm hat Quasis-Generatoren in meine Außenhülle insertiert. Offensichtlich wurden in einige ihrer Tau-Geschosse diese Generatoren anstelle von Sprengköpfen eingebaut. Als die Taus ihr Ziel trafen, wurden diese Generatoren abgesetzt, die seitdem störende Quasis-Felder erzeugen. Diese Felder verhindern meine Selbstzerstörung, indem sie einige Systeme einfrieren.

Bitte, was?! Althor hatte von einer derartigen Technik noch nie gehört. Sie schien unmöglich. Wie hatte ERKomm die Taus davon abgehalten, sich selbst und ihre Ziele beim Aufprall zu zerstören? Er musste schlucken und dachte dann: **Basalt, meinen internen Selbstzerstörungsmechanismus aktivieren.**

Aktiviert, bestätigte Basalt.

Destrier, dachte Althor. **Sämtliche verbliebenen Netzwerk-Knoten zum Zusammenbruch bringen und alle Dateien löschen, die bisher nicht zerstört wurden.**

Prozess eingeleitet. Die Antwort der *Destrier* war vor statischem Knistern kaum zu verstehen, der nächste Gedanke des Schiffes schwach und verzerrt. Ich werde geentert.

Knall Ihnen die Luken vor der Nase zu! Die Luken schlossen sich mit genügend Kraft, um einen gepanzerten Angreifer aufzuhalten und einen ungepanzerten Eindringling in zwei Teile zu zerschneiden. Es war, als wolle man eine Flut mit einem Eimer aufhalten, aber es war immer noch besser als gar nichts. Althor warf einen Blick auf die Brücke unter ihm, auf der seine Mannschaft tot in ihren Sesseln saß, und biss die Zähne aufeinander. **Mach sie auf und wieder zu, so schnell du kannst.**

Befehl wird ausgeführt. Selbst jetzt noch, wo die *Destrier* im Sterben lag, kämpfte sie weiter, er spürte sie wie eine Trommel in seinem Hirn, im Takt mit seinem eigenen Puls.

Basalt, fragte er dann. **Warum bin ich nicht tot?**

Der Selbstzerstörungsmechanismus in deinem biomechanischen Netzwerk ist inaktiv.

Nein! Wie ist das möglich?

0.0056 Sekunden, bevor du den Selbstzerstörungs-Befehl gegeben hast, wurdest du in Quasis versetzt. Mit einer Wahrscheinlichkeit von 98 Prozent wurde diese Quasis durch die ERKomm-Generatoren erzeugt, um deine Selbstzerstörung zu sabotieren.

Ein Schauer lief Althor über den Rücken. **Töte mich! Mir ist egal, wie du das anstellst. Tu's einfach! Sie sind schon fast hier!**

Die Quasis blockiert meine Systeme.

Althor kämpfte gegen den schützenden Kokon an, der seinen Körper umhüllte, bis er sich daraus befreit hatte. Er griff nach einer Kante des Kommandosessels und riss, unfähig seine Hydraulik zu aktivieren, mit seiner normalen Stärke daran. Was er von der Verkleidung des Sessels hatte abreißen wollen hielt. Dann aber ließ sich die Kante doch hochbiegen, bis sie schließlich abknickte; zurück blieb eine gezackte Bruchkante. Althor konnte das abgeknickte Stück nicht abreißen, also fuhr er mit der Innenseite seines Handgelenks über die gezackte Kante, immer und immer wieder, bis das Blut ihm über den Arm strömte und der Kokon mit Flecken übersät war.

Blutverlust erreicht kritische Ausmaße, meldete Basalt.

Althor sackte in seinem Sessel zusammen. **Leb wohl, Basalt.**

Bedauern strahlte ihm aus dem Knoten entgegen. Leb wohl, Althor. Dann: Eindringlinge haben die Brücke betreten.

Verschwommen sah Althor, dass ERKomm-Soldaten durch die Sternenkuppel auf ihn zuschwebten: Es waren die menschlichen Festungen, die ›Kroiden‹ genannt wurden; ihre verspiegelten Rüstungen reflektierten die blutroten Warnleuchten. »Zu spät«, flüsterte er. »Ich bin schon tot.«

Er war noch bei Bewusstsein, als der erste Kroide ihn erreichte, doch dann versank das Universum in Finsternis.

13

Sanft fiel Schnee in der Nacht und sammelte sich in kleinen Verwehungen vor den Fensterläden. Eine einzelne Öllampe an der Wand warf weiches Licht in den Raum. Zusammengekuschelt mit Jaibriol saß Soz auf dem Bett, eine gewebte Decke über den Knien; sie sahen ihren Kindern beim Schlafen zu. Jai und Vitar lagen im Schlafzimmer, hatten aber die Tür offen gelassen. Jai lag auf dem Rücken, eines seiner langen Beine hing heraus, einen Arm hatte er über den Kopf gelegt. Vitars Bett war halb verborgen durch die Wand; deswegen konnten seine Eltern nur seinen Kopf und seine Schultern sehen. Er schlief den seligen friedlichen Schlaf eines Sechsjährigen, lag auf der Seite, die Hände unter die Wange geschoben.

Im großen Zimmer schlief Lisi in einem Bett, das dem, auf dem Soz und Jaibriol saßen, gegenüber stand, und del-Kelric lag in seiner Wiege; im sanften Lichtschein der Öllampe war sein Gesicht das eines Engels.

»Sie sehen so friedlich aus«, meinte Jaibriol.

»Bloß weil sie schlafen«, entgegnete Soz.

Er musste lachen. »Das ist das einzige Mal, dass sie alle gleichzeitig still sind.«

Soz grinste. »Warte nur noch ein paar Monate!« Sie nahm seine Hand und legte sie auf ihren sich rundenden Unterleib. »Man sollte doch eigentlich meinen, im an die Senilität grenzenden Alter von vierundsechzig sollte ich wissen, dass es keine gute Idee ist, damit immer weiterzumachen!«

»Du bist nicht vierundsechzig. Ich würde sagen: Anfang dreißig. Auf jeden Fall jünger als ich.«

»Ach, wirklich? Und wie habe ich die atemberaubende Leistung vollbracht, mein Alter zu halbieren?«

»Du weißt doch, was ich meine.« Schläfrig fuhr Jaibriol

fort: »All diese kleinen NanoDinger, die wir im Körper haben – die uns langsamer altern lassen.«

Soz neigte den Kopf. »Ich bin froh, dass die wirklich den Alterungsprozess verlangsamen und mich nicht bloß jünger aussehen lassen.«

»Wo ist der Unterschied?«

»Wenn die Wirkung der NanoBots rein kosmetisch wäre, dann könnte ich in diesem Alter keine Kinder mehr bekommen.«

Jaibriol streichelte ihren Bauch. ***Jedenfalls ist sie jetzt da drin.***

Das ist wohl wahr. Mit der Ungezwungenheit, die sich aus langer Vertrautheit ergibt, verschmolzen sie ihr Denken und Fühlen, tasteten dann sanft nach ihrem Kind und umgaben es mit ihrer Zuneigung. Das Gehirn der Kleinen war noch nicht weit genug entwickelt, um ›Liebe‹ bewusst zu verstehen; doch sie reagierte mit einem angeborenen Gefühl der Behaglichkeit, viel ursprünglicher als bewusstes Denken.

Jaibriol legte Soz einen Finger unter das Kinn und neigte ihren Kopf, um sie zu küssen. Als ihre Lippen einander berührten, war aus dem Schlafzimmer ein Kichern zu hören.

»Allmächtige Heilige!«, grollte Soz. Als sie hinüberschaute, sah sie Vitar, der sie breit angrinste. Dann lachte er und zog sich die Decke über den Kopf.

»Da fragt man sich doch«, bemerkte Jaibriol trocken, »wie wir jemals genug Privatsphäre gefunden haben, ein zweites davon in die Welt zu setzen – von fünfen mal ganz zu schweigen!«

Soz lächelte. »Mir fällt da eine Kristallgras-Wiese ein.« Eingezäunt und im Zaum gehalten, stellten die singenden Kristalle eine sehr effektive Falle für Mordluchser dar. Wenn man dem Gras jedoch nicht zu nahe kam, konnte man dessen Gesang genießen, ohne in Trance zu fallen. Es war dann eher so, als hätte man einen guten Wein getrunken: und es lud geradezu zu allen körperlichen Aktivitäten ein, die zu einer Mischung aus guter Laune und guter Gesellschaft passten.

»Oh ja«, murmelte Jaibriol, »ich erinnere mich!«

Soz seufzte zufrieden. »Das Leben hier ist schön. Ich glaube nicht, dass ich wieder würde zurückgehen wollen, selbst wenn wir es könnten.«

Er küsste ihren Scheitel. »Ich auch nicht.«

Die Morgenröte stand über den Ruinen von HimmelsHammer und fiel schräg in den Eingang des Turmes. Vom Licht umströmt saß Kurj auf seinem zusammengerollten Bettzeug und frühstückte. Während er aß, las ihm sein Palmtop die Nachrichten vor, die er sich von den TelVers der *Amboss*, dem IRK-Großkampfschiff, das ihn nach SonnenWelt gebracht hatte, hatte herunterschicken lassen.

Von draußen hörte er Schritte. Er blickte auf und sah im Eingang eine Frau stehen, deren goldblondes Haar ihren Körper zu umschweben schien; der Schein der Morgenröte verwandelte die hüftlangen Locken in einen Heiligenschein.

Erstaunt stand Kurj auf. »Mutter!«

»Ich grüße dich!« Roca lächelte. »Du siehst gut erholt aus.«

»Es ist sehr ruhig hier.« Er deutete auf den Platz hinter ihr. »Nur der Himmel, das Gras und ich. Sonst gibt es nichts auf diesem ganzen Planeten.«

»Komm mit mir hinaus!«, bat sie. »Es ist wunderschön.«

»Einverstanden.« Kurj nahm sein Palmtop auf. Ein rotes Licht leuchtete darauf, es wies ihn auf eine NetMail hin, die mit *Dringend* gekennzeichnet war. Er ließ sich die Nachricht auf dem Schirm anzeigen. »Das ist ja sonderbar.«

»Was ist denn?«, fragte Roca.

»Dehya hat mich angeschrien.«

»Dehya?« Sie lachte. »Ich habe niemals erlebt, dass sie auch nur die Stimme erhoben hätte!«

»Schau dir das an!« Er zeigte ihr die Nachricht.

KURJ, VERLASS HIMMELSHAMMER NICHT. BLEIB DA.

»Bist du sicher, dass wirklich sie das geschrieben hat?«, fragte Roca. »Das ist so gar nicht ihr Stil.«

»Wahrscheinlich ist das eine Außenbereichs-Routine.« Wenn Dehya im Netzwerk arbeitete, startete sie oft Außenbereichs-Prozesse, die dann auf unterbewusster Ebene weiterliefen, während sie sich komplizierteren Aufgaben zuwandte. Kurj vermutete, dass sie dieser Nachricht Dringlichkeit verliehen hatte, und ihn ›anzuschreien‹ war eine wenig subtile Wiedergabe ihrer Absichten, auch wenn diese vermutlich deutlich subtiler waren.

Er fuhr mit dem Finger durch das Antworten-HoloIcon, einem Vogel, der über dem Bildschirm schwebte. Als auf dem Palmtop eine Eingabeaufforderung nach seiner eigenen Nachricht fragte, schrieb er: Warum?, und schickte es an die *Amboss*, gekennzeichnet mit der Aufforderung, es an Dehya weiterzuleiten. Dann befestigte er den Palmtop an seinem Gürtel.

Roca und er spazierten gemeinsam in den Sonnenaufgang. Kühle Morgenluft umgab sie. Keinerlei Hinweise auf das Vorhandensein von Insekten, Vögeln oder Bäumen waren in der Landschaft dieser alternden, einst bio-skulpturierten Welt zu erkennen, auf der jetzt nichts mehr lebte und wuchs außer weiten Feldern bronzefarbenen Grases, die sich bis zum Horizont erstreckten. Auf der anderen Seite des Platzes standen drei Türme. In wortlosem Einklang gingen sie zu dem Turm hinüber, der am weitesten links von ihnen stand. Dessen Tür war schon vor geraumer Zeit zerfallen, doch der Turm selbst war noch intakt geblieben; er war aus einem Stein erbaut worden, der einst durch Molekularbinder gehärtet worden war. Das Gebäude wies baulich beabsichtigte Krümmungen und Windungen auf, lehnte sich nach rechts, dann nach links, dann wieder nach rechts. Das Treppenhaus in seinem Inneren bestand aus einer asymmetrischen Wendel, die im Laufe der Jahre noch unregelmäßiger geworden war.

Kurj folgte Roca die schmalen Stufen hinauf, insgesamt vier Stockwerke, bis sie zu einer zugigen Kammer in der

Spitze des Turmes kamen. Im Eingangsbereich konnten sie beide aufrecht stehen, doch wenige Schritte vor ihnen stieg der Boden an, bis zwischen ihm und der Decke nur noch ein Meter Platz blieb. Die Türen zu ihrer Linken und ihrer Rechten waren von einem IRK-Offizier in die Mauern eingelassen worden, der vor einiger Zeit hier stationiert gewesen war und nichts Besseres zu tun gehabt hatte. Da auf SonnenWelt keine Bäume wuchsen, hatte Kurj ihm gestattet, Holz zu importieren. Kurj beugte sich vor, um an Roca vorbeizugreifen, und stieß die rechte Tür auf; dahinter war eine steinerne Brücke zu erkennen, die von diesem zu einem anderen Turm führte, der von der Kammer nur wenige Meter entfernt war.

Roca musterte die Brücke eingehend. »Meinst du, sie ist stabil? Es ist ein Jahrhundert her, dass wir sie das letzte Mal betreten haben.«

»Ich denke schon. Aber ich gehe vor.« Kurj trat auf die Brücke hinaus. Das steinerne Geländer reichte ihm bis zu den Ellbogen und war gut zwei Hände breit, doch die Brücke selbst war so schmal, dass er seitwärts gehen musste. Als sie das letzte Mal hier gewesen waren, als er noch ein kleiner Junge gewesen war, hatte er diese Brücke überquert, ohne einen Gedanken an ihre baulichen Dimensionen zu verschwenden.

Langsam überquerte er die Brücke, bis er den Absatz an ihrem anderen Ende erreicht hatte, eine schmale Terrasse, die kreisförmig den Turm umlief. In Form einer riesigen, abgewinkelten Blüte ragte der oberste Teil des Gebäudes geschwungen über Kurj in den Himmel. Dieser zweite Turm besaß keinen Eingang: Sein ›Stängel‹ bestand aus massivem Gestein, das ganze Gebäude war so entworfen worden, dass es einer Pflanze ähnelte, obwohl die Zeit viel von dem ausgelöscht hatte, was einst die Erbauer des Turmes an kunstsinnigen Feinheiten für ihr Gebäude erdacht hatten.

Kurj drehte sich wieder zum ersten Turm um und winkte Roca zu sich. Sie überquerte die Brücke, blickte ihn unverwandt an, während sie weiterging, als könne allein schon seine Anwesenheit verhindern, dass die Brücke zusammenbräche. Als sie dann den Absatz erreicht hatte, durchdrang ihre Erleichterung sogar seine mentalen Barrieren und berührte sanft sein Inneres.

Und so standen sie gemeinsam da und blickten auf den wiegenden Ozean gelbgoldenen Grases hinunter, der gegen die Fundamente der Türme zu branden schien und sich bis zum Horizont erstreckte; der Wind ließ Wellen darüber wogen, die Oberfläche des Ozeans wurde durch nichts durchbrochen, nicht durch andere Pflanzen, Bauten oder Berge. Stille umhüllte sie, eine Verkörperung der unausgesprochenen Worte, die ihr Leben überschatteten.

Aus Kurjs Palmtop erklang ein Signalton. Er musste sich zwingen, seinen Blick vom Horizont zu lösen und dem Palmtop seine Aufmerksamkeit zuzuwenden. Er nestelte den Palmtop von seinem Gürtel und rief die neu eingegangene Nachricht auf:

Ich weiß nicht warum.

»Ist es eine Antwort von Dehya?«, fragte Roca.

»Wohl eher von einer ihrer Außenbereichs-Routinen.« Er schickte eine Antwort: Kannst du das herausfinden? Dann steckte er den Palmtop wieder fort und machte eine einladende Bewegung mit dem rechten Arm zur Terrasse, die um den Turm herumführte, hinüber: Gerne wollte er dort mit Roca spazieren gehen. Der steinerne Vorsprung war gerade breit genug, dass sie nebeneinander hätten gehen können, doch die Kante war nicht durch ein Geländer geschützt, deswegen ging Roca vor, und Kurj folgte ihr.

Als sie die andere Seite des Gebäudes erreicht hatten, kam der dritte Turm in Sicht. Mit seinem robusten, gerillten ›Stängel‹ und seinem bauchigen Oberteil ähnelte er einem aschgrauen Wassertank, allerdings war seine Oberseite abgeflacht; sie hatte einen Durchmesser von etwa fünfzig Metern.

Drei Meter freier Raum trennten diesen Turm von der Terrasse, auf der Kurj mit Roca stand.

»Die Brücke ist fort«, bemerkte Roca.

Kurj stand am Rand der Terrasse und schaute hinunter, weit unter ihnen konnte er die Basis des Turms erkennen. Die Überreste einer Brücke lagen dort, vom Gras halb überwuchert. Als er sich auf der Terrasse umblickte, sah er nur einen möglichen Ersatz dafür: eine Holzplanke, die gegen die Mittelsäule des Turmes gelehnt war – vermutlich von dem Schreiner zurückgelassen, der auch die Türen angefertigt hatte.

Als Kurj zu der Planke hinüberging, meinte Roca: »Das Ding wird dich nicht tragen.«

Knoten C, Aufnahme!, dachte er. Wird die Planke mein Gewicht tragen können?

Die Wahrscheinlichkeit, dass sie dich trägt, beträgt 64 Prozent, meldete Knoten C.

»Es müsste eigentlich funktionieren«, erklärte er dann seiner besorgten Mutter. Während seine Knoten Fallkurven berechneten und seine Hydraulik seine Bewegungen steuerten, stemmte er die Planke in die Luft. Das andere Ende der Planke landete mit einem lauten Knall auf dem gegenüberliegenden Turm.

Wieder gab sein Palmtop ein Signal von sich. Neugierig rief Kurj die Nachricht auf:

Bitte warten.

Roca spähte über Kurjs Arm hinweg auf das Display. »Was soll denn das bedeuten?«

»Sie scheint eine gewaltige Berechnung anzustellen!« Seine Antwort lautete: Ich bin fast bereit, wieder nach Hause zu kommen. Ich habe einen Krieg zu gewinnen, eine Versammlung zu besänftigen und eine Braut, die auf mich wartet! Wenn du möchtest, dass ich bleibe, musst du mir einen guten Grund liefern.

Roca lächelte. »Was meinst du, wird einfacher sein? Die Versammlung zu besänftigen oder den Krieg zu gewinnen?«

Er lachte und verstaute seinen Palmtop wieder. »Gute Frage.«

Ihre Miene wurde sanfter. »Du lachst kaum noch so.«

»Ich lache kaum noch *wie*?«

»Als ob dir wirklich nach Lachen zumute sei.«

Das überraschte Kurj. In Ermangelung einer sinnvollen Antwort begann er, über die Planke zu gehen. Sie war gerade breit genug für einen seiner Füße, was es schwierig machte, die Balance zu halten, doch sein biomechanisches Netzwerk berechnete genau, welche Kräfte wo notwendig waren, um ihn im Gleichgewicht zu halten, bis zu jeder Bewegung und jeder Gewichtsverlagerung. Kurz darauf trat er über die abgerundete Kante des dritten Turmes auf dessen ringförmige Plattform.

Er drehte sich zu Roca um. »Komm!«

»Ich falle bestimmt!«, rief sie zurück. »Ich weiß nicht, wie du das geschafft hast!«

»Du bist Tänzerin! Viel gelenkiger als ich, mehr Gefühl für Gleichgewicht!«

»Du hast deine Biomechanik.«

Dieser Einwand ließ ihn zögern. Er hielt sein biomechanisches Netzwerk für selbstverständlich, doch seine Mutter war in viel geringerem Maße damit ausgestattet als er. Kurj wollte gerade wieder zurückgehen, als er sah, dass sie auf die Planke hinaustrat.

»Lass ruhig!«, meinte er. »Ich komme zurück.«

Roca beachtete ihn nicht und setzte ihre Schritte mit Bedacht. Kurj verspannte sich; ihm wurde plötzlich bewusst, wie verletzlich sie aussah, wie sie dort hoch über dem Gräsermeer zu schweben schien und der Wind ihre herrliche Haarpracht durcheinander wirbelte. Während er sie ansah, stiegen alte, längst vergessen geglaubte Erinnerungen wieder in ihm hoch. Vor Jahrzehnten, in diesem kurzen Zeitabschnitt, in dem sowohl er als auch sein Großvater Jarac Teil der Triade gewesen waren, kurz bevor Jarac gestorben war, hatte sich ihr Denken und Fühlen überlappt. Kurj kannte alle Erinnerungen von Jarac. Wie er Roca jetzt so sah, erinnerte er sich, wie sie in ihrer Kindheit ausgesehen hatte, als sie über einen Baumstamm einen Bach überquerte. Tochter. Schwester. Mutter.

Ohne Zwischenfall erreichte Roca das andere Ende der improvisierten Brücke. Als sie den ersten Fuß auf den Turm setzte, klingelte Kurjs Palmtop. Roca zuckte erschrocken zusammen, blickte auf – und verlor das Gleichgewicht.

Kurj sprang vor, schlang in einer gedankenschnellen, fließenden Bewegung seinen Arm um ihre Taille: Seine Bewegungen kamen mit biomechanisch verstärkten Reflexen und erhöhter Geschwindigkeit. Normalerweise hätte ein Mann von seiner Größe, wenn er sich so schnell bewegt hätte, über die Kante des Turmes fallen müssen. Doch seine Hydraulik übernahm die Kontrolle seiner Bewegungen, bremste seinen Schwung: Er stolperte, statt in die Tiefe zu stürzen, einige Schritte zurück. Klappernd sprang das Brett zur Seite, rutschte dann von der Kante ab und segelte langsam abwärts in die Tiefe.

Hart landeten Roca und Kurj auf dem Boden; so saßen sie erschrocken da, Kurj seine Mutter mit beiden Armen umschlungen. Ihr Blick war so starr wie der Blick eines eingefangenen Vögelchens, und beide wurden stocksteif vor Verlegenheit und Angst, betrachteten einander, nur einen Meter von der Stelle entfernt, wo der Turm sich nach unten in die Tiefe wand.

Eingeschlossen von diesem einen Augenblick wie in Bernstein gefangene Goldfliegen, starrten sie einander an. Dann zerbarst der Augenblick, und Kurj ließ sie los. Sie rappelten sich auf, der Wind fing sich in Rocas Haar, das sie nun beide umspielte.

»So gefährlich hat das beim letzten Mal nicht ausgesehen«, sagte sie dann.

»Nein. Das hat es wirklich nicht.«

Sie gingen zu einer Vertiefung in der Mitte des Turmes, die einst der Boden eines Raumes gewesen war. Kurj sprang in den Hohlraum hinunter und war erstaunt, wie viel kleiner ihm alles vorkam. Die Wände, die damals, als er fünf Jahre alt gewesen war, drohend über ihm aufgeragt hatten, reichten ihm jetzt gerade bis zu den Schultern. Der Raum selbst maß sechs mal zehn Schritte, wobei die ihm näher stehende Wand breiter war als die gegenüberliegende. Das Dach hatte lediglich aus zwei gemauerten Bögen bestanden, einem, der die längere Seite überspannt hatte, und einem über der kürzeren. Über der Mitte des Raumes hatte die beiden Bögen einander berührt, doch jetzt waren nur noch die Sockel der beiden Bögen übrig geblieben.

Als Roca über den Mauerabschluss in den Raum, der jetzt ohne Decke war, kletterte, fiel Kurj erst auf, dass sie weder einen Kommunikator noch einen Palmtop bei sich trug. »Mit welchem Schiff bist du hierher gekommen?«, fragte er.

Sie sprang zu ihm hinunter. »Mit der *Brandung*.«

»Die Kommandantin ist Edyth Klow, nicht war?«

»Ja, das stimmt.«

»Warum hat sie dich ohne Kommunikator hier runtergehen lassen?«

»Ich wollte keinen.«

»Sie hätte dich zwingen sollen, einen mitzunehmen.«

Roca zuckte mit den Schultern. »Falls ich einen brauche, kann ich deinen nehmen. Außerdem weißt du doch, dass sie alles überwachen, was wir hier tun.«

»Ich habe einen Schattenwerfer in meiner Cybersperre.« Die Technologie war eigentlich geheim, aber sein gesamter Stab wusste, dass er einen besaß. Dieser Schattenwerfer verbarg ihn in einer Schattenkugel mit einem Durchmesser von vier Metern. »Wenn der aktiviert ist, so wie jetzt, dann kann mich niemand überwachen. Oder dich, wenn du weniger als zwei Meter von mir entfernt bist.«

»Wenn ich weniger als zwei Meter von dir entfernt bin, kann ich deinen Palmtop benutzen.«

Leise fragte er: »Und wenn ich das nicht zulasse?«

Sie brauchte einen Augenblick, um zu verarbeiten, was sie da gerade gehört hatte. »Auf dem Orbiter hast du mir etwas versprochen. Ich vertraue darauf.« Sie sah ihn an und fragte: »Muss ich wirklich meinen eigenen Sohn fürchten?«

Ihre offene Frage hatte Kurj erschreckt; er drehte sich um und ging zur gegenüberliegenden Wand. Dort setzte er sich auf einen steinernen Sims und wandte ihr wieder sein Gesicht zu. In der Lautlosigkeit von SonnenWelt konnte er sie atmen hören.

»Du liebst deine Kinder zu sehr«, meinte er dann.

»Ich hatte immer geglaubt, es sei noch zu wenig.« Sie lehnte sich gegen die Wand, die Handflächen gegen den Stein gelegt. »Wenn ich bessere Arbeit geleistet hätte, wärst du jetzt vielleicht glücklicher.«

»Wieso glaubst du, ich sei nicht glücklich?«

»Bist du das denn?«

»Das weiß ich nicht.«

»Warum denkst du, ich würde dich zu sehr lieben?«

»Ich habe nicht nur von mir gesprochen.«

»Aber du hast dich gemeint, oder?«

»Du siehst deine Kinder wie durch einen Filter«, fuhr Kurj fort. »Und der verzerrt die Wahrheit.«

»Und was ist die Wahrheit, von der du denkst, ich würde mich weigern, sie zu sehen?«

»Was ich wirklich bin.«

»Und was bist du?«

Seine Stimme klang scharf vor Bitterkeit. »Ein Tyrann. Ein Militärdiktator. Ein Mörder. Ein Vergewaltiger.«

Sie starrte ihn an. »Bei allen Heiligen, was hast du denn hier draußen gemacht, als du dich ganz in deine Gedanken versenkt hast?«

»Introspektion betrieben«, entgegnete er nüchtern. »Das ist äußerst unangenehm.« Er lehnte sich nach vorne, breitbeinig saß er da, die Ellbogen auf den Knien. »Darr hatte Recht.«

Sie erstarrte. »Darr existiert doch nur noch in unserer Erinnerung.«

»Erinnerungen bleiben.« Er legte den Kopf schief und sah sie unverwandt an. »Hast du jemals eine Erinnerung in deinem organischen Gedächtnis mit dem verglichen, was du in einer Knoten-Datei gespeichert hast? Es ist erstaunlich, welche Verzerrungen und Verfälschungen die Zeit erzeugen kann. Wenn man einem Menschen lange genug Zeit gibt, dann kann er sich selbst davon überzeugen, in jeder Hinsicht unschuldig zu sein.«

Roca kam zu ihm herüber und setzte sich neben ihn, innerhalb der Reichweite seines Schattenfeldes. »Du solltest etwas mehr aufpassen, was du sagst.«

Er starrte sie an, die Hände zu Fäusten geballt. »Selbst jetzt noch: Was ist dein erster Gedanke? Du bringst dich selbst in Gefahr, um mich zu beschützen, damit bloß niemand meine Worte mitbekommt, um sie dann gegen mich verwenden zu können. Du hast Darr nicht verlassen, als er dich geschlagen hat. Erst als er auch auf mich losgegangen ist.« Ein lange verborgen gehaltener Zorn schwang in seiner Stimme mit. »Hast du noch nie darüber nachgedacht, dass mich allein schon der Gedanke, dass er dir etwas antut, fast umgebracht hätte?«

Ihr versagte die Stimme. »Es tut mir Leid.«

Er musste sich bewusst anstrengen, nicht mit den Zähnen zu knirschen. »Als ich ein Jagernaut war, habe ich mir jedes Mal, wenn ich einen Aristo abgeschossen habe, vorgestellt, ich würde Darr umbringen.«

Leise sagte Roca: »Es tut mir Leid, Kurj. Ich habe nur versucht, die bestmöglichen Entscheidungen zu treffen – nach bestem Wissen.«

Er schaute den Steinfußboden an. Er war von einem feinen Geflecht aus Rissen überzogen, doch bisher hatten sich dort nur wenige Grashalme angesiedelt. »Ich kann nicht damit umgehen, dass du mich liebst.«

»Wieso?«

»Weil, wenn du mich hassen würdest, es egal wäre, was ich dir antäte.«

Roca schluckte. »Und was würdest du mir antun?«

Wieder gab sein Palmtop einen Signalton von sich. Verärgert von der Störung riss er ihn ruckartig aus seiner Halterung. Diese Nachricht war in Dehyas persönlichem Font gesetzt:

Kurj, ich bin mir nicht sicher, warum du auf HimmelsHammer bleiben musst. Ich führe gerade Extrapolationen durch. Und um ehrlich zu sein: Ein Teil von all diesem ist intuitiv. Ist Präkognition eine Rhon-Eigenschaft? Ich bezweifle, dass wir auch nur in der Lage sind, eine klare Grenze zwischen Extrapolation und Präkognition zu ziehen. Ich weiß nur, dass du bleiben musst. Das ist das einzige Modell, das nicht divergiert oder auf null hinausläuft.

Roca konzentrierte sich auf den Palmtop, als könne das Lesen der Nachricht sie davor schützen, die Antwort auf ihre letzte Frage hören zu müssen. »Auf null hinauslaufen? Was meint sie damit?«

»Es sieht so aus, als versuche sie, die Zukunft zu berechnen«, antwortete Kurj. »Das machen wir beim IRK andauernd.«

»Um den Ausgang einer Schlacht vorherzusagen?«

»Ganz genau. Aber es funktioniert nicht. Zu viele Variablen.« Er schickte Dehya die Nachricht: Zwei weitere Tage kann ich noch bleiben.

»Was hat sie mit dem ›Symbol‹ gemeint?«

Er befestigte seinen Palmtop wieder an seinem Gürtel. »›Symbol‹?«

»Du hast gesagt, du wärst hierher gekommen, weil du auf das Symbol gekommen seiest, das Dehya gemeint hätte.«

Kurj fuhr sich durch seinen kurzen Bürstenschnitt. »Gemeint war Iocaste.«

»Wer ist ›Iocaste‹?«

»Kennst du nicht die Klassiker der Verbandler? *König Ödipus* von Sophokles?«

»Nein, eigentlich nicht.« Sie studierte seine Miene, statt seine Gedanken lesen zu wollen: Die hatte er für sie verschlossen. »Was willst du mir damit sagen?«

»Dehya glaubt, ich hätte Probleme, die etwas mit dir zu tun hätten. Sie versucht das wieder zu richten, auf ihre eigene, kaum nachvollziehbare Art und Weise.«

Roca seufzte, ein leiser, kaum wahrnehmbarer Laut. »Du hast nicht gewusst, dass es ihn umbringen würde, wenn du dich der Triade anschließt.«

Kurj versteifte sich. »Wir habe nicht über Jarac gesprochen.«

»Wirklich nicht?«

Es dauerte lange, bis Kurj antwortete: »Als er noch mein Großvater war, habe ich ihn bewundert. Als er mein Vater war, habe ich ihn gehasst. Aber er war der gleiche Mann. Schließlich habe auch ich das begriffen.« Leise fügte er hinzu: »Als es zu spät war.«

»Die Versammlung hat entschieden, dass sein Tod ein Unfall gewesen sei.«

»Was hast du denn erwartet? Ich war völlig außer Kontrolle. Die hatten Angst. Und das mit gutem Grund.«

»Wenn du wirklich das Ungeheuer wärst, das du zu sein behauptest«, sagte Roca, »dann würdest du dir darüber keine Gedanken machen.«

»Es sind die Handlungen eines Menschen, die ihn ausmachen. Nicht seine Fähigkeit, Reue zu zeigen.«

»Glaubst du das wirklich?« Sie beobachtet ihn genau. »Wenn Ur Qox die Verbandler mit all seinen Taten davon überzeugt, dass er ein anständiger Mensch ist: Wird es dadurch zur Tatsache?«

»Wenn sein Handeln der gesamten Menschheit gegenüber dem entspräche, was seine Propaganda behauptet? Ja, dann würde es dadurch zur Tatsache!« Und erschöpft setzte Kurj hinzu: »Dann könnten wir endlich aufhören, diesen götterverlassenen Krieg zu führen!«

Wieder piepte sein Palmtop auffordernd. Kurj fluchte, dann rief er die Nachricht auf. »Sie meint, zwei Tage seien nicht genug. Sie will zehn.« Er antwortete: Zehn sind zu viel, aber ich werde sehen, was ich tun kann.

Vorsichtig suchte Roca nach den richtigen Worten: »Ich glaube nicht, dass es gut wäre, wenn du länger hier bleiben und noch weiter grübeln würdest – nicht einmal zwei weitere Tage!«

»Ich bin nicht allein.«

»Ich habe Eldri versprochen, dass ich nicht zu lange wegbleibe.«

Leise fragte er: »Und wie lange ist ›zu lange‹?«

Das Unbehagen war ihr deutlich anzusehen. »Das weiß ich nicht.«

»Vielleicht ist es ja schon zu spät.«

»Kurj, nicht.«

Er streichelte ihr Gesicht, dann ließ er die Fingerspitzen auf ihrer Wange ruhen. Seine Mutter war auf seinen Wunsch hin gekommen, vertraute dem Versprechen, das er ihr gegeben hatte. Er bedauerte dieses Versprechen jetzt, weil er fürchtete, es nicht halten zu können. Wenn er zugab, welche Gefühle er in seiner Brust trug, was dort schwelte, würde die Macht, die diese Gefühle über ihn hatten, brechen können – oder würde er jegliche Kontrolle verlieren und all das zerstören, was er liebte?

Wieder piepte sein Palmtop, und Kurj hieb mit der Faust dagegen, um den Signalton zu deaktivieren. Dehya konnte warten.

»Was machst du denn?«, fragte Roca.

Er fuhr ihr durch die Locken, seine Hand war so groß, dass er ihren ganzen Kopf darin hätte verbergen können. Dann fuhr er mit einem Finger ihren Kiefer entlang.

»Kurj, hör auf!«

»Ich muss es wissen.« Er umklammerte eine ihrer Haarsträhnen mit der geballten Faust. »Ich muss wissen, was passiert, wenn ich in die Dunkelheit schaue.«

Sie sah sein Gesicht so prüfend an, als könne sie darin einen Ausweg finden. Und dennoch fühlte er noch immer ihr Vertrauen. Selbst jetzt noch glaubte sie, dass er sein Versprechen einhalten werde. Sie saß dort und beobachtete ihn. Sie wartete. Wartete darauf, dass er aufhörte. Wartete darauf, dass sein Verhalten ihr Vertrauen rechtfertigte. Weigerte sich einzusehen, dass sie sich getäuscht hatte.

Ein Windstoß wehte ihr eine Strähne über den Mund. Er tastete danach, berührte ihre Lippen. Eine langen Moment saßen sie so dort, Kurj hielt ihr Haar in der verkrampften Hand, Roca starrte ihn reglos an. Sie wartete. Verletzlich. Sein.

Dann ließ er sie los.

Kurj atmete aus, er hatte nicht bemerkt, dass er den Atem angehalten hatte. »Woher hast du es gewusst?«

Ihr Stimme zitterte. »Was ›gewusst‹?«

»Dass du mir vertrauen kannst.«

Die Farbe kehrte in ihr Gesicht zurück. »Weil du tief in deinem Herzen, Kurj, ein Ehrenmann bist.« Sie deutete auf den Himmel. »Die Leute da draußen, sie alle, wollen, dass wir alles für jedermann sind: Hüter des Netzwerks, Symbole des Reiches, Bewahrer der Freiheit, stark, schön, perfekt. Sie verlangen von uns, übermenschlich zu sein, und verdammen uns dafür, wenn wir es nicht sind. Ist es denn so erstaunlich, dass wir dem Druck manchmal nachgeben?«

»Du bietest mir Entschuldigungsmöglichkeiten an, wo ich keine verdiene.«

»Du verurteilst dich selbst für eine Bosheit, die gar nicht Teil von dir ist.«

»Du täuscht dich.« Seine Miene wurde sanfter. »Aber danke, dass du so über mich denkst.« Er fühlte sich sonderbar leicht, als hätte die Schwerkraft von SonnenWelt ein wenig nachgelassen.

Ein Motor grollte, hoch über ihnen. Als Kurj aufblickte, sah er eine Raumfähre, die sich deutlich vor dem Himmel abzeichnete. Er stand auf und zog seinen Palmtop hervor. Die Nachricht, die vorhin eingegangen war stammte nicht von Dehya, sondern von der Kommandantin der *Amboss*:

Code Zwei. Schicke eine Fähre.

Kurj starrte auf das Display. Code Zwei. Das stand für eine Krisensituation, die nur noch von einer groß angelegten Invasion übertroffen wurde.

Die Fähre landete auf dem Turm. Als Roca und er darauf zuliefen, wurde die Luke geöffnet und gab den Blick auf Korvettenkapitän Coalson frei, ein Mitglied von Kurjs engerem Stab. Kurj ließ Roca den Vortritt beim Einstieg in die Raumfähre, bevor er ihr folgte.

»Wie ist die Lage?«, fragte er Coalson dann.

»Nachricht vom HQ.« Unruhig blickte Coalson zu Roca.

»Fahren Sie fort!«, sagte Kurj. »Meine Mutter hat die notwendige Sicherheitsstufe.«

»Es geht um Fregattenkapitän Valdoria, Herr.«

»Sie meinen Althor?«, fragte Roca. »Meinen Sohn?«

Der Korvettenkapitän verlagerte nervös sein Gewicht vom einen auf das andere Bein. »Jawohl, Herrin.«

Kurj wartete einen Herzschlag lang ab. »Fahren Sie fort, Korvettenkapitän!«

»Er wurde gefangen genommen, Herr. Von ERKomm.«

»Nein.« Roca starrte den Korvettenkapitän an. »*Nein!*«

Coalson schoss das Blut ins Gesicht. »Herrin, es tut mir Leid.«

Mit sanfterer Stimme forderte Kurj: »Geben Sie mir einen vollständigen Bericht, Korvettenkapitän!«

»Die Flottille wurde zerstört«, begann Coalson. »Wir wissen nicht, was mit Prinz Althor geschehen ist. Sein Steuerungssitz war voller ...« Er machte eine Pause und sah Roca an. »Hinweise auf einen Kampf.«

»Was für Hinweise?«, wollte Roca wissen.

Als Coalson zögerte, forderte Kurj ihn wieder auf: »Fahren Sie fort!«

»Blut«, erwiderte Coalson. »Es war überall.«

»Blut von Althor?«, fragte Kurj nach.

»Ja, Herr. Eindeutig.«

Rocas Stimme brach. »Hat er zu viel Blut verloren, um es zu überleben?«

»Das wissen wir nicht«, entgegnete Coalson.

»Wie lange wird es dauern, bis die *Amboss* die *Brandung* treffen kann?«, wollte Kurj dann wissen.

»Etwa einen halben Orbit.«

»Das ist zu lange«, entschied Kurj. »Ratgeberin Roca und ich werden beide auf die *Amboss* gehen.«

»Kurj.« Roca schüttelte den Kopf. »Was ist mit Dehyas Warnung?«

Plötzlich war er sehr müde. Und sehr schwer. »Extrapolationen in die Zukunft sind niemals genau. Ich kann nicht nur deswegen hier bleiben!« Er blickte zum Himmel auf. »Nicht jetzt!«

Ur Qox stand in der hohen Aussichts-Halle, ein freundlich eingerichteter Raum mit glänzend lackierten Tischen und Vasen, die allesamt aus Diamanten geschnitten waren. Das Fenster vor ihm erstreckte sich über die gesamte Breite und die gesamte obere Hälfte des Raumes. Von dieser Seite der Scheibe aus hatte man ungehinderten Blick auf den darunter liegenden Transit-Raum; von der anderen Seite aus betrachtet war die Scheibe undurchsichtig.

In diesem Transit-Raum war die Decke mit Sterilisationsdüsen übersät, an den Wänden hingen Schutzanzüge. Entlang einer anderen Wand standen Gerätschaften: Gelenksperren, Halsmanschetten, Handschellen. Sklavenbänder. Kroiden marschierten in Scharen in den Raum, wandelnde Festungen von fast zweieinhalb Metern Körpergröße; ihre verspiegelten Rüstungen reflektierten das grelle, kalte Licht. Nur ein Mann trug keine Rüstung. Althor Valdoria stand schweigend und wie betäubt da, als ein Kroide ihm ein Sklavenhalsband umlegte.

Der Erbe des Imperators trug immer noch seine IRK-Uniform: eine schwarze Hose und einen schwarzen Pullover, an jedem seiner Oberarme waren zwei goldene Armreifen befestigt, die seinen Rang als Jagernaut-Sekundär kennzeichneten. Man hatte ihm die Arme auf den Rücken gedreht, die Unterarme übereinander gelegt und mit einem Netz gefesselt. Durch das Fessel-Netz halb verborgen, konnte man einen Verband an seinem rechten Handgelenk erkennen.

Qox hatte die Berichte gelesen. Die Mannschaft vom ERKomm-Kreuzer *Viquaras Glorie*, benannt zu Ehren der Kaiserin, hatten den sterbenden Althor gefangen genommen. Die Ärzte an Bord des Kreuzers hatten ihm das Leben gerettet; seine eigene robuste Konstitution hatte es ihnen dabei einfach gemacht. Jetzt konnte er schon wieder alleine stehen; aber er hatte dunkle Schatten unter den Augen, sein Gesicht wirkte eingefallen.

Eine Spiegelung in der Fensterscheibe verriet Qox, dass einer seiner Geheimpolizisten sich ihm von hinten näherte. Der *Razer* blieb in einigen Schritten Entfernung stehen. Als Qox sich zu ihm umdrehte, verneigte sich der Mann.

»Ja?«, fragte Qox.

»Ein Lieutenant Xirson von der *Viquaras Glorie* wartet draußen, Euer Hoheit.«

»Bring ihn herein!«

Xirson erwies sich als ein hochgewachsener Mann mit charakteristischen Highton-Gesichtszügen, roten Augen und mattschwarzem Haar. Er kniete vor seinem Kaiser nieder, den Kopf gesenkt. Seine metallgraue Halsmanschette wies ihn als Aufgabenerfüller aus, der sich die Ehre erworben hatte, als ERKomm-Offizier dienen zu dürfen. Sein Name verriet, dass er der Sohn eines Aristos namens ›Xir‹ war, möglicherweise sogar von Qox' eigenem Cousin Corbal Xir. Qox versuchte sich einzuprägen, beizeiten Corbal nach diesem Burschen zu fragen. Er brauchte weitere *Razer*, und er setzte bevorzugt Verwandte ein.

»Du darfst dich erheben«, sagte Qox. Als der Lieutenant aufstand, fragte der Kaiser: »Du hast eine Nachricht für mich?«

»Jawohl, Euer Hoheit.« In Xirsons Stimme klang ein Grollen mit, das typisch war für einen Sklaven, der aus der Hardacol-Zuchtlinie stammte, eine recht robuste Züchtung. »Admiral Ajaks erbittet eine Audienz.«

»Du darfst ihm bestellen, sie sei ihm gewährt«, entschied Qox.

Nachdem Xirson gegangen war, wandte Qox sich wieder um und beobachtete weiter das Geschehen in dem Raum unter ihm. Die Kroiden waren immer noch damit beschäftigt, Althors Halsband zu installieren: Gerade führten sie dessen Stecker in die Buchsen in Althors Nacken ein. Dieses Halsband war mit Pico-Technologie nur so voll gepackt, damit sofort sämtliche Sicherheitsvorkehrungen angegriffen und deaktiviert wurden, die Althors biomechanisches Netzwerk beschützten. Es war recht kompliziert, gerade angesichts der Tatsache, dass die Knoten von Jagernauts so eingestellt waren, dass sie sämtliche darin befindlichen Daten selbsttätig löschten, wenn man sich unbefugt daran zu schaffen machte.

Als er wieder die sich nähernde Spiegelung seines Leibwächters sah, fragte Qox, ohne sich umzudrehen: »Ist er jetzt hier?«

»Jawohl, Sir!«, bestätigte der *Razer*.

»Gut.« Er blickte weiter aus dem Fenster. »Bring ihn herein!«

Im Spiegelbild sah er, wie Ajaks eintrat. *Razer* eskortierten den Admiral, der keine seiner eigenen Leibwächter mitgebracht hatte – wie es üblich war, wenn eine Audienz beim Kaiser gewährt wurde. Die einzigen Wachen, die in Qox' Gegenwart geduldet wurden, waren seine eigenen.

Wie die meisten Hightons war Lassar Ajaks hochgewachsen und wies klassische Gesichtszüge auf; er hatte kein einziges graues Haar. Außerdem war er recht kräftig gebaut, wirkte sogar so, als habe er ein wenig Fett angesetzt – ein ungewöhnlicher Anblick für einen Aristo. Er trug eine schmucklose Uniform und dazu Kampfstiefel: Alles war schwarz, von roten Paspeln an den Ärmeln abgesehen.

Qox hatte ihm das Kommando über die *Viquaras Glorie* übertragen, weil Ajaks nur an Reichtum, nicht aber an Macht interessiert war. Die politische Situation war derzeit zu unbeständig, um Risiken eingehen zu können. Qox hatte Gerüchte über einen anderen Highton-Erben gehört; auch dieser sollte versteckt leben, um vor Attentätern geschützt zu sein – eine recht bedeutsame Geschichte, angesichts von Jaibriols Tod. Doch Qox hatte keinen Erben. Er hatte mit Cirrus einen Sohn gezeugt, um einen weiteren Rhon-Psioniker zu erhalten, aber ohne Erfolg.

Im Transit-Raum hatten die Kroiden inzwischen die Fesseln von Althors Armen gelöst und legten ihm jetzt Handschellen an; jedes einzelne dieser Geräte an seinem Körper war mit Pico-Technologie durchwirkt, die sämtliche seiner Aktivitäten überwachte und die verschiedensten Möglichkeiten bot, ihn jederzeit unter Kontrolle zu halten.

Qox wandte sich Ajaks zu. »Ich grüße Sie, Lassar.«

Der Admiral verneigte sich, die an der Hüfte angelegte Faust und der ausgestreckte Daumen deuteten Erfolg an. »Eure hoch geschätzte Anwesenheit erleben zu dürfen, ist mir eine Ehre, Eure Hoheit.«

Qox deutete mit dem Kinn auf den Transit-Raum. »Ich bin zufrieden mit dem, was Sie mir gebracht haben.«

Ajaks richtete sich auf und streckte die Brust vor. »Es ist mir eine große Freude, Euch diese Trophäe unseres ruhmreichen Kampfes gegen das arglistige Imperiale Skolia bringen zu können!«

Qox hätte beinahe gelächelt. Ajaks hatte schon immer eine sehr blumige Sprechweise an den Tag gelegt. Das war nützlich bei Nachrichten-Übertragungen, in denen genau diese Art abgedroschener Phrasen erforderlich war, die Ajaks mit beachtlicher Gewandtheit produzierte.

»Allerdings, ein ruhmreicher Kampf«, gestand Qox ihm zu.

»Es geht mir um etwas anderes, Sir. Betrifft den Nachrichtendienst.« Sein Ton, in dem deutlich Missfallen, ja Abscheu mitschwang, suggerierte, der Nachrichtendienst habe die ganze Situation falsch angegangen, bis er, Lassar Ajaks, die Sache wieder ins Lot gebracht habe. Das überraschte Qox nicht. Vitrex, der Minister des Nachrichtendienstes, hatte seit Althors Gefangennahme stark an Ansehen gewonnen. Also bemühten sich die anderen Hightons um den Sturz des Ministers. Qox förderte derartige Intrigen, schließlich lenkten sie von ihm selbst ab.

Doch das Auftreten des Admirals an diesem Tag ließ auf mehr schließen als simple Intrigen. Ajaks konnte seine Aufregung kaum noch verbergen. »Eure Hoheit, Sir! Eure höchst geschätzte Majestät!«

Amüsiert fragte Qox: »Ja, Lassar?!«

Ajaks löste einen Palmtop von seinem Gürtel und streckte ihn Qox entgegen. Aus dem Augenwinkel sah Qox, dass seine *Razer* sich anspannten, ihre Hände sanken auf die Waffen nieder. Auch die Sicherheitssysteme des Raumes selbst mussten jetzt auf gesteigerte Alarmbereitschaft umgeschaltet haben. Dennoch nahm er den Palmtop entgegen. Und als er las, was auf dessen Bildschirm stand, wirkte der Raum plötzlich sehr viel stiller.

Er blickte Ajaks an. »Das haben Sie gut gemacht. Ich werde das nicht vergessen.«

Der Admiral verneigte sich. »Es ist mir eine Freude, Euch den letzten notwendigen Streich zu ermöglichen, der zu einem vereinigten Universum unter der mildtätigen Führung der Hightons führen wird.«

»Allerdings.« Sollten sich diese Daten als zutreffend erweisen, mochte an Ajaks theatralischer Formulierung etwas Wahres sein.

Die Nachricht war eine Zusammenfassung aller Bemühungen, die die Männer des Admirals angestellt hatten, um das Netzwerk der *Destrier* zu knacken. Die meisten Knoten des Schiffs waren vollständig gelöscht, doch es war diesen Netzwerk-Künstlern tatsächlich gelungen, einige Dateien zu retten – einschließlich einer Nachricht des Imperators. Abgeschickt ausgerechnet auf SonnenWelt. SonnenWelt anzugreifen hatte nur wenig Aussicht auf Erfolg, dafür war dieser Planet viel zu gut bewacht. Aber wer hätte schon damit gerechnet, dass er sich dort aufhalten würde? Wenn man bedachte, wie nah SonnenWelt dem Orbiter war, wäre es doch viel sinnvoller gewesen, sofort auf den Orbiter zurückzukehren, sobald er von der Gefangennahme seines Erben erfahren hatte, statt zum IRK-Hauptquartier auf Diesha.

Und wo war der Imperator am verwundbarsten? Auf dem Weg zu seinem Ziel. Im Weltraum.

Liederglockenblumen erklangen in der klaren Nachtluft und erfüllten die Parklandschaften von *Upper Qoxir* mit leiser Musik. Der Mond Mirella tauchte die Rasenflächen in rosenfarbenes Licht, sein Schein wurde durch das Licht von fünf kleineren Monden versilbert, die allesamt mindestens als Halbmonde am Himmel standen, einschließlich der Schwestern Ilina und Tarquine, die wie unregelmäßig geformte Münzen schimmerten. Sie waren nach Eu'be Qox' Schwestern benannt und umkreisten Glorie auf Orbits, die kaum fünfzig Kilometer voneinander entfernt waren. Der tiefer am Himmel stehende, schnellere Mond überholte niemals seine Schwester. Sobald sich der untere Mond dem oberen näherte, wurde er durch die Schwerkraft des oberen verlangsamt und in Richtung des oberen Orbits gezogen, woraufhin die Schwerkraft des unteren Mondes den oberen beschleunigte, der dann in Richtung des unteren Orbits gezogen wurde, bis die beiden Schwestern schließlich ihre Orbits tauschten und der neue untere Mond vor seiner Schwester floh. Von der

Oberfläche von Glorie aus gesehen schien es, als würden sie am Himmel voneinander abprallen. An diesem Abend waren sie einander so nah, dass sie sich fast zu berühren schienen.

Izar Vitrex, der Minister des Nachrichtendienstes, wartete, verborgen in dem karneolfarbenen Schatten, der mit seiner Umgebung zu verschwimmen schien.

Ein Rascheln war von einem Weg zu seiner Linken zu hören. Dann erschien Kryx Quaëlen.

»Ich grüße Sie, Minister Vitrex«, sagte Quaëlen.

»Ich grüße Sie, Minister Quaëlen«, entgegnete Vitrex.

»Ein herrlicher Abend.«

»Das ist wahr.« Mit einem Nicken deutete Vitrex auf den Palast, der auf einem Hügel in der Ferne leuchtete, strahlend, voller Anmut. »Ein Abend, der unseren Kaiser ehrt.«

Quaëlen sah sein Gegenüber mit einem unergründlichen Blick an. »Möge das Geschlecht der Qox unser Volk segnen.« Er machte eine Pause. »Und unsere Söhne.«

»Ein edler Gedanke.« Die Andeutung war Vitrex nicht entgangen. Wie Quaëlen herausgefunden hatte, dass Vitrex' ›Erbe‹ nicht sein leiblicher Sohn war, wusste Vitrex nicht. Offensichtlich besaß der Wirtschaftsminister einen sehr viel ernst zu nehmenderen eigenen Nachrichtendienst, als es Vitrex bisher klar gewesen war. Quaëlen hatte sich auf subtile Andeutungen beschränkt und damit gezeigt, dass er wusste, wie es war, wenn eine Highton-Blutlinie mit einem Stigma behaftet war. Vitrex glaubte nicht einen Augenblick lang, Quaëlen würde sich einen Deut um sein Dilemma scheren. Der Wirtschaftsminister beabsichtigte, ihn zu erpressen.

Und was noch viel schlimmer war: Der Kaiser wusste davon. In einem beeindruckenden Reigen von Andeutungen hatte Qox Vitrex versichert, sein Geheimnis sei sicher, eine Belohnung für die Rolle, die er beim *Destrier*-Triumph gespielt hatte. Doch Vitrex gab sich keinerlei Illusionen hin. Dadurch, dass er sich durch seine Frau Sharla zu diesem Betrug hatte überreden lassen, hatte er seine Position dem

Kaiser gegenüber aufs Spiel gesetzt und hatte auf diese Weise selbst dafür gesorgt, dass der Kaiser ihn in der Hand hatte.

Das war alles die Schuld dieses Mädchens. Cirrus. Versorger-Spione einzusetzen war nichts Neues, und Vitrex war auch vorsichtig gewesen. Als er mit ihr zusammen gewesen war, hatte er die gleichen Techniken der geistigen Barriere eingesetzt, die auch IRK-TelVers anwendeten, wenn sie ihr Denken und Fühlen während einer Schlacht schützen wollten. Er hatte geglaubt, sich genügend geschützt zu haben, als er seinen Spaß mit diesem hübschen kleinen Spielzeug des Kaisers gehabt hatte. Er hatte sich getäuscht.

Kurzzeitig zog er in Erwägung, Sharla öffentlich zu beschuldigen und den entsetzten Gemahl zu spielen, der erst jetzt von ihrem Betrug erfahren hatte. Doch selbst wenn er sich von diesem ganzen Chaos distanzierte, würden immer noch Gerüchte kursieren, er wisse mehr als er zugebe. Außerdem würde er sich damit die Feindschaft von Sharlas Familie zuziehen, einer einflussreichen Highton-Familie. Zudem mochte er Sharla wirklich – Sharla, die in der Öffentlichkeit die Eisprinzessin spielte, und im Privatleben die Hure seiner Träume war.

Sharla war auch viel besser als er in politischen Dingen. Allein wäre er ganz schnell in der Versenkung verschwunden. Doch jetzt war ein guter Zeitpunkt für Veränderungen in der Machtstruktur gekommen. Irgendwie musste er dieses Chaos zu seinem Vorteil ausnutzen.

Schweigend blickte Quaëlen auf den im Mondlicht schlafenden Garten. Derartiges Schweigen hätte Vitrex normalerweise nervös gemacht und ihn zum Plappern gebracht. Dann hatte Sharla ihm erklärt, dass es eine gezielt eingesetzte Technik sei, die genau das zum Ziel habe. Danach hatte er diese Technik selbst anzuwenden gelernt.

Als das Schweigen ermüdend wurde und keinem der beiden einen Nutzen brachte, sagte Quaëlen: »Ein Sohn für einen Sohn. Gesegnet sei das Glück des Kaisers. Und Ihre hoch geschätzte Rolle dabei.«

»Allerdings«, pflichtete Vitrex ihm bei. Quaëlen hatte sich offensichtlich auf Althor Valdoria bezogen. Dennoch machte ihn dieses Gerede über ›Söhne‹ nervös.

»Ein Sohn.« Quaëlen machte eine Pause. »Ein Bruder.«

»Ein Bruder?«

»Der vom Himmel herabstürzt wie ein Hammer.«

»Ein Hammer?«

»HimmelsHammer.«

»›HimmelsHammer‹?« Vitrex verstand nicht, worauf dieses Gespräch hinauslaufen sollte.

Quaëlen fuhr sich mit Daumen und Zeigefinger über den Nasenrücken. »Auf SonnenWelt. Sie kennen den Planeten doch wohl, nicht wahr?«

Sein Ton verärgerte Vitrex. Natürlich kannte er SonnenWelt, das Refugium der Rubin-Dynastie. Es war schließlich die nachrichtendienstliche Arbeit seiner eigenen Leute gewesen, die zu Althor Valdorias Gefangennahme geführt und die den Aufenthaltsort des Imperators enthüllt hatte. Beinahe hätte er Quaëlen angefahren, doch dann beherrschte er sich und sagte nur: »Allerdings.«

»Es ist eine Schande, dass es von SonnenWelt bis zum IRK-Hauptquartier viel weiter ist als bis zum Orbiter«, bemerkte Quaëlen.

»Allerdings«, gab Vitrex ihm erneut Recht, jetzt vollends verwirrt. »Ob es jedoch eine Schande ist oder vielmehr eine Möglichkeit, sich einer Schande zu entledigen, hängt vom jeweiligen Standpunkt ab.«

»Das ist wohl wahr. Die Demütigung des Imperialen Skolia mag sehr wohl ein Segen für Eubia sein. Ein Segen, der sehr wohl die persönliche Beachtung des Kaisers verdienen würde.«

»So sollte es auch sein«, gab Vitrex zu. Offensichtlich wusste Quaëlen, dass der Kaiser beabsichtigte, dem Schlachtkreuzer *Viquaras Glorie* im Kreuzer *Megapolis* zu folgen. Selbstverständlich würde Qox nicht an Kampfhandlungen teilnehmen. Doch wenn ERKomm den Imperator aufspüren und gefangen nehmen würde, dann käme Qox die Ehre zu, ihn zu seinem Gefangenen gemacht zu haben. Vitrex selbst hatte sich um die Vorbereitung für die zusätzlichen Schiffe gekümmert, die erforderlich waren, um Qox' Sicherheit zu garantieren. Um genau zu sein, hatten seine Leute sich darum gekümmert. Er selbst besaß nur wenig Talent für den Nachrichtendienst oder irgendeine andere Tätigkeit. Seine Begabungen lagen auf dem Gebiet, diejenigen Personen zu erkennen, die das konnten, was er nicht konnte, und dann die Anerkennung für ihre Arbeit einzuheimsen.

Natürlich gab es keinerlei Garantie dafür, dass ERKomm Kurj Skolia wirklich finden würde. Vitrex stellte sich vor, wie ein triumphierender Ur Qox dem gefangenen Imperator gegenübertrat. Was für eine Szene! Großartiges Material für die Nachrichtenübertragungen. Als Minister des Nachrichtendienstes saß er an der richtigen Stelle, um darüber zu entscheiden, was in diesen Übertragungen berichtet werden würde, und so könnte er dann sicherstellen, dass der Ruhm auch auf ihn selbst abfärbte.

Quaëlen betrachtete ihn aufmerksam. »Es wird ein großer Augenblick sein, wenn unser erhabener Kaiser von dieser gefährlichen Mission zurückkehrt.«

Gefährlich? Vitrex verspannte sich innerlich. Was wollte Quaëlen damit andeuten? Dass er, Izar Vitrex, nicht die Sicherheit des Kaiser sicherstellen konnte? Das war eine Beleidigung! Also wirklich: Gefahr!

Dann fiel ihm noch eine weitere Möglichkeit ein, Quaëlens Worte zu interpretieren. Das Volk brauchte gar nicht zu *erfahren*, dass Qox bei dieser Mission überhaupt nicht in Gefahr gewesen war. Es wäre der immer weiter wachsenden Unterstützung, die Vitrex von allen Seiten erfuhr, alles andere als abträglich, wenn er als der Minister gefeiert würde, der dem mutigen Kaiser dabei geholfen hatte, von seiner kühnen Mission erfolgreich zurückzukehren.

»Das Volk wird jubeln über seine sichere Rückkehr«, wagte Vitrex den Gedanken auszusprechen.

»Und genau das sollte es auch.« Quaëlen wartete einige Herzschläge lang ab. »Vorausgesetzt, er kehrt auch wieder zurück.«

Vitrex erstarrte, endlich hatte er begriffen, was Quaëlen beabsichtigte. Der Wirtschaftsminister dachte über einen wahren Coup in der Öffentlichkeitsarbeit weit hinaus. Vitrex konnte dafür sorgen, dass der Kaiser triumphal zurückkehrte ...

... oder dass er *gar nicht* zurückkehrte.

Zu behaupten, dass diese Idee ein Risiko barg, wäre so, als würde man feststellen, das Meer berge Wasser. Vitrex konnte nicht mehr wagen, als nur die *Chance* auf eine Katastrophe zu ermöglichen. Sollten irgendwelche Beweise dafür auftauchen, dass er nur im Mindesten daran beteiligt war, würde er einen langen, qualvollen Tod erleiden. Sollte Qox sterben, würde sein Tod Eubia ins Chaos stürzen, vor allem angesichts der Tatsache, dass es keinen designierten Thronfolger, keinen Erben der Hightons gab.

Aber dieses Chaos bot den intelligenten Hightons auch die Möglichkeit, ihre eigene Macht zu vergrößern.

War es das Risiko wert?

14

Die IRK *Amboss* kehrte aus der Inversion zurück, wirbelte durch ein verzerrtes Universum aus Zeitdilatation und Raumkontraktion. Innerhalb von Sekunden verlangsamte sie auf eine weltlichere Geschwindigkeit, gefolgt von ihren Geleitschiffen, der Flottille, die sie nach SonnenWelt begleitete hatte, dazu kamen noch zehn Sternbrecher-Zerstörer, die vom Orbital-Verteidigungs-System von SonnenWelt abgezogen worden waren.

Zehn Sekunden später brach auch die IRK *Schutzwall*, ein Feuersturm-Schlachtkreuzer, in den Realraum durch. Zusammen mit ihr erschienen zweitausend weitere Schiffe, in perfekter Formation, einschließlich Sternbrechern, Leos, Vipern, Kobras, Wespen und Jags. Plötzlich wimmelte es in der Leere des Weltraum nur so vor Schiffen. Die meisten davon wurden von EI-Gehirnen gesteuert; nur jedes zehnte war bemannt.

Die Armadas der *Amboss* und der *Schutzwall* leiteten ein kompliziertes Rendezvousmanöver ein, es war fast wie ein Tanz. Roca wartete in der Sternenkuppel oberhalb der Brücke der *Amboss*, neben dem Kommandosessel, in dem Kurj saß; die Nano-Haken in den Sohlen ihrer Stiefel hielten sie an dem Laufsteg fest, indem sie sich mit komplementären Häkchen vereinigten, die in den Laufsteg eingearbeitet waren.

Die eine Hand noch am Ohr, weil er sich auf seinen Kommunikator konzentrierte, drehte Kurj sich zu Roca um: »Bereit zum Transfer.«

Ihr stockte die Stimme. »Bring ihn wieder nach Hause, Kurj!«

Sanft versprach er: »Das werde ich.« Er dachte an Dehyas Warnung, er solle auf SonnenWelt bleiben. Das Grundrauschen ihrer Zukunftsberechnungen war so gewaltig, dass normalerweise ihre eigentlichen Voraussagen darin untergingen – was diese Voraussagen natürlich nutzlos machte. In seltenen Fällen existierte eine hinreichend große Korrelation, die dann dafür sorgte, dass sich die Voraussage vom Hintergrundrauschen deutlich abhob. Dehya glaubte, eine derartige Korrelation gefunden zu haben. Aber was für eine? Sie dachte, es könne alles sein von seinem Tod bis hin zu einem Sieg, der so bedeutsam war, dass er die Geschichte und seine eigene Rolle darin veränderte, bis er sich selbst nicht mehr genug ähnelte, um innerhalb ihrer Kalkulationen konsistent zu bleiben. Es könnte sich bei ihren Ergebnissen aber auch um ein Artefakt handeln, das völlig ohne Bedeutung war.

Er sah seine Mutter aufmerksam an. »Falls du Ami siehst, würdest du ihr etwas von mir ausrichten?«

Sie nickte, ihre Augen schimmerten feucht. Sie beide wussten, dass jetzt, wo Roca auf dem Weg zum Planeten Parthonia war und er auf dem Weg zum Orbiter, auf dem Ami lebte, es keinen Grund gab, warum sie Ami vor ihm wiedersehen sollte, es sei denn, ihm stieße etwas zu.

Sag ihr, dass ich sie liebe, dachte er.

Ihre Miene wurde sehr sanft. ***Das werde ich.***

Im Verlauf der folgenden zehn Minuten ging Kurj von Bord der *Amboss* und betrat die *Schutzwall*. Er installierte sich im Kommandosessel oberhalb der riesigen Brücke; alle Konsolen, alle Waffensystem-Kontrollen und alle Kommunikator-Posten waren mit seinen besten Offizieren besetzt. Die *Amboss*, nun begleitet von eintausend Schiffen, die ursprünglich zur *Schutzwall* gehört hatten, invertierten in den Superluminalraum und brachten Roca nach Parthonia in Sicherheit.

Kurj erstreckte sein Denken und Fühlen auf die ganze *Schutzwall*. **Fertig zum Invertieren.**

Beschleunigungsvorgang eingeleitet. Die Stimme der *Schutzwall* dröhnte in Kurjs Verstand wie eine vibrierende massive Stahlplatte.

Ein ERKomm-Stinger kam wirbelnd aus der Inversion gerast, jagte vorbei, kaum mehr als ein winziger Streifen Ionen, der sich im Weltraum verteilte.

INVERTIEREN!, schrie Kurj.

Wespen konnten innerhalb von Sekunden Inversionsgeschwindigkeit erreichen; mit Hilfe der Quasis schützten sie sich vor den alles zerquetschenden Beschleunigungskräften. Fregatten brauchten länger, Zerstörer noch länger. Die *Schutzwall* brauchte drei Minuten. Nach astronomischem Maßstab waren drei Minuten ein Nichts.

Nach Maßstab der interstellaren Kriegsführung war es eine Ewigkeit.

Innerhalb der ersten Sekunde, nachdem der ERKomm-Stinger erschienen war, jagten blitzend zwei weitere Stinger in den Realraum und setzten Gefechtsköpfe ab. Einer davon ließ eine IRK-Wespe explodieren, der andere traf eine Fregatte, die sich in Quasis versetzt hatte, deswegen hatte dieser Sprengkopf keinerlei Effekt. Während der nächsten Sekunden erschienen vierzehn weitere ERKomm-Drohnen und griffen die IRK-Schiffe an.

Innerhalb von fünfzig Sekunden trat eine Händler-Flotte von fast eintausend Schiffen aus der Inversion, ihnen vorausgeschickt wurden MIRVs, die ihre Ziele mit unbeirrbarer Wildheit verfolgten. Die meisten Schiffe konnten nur einen einzigen Schuss abgeben, während sie an ihren Zielen vorbeijagten. Schnelleren Schiffen blieb die Zeit, in den Superluminalraum zu invertieren, falls sie die erste Salve überstanden hatten, um dann zu wenden und einen erneuten Vorbeiflug zu starten.

Die ganze Schlacht über wirbelten alle Schiffe wild durch den Raum. Die größeren IRK-Schiffe beschleunigten weiter, um Inversionsgeschwindigkeit zu erreichen, die kleineren Schiffe blieben zurück, um sie zu schützen. Annihilatoren verwandelten die Leere des Alls immer wieder in einen Mahlstrom aus Gammastrahlung und energiereichen Teilchen. Impaktoren setzten ganze Schwärme selbstlenkender

Geschosse ab, die zusätzlich zum Plasma beim Aufprall zündeten. Die Schlacht fand in einem kegelförmigen Raumabschnitt statt, der Millionen Kilometer lang und tausende von Kilometern breit war. Hätte der Staub, der mit gewöhnlicheren Geschwindigkeiten durch das All zog, die Schiffe beobachten können, so hätten sie mit ihrer relativen Geschwindigkeit wie flache Münzen ausgesehen, und die Mannschaft hätte sich in Zeitlupe bewegt.

Die Quasis-Schilde der Schiffe begannen zusammenzubrechen. Kleinsche Treibstoff-Flaschen kollabierten, sie rissen die kleineren Schiffe, die sie an Bord gehabt hatten, vollständig aus dem Realraum, größere machten sie kampfunfähig. Auf den schematischen Darstellungen war ein Chaos aus wild oszillierenden Feldern im Raum zu erkennen, der sich immer mehr in eine wogende See aus Trümmern und Plasma verwandelte.

Am Anfang waren die ERKomm-Drohnen den IRK-Schiffen zahlenmäßig unterlegen gewesen und zu hunderten abgeschossen worden. Doch es kamen immer neue, Welle um Welle um Welle, und alleine schon ihre Anzahl glich aus, wie wenig kohärent sie als Streitkraft auftraten.

In den Kommandosessel verankert wurde Kurj zu einem Teil der *Schutzwall*. Jede Faser seines Verstandes, jedes seiner Gefühle durchfloss das gesamte Netzwerk einer tausend Schiffe umfassenden Flotte. Er war vom Netzwerk selbst nicht mehr zu unterscheiden, analysierte und reagierte mit einer Geschwindigkeit, die weit jenseits jeglichen menschlichen Denkens lag; Worte wurden zu einem Schnellfeuer aus Zahlen und Geräuschen, die wie Funken in seinem Verstand aufblitzten.

Größe des ERKomm-Verbandes abschätzen, dachte er. **Einschließlich der Schiffe, die sich noch im Superluminalraum befinden.**

3.000–10.000 Schiffe, antwortete die *Schutzwall*.

Dann trat mit einem Lichtblitz die *Viquaras Glorie* aus der Inversion.

Kurj wandte dem Schlachtkreuzer eine gewaltige Gruppenantenne zu. Er ›sah‹ jede einzelne Wellenlänge des elektromagnetischen Spektrums, von den trägen Radiowellen bis zu den tödlichen Gammastrahlen. **Impaktoren abfeuern. Dolch-Muster 2-6.**

Die *Schutzwall* und die *Glorie* begannen den Kampf: Zwei Riesen, die einander so viel Energie entgegenschleuderten, dass es jeweils ausgereicht hätte, um einen ganzen Kontinent zu sterilisieren. In einem Sekundenbruchteil schoss das Sperrfeuer der *Schutzwall* mehr als vierzig Drohnen ab, die zur *Glorie* gehörten. Und die *Schutzwall* sprang von einem Quasis-Sprung zum nächsten, war gezwungen, dies zu tun, um sich selbst zu schützen. Spiralförmig wirbelten in einem wilden Tanz Ionen an den magnetischen Feldlinien entlang.

Quasis-Schilde der *Glorie* durchstoßen, meldete die *Schutzwall*. 10 ihrer 48 Inversions-Antriebe zerstört.

Impaktoren abfeuern, Dolch-Muster 7-15, wies Kurj das Schiff an.

Quasis-Sprung, dachte die *Schutzwall*. Ich habe zwölf Decks verloren.

Kurj nahm die Schadensberichte entgegen und erteilte weitere Befehle. Innerhalb von Sekunden war die beschädigte Außenhaut des Schiffes versiegelt, und Rettungsmannschaften wurden in die beschädigten Bereiche des Schiffes ausgesandt.

Tau-Kanonen 26-38 abfeuern, dachte er dann. **Peitschen-Muster 1-4.**

Die Taus jagten aus ihren Abschussschächten heraus. Zwei von ihnen trafen ERKomm-Fregatten; die eine explodierte, die andere versetzte sich rechtzeitig in Quasis. Vier Taus beschleunigten fast bis zur Lichtgeschwindigkeit und detonierten dann an den Schilden der *Glorie*, was deren Quasis weiter schwächte. Ein Tau explodierte wirkungslos, als dessen eigene Quasis eine Fehlfunktion aufwies, und die letzten drei invertierten aus dem Realraum. Zwei dieser invertierten

Taus erschienen dann genau ›auf‹ ihrem eigentlichen Ziel, einem ERKomm-Zerstörer, der die Flanke der *Glorie* schützen sollte. Die vereinte Wucht der Explosionen ließ die Schilde des Zerstörers zusammenbrechen, und alle drei Schiffe verschwanden in einem Auflodern aus Strahlung und Trümmern.

Das letzte Tau kehrte so aus dem Realraum zurück, dass es sich *innerhalb* des Quasis-Feldes der *Glorie* materialisierte. Eine Millisekunde lang blieb die Quasis kohärent, hielt das Tau nur wenige Meter oberhalb des Kreuzers wie eingefroren. Dann durchbrachen die relativistischen Kräfte des Taus die Quasis, und das Geschoss traf die Brücke der *Glorie* mit 96 Prozent der Lichtgeschwindigkeit. In einer Fontäne aus umherfliegenden Trümmern, Energie und Partikeln brandeten Explosionen durch den gesamten Schlachtkreuzer.

Steuer-Netzwerk der *Glorie* beschädigt, meldete die *Schutzwall.*

Wie viele Schiffe sind noch übrig?, wollte Kurj wissen. **Bei beiden Flotten.**

IRK-Flotte auf 306, berichtete die *Schutzwall.* ERKomm auf 298.

Kurj atmete hörbar aus. In weniger als drei Minuten hatte er siebenhundert Schiffe verloren, die meisten davon unbemannte Drohnen. **Wahrscheinlichkeit eines Ausgangs dieser Schlacht zugunsten des IRK berechnen.**

Wahrscheinlichkeit beträgt 79-88 Prozent.

Kurj unterdrückte den aufbrandenden Triumph. **Hilfs-Impaktoren und Hilfs-Annihilatoren aktivieren.** Sie brauchten einen schnellen Sieg. Je länger sich dieser Kampf hinzog, umso besser wurden die Chancen für ERKomm. Denn weitere ERKomm-Schiffe konnten noch über Stunden hinweg aus dem Superluminalraum sickern.

Quasis-Sprung, meldete die *Schutzwall.* Tau-Treffer in meine Steuerbord-Hangars. 159 Sekunden nach Begin dieser Schlacht fügte sie hinzu: IRK-Flotte auf 228. ERKomm auf 14.. Wahrscheinlichkeit eines Ausgangs dieser Schlacht zugunsten des IRK: 83-94 Prozent. Inversion der *Schutzwall* in 21 Sekunden.

Dann trat mit einem Blitz die *Megapolis* aus der Inversion.

Der ERKomm-Schlachtkreuzer wirbelte mit feuernden Annihilatoren und Impaktoren in den Realraum, vor ihm jagte eine Wolke aus Köderstaub und MIRV-Geschossen her, und dazu eine Antimaterie-Wespe, die so groß war wie ein Sternbrecher-Zerstörer.

Als die Schlacht 175 Sekunden angedauerte hatte, fünf Sekunden, bevor die *Schutzwall* invertieren konnte, meldete sie: Quasis-Sprung, gefolgt von: Imperator Skolia, der Angriff der *Megapolis* hat mehr als 80 Prozent meines Körpers und meiner Systeme zerstört. Zudem haben ERKomm-Schiffe mit Hilfe entsprechend modifizierter Tau-Geschosse Quasis-Generatoren in meinen Rumpf insertiert.

Kurj nahm die katastrophalen Neuigkeiten entgegen: Das Einzige, was von der *Schutzwall* noch übrig geblieben war, waren die Brücke, einige wenige Decks, ein Inversions-Antrieb und einige wenige Kleinsche Eindämmungsbehälter. Das Sterben seiner Mannschaft tobte durch sein Denken und Fühlen, es hinterließ das qualvolle Gefühl, seinem eigenen Körper sei etwas amputiert worden.

Quasis-Sprung, meldete die *Schutzwall*. IRK-Flotte auf 82. ERKomm auf 265. Wahrscheinlichkeit eines Ausgangs dieser Schlacht zugunsten des IRK: 37 Prozent.

Kurj konzentrierte sich auf seine Displays. Siebenunddreißig Prozent. Immer noch besser als eins zu drei. So mit seinem Kommandosessel verankert, war er ein Gegner, wie ihn das ERKomm noch in keiner anderen Schlacht erlebt hatte, sowohl was die Rhon-Stärke seiner Gedanken- und Gefühlswellen betraf, als auch was seinen reichhaltigen militärischen Erfahrungsschatz anging. Mit einer mentalen Leistungsfähigkeit, die von niemandem übertroffen wurde, nicht einmal in seiner eigenen Familie, erfasste er die *Megapolis* buchstäblich mit seinem Verstand, versenkte sich tief in den Mammut-

Kreuzer und ließ sein Bewusstsein durch alle Leitungen und Bahnen strahlen; das gesamte Bewusstsein der *Schutzwall* unterstützte ihn bei diesem Vorgehen.

Die verbliebenen sechs Tau-Kanonen in Peitschen-Muster 7 abfeuern, wies er das Schiff an.

182 Sekunden nach Beginn der Schlacht, zwei Sekunden, nachdem die *Schutzwall* hätte invertieren können, wenn alle ihre Antriebe das Gefecht überstanden hätten, prallten fünf ihrer letzten sechs Tau-Geschosse in wirkungslosen Explosionen gegen den Quasis-Schild der *Megapolis*. Das sechste Tau durchstieß einen Fehler im Schild und zerstörte sieben Decks des Kreuzers. Dies destabilisierte die Eindämmungsfelder von neun der 462 Kleinschen Treibstoff-Flaschen des Kreuzers.

Quasis-Sprung, dachte die *Schutzwall*. IRK-Flotte auf 35. ERKomm auf 253. Dann: Mir liegen neue Informationen vor. Ur Qox befindet sich an Bord der *Megapolis*.

Kurj erstarrte. Woher weißt du das?

Das Netzwerk der *Megapolis* wurde sabotiert. Qox sollte nicht an der Schlacht teilnehmen. Durch die Leistungsverstärkung, die ich durch deinen Verstand erhalten habe, hat mir der durch den letzten Angriff entstandene Schaden ermöglicht, das Sicherheitssystem des Schiffes zu durchbrechen.

Diese Narren, dachte Kurj. Die Händler waren so sehr damit beschäftigt, sich gegenseitig in den Rücken zu fallen, dass sie einander selbst während einer Schlacht sabotierten.

Der Kaiser beabsichtigt, dieses Schiff zu entern, fuhr die *Schutzwall* fort.

Kurj biss die Zähne zusammen. Können wir mit einem einzigen Antrieb invertieren?

Bei unserer derzeitigen Beschleunigung werden wir die notwendige Geschwindigkeit in 6 Sekunden erreicht haben.

Wie groß ist die Wahrscheinlichkeit, dass wir in 6 Sekunden noch lebendig sind, frei und in einem Zustand, der uns das Invertieren erlaubt?

17 Prozent, gab die *Schutzwall* zur Antwort.

Warum so niedrig?

Die *Schutzwall* zeigte ihm ein Display, wie sie selbst aussah, oder vielmehr: wie das aussah, was von ihr übrig geblieben war; diverse Bereiche des Schiffes waren rot gekennzeichnet. Weitere Beschleunigung oder Inversion könnten in diesen Bereichen einen strukturellen Kollaps bewirken.

Was ist mit diesen ERKomm-Quasis-Generatoren in deiner Außenhaut?, fragte Kurj nach. Werden die nicht deinen Kollaps verhindern?

Die haben meine Selbstzerstörungs-Systeme eingefroren, aber sie reichen nicht aus, um einen vollständigen Kollaps zu verhindern.

Also gab es immer noch einen Ausweg. Kannst du früher invertieren?

Bei einem früher gestarteten Versuch der Inversion steigt die Wahrscheinlichkeit eines Strukturzusammenbruchs auf über 90 Prozent.

Kurj seufzte. Eine Chance von 17 Prozent, dass sie invertieren können würden. Eine Chance von eins zu sechs, dass er überlebte, um an einem anderen Tag Rache zu nehmen.

Eins zu sechs.

Das bedeutete, die Chance zu scheitern, stand fünf zu sechs. Eine Chance von fünf zu sechs, dass er für nichts und wieder nichts starb.

Und es war auch nicht wahrscheinlich, dass er Qox jemals wieder so nahe kommen können würde.

Über wie viele intakte Kleinsche Eindämmungsbehälter verfügst du noch?, fragte er.

41, antwortete die *Schutzwall*.

Kurj dachte nach. Seit dem Angriff auf Althors Flottille hatte sich das IRK abgemüht, eine wirksame Gegenmaßnahme für diese neue Technik zu finden, bei der störende Quasis-Generatoren in den Rumpf gegnerischer Schiffe insertiert wurden. So kurzfristig war das Beste, was ihre Ingenieure zustande gebracht hatten, die Modifikation der Quasis-Generatoren für die Kleinschen Flaschen gewesen, die den Treibstoff an Bord der *Schutzwall* eindämmten, sodass deren Felder mit den Störfeldern interferierten. Sie hofften, dass sich dies so auswirkte, als befänden sich die Flaschen bereits unter Kontrolle des ERKomm, während sie in Wirklichkeit noch von der *Schutzwall* gesteuert wurden. Aber es war eine Notlösung, bisher ungetestet, es gab keine Garantien, dass es funktionieren würde.

Kannst du auf ein paar von den Kleinschen Flaschen ungehindert zugreifen?, fragte Kurj dann.

Auf 18, erwiderte die *Schutzwall*.

Kurj fällte seine Entscheidung. **Drossel die Antriebe! Stell dich tot!**

Vier Sekunden bevor sie hätten versuchen können zu invertieren, schaltete die *Schutzwall* sämtliche Energiezufuhr ab. Mit konstanter Geschwindigkeit schoss sie durch das All; die *Megapolis* hielt mit ihr Schritt und brachte sich in Position.

Dann kam die lange Prozedur, in der der Jäger die Kontrolle über seine Beute übernimmt.

Sobald die *Megapolis* auf das fast vollständig vernichtete Netzwerk der *Schutzwall* zugegriffen hatte, sorgte der ERKomm-Kreuzer dafür, dass das Schiff unter seiner Kontrolle abbremste; die Geschwindigkeit wurde nur langsam verringert, um, was von der stolzen *Schutzwall* übrig geblieben war, zu schützen: Das Schiff, auf dem sich der Imperator, die eigentliche Beute, befand, wurde eigentlich nur noch von Quasis-Feldern zusammengehalten. Die *Megapolis* nutzte ihre Stör-Quasis-Generatoren, um sämtliche Selbstzerstörungsmechanismen in Kurjs biomechanischem Netzwerk zu blockieren. Um diesmal nicht wieder das Risiko einzugehen, dass ihre Beute versuchte, sich das Leben zu nehmen, versetzte ERKomm Kurj in Tiefschlaf.

Das dachten sie zumindest.

ERKomm wusste nicht, was für ein Gegner Kurj wirklich war. Er beobachtete sie aus jeder Sektion der *Schutzwall*, hatte sich sogar bis in das Pico-Netzwerk aus NanoBots ausgedehnt, das die Außenhaut des Schiffes reparierte. Seine Spinal-Knoten hatten ihn in eine Art Trancezustand versetzt, der dem Schlaf recht ähnlich war. Doch Kurj wusste genauestens, was passierte. Sah alles. Hörte alles.

Die Schlacht hatte drei Minuten gedauert; das Abbremsen des Schiffes dauerte drei Stunden. Nachdem die Kreuzer nur noch gemächlich nebeneinander hertrieben, brauchte die *Megapolis* immer noch zwei Stunden, um die Überreste der *Schutzwall* zu sichern. Quasis-Felder, Stabilität der Schiffshülle, Inversions-Antriebe, chemischer Treibstoff, Fusions-Antriebe, Antimaterie-Antriebe, Navigationssysteme, Waffensysteme, Forschungsstationen, Konsolen, Tarnvorrichtungen – die *Megapolis* testete alles durch, stellte bis ins letzte Detail sicher, dass der Feind auch wirklich tot war. Immer und immer wieder kontrollierten die Sonden die Kleinschen Flaschen, ohne dass jemals ein Warnsignal ertönt wäre.

Nun war es an der Zeit, das gegnerische Schiff in Besitz zu nehmen. Die *Megapolis* brachte ihre gewaltige Unterseite nur wenige Meter von der *Schutzwall* entfernt in Position. Das massige Tor eines Hangars öffnete sich, eine zehn Meter dicke Sektion des Rumpfes. Kräne wurden ausgefahren, die so groß waren wie ganze Städte, über ihre gesamte Länge liefen Lichter. Sie schlossen sich wie Klauen um die *Schutzwall* und zogen sie in den Hangar hinein.

Es dauerte eine weitere Stunde, die *Schutzwall* im Inneren der *Megapolis* zu befestigen. Sonden fesselten den reglosen Kurj an seinen Sessel, machten Arme, Beine und Nacken bewegungsunfähig. Inzwischen durchdrang sein Bewusstsein die Struktur des Schiffes auf molekularer Ebene. Er überprüfte die Kleinschen Flaschen der *Schutzwall*, korrigierte hier ein paar Unebenheiten, verbesserte dort ein wenig die Tarnung.

Die ERKomm-Sonden überprüften die Flaschen erneut.

Zehn Stunden, nachdem die Schlacht begonnen hatte,

betrat Ur Qox, Kaiser von Eubia, Oberster Kommandant des ERKomm, persönlich die *Schutzwall*. In Magnetstiefeln marschierte er über den Laufsteg, umgeben von riesenhaften Kroiden.

Kurj beobachtete ihn aus allen Richtungen gleichzeitig.

»Wiederbeleben«, wies Qox seine Leute an.

Nachdem ihm ein Stimulans verabreicht worden war, täuschte Kurjs biomechanisches Netzwerk das Erwachen vor und nahm wieder Körperfunktionen auf, die das ERKomm auch zu überwachen vermochte. Kurj öffnete die Augen, nun beobachtete er Qox auch von seinem eigenen Körper aus, nicht nur vom gesamten Rest der Brücke. Er sah einen metallischen Riesen, der an den Kommandosessel gefesselt war; das Gesicht war eine metallene Maske mit ausdruckslosen goldenen Schilden, wo sich bei einem normalen Menschen Augen befunden hätten.

So trafen Imperator und Kaiser aufeinander.

Qox nickte ihm zu. »Imperator Skolia.«

Kurjs Stimme grollte. »Kaiser Qox.« Dann dachte er: **JETZT!**

Die *Schutzwall* ließ ihre Kleinschen Flaschen kollabieren. Jedes einzelne Partikel in jeder einzelnen der achtzehn Flaschen wandelte sich in Partikel aus dem Realraum um …

… und zwei Tonnen Antimaterie materialisierten sich mit einem Mal in der *Schutzwall*.

Das Plasma explodierte, riss das Schiff von Innen auseinander, vernichtete alles, was es berührte. Gammastrahlung schoss aus der *Schutzwall*, tief in die *Megapolis* hinein. Unerträglich energiereiche Reaktionen begannen kaskadenartig überall, lösten weitere Reaktionen aus. Die acht destabilisierten Kleinschen Flaschen an Bord der *Megapolis* kollabierten und trugen ihren Teil zu dem Sturm der Vernichtung bei. Das Chaos zerstörte die Schutzschilde der verbliebenen Treibstoff-Flaschen der *Megapolis* – und mehr als 450 Kleinsche Flaschen entleerten ihren Inhalt in den Realraum.

Der darauf folgende Mahlstrom erstreckte sich tief ins All

hinein und löschte alle Spuren der IRK- und der ERKomm-Flotten aus. Sie riss die beiden mächtigsten Kriegsherren mit sich, die jemals in der Geschichte der menschlichen Rasse bekannt gewesen waren: Der eine starb als reueloser Peiniger der Menschheit, der andere starb, nachdem er endlich Frieden geschlossen hatte mit all jenen Qualen, die sein von Gram zerfurchtes Herz hatte durchleiden müssen.

V

Der Strahlenkrieg

15

Viquara, Kaiserin von Eubia, durchquerte Die Halle Der Ringe. Die Aristos von Glorie hatten alle Plätze besetzt, Reihe um Reihe. Sie schwiegen. Beobachteten. Eine Eskorte *Razer*-Leibwächter umringte die Kaiserin, die wenigen Auserwählten, bei denen die Kaiserin gute Gründe hatte zu glauben, dass sie weiterhin dem Karneol-Thron treu blieben. Umhüllt vom Schweigen der sie beobachtenden Personen in allen Kreisen ging sie zum Podium, hochgewachsen und schweigend; sie trug ein Gewand, das aus schwarzen Diamanten gefertigt war, und ihr Haar fiel ihr bis zur Hüfte wie glitzerndes Tuch, das selbst aus gesponnenen schwarzen Diamanten zu bestehen schien.

Sie erreichte das Podium, stellte sich neben den Thron und blickte zu den Aristos. Schnee-Marmor, Rubin, Diamant. Juwelen. Hart, kalt und schweigsam. Haben Juwelen eine Seele?, fragte sie sich. War das von Bedeutung?

Aus den äußeren Kreisen, in denen die rangniedrigsten Aristos saßen, erkannte sie fast niemanden wieder. Die inneren Kreise wussten eine andere Geschichte zu erzählen: Hier saßen Oberste Richterin Calope aus der bedeutenden Familie Muze, die trauernde Witwe von Admiral Ajaks in schimmernder schwarzer Trauerkleidung; dort saß Izar Vitrex, Minister des Nachrichtendienstes, auch er trug schwarz; seine Frau Sharla, mit ihrem schneemarmornen Gesicht, ihren roten Augen und dem schwarzen Diamantkleid; Kryx Quaëlen, hochgewachsen, breitschultrig, aus unreiner Linie.

Wie ein Mann hoben die Aristos der Kreise ihre Hände, jeder trug eine schwarze Diamant-Zimbel auf Daumen und Zeigefinger. Gleichzeitig ließen sie die Fingerzimbeln klicken. Der hundertfache Laut vereinigte sich zu einem einzigen nachhallenden Klang. Wieder klickten sie, und wieder war der nachhallende, volltönende Laut zu hören. Das doppelte Klicken war erst zwei weitere Male in der Geschichte Eubias erklungen: beim Tod von Jaibriol I., dem Vater von Ur Qox, und beim Tod von Eu'be, dem Großvater von Ur Qox.

Viquara sprach mit einer Stimme, die so kalt war wie die Leere in ihrem Herzen. »Die Familie der Qox' dankt für die Ehre, die ihr hier erwiesen wird.«

Man beobachtete sie weiter. Schweigend. Sie kannte die Frage, deren Beantwortung alle Anwesenden erwarteten. Mit welchem Recht beanspruchte sie den Karneol-Thron für sich? In ihren Adern floss kein Qox-Blut.

Zwei derjenigen, die dort vor ihr saßen, hatten dieses Blut in ihren Adern: Corbal Xir, der Erstgeborene von Eu'be Qox' Schwester Ilina, und Calope Muze, das jüngste und einzige noch lebende Kind von Eu'bes jüngster Schwester Tarquine. Viele würden behaupten, dass sie größeres Anrecht auf den Thron besäße. Viquara wusste, dass sie zur Qox-Blutlinie eine engere Verbindung benötigte als nur eine Heirat.

Sie legte ihre Hand auf den glitzernden Thron. »Einst hat mein Gemahl hier gesessen.« Ihre Stimme erfüllte den ganzen Saal. »Sein Sohn wird das Gleiche tun.«

Flüstern der Zimbeln war aus den Kreisen zu hören. Mit dem Wissen, dass die *Razer* hinter ihrem Rücken standen, jederzeit wachsam, wartete Viquara ab. Sie hörte keine Herausforderung und erwartete auch keine. Wenn eine solche kam – und sie würde kommen –, dann würde das schweigend und im Verborgenen geschehen.

Wieder ergriff sie das Wort. »Es gibt Gerüchte, denen zufolge Kaiser Qox, dessen geschätztes Andenken wir hier ehren, unseren Sohn versteckt gehalten habe, um ihn vor der Böswilligkeit des IRK zu schützen. Diese Gerüchte stimmten, jedoch in einer Weise, die niemand erwartet haben dürfte.« Sie berührte ihren Unterleib, in dem die Lüge ihres Lebens begonnen hatte. »Vor Jahren schon haben Ur Qox und ich meine Eizellen mit seinem Sperma befruchten lassen und sie dann eingefroren. Jetzt bin ich mit einer dieser Eizellen schwanger.«

Die Aristos warteten. Highton, Diamant, Silikat. All warteten, wollten mehr hören. Viquara ließ sie warten. Sie hatte genug gesagt. Die Situation erforderte, dass sie sprach, und das hatte sie getan. Jetzt sollten sie ihre Herausforderungen aussprechen, wenn sie es wagten.

Zeitlebens hatte Ur sich geweigert, ihren unfruchtbaren Leib heilen zu lassen. Er hatte jede ihrer Bewegungen verfolgt, ihr jeden Ausweg genommen. Doch nun war er tot, und sie, Viquara, übte jetzt die Macht des Thrones aus. Genau dieselben Ärzte, die sich einst geweigert hatten, ihr zu helfen, taten nun genau wie ihnen geheißen.

Sie hatte diesen Plan bereits an dem Tag gefasst, als Ur ihr erzählte, eine andere Highton-Frau habe ihm ein Kind geboren, einen Erben, den er Jaibriol nennen werde, um ebendie Leere auszufüllen, die Viquara in seinem Leben hinterlassen hatte. Im Laufe der Jahre hatte Viquara Gewebeproben von Jaibriol gesammelt: eine Haarlocke, einen abgeschnittenen Fingernagel, einen tropfen Speichel. Sie bewahrte diese wertvollen Zellen unter idealen Bedingungen auf.

Jetzt, da die Zeit gekommen war, diese Zellen auszuwerten, hatten viele davon sie ohne erkennbaren Grund enttäuscht. Doch ihre Genetikerin brachte drei davon wieder in den verwendungsfähigen totipotenten, also undifferenzierten Zustand, machte wieder ihren vollständigen genetischen Code nutzbar, und damit bot jede dieser Zellen einen vollständigen Bauplan von Jaibriol Qox.

Die Ärztin entnahm Viquara drei Eizellen und befruchtete sie mit Sperma von einem ihrer Versorger. Dann ersetzte sie in jeder der drei befruchteten Eizellen den Zellkern durch den von einer der drei wiedererweckten Zellen Jaibriols. Eine der Eizellen starb ab, die anderen beiden jedoch überlebten. Auf diese Weise erzeugte Viquara zwei Klone von Jaibriol.

Als Nächstes reparierten die Ärzte Viquaras Gebärmutter und implantierten eine der Eizellen; die zweite bewahrten sie für den Notfall auf. Auf diese Weise konnte Viquara die beständige Lüge über Jaibriols Geburt wahr machen. Sie erwartete einen Klon ihres ›Sohnes‹. Würden an diesem Kind Gentests durchgeführt, so würden alle Ergebnisse mit denen von Jaibriol übereinstimmen, und sie würden bestätigen, dass er ein Sohn von Ur Qox war.

Die Highton-Blutlinien bedeuteten Stärke. Aristos waren nicht wie Psioniker, deren genetische Schwächen es fast unmöglich machten, sie zu klonen. Highton-Klone gediehen prächtig.

Und so stellte sie ihren Anspruch auf den Karneol-Thron sicher.

Izar Vitrex, Minister des Nachrichtendienstes, war gekommen, um seine Leute beim Arbeiten zu überwachen. Das ganze Labor war mit Gerätschaften angefüllt: riesige Maschinen, die bis zur Decke reichten, silberne Krankentragen auf Rädern rollten vorbei, an den Konsolen flackerten Lichter.

Heute hatten die Techniker Althor in einem Stuhl angeschnallt. Dessen Rücken war Teil der Wand, er war vollständig von Leitungen durchzogen. Metallbänder hielten Althors Oberarme an der Wand, seine Handgelenke an den Lehnen und seine Fußgelenke an Beinen des Stuhls. Zwei Techniker standen vor ihm, zwei weitere beobachteten das Ganze aus einigen Schritten Entfernung. Irgendjemand hatte Althors Kleidung zusammengefaltet und auf einem Hocker in der Nähe abgelegt. Althors goldener Schädel ruhte auf der Brust, ob er allerdings bewusstlos war oder nur erschöpft, wusste Vitrex nicht zu sagen.

Oq Vitrexson beugte sich über Althor. Er war ein hagerer Aufgabenerfüller mit schimmerndem Haar und rostfarbenen Augen und hatte sich schnell als einer von Vitrex' besten Technikern herausgestellt. Zudem war Oq sein Halbbruder, ein Sohn von Vitrex' verstorbenem Vater, den dieser mit einer seiner Versorgerinnen gezeugt hatte.

Oq griff fest in Althors Haarschopf, zog den Kopf des Rubin-Prinzen etwas zu sich heran und sagte mit freundlicher Stimme: »Kehren wir noch einmal zu unserem letzten Gespräch zurück! Onyx-Plattform.«

Althor starrte ihn mit drogenverschleiertem Blick an.

»Onyx«, wiederholte Oq. »Dort habt ihr doch eine ganze Reihe Waffen-Plattformen. Du wolltest mir davon erzählen.«

»Kann ich nicht«, krächzte Althor.

»Nein?« Oq versetzte Althor einen Schlag, der Schädel seines Gefangenen prallte gegen die Wand.

Als Althor stöhnte, brandete eine Welle der Transzendenz über Vitrex hinweg. Er versteifte sich innerlich und versuchte, das Gefühl zu unterdrücken. Transzendenz, das, was ein Aristo mit einem Versorger teilte, war eine rein private Erfahrung und in dieser Situation völlig unangemessen.

Eine spezialisierte Serie NanoMeds in seinem Körper konnte seine Reaktion auf Versorger abdämpfen, indem sie Kylatin-Blocker synthetisierten, die seinen Empfang dessen, was ein Empath dachte und fühlte, zum Teil unterdrückten. Mit einer Sequenz von Neural-Entladungsmustern aktivierte er diese Meds. Es war sehr einfach, diese Sequenz aufzurufen: Er brauchte nur an einen Schlüsseltext zu denken. Für diesen Schlüssel hatte er einen der berühmtesten Poeten Eubias gewählt, Carzalan Kri, der vor Jahrhunderten Gedichte für seinen bevorzugten Versorger verfasst hatte:

Du schimmerst in meiner verdunkelten Sicht,
Voller Angst, zart und wie Gold.
Sing Schatten deines glänzend Licht';
Sing Tränen, schimmernd und hold.

Lieg stern'los in gefesselt' Glanz
So bebend in der Nacht.
Lieg sanft in meinem gewalt'gen Arm
In meiner verdunkelnden Macht.

Fast alle Aristos bedienten sich dieser Technik. Die wenigen, die ihr Bedürfnis nach Versorgern in die Öffentlichkeit vordringen ließen, wurden sehr schnell Ausgestoßene der Gesellschaft.

Als Vitrex sich den Labor-Technikern näherte, verneigte sich Oq. »Eure Anwesenheit erleben zu dürfen ist mir eine Ehre.«

Geistesabwesend nickte Vitrex, den Blick auf Althor gerichtet. Der Prinz der Rubin-Dynastie sah ihn an, schien ihn aber nicht wiederzuerkennen. Angesichts der Drogen, die man Althor verabreicht hatte, bezweifelte Vitrex, dass dieser Mann sich selbst wiedererkennen würde. Doch selbst bei dieser unratsam hohen Dosierung hatte das Wahrheitsserum bisher nicht zu den geringsten Ergebnissen geführt.

»Ich grüße Sie, Prinz Althor«, sagte Vitrex.

Althor befeuchtete seine gesprungenen Lippen. »Ich grüße Sie.«

»Ich höre, Sie haben mit meinen Leuten geplaudert«, fuhr Vitrex fort.

Althor sah ihn nur an. Unter einem seiner Augen zuckte ein Muskel.

»Ich glaube, Sie und Oq sprachen gerade über den Onyx-Sektor«, lächelte Vitrex. »Es ging um die Bewaffnung, nicht wahr?«

Althor sprach mit heiserer Stimme. »Ich kann Ihnen nichts erzählen, selbst wenn ich wollte. Und das wissen Sie.«

»Aber Sie wollen doch, nicht wahr?« Vitrex ließ seine Stimme sanfter klingen. »Es würde Ihr Leben so viel einfacher machen. Denken Sie doch nur an die Belohnung: ein schönes Essen, ein weiches Bett, eine Karaffe Wein!«

»Ich kann nicht«, krächzte Althor.

Vitrex seufzte. »Das ist bedauerlich.« Er warf Oq einen Blick zu. »Fahren Sie fort!«

Oq gab Befehle in seinen Palmtop ein. Vitrex wusste, was nun geschehen würde. Der Palmtop schickte Befehle an die

IR-Empfänger in Althors Halsmanschette und in seinen Fesseln an Hand- und Fußgelenken. Oqs Mannschaft hatte die Pico-Technologie in den Sklavenbändern über Althors Buchsen im Nacken und an den Hand- und Fußgelenken mit Althors internem biomechanischen System verlinkt. Von diesen Sklavenfesseln aus erstreckten sich Neural-Fasern in seinen Körper. Auf einen Befehl von Oq stimulierten diese Fasern Althors Nerven, während sämtliche Versuche des biomechanischen Netzwerks, diese Reize zu hemmen, durch andere, gleichzeitig ausgesendete Signale unterdrückt wurden.

Althor bäumte sich auf, er stieß einen erstickten Laut aus. Dann schrie er. Vitrex musste sich anstrengen, distanziert zu bleiben. Er betrachtete sich selbst als einen mitfühlenden Menschen. Selbst mit dem Wissen, dass Versorger nur Untermenschen waren, gestand er ihnen zu, sich ein gewisses Maß an Erhebung verdienen zu können. Er bedauerte, dass sie dafür Schmerzen ertragen mussten. Doch er tröstete sich selbst mit dem Wissen, dass dadurch, dass man Versorgern gestattete, sich durch ihr Leiden selbst zu erheben, die Aristos ihnen eine Gabe zuteil werden ließen, die sie niemals aus eigener Kraft würden erreichen können: Sie waren viel zu schwach, den Preis zu zahlen, den derartiges erforderte.

Vitrex sah in Althor eine Abscheulichkeit, einen Versorger, der danach strebte, sich auf das Niveau eines Highton zu erheben: Sich auf ein solches Niveau zu erheben, war Sklaven verboten. Und was noch schlimmer war: Diese Abscheulichkeit dort vor ihm erwartete, das auch noch zu erreichen, ohne jeglichen Preis dafür zu zahlen. Vitrex empfand angesichts von Althors Leiden weder Mitleid noch Freude, nur Erleichterung darüber, dass das Universum, das er kannte, wieder ins rechte Lot gebracht worden war.

Roca saß im Dunkeln. Auf der anderen Seite des Raumes leuchtete auf der Netz-Konsole ein goldfarbener Knopf; er war das Einzige, was im Wohnzimmer Licht spendete.

Aus dem Durchgang, der zum Schlafzimmer führte, war das Geräusch von raschelndem Stoff zu hören. »Roca?«, fragte Eldrinson.

Sie starrte weiter in die Dunkelheit.

»Komm wieder ins Bett!«, bat ihr Ehemann.

»Ich kann nicht.« Im Bett zu liegen, ohne zu schlafen, das war noch schlimmer als hier draußen zu sitzen, ohne zu schlafen. Leise sagte sie: »Ich frage mich, wo Dehya ist.«

»Sie kommt wieder zurück.«

»Vielleicht existiert sie gar nicht mehr.« Roca fühlte sich wie betäubt. »Bevor all dies hier geschehen ist, hat wenigstens Eldrin sie gesehen. Jetzt ist sie verschwunden. Ins Netzwerk. Vielleicht wird sie sich für alle Zeit darin treiben lassen.«

»Roca, nicht.« Ihr Gemahl kam zu ihr herüber und setzte sich zu ihr. Dann schloss er sie in die Arme und legte sanft seinen Kopf an den ihren. »Althor wird wieder nach Hause kommen. Du wirst sehen.«

Die schützende Taubheit verschwand. »Ich kann nicht ... Ich – Eldri, ich halte das nicht aus! Sie haben Kurj umgebracht. Sie haben Soz umgebracht. Sie haben Kelric umgebracht. Ich ertrage es nicht, daran zu denken, was sie Althor antun werden.« Ihre Stimme brach. »Wie viele von unseren Kindern wollen sie denn *noch*?« Tränen strömten ihr über die Wangen. »Endlich fing es an, Kurj besser zu gehen. Endlich, nach so langer Zeit.«

»Er ist so gestorben, wie er es sich gewünscht hätte. Im Kampf.«

»Ein großer Kampf«, meinte Roca bitter.

Leise sagte Eldrinson: »Er hat mir eine Nachricht geschickt, nachdem ihr beide HimmelsHammer verlassen hattet.«

»Eine Nachricht?«

»Sie war kurz: ›Vater, der biologische Netzwerk-Knoten von HimmelsHammer ist defekt. Wir müssen ihn reparieren.‹«

Roca brauchte einige Herzschläge, bis sie begriff, was an

dieser Nachricht so ungewöhnlich war. »Er hat dich ›Vater‹ genannt?«

Ihm stockte die Stimme. »Ja. Es waren die letzten Worte, die er zu mir gesagt hat.«

16

Viquara musterte ihr Arbeitszimmer: Wände aus schwarzem Diamant, ein Topasfußboden, Rubin-Möbelstücke. Das Arbeitszimmer des Kaisers. Ihr Arbeitszimmer. Aber für wie lange? Sie hielt die Macht mit einem Spinnwebfaden fest: dem Versprechen eines Qox-Erben, den sie erwarte. Ur hatte keine engeren Verwandten, sowohl seine Schwester als auch sein Bruder waren schon vor langer Zeit gestorben. Natürlich waren das Unfälle gewesen. Dass diese Unfälle geschahen, kurz nachdem er entdeckt hatte, dass sie ebenfalls den Karneol-Thron begehrten, war eine Lektion gewesen, die Viquara sich gemerkt hatte.

Wer bedrohte ihren Anspruch derzeit am meisten? Ihre Spione lieferten ihr vier Namen: Calope Muze und Corbal Xir, beide stammten aus der Qox-Blutlinie, beide waren selbst nach den Maßstäben der Hightons alt – die einzigen Aristos mit weißem Haar; Nachrichtendienst-Minister Izar Vitrex, von dem sie sicher war, dass er nicht immer die richtigen Nachrichten verbreitete, und einen Dienst erwies er auch niemandem, und außerdem war er mit dieser lästigen Sharla Azer verheiratet; und Kryx Quaëlen, der zwar keinerlei Grundlage für einen Anspruch auf den Karneol-Thron hatte, aber dennoch leicht der gefährlichste all ihrer Gegner sein mochte.

Also ließ die Kaiserin eine Auktion stattfinden.

Mit einem Finger fuhr Viquara durch das HoloIcon einer Datei, das oberhalb ihrer Schreibtischplatte schwebte, und rief so sämtliche Aufzeichnungen über das Vermögen ihres verstorbenen Ehemannes auf. Die meisten seiner Versorger verkaufte sie bei öffentlichen Auktionen, doch die besten wurden exklusiv auf Privatauktionen angeboten. Eine Einladung zu einer derartigen Auktion des Palastes war eine große Ehre. Und Viquara hatte genau gewusst, wem sie diese Ehre zukommen lassen wollte.

Sie berührte ein weiteres HoloIcon, und die Wand zu ihrer Rechten wurde aktiviert; jetzt zeigte sie ein kraftvolles Bild des Himmels-Pavillons mit seinen herabhängenden Seidentüchern, blau, golden oder rosenfarben eingefärbt. Ein sanfter Wind aus Richtung des Palastes bewegte die Seidentücher, gedämpft fiel Sonnenlicht durch diese hindurch. An einem niedrigen Tisch in einem der Räume des Pavillons saßen drei Männer zurückgelehnt auf Liegen: Izar Vitrex, Kryx Quaëlen und Corbal Xir. Die Sklavin Cirrus kniete neben Quaëlen und schenkte ihm Rotwein in seinen Pokal ein.

Obwohl das ›Mädchen‹ aussah, als sei sie noch keine zwanzig Jahre alt, stand in ihren Akten, dass sie schon fast dreißig war. Ihre Haut war perfekt und ein wenig vor Aufregung gerötet. Ihre Körperproportionen waren so ideal, dass sowohl Vitrex als auch Quaëlen die Richtigkeit ihrer Beschreibung in der Ausschreibung, die Viquara vor Beginn der Auktion hatte verteilen lassen, angezweifelt hatten. Doch jetzt konnten sie es selbst sehen. Cirrus trug ein Oberteil aus weichem Gold. Metallblüten bedeckten ihre Brustwarzen, ansonsten war das Oberteil jedoch nur wenig mehr als einige goldene Bänder, die Aussehen und Form von Weinranken hatten. Ansonsten trug sie nur noch einen Rock aus rosenfarbenem Schleierstoff, er reichte ihr bis zur Mitte ihrer Oberschenkel und saß tief auf den Hüften; gehalten wurde er von einem goldenen Gürtel. Die Kleidung dieser Sklavin passte wunderbar zum Dekor des Pavillons, genau wie Viquara das beabsichtigt hatte. Eine Palast-Auktion musste schließlich auch Stil haben.

Sie hatte sämtliches Cirrus-Zubehör in das Angebot eingeschlossen: die Sklavenbänder für Hand- und Fußgelenke, und die dazu passende Halsmanschette; alle bestanden aus einer Diamant-Stahl-Legierung. Die Sklavenbänder waren mit Pico-Technologie voll gestopft und überwachten nicht nur Cirrus selbst, sondern spionierten auch alle Personen aus, die sich in ihrer Nähe befanden. Wenn der Käufer das Zubehör behielt, würde er es höchstwahrscheinlich umprogrammieren. Doch Viquara kannte sich mit Spionage-Technologie aus. Sie war zuversichtlich, dass zumindest einige der verborgenen Routinen in Betrieb bleiben würden.

Der zierliche goldene Reif an Cirrus' Oberarm überwachte ihre körperliche Gesundheit und konnte nur mit Hilfe der notwendigen Geräte entfernt werden. Wenn irgendetwas sie gefährdete, wurde ihr Eigentümer alarmiert; zudem verfügte der Armreif über ein begrenztes Kontingent jederzeit verfügbarer NanoMeds. Cirrus' glänzendem, hüftlangen blonden Haar war technisch ein größeres Volumen verliehen worden, auch hatte man es künstlich weich wie Seide werden lassen; die technisch verbesserte samtweiche Haut ihres engelsgleichen Gesichts wies einen reizvollen Schimmer auf, und die Schönheit ihre riesigen Augen war noch verstärkt worden, indem man die Iriden tiefblau eingefärbt hatte. Alles in allem war das Gesamtpaket eindeutig das Mindestgebot von einer Million wert, das Viquara angesetzt hatte.

Während Cirrus den Bietern Wein nachschenkte, diskutierten diese über eine kürzlich getroffene Handelsvereinbarung. Obwohl Viquara das Gespräch aufzeichnete, bezweifelte sie, dass sie darin sonderlich viel Nützliches finden würde. Die Bieter wussten, dass sie überwacht wurden, und würden daher sehr genau darauf achten, welche Worte sie wählten.

Nachdem Cirrus allen eingeschenkt hatte, blieb sie nah bei Corbal Xir. Der ältliche Highton spielte mit ihrem Haar, fuhr mit den Fingern hindurch. Seine Gestik wirkte geistesabwesend, doch Viquara wusste sehr genau, dass er die Ware prüfte.

Viquara hatte Corbal Xir nie leiden können. Er lächelte zu viel. Außerdem hatte er sonderbare Ideen. Einmal hatte sie mit angehört, wie er behauptete, Hightons hätte als höhere

Lebensformen, die sie nun einmal waren, die Pflicht, der Transzendenz zu widerstehen. Izar Vitrex hingegen, bei dem wusste man, woran man war! Er stammte von einer alten Familie ab, war ein Musterbeispiel an Highton-Tugenden; seine Familie war so von Inzucht geprägt, dass sie alle gleich aussahen, selbst nach Highton-Maßstäben: Lauter Gestalten, die so schlaksig waren, dass sie sich bewegten wie Störche.

Kryx Quaëlen wich ebenso stark von der Norm ab wie Corbal, jedoch in genau der anderen Richtung. Es war ihm völlig gleichgültig, wie sehr seine Versorger litten. Und er war zu intelligent. Entspannt lag er auf seiner Liege, den muskulösen Körper ausgestreckt, die breiten Schultern gerade; er hielt seinen Körper stets mit der Leichtigkeit eines Mannes, der seinen Körperbau der Natur verdankte, nicht der Arbeit von Körperskulpteuren. Viquara fiel seine beachtliche Körpergröße auf, seine langen Beine, der Glanz seines Haares, seine scharf geschnittenen, maskulinen Züge. Dann errötete sie.

Pah!, dachte Viquara. Mit einem ausgestreckten Finger fuhr sie durch ein weiteres HoloIcon, das über ihrem Schreibtisch schwebte: dem winzigen Abbild eines Geschäftsbuches. Augenblicklich erschienen die letzten Eintragungen auf der glänzend schwarzen Oberfläche. Corbal hatte gerade sein Gebot auf 1,8 Millionen erhöht und damit die von Quaëlen gebotenen 1,7 Millionen überboten. Im Himmels-Pavillon fuhr Vitrex mit dem Finger über seinen Palmtop, und sofort erschien sein Gebot, 1,9 Millionen, in dem Geschäftsbuch.

Quaëlen winkte Cirrus zu sich. Anmutig erhob sie sich und kniete dann vor ihm nieder. Er hob ihr Kinn und betrachtete ihr Gesicht von beiden Seiten. Dann fuhr er mit der Fingerspitze über eine der Blüten an ihrem Oberteil. Kurz darauf waren er und Vitrex in eine Diskussion darüber vertieft, ob diese körperlichen Vorzüge sich hinreichend der Schwerkraft beugen würden, um einen Lichtstift darunter festzuhalten, wenn man das stützende Oberteil entfernte. Also löste Quaëlen das Oberteil und nahm es ihr ab: Nun konnten alle Bieter Cirrus' Vorzüge in ihrer ganzen Pracht bewundern. Ihre körperlichen Reize sprachen Viquara nicht im Geringsten an, auf der anderen Seite vermutete sie jedoch, dass ihre eigene Vorliebe für junge Männer kaum von den Bietern geteilt werden würde.

Corbal zog einen Stift hervor und reichte ihn Vitrex, der ihn an Quaëlen weitergab; dieser legte ihn unter eine Brust. Der Stift fiel in Cirrus' Schoß, was eine Welle der Heiterkeit unter den Bietenden auslöste. Dann schweifte die Diskussion ab zu den neuesten Entwicklungen auf dem Gebiet der Befestigungstechnik, wobei so oft auf Cirrus angespielt wurde, dass Viquara unwillkürlich schmunzelte. Das Mädchen saß reglos da, den Blick abgewandt. Nur Viquara fielen ihr teilnahmsloser Blick und ihre angespannte Kiefermuskulatur auf. Die Gebote stiegen rasch auf 2,8 Millionen.

So beobachtete Viquara sie, abwechselnd amüsiert und gelangweilt. Als die Auktionsteilnehmer ihre Mahlzeit beendet hatten, führten sie Cirrus in das seidenbezogene Schlafzimmer, und Viquara stellte fest, dass sie selbst erregt war. Corbal bot ihr wenig Interessantes, schließlich war er so alt wie ihr Großvater, und Vitrex war nicht ihr Geschmack. Aber Kryx Quaëlen ... oh nein, sie musste dieser Verlockung widerstehen, schließlich war seine Blutlinie verunreinigt!

Corbal schien Cirrus ehrliche Zuneigung entgegenzubringen. Vitrex wurde ihrer mangelnden Leidenschaftlichkeit bald überdrüssig, er erhöhte sein Gebot nicht mehr. Das verärgerte Viquara. Er hatte doch schon lange vor der Auktion gewusst, dass Cirrus aus einem Versorger-Bestand stammte, der extra auf Passivität gezüchtet worden war. Quaëlen nahm das Mädchen mit einer Kraft, die Viquara nicht im Geringsten auffiel. Überhaupt nicht. Es interessierte sie nicht, wie seine großen Hände über einen Frauenkörper strichen, interessierte sie nicht, wie seine klar entwickelten Muskeln sich anspannten, wenn er sich bewegte, interessierte sie nicht, wie seine Hand sich in Cirrus' Haar krallte und er ihren Kopf zurückriss, um sie zu küssen, oder wie er, strotzend vor Selbstbewusstsein, eine Frau behandelte. Nein, Viquara hatte an all dem überhaupt kein Interesse.

Erst als der Abend seine Schatten über Glorie ausbreitete, verließen die drei Hightons den Pavillon. Ihre Gebote hatten sich immer weiter gesteigert, Quaëlen führte mit 8,4 Millionen.

Viquara blickte sich in ihrem Büro um. Alle ihre *Razer*-Leibwächter standen auf ihren Posten, sie wirkten bedrohlich in ihren nachtblauen Uniformen. Viquara piepste den Sicherheitsdienst an, und schon bald erschien ein weiterer *Razer*, ein Lieutenant Xirson, der erst kürzlich der Truppe beigetreten war. Xirsons Militärakte hatte Ur beeindruckt, deshalb hatte er ihn Corbal Xir abgekauft und ihn in die Geheimpolizei seines Palastes aufgenommen.

Xirson verneigte sich. »Eure Anwesenheit erleben zu dürften, ist mir eine Ehre, Eure Hoheit.«

»Bring mir das Mädchen!«, befahl Viquara ihm.

Nachdem Xirson gegangen war, überprüfte Viquara das Auktions-Geschäftsbuch. Die Gebote trafen jetzt langsamer ein, sie hatten inzwischen Höhen erreicht, die selbst die immensen Geldmittel der Bietenden beanspruchten. Corbal gab ein Gebot von 9,6 Millionen ab, weitere Gebote folgten nicht.

Zusammen mit Cirrus betrat Xirson wieder den Raum; das Mädchen trug wieder ihr Oberteil und den durchscheinenden Rock. Als Cirrus in der Mitte des Raumes niederkniete, ließ Viquara die *Razer* wegtreten, ihre Leibwächter eingeschlossen. Dann schloss sie die Tür und ging zu ihrem Schreibtisch hinüber, um die Sicherheitssysteme zu überprüfen. Schließlich wandte sie sich Cirrus zu. Diese kniete immer noch in der Mitte des Raumes, den Kopf gesenkt, und die kühle Luft ließ sie zittern.

»Du darfst dich erheben«, erlaubte Viquara der Sklavin

großzügig. Als Cirrus aufstand und sich die Arme um den Leib schlang, deutete Viquara auf eine Samtdecke, die auf einem Tisch lag. »Du darfst dich aufwärmen.«

Die Arme des Mädchens zitterten, als sie die Decke nahm und sie sich umlegte. Mit leiser Stimme sagte sie: »Ihr ehrt mich weit mehr als ich es verdiene, Eure erhabene Hoheit.«

Das ist wohl wahr, dachte Viquara. Sie setzte sich in den großen Sessel hinter ihrem Schreibtisch. »Was hast du für mich?«

»Minister Vitrex fragt sich, ob Ihr über seinen Sohn Bescheid wisst.«

Gut. Sollte Izar doch ein wenig ins Schwitzen geraten. Es gab keine Beweise dafür, dass er an Urs Tod mitschuldig war, doch Viquara hatte so ihre Vermutungen. »Was plant er sonst noch?«

»Er streut Gerüchte aus, dass das Kind, das Ihr tragt, der Bastard eines anderen Mannes sei, nicht der Erbe Eures Gemahls.«

Das überraschte Viquara nicht. Originalität war nie eine von Vitrex' Stärken gewesen. Seiner veralteten Vorgehensweise ließ sich mit ihrem Netzwerk viel subtiler vorgehender Verleumder leicht entgegenwirken.

»Sonst noch etwas?«, fragte sie.

Cirrus nickte. »Lord Corbal hat finanzielle Probleme. Vor langer Zeit hat er Geld in Gilden investiert, die Waren von Fregatten gekauft haben, die auf Verbandler-Territorium aktiv waren. Seit es den Fregatten verboten wurde, Versorger von Verbandler-Schiffen zu holen, hat er viel Geld verloren.«

Das interessierte Viquara. Von seinen heutigen Geboten hätte sie niemals darauf geschlossen, er könne in finanziellen Schwierigkeiten stecken. Der besessene alte Highton musste Cirrus wirklich wollen. Sie überprüfte das Geschäftsbuch. Nur ein weiteres Gebot war hereingekommen, 9,8 Millionen von Quaëlen.

»Was ist mit Minister Quaëlen?«, fragte sie.

Cirrus verspannte sich, und das Blut schoss ihr ins Gesicht.

»Heraus mit der Sprache!«, forderte Viquara.

Das Mädchen wagte es nicht, sie anzusehen. »Während er mit mir zusammen war, hat er an jemand anderen gedacht.«

»Tatsächlich?« Viquara lächelte fasziniert. »Und wer wäre das?«

»Er, äh ... er ... ich meine ...«

»Komm schon, Mädchen! Sag es schon!«

»Ihr, Eure Hoheit.«

Viquara blickte sie erstaunt an. Quaëlen hatte sich vorgestellt, er würde mit *ihr* schlafen? Das kam allerdings unerwartet.

Was dieses interessante Thema anging, wusste Cirrus nicht mehr zu berichten; doch sie lieferte noch viele andere nützliche Neuigkeiten. Das Talent dieses Mädchens, aus anderen Personen Informationen herauszuholen, beeindruckte Viquara. Ur hatte mit diesem Mädchen hier wirklich gute Arbeit geleistet. Auf der anderen Seite hatte Ur *immer* gute Arbeit geleistet. Viquara musste schlucken, sie dachte an sein Lachen, seine tief liegenden Augen, seine kraftvolle Stimme. Fort. Alles fort.

Ein weiteres Gebot traf ein: 10,1 Millionen von Vitrex. Sie rief zu den letzten Geboten auf, doch weder Quaëlen noch Corbal reagierten darauf. Also erklärte sie die Auktion für beendet und sah Cirrus an. »Du wirst zu Vitrex gehen.«

Cirrus nickte, immer noch in die Decke gehüllt.

»Du hast unsere Abmachung verstanden?«, fragte Viquara.

»Jawohl, Eure Hoheit.«

Viquara fragte sich im Stillen, ob das Mädchen es tatsächlich würde durchführen können. »Dann wiederhole es noch einmal für mich!«

»Ich soll Psi-Übertragungen über das Haus Vitrex an Euren Versorger Cayson schicken. Ich soll das nur tun, wenn ich mich nicht in der Nähe von anderen Leuten befinde, vor allem von anderen Versorgern. Damit niemand mich belauschen kann.« Sie machte eine Pause. »Und nur zu den Uhrzeiten, die Ihr mir genannt habt, damit Cayson darauf vorbereitet ist.«

Viquara wartete. Dann soufflierte sie: »Was ist mit der Entfernung?«

»Oh. Ja.« Cirrus wurde rot. »Ich soll das versuchen, egal wie weit ich entfernt bin.«

»Gut.« Die Interaktion nahm mit zunehmender Entfernung rapide ab, deswegen bezweifelte Viquara, dass Cirrus allzu viel würde senden können. Aber jedes bisschen mochte hilfreich sein. »Solange du den Thron zufrieden stellst, wird dein Sohn so aufgezogen werden, wie es einem Aufgabenerfüller aus guter Familie zukommt. Er wird hier eine Ausbildung erhalten und ein Zuhause haben.«

Cirrus versagte die Stimme. »Ich danke Euch, Eure Hoheit! Ihr seid der freundlichste und gütigste Mensch, den ich kenne.«

Aber selbstverständlich, dachte Viquara. »Es ist nur angemessen. Schließlich ist er ja der Sohn eines Kaisers.«

Eine Träne rann Cirrus über die Wange. »Zu meiner großen Ehre.«

»Komm jetzt!« Viquara erhob sich. »Du darfst dich von dem Jungen verabschieden. Dann werden wir dafür sorgen, dass du Vitrex geliefert wirst.«

Alle saßen sie am Konferenztisch im Strategie-Zimmer des Orbiters: Eldrinson Valdoria, Der Schlüssel Zum Netzwerk; sein Sohn Eldrin Valdoria; Barcala Tikal, Erster Ratgeber der Versammlung; und der gesamte Rest ihres Inneren Kreises: ›Sterne‹, ›Industrie‹, ›Natur‹, ›Recht‹, ›Protokoll‹, ›Leben‹, ›Planetare Entwicklung‹, ›Finanzen‹ und ›Innenpolitik‹. Und Roca, die Ratgeberin für Fragen der Außenpolitik.

»Ich verstehe Ihre Einwände«, erklärte Tikal Roca. »Aber Sie sind die Einzige, die in Frage kommt.«

›Recht‹ beugte sich vor. »Ratgeberin Roca, das sehen Sie doch sicherlich ein.«

Roca fühlte sich wie in einer Falle gefangen. Kurj hatte drei Erben benannt, die ihm auf den Posten des Imperators hatten folgen sollen, und alle drei konnten seine Nachfolge nicht antreten: zwei tot, der dritte ein Kriegsgefangener. Die Triade brauchte einen Imperator. Roca wusste, dass sie keine Kriegsherrin war, aber wer sonst von der Rubin-Dynastie konnte diesen Titel annehmen?

Als Erster Erbe für Den Schlüssel Zum Netzwerk war ihr Sohn Eldrin dafür ausgebildet worden, seinem Vater nachzufolgen; er hatte noch weniger Erfahrung mit dem IRK als sie. Die Zwillinge Del und Chaniece, ihre nächstjüngeren Kinder nach Eldrin und Althor, lebten immer noch auf ihrer Heimatwelt Lyshriol. Sie kümmerten sich um die Farm ihres Vaters, wenn dieser abwesend war, und übernahmen seine Pflichten als Barde von Dalvador. Einst hatte zu diesen Pflichten auch gehört, das Dalvador-Regiment der Rillianischen Armee zu befehligen, doch nachdem Althor der Kriegführung auf Lyshriol eine Ende gemacht hatte, war dieser Posten nur noch dem Namen nach zu bekleiden. Nicht, dass es einen Unterschied gemacht hätte. Chaniece hatte kein Interesse an der Kriegführung, und die Erfahrungen, die Del mit Schwert und Lanze gemacht hatte, qualifizierten ihn wohl kaum dazu, das Imperiale Raumfahrt-Kommando zu leiten.

Havyrl, der nach den Zwillingen geboren worden war, besaß einen Doktortitel in Agrarwissenschaften. Er hatte seine Examina am *Royal College* auf dem Planeten Metropoli abgelegt, ohne jemals seinen Heimatplaneten verlassen zu müssen; er hatte an allen Veranstaltungen über das Netzwerk als holographisches Simulacrum teilgenommen – eine Methode, die nur denjenigen offen stand, die auf den Psiberspace zugreifen konnten. Zufrieden damit, die Politik seinen Geschwistern überlassen zu können, hatte er dann fünfzig Jahre mit der Landwirtschaft verbracht und damit, mit seiner

Frau Kinder zu zeugen. Soz war ein Jahr nach Havyrl geboren, danach war Denric gekommen, der auf dem Planeten *Sandsturm* an einer Schule für benachteiligte Kinder lehrte. Denrics sanfte Art wirkte bei den Kindern Wunder, aber sie qualifizierte ihn kaum, das IRK zu leiten. Shannon war mit sechzehn mit einer Bande Rillianischer Bogenschützen von zu Hause weggelaufen, und Aniece war die Kindsbraut von Fürst Rillia geworden, nachdem sie ihn verführt hatte, als sie noch viel zu jung gewesen war, um zu wissen, was sie da überhaupt tat. Kelric, ihr Jüngster, war vor sechzehn Jahren im Kampf gefallen.

Der Einzige, der sonst noch infrage kam, war Taquinil, der Sohn von Dehya und Eldrin. Er war ein brillanter Wirtschaftswissenschaftler und hatte vor einiger Zeit zukünftige Entwicklungen mit so erschreckender Genauigkeit vorausgesagt, dass die verschreckte Finanzabteilung tatsächlich ein Gesetz erlassen hatte, das es ihm verbot, an der Börse zu arbeiten. Doch er war schon der Kronprinz des Rubin-Thrones, und abgesehen davon hatte er keinerlei militärische Erfahrung. Und es gab ein noch ernsthafteres Problem.

Als Dehya und Eldrin endlich den Forderungen der Versammlung nachkamen und ein Kind zeugten, musste ihr Sohn Taquinil den Preis für die Inzucht bezahlen. Als Kind zweier Psioniker, die bereits die Grenze dessen erreicht hatten, was der Mensch an empathischer Sensibilität ertragen konnte, war es ihm unmöglich, *jeglichen* empathischen Reiz zu blockieren. Als Junge war er einem endlosen Ansturm von Emotionen ausgeliefert gewesen, bis schließlich seine Persönlichkeit barst. Verwirrt und verängstigt, verheimlichte er seine gespaltenen Persönlichkeiten vor allen anderen, einschließlich anderen Telepathen, sogar sich selbst. Er hatte das Teenager-Alter erreicht, als sein Zustand sich so sehr verschlimmerte, dass er sich nicht mehr verheimlichen ließ. Und damit begann ein langwieriger, quälender Heilungsprozess. Hätte man seine defekten Gene ›repariert‹, so hätte das seine Rhon-Fähigkeiten zerstört. Deswegen wurde ihm ein biomechanisches Netzwerk implantiert, das dann das Kylatin und die Neurotransmitter synthetisierte, die seinem Gehirn fehlten. Mit Hilfe anderer konnte er schließlich alle seine Persönlichkeiten reintegrieren, aber er war nicht in der Lage, das Kommando über das IRK zu übernehmen.

Außerdem gab es neben der militärischen und emotionalen Eignung für Kurjs Nachfolge noch andere relevante Faktoren, die zu bedenken waren. Wer auch immer der Triade als Imperator beitrat, dessen Gehirn musste so beschaffen sein, dass die Überlappung mit den Gehirnen von Dehya und Eldrinson so gering wie möglich war. Rocas Söhne Eldrin, Del und Havyrl waren ihrem Vater zu ähnlich. Taquinil und Aniece ähnelten Dehya zu sehr. Chaniece war eher wie Kurj, doch weder Del noch Chaniece konnten überhaupt lesen und schreiben. Roca hatte nie einen engeren, tiefer gehenden Kontakt zu ihren Söhnen Denric und Shannon aufbauen können: Beide hatten sich immer so sehr von den anderen Familienmitgliedern unterschieden, Denric mit seiner liebenswürdigen Persönlichkeit und seiner Vorliebe für Bücher, Shannon der übermütige Bogenschütze mit dem weißgoldenen Haar. Roca vermutete, bei ihnen schlugen Charakterzüge von Vorfahren weit entfernter Generationen durch. Es war bei keinem von beiden möglich, eine verlässliche Aussage darüber zu machen, was geschehen würde, wenn sie sich der Triade anschlossen.

Damit blieb sie übrig. Sie ähnelte Kurj nicht nur physisch, etwa mit ihrer goldenen Haut, sondern auch geistig.

Leise meinte Roca: »Für eine derartige Entscheidung sollte Dehya hier sein.«

»Sie hat mir heute Morgen eine Nachricht gesendet«, mischte sich Eldrinson ein. »Sie schließt sich der Ansicht der Versammlung an, dass du Imperatorin werden solltest.«

»Wie kann sie sich heute Morgen unserer Ansicht angeschlossen haben?«, fragte Tikal. »Wir haben die Entscheidung gerade eben erst gefällt.«

Niemand antwortete ihm. Roca vermutete, sie hatten es

wohl aufgegeben, Dehyas Gedanken ergründen zu wollen. Sie fuhr sich mit der Hand durch das Haar. »Ich werde dir bald meine Antwort mitteilen, Barcala. Ich brauche Zeit zum Nachdenken.«

Aber eine gute Antwort wollte ihr offensichtlich einfach nicht einfallen.

17

Cirrus stand an der Glastür ihres Schlafzimmers und blickte in ihren Garten hinaus, mit seinen säuberlich gepflegten Rasenstücken, seinen Blumenbeeten und dem dichten Wald, der dahinter begann. G4, der unbenannte Mond, stand als Sichel an dem Ausschnitt des Abendhimmels, den sie von ihrem Standpunkt aus sehen konnte. Sie wünschte, ihr Sohn Kai könnte jetzt bei ihr sein und diesen wunderschönen Ort sehen. Sie vermisste ihn. Kai hatte ihr eine Familie geschenkt, etwas, das sie vorher nie gehabt hatte.

Sie war von Silikat-Aristos aufgezogen worden, in einer Kinderkrippe, die dafür gedacht war, menschliche Handelsware hervorzubringen. Ihre Ausbildung hatte darin bestanden zu lernen, wie man den Aristos diente. Die Silikats hatten ihr auch beigebracht, wie man es ästhetisch aussehen ließ, musste man lange Zeit in einer Ecke knien – ein Zeitvertreib, der auf der Liste aller unsinnigen Dinge, die sie zu erlernen hatte, ganz oben gestanden hatte.

Als sie körperlich herangereift war, hatte man sie zu einem Pavillon geschickt, in dem sie ihre ganze Zeit damit verbracht hatte, all das zu erlernen, was sie würde tun müssen, solange Gene und Technik sie schön sein ließen, und das war, Aristos zu befriedigen. Bevor die Silikats sie verkauft hatten, begingen sie einen Betrug und gestalteten sie wieder zur Jungfrau um. Sie waren dabei so erfolgreich, dass die Körperskulpteure des Palastes die Echtheit der Jungfräulichkeit bestätigten und Kaiser Qox deutlich mehr für sie bezahlte. Auf diese Weise hatte sie ihre Jungfräulichkeit dreimal verloren: zum ersten Mal, kurz bevor sie zu dem Pavillon geschickt wurde, nachdem ein Silikat-Junge sie in eine Abstellkammer gezerrt hatte; einmal, kurz nachdem sie zu dem Pavillon geschickt worden war, in einer Zeremonie mit ihren Ausbildern; und ein drittes Mal, als der Kaiser sie auf sein eisiges Bett gelegt hatte.

Sie hatte niemals gelernt zu lesen, zu schreiben oder zu rechnen. Als Kind hatte man ihr nie erlaubt zu spielen. Sie hatte keine Freunde. Sie kannte das Wort ›Liebe‹ nur im Zusammenhang mit ihrer Ausbildung im Pavillon. Aristos hatten verfügt, dass sie ihnen dankbar sein müsse, doch wenn es nach ihr gegangen wäre, hätten sie allesamt an der Pest verfaulen können.

Am Anfang hatte sie geglaubt, ihre Schwangerschaft sei nur ein neuer, besonders bizarrer Ausbund der Körperskulpturierung, die sie ständig an ihr vornahmen. Dann hatte sie verstanden, was wirklich passierte. Es gefiel ihr, dick zu sein. Sie hatte schon immer fett sein und grässliche Kleidung tragen wollen.

Die Körperskulpteure hatten ihre Brüste wieder in ihren Normalzustand zurückverwandelt. Nachdem Kai geboren war, verstand sie auch warum: Das Erste, was er tat, war an ihrer Brust zu saugen, und das wäre ihm bei ihren vergrößerten Brustwarzen niemals gelungen. Vielleicht missfielen dem Kaiser diese Veränderungen an ihr. Monatelang hatte er sie in Ruhe gelassen, außer um das Kind zu besuchen, das dazu neigte, ihn anzuspucken, was Cirrus maßlos amüsierte – nicht dass sie es sich jemals hätte anmerken lassen.

Als Kai heranwuchs, zwang er sie in die Mutterrolle. Sie wusste nicht, wie sie damit umgehen sollte. Schließlich war er das Kind des Kaisers. Wenn er »Nein!« schrie, sollte sie sich da fügen? Bald hatte sie erkannt, dass das ihr Leben erbärmlich werden ließ. Also setzte sie ihm Grenzen, und kein Blitz erschlug sie dafür, ein Kind auszuschimpfen, in dessen Adern Highton-Blut floss. Wie zahllose Empathen vor ihr streckte sie ihr Denken und Fühlen instinktiv nach dem seinen aus, nutzte ihre Empathie, ihn zu lieben und zu verstehen. Dass er zu einem derart wohlerzogenen Kind heranwuchs, hatte sie zunächst verwirrt, weil sie sah, wie unterschiedlich er war im Vergleich zu dem Kind, das sie selbst einst gewesen war. Dann kam sie zu dem Schluss: Na und? Er war glücklich, und sie auch.

Doch als Kai weiterwuchs, entdeckte sie, dass etwas in seinem Leben fehlte. Immer und immer wieder fragte er nach seinem Vater. Sie wünschte, es hätte jemand anderen gegeben als Ur Qox, der ihm ein Vorbild hätte sein können; sie hätte ihm gern mehr geboten. Doch sie hatte keine Möglichkeit dazu, ihm dieses ›mehr‹ zu geben, konnte dieses ›mehr‹ nicht einmal beschreiben.

Kai spürte, als sein Vater starb. Er weinte, und Cirrus wiegte ihn in ihren Armen. Dann trennte Kaiserin Viquara die beiden, genau so, wie sie zwei zusammenpassende exotische Vasen ebenso gut einzeln verkaufen konnte.

Also kam Cirrus zu Vitrex. Wie es sich herausstellte, langweilte er sie im Bett fast zu Tode. Nicht, dass sie das jemals auch nur angedeutet hätte. Die Nächte, in denen er ihr ›gestattete‹, ihn zu versorgen, waren unausweichlich. Nachdem er sich an ihren Schreien befriedigt hatte, murmelte er ein paar zärtliche Worte und schlief dann ein, die Arme immer noch um sie geschlungen; ein Zerrbild der Zuneigung, die Cirrus' Emotionen an einem vor Leere widerhallenden Ort einsperrten.

Was ihn dazu bewogen hatte, auf dieser Auktion so viel für sie zu zahlen, hatte jedoch mit ihren Fähigkeiten als Spionin ebenso viel zu tun wie mit allem anderen. Also kam er an diesem einen Tag ein weiteres Mal in ihre Suite.

»Es ist ganz einfach«, sagte er, während er seinen schlaksigen Körper auf eine weiche weiße Liege herabließ. »Du machst mit Althor das Gleiche wie mit allen anderen auch.«

»Aber ich weiß doch gar nicht, wie man jemanden verhört«, entgegnete sie.

»Das brauchst du auch nicht.« Er entspannte sich mit gestreckten Beinen auf seiner Liege und blickte auf den weißen Teppich hinab. »Bring mir Wein, dann erkläre ich es dir!«

Also brachte Cirrus eine Karaffe, kniete vor dem Lacktisch nieder und füllte seinen Diamantpokal mit Rotwein.

»Althor hat Neural-Barrieren in seinem Gehirn, die uns davon abhalten herauszufinden, was er weiß.« Vitrex nahm den Pokal und trank einen Schluck. »Er könnte uns nicht einmal dann etwas erzählen, wenn er das selbst wollte.«

Sie setzte sich auf ihre Fersen. »Was wünscht Ihr also von mir?«

Mit einem Lächeln legte er seine Hand unter ihr Kinn. »Das, was du am besten kannst, meine Liebe.«

Eine Leuchtplatte glomm an der Decke der Zelle und warf mattes Licht auf den Gefangenen, der auf seiner Pritsche lag und schlief; er lag auf dem Bauch, die Hände, zu Fäusten geballt, lagen neben seinem Körper.

Leise sagte Cirrus: »Wacht auf, schöner goldener Mann!«

Er zuckte zusammen, dann schlug er mit den Fäusten um sich, und seine Augen öffneten sich ruckartig. Der Schlag wurde durch die Kette gestoppt, die seine Handfesseln mit einem in der Wand eingelassenen Ring verbanden. Vitrex hatte sie gewarnt, dass Althor auf diese Weise aufwachen würde, deswegen war sie außer Reichweite geblieben und stand nun einige Schritte von seiner Pritsche entfernt.

Er starrte sie an, die Augen noch verschlafen, und sagte mit heiserer Stimme, die verriet, dass seine Kehle schon wund war: »Wer bist du?«

»Cirrus.« Sie spielte mit dem Saum ihres schenkellangen Kleides aus gelber hesterianischer Seide. »Minister Vitrex hat mich zu Euch geschickt.«

Althor stützte sich auf einen Ellbogen. »Warum?«

»Als Belohnung. Weil Ihr Euch bemüht, kooperativ zu sein.«

»Das bezweifle ich.«

»Es ist aber wahr.« Sie zögerte. »Darf ich näher kommen?«

Er zerrte an seiner Kette. »Woher weißt du, dass ich nicht versuchen werde, dich hiermit zu erwürgen?«

Sie senkte ihren Blick. Offensichtlich waren die Skolianer doch nicht so anders als Hightons.

»Ach. Nun schau nicht so«, krächzte er dann. »Das habe ich so nicht gemeint. Komm her, wenn du willst!«

Vorsichtig ging sie hinüber und setzte sich neben ihn. Aus der Nähe sah sie, dass er unter Betäubungsmitteln stand und ganz benommen war. Dumpf spürte sie seine Schmerzen, sowohl körperlich als auch emotional, und wollte schon in seine Gedanken vordringen. Aber sie spürte auch, dass von seinem massiven Körper Gefahr ausging.

Er lag auf der Seite, auf einen Ellbogen gestützt. »Ich weiß, warum du hier bist«, murmelte er. »Wird nicht klappen. Je mehr du zu stehlen versuchst, umso weniger bleibt da, was man stehlen könnte.«

»Stehlen?«

»Erinnerungen. Mein Netzwerk löscht sie.«

»Gute Erinnerungen oder schlechte?« Sie hatte viele eigene, die sie gerne loswerden würde.

Die Frage schien ihn zu verwirren. »Weder noch. Nur Daten.«

»Tut es Euch Leid, dass Ihr sie verliert?«

Er legte sich wieder hin. »Willst du wirklich etwas für mich tun?«

»Ja.« Sie legte ihre Hand auf seine Brust, fühlte das raue Gewebe seines Hemdes und die kraftvollen Muskeln darunter. »Was immer Ihr wollt.«

»Schlitz mir die Pulsadern auf! Oder noch besser die Kehle! Das geht schneller.«

»Ach, sagt so etwas nicht, schöner Mann!«

Ich kann dir nicht das geben, weswegen du gekommen bist, dachte er.

Beinahe hätte sie aufgeschrien. Seine Gedanken grollten durch ihr innerstes Sein, tief und volltönend, ohne das Raue, Verletzte seiner Stimme. Sie sprang von der Pritsche und floh an die gegenüberliegende Zellenwand.

Althor setzte sich auf. **Komm zurück**, dachte er. Das klang fast ein wenig einsam, gedämpft durch die Drogen und die Erschöpfung.

Cirrus wusste, dass die Zelle überwacht wurde. Was würden wohl die Wachen denken, dass sie sich jetzt einfach völlig grundlos an die Wand presste? Nichts Gutes, dessen war sie sich sicher. Also zwang sie sich dazu, wieder zu Althor zurückzugehen, machte drei Schritte, spürte das Metall unter ihren nackten Füßen. Sie schlang sich ihr Kleid eng um den Körper und setzte sich dann wieder zu ihm, um zu sehen, was er als Nächstes tun würde.

Er strich ihr über das Haar, dann zog er sanft ihre Arme auseinander, die sie bisher so eng um den Körper geschlungen hatte. Dann zupfte er an der Schärpe ihres Kleides. Als diese dann gelöst war, fiel ihr Kleid weit auf und enthüllte ihren Körper. Mit heiserer Stimme sagte er: »Du bist wirklich sehr schön, weißt du das?«

»Kaiser Qox hat das auch immer gesagt.«

Sanft nahm er ihren Kopf in die Hände. »Ich würde dich von all dem hier fortbringen, wenn ich das könnte. In ein Land, wo immer die Sonne scheint.« Seine Stimme verklang, und er ließ die Arme sinken. »Ich habe früher einmal an so einem Ort gelebt. Da dauerte der Tag ein halbes Jahr. Das lag an der Neigung der Achse des Planeten ... der hieß ... ich erinnere mich nicht mehr.«

»Was soll ich für Euch tun?«, fragte Cirrus.

»Hier ...« Er legte sich auf den Rücken und zog sie mit sich. Sie streckte sich neben ihm aus, legte ihren Kopf an seine Schulter und wartete, dass er weitermachte. Doch er blieb einfach nur liegen, die Arme um sie geschlungen. Also schloss sie die Augen. Sie konnte fast nichts von seinem Denken und Fühlen auffangen, doch dieses Wenige war viel lebhafter als alles, was sie jemals von einem Highton aufgefangen hatte. In ihm gab es einen Ort voller sanfter Lichter und hoch aufragender Säulen, voller Helligkeit und Glanz, ein offener Platz, der von einem kreisförmigen Gebäude umschlossen war.

Sie konnte geschlossene Türen an diesem Gebäude erkennen. Sie probierte sie alle zu öffnen, aber ohne Erfolg. Dann entdeckte sie eine unauffällige Tür, verborgen in einer Nische neben einem viel mächtigeren Portal. Anders als die anderen Barrieren hatte diese Tür unter dem Ansturm der Drogen und der Befragung nachgegeben. Sie blieb nur noch verborgen, weil sie im Schatten des größeren Portals lag.

Sie öffnete sie und trat ein. Und dort war er.

Jaibriol Qox.

Er saß allein dort. War er wirklich allein? Sie konnte nicht den ganzen Raum überblicken. Zu ihrer Linken verschmolz er zu einem Schleier, der diese Kammer von dem trennte, was hinter der größeren Tür vorborgen lag – was immer das sein mochte.

Warum seid Ihr hier?, fragte Cirrus ihn.

Ich bin nicht hier, entgegnete er mit Althors Stimme.

Wo seid Ihr?

Ich weiß es nicht. Im Exil. Auf einem Verbandler-Planeten.

Ihr Puls raste. Ihr lebt?

Ja. Seine Antwort hallte nach wie ein Echo. **Ja.**

Neben ihr regte sich Althor, der ihr unerlaubtes Eindringen nicht bemerkt hatte. »Du riechst wunderbar.« Sanft drehte er sie auf den Rücken und schob ihre Kleid zur Seite, um ihren Bauch streicheln zu können. »Sag's mir!«, flüsterte er dann. »Sag mir, was dir gefällt!«

»›Gefällt‹?«

»Wie wirst du am liebsten berührt?«

Sie verabscheute es, berührt zu werden. Aber das konnte sie nicht sagen.

Mir schon, dachte Althor. Er seufzte, und seine Hand wurde reglos, als seine Lider sich über seinen Augäpfeln schlossen.

Das überraschte Cirrus vollends. Niemand hatte sich bisher darum geschert, was *sie* wollte. Jeder hatte sich immer das genommen, wonach ihm der Sinn gerade gestanden hatte. Sie wusste, was Vitrex wollte. Wenn sie Althor nützliche Geheimnisse entlockte, würde das Vitrex unter den Hightons erheben. Und jetzt kannte sie ein unbezahlbares Geheimnis. Jaibriol Qox lebte noch. Vitrex würde sie dafür belohnen. Wenn sie es der Kaiserin erzählte, war die Belohnung vielleicht sogar noch größer. Vielleicht würde die Kaiserin Cirrus wieder mit ihrem Sohn Kai zusammenleben lassen.

Aber was war mit Althor? Sie hatte seine Landschaft gesehen, die sein Verstand und sein Gefühl waren, eine Landschaft, so viel reiner als die eines Highton. Und es interessierte ihn, was *sie* wollte. Oder nicht wollte.

Sie wagte ein Experiment. Althor?

Ja?

Sie blinzelte erstaunt, überrascht darüber, wie einfach es funktioniert hatte. Er sah aus, als schliefe er noch. Ich muss es ihnen erzählen.

Was erzählen?

Dass Jaibriol Qox noch lebt.

Er riss die Augen auf. **Nein! Er ist tot!**

Es steht in deinen Gedanken.

NEIN. Du täuschst dich.

Ich habe es gesehen.

Er stieß einen erstickten Laut aus. **Das darfst du niemals erzählen. Du kannst dir nicht einmal ansatzweise vorstellen, welchen Schaden das anrichten würde.**

Nichts zu sagen, würde es noch schlimmer machen. Für dich. Sie streichelte ihm über die Wange und wünschte sich, diese Liebkosung könne ihn heilen. Du stirbst in deinen eigenen Gedanken. Du musst es erzählen! Dann werden sie aufhören, dir wehzutun.

Wenn du irgendetwas sagst, dann werden sie sich bei mir nur noch mehr Mühe geben, etwas herauszufinden, weil sie wissen, dass sie etwas wirklich Wichtigem auf der Spur sind. Verzweiflung klang in seiner Stimme mit. **Ich schaff's ja jetzt schon kaum noch. Wenn sie sich noch mehr Mühe geben, dann ... ich glaube nicht, dass ich das durchhalten werde.**

Sie fühlte sich, als würden die Wände um sie herum immer näher rücken: Die Wände drohten, sie zu zerquetschen. Sie war eine Empathin. Sie wusste, dass er die Wahrheit sagte; außerdem war er viel zu sehr mit Drogen voll gepumpt, um zu lügen. Ich will nicht Schuld sein, dass sie dir noch mehr wehtun. Aber was sollte aus ihrem Sohn werden?

Vielen Menschen wird wehgetan werden, wenn du es erzählst. Vielleicht werden sie sogar getötet.

Cirrus erstarrte. Wenn sie anderen Leid zufügte oder sie gar tötete, dann war sie genau so wie ein Highton. Aber dennoch sperrte sie sich gegen den Gedanken, weil sie an Kai denken musste.

Er sah ihr ins Gesicht. **Bitte, Cirrus!**

Wieder hatte er sie vollends überrascht. Hightons sagten niemals ›bitte‹ zu einer Sklavin. Sie erteilten Befehle. Althor brauchte etwas von ihr, das wichtiger war als alles, was jemals ein Aristo von ihr gewollt hatte, und trotzdem hatte er sie *gebeten*.

Cirrus, erzähl niemandem davon! Das könnte mein ganzes Volk vernichten.

Sie musste schlucken. Ich werde dein Geheimnis für mich behalten.

Er dachte nur: **Danke**, aber die Dankbarkeit, die er ausstrahlte, hätte sie beinahe überwältigt.

Sie dachte an Cayson, den Versorger, über den sie die Informationen an den Palst weiterschickte. Aber wie soll ich das verborgen halten, was ich weiß?

Man hat euch nicht beigebracht, eure telepathischen Reaktionen zu blockieren, oder?

Wenn die glauben, dass ich etwas zu verbergen versuche, dann werden sie mich bestrafen.

Cirrus, es tut mir wirklich Leid! Wenn ich dir dieses Wissen wieder nehmen könnte, dann würde ich es tun. Er sah sie an. **Stell dir vor, dieses Geheimnis wäre hinter einer Tür verborgen! Je besser du diese Tür abschließt, desto schwerer ist sie auch zu finden.**

Ich werd's versuchen. Sie legte ihren Kopf wieder auf seine Schulter und rief sich schöne Erinnerungen ins Gedächtnis, Erinnerungen an Kai. Wie er lachend auf sie zugelaufen kam oder wie er ein neues Spiel lernte oder wie er Azzi, der alten Frau von gegenüber, Blumen brachte. Sie versuchte zu vergessen, dass sie in diesem Augenblick gerade vielleicht ihre einzige Chance vertan hatte, ihn jemals wiederzusehen.

Und sie versuchte Kais Bruder zu vergessen, diesen Mann, der über ein ganzes Reich herrschen konnte.

18

Viquara stand im Untersuchungszimmer und starrte Doktor Tecozil an, eine hagere Diamant-Aristo mit kantigen Gesichtszügen. »Sie müssen sich irren«, sagte die Kaiserin. *Irren.* Es musste ein Irrtum sein.

Tecozil hielt ihr ein Hologramm entgegen. »Darauf sieht man es ganz deutlich, Eure Hoheit.«

»Nein.« Viquara nahm die Bilddarstellung zwar entgegen, legte sie aber neben sich auf das Bett. »Das muss ein Fehler sein.« Die Worte schienen in ihrem Verstand widerzuhallen. »Das Kind lebt noch.«

Leise meinte Tecozil: »Es tut mir wirklich sehr Leid.«

Wie war das möglich? Wie konnte es sein, dass *beide* Klone von Jaibriol nicht lebensfähig waren? Nicht nur der eine, mit dem sie schwanger war, sondern auch der andere, den sie hatte aufbewahren lassen?

»Ich habe Ihnen viele Zellen gegeben, mit denen Sie haben arbeiten können.« Viquara hörte, wie kalt ihre Stimme klang. »Und Sie konnten mir nicht einen einzigen Klon anfertigen? Nicht einen *einzigen*? Und das soll ich glauben?«

Vorsichtig erklärte Tecozil: »Jemand hat sich an den Zellen zu schaffen gemacht.«

Viquara starrte die Ärztin ungläubig an. Sie war viel zu vorsichtig dafür vorgegangen. »Ach tatsächlich? Und wie genau hat dieser ›Jemand‹ sich daran ›zu schaffen gemacht‹?«

»Es handelt sich nicht um Highton-Zellen«, erklärte Tecozil. »Bei den Tests erschienen sie zwar so, aber als ich bemerkt hatte, dass auch die beiden Klone abgestorben waren, habe ich tiefer gehende Untersuchungen angestellt.« Sie holte tief Luft. »Irgendjemand hat Eure Zellen mit verunreinigten Zellen vertauscht, Ma'am. Mit Zellen einer Versorgerin. Einer

Psionikerin. Die genetischen Mutationen, die dazu führen, dass man einen Psioniker erhält, sind dafür bekannt, dass sie gegenüber jeglicher Manipulation äußerst empfindlich sind. Je mehr dieser Gene eine Person trägt, desto schwieriger ist es, sie zu klonen.« Sie deutete auf das Hologramm auf dem Bett. »Er ist ein Telepath, Eure Hoheit. Es ist ganz offensichtlich.«

Viquara nahm die graphische Darstellung an sich. Sie wusste, wie man sie zu lesen hatte, schließlich hatte sie sich erst kürzlich mit einem ähnlichen Profil befasst – als sie nachgewiesen hatte, dass Vitrex' Sohn in Wirklichkeit ein Sklave war. Das hier jedoch war noch belastender.

Tecozil schüttelte den Kopf, sowohl vor Erstaunen, als auch um zu zeigen, dass sie mit diesen Ergebnissen ganz und gar nicht einverstanden war. »Die Einstufung, die dieses Profil erwarten lässt, wäre so hoch, dass ich außerstande wäre, sie zu quantifizieren. Ich habe etwas Derartiges noch nie gesehen.«

Viquara hatte sehr wohl schon einmal etwas Derartiges gesehen, oder zumindest etwas, das dem äußerst ähnlich war. Das entsprechende Profil befand sich derzeit gerade in ihrem Büro, war ein Teil der vollständigen Genanalyse von Althor Valdoria. Dieses Profil hier war dem seinen wirklich äußerst ähnlich. Es war das Profil eines Rhon-Psionikers.

Langsam ergab das Ganze einen Sinn. Ja, jetzt verstand sie. Tecozil hatte Recht. Es hatte tatsächlich ein Verrat stattgefunden. Aber das Ausmaß dieses Verrates überstieg die Vorstellungskraft der Ärztin um ein Vielfaches. Sie verstand jetzt, warum ihr verstorbener Gemahl seinem Sohn gegenüber immer so beschützend gegenübergestanden hatte, warum er ihn verborgen gehalten hatte – oh ja, all das ergab plötzlich einen Sinn. Einen entsetzlichen, kranken Sinn.

Jaibriol II. war ein Rhon gewesen.

Ein Rhon-Highton-Erbe. Das war brillant. Außerdem verletzte es jeglichen Anstand der Hightons. Und selbst das konnte nur die Spitze des Eisberges sein. Jaibriols Rhon-Gene hatten von beiden Elternteilen kommen müssen. Von *beiden*. Entweder war Ur Qox also gar nicht sein Vater, was bedeutete, dass in den Adern des Highton-Erben kein Qox-Blut floss, eine wahrhaftige Abscheulichkeit ...

Oder aber Ur musste ein Sklave gewesen sein.

Ihr Gemahl, der Mann, der auf dem Karneol-Thron gesessen hatte, der mit ihr das Bett geteilt hatte, dessen Tod sie selbst jetzt noch über alle Highton-Gebräuche und -Erwartungen hinaus betrauerte ... sollte ein *Sklave* gewesen sein?

Viquara sah die Furcht, die Tecozil ins Gesicht geschrieben war. Sie zwang sich dazu, ihre Stimme billigend klingen zu lassen, obschon sie diese Billigung in keiner Weise empfand. »Sie haben gute Arbeit geleistet.«

Die Schultern der Ärztin entspannten sich. »Es ist mir eine große Ehre, dem Karneol-Thron zu dienen.«

»Ich habe eine Vermutung, wer für den Austausch der Zellen verantwortlich ist«, hörte Viquara sich sagen. »Ich werde im Laufe des heutigen Tages eine weitere Probe schicken lassen. Ich möchte wissen, ob der Vater der Gleiche ist, wie der Vater von ...« Sie hob das Hologramm an. »Dieser Abscheulichkeit hier.«

»Ich werde der Aufgabe meine uneingeschränkte Aufmerksamkeit widmen, Eure Hoheit.«

Das will ich dir auch geraten haben, dachte Viquara.

Viquaras Leibwächter warteten vor der Tür, ebenso eine ganze Reihe Berater, die allesamt mit ihr zu sprechen wünschten. Sie schickte sie alle zum Palast zurück, selbst den Captain der Wache, der tatsächlich zu protestieren wagte. Dann ging sie zu der gut bewachten Parkanlage hinter dem Palast, in der die bevorzugten Versorgerinnen des verstorbenen Kaisers lebten. Sie fand den Jungen, Kai, in dem Haus, in dem er zusammen mit der alten Frau wohnte, die sich jetzt um ihn kümmerte. Er blickte auf, als Viquara eintrat, dann sprang er auf die Füße und fiel vor ihr auf die Knie, den Blick gesenkt.

Sie starrte auf seine zerzausten Haare hinab. Schwarze Haare. Dazu hatte der Junge auch noch rote Augen. Waren die echt? Cirrus hatte blondes Haar und blaue Augen. Aber Viquara bezweifelte nicht, dass dieses Kind von ihrem verstorbenen Gemahl gezeugt worden war. Ansonsten hätte Ur niemals zugelassen, dass er im Palast wohnte. Jetzt war es an der Zeit zu überprüfen, welche Gene Ur ihm geschenkt hatte.

Sie schnitt Kai eine Haarlocke ab, schabte ein wenig Haut ab und nahm dazu noch einige Fingernägel mit. Dann sperrte sie das verschreckte Kind in eine Suite innerhalb des Palastes und brachte die Gewebeproben persönlich und heimlich zu Tecozil.

Viquara hatte gerade in ihrem Arbeitszimmer eine Besprechung mit mehreren ERKomm-Offizieren, in der sie deren Berichte über die Niederschlagung der Bürgerunruhen im Saphir-Sektor durchging, als ein Sklave eintraf, der für Tecozil um eine Audienz bat. Innerhalb einer Stunde hatte die Kaiserin dafür gesorgt, dass sie sich mit der Ärztin in einem Garten treffen konnte, von dem Viquara wusste, dass er nicht überwacht wurde.

»Es ist der gleiche Vater«, bestätigte Tecozil Viquaras Vermutungen. »Aber die Mutter ist eine andere: Die Psi-Einstufung dieser Frau ist niedriger, vielleicht acht auf der Kyle-Skala. Das Kind ist wahrscheinlich auf neun einzustufen, vielleicht sogar auf zehn. Der Vater hat jedes Rhon-Gen, das die Mutter trug, paarweise ergänzt, einschließlich einiger, die bei der Mutter unpaarig vorlagen.«

»Ich verstehe«, flüsterte Viquara. Sie hätte schreien mögen. »Sie haben gute Arbeit geleistet.«

Nachdem Tecozil gegangen war, dachte Viquara an Selbstmord. Kurz, ein Impuls, der schon nach einer Sekunde wieder verschwunden war. Sie hatte niemals Verständnis gehabt für diesen ›Die-Ehre-der-Hightons-ist-wichtiger-als-das-Leben‹-Unsinn. Sie ging zum Palast zurück und spürte nur noch Zorn. Ur Qox war ein halber *Rhon* gewesen. Es gab nichts, wogegen sie ihren Zorn hätte richten können. Ur und die Leute, die ihn erschaffen hatten, waren alle tot – und damit vor Vergeltungsmaßnahmen geschützt.

Lieutenant Xirson und ihre Leibwächter warteten in ihrem Arbeitszimmer. Nach den üblichen Ehrenbezeugungen, die Viquara kaum wahrnahm, sagte Xirson: »Der Versorger Cayson bittet ergebenst um die Ehre einer Audienz.«

»Bringt ihn hinauf!«, sagte die Kaiserin nur. Es war die Zeit, in der Cayson Nachrichten von Cirrus auffing. Viquara biss die Zähne zusammen. Cirrus, die ein Kind des Kaisers zur Welt gebracht hatte – etwas, das die Kaiserin selbst niemals tun würde.

Sie verstand jetzt, warum keine Aufzeichnungen über Kais Herkunft existierten. Sie nahm an, Ur hatte den Jungen für zu unbedeutend erachtet, um ihn offiziell anzuerkennen. Doch er hatte seinen Sohn beschützt. Und sich selbst damit auch. Wäre sie vernünftig, dann würde sie sich dieses genetischen Beweisstücks entledigen. Doch sie zögerte, Kai zu töten, der das Einzige war, was ihr von ihrem Gemahl noch geblieben war. Ur Qox sollte in einer skolianischen Hölle schmoren! Er bedeutete ihr doch tatsächlich immer noch etwas!

Tecozil war jetzt bedeutend wichtiger. Die Ärztin wusste viel zu viel. Viquara rief einen weiteren Trupp *Razer* zu sich. Ihre Anweisungen waren eindeutig: Es sollte wie ein Unfall aussehen.

Gerade als die *Razer* den Raum verließen, kehrte Xirson mit Cayson zurück. Viquara beobachtete, wie Cayson vor ihr niederkniete, mit dieser vertrauten, athletischen Anmut. Sie schickte ihre Wachen hinaus und schloss die Tür, dann blieb sie stehen und sah Cayson nachdenklich an. Er war ihr bevorzugter Versorger, ein hübscher junger Mann mit lockigem Haar, großen braunen Augen, deren Wimpern so lang waren, dass sie ihn, wenn ihr derartige Dinge etwas bedeutet hätten, darum hätte beneiden müssen, und dazu einem Körper, der zu männlicher Perfektion skulpturiert worden war. Er hatte das eine Knie gebeugt, auf dem anderen ruhte sein Ellbogen; den Kopf hatte er gesenkt.

»Du darfst dich erheben«, sagte sie dann. Es überraschte sie selbst, wie ruhig sie klang.

Cayson stand auf. »Ich bin sehr geehrt durch Eure liebreizende Gegenwart, Kaiserin Viquara.«

Das war recht blumig für Cayson, der ansonsten alles andere als gut mit Sprache umgehen konnte. Nun war Bildung auch ein Charakterzug, auf den sie bei ihren Versorgern keinen Wert legte.

»Du hast eine Nachricht für mich?«, fragte sie dann.

Vor Aufregung war sein Gesicht ganz rot. »Cirrus hat Nachrichten über Euren Sohn.«

Ihren Sohn. In ihrem Inneren ballte sich eine schmerzende Faust zusammen. Sie hatte sich auf die Mutterschaft gefreut, eine Erfahrung, die ihr Jahrzehnte lang verwehrt geblieben war, eine Erfahrung, die ihr jetzt endlich hatte zustehen sollen, und die zugleich auch noch ihren Anspruch auf den Thron gesichert hätte. »Ich wüsste keinen Weg, auf dem mir Cirrus etwas erzählen könnte, was ich nicht schon wüsste.« Wie zu Beispiel: *Euer Sohn in eurem Leib ist tot.* Wie konnte sie nur dafür sorgen, dass der Schmerz aufhörte?

»Nicht das *Baby.*« Für Cayson war das geradezu überschwänglich. »Euer Erster! Jaibriol II.«

Viquara versteifte sich. »Mein Erstgeborener ist tot. Sprichst du etwa schlecht über ihn?«

»Eure Hoheit, nein!« Furcht dämpfte seine Stimme. »Niemals!«

»Was kannst du mir dann über einen Mann erzählen, der seit fünfzehn Jahren tot ist?«

»Althor Valdoria weiß etwas über seinen Tod«, antwortete Cayson. »Minister Vitrex hat Cirrus geschickt, den Prinz auszuspionieren. Sie verbirgt etwas. Irgendetwas Wichtiges. Es regt sie auf. Das kam am deutlichsten an. Der Prinz weiß irgendetwas Wichtiges, und Cirrus verbirgt es für ihn.«

Hatten die Skolianer die Wahrheit herausgefunden? Was

das alles bedeuten konnte, überstieg ihre Vorstellungskraft. Wenn sie diese Informationen allgemein bekannt machten ... nein, das war undenkbar! Sie, Viquara, sollte sich jetzt einfach das Leben nehmen, dann hätte sie es hinter sich.

Pah! Wenn die Skolianer etwas über Jaibriol wüssten, hätten sie es schon längst zu den Sternen hinausgeschrien! Sie hatten keinen Grund, ein solches Geheimnis zu hüten, schließlich konnten sie viel mehr damit gewinnen, es zu enthüllen. Dennoch wäre es gut herauszufinden, ob Valdoria irgendetwas Nützliches wusste.

»Danke, Cayson.« Ihre Gedanken kreisten bereits um andere Dinge. »Ich haben heute einen Gast zum Abendessen im Palast. Du wirst uns aufwarten.« Sie lächelte. »Ich lasse dir neue Kleidung schicken. Grünen Samt.« Das waren ihre Lieblingsfarbe und ihr Lieblingsstoff.

»Jawohl, Ma'am.« Wieder kniete er vor ihr nieder und wartete darauf, dass sie seine Eskorte rief.

Viquara legte ihm geistesabwesend die Hand auf den Kopf und blieb dann gedankenverloren stehen. Bald würde sie eine Fehlgeburt haben. Das bedeutete, dass sie ihre Verteidigung würde noch mehr stärken müssen. Durch Cirrus und Cayson ließ sie Vitrex überwachen, andere Leute hatte sie auf Corbal Xir und Kryx Quaëlen angesetzt. Jetzt war es an der Zeit, über Oberste Richterin Calope Muze nachzudenken.

Sie blickte auf Cayson hinab. Seine Hose umschmeichelte seine langen Beine, der dunkle Samt betont die wohlgeformten Muskeln. Sein Hemd war aus weißem Samt, die Ärmel weit geschnitten; das Hemd war nicht zugeschnürt und stellte seine muskulöse Brust nachgerade zur Schau. Im Inneren seines wunderschönen Körpers hatte er ein biomechanisches Netzwerk und Hydraulikkomponenten. Sie verliehen ihm jedoch weder Körperkraft noch Geschwindigkeit, vielmehr stellten sie sicher, dass all seine Handlungen stets denjenigen gegenüber angemessen waren, denen er gehörte, vor allem, wenn die betreffende Person körperlich weniger kräftig war als Cayson selbst. Zudem hatte er spezialisierte Nano-Meds im Körper, die körperliche Reaktionen hervorriefen, anhängig von verschiedenen Stimuli, wie es auch in der Gebrauchsanweisung beschrieben wurde, die seinerzeit mitgeliefert worden war

Viquara lächelte und strich ihm über das Haar, während er weiter auf den Fußboden starrte. Er würde gute Dienste leisten, wenn sie an diesem Abend mit der alternden Richterin speiste. In der Tat. Gastlichkeit war stets von Bedeutung.

»Sag mir eines, Caysi«, begann sie dann.

»Jawohl, Eure Hoheit?«

»Hast du jemals für jemanden spioniert?«

»Ich glaube nicht.« Er klang verwirrt. »Es tut mir Leid.«

»Das ist nicht schlimm«, entgegnete sie. »Ich werde dir erklären, wie man das macht.«

Hoch in den Jaizir-Bergen stand der Natur-Palast, das Refugium, einsam und in Nebel gehüllt. An diesem Abend ging Viquara durch die unterirdischen Obisidian-Tunnel, gefolgt von ihren *Razern* in den nachtblauen Uniformen. Sie aktivierte ihre Lampe, und man konnte erkennen, dass ein neues Gestell in der Zelle angebracht worden war. Dieses war schwerer als das vorangegangene – eine notwendige Vorsichtsmaßnahme, wenn man die Körpergröße des daran geketteten Sklaven bedachte, der dort auf dem Rücken lag, die Hände über dem Kopf befestigt.

Viquara ging zu Althor hinüber. Sie verschwendete keine Zeit mit Worten. »Du weißt etwas über meinen Sohn, Jaibriol II.« Als er den Kopf schüttelte, sagte sie: »Hör mir gut zu, Rubin-Prinz! Mein Fachmann wird bald anfangen, an dir zu arbeiten. Jetzt ist er ein *Razer*, aber er war früher ein ERKomm-Major. Befragungen waren sein Spezialgebiet. In meiner großen Güte werde ich dir alle zehn Minuten eine Pause gewähren. Dann hast du jeweils eine Minute Zeit, mir die Informationen zu geben. Wenn du das tust, werde ich dich belohnen. Wenn nicht, wird sich mein Fachmann wieder an die Arbeit machen.«

Seine Stimme klang rau. »Ich weiß überhaupt nichts über Euren Sohn.«

»Siebenundvierzig Sekunden«, sagte sie.

»Wie kann ich Euch denn etwas erzählen, was ich nicht weiß?«

»Achtunddreißig.«

Verzweiflung stand in seinem Gesicht zu lesen. »Jaibriol Qox ist gestorben, als er von Diesha fliehen wollte.«

»Das weiß ich. Dreiundzwanzig Sekunden.«

»Meine Schwester ist bei dem Versuch gestorben, ihn einzufangen.«

»Erzähl mir etwas, was ich nicht schon weiß. Acht Sekunden.«

»Mehr weiß ich nicht!«

Viquara winkte einen hageren *Razer* herbei, der in den Schatten wartete.

Sie hatte erwartet, dass Althor sofort zusammenbrechen würde. Ganz offensichtlich war er am Äußersten angelangt. Doch im Laufe der Nacht, trotz der größten Bemühungen ihres Verhörleiters, erzählte Althor ihr nichts. Mehr und mehr begann sie, Caysons Informationen zu misstrauen. Diese telepathischen Übertragungen waren, gelinde gesagt, schwierig, und mit zunehmender Entfernung steigerte sich die Schwierigkeit noch. Althor hätte niemals so lange aushalten können, wenn er wirklich etwas gewusst hätte. Niemand war so stark, nicht einmal ein Highton, und ganz gewiss kein Rubin-Prinz.

Schließlich hob sie die Hand und ordnete eine Pause an. Während der *Razer* wieder in den Schatten trat, hob und senkte sich Althors Brust in erschöpften, rasselnden Atemzügen. Viquara beugte sich über ihn, um ihm zu sagen, dass es vorbei sei, doch bevor sie das tun konnte, sagte er etwas, mit kaum hörbarer Stimme.

Sie beugte sich weiter über ihn. »Was?«

»Die Götter mögen mir Vergebung gewähren«, flüsterte er.
»Warum?«, fragte sie.
Und dann sagte er es ihr.
Jaibriol II. lebte noch.

19

Soz lehnte sich gegen einen Baum und sah der zwölf Jahre alten Lisi und dem vierzehn Jahre alten Jai dabei zu, wie sie Wasser aus dem Brunnen heraufzogen, der nur wenige Schritte entfernt war. Das Licht der roten Sonne, die jetzt alleine am Himmel stand, tauchte die Landschaft in ein mattes Licht, matt genug, dass ihr dieser Tag trübe vorkam. Sie versuchte, für den dösenden del-Kelric eine bequemere Position auf ihrem Arm zu finden. Sie war jetzt schon so dick und schwerfällig. Die Schwangerschaft erschöpfte sie und brachte sie dazu, sich zu fragen, ob sie nicht langsam zu alt dafür wurde, Kinder in die Welt zu setzen. In letzter Zeit hatte sie unruhig geschlafen, und in ihren Träumen tauchten undeutlich immer wieder entsetzliche Bilder von Verhören und Händlern auf.

Del-Kelric zappelte auf ihrem Arm und begann dann zu weinen. Jai blickte zu ihnen hinüber und warf dem Jungen einen finsteren Blick zu. Dann nahm Lisi ihm den Eimer ab, und er wirbelte zu ihr herum.

»Hör auf!«, fauchte er sie an.

Sie wurde stocksteif. »Sei doch nicht so schreckhaft!«

»Hört auf, euch anzuschreien, ihr beiden!«, griff Soz genervt ein. Was hatten die beiden denn heute bloß, dass sie so schnell hochgingen …

Ein Schrei durchschnitt die Luft.

Soz war aufgesprungen und lief schon zu den Kindern hinüber – bevor sie überhaupt begriffen hatte, dass ihre Hydraulik sich aktiviert hatte. Sie drückte Jai del-Kelric in die Hand, dann lief sie dort hin, woher der Schrei gekommen war, so schnell ihr Körperumfang ihr das gestattete. Sie kannte diesen verängstigten Schrei, kannte die Stimme nur allzu gut. Vitar.

Der Sechsjährige kam aus dem Wald herausgerannt, seine

kurzen Beine rannten schneller, als Soz es jemals zuvor gesehen hatte. Sie lief ihm entgegen, fing ihn ab und nahm den verängstigten Jungen auf den Arm.

»*Mama!*« Er schrie immer weiter und schlug mit seinen kleinen Fäusten auf ein unsichtbares Ungeheuer ein, bemerkte gar nicht, wer ihn festhielt. »*Hoshpa!*«

»Vitar! Ich bin's! Hoshma!« Soz versuchte, ihn aus seiner Panik herauszuholen. **Ich bin hier! Dir ist nichts passiert!**

Er schluchzte auf, schlang ihr die Arme um den Hals und verbarg sein Gesicht in ihrem Haar.

»Ganz ruhig, ganz ruhig«, flüsterte Soz. »Was ist denn los? Was hat dir denn so eine Angst gemacht? Wo ist dein Vater, Schätzchen? Wo ist Hoshpa?«

»Tot«, schluchzte der Junge. »Er ist tot, und er ist weg.«

»Aber nein, Vitar.« Soz musste sich anstrengen, ihre eigene Angst im Zaum zu halten. »Er kann nicht tot sein. Das würden wir fühlen.« Sie spürte Jai und Lisi hinter sich, deren Denken und Fühlen sich gerade ebenso weit öffneten, so weit wie nur möglich, so wie sie selbst sich öffnete; sie alle suchten empathisch nach Jaibriol.

Und fanden nichts.

Irgendwie gelang es ihr, ihre Stimme ganz ruhig klingen zu lassen. »Vitar, was ist passiert?«

»Ein großer silberner Vogel!« Vor lauter Schluchzen konnte sie ihn kaum verstehen. »Waren böse Leute drin.« Er hob den Kopf und schaute sie an. »Haben auf Hoshpa geschossen. Auf mich geschossen. Da bin ich weggelaufen. Die haben Hoshpa in den Vogel getan und sind dann weggeflogen.«

Soz wirbelte zu Jai und Lisi herum. »Geht *sofort* in den Bunker!«

Lisi zögerte. »Aber Vater ...«

»*SOFORT!*« Soz schob ihre Kinder in Richtung des Hauses, das genau hinter dem Brunnen lag. Sie selbst rannte los, Vitar immer noch auf dem Arm; Lisi und Jai liefen neben ihr her, Jai trug immer noch del-Kelric. Sie rannten ins Haus; wie Donnerhall dröhnten ihre Schritte auf dem Fußboden.

Soz riss die Falltür in der Ecke auf. »Geht da runter! *Schnell!*«

Lisi ging voran, gefolgt von Jai mit del-Kelric auf dem Arm. Während die beiden noch die schmale Holztreppe hinunterstiegen, stieß Soz ein Regal um, das in der Nähe stand, und fegte alles, was sie erreichen konnte, in das Loch im Boden. Kleine Ziergegenstände und Spielsachen klapperten in die Finsternis hinunter, prasselten auf ihre Kinder herab. Dann half sie Vitar hinunter, schließlich ließ sie sich selbst in das Loch hinab und zog die Falltür über ihnen zu.

In der Ferne war ein tiefes Grollen zu hören.

»Runter jetzt!«, brüllte sie. Aus Vitars Bewusstsein schnappte sie auf, er sei unten auf dem Boden angelangt und habe ihr Platz gemacht. Sie ließ die Leiter los und sprang die letzten beiden Meter; sie landete mit einem Ruck, der sie in die Knie zwang. Del-Kelric weinte, seine Furcht war so spürbar wie Nebel.

Soz tappte durch die Dunkelheit, die Hand vor sich ausgestreckt. Als ihre Finger die Konsole ertasteten, wurde das Grollen draußen lauter. Sie drückte eine Tastenkombination, die sie auswendig wusste, sie kannte sie aus ihren eigenen Datenbanken, von den zahllosen Übungen, die sie immer wieder und immer wieder mit der Familie durchgespielt hatte.

»Quasis-Feld aktiviert«, meldete der Computer.

Das Grollen war jetzt genau über ihnen.

Es war, als hätte sich ein Riese die ganze Welt wie einen Ball gegriffen und würde sie jetzt in seiner gewaltigen Faust schütteln. Soz wurde gegen das unnachgiebige Quasis-Feld geschleudert. Del-Kelric weinte, Lisi schrie auf und rief dann den Namen ihres kleinen Bruders.

Es hörte nicht auf, sie wurden geschüttelt und gerüttelt, unnachgiebig, die Welt schien sich vor Wut zu krümmen. Es schleuderte sie gegeneinander, schleuderte sie immer und immer wieder gegen das Quasis-Feld, wirbelte Staub vom Boden auf, Erde, erschütterte den Boden und lockerte das

Erdreich auf, bis sie unter sich die Krümmung des kugelförmigen Energiefeldes erkennen konnten, das sie umhüllte.

Irgendwie gelang es Soz, schützend die Arme um del-Kelric zu schlingen und ihn nicht loszulassen. Glücklicherweise schrie er noch, und das bedeutete, dass er noch lebte und bei Bewusstsein war. Viel erschreckender war, dass Lisi und Jai ganz still geworden waren. Soz schlang ihren ganzen Körper um del-Kelric herum, um ihn und ihr Ungeborenes zu beschützen, während der Aufruhr sie umherschleuderte wie einen Ball im Inneren einer größeren Kugel.

Ihrem Knoten nach dauerte das Chaos zwölf Minuten, doch Soz kam es wie eine Ewigkeit vor. Schließlich beruhigte sich die Welt, zitterte nur noch ein wenig, kam dann schließlich zum Stillstand. Soz lag auf der Seite, schnappte keuchend nach Luft, die Arme immer noch um den schluchzenden del-Kelric geschlungen.

»Lisi?«, flüsterte sie. »Jai?«

Keine Antwort.

Soz schleppte sich ein Stück vorwärts. Als ihr Ellbogen eine Schulter berührte, streckte sie den Arm aus und berührte eine Strähne langen Haares. Ihre Finger strichen über ein Gesicht, das ihr vertraut war, so vertraut. Jai. Als sein Atem flüsternd ihre Hand erreichte, schossen ihr die Tränen in die Augen.

Lisi hatte sich neben Jai zusammengekrümmt, und beide Kinder hatten sich schützend um Vitar geschlungen. Lisi stöhnte, als Soz sie berührte; Vitar weinte leise. Tränen rannen Soz über das Gesicht. Sie lebten! Alle vier lebten!

»Hoshma?«, flüsterte Vitar.

»Ich bin hier, Schätzchen.« Soz setzte sich auf und zog ihn zu sich auf den Schoß, zusammen mit dem wimmernden del-Kelric. »Jai?«, fragte sie dann. »Lisi?«

»Alles in Ordnung«, sagte Lisi.

»Tut dir etwas weh?«, fragte Soz dann.

»Alles«, erwiderte Lisi. »Aber nicht schlimm. Nur als wäre ich vom Baum gefallen.«

»Jai?«, erkundigte sich Soz nach ihrem Sohn.

Stille.

»Jai?« Sie berührte seine Schulter.

»Ahhh.« Er rührte sich stöhnend. »Mein Arm ...«

»Alles in Ordnung«, versuchte Soz ihn zu beruhigen. »Beweg dich nicht!« Sie tastete den Boden ab, suchte nach dem MediKit ... und eine Wehe jagte Schmerz durch ihren ganzen Körper.

Soz schrie auf, musste sich nach hinten fallen lassen, konnte ihre beiden kleinen Söhne nicht mehr in den Armen halten. Sofort begann del-Kelric wieder vor sich hin zu weinen, während Vitar einen erschreckten Schrei ausstieß.

»Hoshma?« In Lisis Stimme klang Panik mit. »Ich spüre das Baby nicht mehr!«

Reglos blieb Soz liegen, bis die Wehe nachließ. Irgendwie schaffte sie es, etwas zu sagen, ohne dass ihr die Stimme brach. »Mach dir darum jetzt keine Sorgen! Ich brauche jetzt alle eure Hilfe.«

»Wie denn?« Lisis Angst durchdrang die Dunkelheit, körperlich spürbar.

»Lisi, du suchst das MediKit«, gab Soz ihre Anweisungen. »Vitar, schau mal, was hier noch so liegt. Eine Lampe wäre gut.«

Vitar schniefte. »Ich versuch's.«

Während Lisi und Vitar sich auf die Suche machten, sprach Soz leise mit Jai. »Wie schlimm ist das mit deinem Arm?«

»Schon in Ordnung.« Die Anstrengung, die in seiner Stimme mitschwang, strafte seine Worte Lügen.

»Ich hab das MediKit gefunden«, meldete Lisi. »Den Laser-Karabiner und den Neutrino-Transmitter auch!«

Soz streckte den Arm nach dem MediKit aus, dann stöhnte sie auf, als die nächste Wehe begann.

»Hoshma?« Vitars Stimme zitterte. »Warum weinst du?«

»Sie weint doch nicht«, widersprach Lisi. »Das Baby kommt!«

»Baby kann nicht kommen«, sagte Vitar. »Baby ist fort.«

»Vitar, nicht!« Lisi klang, als stünde sie auch kurz davor zu weinen.

»Kinder, nicht streiten!«, meinte Soz. »Das Baby muss kommen. Selbst wenn ...« Sie schüttelte den Kopf, unfähig es auszusprechen.

»Böse Leute haben Hoshpa getötet«, sagte Vitar. »Haben Baby getötet ...«

»Vater ist nicht tot!«, schrie Lisi.

»Psssst«, flüsterte Soz. »Bitte!« Sie schloss die Augen, bis die Wehe abebbte. »Alle Götter, nicht jetzt!«

Jai legte ihr die Hand auf den Arm. »Alles wird wieder gut!«

Sie schluckte. »Ja. Alles wird wieder gut.«

Lisi drehte das MediKit in ihren Händen. »Was soll ich machen?«

Soz wühlte in dem Kit herum, bis sie den Diagnose-Streifen gefunden hatte. Sie tastete darüber und kratzte dann über den Rand des Streifens, um sein Textur-Display zu aktivieren. In der Dunkelheit hatten Hologramme wenig Sinn.

»Ich habe die Wärmefühler-Lampe gefunden«, erklärte da Vitar. »Aber die ist ganz kaputt. Da ist noch eine Öllampe. Soll ich die anzünden?«

»Nein, die Öllampe nicht«, entschied Soz. »Die würde unseren Sauerstoff verbrauchen.« Sie drückte Lisi den Diagnose-Streifen in die Hand. »Weißt du noch, wie man diese Textur liest?«

»Ich glaube schon«, erwiderte Lisi. Jetzt, wo sie etwas Sinnvolles zu tun hatte, zitterte auch ihre Stimme nicht mehr.

»Jai, hilf ihr, den Streifen an deinen Arm zu halten!«, wies Soz ihren Sohn an. »Lisi, du musst lesen, was ... wie schlimm der Bruch ... Allmächtige Heilige ...« Die nächste Wehe ließ sie aufstöhnen.

»Hoshma?« Vitars Stimme zitterte. »Mami, nicht sterben!«

»Mir geht's gut, Schätzchen.« Sie zwang ihre Stimme zur

Ruhe. »Das ist immer so, wenn Mütter Kinder kriegen. Du musst keine Angst haben.«

»Der Streifen läuft jetzt«, meldete Jai.

»Sein linker Arm ist gebrochen«, entschlüsselte Lisi. »Hier steht ... an seiner Elle liegt eine subperiostale Fraktur vor.«

Dank ihrer Erste-Hilfe-Ausbildung kannte Soz den Fachausdruck. Es bedeutete, dass es sich um einen Knickbruch handelte, einen Schrägbruch auf einer Seite des Knochens. »Hat sich der Knochen verschoben? Hat er die Haut durchstoßen?«

»Nein«, sagte Lisi. »Beides nicht.«

Soz war erleichtert. Es hätte viel schlimmer sein können. »Jai, das muss ich schienen. Es hört sich nicht so an, als müsste man da viel richten, aber es könnte trotzdem wehtun. Willst du irgendetwas haben, damit du schläfst?«

»Nein.« Seine Stimme klang angestrengt. »Mach das nicht!«

Sie spürte die Emotionen, die hinter seiner Antwort steckten. Er fürchtete, wenn er jetzt einschliefe, könnte es passieren, dass er, wenn er aufwachte, seine ganze Familie tot vorfinden könnte.

Soz stöhnte auf: noch eine Wehe. **Aufnahme**, dachte sie.

Aus deiner Vorgeschichte lässt der Abstand der Wehen auf eine Entbindung innerhalb der nächsten Stunde schließen, berichtete ihr Spinal-Knoten und nahm damit ihre Frage vorweg.

Die andere Frage wollte sie nicht stellen. Sie wollte nicht wissen, wollte nicht verstehen, dass dort jetzt völlige Leere war, wo Jaibriol und sie bisher einen heranwachsenden Verstand genährt hatten. Solange sie nicht fragte, konnte sie sich immer noch an die Hoffnung klammern, das Baby sei vielleicht doch noch lebendig.

Neben ihr raschelte es. Dann drückte Vitar ihr einen Holzstab in die Hand. »Kann das Jai helfen?«

Soz begriff, dass es ein Teil des Baukastens war, den Jaibriol für Vitar geschnitzt hatte – jetzt eine ausgezeichnete Schiene.

Sie umarmte Vitar. »Du bist ein schlauer Bursche! Woher wusstest du, dass ich das brauchen würde?«

Er tippte ihr gegen die Schläfe. »Da drin.«

Unter Jais Anleitung fand Soz den Bruch an seinem Arm. Sie tauchte mit ihrem Ich ganz in sein Ich und formte ein Link mit dem Pico-Netzwerk in seinem Körper aus. Soz trug in ihrem Körper NanoMeds, die, als sie ihre Heimatwelt verlassen hatte, das Beste vom Besten gewesen waren: NanoMeds, die sich von der Mutter auf das Kind vererbten. Während ihrer Schwangerschaft hatten sie die Plazentaschranke überwunden und sich in ihren Kindern repliziert, sodass die Kinder die gleichen Immunitäten erhielten wie die Mutter. Sie ermöglichten es ihr jetzt auch, ein Link ihres biomechanischen Netzwerks mit dem weniger ausgedehnten Pico-Netzwerk ihres Sohnes auszuformen, was ihr die Arbeit vereinfachen und sie effizienter gestalten dürfte, wenn sie jetzt seinen Arm schiente.

Da setzte die nächste Wehe ein; beinahe hätte sie den Kontakt mit Jai verloren. Als der Schmerz nachließ, biss sie die Zähne zusammen, richtete dann vorsichtig den Knochen und schiente Jais Arm. Er blieb still, schrie nur einmal kurz auf, als sie den Knochen zurechtrückte.

»Ist Jaichen jetzt wieder glücklich?«, fragte Vitar.

»Ich *bin* glücklich«, kommentierte Jai. »Und hör auf, mich ›Jaichen‹ zu nennen!«

Leise fragte Soz: »Vitar? Kannst du mir ein paar Fragen beantworten?«

»Weiß nicht«, sagte Vitar.

»Es geht um das, was Papi passiert ist.«

»Böse Leute haben ihn erschossen.«

»Hat er noch geatmet, nachdem sie geschossen haben?«

»Weiß nicht.«

»Hast du gespürt, dass er Schmerzen hatte?«

»Kein Schmerz«, erklärte Vitar.

Soz atmete erleichtert aus. Vitar hätte gemerkt, wenn irgendetwas seinem Vater Schmerzen zugefügt hätte. Hätten sie nicht so eng beieinander gesessen, wäre Soz sich nicht sicher gewesen: Aber hier, wo Vitar direkt neben ihr saß, bezweifelte sie, dass Jaibriol hätte sterben können, ohne dass sein Rhon-Sohn es gewusst hätte.

»Wie haben die Leute ausgesehen, die ihn mitgenommen haben?«

»Böse Leute«, entgegnete Vitar.

»Ich weiß, Schätzchen. Kannst du mir erzählen, wie sie ausgesehen haben?«

»Schwarzes Haar. Hat geglänzt. Wie bei Hoshpa. Augen wie Jai.«

»Was meinst du mit ›wie Jai‹?«

»Rot.«

Soz fühlte sich, als hätte sie Eiszapfen in ihrem Inneren. »Und ihre Kleidung?«

»Grau. Bisschen bunt am Ärmel.«

Sie schloss die Augen. Das klang nach einer ERKomm-Uniform.

»Der silberne Vogel hatte auch ein Bild drauf«, ergänzte Vitar.

»›Der silberne Vogel‹?« Soz holte tief Luft. »Du meinst das Raumschiff?«

»Denk schon.«

»Und was war das für ein Bild?«

»Ein großer schwarzer Mordluchser.«

Nein. Sie unterdrückte einen Wutschrei. Für Vitar, der noch nie den Eubianischen Puma gesehen hatte, musste das Händler-Abzeichen wie ein Mordluchser aussehen. Sie stöhnte auf, als eine weitere Wehe einsetzte.

»Hoshma?«, fragte Lisi. »Komm das Baby jetzt?«

»Ich denke schon.«

Die Kinder suchten Decken zusammen und breiteten sie unter ihr aus. Soz stützte sich gegen die Wand, als die Wehen richtig einsetzten, und versuchte nicht aufzuschreien, obwohl die Schmerzen schlimmer waren als bei jeder ihrer bisherigen Geburten. Vielleicht machte das Wissen darum, was auf sie wartete, diese Wehen schlimmer als alle zuvor – weil der Schmerz ihrer Seele sich in körperliche Schmerzen umwandelte. Die Kinder kauerten sich in der Dunkelheit zusammen, ganz leise, während ihre Mutter versuchte, nicht laut zu schreien.

Und als das Kind schließlich kam, mit Lisis Hilfe, beantwortete Soz' Spinal-Knoten ihr die Frage, die sie nie gestellt hatte. Tot. Ihr Baby war tot.

Sie wickelte den winzigen Körper in eine Decke. Lisi reinigte ihre Mutter mit Seife und Mull aus dem MediKit, während Soz nur zusammengesunken dort saß, völlig erschöpft, mit einem furchtbaren inneren Schmerz, die Brüste voller Milch, die ihr Baby niemals brauchen würde. Sie klagte lautlos, die Arme um den eigenen Körper geschlungen, als hielte sie einen Säugling.

Irgendwo weinte ein Baby, und der Klang aus einem anderen Reich brachte Soz zum Weinen.

»Hier, Hoshma.« Lisi Legte ihr ein zappelndes Bündel in die Arme. Wieder schrie das Baby, und Soz hielt es eng an sich gedrückt. Dann hob sie ihr Hemd an und legte es an die Brust, wo es sofort tüchtig zu trinken begann. Sie wusste, dass ein Neugeborenes niemals so geschickt sein konnte, aber das war egal. Sie umarmte das Baby, und ein winziges bisschen ließ der Schmerz in ihrem Herzen nach.

Sie musste geschlafen haben. Als sie aufwachte, döste del-Kelric in ihrem Arm; inzwischen war er fertig mit Trinken. »Süßer Kelli«, flüsterte sie. »Danke!«

»Mutter?«, fragte Jai. »Ist alles in Ordnung?«

Langsam setzte sie sich auf, ihr tat alles weh, und sie war unendlich müde. »Ja.«

»Ich hab Hunger«, meinte Vitar.

Soz rieb sich den Nacken. »Hier unten gibt's doch was zu essen.«

»Haben wir alles schon aufgegessen«, entgegnete Lisi.

Beunruhigt sagte Soz: »Hier sollten genug Vorräte für *Wochen* sein.«

»Das Quasis-Feld ist durch den Proviant gegangen«, erklärte Jai ihr.

»Aber es ist noch Wasser da«, ergänzte Lisi. »Möchtest du was trinken?«

»Ja.« Soz fuhr sich mit der Zunge über die Lippen; erst jetzt merkte sie, wie durstig sie war.

Aus der Dunkelheit war ein raschelnder Laut zu hören. Dann drückte Lisi ihr eine Feldflasche in die Hand, und Soz trank; die warme Flüssigkeit rann wie ein Segen ihre Kehle hinab.

»Ich will nach Hause«, sagte Vitar. »Das tote Baby macht mir Angst.«

»Du musst keine Angst haben«, versuchte Soz ihn zu beruhigen. »Die Kleine ist jetzt zu den Sternen gegangen. Da ist sie glücklich.« Gleichzeitig fragte sie: **Knoten, wie lange sind wir schon hier unten?**

Sechsundfünfzig Stunden. Ihr Knoten antwortete genau so, wie sie ihn angesprochen hatte, im Normalgeschwindigkeits-Modus, den sie als ›Sprache‹ wahrnahm, nicht als eine beschleunigte Folge abstrakter Töne und Zahlen.

So lange? **Außentemperatur abschätzen, angenommen, vor sechsundfünfzig Stunden sei eine Hitzestrahler-Sterilisation vorgenommen worden.**

Temperatur normal, antwortete er. Allerdings schlage ich vor, weitere zwanzig Stunden zu warten, um sicherzustellen, dass die meteorologischen Auswirkungen sich stabilisiert und die feindlichen Streitkräfte den Orbit verlassen haben.

Soz verzog das Gesicht. **Sichergestellt ist damit noch gar nichts.**

Das ist wahr. Aber basierend auf meinen Daten über die Vorgehensweise von ERKomm steigt die Wahrscheinlichkeit, dass die Schiffe den Orbit verlassen haben, innerhalb der nächsten zwanzig Stunden auf 85 Prozent. Außerdem ist dann der Morgen angebrochen.

Haben wir genug Luft?

Ja. ÖkoComp bereitet sie wieder auf. Ich empfehle, das Wasser zu rationieren.

»Mutter?«, fragte Jai. »Können wir gehen?«

»Noch nicht.« Sie holte tief Luft. »Versucht zu schlafen! Wir müssen noch ziemlich lange hier bleiben.«

»Nein!« Vitars Stimme versagte fast. »Ich will aber nicht! Wir müssen das Baby vergraben, sonst kommen Geister!«

»Du musst keine Angst haben«, flüsterte Soz ihm zu. »Komm zu mir, Vitar! Die Geister haben Angst vor deiner Hoshma.«

Aus der Dunkelheit war ein Scharren zu hören. Dann saß Vitar neben ihr und hielt sie fest, als hätte er Angst, sie könne einfach verschwinden.

Niemand von ihnen schlief gut in dieser Nacht. Vitar weinte, so leise, dass selbst Soz es kaum zu hören vermochte. Del-Kelric bewegte sich unruhig, er wurde nur ruhiger, wenn sie ihn stillte. Lisi und Jai blieben beide still. Eine Zeit lang versuchten sie, einander gegenseitig Geschichten zu erzählen, aber dann wurden ihre Stimmen schwächer und verklangen in der Dunkelheit.

Als endlich so viel Zeit verstrichen war, dass sie wagen konnten aufzubrechen, wusste Soz, was sie ihren Kindern jetzt erklären musste, und versuchte, in ihrer eigenen Stimme eine Zuversicht mitklingen zu lassen – eine Zuversicht, die sie nicht im Geringsten empfand. »Sobald ich das Quasis-Feld kollabieren lasse, wird Erde auf uns runterfallen, wenn da noch welche ist. Habt keine Angst! Das wird nicht genug sein, um uns darunter zu begraben.« Ruhig fügte sie hinzu: »Wenn wir rauskommen, dann erwartet nicht, das Haus wiederzusehen. Es wird alles fort sein.«

»Fort?«, fragte Lisi. »Wieso?«

»Hitze«, erwiderte Soz. »Ich glaube, das Grollen, das wir gehört haben, kam von etwas, das man ›Hitzestrahl-Sterilisation‹ nennt. Ein Schiff im Orbit benutzt einen breiten Laserstrahl, um das Gelände, das er angreifen will, zu verbrennen.«

»Aber wir sind nicht verbrannt«, warf Lisi ein.

»Der einzige Weg hier rein in den Bunker ist durch das Quasis-Schild«, erläuterte Soz. »Die Moleküle innerhalb dieses Feldes können ihren Zustand nicht ändern, also kann die Hitze nicht hereinströmen.« *Hereinströmen* schien ihr ein zu sanftes Wort für das, was sie glaubte und befürchtete, dass es stattgefunden hatte.

»Aber warum haben wir dann gespürt, dass der Boden gezittert hat?«, wollte Jai wissen.

Soz verzog das Gesicht. »Wenn der Boden sich bewegt, kann er die ganze Kugel, die dieser Schild aufbaut, durch die Gegend werfen. Nur die Kugel selbst lässt sich nicht verändern.«

»Und warum wollen die bösen Leute unser Haus verbrennen?«, fragte Vitar.

Soz wiegte ihn in den Armen; sie war erleichtert, dass er wieder normaler, in normaleren Sätzen, sprach. »Die haben ja nicht gewusst, das wir hier sind«, log sie.

»Doch, das haben sie gewusst«, konstatierte Jai mit harter Stimme. »Die haben versucht uns umzubringen!«

»Jai, nicht!«, rief Lisi bestürzt.

»Warum denn nicht? Du hast doch gehört, was Vitar gesagt hat. Er hat ERKomm-Soldaten beschrieben. Sie haben Vater weggebracht, und uns wollten sie loswerden!«

»Hör *auf*!«, gellte Lisi.

»Hört auf zu schreien!« Dann wurde Soz' Stimme sanfter; sie begriff, dass sie ihre Kinder nicht vor Wahrheiten beschützen konnte, die für ihr Überleben vielleicht nützlich zu sein vermochten. »Ich glaube Jai hat Recht. Wahrscheinlich glauben sie, dass wir tot sind. Ein Quasis-Schirm ist nämlich das Einzige, was uns vor der Hitzestrahl-Sterilisation hat schützen können, und an den ist schwer heranzukommen.«

»Aber wir hatten einen«, meinte Lisi.

Soz nickte, dann wurde ihr klar, dass die Kinder das in der Dunkelheit nicht würden sehen können. »Als euer Vater und ich uns damals darauf vorbereitet haben, hierhin zu gehen, habe ich meine hohe Sicherheitsstufe ausgenutzt, uns einen Quasis-Generator zu besorgen.«

»Ich hab Hunger«, erklärte Vitar.

»Ich weiß«, flüsterte Soz. Sie selbst war völlig ausgehungert, weil sie all ihr Essen den Kindern gegeben hatte.

»Gehen wir jetzt auf einen anderen Berg?«, wollte Lisi wissen.

»Eine andere Welt«, antwortete Soz.

Langes Schweigen schlug ihr entgegen. Dann sagte Jai: »Du willst den Neutrino-Transmitter einsetzen. Um ein Schiff zu rufen!«

»Ja.«

»Nein!« Panik erfasste Vitar. »Dann kommen die bösen Leute!«

»Du musst keine Angst haben«, flüstere Soz ihm zu. »Wahrscheinlich werden die denken, wir sind die bösen Leute, wenn wir ihnen ihr Schiff stehlen.«

»Wenn der Planet verbrannt ist, werden die dann nicht sterben?«

»Wir werden sie ja nicht hier lassen«, erklärte Soz. »Wir bringen sie irgendwo hin, an irgendeinen Ort, den man nicht sterilisiert hat, wo sie überleben können. Und vielleicht können wir sogar wieder zurückkommen.« Sie bezweifelte das, aber das wollte sie den Kindern nicht erzählen.

»Können die denn nicht mit uns kommen?«, fragte Lisi nach.

»Nein!« Soz holte tief Luft. »Hört mir mal alle zu! Wir haben doch schon mal darüber gesprochen, was passieren würde, wenn ihr jemals von hier fortgehen würdet. *Niemand darf erfahren, wer ihr seid.* Jeder, der sieht, wie ihr Kinder ausseht, halb wie Hightons, und halb wie Skolianer, jeder, der sich auch nur vorstellen könnte, dass ihr mit mir verwandt seid, kann uns gefährlich werden. Habt ihr das verstanden?«

Wieder herrschte nur Schweigen. Dann sagte Jai: »Ja«, gefolgt von deutlich weniger zuversichtlichem zustimmenden Gemurmel von Lisi und Vitar.

»Also gut. Dann jetzt nichts wie raus hier.« Wieder versuchte Soz, Selbstvertrauen auszustrahlen. »Lisi, hast du den Laser-Karabiner?«

»Hier ist er.« Lisi streckte ihre Hände aus, bis sie Soz berührten, dann reichte sie ihr den Karabiner.

»Vitar, ich werde jetzt aufstehen«, sagte Soz. »Lisi, hier ist del-Kelric.«

Als ihre Tochter ihr den Säugling abnahm, ließ Vitar Soz los. Sie zog sich auf die Füße, die nachgeburtlichen Schmerzen ließen sie das Gesicht verziehen. Sie versuchte, nicht an das kleine Bündel zu denken, das in Decken gehüllt ganz in ihrer Nähe in der Dunkelheit lag.

»Ich kann die Quasis kollabieren lassen«, sagte Jai. »Ich stehe am Computer.«

»Sobald ich Bescheid sage«, wies Soz ihre Familie an, »legt ihr alle eure Arme über den Kopf! Jai, du schützt die Ausrüstung! Roca und Vitar, ihr passt auf del-Kelric auf!«

»Startklar«, bestätigte Jai.

»Ich bin fertig«, kam es von Lisi.

»Ich auch«, war von Vitar zu hören.

Einen Arm schützend vor das Gesicht haltend, streckte Soz den anderen nach oben. »Also gut. Lass das Feld kollabieren!«

Nichts geschah.

Soz tastete die Dunkelheit über ihrem Kopf ab. Ihre Finger berührten eine glatte Oberfläche, ausgehöhlt durch das kugelförmige Quasis-Feld.

»Wann stellst du denn die Quasis ab?«, fragte Lisi.

»Hab ich schon«, erwiderte Jai.

»Ich nehme an, wir sind hier eingeglast«, erklärte Soz. »Nehmt die Köpfe runter!« Mit biomechanisch gesteigerter Kraft und erhöhter Geschwindigkeit rammte sie den Karabiner aufwärts, so fest sie konnte. Die Waffe prallte auf ein massives Hindernis und ließ ihren ganzen Arm erzittern. Erneut hämmerte sie dagegen, immer und immer wieder, schnell und kräftig, bis kleine Bruchstücke zusammengeschmolzenen Gesteins auf sie herabregneten.

Plötzlich brach die Höhlendecke ein, und Licht und frische Luft strömten ihnen entgegen.

»Oh!«, rief Vitar. »Wir sind frei!«

In wortloser Dankbarkeit atmete Soz tief durch. Sie blickte sich um und sah die Vertiefung, in der sie standen; jetzt war sie durch das Sonnenlicht erhellt. Vier schmutzige, verängstigte Gesichter starrten sie an. Jai war über den Computer gebeugt, den gebrochenen Arm gegen die Brust gepresst. Lisi und Vitar hatten sich wieder um del-Kelric gekuschelt, der jetzt versuchte, aus der Umarmung seiner Geschwister herauszukrabbeln. Nur der Säugling schien unbesorgt; er war noch zu klein, um zu begreifen, was geschehen war.

Ein Großteil der Leiter war noch intakt; die Quasis hatte sie geschützt. Soz kletterte hinauf, das letzte Stückchen, über einen glasigen Felsvorsprung, musste sie sich ziehen. Sie kletterte ganz hinaus in Sonnenlicht und heftigen Wind.

Und Trostlosigkeit.

So weit sie sehen konnte, in allen Richtungen, war ihre Welt kahl und leer. Die Berge waren nur noch Schlackehaufen, ihr fruchtbarer Boden und ihre Wälder verdampft, das Gestein geschmolzen. Von Grün war keine Spur mehr zu sehen. Unter einem grellblauen, wasserlosen Himmel breitete sich verwüstetes Land aus. Auf einem Berg in der Ferne brach eine Felssäule zusammen, groß wie eine ganze Stadt, und krachte donnernd den nackten Abhang hinunter. Das Dröhnen des Erdrutsches schien über die ganze Welt zu hallen, ein ewiges Echo, vom Wind abgesehen der einzige Laut.

»Allmächtige Götter!«, flüsterte Soz.

Als Nächstes kam Lisi nach oben geklettert, gefolgt von Vitar. Jai kam als Letzter, er zog sich mit einem Arm an der Leiter hoch. Vitar legte Soz die Arme um die Taille, und Lisi stand auf ihrer anderen Seite, del-Kelric auf dem Arm. Selbst das Glucksen des Säuglings verklang vor der Ungeheuerlichkeit dessen, was sie dort sahen. Jai stellte sich neben seine Mutter und Geschwister, den gebrochenen Arm immer noch gegen die Brust gepresst. Schweigend starrte die Familie die Überreste ihrer Heimat an.

Das Feuer aus Zorn, ein langsam brennendes Feuer wie das Feuer in einem Kohleofen, das in Soz zu schwelen begonnen hatte, als sie sich mit ihrer Familie so lange in diesem Bunker hatte verstecken müssen, das geschwelt hatte, während sie ihr ermordetes Kind zur Welt gebracht hatte, entzündete sich nun. Es war kein heißes Aufflammen, Energie, die so schnell verschwand, wie sie gekommen war, sich einfach ausbrannte.

Nein, dieses Feuer würde lange Zeit lodern.

Viquara, die Kaiserin von Eubia, blieb vor einer geschlossenen Tür stehen und legte ihre Handfläche dagegen. Ein neues Zeitalter von Highton-Triumphen erwartete sie auf der anderen Seite dieser Tür.

Niemand wusste davon. Doktor Tecozil war tot. Ur Qox war tot. Jaibriol I. war tot. Nur sie und der Mann hinter dieser Tür kannten die Wahrheit. Die Wahrheit, entsetzlich und doch genial, undenkbar und doch brillant, würde endlich dazu führen, dass Eubia die Sterne im Handstreich einnahm.

Der Kaiser war ein Rhon.

»Öffnen«, befahl Viquara. Die Tür war so eingestellt, dass sie nur auf ihre Stimme hörte, und öffnete sich lautlos.

Er stand vor einem Fenster und starrte auf die Parkanlagen des Palastes hinab. Als sie eintrat, drehte er sich um, und sie erkannte ihn auf den ersten Blick, erkannte sein Gesicht, seine Augen, seine Züge, seine Anmut. Er war jetzt älter, ein Mann Ende dreißig, nicht mehr der Jugendliche, an den sie sich erinnerte. Er trug immer noch die grobe Hose und das grobe Hemd, das er getragen hatte, als man ihn fand. Sein Haar fiel ihm weit über die Schultern, in dieser Länge sah es barbarisch aus.

Er starrte sie an, als wäre sie ein Geist. Die Ironie der Situation entging Viquara nicht, schließlich hatte sie jahrelang geglaubt, *er* sei tot. Und doch stand er nun hier. Niemand konnte diesem Mann – Jaibriol dem Zweiten – den Titel eines Kaisers verwehren. Der Beweis lag in seinen Genen. Doch angesichts der Tatsache, dass diese andere, schändliche Wahrheit enthüllt werden könnte, seine Rhon-Abkunft, und das ewige Entsetzen, zu dem sein Leben werden würde, sollte es bekannt werden, würden ihn Schweigen lassen.

Und durch ihn würde *sie* Eubia regieren.

Leise sagte Viquara: »Willkommen zu Hause, mein geliebter Sohn!«

20

William Seth Rockworth III. war der älteste Mann auf der Erde. Eine allgemein gute Gesundheit, gutes Erbmaterial und eine vernünftige Lebensweise hatten seine Lebenserwartung genug ausgedehnt, um ihn gerade noch rechtzeitig die Anfänge des Nanotechnologie-Zeitalters erleben zu lassen und die damit verbundene Lebensverlängerung. Mit seinen 173 Jahren, völlig gesund und munter, hatte der Admiral im Ruhestand alle, die seinen Lebensweg mit ihm geteilt hatten, überlebt, er war nur ein wenig fülliger geworden und hatte ein paar graue Strähnen mehr in seinem pechschwarzen Haar.

Eine einzige Person war annähernd so alt wie er: die Rubin-Pharaonin, jetzt 155 Jahre alt, eine Frau, die Seth einst seine Gemahlin genannt hatte. Die Zeit hatte seine Erinnerungen immer milder werden lassen. Er erinnerte sich an eine Dehya, die eine junge Frau mit grazilen Bewegungen und einem anziehenden Lächeln gewesen war. Er hatte es nie bedauert, den Imperialen Hof hinter sich gelassen zu haben, und dennoch wusste er die Rhon-Bindung zu schätzen, die er während dieses Abschnitts seines Lebens eingegangen war. Vorher hatte er nicht gewusst, dass er auf der Kyle-Skala auf ›Zehn‹ einzustufen sei – was für eine Psi-Stärke stand, die nur einer von zehn Milliarden Menschen aufwies. Obwohl er Dehya verlassen hatte, hatte er ihr an dem Tag, als er den Orbiter verließ, um zur Erde zurückzukehren, einen Eid geleistet. Einen Rhon-Eid. Sollte sie jemals Hilfe benötigen, würde er sie ihr jederzeit geben, wenn es in seiner Macht stand. In den sieben Jahrzehnten, die seitdem vergangen waren, hatte sie nie auf der Erfüllung des Eides gepocht.

Bis jetzt.

Ihre Nachricht war schlicht: Komm zu meinem Schiff, der *Nähnadel*, auf dem Logan-Raumhafen. Rhon-Eid. Er stand in seinem Studierzimmer, las immer und immer wieder die Worte auf seiner Konsole und fragte sich, was sie dazu bewogen haben mochte, sich nach so langer Zeit zu melden.

Es war drei Uhr morgens, als Seth seinen Schwebewagen auf einem Parkplatz am Logan-Raumhafen abstellte. Die *Nähnadel* sollte an einem Binnenverkehrs-Terminal eintreffen, und das bedeutete, dass sie aus Verbandler-Territorium kam – ein weiteres Rätsel. Warum sollte Dehyas Schiff unter Verbandler-ID fliegen?

Der Flugsteig befand sich in einer abgelegenen Halle, die zu dieser späten Stunde fast verlassen war. Nur Schiffe, die sich keinen besseren Liegeplatz leisten konnten, benutzten diese Areale. Er musste sogar auf das Rollfeld hinausgehen, um das verbeulte, kleine Aufklärungs-Schiff, gedacht für nur zwei Mann Besatzung, zu finden, das dort an einem alten Hangar festgemacht hatte.

Die Luke öffnete sich, und Dehya sprang auf das Rollfeld hinunter. Im Schatten des Schiffes konnte Seth sie nicht allzu gut erkennen, doch er erkannte sofort ihr herzförmiges Gesicht, ihre Frisur und die charakteristische Anmut ihrer Bewegungen. Nur, dass sie ihm eigentlich zu groß erschien.

Einen Augenblick, bevor sie aus den Schatten trat, begriff er, dass es nicht Dehya war. Wie ein Geist, der gekommen war, um ihn zu verfolgen, trat die fremde Frau ins Licht.

»Soz?«, fragte Seth da. Das konnte unmöglich Dehyas Nichte sein. Soz war vor fünfzehn Jahren gestorben.

»Du hast Dyhianna Selei einen Eid geleistet, als du noch ihr Gemahl warst«, meinte die Frau, ohne sich mit Floskeln aufzuhalten. »Einen Rhon-Eid. Fühlst du dich immer noch an diesen Eid gebunden?«

Das klang ganz nach Soz: Immer auf den Punkt kommen, nie viele Worte verschwenden. »Ja«, antwortete er und fragte sich, auf was er sich da eingelassen hatte. *Soz?*, fragte er. *Bist du das?*

Sie hielt ihr Denken und Fühlen verschlossen. In den Händen hielt sie einen Laser-Karabiner, den sie irgendwie an den Langstreckensensoren des Raumhafens vorbeigeschmuggelt haben musste; nicht allzu schwer für jemanden, der wusste, wie man vorzugehen hatte. »Fühlst du dich noch an diesen Eid gebunden?«, wiederholte sie.

»Ja.« Er machte eine Pause. »Aber ich habe ihn Dehya gegenüber geleistet.«

»Es ist ein Rhon-Eid.«

Er verstand, was sie meinte. Wenn man bedachte, wie eng die Beziehungen der Rhon miteinander verwoben waren, wie sehr sie ihre Gedanken- und Gefühlswelten verschmolzen, war es unmöglich, einem Rhon gegenüber einen Eid zu leisten, ohne dass die anderen davon betroffen gewesen wären. »Auch dir gegenüber bin ich an diesen Eid gebunden.«

Ihre Hände, die den Griff des Karabiners so fest umklammert hatten, dass die Knöchel weiß hervorgetreten waren, entspannten sich. Mit unerwartet sanfter Stimme sagte sie: »Ich habe hier vier Wunder, die ich dir anvertrauen muss. Beschütze sie für mich!«

»›Wunder‹?«

Sie machte eine Handbewegung ... und vier Kinder kletterten aus dem Schiff. Zunächst sah Seth nur grobe Umrisse: ein Junge, der vielleicht einen Meter achtzig groß sein mochte, ein schlaksiger Jugendlicher, der sich wahrscheinlich immer noch in der Wachstumsphase befand; den linken Arm trug er in einer Schlinge, auf dem rechten hielt er ein kleines Kind. Danach kam ein junges Mädchen mit langem Haar, sie hatte ihren Arm um einen kleineren Jungen gelegt, der ihre Taille umklammert hielt.

Dann traten die Kinder ins Licht, und Seth konnte sie deutlicher erkennen: die roten Augen des hochgewachsenen Jungen, das schimmernde Haar des kleineren Jungen, die Rottönung in den Augen des Babys. Die Gesichtszüge des älteren Jungen waren unverkennbar: Highton. Doch zugleich sah

Seth auch die vielen verschiedenen Farbtöne in manchen Haarsträhnen der Kinder, weinrot und goldblond, und die grünen Augen des Mädchens und des kleineren Jungen.

»Meine Kinder«, sagte Soz schlicht.

»Wie?«, fragte er. War sie all die Jahre eine Gefangene gewesen, die Versorgerin eines Highton?

Sie antwortete nicht. Stattdessen erklärte sie: »Du darfst niemals ihre wahre Identität verraten oder irgendjemand wissen lassen, dass sie Psioniker sind. Sag, sie seien Flüchtlinge von Eubia, dass du ihre Patenschaft übernommen hättest, sag was immer du willst! Kannst du mir das versprechen? Ich kann sie nicht bei dir lassen, solange du das nicht tust!«

Psioniker? Dann konnte ihr Vater kein Highton sein. Seth beschloss, ihr zu trauen, aber nicht aufgrund lange angestellter Überlegungen, sondern weil sie Soz war – Soz, die er immer gemocht hatte, obwohl er sie kaum hatte kennen lernen können. Außerdem war es mitten in der Nacht, sie war eigentlich ein Geist, und seit Jahrzehnten war ihm nichts so Interessantes mehr widerfahren.

»Ich verspreche es dir.« Er zögerte. »Hatten dich die Händler gefangen genommen? Deine Kinder sehen aus, als hätten sie auch Highton-Blut in den Adern.«

»Mein Ehemann ist zu einem Viertel ein Highton.«

»Dein Ehemann?!« Er hätte es für unvorstellbar gehalten, dass ein Mitglied der Rubin-Dynastie jemanden heiraten würde, in dessen Adern auch nur das geringste Quäntchen Highton-Blut floss. »Warum?«

»Er ist ein Rhon.«

Seth wusste nicht genau, was für eine Antwort er erwartet hatte, diese jedoch auf keinen Fall. Rhon. *Rhon?* Einfach so, ganz kinderleicht, *mein Ehemann ist zu einem Viertel ein Highton, und ein Rhon ist er auch noch.* Was das wirklich bedeutete, begriff er erst nach und nach. In der Zeit, die er auf dem Orbiter gelebt hatte, hatte Seth genug davon mitbekommen, wie Hightons über die Rubin-Dynastie dachten, sogar über Skolianer im Allgemeinen, um zu wissen, dass der Planetenverband einen gewaltigen Fehler machte, wenn er den Berichten des IRK über die Gräueltaten der Händler keinen Glauben schenkte. Er hatte nicht das Bedürfnis, eine Zeit zu erleben, in der ERKomm auf das Psiber-Net zugreifen konnte, und das würde bald der Fall sein, wenn sie jetzt Rhon-Psioniker zur Welt brachten.

»Wer ist dein Gemahl?«, fragte Seth dann.

»Jaibriol Qox.«

Er wartete darauf, dass sie zu lachen anfangen würde. Als das nicht geschah, fiel ihm als Frage nur noch ein: »Der Erste oder der Zweite?« Es war eine völlig absurde Frage, schließlich waren beide tot, aber es war immer noch weniger absurd als das, was sie davor gesagt hatte. Auf der anderen Seite war sie ja schließlich auch tot.

»Der Zweite«, antwortete sie in der für sie üblichen Weitschweifigkeit.

Als klar wurde, dass keine weiteren Erläuterungen mehr folgen würden, versuchte er, das alles für sich selbst zusammenzufassen. »Du sagst also, Jaibriol II. lebt noch, ist ein Rhon und hat mit dir zusammen diese Kinder – wenn ich mir das recht überlege, müssten diese Kinder ja allesamt Rhon sein, wenn sowohl du als auch Qox Rhon seid. Und ihr seid verheiratet?« Als sie nickte, fuhr er fort: »Dann sind diese Kinder eure rechtmäßigen Erben. Und das würde bedeuten, dass sie Erben sowohl des Rubin-Throns als auch des Karneol-Throns sind.«

»Das dürfte so ziemlich alles sein«, kommentierte sie.

»Ach du lieber Gott, Soz!« Was ihn dabei am meisten berührte war nicht, was das für interstellare Auswirkungen haben würde: Reiche im Umbruch. Es war die Tatsache, dass sie ihm diese Wunder anvertraute. Er schaute die Kinder an, und sie blickten zurück; das Vertrauen, das sie in ihre Mutter setzten, durchflutete sein eigenes Denken und Fühlen. Wenn sie sagte, er würde sich gut um sie kümmern, dann glaubten sie ihr das.

»Die Erde ist der beste Ort für sie«, erklärte Soz. »Du bist der einzige Mensch, dem ich auf der Erde trauen kann.«

»Aber wieso? Du kennst mich doch kaum! Dehya und ich haben uns getrennt, bevor du überhaupt geboren wurdest.«

»Sie hat dir vertraut«, erwiderte Soz. »Ich vertraue ihr. Wir sind Rhon. Du kannst in einer Telepathen-Familie, in der alle so eng miteinander verbunden sind, nichts verborgen halten. Sie kannte dein Denken und Fühlen, ich kenne ihr Denken und Fühlen.«

Dehya vertraute ihm? Hätte ihn jemand gefragt, hätte Seth behauptet, er habe niemals Grund oder Anlass gehabt, das anzunehmen. Interessanterweise allerdings, hätte er, wenn es darum gegangen wäre, seine eigenen Kinder zu verstecken, als Erstes an Dehya gedacht. Natürlich waren seine Kinder inzwischen schon längst erwachsen, und seine Enkel auch, und das ging noch ein paar Generationen so weiter. Sie hatten jetzt weniger Zeit für den alten Mann in den Appalachen. Es würde schön sein, wieder junge Leute in seiner leeren Villa zu haben.

Er spürte die Kinder, spürte ihre Gedanken und ihre Gefühle. Nicht, dass sie versucht hätten, in seine Gedanken vorzudringen: Sie waren gar nicht auf die Idee gekommen, er könne jemand sein, dem gegenüber sie ihr Denken und Fühlen würden verbergen müssen. Ihre Emotionen hüllten ihn ein wie ein warmer Ozean.

»Ich werde mir Mühe geben«, erklärte er ihnen. Der Sechsjährige lächelte ihn an, und das Baby gluckste.

Soz' Stimme war sehr sanft. »Ich weiß.«

Er drehte sich wieder zu ihr um. »Und was wirst du jetzt tun?«

Ihre Augen blitzten in der Dunkelheit auf. »Meinen Ehemann holen.«

Der Lageraum auf dem Orbiter schlief. Der Kommandosessel in der Sternenkuppel war leer. Obwohl TelVers in dem

Amphitheater arbeiteten, lagen viele Konsolen dunkel da; ohne die Kraft, die von der Triade ausging, konnte maximale Effizienz nicht erreicht werden. Stille lag wie eine Decke über dem Raum.

Auf dem Podium an einer Ecke des Raumes, der an ein Amphitheater erinnerte, saß eine Gruppe Zivilisten: Roca, ihr Gemahl Eldrinson, deren Sohn Eldrin, Kurjs Witwe Ami, Erster Ratgeber der Versammlung Barcala Tikal und die anderen Ratgeber des Inneren Kreises der Versammlung. Dort auf dem Podium war ein Durchgang in der Wand, dahinter erstreckte sich ein langer Gang, der tief in die Eingeweide des Orbiters führte. Durchscheinende Säulen säumten diesen Gang, sie bestanden aus uralten Werkstoffen, die von der modernen Wissenschaft erst noch wiederentdeckt werden mussten. Spiralförmig bewegten sich Lichter um die Geräte, die sich im Inneren der Säulen befanden, sie funkelten, sprühten, blitzten auf. Der Gang führte so lange geradeaus, dass er in der Perspektive in einem einzigen Punkt zusammenzulaufen schien und das Auge so in die Unendlichkeit zog.

Am Ende dieses Ganges lag das Erste Schloss.

Roca blickte sich um und schaute die anderen an. »Wenn ich das tue, kann es nicht mehr rückgängig gemacht werden.« Wenn sie einmal das Schloss benutzt hatte, um sich der Triade anzuschließen, war ihr Innerstes so fest mit dem Netzwerk verflochten, dass sie es niemals würde daraus lösen können. Sollte sie es nichtsdestotrotz versuchen, würde das die Vielzahl der durch das Schloss hervorgerufenen Veränderungen in ihrem Gehirn zerstören und dafür sorgen, dass dieses vollständig abstarb.

Müdigkeit stand auf Eldrinsons Gesicht zu lesen, er war erschöpft davon, eine Triade mit nur zwei Personen aufrechtzuerhalten. »Wir brauchen dich, Roca!«

Barcala Tikal blickte sich am Tisch um. »Jeder von Ihnen hat das Recht, Einwände vorzubringen.«

»Kurj würde es so wollen«, meinte Ami.

Eldrin nickte. »Dem stimme ich zu.«

»Erhebt jemand Einwände?«

Die Antwort war Schweigen.

Tikal wollte gerade etwas sagen, hielt dann inne, und sein Blick wanderte zu einem Punkt, der hinter Roca im Amphitheater lag. Dann schloss er den Mund wieder und erhob sich. Eldrin schaute sich ebenfalls um, zuckte zusammen und stand mit einer ruckartigen, kraftvollen Bewegung auf. Nun wandte auch Eldrinson seinen Blick dorthin, und auch er erhob sich, gefolgt von allen anderen, die an dem Tisch saßen.

Verwirrt stand Roca auf und drehte sich um.

Die Frau stand in der Kuppel am Ende eines massigen Krans, der einige Meter über dem Amphitheater aufgehängt war. Jedermann im Lageraum hatte mit der Arbeit aufgehört und beobachtete sie nun. Umgeben von der massiven Maschine wirkte sie zerbrechlich, empfindlich wie eine Seifenblase; ihr fein geschnittenes Gesicht war vor Erschöpfung ausgezehrt und hager, ihre blasse Haut wirkte beinahe durchscheinend, die Schatten unter den Augen waren so dunkel, dass man sie für Blutergüsse hätte halten können. Ihr Zopf schwarzen Haares, der ihr bis zur Hüfte reichte, war von grauen Strähnen durchzogen. Sie hatte abgenommen, war so dünn geworden, dass sie aussah, als werde sie gleich davongeweht. Zerbrechlich und verletzlich stand sie vor ihnen, diese Frau, die Kurj als das mächtigste menschliche Wesen des Universums bezeichnet hatte.

»Ich bin ebenfalls der Ansicht, dass Roca sich der Triade anschließen sollte«, waren Dehya Seleis Worte.

Eldrins Erleichterung umflutete Roca. Bis zu diesem Augenblick war ihr nicht klar gewesen, dass nicht einmal ihr Sohn, Dehyas Gefährte, sie seit Kurjs Tod gesehen hatte.

Der Robot-Arm senkte Dehya auf den Boden ab, und sie trat in das Amphitheater hinaus. Ein TelVer sprang herbei und räumte einen Karton fort, die ihr im Weg lag. Betreuerinnen und Betreuer traten einen Schritt zurück und verneigten sich, als sie an ihnen vorbeischritt. Alle verneigten sich, im ganzen Lageraum: TelVers, IRK-Offiziere, Soldaten, Piloten, Bürger des Imperialats eines jeden Ranges verneigten sich vor ihrer Pharaonin.

Dehya trat auf das Podium hinauf. »Die Händler werden bald etwas bekannt geben.«

Tikal war der Erste, der seine Stimme wiedergefunden hatte. »Woher wissen Sie das?«

»Ich weiß es.« Ihre Stimme war nur ein Schatten. Sie schaute zu ihnen, immer und immer wieder wanderte ihr Blick zu Eldrinson, als sei er ein Rätsel, das sie noch ergründen musste. Dann deutete sie auf den großen Schirm oberhalb des Durchganges vor dem Korridor zum Ersten Schloss. »Hört!«

Tikal sprach in das Steuerarmband an seinem Handgelenk. »Podiums-Holoschirm im Lageraum aktivieren.«

Auf dem Schirm flimmerte es, und das Abbild eines schwarzen Pumas formte sich, überlebensgroß. Die Händler-Hymne schallte durch den Raum, ein beeindruckendes Kunstwerk, das für Roca so überhaupt nicht zu seinen Aristo-Komponisten passen wollte. Es gab so viel eubianische Musik, die eine unvergleichliche und zugleich zutiefst kummervolle Schönheit ausstrahlte, als würden ihre Schöpfer ihre eigene Existenz beklagen. Der Puma streckte eine Pfote vor, die Krallen ausgestreckt. Dann verblasste er, und das Hologramm blendete über zur Halle Der Ringe in Qox' Palast auf Glorie; der Saal war mit Reihe um Reihe schimmernder Aristos angefüllt.

Fünf Hightons schritten den Gang hinunter, begleitet von der Geheimpolizei des Palastes, den brutalen *Razer*, die in ganz Eubia gefürchtet waren. Vier der Hightons erkannte Roca: Kaiserin Viquara, die Qox-Erben Corbal Xir und Calope Muse und den eubianischen Wirtschaftsminister Kryx Quaëlen.

Dann sah sie, wer neben ihnen ging, und ihr Herz setzte aus.

Hoch aufgerichtet und ohne ein Lächeln, mit glänzendem

Haar und kalten, rubinroten Augen, seine Schritte wie nach einem Trommelschlag ausgerichtet, den außer ihm niemand zu hören vermochte, ging er zwischen den Ringen hindurch. Jaibriol Qox.

Dann hatten sie das Podium in der Mitte der Halle erreicht, auf dem ein Sessel postiert war. Aus massivem Karneol geschnitzt, wirkte der Thron wie ein regloses Spiegelbild seiner Erbauer. Jaibriol II. trat auf das Podium und blickte zu den versammelten Aristos hinaus. Der lebhafte Jugendliche von damals, an den sich Roca erinnerte, damals, vor fünfzehn Jahren, war verschwunden. Er war nicht mehr der junge Held, den die Aristos verehrten und alle anderen abgrundtief hassten. Dieser Mann stand schweigend dort, hager, verhärmt, von Kopf bis Fuß in Schwarz gekleidet.

Dann setzte er sich auf den Karneol-Thron.

Wie ein Mann hoben die Aristos von Glorie die Arme. Wie ein Mann schnippten sie mit den Fingern. Es war der einzige Laut, der zu hören war. In Der Halle Der Ringe war es eine unübertroffene Ehre.

Hier, im Lageraum des Orbiters, sagte die für das Gesundheits- und Erziehungswesen zuständige Ratgeberin: »Allmächtige Götter! Das ist wirklich das Letzte, was wir gebrauchen konnten!«

»Gewiss ein Hochstapler, es kann nicht anders sein«, entschied ›Recht‹.

Barcala Tikal wirkte sehr müde. »Nein, sie würden niemals einen Hochstapler auf dem Karneol-Thron dulden. Das muss wirklich *er* sein!«

»Das kann nicht sein«, flüsterte Eldrinson.

Roca warf ihrem Gemahl einen Blick zu. Eldrinson starrte den Schirm an, als durchlebe er einen Albtraum. Sie konnte das verstehen. Jetzt, wo der Sohn von Ur Qox von den Toten zurückgekehrt war, um sein Reich zu einigen, würde das Durchhaltevermögen der Händler aufbranden, während es dem Durchhaltevermögen Skolias einen beachtlichen Dämpfer verpasste.

Eine Stimme hinter Roca fragte: »Herrin? Haben wir jetzt Ihnen Bericht zu erstatten?«

Roca drehte sich um und sah einen TelVer, eine Frau in IRK-Uniform. Ja, wem *hatten* sie denn nun Bericht zu erstatten? Nach Kurjs Tod war die Befehlskette etwas unübersichtlich geworden. Roca musste die Energie aufbringen, die Verantwortung zu übernehmen, mit einer Selbstsicherheit, die sie selbst nicht verspürte, damit nicht ihre mangelnde Erfahrung den ohnehin angeschlagenen Durchhaltewillen ihres Volkes weiter verschlimmerte. Eine verlässliche Führung war jetzt noch wichtiger geworden, nachdem plötzlich ein junger, starker Kaiser auf dem Karneol-Thron saß.

»Ja«, sagte sie also. »Fahren Sie fort!«

»Wir hatten eine Leistungsspitze in einer Leitung, die einen Generator im Strategie-Zimmer speist«, erklärte die TelVer.

Das verwirrte Roca. Warum war für etwas derartig Triviales ihre Aufmerksamkeit erforderlich? »Können Sie das nicht reparieren?«

»Es ist die Leitung zum Kommandosessel, Herrin.«

Jetzt begriff Roca. Sie blickte zu dem Sessel auf in der Kuppel hoch über ihren Köpfen. Der Imperator hätte dort hinaufgemusst, um die Instrumente zu aktivieren.

»Das ist merkwürdig!«, bemerkte Tikal. Er betrachtete einen in den Tisch eingelassenen Bildschirm, auf dem Schaltbilder dargestellt waren. Dann deutete er auf mehrere Linien, schmale grüne Striche eines Diagramms. »Die hier haben sich gerade aktiviert.«

Roca warf einen Blick auf das Display. »Die sollten auch aktiv sein. Das System überwacht das Backup für Knoten Sieben des Lageraum-Netzwerks.«

»Dieser Knoten ist seit mehreren Tagen heruntergefahren«, merkte Tikal an.

»Ratgeberin Roca«, sagte die TelVer und presste sich die Hände auf die Ohren, um ihren Kommunikator besser verstehen zu können. »Wir erhalten gerade einen Bericht von den SCAD-Verteidigungs-Knoten. Sie werden aktiviert.«

»Was?« Roca sah Tikal mit gerunzelter Stirn an. »Wann haben Sie das angeordnet?«

Er richtete sich auf. »Habe ich nicht.«

Hinter ihnen hörte Roca eine Glocke: Ein TelVer rief eine Betreuerin herbei. Das Grollen eines Kranes übertönte dröhnend das lauter werdende Stimmengewirr im Amphitheater. Aus Konsolen drangen Stimmen und gaben Berichte weiter, die Ratgeber auf dem Podium sprachen in ihre Handgelenk-Kommunikatoren oder ihre Handgelenkschoner.

Dehya ging von ihnen allen fort, auf den Eingang zum Schloss-Korridor auf der anderen Seite des Tisches zu. Roca beobachtete ihre Schwester. Hatte Dehya diese Netzwerk-Aktivität ausgelöst? Wenn irgendjemand dazu in der Lage war, dann sie. Oder war die Pharaonin einfach nur in Gedanken versunken und lief nun durch das komplizierte Labyrinth ihres eigenen Denkens?

Ein Klirren war zu hören, gefolgt von einem plötzlich anschwellenden Brummen – ein Zeichen für eine weitere Energiespitze. Roca drehte sich um und sah, dass der Greifarm eines Krans bis zum Boden herabgesenkt wurde. Sie wusste, dass oft TelVers in diesen Kränen saßen, die sich quer durch den Lageraum bewegten und dabei alle Ebenen des Amphitheaters nutzten. Aber das taten sie nur, wenn der Raum vollständig mit Energie versorgt wurde, sonst würde dieses Vorgehen dringend erforderliche Ressourcen von anderen Systemen abziehen. Und der Lageraum war seit Tagen mit verringerter Energie betrieben worden.

»Ratgeberin Skolia!« Jetzt drang die Stimme, die nach ihr rief, aus ihrem Armband.

Sie sprach in den Kommunikator hinein. »Was gibt es?«

»Hier spricht Leutnant Dalero von der Hochenergie-Abteilung. Gerade werden die Impaktor-Datenbanken aktiviert!«

Die TelVer vor Roca erklärte: »Herrin, ich erhalte gerade

weitere Berichte! Die Netzwerk-Knoten Vier und Achtzehn in der Kriegsgeräte-Abteilung aktivieren sich selbsttätig. Außerdem haben wir eine Leistungsspitze in den Versammlungs-Räumen, in denen sich die Konsolen-Links zum Lageraum befinden.«

»Schaut!«, rief Eldrin da. Er deutete auf die Sternenkuppel über ihnen.

Roca blickte dorthin, wohin ihr Sohn zeigte. Lichter liefen die Laufstege entlang, die zum Kommandosessel führten. Ein Kran fuhr zu dem Sessel hinauf und blieb dann stehen, als warte er darauf, dass ein Imperator vom leeren Thron herabsteigen würde. Unten im Amphitheater knisterte Statik, als immer weitere Konsolen sich aktivierten. Aus zahlreichen Lautsprechern drangen jetzt Stimmen, zum Teil menschliche Stimmen, zum Teil maschinelle, und sie wurden immer lauter, während das schlafende Nervenzentrum erwachte.

»Verdammt, was geht denn hier vor?«, rief Tikal in seinen Handgelenk-Kommunikator. Auf dem Podium, rings um ihn herum sprachen die anderen Ratgeberinnen und Ratgeber gleichfalls in ihre Kommunikatoren, jetzt drängender, und erhielten Berichte aus ihren jeweiligen Büros. Die Bruchstücke, die Roca hörte, lieferten alle das gleiche Bild: Auf dem ganzen Orbiter erwachten schlafende Energiezentralen aus ihrem Schlummer.

Sie blickte quer über den Tisch, an den anderen Ratgebern vorbei, dorthin, wo Dehya stand: dem Eingang zum Schloss-Korridor. Ihre Schwester erwiderte den Blick, grüne Augen, in denen sich immer ein Sonnenuntergang zu spiegeln schien. Ihr Vater hatte Dehyas Augen immer so genannt – ›Sonnenaufgangsaugen‹: wegen der zarten Gold- und Rosatöne, die darin schimmerten; dem einzigen Anzeichen der Innenlider, die sie geerbt hatte.

Warst du das?, fragte Roca.

Nein, dachte Dehya. Dann drehte sie sich wieder dem Schloss-Korridor zu. Die funkelnden Lichtersäulen ließen den Gang endlos erscheinen, als reiche er direkt in die Unendlichkeit. Mit leiser Stimme sagte sie etwas, und angesichts des Lärms, der jetzt im Amphitheater herrschte, hätte eigentlich niemand das hören können dürfen, und doch durchschnitt dieses eine Wort die Geräuschkulisse wie ein Messer.

»Seht!«, sagte die Pharaonin.

Sie alle sahen hin. Roca konnte nichts dort im Korridor entdecken. Und doch hatte sie ein unheimliches Gefühl; ein unheimliches Gefühl, das von Eldrinson ausging, ein kalter Schauer, der langsam ihren Rücken hinaufstieg wie eisige Finger. Als sie zu ihrem Gemahl hinüberschaute, sah sie, wie seine Lippen lautlos die Worte: *Mögen die Götter mir vergeben,* formten.

Plötzlich rief Tikal: »Ruhig! Hören Sie!«

Stimmen verklangen bis zur Lautlosigkeit, als Ratgeber und TelVers innehielten, um herauszufinden, was er meinen mochte. Dann hörte auch Roca es. Schritte. Stiefel. Weit hinten im Schloss-Korridor nahm eine Gestalt langsam Form an, am Fluchtpunkt des Korridors schien sie aus der Unendlichkeit herauszutreten.

Eine Stimme sprach immer noch in dem Amphitheater. Sie erklang über ihnen, aus dem Holoschirm. Eine Highton-Stimme. Jaibriol II. stand jetzt dort und sprach seine ersten Worte als Kaiser: *An diesem Tag schließt sich der Kreis des Ruhmes unserer Vorfahren.* Trotz der ausdrucksstarken Worte klang seine Stimme dumpf, wie tot. Wenn Roca es nicht besser gewusst hätte, dann hätte sie behauptet, er stehe unter Drogen.

Die Schritte wurden lauter: Stiefel auf dem Metallfußboden. Die Gestalt, die sich aus dem Schloss-Korridor näherte, sah aus wie ein Jagernaut, doch Roca war sich nicht sicher. Wer auch immer es war, hatte so starke mentale Barrieren errichtet, dass diese jeglichen Hinweis auf die Identität dessen verbargen, der sich ihnen dort näherte. Doch nur wenige Augenblicke später erkannte Roca sie.

Jaibriol Qox sprach weiter, seine Worte hallten in Der Halle

Der Ringe wider, hallten im Lageraum wider, hallten in drei Reichen wider: *So wird Eubia zu größeren Höhen aufsteigen als jemals zuvor.*

Die Jagernautin im Korridor kam immer näher, war jetzt besser zu erkennen. Sie trug die schwarzen Hosen und die kniehohen Stiefel einer Uniform, die seit fünfzehn Jahren nicht mehr getragen wurde, und dazu ein Oberteil aus Fell. Der Karabiner, den sie fest umklammert hielt, war ein altes Modell, aber deswegen nicht weniger tödlich. Ihr Haar fiel ihr in einer wilden, ungebändigten Lockenmähne bis zu den Hüften hinab, umspielte ihren Körper, als sie näher kam. Sie näherte sich, ohne innezuhalten, in großen, gleichmäßigen Schritten, und die Schritte ihrer Stiefel hallten auf dem Fußboden wider.

Unser Triumph wird vollkommen sein, sagte Jaibriol Qox.

Dann hatte die Jagernautin das Ende des Korridors erreicht, blieb nun stehen und ließ ihren Blick über die Anwesenden wandern. An ihren Handgelenken trug sie die massiven Gelenkschoner aus Leder und Metall, voll gestopft mit Netzwerk-Technologie, die nur der Imperator für sich in Anspruch nehmen konnte. Der Eingangsbogen zum Korridor umgab ihren wilden Anblick wie ein Bilderrahmen, und funkelnde Lichter schienen im Kreis um sie herumzulaufen. Über ihr, auf dem Holoschirm, stand Kryx Quaëlen neben dem Kaiser, den Arm hoch erhoben. Seine Stimme dröhnte den Kreisen entgegen, dröhnte der Vielzahl an Völkern entgegen, die über die Sternsysteme verteilt lebten: *Damit sei es allen kundgetan! Mit dem heutigen Tag ist die Eubianische Harmonie erneut geboren!*

Und im Schloss-Korridor stand Sauscony Lahaylia Valdoria Skolia, die Imperatorin des Skolianischen Imperialats, und sagte: »Einen Dreck ist sie!«

21

Mit großen Schritten betrat Soz das Strategie-Zimmer neben dem Amphitheater und sah sich umringt von Ratgebern des Inneren Kreises der Versammlung. Um sie herum herrschte ein einziges Stimmengewirr. Sie konnte kaum alle Informationen aufnehmen, die ihr entgegenschlugen. Sie streckte ihr Denken und Fühlen nach allem im Netzwerk-Raum aus und formte ein Link nach dem anderen aus. Wie hatten ihr Vater und Dehya diesen Wahnsinn ausgehalten? Wie hatte Kurj seine Gedanken ordnen können bei all diesem Chaos?

Die Erinnerungen der letzten Tage wirbelten ihr durch den Kopf wie Laubblätter, die in einem Strudel gefangen waren. Der Notsignalgeber, der die *Nähnadel* nach Prisma gerufen hatte, das Entsetzen von Captain und Maat, als sie begriffen, dass ihr Schiff gerade entführt wurde, die wunderschöne Landschaft, in der Soz die beiden abgesetzt hatte, die Tränen ihrer Kinder, als sie fortging ... alles verschmolz zu einer Collage aus Bildern, die vor ihrem geistigen Auge umherwirbelten.

Sie war durch eine Hintertür auf den Orbiter gekommen, eine Hintertür, die extra für die Rhon eingerichtet worden war, verborgen im Sicherheitsnetz, durch das das Raum-Habitat geschützt wurde. Ohne die Rhon-Signatur ihres Gehirns wäre sie innerhalb der ersten Sekunden ihres Versuches, diese Hintertür zu benutzen, getötet worden.

Von überall prasselten Stimmen auf sie ein, TelVers summten in ihrem Denken, sie ›hörte‹ EI-Gehirne, ›hörte‹ Menschen sprechen. Sie hatte keine Chance, ihre Eltern und ihren Bruder zu umarmen, die sie seit fünfzehn Jahren nicht mehr gesehen hatte. Der Orbiter forderte ihre gesamte Aufmerksamkeit. Spürte irgendjemand von all diesen Menschen die

Intelligenz dieses gewaltigen Raum-Habitats? Der Orbiter brüllte, unersättlich in seinen Bedürfnissen, mühte sich aus einem Schlummer zu erwachen, der ihm durch den Tod seiner Zentraleinheit aufgezwungen worden war.

»*Wie ist das möglich?*« Barcala Tikal strengte sich an, mit ihr Schritt zu halten. »Wo waren Sie denn? Warum kommen Sie gerade jetzt wieder, gerade wo Qox von den Toten zurückgekehrt ist?«

Sie blieb mitten im Strategie-Raums stehen, und alle anderen hielten ebenfalls inne. »Ich habe Jaibriol Qox verfolgt.«

»*Wohin* verfolgt?«, fragte Tikal.

»Auf einen Planeten, dessen Namen ich niemals erfahren habe. Das war vor fünfzehn Jahren. Wir sind dort abgestürzt, auf unterschiedlichen Kontinenten. Vor ein paar Tagen haben seine Leute ihn gefunden. Ich habe seinen Neutrino-Transmitter ausfindig gemacht und Hilfe gerufen.« Soz sah Tikal geradewegs in die Augen. »Ich will, dass meine Eltern zur Erde gebracht werden.«

»Was?« Er sah aus wie ein Stier, der gegen eine Mauer gelaufen war.

»Ihr habt alle drei Mitglieder der Triade auf dem Orbiter.« Sie deutete auf Dehya, Eldrin und ihre Eltern, die sie vom Eingang des Strategie-Raumes aus beobachteten. »Sie sind sogar im gleichen *Zimmer*, um aller Götter willen! Kontaktieren Sie den Präsidenten des Planetenverbandes! Berufen Sie sich auf die Schutzklausel des Island-Abkommens und sorgen Sie dafür, dass die Verbandler meine Eltern in Schutzgewahrsam nehmen.«

Abwehrend hob Tikal die Hand. »Wir sollten das ein wenig langsamer angehen lassen.«

»Schicken Sie auch die Witwe meines Bruders mit!«, entschied Soz. Ami stand halb verborgen hinter Roca, neben ihr ragte ›Recht‹ auf wie ein Beschützer. »Sie kann ihr Kind auf der Erde zur Welt bringen. Da ist es sicherer.«

»Ihr *was*?!« Das kam von ›Planetare Entwicklung‹, die unmittelbar neben Tikal stand.

An der gegenüberliegenden Wand neigte ›Innenpolitik‹, das jüngste Mitglied des Inneren Kreises der Versammlung, ihren Kopf einem IRK-TelVer zu und sprach mit so leiser Stimme, dass Soz es normalerweise nicht hätte hören können. Aber seit sie sich der Triade angeschlossen hatte, war ihr Denken und Fühlen so weit geöffnet, dass die Stimme der Ratgeberin ihr in den Ohren zu dröhnen schien.

»Entschuldigung«, fragte ›Innenpolitik‹. »Wer ist diese Person?«

»Sauscony Valdoria«, antwortete der Offizier. »Sie ist Mitglied der Rubin-Dynastie.«

Fast gleichzeitig wandte sich ›Recht‹ Ami zu. »Ist das wahr? Sie erwarten ein Kind von Kurj Skolia?« Als Ami nickte, blickte ›Recht‹ Soz an. »Woher wussten Sie das?«

»Fühlt ihr das nicht?«, fragte Soz nur. Ami strahlte Kyle-Stärke aus, und ihr Kind glomm ebenfalls. Immer noch beinahe überwältigt von dem Schmerz, ihr eigenes Kind verloren zu haben, konnte Soz Amis Schwangerschaft ebenso wenig entgehen, wie ihr eine Nova entgehen konnte.

Sie wandte sich ›Protokoll‹ zu, die zu ihrer Linken stand. »Wir brauchen eine Ratgeberin für Fragen der Außenpolitik. Sie wurden soeben dazu ernannt.«

›Protokoll‹ sah sie erstaunt an. »Ratgeberin Roca ist die Ratgeberin für Fragen der Außenpolitik.«

»Ratgeberin Roca wird auf die Erde gebracht«, konstatierte Soz.

Tikal verzog verdrießlich das Gesicht. »Sie haben nicht das Recht dazu, Versammlungs-Ratgeber zu ernennen oder zu entlassen.«

»Im Augenblick benötigen wir die ›Außenpolitik‹«, erklärte Soz. »›Protokoll‹ kennt sich mit dem Inneren Kreis der Versammlung aus. Wir haben keine Zeit, jemand neues einzuarbeiten.« Sie blickte der Ratgeberin fest in die Augen. »Ich brauche Sie zusätzlich auch noch als ›Protokoll‹. Sie müssen mich zu Jaibriol Qox durchstellen.«

›Protokoll‹ starrte sie an. »Sie wollen Kontakt mit *Glorie* aufnehmen?«

›Recht‹ trat an die beiden heran. »Sie können doch nicht einfach den Kaiser von Eubia kontaktieren!«

»Warum nicht?«, fragte Soz.

»So macht man das nicht!«

»Jetzt schon.«

»Imperatorin Skolia!« Tikal holte tief Luft. »Langsamer bitte!«

Der Titel ließ Soz erstarren. Imperatorin Skolia. *Imperatorin*. Sie konnte nicht langsamer! Der Orbiter verlangte ihre Aufmerksamkeit. Das Netzwerk verlangte ihre Aufmerksamkeit. Das IRK verlangte ihre Aufmerksamkeit. Ihr Denken und Fühlen stand kurz davor, überlastet zu werden, und sie hatte sich bisher kaum in die Randbereiche des Sturms gewagt.

Soshoni.

Die Stimme durchschnitt das Chaos wie ein Grollen, die reine Verkörperung der Beständigkeit. Ruhig. Tief.

Vater?, fragte sie.

Lass dir von uns helfen, dachte er.

Soz. Dieser blitzende, funkelnde Gebirgsbach kam von Dehya. Du brauchst Ruhe. Abgeschiedenheit. Du brauchst Zeit zu verarbeiten, was gerade mit dir geschieht.

Das geht nicht, antwortete Soz in ihren Gedanken. **Ich habe keine Zeit dafür.** Sie wandte sich ›Protokoll‹ zu. »Bereiten Sie die Verbindung vor! Tun Sie, was notwendig ist, aber besorgen Sie mir ein Link nach Glorie!«

»Ich werde tun, was ich kann.« Die Ratgeberin verneigte sich und verließ dann den Strategie-Raum.

Soshoni. Die Gedanken ihres Vaters grollten durch ihr Denken und Fühlen wie ein fernes Erdbeben. ***Es gibt ein Problem.***

Sie blickte ihn quer durch den Raum an. **Ein Problem?**

Dehya antwortete. Dein und mein Denken könnten einander sehr ähnlich sein. Ein Triaden-Link mit uns beiden könnte sich als instabil erweisen.

Soz hatte das Gefühl, in diesem Moment hätte sich unter ihr ein Abgrund aufgetan. Würde sie dafür sorgen, dass die Geschichte sich wiederholte? Würde sie ein anderes Mitglied der Triade töten, um den Titel des Imperators zu erhalten?

Wir sind einander nicht so ähnlich wie Kurj und Jarac, dachte Dehya. *Das Link wird halten.*

Soz konzentrierte sich auf die beiden, und das Chaos um sie herum nahm ab. Sie konnte sich jetzt mehr auf deren Gedanken abstimmen, und auch auf die Gedanken ihrer Mutter und auf die ihres Bruders. Sie spürte, welchen Schock es den beiden versetzt hatte, sie plötzlich wiederzusehen. Sie spürte auch das Unbehagen, das jede Person im ganzen Strategie-Raum verspürte. Sie war plötzlich aus dem Nichts erschienen, und niemand wusste, was sie vorhaben mochte.

Alle Versammlungs-Ratgeber und das gesamte IRK-Personal starrten sie an. Sie wandte sich Tikal zu und sagte dann mit deutlich ruhigerer Stimme. »Wie lange wird es dauern, die Überfahrt meiner Eltern und der Witwe meines Bruders zur Erde zu arrangieren?«

»Warum gerade zur Erde?«

Soz bedeutete einem Offizier, der in der Nähe der Wand stand, näher zu kommen. Ihr Spinal-Knoten identifizierte ihn als ›Leutnant Coalson, Experte für Orbital-Verteidigungs-Systeme‹, aber diese Daten waren fünfzehn Jahre alt. Jetzt trug er die Rangabzeichen eines Korvettenkapitäns.

Coalson trat vor und salutierte vor ihr. »Herrin?«

»Welche Zentren sind derzeit ebenso gut bewacht wie die Erde?«, fragte Soz.

Er nannte ihr die fünf, die sie schon kannte: Parthonia, Diesha, Lyshriol, Glorie und der Platin-Sektor. Parthonia war der Regierungssitz des Imperialats, auf Diesha befand sich das Hauptquartier des IRK, Lyshriol war der Heimatplanet eines Großteils von Soz' Familie, Glorie war der Eubianische Regierungssitz, und der Platin-Sektor war das ›Nervenzentrum‹ von ERKomm, dort waren Ausrüstung und Personal über einen großen Raumabschnitt verteilt.

Soz dachte über die Möglichkeiten nach. »Es wäre mir lieber, wenn sie zur Erde gingen«, erklärte sie Tikal. »Wenn die Kriegshandlungen zwischen Eubia und Skolia zunehmen, wird sich ERKomm auf das Imperialat konzentrieren. ERKomm verfügt nicht über genügend Ressourcen, sich sowohl auf uns als auch auf die Erde zu konzentrieren.«

»Ein gutes Argument.« Zu Soz' Rechten stand der Ratgeber des Inneren Kreises der Versammlung für Finanzfragen, ein Zivilist, und las das Display auf seinem Cyber-Arm ab. »Unser eigener Markt bricht fast zusammen, jetzt wo die Zentren des Imperialats die Übertragung von Kaiser Qox erhalten. Auf die Verbandler wirkt es sich deutlich weniger aus.«

»Qox klingt wie ein Roboter«, bemerkte ›Planetare Entwicklung‹.

»Ist ja vielleicht auch einer«, kommentierte ›Recht‹ trocken.

»Auf dem Karneol-Thron?« Tikal schnaubte verächtlich. »Nicht bei deren Besessenheit von der ›perfekten Blutlinie‹!«

Während die anderen debattierten, hörte Soz nur zu. Sie winkte Stabsoffiziere aus dem Lageraum herbei, und dann zogen sie sich an den Strategie-Tisch zurück: ein ovales Gebilde, das aus demselben durchscheinenden Material gefertigt war wie die Säulen im Schloss-Korridor. Lichter des sich immer weiter reaktivierenden Netzwerks funkelten in seinem Inneren, jagten hintereinander her wie winzige Züge aus leuchtenden Kügelchen, die auf Schienen aus Gold, Kupfer, Messing, Silber und Platin fuhren – wie das schimmernde Innere einer altmodischen Uhr.

Auf den in den Tisch eingelassenen Bildschirmen riefen sie für Soz IRK-Dateien auf: Truppenaufstellungen, Stützpunkte, Waffen, Berichte, Listen, Logbücher und dergleichen mehr. Je mehr Zeit sie mit ihnen dort über diesen Tisch gebeugt verbrachte, umso deutlicher wurde ihr, wie zahlreich und groß die Lücken waren, die ihre fünfzehn Jahre dauernde Abwesenheit in ihr Wissen über das IRK gerissen hatte.

Irgendwann während der Sitzung verschwand Dehya. Soz fühlte ihre Anwesenheit im Netzwerk, fühlte Dehyas mentalen Tanz, als das Netzwerk versuchte, seinen neuen Schlüssel Zum Militär an Stellen zu integrieren, die bereits vom Schlüssel Zur Versammlung belegt waren. Immer und immer wieder fühlte Soz, wie Dehya sie *verlagerte* und immer wieder die Bänder neu flocht, von denen die Triade zusammengehalten wurde. Ihre Berührung war leicht, ätherisch, wie ein Flüstern über dem Wasser, und doch verliefen unter dieser Zartheit Stahlkabel. Soz' Vater war ein Meer von unendlicher Tiefe und unendlicher Ausdehnung, das dieses Netzwerk trug wie ein Schiff.

Schließlich kehrte ›Protokoll‹ zurück. Als Soz sich aufrichtete, umringt von ihren Beratern, verneigte sich ›Protokoll‹ vor ihr. »Ich habe eine Verbindung zum Büro des Außenministeriums innerhalb der Protokollabteilung des Palastes auf Glorie hergestellt. Sie sollte in etwa einer Minute aktiviert sein. Habt Ihr weitere Instruktionen?«

Beinahe hätte Soz gequält das Gesicht verzogen. Die Jahre auf Prisma hatten sie gnädigerweise die Verwicklungen der Bürokratie vergessen lassen. Die Händler waren darin ungeschlagen, aber es beschränkte sich beileibe nicht nur auf sie. Das Imperialat verfügte über eine ›Dienststelle des Ratgebers für Fragen der Außenpolitik‹ innerhalb der ›Abteilung für Protokollfragen‹ der Versammlung, und über eine ›Dienststelle des Ratgebers für Protokollfragen‹ innerhalb der ›Abteilung für Fragen der Außenpolitik‹ der Versammlung.

Soz deutete auf einen Holoschirm an der Wand. »Wenn Sie das Link auf diesen Raum umleiten können, spreche ich hier mit ihnen.«

Tikal, der bisher zusammen mit Coalson eine Liste durchgegangen war, richtete sich auf. »Nicht mit ihrem Ministerium!«

»Warum nicht?«, fragte Soz.

Ruhig sagte er: »Ihr seid die Imperatorin. Ihr sprecht ausschließlich mit Kaiser Qox persönlich.«

Kaiser Qox. Vorprogrammierte Subroutinen in Soz' Knoten aktivierten sich selbsttätig und lösten neurale Entladungsmuster in ihrem Gehirn aus, die es ihr ermöglichten, eine ruhige Reaktion zu simulieren. Irgendwie gelang es ihr, nach außen unerschütterlich zu wirken und sich den emotionalen Ansturm nicht anmerken zu lassen. Sie machte sich keine Illusionen. Sollte ihre Eheschließung mit Jaibriol bekannt werden, und auch der Grund dafür, dann würde das eine interstellare Krise auslösen, die mit größter Wahrscheinlichkeit weder er noch sie überleben würden. Und was wurde dann aus den Kindern?

Sie nickte ›Protokoll‹ zu. »Geben Sie mir Bescheid, wenn die direkte Verbindung zum Kaiser steht!«

»Jawohl, Herrin!« ›Protokoll‹ verneigte sich und verließ das Zimmer.

Soz nickte den anderen Ratgebern zu. »Falls Sie mich brauchen sollten: Ich bin im RuheRaum.«

Tikal verneigte sich. »Wie Ihr wünscht!«

Als Soz auf die Tür zuschritt, traten zwei Jagernauts neben sie und gingen dann im Gleichschritt neben ihr her. Sie blieb stehen, sah vom einen zum anderen: ein Mann, eine Frau, beide riesenhaft, sie überragten sie reichlich. Dann wandte sie sich Tikal zu.

»Eure Leibwächter«, erklärte er.

Sie wollte sich schon weigern. Sie hatte es schon immer verabscheut, wenn andere Menschen ihr folgten, und einen Großteil ihres Lebens hatte sie es zu verhindern gewusst. Aber rein technisch gesehen war Tikal ihr gegenüber weisungsbefugt. Zu Kurjs Zeiten war das Verhältnis zwischen dem Imperator und dem Ersten Ratgeber nie ganz geklärt gewesen, doch Soz wusste, dass Tikal sich in der Gegenwart Der Faust Von Skolia stets vorsichtig zu bewegen gepflegt hatte. Soz musste ein Verhältnis zur Versammlung erst noch entwickeln, und sie wusste, dass jede der Entscheidungen, die sie jetzt traf, Einfluss darauf hatten, wie die Versammlung über sie dachte und zu ihr stand. Sich gegen eine logische Vorsichtsmaßnahme aufzulehnen, sosehr sie ihr auch missfallen mochte, würde wenig Sinn haben. Also wurde sie, als sie den Raum verließ, von diesen beiden Riesen flankiert.

Während sie zum RuheRaum gingen, blieb Soz still. Als sie die Kammer jedoch erreicht hatten, sagte sie »Sie warten draußen!« zu den beiden Jagernauts.

Die Frau ergriff das Wort: »Wir haben die Anweisung, jederzeit in Eurer Nähe zu bleiben, Imperatorin Skolia.«

Soz sah sie nachdenklich an. »Welcher Staffel gehören Sie an?«

Wenn die unerwartete Frage die Offizierin verblüfft hatte, ließ sie es sich nicht anmerken. »Der achten, Herrin.«

»Und wer hat das Kommando über diese Staffel?«

»Sekundär Ko.«

»Wer hat das Kommando über Kos Geschwader?«

»Primär Chase, Herrin.«

»Aha. Und wer ist der direkte Vorgesetzte von Chase?«

Nach einer kurzen Pause antwortete die Frau: »Das wäre dann Kommandant Primär Tapperhaven.«

»Tapperhaven.« Soz sah sie an. »Und wer wäre dann Tapperhavens direkter Vorgesetzter?«

Leise antwortete die Jagernautin: »Ihr.«

»Ich.« Soz sah sie weiter an. »Wie ich schon sagte: Sie warten draußen vor dem RuheRaum!«

»Jawohl, Herrin.«

Die Offiziere salutierten: Sie hoben die ausgestreckten Arme auf Brusthöhe, die Hände zu Fäusten geballt, und überkreuzten dann die Handgelenke; Soz hörte den Klang von Haut auf Haut.

Sie nickte und betrat den RuheRaum. Mit einem Zischen schloss sich die Tür hinter ihr, und dann war sie allein in einem schmucklosen Raum mit reduzierter Schwerkraft. Eine der geschwungenen Wände bestand aus DichroNetz-

Glas, ein Fenster ins All hinaus. Da sich die Kammer nahe dem Nordpol befand, stieg das Fenster an wie ein steiler Hügel. Ein klobiger Kommandosessel stand dem Fenster gegenüber; er war viel einfacher als der Thron im Lageraum, aber dennoch mit dem Ersten Schloss verbunden, und damit war dies das einzige andere Kontrollzentrum, das diese Verbindung ermöglichte.

Nur das Licht der Sterne fiel in die Kammer. Soz setzte sich in den Sessel und blickte ins All hinaus. Ein Ausschnitt aus einem Gedicht ging ihr durch den Kopf: *Hell leuchtend' Meer in dunkler Nacht, in ew'ger Kält' und ew'ger Pracht*.

Der Kommunikator erklang. Soz drückte die ANTWORTEN-Taste in der Armlehne des Sessels. »Skolia hier.« Es war sonderbar, von sich selbst mit dem Titel der Dynastie zu sprechen, die dem Imperialat seinen Namen gab.

Ihre Leibwache, diesmal war es der Mann, sagte: »Ratgeberin Roca wünscht Euch zu sprechen, Imperatorin Skolia.«

»Lassen Sie sie herein!«

Sie wandte sich um, als die Tür geöffnet wurde. Ihre Mutter betrat die Kammer, golden, strahlend trat sie auf den Sessel zu. Im gleichen Moment, in dem die Tür sich schloss, streckte Roca ihre Arme über die Armlehne des Sessels hinweg aus und schloss Soz in die Arme. Die Stimme versagte ihr, sie war jetzt ganz heiser vor lauter Mutterliebe. »Alle Götter, Soshoni! Du bist es wirklich.«

Soz erwiderte die Umarmung und war erstaunt, wie ›normal‹ sich das anfühlte – als sei sie nur ein paar Monate fort gewesen, und nicht fünfzehn Jahre. »Ach, Hoshma.« Sie hielt ihre mentalen Barrieren aufrecht, obwohl sie sich sehnlichst wünschte, sie könne auch mit ihren Gedanken reagieren. Dass ihnen eine so einfache Form, gegenseitig Zuneigung zu zeigen, verwehrt wurde, war nur eine weitere Narbe unter zahllosen anderen, die dieser endlose Krieg geschlagen hatte.

Als sie sich beide aus der Umarmung lösten, lächelte Roca ihre Tochter schwach an, in ihren Augen schimmerten Tränen. »Ich wusste, dass *du* das in dem Korridor bist. Du hattest immer eine ganz charakteristische Körperhaltung, schon als du noch ganz klein warst. Gnadeten denen die Götter, die versucht hätten, dich aufzuhalten!«

Nun versagte auch Soz die Stimme. »Ich habe dich und Hoshpa vermisst.« Es fühlte sich komisch an, diesen Namen auf ihren eigenen Vater anzuwenden, nachdem sie so lange mit angehört hatte, wie ihre eigenen Kinder Jaibriol so genannt hatten. Wie war es ihr jetzt nur möglich, überhaupt an Jaibriol denken, der auf Eubia saß, gefangen und allein? Wahrscheinlich wusste er nicht einmal, dass seine Frau und seine Kinder überlebt hatten. Starb er innerlich, gefangen in einem Karneol-Gefängnis, in dem er seiner Trauer niemals würde freien Lauf lassen können?

Wieder erklang der Kommunikator, Soz berührte erneut die Taste. »Ja?«

»Prinz Eldrin ist hier«, meldete der Jagernaut.

»Lassen Sie ihn herein!«

Eldrin betrat die Kammer, hochgewachsen und gut aussehend, und sein Blick war auf sie gerichtet, als glaube er immer noch nicht, dass sie wirklich existierte. Er setzte sich auf die Kante der Konsole vor ihr und sah sie aufmerksam an. »Aha.«

»›Aha‹?« Sie brachte ein Grinsen zustande und schaffte es irgendwie, dass ihr ihre Stimme nicht versagte. »Das ist alles? Mehr kriege ich nicht nach einem so dramatischen Auftritt?«

Leise meinte er: »Ach, Soshoni! Es ist so schön, dich zu sehen.«

Sein Denken und Fühlen stieß sanft in das ihre vor, und wieder hielt sie ihre Barrieren aufrecht; die Notwendigkeit, die sie dazu zwang, fügte ihr fast körperliche Schmerzen zu. Sie wusste nicht, was sie sagen sollte. Das Einzige, was ihr einfiel, war das geradezu absurd Gewöhnliche. »Und was hast *du* so gemacht?«

»Wie immer: Balladen geschrieben«, gab er zur Antwort.

»Dein Gesang hat mir gefehlt.« Seine atemberaubende Singstimme war eine ihrer größten Freuden gewesen.

»Komm zum Abendessen!«, schlug er vor. »Dann können wir alle gemeinsam singen.«

»Du möchtest ganz bestimmt nicht, dass ich singe«, lächelte sie. »Nicht, wenn dir etwas an deinen Trommelfellen liegt.« Dieses belanglose Geplänkel zwischen ihrem Bruder und ihr klang sonderbar für Soz. Sonderbar und wunderbar.

Jetzt lächelte auch ihre Mutter. »Ich muss zugeben, *das* war wirklich nie eine deiner Stärken!«

»Nein, wirklich nicht.« Voller Sarkasmus und Bitterkeit fügte Soz hinzu: »Aber Töten kann ich großartig!«

Beide sahen sie schweigend an. Nach einem Augenblick seufzte Soz: »Es tut mir Leid. Das war unnötig.«

Mit leiser Stimme fragte Roca: »Was ist da draußen passiert? Was hast du? Irgendetwas zerreißt dich doch innerlich!«

»Nichts.« Soz verstärkte ihre Barrieren.

Ruhig sagte Eldrin: »Erinnerst du dich, wie ich mit sechzehn zum ersten Mal mit Vaters Armee hinausgeritten bin?«

»Ja, ich erinnere mich.« Damals war Soz zehn Jahre alt gewesen. Sie sah ihn immer noch vor sich, wie er sich auf sein Reittier schwang, umringt von älteren Männern, erfahrenen Kriegern, die sich darauf vorbereiteten, gegen die Tyroll-Armee zu Feld zu ziehen. Während alle Mädchen des Dorfes um seine Aufmerksamkeit buhlten, hatte Soz sich nur gefragt, warum er nur ein Schwert mitnahm. Sie hätte ein Elektromagnet-Impuls-Gewehr mitgenommen.

Zwei Jahre später war ihr Bruder Althor mit einem Laser-Karabiner in die Schlacht gezogen – und hatte in fünf Minuten mehr Tyroll-Soldaten abgeschlachtet als insgesamt im letzten Jahrzehnt gestorben waren. Das hatte den Krieg auf Lyshriol beendet.

Als Soz heranwuchs, begann sie langsam, Eldrins Entscheidung zu verstehen. Seine Entscheidung, auf IRK-Technologie zu verzichten, wenn er gegen Soldaten kämpfte, die mit Schwertern bewaffnet waren, war für ihn eine Frage der Ehre gewesen. Wer sich besser entschieden hatte, er oder Althor, blieb jedoch eine Frage, die zu beantworten Soz sich nie hatte entschließen können.

Eldrin beobachtete ihre Mimik. »In diesem Gefecht habe ich mehrere Männer getötet.«

»Vater hat sich sehr lobend über deinen Mut geäußert«, erinnerte Soz sich.

Er schnaubte verächtlich. »Hat er gesagt, wie stolz er darauf war, dass ich mich danach übergeben habe? Und auf meine Albträume? Dass ich geweint habe?«

»Du warst doch erst sechzehn!«, erinnerte Roca ihren Sohn. »Das ist doch nichts, dessen man sich schämen müsste!«

»Aber genau darum geht es doch!«, beharrte Eldrin. »Warum muss ich mich selbst davon überzeugen, dass ich mich nicht zu schämen brauche, wenn ich Gewissensbisse habe, weil ich getötet hatte? Die Fähigkeit, moralische Entscheidungen zu fällen, ist es doch, was vernunftbegabte Lebewesen über die anderen Tiere stellt. Also warum betrachten wir es als Schwäche, wenn wir Reue empfinden?«

»Weil«, gab Soz zur Antwort, »wir sonst nicht in den Krieg ziehen könnten.«

»Vielleicht sollten wir das ja auch nicht«, bemerkte ihre Mutter.

»Das ist naiv«, meinte Soz.

»Versteh mich nicht falsch!«, führte Roca ihre Gedanken weiter aus. »Ich würde lieber sterben, als mich Eubia zu unterwerfen. Aber wird die Entscheidung dadurch moralischer? Macht das Leiden der einen Person das Sterben der anderen ungeschehen? Wir behaupten, die Hightons seien so entsetzlich, dass sie keine Menschen mehr seien ... dass sie weniger als Menschen seien! Wer legt denn fest, was ›menschlich‹ ist? Nach den Maßstäben der Hightons trifft das auf uns alle samt auch nicht zu.«

»Hightons sind nur Abschaum«, entgegnete Soz. »Und ich werde das Universum von diesen widerlichen kleinen Gestalten säubern!«

»Ach, Soz!« Eldrin lächelte. »Du bist, wie immer, ein Ausbund an tief schürfender Erkenntnis und tie fgreifendem Verständnis für die menschliche Seele.« Sein Spötteln klang wie immer, und doch schien eine gewisse Traurigkeit seine Worte zu überschatten.

Soz' Kommunikator summte. Sie hob ihr Handgelenk und sagte: »Skolia hier.«

›Protokoll‹ meldete sich. »Ich habe eine Leitung zum Büro des Kaisers.«

Soz blickte ihre Mutter an. »Sein Büro? Nicht zu ihm persönlich?«

»Ihr beide müsst euer Link gleichzeitig aktivieren«, erklärte Roca. »Damit niemand auf den anderen warten muss.«

Soz nickte und sagte dann, wieder in ihren Kommunikator: »Ich komme runter.«

Als sie das Strategie-Zimmer erreicht hatten, stellten sie fest, dass der Tisch in der Mitte auseinander geschwenkt war und so ein Podest enthüllt hatte. Darauf war ein Kommandosessel aufgebaut worden, und man hatte Holoschirme um jene Hälfte des Podestes angeordnet, über die sich der Tisch wölbte. Der offenen Seite gegenüber stand ein ähnliches Podest, das ebenfalls mit Holoschirmen gesäumt war, allerdings befand sich darauf kein Sessel.

Tikal, ›Protokoll‹ und Korvettenkapitän Coalson geleiteten Soz zu dem Podest. »Ihr setzt Euch so der anderen Holokabine gegenüber«, erläuterte Tikal.

»Wir übertragen über das Psiber-Net«, erläuterte Korvettenkapitän Coalson. »Die Signale kommen dann an einer Konsole im Palast auf Glorie an.«

»Wie können die denn Psiber-Net-Signale empfangen?«, fragte Soz nach.

»Sie haben jetzt eine Psiber-Net-Konsole«, meinte Tikal achselzuckend.

›Protokoll‹ nickte. »Man hatte sich mit uns abgesprochen, sie genau für derartige Zwecke zu installieren, um Zeitverzögerungen bei so wichtigen Gesprächen zu minimieren, wie Ihr eines jetzt gleich führen werdet.«

»Aber sie können nicht über das Netzwerk zurückübertragen«, warf Coalson ein. »Ihre Versorger sind deren einzige Psioniker, und die haben keine Ausbildung als TelVers erhalten.«

»Sie müssen skolianische TelVers gefangen genommen haben«, überlegte Soz laut.

Tikal verzog das Gesicht. »Normalerweise verkaufen sie die als Versorger. Es ist zwar nicht so, als hätte ERKomm noch nie einen eingesetzt, aber es ist unwahrscheinlich.«

Grausamkeit ging, ganz wie es bei den Aristos üblich war, über gesunden Menschenverstand. »Und was passiert, wenn sie keinen TelVer einsetzen?«

»Dann wird Qox' Antwort zu einem Schiff im Orbit von Glorie gesendet«, begann Coalson. »Das Schiff reist ab, invertiert in den Superluminalraum und fliegt dann einen IRK-Stützpunkt in der Nähe der Grenze des Eubianischen Territoriums an. Der empfängt die Nachricht und überträgt sie hierher – Letzteres dann wieder über das Psiber-Net.«

Soz stieg auf das Podest. »Wie lange dauert das alles dann?«

›Protokoll‹ antwortete: »Euer Bruder Kurj hat während der Verhandlungen über die Halstaad-Konvention mit Ur Qox gesprochen. Bis eine Antwort kam, dauerte es jeweils zwischen dreißig Minuten und mehreren Stunden.«

»Eine sehr komplizierte Art, miteinander zu kommunizieren«, stellte Soz fest. Aber angemessen, schließlich waren die beiden Reiche ja auch in einem sehr komplizierten Krieg miteinander gefangen. Sie setzte sich in den Sessel, neben dem schon ein Adjutant wartete, der ihr eine Sprechgarnitur reichte.

»Falls sie allerdings einen TelVer einsetzen«, merkte Korvettenkapitän Coalson an, »dann kommt die Antwort fast in Nullzeit.«

»Beten wir darum, dass sie es nicht tun«, brummte Tikal.

Soz sah ihn an, während die Adjutantin ihr die Sprechgarnitur über die Haare schob. »Wieso das?«

»Wenn sie TelVers einsetzen«, erklärte er, »bedeutet das, dass sie bereit sind, Versorgern einen militärischen Nutzen zuzugestehen.«

Das klang gar nicht gut. Vor fünfzehn Jahren hätte das nichts ausgemacht. TelVers hatten damals keine Möglichkeit, auf das Psiber-Net zuzugreifen, waren wenig nützlich, und ERKomm verfügte nicht über ein Psiber-Net. Aber die erste Besprechung vorhin ließ darauf schließen, dass ERKomm immer erfolgreicher darin wurde, das Skolianische Netzwerk für seine eigenen Zwecke zu benutzen. Sich mit Hilfe eines gefangen genommenen TelVers in einen skolianischen Knoten einzuhacken, war schon schwierig, weil es erforderte, Gedanken statt Taten zu erzwingen, doch die Aristos hatten es in der Überredungskunst ja ohnehin zur Meisterschaft gebracht.

Wieder ergriff ›Protokoll‹ das Wort. »Wenn Ihr die Übertragung startet, erhaltet Ihr vollständige Kontrolle über den Kanal.«

»Welchen Kanal?«, fragte Soz nach.

»Wir haben einen gesondert gesicherten Primär-Kanal für Euch eingerichtet«, kommentierte Tikal ›Protokolls‹ Worte. »Von hier direkt nach Glorie. Wir mussten uns beeilen, deswegen sind noch nicht alle Details ausgearbeitet, aber es sollte trotzdem funktionieren.«

»Ihr kontrolliert die Übertragung vollständig«, sagte Coalson. »Niemand kann sich daran zu schaffen machen, solange Ihr mit dem Kaiser sprecht.«

Der Adjutant, der mit der Sprechgarnitur beschäftigt war, führte vorsichtig eine kleine Sonde in Soz' Ohr ein. »Könnt Ihr mich verstehen, Imperatorin Skolia?«, fragte eine unvertraute Stimme über den Kommunikator. Soz' Spinal-Knoten identifizierte sie als zu einer Sonde der Einsatzzentrale gehörig, die sich genau unter dem Lageraum befand.

Soz wartete, bis der Adjutant auch den Kommunikator vor ihrem Mund richtig eingestellt hatte, dann sagte sie: »Ja.«

Ein TelVer an einer Konsole auf der anderen Seite des Raumes blickte auf. »Wir sind bereit, das Link zu aktivieren.«

›Protokoll‹ sprach in ihr Armband. »Wir sind hier startklar.«

Wieder eine andere Stimme, diesmal kam sie aus einem Kommunikator, der in die Armlehne von Soz' Sessel eingelassen war: »Wir auch.« Soz' Knoten meldete ihr, dass diese Stimme zu einem Leutnant gehörte, der die Übertragung vom Lageraum aus überwachte.

»Fertig?«, fragte ›Protokoll‹.

»Fertig«, meldete die Sonde aus der Einsatzzentrale.

»Fertig«, bestätigte der Leutnant im Lageraum.

»Fertig«, kam vom TelVer auf der anderen Seite des Raumes.

»Vom Podest zurücktreten«, gab ›Protokoll‹ ihre Anweisung. Als alle sich ein Stück zurückgezogen hatten, sagte ›Protokoll‹ in ihr Kommunikatorarmband: »Aktivieren!«

Der TelVer sprach in einen Kommunikator seiner Konsole: »Sauscony Lahaylia Valdoria kya Skolia, Imperatorin von Skolia, Siebte in der Erbfolge des Thrones der Rubin-Dynastie, Nachfahre zweiten Grades der Linie der Pharaonen der Rubin-Dynastie, geborene Rhon.«

Im gleichen Augenblick dröhnte eine Stimme aus den Lautsprechern auf dem Podest, das Soz gegenüber stand: »Seine Erhabene Hoheit, Jaibriol der Zweite, Kaiser von Eubia, aus dem Geschlecht der Qox, Sohn von Ur, Enkel von Jaibriol dem Ersten, Urgroßenkel von Eu'be.«

Die Holoschirme hinter Soz begannen zu summen, und über die vor ihr aufgebauten Schirme wirbelten Flecken und Striche. Ein Bild erschien auf dem Podest, ein Mann, der in einem ähnlichen Sessel saß wie sie selbst. Er hatte den Ellbogen auf die Lehne gestützt und sich ein wenig zur Seite gelehnt, es war die gleiche herrschaftliche Haltung, die schon seinen Vater, Großvater und Urgroßvater unsterblich gemacht hatte. Mit seinem schimmernden Haar, das jetzt kurz geschnitten war, seiner strengen schwarzen Uniform und seinen charakteristischen Highton-Gesichtszügen sah er fast aus wie der perfekte Kaiser. Nur die dunklen Schatten unter seinen Augen beeinträchtigten das Bild.

Es war fast zu viel für Soz. Jetzt, wo sie ihn sah, fürchtete sie, sie werde die Kontrolle über ihren Verstand verlieren, alle Gedanken und Gefühle, die sie bisher so gewaltsam hatte zügeln können, würden ihr entgleiten. Sie wollte die Hand nach ihm ausstrecken, wollte ihn in den Arm nehmen, wollte darüber jubeln, dass er noch lebte, obwohl sie wusste, dass sie nur eine Darstellung digitalisierter Daten vor sich sah, die auf Glorie durch Laser-Interferenz erzeugt und über einen Netzwerk-Empfänger hierher geschickt worden waren. *Ach Jaibriol, mein Liebster! Ob ich dich jemals wieder werde in die Arme schließen können?*

Und so sahen sie einander an, über eine Entfernung von wenigen Metern und hunderten von Lichtjahren hinweg. Schließlich meldete sich ›Protokoll‹ über den Kommunikator in Soz' Ohr: »Imperatorin Skolia, auf Euren Wunsch wurde die Verbindung aufgebaut. Ihr dürft anfangen.«

Soz sah ihren Gemahl an. »Die Imperiale Dynastie von Skolia erkennt an, dass Jaibriol der Zweite den Karneol-Thron bestiegen hat.«

Mit heiserer Stimme antwortete er: »Das Geschlecht der Qox erkennt an, dass Sauscony Valdoria sich der Imperialen Triade angeschlossen hat.«

Erschrocken keuchte ›Protokoll‹ auf. Soz sah, dass Tikal lautlos einen Fluch ausstieß, seine Lippen bewegten sich, doch nichts war zu hören. Aha. Nullzeit-Übertragung. Die Händler setzten also die von ihnen gefangen genommenen TelVers ein.

Jaibriols Abbild flackerte, dann verschwand es ganz. Ein neues Hologramm formte sich, ein hochgewachsener Mann mit breiten Schultern und einem energischen Gesicht mit klassischem Highton-Schnitt. Er stand in der Mitte des Podestes und starrte sie an.

In Soz' Ohr meldete sich ›Protokoll‹: »Das ist Wirtschaftsminister Kryx Quaëlen. Ich weiß nicht, was die da gerade abzuziehen versuchen. Er steht im Rang unter Euch. Ich schlage vor, dass Ihr das Link auf mich umstellt!«

Soz stellte gar nichts um. Stattdessen erhob sie sich, den strengen Blick unablässig auf den Wirtschaftsminister gerichtet. Mit diesem speziellen Highton hatte sie noch eine Rechnung zu begleichen. Das war also der Aristo, der es gewagt hatte, ihren Ehemann zu misshandeln, ihn unter dem Vorwand, sein ›Mentor‹ zu sein, als seinen Versorger missbraucht hatte.

Quaëlen betrachtete sie mit ernüchternd perfekter Arroganz. »Der Wirtschaftsminister grüßt die Imperatorin von Skolia.«

Wieder meldete sich ›Protokoll‹ über Soz' Kommunikator. »Das ist ein schwerwiegender Verstoß gegen das Protokoll! Schaltet das Link auf mich um! Entweder Ihr unterbrecht das Link oder Ihr verlasst das Podest!«

Soz blieb stehen, den Blick immer noch auf Quaëlen gerichtet. »Sie wurden von unserer Seite nicht als der offizielle Sprecher des Geschlechtes Qox anerkannt, Minister Quaëlen.« Aus dem Augenwinkel sah sie, dass Tikal mitten in der Bewegung erstarrte und den Blick nicht mehr von ihr abwandte.

Mit herablassender Arroganz erklärte Quaëlen: »Als Imperatorin scheint Ihr das aber sehr wohl anzuerkennen.«

»Imperatorin Skolia«, wiederholte ›Protokoll‹. »Verlasst das Podest!«

Soz lächelte Quaëlen an. »Dich werde ich mir vornehmen, du kleiner Wirtschaftsminister! Alle Hightons! Ihr seid gewarnt! Eure Tage sind gezählt!«

Quaëlen erstarrte. »Tatsächlich? Eure diplomatischen Fähigkeiten lassen einiges zu wünschen übrig.«

Tikal gestikulierte in Richtung seiner Adjutanten, sagte etwas, er schien zu fluchen. Über den Kommunikator in ihrem Ohr hörte Soz, wie jemand sagte: »Es ist mir völlig egal, ob das eine gesicherte Verbindung ist. Unterbrecht endlich diese verdammte Übertragung!«

»Diplomatie muss man sich verdienen«, gab Soz Quaëlen zurück.

Dessen Hand zuckte, fast unmerklich, aber doch sichtbar, als habe er sie schlagen wollen. »›Verdienen‹? Ihr solltet vor mir auf dem Boden kriechen!«

»Allmächtige Heilige!«, hörte Soz über ihren Kommunikator. Tikal sah aus, als stünde er kurz vor einem Schlaganfall. Dann hörte sie Rocas Stimme: »Soz, bist du völlig von Sinnen? *Unterbrich die Verbindung!*«

»Ich hab's!«, rief der TelVer von der anderen Seite des Raumes. Das Summen der Bildschirme vor und hinter Soz verstummte, und ihre Verbindung mit Quaëlen wurde getrennt. Als ›Protokoll‹ ihren Platz im Link einnahm, hörte Soz ein Stimmengewirr.

Tikal kam mit großen Schritten quer durch den Raum auf sie zu, umringt von seinen Adjutanten. Ein TelVer rasselte ihr über den Kommunikator in ihrem Ohr Daten herunter, irgendetwas über Simulationen, die die Auswirkungen dessen, was sich da gerade abgespielt hatte, vorhersagten. Als Soz vom Podium stieg, stellte sich Tikal ihr in den Weg.

»Was zur Hölle sollte das hier?« Er schrie sie fast an. »Quaëlen ist derjenige, der das Protokoll verletzt hat! Alles, was Ihr hättet tun müssen, wäre *wegzugehen*!«

Soz ging an ihm vorbei. »Ich wollte hören, was er zu sagen hat.«

›Protokoll‹ kam durch den Durchgang und fing sie so ab. »Aber zu welchem Preis? Unsere Beziehungen zu Eubia sind bereits angespannt genug.«

»›Angespannt‹?« Soz blieb mitten im Durchgang stehen, zu beiden Seiten ihre Leibwächter. »Wir befinden uns im Krieg, Ratgeberin!«

»Umso mehr ein Grund, Feingefühl an den Tag zu legen und taktvoll vorzugehen!«, merkte Tikal an.

»Was?«, fragte Soz aufgebracht. »Hätte ich sagen sollen:

›Bitte entschuldigen Sie, würde es Ihnen etwas ausmachen, wenn ich Sie heute umbringe?‹?«

Tikal verzog verdrießlich das Gesicht. »Das wäre auf jeden Fall um Längen besser gewesen als diese Schlammschlacht gerade eben.«

»Er hat angefangen«, meinte Soz. »Ich habe mich nur gewehrt.«

»Aber zu welchem Zweck?«

»›Erkenne deine Feinde.‹«

»Na großartig«, grollte Tikal. »Und zu welcher spektakulären Erkenntnis seid Ihr gekommen?«

»Kryx Quaëlen hat einen Schwachpunkt«, erklärte Soz. »Er fürchtet, seine Stellung innerhalb der Aristo-Hierarchie zu verlieren.«

»Aber sicher«, kommentierte Tikal. »Ihr wechselt fünf Worte miteinander, und schon könnt Ihr eine vollständige psychologische Analyse über ihn liefern.«

»Ihre Stellung wird ihnen durch ihre Kastenzugehörigkeit garantiert«, merkte ›Protokoll‹ an. »Das ist unumstößlich.«

»Das mag ja sein«, sagte Soz sanft. »Aber er hat trotzdem ein Problem damit.« Sie machte eine Pause. »Ich bin im RuheRaum, falls Sie mich brauchen sollten.«

Tikal ballte eine Hand zur Faust, dann zwang er sich dazu, sich zu entspannen. »Also gut.«

Als sie in den RuheRaum kam, stellte sie fest, dass dort bereits jemand war. Ihr Vater saß in dem Sessel. Sie ging zu ihm, und er schaute sie lange und mit besorgter Miene an. »Ich habe mich schon gefragt, ob du kommen würdest«, sagte er dann.

»Ich habe noch in Erinnerung, wie gut es dir hier immer gefallen hat.« Sie hatte sich so danach gesehnt, ihn zu sehen. Sie wusste, dass er sie in die Arme schließen wollte, aber sie wusste auch, dass er sich unsicher fühlte in Gegenwart seiner Tochter, die er so lange nicht mehr gesehen hatte. Als Kind hatte sie stets gerne Zuneigung gezeigt, doch mit dem Erwachsensein war auch eine gewisse Distanz gekommen, die immer schwerer zu überwinden gewesen war, während Soz' Leben immer komplexer geworden war. Jetzt zögerte sie, gefangen in ihrer eigenen Reserviertheit.

Dann musste sie daran denken, wie leicht ihrer aller Leben auszulöschen war, und sie streckte die Arme nach ihm aus, über die Armlehnen des Sessels hinweg.

»Ach, Soshoni!« Er schloss sie in die Arme, umschloss mit seiner Liebe und seiner Erleichterung ihr Denken und Fühlen. Als sie einander losließen, sagte er mit niedergeschlagener Stimme: »Kaiser Qox sieht erschöpft aus.«

»Wir haben unser Bestes gegeben.« Die Stimme versagte ihr. »Aber manchmal reicht das nicht aus.«

»Und was willst du jetzt unternehmen?«

Schattenwerfer aktivieren, dachte Soz.

Aktiviert, meldete ihr Knoten. Ihr wurde schwindelig, es war das gleiche Gefühl, als sei ihre Cybersperre aktiviert worden. Es war ihr egal. Es gab zu vieles, was sie beschützen musste.

»Ich werde ihn holen gehen«, erklärte sie schlicht.

»Wie?«, wollte ihr Vater wissen. »Abgesehen von einer Großoffensive gibt es keine Möglichkeit, nach Glorie vorzustoßen.«

»Das weiß ich.« Ihre Stimme klang gedämpft. Niedergeschlagen. Der Tragweite ihrer Worte zum Trotze.

Er sah sie lange Zeit nur an und dachte über das nach, was er gehört hatte. Dann sagte er: »Das IRK verfügt nicht über genügend Ressourcen dafür.«

»Das IRK verfügt über mehr, als es selbst weiß.« Leise sagte sie: »Ich werde ihn holen Vater. Egal zu welchem Preis.«

»Sie haben sich von ihr provozieren lassen!« Zusammen mit Quaëlen ging Viquara einen glitzernden Diamant-Flur im kaiserlichen Flügel des Palastes hinunter.

»Sie ist zornig«, gab Quaëlen zurück. »Das ist hilfreich zu wissen. Zorn kann das Urteilsvermögen beeinträchtigen.«

»Es ist kein Wunder, dass sie zornig ist, wenn das, was meine Experten sagen wahr ist: Dass sie ihn die letzten fünfzehn Jahre lang verfolgt hat.«

»Ein bemerkenswertes Szenario«, kommentierte Quaëlen.

Allerdings bemerkenswert, dachte Viquara. Dass eine Erbin der Rubin-Dynastie den Erben der Hightons mit fanatischer Besessenheit fünfzehn Jahre verfolgt haben sollte – das war eine Geschichte, die alle Hightons glauben konnten, sie sogar genießen konnten, angesichts der Tatsache, dass der Kaiser letztendlich siegreich geblieben war. Für Viquara klang das viel zu gut. Nur sie wusste den Rest. Jaibriol und Soz Valdoria waren beide Rhon. Auf dem gleichen Planeten? Und Jaibriol hatte mindestens ein Kind? Man musste kein Genie sein, um sich den Rest zusammenzureimen.

Viquara hatte ihre besten Leuten darauf angesetzt, Jaibriol zu finden. Nach massiver Suche in den Netzwerken von Eubia, Skolia und dem Planetenverband hatte einer ihrer Hacker einen kurzen Bericht entdeckt, der vor fünfzehn Jahren aus dem Netzwerk der Verbandler gelöscht worden war – eine schwer durchschaubare Erwähnung von ›Gamma IV‹. Ihre Leute hatten die Spur verfolgt, genau wie sie von ihr angewiesen worden waren, jeder Spur zu folgen, wie klein und unbedeutend sie auch scheinen mochte. Und diese Spur hatte sich als bedeutsam erwiesen. Ein ERKomm-Großkampfschiff hatte Jaibriol gefunden – und das Kind. Jaibriols illegitimes Kind? Dass der Junge kein Aristo war, machte das Ganze bedeutungslos, deswegen wurde als Routine-Vorsichtsmaßnahme anschließend auch eine Hitzestrahler-Sterilisation durchgeführt. Als Viquara dann den Befehl erteilt hatte, zurückzufliegen und das Gleiche noch einmal durchzuführen, hatte dieser Befehl übertrieben gewirkt – das wusste sie. Es war ihr egal gewesen. Dann sollten sie doch alle denken, sie sei besessen von Jaibriols Sicherheit. Es war schließlich völlig akzeptabel für eine Kaiserin, die überwältigt war von der Rückkehr ihres lange verloren geglaubten Sohnes.

Konnte irgendjemand diesem Inferno entkommen sein? Nein. Und doch hatte sich Sauscony Valdoria auf diesem Planeten aufgehalten. Wenn sie in einer anderen Region nach Jaibriol gesucht hatte, mochte die Sterilisation sie verfehlt haben. Aber wer war dann die Mutter des Jungen? Die Berichte besagten, das Kind habe blonde Haare gehabt, doch auf den Monitoren gab es keine guten Bildaufzeichnungen von ihm. Sauscony Valdoria hatte dunkles Haar, das nur an den Spitzen blond war, doch sowohl ihre Mutter als auch ihre Brüder waren blond.

Auf der anderen Seite hatten Milliarden Menschen blondes Haar. Und Valdoria war eine Angehörige der Rubin-Dynastie, in aller Götter Namen! Wohl kaum eine Kandidatin für die Rolle der Mätresse des Händler-Kaisers, selbst wenn dieser ein Rhon war! Wenn dieser Junge wirklich ihre Brut war, warum war sie dann nicht bei ihm? Natürlich war es möglich, dass die Frau, die Jaibriol dieses Kind geboren hatte, gerade unterwegs gewesen war oder Jaibriol ganz verlassen hatte. Den einzigen anderen Schutz hätte ein Quasis-Feld geboten, und Jaibriol hatte keinen Zugriff auf einen entsprechenden Generator. Als Primärin des IRK hatte Valdoria zwar die Möglichkeit, an ein solches Gerät zu kommen, aber dem IRK etwas zu stehlen, war nicht gerade einfach.

Was Viquara so zermürbte, war diese Ungewissheit. Die Geschichte konnte sich genau so abgespielt haben, wie sie sich abgespielt zu haben schien. Oder eben auch nicht.

Quaëlen und sie blieben vor der Suite des Kaisers stehen. Die Sicherheitsvorkehrungen überprüften ihre Identitäten, dann glitt die Tür auf. Im Zimmer selbst saß Jaibriol an einem Marmortisch, den Kopf gesenkt. Als sie eintraten, blickte er auf, an seinem Kinn hing ein Wassertropfen.

Sanft fragte Viquara: »Tränen, mein Sohn? Warum?«

Er antwortete nicht, wischte nur die verräterische Feuchtigkeit fort. Früher hätte Viquara nur wenig Verständnis für eine derartige Schwäche gehabt. Jetzt, da sie um seine wahre Natur wusste, empfand sie mehr Mitleid. Was musste es für einen Versorger für ein Gefühl sein, sich selbst auf dem Karneol-Thron wiederzufinden? Es war nicht verwunderlich, dass er als Kind Schutz benötigt hatte. Aber weinte er aus Gram – oder weil er gerade erfahren hatte, dass seine Rhon-Mätresse, die Mutter seines Sohnes, noch lebte?

Quaëlen verneigte sich vor dem Kaiser. »Eure Anwesenheit erleben zu dürfen, ist mir eine Ehre.«

Jaibriol sah ihn an, dann erhob er sich und ging zu einem Fenster auf der anderen Seite des Raumes hinüber. Viquara verspannte sich, als sie ihn dort stehen sah, obwohl sie wusste, dass es keine Fluchtmöglichkeit für ihn gab. Es war einfach gewesen, die Verteidigungssysteme so umzustellen, dass es unmöglich war, den Raum von außen unbefugt zu betreten. Jetzt konnte Jaibriol ebenso wenig aus dem Fenster heraus, wie ein Eindringling hinein. Der Kaiser war absolut sicher in dieser Suite, die sein gesamtes Universum darstellte.

In Quaëlens Wange zuckte ein Muskel, als Jaibriol ihn vollständig ignorierte. »Es wurde Besorgnis bezüglich Eurer Sicherheit geäußert, Eure Hoheit.«

Der Kaiser starrte weiter aus dem Fenster. Der Mond G5 stand als Sichel am Nachmittagshimmel, als etwas schmalere Sichel stand G7 darunter. Zwei Monde ohne Namen, der viert- und der fünftgrößte der Satelliten, die Eu'bes Glorie umkreisten, durchnummeriert nach ihrer Entfernung zum Planeten; sie warteten darauf, die vierte und fünfte Kaiserin Eubias zu ehren.

Mit dem Finger drückte Jaibriol gegen den schimmernden Quasis-Schirm vor der Fensterscheibe und beobachtete, wie er die Fingerspitze an dem Schirm wie an einer Scheibe platt drücken konnte. »Meiner Sicherheit vor wem?« Er wandte sich ihnen zu. »Meinen Feinden, meinen Verbündeten, oder meiner Familie?«

Quaëlen warf ihm ein sonderbares Lächeln zu, es wirkte fast hungrig. Viquara beunruhigte es immens. Er reagierte auf Jaibriol fast genau so wie auf dieses Sklavenmädchen Cirrus. Als er sich zu Jaibriol vor das Fenster stellte, blickte ihr Sohn ihn an, ohne mit der Wimper zu zucken. Doch irgendetwas an seiner Körperhaltung erinnerte Viquara daran, wie ihr Versorger Cayson zusammenzuckte, wenn sie ihn erschreckte. War Jaibriols Anspannung nur eine normale Reaktion auf die gegebenen Umstände, oder verriet sie deutlich mehr über sein Verhältnis zu Quaëlen?

Als Jaibriols Mentor war Quaëlen der Einzige gewesen, von Viquara abgesehen, der vor fünfzehn Jahren Jaibriol besser als nur flüchtig gekannt hatte. Insgeheim, mit einer Andeutung, wie sie unauffälliger nicht hätte sein können, hatte Quaëlen ihr gegenüber verraten, dass er wusste, dass Jaibriol hier ein Gefangener war, nicht ein einsiedlerischer Kaiser, der sich aus freien Stücken zurückzuziehen pflegte. Angesichts dieser drohenden Enthüllung wurde Viquara gezwungenermaßen seine Verbündete. Wie es sich herausstellte, wusste er guten Rat zu geben. Es war eine gute Idee gewesen, Jaibriol Sklavenbänder anzulegen: Abgesehen davon, dass der Kaiser so ständig überwacht werden konnte, boten sie auch noch die Möglichkeit, ihn über die Neural-Fasern zu kontrollieren, die sich in seinen Körper hinein erstreckten. Das und die Drogen, die sie ihm verabreichten, waren gute, erfolgreiche Mittel, den Kaiser davon zu überzeugen, dass es weise war, sich all ihren Vorschlägen darüber zu beugen, wie er sich zu verhalten habe.

Quaëlen schob Jaibriols Ärmel hoch und enthüllte das schimmernde Band. »Es ist zu Eurer eigenen Sicherheit, Ihr versteht«, lächelte er. »Je besser wir Euch überwachen, desto besser können wir uns Eurer fortdauernden Gesundheit versichern.«

Jaibriols Stimme troff geradezu vor Sarkasmus. »Eure Besorgnis ist ja rührend.«

Quaëlen entnahm einem Röhrchen an seinem Gürtel eine Nadel, ließ sie in das Armband einrasten, drehte sie dann herum und zog sie wieder heraus. Als er die Nadel wieder in ihr Röhrchen zurückschob, leuchteten auf seinem Palmtop Dioden auf.

Viquara ging zu ihm hinüber. »Gibt es Schwierigkeiten?«

Quaëlen warf einen Blick auf das Display. »Überhaupt keine.« Er warf Jaibriol einen Blick zu, und die in diesem Blick liegende, fast unmerkliche Herablassung bemerkte Viquara nur, weil sie nach irgendetwas suchte, das erklärte, wieso ihr das Verhalten der beiden irgendwie sonderbar vorkam. Jaibriol sah ihn an, als befänden sich die beiden im Zweikampf – einem Kampf, in dem beide wussten, dass Quaëlen annahm, er befinde sich in der günstigeren Position. Viquara bekam langsam das Gefühl, sie habe mit Quaëlen ein deutlich ernst zu nehmenderes Problem, als ihr zunächst klar gewesen war. Was genau wusste er?

Jaibriol sah ihr nicht in die Augen. Er war so schön, ihr Sohn. Außer, dass er in Wirklichkeit ja gar nicht ihr Sohn war. Mit seinem gesenkten Blick und seinen glitzernden Bändern zeigte er deutlich seine wahre Herkunft. Er war ein wunderschöner Sklave. Ihr Sklave. Es beunruhigte sie, dass sie auf ihn reagierte, als sei er ein Highton, doch es beunruhigte sie noch viel mehr, dass Quaëlen auf ihn reagierte, als sei er ein Versorger.

Sie nahm Jaibriol beim Arm. »Kryx und ich müssen etwas besprechen. Wir schauen später nach dir.«

Jaibriol nickte nur, zeigte dieselbe zweideutige Reaktion, die er ihr gegenüber immer zeigte – als wisse er nicht, ob er seine eigene Mutter hassen oder lieben solle. Quaëlen hob die Augenbrauen. Er wusste, dass Viquara und er nichts zu besprechen hatten, was nicht ohnehin schon im Terminplan angesetzt war. Doch er verneigte sich vor Jaibriol, und sie verabschiedeten sich vom Kaiser.

Viquara schwieg, als sie die Flure hinuntergingen. Quaëlen marschierte neben ihr, die Hände hinter dem Rücken verschränkt. Vier ihrer *Razer* und vier Mann seiner Geheimpolizei begleiteten sie: zwei vor ihnen, zwei hinter ihnen, und zwei zu jeder Seite.

Viquara und Quaëlen zogen sich in ihr Arbeitszimmer zurück und ließen die Wachen vor der Tür stehen. Sie ging zum Fenster hinüber und blickte auf die Gärten hinab, mit ihren Marmorsäulen, ihren gepflegten Rasenflächen und ihren Sterntränenbäumen im schimmernden kalten Licht des Mondes, der ihren Namen trug: Viquara, der Diamant-Mond.

Quaëlen trat hinter sie, kam viel zu nah. »Ihr wolltet ungestört mit mir sprechen.« Es war eine Feststellung, keine Frage.

»Mir ist ein Gedanke gekommen. Es betrifft die Hightons. Und Silikats.« Viquara machte eine Pause. »Und die Versorger.« Sie wartete, ließ die in diesen Worten verborgene Andeutung auf ihn einwirken. Hightons und Silikats: Das war seine eigene Herkunft. Highton und Versorger: Sie wollte sehen, was er daraus machte.

»Eine interessante Zusammenstellung.« Quaëlen ließ ihr Haar zwischen seinen Fingern hindurchgleiten, die Hand ein winziges Stück über ihrem Ohr, seine Fingerknöchel berührten ihre Haut. »Manchmal, wenn man Namen zusammen nennt, handelt es sich um Verurteilungen, manchmal ist das eher nicht so.«

»Ich habe es immer als vernünftig empfunden, vorsichtig dabei zu sein, andere zu verurteilen.«

»Vernunft ist immer weise.« Er fuhr mit seinen Fingern über ihre Wange. »Diese Schönheit«, flüsterte er. »Highton-Schönheit.«

»Ja. Highton.« Was auch immer du in Jaibriol spüren magst, dachte sie, von mir hat er das nicht.

Jenseits des Fensters brach die Nacht herein, und Viquara sah ihr gemeinsames Spiegelbild in der Scheibe. Quaëlen blickte auf ihre Haare hinunter. »Stellt Euch vor, welcher Hohn es wäre, wenn ein Highton – vor allem ein hoch stehender Highton, der so manchem mit Nachrichten einen Dienst erwiesen hat – versuchen würde, das Kind eines Aufgabenerfüllers als sein eigenes auszugeben.«

Alle Götter! Quaëlen wusste vom Bastard-Sohn des Nachrichtendienst-Ministers? Was wusste er denn *nicht*? Sie zwang ihre Stimme zur Ruhe. »Es wäre allerdings reiner Hohn, wenn er, oder seine Gemahlin, einen derartigen Versuch unternehmen würde.«

»Allerdings.« Quaëlen strich jetzt mit beiden Händen langsam ihre Arme hinab. »Ich kann mir ein größeres Vergehen nicht vorstellen.« Er neigte den Kopf und flüsterte ihr ins Ohr, sodass sein Atem ihr Haar zittern ließ: »Außer einem Versorger auf dem Karneol-Thron.«

Viquara schloss die Augen. Er wusste es. Quaëlen wusste Bescheid.

Sie öffnete die Augen wieder und betrachtete sein Spiegelbild. »Sagen Sie mir, Kryx, haben Sie jemals die Geschichte vom Diamant-Prinzen gehört?«

»Ein Kindermärchen.« Er ließ seine Hand ihren Arm hinaufwandern und streifte dabei ihre Brüste. »Geschichten von schönen Frauen und gut aussehenden Männern.«

»Ja, aber das ist nur der schöne Schein an der Oberfläche. Das Eigentliche dieser Geschichte ist die Moral, die darin verborgen liegt. Der Diamant-Prinz fiel den Hightons zu, wie es nur recht und billig war.« Sie machte eine Pause. »Doch er wurde schlecht behandelt, und deswegen haben die Geister Rache genommen.«

»Ich hatte immer meine Zweifel, ob man Kindern solche Geschichten erzählen sollte. Die Idee, dass ein Sklave gerächt werden könnte, hat etwas sehr Subversives.«

»Hightons beschützen ihre Sklaven.« Sie versuchte zu ignorieren, wie er ihre Arme streichelte.

Er ließ seine Hände zu ihrem Nacken wandern. »Das tun wir.«

»Wir sorgen sogar für sie. So wie eine Mutter für ihren Sohn sorgen würde.«

»Ihren Sohn.« Er löste im Nacken den Verschluss ihres Kleides, das Samtkleid öffnete sich und enthüllte das schwarze Seidenmieder, das sie darunter trug. Er schob ihr das Kleid von den Schultern und streifte die Ärmel ab. Sie wollte sich losreißen, doch sie hatte Angst, sich zu bewegen.

Leise fragte er: »Sagt, Kaiserin Viquara, habt Ihr Euch nie gefragt, warum ich mir nie eine Frau gesucht habe?«

Nach einer wohl überlegten Pause sagte sie: »Ein so bedeutsamer Mann wie Sie muss sehr wählerisch sein.« Sie kannte den wahren Grund: Für sein Bett wollte er nur das Höchstgeborene unter den Hochgeborenen, eine Frau, die der Verunreinigung seiner Blutlinie entgegenwirken konnte – sie wieder reinwaschen. Viele Highton-Frauen hätten gerne die Chance genutzt, sich einem derartig mächtigen Mann anzuschließen, doch sie alle stammten aus niedrigeren Familien und waren mehr daran interessiert, sich selbst zu erhöhen, als über die Verunreinigung seines Namens nachzudenken.

»Wählerisch.« Er streifte ihr das Mieder ab und ließ es zu Boden fallen. Im Spiegelbild sah er eine Frau in einem Samtrock, der bis zum Boden reichte und so eng anlag, dass er ihre klassische Figur betonte. Ihr Oberkörper war bloß, glatt wie Marmor, wie eine Statue. Ihre Brüste glänzten, es waren nicht so übertriebene Reize wie bei einer Versorgerin, sondern die subtil skulpturierte Perfektion einer Highton.

Quaëlen ließ seine Hände über ihre Brüste wandern. »Ein Mann verdient eine Gemahlin, die ihm ebenbürtig ist.«

Viquara mühte sich, das Hämmern ihres Pulses zu ignorieren, die ungewünschte Reaktion, die Quaëlen in ihre auslöste. »Das Gleiche gilt für den Gemahl einer Frau.« Und er war ihr nicht gleichgestellt. Niemals würde sie Kryx Quaëlen ihren ›Gefährten‹ nennen.

Er löste ihren Rock. Eine kurze Bewegung, und der Rock glitt zu Boden; nun trug sie nur noch einen bodenlangen Unterrock aus schwarzer Seide. »Es gibt viele Formen der

Erhebung, meine bezaubernde Kaiserin«, flüsterte er und legte ihr die Arme um die Taille. »Und auch viele Formen der Verschlechterung. Könnt Ihr Euch das vorstellen? Eines Tages wird Vitrex' Sohn heiraten. Seine Gemahlin wird ihn ›Highton‹ nennen, ihm beiliegen, seine Kinder zur Welt bringen.«

Sie zwang sich, eine Plattitüde auszusprechen. »Die Familie der Vitrex ist alt und mächtig. Sie hat viel Ehre erworben.«

Quaëlen küsste sie in den Nacken. »Viel Ehre.« Seine Zunge kitzelte ihre Ohrmuschel. »Nur wenige Familien haben mehr Ehre, außer dem Geschlecht der Qox. So war es zumindest einst.«

»Das Geschlecht der Qox ist wieder auferstanden«, flüsterte Viquara.

»Könnt Ihr Euch vorstellen, welches Entsetzen es auslösen würde, wenn sich das Geschlecht als falsch herausstellen würde? Dass es ein Geschlecht von *Sklaven* ist?« Er legte die Hände an ihre Taille. »Stellt Euch die Schande vor!«

Verzweiflung erfasste Viquara. Wenn Quaëlen Jaibriol verraten würde, würde das alles zerstören. »Nein.«

»Nein?« Er zupfte an ihrem Unterrock, und die Seide glitt sanft an ihren Beinen hinunter, lag dann zu ihren Füßen und enthüllte einen Körper, der aus Schneemarmor geformt zu sein schien. »Ich frage mich, was man dafür erwarten könnte, das Geheimnis einer solchen Schande zu hüten.«

Sie zwang die Worte hervor, ihre Stimme kaum mehr als ein Flüstern. »Man könnte viel erwarten.«

»Allerdings.« Die Hände an ihre Taille gelegt, hob er sie an, stellte sie auf das Sims des fast bis zum Boden reichenden Fensters, zwang sie so, auf den Zehenspitzen zu stehen und brachte ihre Hüfte auf gleiche Höhe mit der seinen. »Ihr seid schön, meine Kaiserin!«, flüsterte er. »Als Euer Gefährte werde ich Euch ehren.«

Und so vereinigten sie ihre Kräfte, den Blick auf den immer dunkler werdenden Garten gerichtet, ihre Leidenschaft ein

Spiegelbild auf einer Glasscheibe, beide den Blick nach draußen gerichtet; eine Frau, perfekt geformt aus herzlosem Marmor, und der dunkle Schatten hinter ihr, eine Macht, die auf immer in den Schatten lebte und auf immer unerbittlich war.

22

»Kleinsche Flaschen«, sagte Soz.

Admiral Jon Casestar schritt neben ihr einen Korridor des Orbiters hinunter. Es war ein Mann durchschnittlicher Körpergröße und durchschnittlichen Aussehens, mit ergrauendem Haar, doch an seinem Intellekt gab es nichts Durchschnittliches. Obwohl Soz nur wenig über ihn wusste, war ihr sofort klar, warum Kurj ihn zu seinem Berater ernannt hatte. Casestar war kein Jasager; er äußerte seine Meinung, und die war stets fundiert. Ein Charakterzug, den Soz zu schätzen wusste. Wie gut sie jedoch zusammenarbeiten würden, blieb noch abzuwarten.

Im Gegenzug schätzte auch der Admiral sie ab. Obwohl er seine mentalen Schutzmechanismen einsetzte, fing sie doch Spuren seiner Gedanken auf. Er war noch unschlüssig, wie er über ihren Führungsstil denken sollte, fand ihn aber zumindest anregend.

»Unsere Schiffe verfügen bereits über Kleinsche Flaschen«, entgegnete er.

»Zu klein«, gab sie zurück.

»Wir haben sie in den letzten zehn Jahren immens verbessert«, gab er zu bedenken. »Es gibt sie jetzt in verschiedenen Größen, je nachdem, wie viel Antimaterie-Treibstoff ein Schiff benötigt.«

»Ich hatte an etwas viel Größeres gedacht. Groß genug, ganze Schiffe aufzunehmen.«

Abrupt blieb Casestar stehen. »Ihr wollt ein Raumschiff in eine Kleinsche Flasche stecken?!«

»Ganz genau. Bemannte Schiffe.«

»Imperatorin Skolia, das ist unmöglich.«

»Wirklich?« Sie sah ihn scharf an. »Ich habe da eine Arbeit vom Institut für weiterführende Theorie in Glenmarrow gelesen. Theoretisch können wir Flaschen dieser Größe erzeugen.«

»Theoretisch vielleicht. Die technische Umsetzung ist dann aber etwas ganz anderes!« Er schüttelte den Kopf. »Und es liegt auch nicht nur an der Größe. Ich bezweifle, dass man Menschen in Kleinsche Flaschen stecken kann.«

»Warum denn nicht?«

Er sah sie nachdenklich an, offensichtlich versuchte er, aus ihr schlau zu werden. »Was passiert mit Menschen, wenn man Ladung und Masse ihrer Körper über den gesamten Komplexraum verteilt? Ich habe keine Ahnung.«

»Das machen wir jedes Mal, wenn wir invertieren«, beharrte Soz.

»Aber nur für einen winzigen Augenblick. Und dabei wird auch nur unsere Geschwindigkeit komplex. Und selbst das ist für manche schon zu viel. Es gibt Leute, die nie durch das All fliegen, weil sie mit der Inversion nicht klarkommen. Meines Wissens hat bisher niemand länger als nur ein paar Sekunden im Komplexraum verbracht und das dann überlebt.«

»Ich.«

Das brachte ihn offensichtlich aus dem Konzept. »Wie das?«

»Als ich vor fünfzehn Jahren Jaibriol Qox verfolgt habe. Um dem IRK zu entkommen, hatte er versucht, mit seinem Schiff bei Nullgeschwindigkeit zu invertieren. Ich bin ihm gefolgt.« In Wirklichkeit war das damals ihre Idee gewesen. Jaibriol hatte sich damals auf ihrem Schiff befunden, während sie es nur so hatte wirken lassen, als verfolge sie ein Schiff.

Casestar starrte sie an. »Ich dachte, nur bei relativistischen Geschwindigkeiten könne man invertieren.«

»Wir haben die Invertierung auch nicht geschafft«, gab sie zu. »Aber wir sind in den Komplexraum gelangt. So sind wir an dem Kordon vorbeigekommen.«

Seine Neugier berührte spürbar ihr Denken und Fühlen. »Und wie war das?«

»Das ist schwer zu beschreiben.« Sie legte den Kopf schief. »Die Wirklichkeit ist ... na ja, fast flüssig geworden. Es hat sich auch ein bisschen so angefühlt, als würde irgendetwas in sich selbst verdreht – ich vermute das war, als verschiedene Teile des Schiffes unterschiedliche imaginäre Werte angenommen haben.«

»Aber habt Ihr das wirklich so erlebt? Oder war das nur Eure individuelle Wahrnehmung von dem, was wirklich passiert ist?«

Soz dachte nach. »Ich weiß es nicht genau. Es hat sich angefühlt, als würden wir schmelzen. Aber als wir zurück in den Realraum gekommen sind, haben wir uns wieder im festen Aggregatzustand befunden. Aber diese Verdrehung haben wir nicht vollständig ›beendet‹. Invertiert haben wir nicht.«

Casestar warf ihr einen sonderbaren Blick zu. »›Wir‹?«

Vorsicht!, warnte Soz sich selbst. »Die Pilotin und ich.«

»Was ist mit der Pilotin passiert?«

»Kam zu Tode, als wir abgestürzt sind.« Soweit Soz wusste, hatte die Pilotin sich entschieden, auf der Erde zu leben, nachdem sie Jaibriol und Soz auf dem fremden Planeten abgesetzt hatte. Davor hatte Erin O'Neill unter dem Decknamen ›Lyra Merzon‹ in einem Krankenhaus des IRK als Agentin für den Planetenverband gearbeitet. O'Neill war auch diejenige gewesen, die Soz und Jaibriol getraut hatte. Irgendwo auf der Erde, wo genau, das wussten nur O'Neill und die ehemalige Präsidentin des Planetenverbandes, existierte ein Beweis dafür, dass die Imperatorin von Skolia und der Kaiser von Eubia verheiratet waren.

Casestar setzte sich wieder in Bewegung. »Eine Kleinsche Flasche bewahrt nur einen Bruchteil ihres Inhalts im Realraum auf. In einer hinreichend großen Flasche könnte man sehr, sehr viele Schiffe verstecken.«

Soz warf ihm einen geradezu wölfischen Blick zu. »ERKomm bekäme nicht einmal mit, was gerade vorginge.«

»Aber dieses Überraschungsmoment hätten wir nur ein einziges Mal.«

»Die haben auch nicht mehr das Überraschungsmoment bei ihrem Quasis-in-einem-Tau-Trick, aber er funktioniert immer noch.«

Er rieb sich das Kinn. »Wir werden herausfinden müssen, wie es in diesem Komplex-Limbus um den Geisteszustand einer Mannschaft bestellt ist.«

»Ich habe mich an der Realität festgehalten, indem ich ein Link zur Schiffs-EI ausgeformt habe.« Sie dachte noch einmal daran zurück und entwickelte sofort neue Ansätze. »Wir könnten die TelVers ein Link zum Psiber-Net ausformen lassen; der Rest der Mannschaft könnte kurzzeitig in Quasis versetzt werden. ERKomm könnte sich diese Technik nicht zu Eigen machen, weil dafür ein vollständiges Psiber-Net erforderlich ist.«

»Effektiv wäre das auf jeden Fall, das gebe ich zu.« Er spreizte die Finger. »Aber die Probleme, die das aufwirft, allein schon die technischen Probleme, sind alles andere als trivial.«

Soz blieb vor einem Laufsteg oberhalb des Lageraums stehen. »Deswegen habe ich ja auch *Sie* mit dieser Aufgabe betraut. Ich vertraue ganz auf Ihre Fähigkeiten, Admiral. Sorgen Sie dafür, dass das klappt, und wir haben eine Waffe, der die Händler nichts entgegenzusetzen haben!«

Er nickte, immer noch vorsichtig. Doch Soz spürte, wie sein Verstand die Herausforderung bereits annahm und das Problem von verschiedenen Seiten zu beleuchten suchte. Die Idee faszinierte ihn, genau wie sie gehofft hatte.

Nachdem er gegangen war, trat Soz auf den Laufsteg hinaus. Das Amphitheater unter ihr war voller Aktivitäten: arbeitende TelVers, Adjutanten auf Botengängen, Betreuerinnen und Betreuer, die sich um die TelVers kümmerten, Kräne, die durch die Luft geschwenkt oder auf Instrumententafeln herabgesenkt wurden. Hoch über ihr wölbte sich die Sternenkuppel, und Soz betrachtete das holographische Sternenpanorama.

Als sie zum Kommandosessel hinüberging, schauten einige Leute zu ihr auf, dann machten sie sich wieder an die Arbeit. Niemand hatte begriffen, wie bedeutsam dieser Augenblick war. Genau so wollte Soz es: ohne Fanfare. Sie setzte sich einfach nur in den Sessel. Sie hatte es getan: Sie hatte einfach ihren Platz als Imperatorin eingenommen.

Das Exoskelett schloss sich um sie, ließ Stecker in ihre Hand- und Fußgelenke, in ihr Rückgrat und in ihren Nacken einrasten. Das Chaos, das tief in ihrem Inneren zunächst geherrscht hatte, war abgeebbt, als sie zu lernen begann, damit umzugehen. Doch nun brandete es erneut auf und überflutete sie mit IRK-Daten, während ihr Spinal-Knoten, der einzige Knoten, den sie besaß, sich abmühte, diesen unermesslichen Datenstrom zu ordnen. Soz wusste, dass sie weitere Knoten benötigte. Vor fünfzehn Jahren hatte sie das fortschrittlichste biomechanische Netzwerk besessen, das ein menschlicher Körper aufnehmen konnte; inzwischen kam es nicht einmal mehr annähernd an die Leistungsfähigkeit der aktuell besten heran.

Sie begann mit einer Begutachtung ihrer Streitkräfte. Das Imperiale Raumfahrt-Kommando bestand aus vier Komponenten. Die Imperiale Flotte stellte den größten Anteil; sie hatte sich aus der Marine weiterentwickelt, die es auf Raylicon schon vor der Raumfahrt gegeben hatte. Das Aufklärungs-Korps hatte angefangen als der Teil der Marine-Truppe, der an Land ging und als Aufklärer oder Bodentruppen vorrückte. Als dann vor etwa 430 Jahren auf Raylicon die Raumfahrt wiederentdeckt worden war, entwickelte sich das AK zu einer Interstellar-Streitkraft, die von der Marine unabhängig war: Das Aufklärungs-Korps für Planetare Landungseinsätze. Die Pharaonen-Armee hatte von allen Bereichen des Militärs die längste Geschichte. Von der Rubin-Dynastie ins Leben gerufen, konnte sie auf fünftausend Jahre Dienst in jenen Reichen zurückblicken, die auf Raylicon ihren Anfang genommen hatten. Obwohl sie hauptsächlich bei planetarer Kriegsführung eingesetzt wurde, besaß die Pharaonen-Armee auch Tiefenraum-Einheiten.

Die J-Streitkräfte bestanden aus Jag-Kampfraumern und ihren Piloten: Beide waren durch Biomechanik und Psiber-Technologie so modifiziert, dass die Grenze zwischen Maschine und Mensch nur noch schwer zu ziehen war. Die Dienstgrade waren analog zur Kriegsmarine definiert: Ein Jagernaut-Quartär entsprach etwa einem Oberleutnant zur See, ein Tertiär war dem Fregattenkapitän gleichgestellt, ein Sekundär war ein Flottillenadmiral und ein Primär ein Admiral. Die J-Streitkräfte waren mit der Luftwaffe insofern vergleichbar, als dass sie eine Weiterentwicklung der Raumfahrt waren, ebenso wie die Luftwaffe eine Weiterentwicklung der Luftfahrt dargestellt hatte. Eine Truppengattung war auf verdeckte Einsätze spezialisiert: die ›Imperialen Boten‹ waren Jagernauts, die der ›Dienststelle für Geheimdienstliche Aufgaben des IRK‹ unterstanden. Deren Aufgaben kannte Soz gut: Als sie etwa Anfang dreißig gewesen war, war sie selbst Boten-Sekundärin gewesen. Primärin und Staffelführerin war sie kurz nach ihrem vierzigsten Geburtstag geworden.

Das IRK besaß mehrere Schaltzentralen. ›Der Orbiter‹, der diesen so überaus schillernden Namen Kurjs stets präsenter Nüchternheit verdankte, befand sich auf einem Orbit um das Imperialat. Die veränderliche Route des Orbiters war nur den Sicherheitskräften des IRK bekannt. Von diesem Sessel aus, der ein ständiges Link mit dem Ersten Schloss ausgeformt hatte, konnte Soz einen Großteil der gigantischen Kriegsmaschinerie des IRK überwachen. Der Onyx-Militärkomplex, der das Dritte Schloss bewachte, war zu einer ganzen Stadt aus einzelnen Raumstationen herangewachsen, dessen Gesamtbevölkerung inzwischen zwei Milliarden betrug. Der Planet Diesha diente als Hauptquartier des IRK. Dessen Personal befand sich hauptsächlich in der Stadt, die Kurj in seiner unnachahmlich nüchternen Art eben ›HeadQuarters City‹ genannt hatte, doch viele weitere Anlagen waren über den ganzen Planeten verteilt, die meisten davon unter der Oberfläche. Vor fünfzehn Jahren war Jaibriol in Block Drei inhaftiert gewesen, einem Komplex, der sich weit draußen in der Wüste von Diesha befand.

Mit den Jahren waren einige Veränderungen in der Vorgehensweise des IRK vorgenommen worden. Obwohl der Eubia-Skolia-Konflikt eskaliert war, blieb es doch ein Krieg, der im Schatten geführt wurde, eigentlich nur im Tiefenraum. Er folgte dem *Modus Operandi,* den man ›Ratespiel und Angriff‹ nennen konnte: Man versuchte einzuschätzen, wo sich der Gegner gerade befand, den Superluminalraum verlassen würde – das Ratespiel –, um dann einen Hinterhalt vorzubereiten. Von normalen Soldaten konnten Weltraumschlachten nicht mehr geführt werden: Die Anforderungen, die beim Krieg im Weltraum an die Soldaten gestellt wurden, überforderten sie längst. Derartige Kämpfe erforderten Reaktionszeiten von Sekundenbruchteilen, und solch enorme Reaktionsgeschwindigkeiten überstiegen schlichtweg menschliche Fähigkeiten. Außerdem würden die bei diesen Kämpfen erreichten Beschleunigungen jeden ohne Quasis-Schutz pulverisieren. Manche Kämpfe wurden nur von Robot-Drohnen ausgetragen: Das war eine Art des Kampfes, bei denen Metallklötze sich gegenseitig zu Schlacke schossen, während Menschen das Gefecht aus der Ferne, von entfernten Waffen-Plattformen aus, beobachteten.

Superluminalkampf existierte eigentlich gar nicht. Schiffe, die mit Unterlichtgeschwindigkeit flogen, besaßen gar nicht die Möglichkeiten, Schiffe zu entdecken, die sich mit Supraluminalgeschwindigkeit fortbewegten, und allein schon die Geschwindigkeit von SLG-Schiffen machte es anderen Superluminalschiffen schwer, diese überhaupt zu entdecken. Wenn ein ERKomm-Wachposten eine IRK-Streitkraft entdeckt hatte, bestand für ihn praktisch keine Möglichkeit, mit Unterlichtgeschwindigkeit fliegende Truppen rechtzeitig zu alarmieren. Dem IRK mit dem Psiber-Net ging es da besser: Der Ausdruck *Netzwerk-Extraktoren* hatte sich für TelVers durchgesetzt, die Superluminal-Streitkräfte des ERKomm aufspürten und über das Netzwerk ihre Gefangennahme oder Zerstörung koordinierten. Trotz niedriger Auffindungsraten erwies sich die ›Extraktion‹ als nützlich. Auf genau diese Art und Weise war zum Beispiel vor fünfzehn Jahren Jaibriol aufgegriffen worden.

Besiedelte Planeten waren besser geschützt als der Tiefenraum, wurden durch Boden-, Orbit- und Systemverteidigungsanlagen gesichert. Gefechte auf Zivilplaneten waren selten. Obwohl der interstellare Raum schwieriger zu kontrollieren war, wurden die Bereiche mit höherem Verkehrsaufkommen gut überwacht, und auch dort fanden nur selten Kriegshandlungen statt. Dennoch entdeckte Soz eine beunruhigende Entwicklung: Verluste unter der Zivilbevölkerung nahmen stetig zu, seit sich einzelne Scharmützel immer häufiger auch in dichter besiedelten Gebieten ereigneten und dabei auch Handelsschiffe und private Raumfahrzeuge in Mitleidenschaft gezogen wurden.

Viele Namen auf der Liste der leitenden Offiziere erkannte sie wieder: General Dayamar Stone, Kommandant des AK, war ihr Ausbilder an der Militärakademie von Diesha gewesen, wo zwar Jagernauts zu Offizieren ausgebildet wurden, aber deren Ausbilder kamen aus allen Waffengattungen an die Akademie. Stone hatte Soz damals in keiner Weise geschont – und in den Jahrzehnten, die seitdem vergangen waren, hatte sie ihm in Gedanken dafür schon hundert Mal gedankt.

Es überraschte sie nicht festzustellen, dass Starjack Tahota jetzt das Kommando über die Imperiale Flotte innehatte. Die Akte der Admiralin war einzigartig. Soz erinnerte sich an die turmhoch aufragende Tahota, mit ihrer bronzefarbenen Haut und ihrem muskulösen Körper; bei ihr schlugen die alten Kriegerköniginnen des Rubin-Reiches wieder durch. Sie und Kurj nebeneinander gehen zu sehen, war immer gewesen, als beobachte man zwei Riesen aus dem Reich der Sagen und Legenden.

Primär Brent Tapperhaven war der Oberste der J-Streitkräfte. Vor fünfzehn Jahren kannte Soz ihn eigentlich nur vom Hörensagen – ihm eilte der Ruf voraus, er sei ein draufgängerischer junger Offizier. Aber sie waren einander so gut wie nie begegnet. Sein Persönlichkeitsprofil wies ihn als eine Führungspersönlichkeit aus, deren aggressives Vorgehen schon fast ans Unverschämte grenzte, allerdings ließ seine Akte darauf schließen, dass er durchaus berechtigt eine so hohe Meinung von seinen eigenen Fähigkeiten hatte. Das überraschte Soz nicht im Geringsten: Jagernauts waren für ihre fast erbitterte Unabhängigkeit berüchtigt. Das war ein Charakterzug, den sie zum Überleben brauchten in einem Beruf, der sie vom Rest des IRK fast vollständig isolierte. Sie traten ERKomm Mann gegen Mann gegenüber, ohne dass das Mental-Rauschen bemannter Schiffe ihnen die Erfüllung ihrer Aufgaben, in denen von ihren Kyle-Fähigkeiten das höchstmögliche abverlangt wurde, beeinträchtigte.

Naaj Majda war die Generalin der Pharaonen-Armee. Sie stammte aus einer alten Familie, eine der wenigen, die ihren Stammbaum bis zum Adel der Rubin-Dynastie zurückverfolgen konnte. Die Bindung des Geschlechts der Majdas an die Rubin-Dynastie war immer sehr eng gewesen. Als Soz' Bruder Kelric noch jung gewesen war, ein Testpilot, der ›Schönling der J-Streitkräfte‹, hatte er Naajs ältere Schwester geheiratet, Admiral Corey Majda, damals Kommandantin des Schlachtkreuzers *Rocas Stolz*. Wenige Jahre später war Corey gestorben und hatte ihren Mann mit vierundzwanzig Jahren zum Witwer gemacht.

Soz biss sich auf die Lippe, als die Erinnerungen sie zu überfluten drohten. Ein Jahrzehnt nach Coreys Tod war auch Kelric ein Opfer des Krieges geworden und allein irgendwo im All gestorben. Das IRK hatte nie mehr als nur ein paar geschmolzene Trümmer seines Jags gefunden, der in einen Hinterhalt geraten sein musste.

»Ach!«, seufzte Soz und blinzelte, um erste Tränen aus ihren Augen zu vertreiben. Sie musste damit aufhören, um nicht in den Erinnerungen zu ertrinken, die erzählen konnten, was dieser Krieg ihrer Familie alles schon geraubt hatte.

Sie konzentrierte sich wieder auf ihre Arbeit, versuchte

ihre Gedanken zu ordnen. Was sie fand, verstörte sie. Es stimmte, dass das IRK über Millionen von Schiffen verfügte und damit die Streitkräfte des Planetenverbandes und jeder anderen Militärmacht in der gesamten Geschichte winzig wirken ließ. Aber sie standen weit hinter Eubia. Schätzungen über die Stärke der ERKomm-Streitkräfte lagen zwischen dem zwei- bis sechsfachen dessen, was das IRK aufzubieten hatte, abhängig davon, wie genau die Schätzungen des IRK-Geheimdienstes ausgefallen waren und ob die Piraten mitgezählt wurden oder nicht. Allerdings waren diese Zahlen auch trügerisch, denn das IRK verfügte über die bessere Technologie. Rein zahlenmäßig war ERKomm dem IRK haushoch überlegen; doch das IRK besaß die manövrierfähigeren Schiffe, die über bessere Bordcomputer verfügten und über sehr viel bessere Kommunikationsmöglichkeiten als ERKomm. Während Eubia vor sich hin dümpelte, segelte Skolia.

Dass das IRK sich auf neue Technologie konzentrierte, erschien Soz sinnvoll, gerade angesichts ihres größeren Erfindungsreichtums im Vergleich zum ERKomm. Doch sie benötigten mehr Schiffe und mehr Stützpunkte. Sie setzte einen Ausschuss dafür ein, die Ressourcenverteilung neu zu organisieren und förderte Forschung auch auf dem Zivil-Sektor; dadurch verlagerte sie die Finanzierungskosten, die bei Forschungsarbeiten unweigerlich anfielen, aus dem Militärischen Bereich in den zivilen, ohne dabei auf die Vorzüge neuer Forschungsarbeiten und deren Ergebnisse verzichten zu müssen. Allerdings verteilte sie auch dem IRK zustehende Mittel auf andere Bereiche, einschließlich der Netzwerk-Extraktion und der Quasis-Tau-Geschosse. Außerdem richtete sie ein streng geheimes Projekt ein, in dem die Möglichkeiten erkundet werden sollten, welche Möglichkeiten Kleinsche Flaschen noch boten; sie nannte es das ›Strahlenprojekt‹.

Bald kam sie zu demselben Schluss, zu dem auch Kurj vor ihr gekommen war: Das IRK war bereits dabei, diesen Krieg im Schatten zu verlieren. Extrapolationen in die Zukunft, angestellt sowohl von IRK-Strategen als auch von Dehya, erklärten, dass, je länger das IRK diesen Krieg in die Länge ziehe, es umso wahrscheinlicher werde, dass bisher unvorhergesehene Entwicklungen auf dem Gebiet der Technologie ihnen den Vorteil verschaffen könnten, den sie zum Überleben bräuchten. Kurjs Strategie hatte darin bestanden, ERKomm mit Scharmützeln und Störangriffen zu zermürben und auf diese Weise den Monolithen langsam zu untergraben, während das IRK weiter forschte. Dieser Plan war ganz typisch Kurj: solide, ordentlich, auf Jahrhunderte angelegt, mit unendlicher Detailgenauigkeit durchgeführt.

Soz hatte einen anderen Plan.

Sie wollte neue Ideen, wollte einen Joker ausspielen, wollte wie ein unberechenbares Genie hin und her springen. Die *Wild Card*. Das war es, was das IRK brauchte. Sie hatte sich angesehen, was ein in die Länge gezogener Krieg an Menschenleben kosten würde, und sie fand den Preis zu hoch.

Und außerdem gab es da noch Jaibriol.

Schluss mit dem Krieg im Schatten! Sie hatte die Absicht, Eubia offen anzugreifen.

Massiv und schwarz waren die Obsidianwände und die Decke der Lava-Kammer so geschwungen, dass der ganze Raum kreisförmig wirkte. Auf dem Fußboden aus reinem Topas glitzerten winzige Lichter, die ein geometrisches Muster ergaben. Rubin war für die Möbel des Raumes gewählt worden, einschließlich des Tisches, an dem das Eubianische Kriegskabinett saß: General Taratus und Admiral Kaliga, die gemischte Führungsspitze von ERKomm; Izar Vitrex und Kryx Quaëlen, die beiden Vertreter der Ministerien, die aufgrund ihrer Zuständigkeitsbereiche eher dem Militär zuzuordnen waren als dem Zivilbereich; Oberste Richterin Calope Muze, das Bindeglied für die Kommunikation zwischen den einzelnen Truppengattungen von ERKomm; und Kaiserin Viquara, die Repräsentantin des einsiedlerischen Kaisers.

General Taratus saß breitbeinig in seinem Sessel, selbst für einen Highton war er ein hochgewachsener Mann mit einem groben Gesicht und dicken Augenbrauen. Neben dem massiven Taratus wirkte Admiral Kaliga, auf den ersten Blick zumindest, wie ein Schatten, so hager war er, so unterdurchschnittlich groß nur und so schmal sein Gesicht. Doch tief in diesem Schatten brütete ein Intellekt, der so scharf war wie ein frisch geschliffenes Messer.

»Wir müssen damit fortfahren«, verkündete Taratus. »Das IRK schleift uns sonst langfristig ab, so wie Hagel einen Stein abschleift!«

»Wenn Sie TelVers auf unsere Schiffe abstellen, werden Sie das reine Chaos erzeugen«, bemerkte Kaliga. »Alle unsere Offiziere sind Aristos oder haben zumindest Aristo-Blut in ihren Adern. Bringen Sie die mit Versorgern in Kontakt, solange sie im Dienst sind, so fordern Sie das Schicksal doch geradezu heraus!«

Taratus schnaubte verächtlich. »Offiziere ohne Selbstbeherrschung gehören nicht in eine ERKomm-Uniform!«

»Die Frage ist doch rein akademisch«, mischte sich Calope ein. Sie war das älteste Mitglied des Kabinetts, mehr als ein Jahrhundert alt, und das Haar, das ihr Haupt krönte, war glänzend weiß. »Unsere einzigen ausgebildeten TelVers sind die, die wir an Bord von skolianischen Schiffen gefangen genommen haben. Das ist nicht genug.«

»Wir können weitere ausbilden«, schlug Taratus vor.

»Versorger ausbilden?« Kaliga lehnte sich in seinem Sessel zurück. »Das halte ich für undurchführbar. Selbst wenn Versorger fähig wären, etwas von diesen Dingen zu lernen, was ich bezweifle, würden sie wohl während des Kampfes in Panik verfallen.«

Viquara ergriff das Wort. »TelVers an Bord unserer Schiffe zu haben ist keine Garantie dafür, dass sie sich in das Psiber-Net einhacken können. Wir brauchen dazu noch Kyle-taugliche Konsolen.«

»Wir erzielen gute Fortschritte auf dem Gebiet der Kyle-

Technologie«, berichtete Vitrex. »Wir haben jetzt mehr, womit wir arbeiten können, seit wir einen Weg gefunden haben, die gekaperten skolianischen Schiffe davon abzuhalten, sich selbst zu zerstören.«

Kaliga nickte. »Die Quasis-Taus funktionieren sehr zufriedenstellend.«

Mit düsterer Stimme sagte Quaëlen: »Und schon findet das IRK Mittel und Wege, ihnen entgegenzuwirken.«

Jetzt herrschte Schweigen. Sie alle wussten, was er meinte. Wäre das IRK langsamer dabei gewesen, eine Verteidigungsmaßnahme gegen den Quasis-Trick zu entwickeln, würde Ur Qox noch leben und Kurj wäre ein Gefangener von ERKomm.

Viquara atmete hörbar aus. »Kreativ sind sie, diese Skolianer.«

»Kreativität an der falschen Stelle ist ein idealer Ausgangspunkt für Aufruhr«, warf Kaliga trocken ein.

Taratus tippte sich mit dem Lichtstift gegen die Fingerspitzen. »Ich schlage ein begrenztes Experiment vor: Ordnen wir einer Staffel TelVers zu und beobachten dann was passiert! Vielleicht sollte man die *Hawkracer*-Staffel dafür auswählen.«

Viquara blickte sich in der Runde um. Als die anderen Kabinettsmitglieder Zustimmung signalisierten, sagte sie: »Ich werde Ihren Vorschlag dem Kaiser vorlegen.«

Sternenlicht versilberte den RuheRaum. Eldrinson Valdoria, Der Schlüssel Zum Netzwerk, saß in dem Sessel und starrte zu den Sternen hinaus. Er hörte, dass die Tür leise geöffnet wurde, ohne dass seine Leibwächter ihn vorgewarnt hätten. Dann erschien Dehya, wie eine Geistererscheinung, ihr langes Haar umwehte ihren Körper. Sie setzte sich auf die Kante der Konsole vor ihm.

»Zweimal innerhalb weniger Tage«, sagte er. »Ich bin geschmeichelt.«

»Weswegen?« Ihre Stimme klang wie Blätter, die sich im Winde bewegten.

»Deine Anwesenheit.«

»Ich bin immer hier.« Sie hob die Hand, als wolle sie die Gesamtheit eines unbegrenzten Raumes umfassen. »Überall.«

»Mein Sohn denkt, dass du zu einem Teil des Netzwerks wirst.«

Ihre Miene wurde sanfter, eine Spur ihrer früheren Lebhaftigkeit kam zum Vorschein. Doch es war so schnell vorbei, wie es gekommen war. »Alles deutet auf dich hin«, sagte sie.

Er versuchte, ihre Stimmung zu ertasten. Obwohl er seit Jahrzehnten mit ihr zusammen Teil der Triade war, kannte er sie nur als eine Präsenz, einen Strudel subtiler mentaler Feinheiten, den er nie richtig zu ergründen vermocht hatte. »Was deutet auf mich hin?«

»Ich habe immer noch nicht die richtigen Initialbedingungen.«

»Was sind ›Initialbedingungen‹?«

»Der Startpunkt für die Entwicklung einer mathematischen Lösung.« Mit ihrem Finger beschrieb sie in der Luft einen Kreis. »Die Berechnungen drehen sich immer im Kreis, aber sie konvergieren nie.« Sie deutete auf ihn. »Sie kreisen immer um dich.«

Er grinste sie schief an. »Sosehr es mir schmeichelt, eine Rolle in deinen Gleichungen zu spielen, Dehya, ich fürchte dennoch, ich habe keinen blassen Schimmer, wovon du eigentlich redest.«

»Es geht um Soz. Und dich.«

Eldrinson hatte meditiert, um sichergehen zu können, dass er die Ruhe bewahrte, sollte er sich Fragen bezüglich Soz gegenübersehen. Jetzt ließ er Bilder vor seinem geistigen Auge erscheinen, um diese Ruhe herbeizurufen: Rocas Stimme, Eldrins Lieder, Vyrls Hof, Anieces Lachen. Dann fragte er: »Was ist mit Soz und mir?«

»Es läuft immer auf dich hinaus«, meinte sie. »Die Gleichungen konvergieren nicht. Die Initialbedingungen sind falsch. Ich habe Soz in das Modell reintegriert, und es hat sich verbessert, aber es konvergiert immer noch nicht. Du stellst eine Singularität dar.«

»Ich weiß nicht, was du meinst«, erwiderte er, und das war die reine Wahrheit.

Sie beugte sich vor. »Eldri, hör zu! Das ist kein Spiel! In den Extrapolationen der Zukunft, die ich gerade berechne, höre ich auf zu existieren. Ich sterbe nicht. Ich höre einfach *auf.*«

Er blinzelte sie verwirrt an. »Wie kannst du einfach aufhören zu existieren?«

»Ich habe keine Ahnung.« Sie strich sich die Haare aus den Augen. »Ich finde nicht heraus, was nach der Divergenz geschieht.«

»Ich verstehe nicht, was du sagst. Was meinst du mit ›Divergenz‹?«

»Die Zukunft.«

»Die Zukunft teilt sich in verschiedene Pfade auf?«

»Mathematische Divergenz. Das Ganze explodiert.«

»Deine Gleichungen sagen voraus, dass die Zukunft explodieren wird?« Er rieb sich das Kinn. »Das will ich doch nicht hoffen!«

»Ich meine, dass die Lösung unendlich wird.«

»Wie kann die Zukunft unendlich sein?«

»Nicht die Zukunft. Die Gleichungen, die voraussagen, was geschehen wird. Sie verhalten sich nicht logisch.« Sie spreizte die Finger. »Mein Modell ist falsch.«

Er wusste nicht, was er mit diesem Gespräch anfangen sollte. Obwohl er sich gefragt hatte, ob Dehya vermutete, er habe irgendetwas mit Soz' Verschwinden zu tun, hatte er etwas Derartiges nicht erwartet. »Gleichungen sind nur Abstraktionen. Die sind nicht real.«

»Sie verraten mir, dass Menschen, die wir beide lieben, in Gefahr sind. Eldrin: mein Gefährte, dein Sohn. Taquinil: mein Sohn, dein Enkel.«

Er spannte sich an. »In welcher Gefahr?«

»Das weiß ich nicht.« Frustration klang in ihrer Stimme mit. »Die Berechnungen stimmen nicht. Mir muss irgendetwas entgangen sein. Irgendetwas Wichtiges habe ich übersehen.« Sie machte eine Pause. »Ich habe Taquinil gebeten, nach Hause zu kommen.«

Er verstand ihren Drang, die eigenen Kinder zu sich zu holen, wenn sie in Gefahr waren. »Ändert seine Nähe denn etwas an deinen Gleichungen?«

»Das kann ich noch nicht sagen. Über den Ergebnissen liegt ein noch viel zu starkes Grundrauschen.«

Was Eldrinson am meisten beunruhigte, war ihre Angst. Er hatte sie schon in vielerlei Stimmungen erlebt, aber dieses nur mühsam verborgene Entsetzen war ihm völlig neu.

»Warum glaubst du, ich würde irgendetwas verbergen?«, fragte er.

Ihre Antwort schien nicht das Geringste mit seiner Frage zu tun zu haben. »Wusstest du, dass die Verbandler-Flottille, die euch zur Erde bringen wird, eingetroffen ist?«

Der abrupte Themenwechsel verwirrte ihn. »Hier am Orbiter?«

»Ja. Sie befinden sich gerade im Rendezvousmanöver mit den IRK-Streitkräften, die euch eskortieren werden.« Sie neigte den Kopf. »Ihr müsst zur Erde gehen. Soz hat Recht. Dort seid ihr sicherer.«

»Roca und Ami werden gehen. Ich werde hier gebraucht.«

»Du solltest auch gehen.«

»Ich kann nicht. Und das weißt du auch.«

»Bitte, Eldri! Geh auch!«

Er berührte ihren Arm und fühlte, dass noch mehr hinter ihrem Drängen steckte. »Was hast du sonst noch in diesen Gleichungen gesehen?«

Sie musste schlucken. »Wenn du hier bleibst, wirst du auch aufhören zu existieren.«

Er lächelte unbehaglich, wusste nicht, was er davon halten

sollte. »Ich habe ganz gewiss nicht die Absicht, mit dem Existieren aufzuhören.«

»Es wäre ein Verlust.«

»Schön, dass du das glaubst«, meinte er trocken. »Ich habe mich mehr als einmal gefragt, ob das wirklich ein Verlust wäre.«

Ihr Lächeln blitzte auf und erinnerte ihn an weniger düstere Zeiten. »Ach, na ja, stell dir doch mal vor, wie langweilig unser Leben wäre, wenn wir einander nicht hätten, um uns darüber zu streiten, ob die Erbnachfolge bei Machtpositionen über die männliche oder die weibliche Linie verlaufen sollte!«

Er blickte sie finster an. »In letzter Zeit scheine ich bei dieser Diskussion immer den Kürzeren zu ziehen, mit all diesen Imperatorinnen und Pharaoninnen und Kaiserinnen um mich herum. Ich bin in der Minderheit.«

Ihre Stimme wurde heller. »Dann lass uns beide überleben, damit wir ein andermal darüber weiterstreiten können!«

In Wirklichkeit hatte er längst eingesehen, dass es eine logische Notwendigkeit war, die Triade aufzuteilen. Die Gefahr, die davon ausging, wenn alle drei Schlüssel sich nah beieinander befanden, war einfach zu groß, und die Erde war ein vernünftiger Zufluchtsort: Sie war neutrales Gebiet und alleine deswegen schon ein Ort, bei dem es äußerst unwahrscheinlich war, dass er zum Kriegsschauplatz werden würde, sollte der Krieg eskalieren. Doch sein Gefühl weigerte sich, seinem Verstand in dieser Logik zu folgen.

»Ich kann nicht gehen und dich das Netzwerk alleine aufrechterhalten lassen«, entschied er.

»Soz ist doch hier.«

»Das Triaden-Link ist instabil.«

»Dennoch: Du musst gehen! Du bist zu wichtig, als dass wir dich gefährden dürften.«

»Das gilt für dich genauso! Also gehst du zur Erde!«

»Eldri, hör mir zu!« Sie sah wirklich ernstlich verängstigt aus. »Kurj ist nicht auf HimmelsHammer geblieben. Er ist tot. Ich will nicht, dass du zu existieren aufhörst.«

Er setzte sich anders hin. »Du glaubst wirklich, dass mein Leben aufhören wird, wenn ich hier bleibe?«

»Du wirst zu existieren aufhören.«

»Was bedeutet das?«

»Ich weiß es nicht. Vielleicht wirst du später wieder zu existieren anfangen.«

Er konnte sich ein Lächeln nicht verkneifen. »Dehya, hast du dich schon mal gefragt, ob du dich vielleicht ein bisschen zu viel mit deinen Gleichungen beschäftigst?«

»Eldri, bitte!«

Seine Stimme wurde sanfter. »Wann wird Taquinil eintreffen?«

»In ein paar Tagen.«

»Und mein Sohn Eldrin wird hier bei dir bleiben?«

»Ja.«

Er wusste, dass er, wenn er versuchen würde, auf dem Orbiter zu bleiben, sich auch mit dem Inneren Kreis der Versammlung würde anlegen müssen. Sosehr seine Tochter, die sich in einen Tornado verwandelt zu haben schien, den Inneren Kreis auch durcheinander brachte, diesbezüglich hatte er ihr zugestimmt. Es war schon sonderbar, wie das Leben sich entwickelte, wenn plötzlich Kinder anfingen, ihre Eltern zu beschützen.

»Eldri?«, fragte Dehya.

Er atmete hörbar aus. »Also gut. Ich werde zur Erde reisen.«

Ihre Erleichterung schien den ganzen Raum zu durchfluten. »Gut.«

»Sagen deine Gleichungen etwas darüber aus, ob meine Abreise Eldrin und Taquinil etwas nützt oder schadet?«

»Ich weiß nicht. Das geht in diesem Grundrauschen unter.«

Er stieß einen verärgerten Laut aus. »Das sagst du dauernd. Das ›Grundrauschen‹. Wie können Gleichungen denn ein ›Grundrauschen‹ haben?«

»Das ist wie atmosphärische Störungen, nur eben bei Zahlen. Es sind so viele Störungen, dass ich keine Lösung finde.«

Der Kommunikator im Sessel summte. Angesichts dieser Störung runzelte Eldrinson die Stirn. »Ja?«

Sein Leibwächter meldete sich. »Fürst Valdoria, wir haben gerade eine Nachricht vom Ersten Ratgeber Tikal erhalten. Die Flottille des Planetenverbandes ist eingetroffen. Derzeit findet das Rendezvousmanöver mit den IRK-Streitkräften statt, die Euch zur Erde begleiten werden.«

Eldrinson sah Dehya mit hochgezogenen Augenbrauen an. Er bezweifelte, dass sie die Ankunft der Flottille ›berechnet‹ hatte, bevor Tikal irgendjemand hatte wissen lassen, dass sie eingetroffen war. Es war deutlich wahrscheinlicher, dass ihre Spionage-Sonden sie informiert hatten. Er sprach in den Kommunikator: »Haben Sie meine Frau und meine Schwiegertochter informiert?«

»Jawohl, Herr! Sie sind bereits aufgebrochen, um den Verbandler-Kommandanten kennen zu lernen.«

»Also gut.« Eldrinson beendete die Verbindung, sah Dehya an und schnitt eine Grimasse. »So wie ich Tikal kenne, wird er versuchen, uns so schnell wie möglich fortzuscheuchen.«

Sie lächelte. »Wahrscheinlich.«

»Ich habe noch nicht einmal gepackt.«

»Er hat Leute abgestellt, die das für dich übernehmen sollten.« Leise sagte sie: »Eines musst du mir noch sagen, bevor du gehst: Was habe ich übersehen? Was ist mit Soz passiert?«

»Hast du jemals darüber nachgedacht«, stellte er eine Gegenfrage, »ob es sein könnte, dass es mehr Schaden anrichtet, die Antworten zu wissen als sie nicht zu wissen?«

»Welche Antworten?«

»Ich habe keine Antworten für dich. Es tut mir Leid.«

Sie stand auf und blickte ihn ernst an, während sie die Hände auf seine Armlehnen stützte. »Und wenn diese Antworten, die du nicht hast, das Leben von Menschen retten könnten, die wir lieben? Eldrin oder Taquinil?«

Wieder erklang der Kommunikator. Eldrinson widerstand

der drängenden Versuchung, nur ein *Nicht jetzt!* hineinzugrollen, und sagte stattdessen: »Was gibt es?«

Wieder meldete sich sein Leibwächter. »Erster Ratgeber Tikal bittet darum, dass Ihr mit ihm und dem Verbandler-Kommandanten im Strategie-Zimmer zusammentrefft.«

Eldrinson verzog das Gesicht. Er hatte genügend von Tikals ›Bitten‹ erlebt, um zu wissen, dass der Ratgeber ihn so lange drangsalieren würde, bis er genau das tat, was Tikal wollte. »Ich komme sofort.«

»Sehr wohl, Herr.«

Als er die Verbindung wieder unterbrochen hatte, sprach Dehya weiter: »Wir können uns der Antworten nie sicher sein. Aber wenn bessere, fundiertere Vermutungen die Menschen beschützen, die wir lieben, dann ist es das wert, oder nicht?«

Er dachte an Eldrin, seinen Erstgeborenen, den Sohn, der ihm am ähnlichsten war; dachte an Taquinil, das verletzliche Genie, seinen Enkel, den er so liebte. Er stand auf und sagte: »Bezieh Jaibriol Qox in deine Gleichungen mit ein!«

»Das habe ich schon.«

Sanft sagte er: »Nicht auf diese Weise.«

Sie sah ihn an, ihre Augen grün hinter dem Sonnenuntergang. »Welche Weise ist denn richtig?«

»Sanft.«

»Sanft?«

»Ja. Sanft.« Er nahm ihre Hände. »Pass auf dich auf, meine Schwester!«

Sie drückte seine Hände. »Du auch, mein Bruder.«

23

Es war drei Uhr morgens, als Seth Rockworth das Wohnzimmer seines Hauses betrat. Dort fand er Jai, der vor der Glastür zur Veranda stand und zu den Appalachen hinüberschaute.

»Kannst du nicht schlafen?«, fragte Seth.

Jai drehte sich zu ihm um. Jaibriol Qox Skolia war sechzehn Jahre alt, größer als einen Meter achtzig, und er wuchs immer noch. Seine Schultern waren breiter geworden, und er wirkte so kraftvoll und lebendig wie ein Jugendlicher, dem es gut tat, viel an der frischen Luft zu sein. Die Querstreifen seines Pullovers ließen seine Brust noch breiter erscheinen. Seine Jeans waren altmodisch blau, wie sie jahrhundertelang beliebt gewesen waren. In seinem schwarzen Haar gab es einige blonde Strähnen; und sie sahen genau so aus, als hätte er sie selbst eingefärbt, so wie es jetzt bei jungen Leuten Mode war. Obwohl seine roten Pupillen hinter Kontaktlinsen verborgen waren, die sie braun erscheinen ließen, würde jeder, der sich ein wenig mit der eubianischen Aristokratie auskannte, ihn sofort als Highton erkennen. Aber wer würde schon bei einem so typisch amerikanischen *High-School-Boy* auf eine solche Idee kommen?

»Ich habe immer noch Schwierigkeiten, mich an die Länge der Tage hier zu gewöhnen«, meinte Jai. »Ich weiß nicht, ob ich mich jemals an so kurze Tage gewöhnen kann.«

»Machst du dir Sorgen wegen morgen?«, fragte Seth.

Jai zuckte mit den Schultern. »Den Prüfungen zufolge sind wir bereit.«

»Mehr als bereit.«

Die drei älteren Kinder hatten Aufnahmeprüfungen für die Privatschulen abgelegt, die Seth für sie ausgewählt hatte. Alle hatten in akademischen Fächern weit über das für ihr

Alter zu erwartende Maß hinaus abgeschnitten und neigten in Gesellschaft eher zu scheuer Zurückhaltung. Jai sollte die oberste Klasse besuchen, also als *Senior* einsteigen, die dreizehnjährige Lisi die unterste Klasse besuchen – ein *Freshman* werden, schmunzelte Seth für sich –, und der sieben Jahre alte Vitar sollte in die erste Klasse kommen. Del-Kelric würde zu Hause bleiben, bei Seth und dem Kindermädchen, einer älteren Frau, die den Säugling beruhigte, wann immer er weinte und nach seinen Eltern schrie. Seth wusste, dass auch die anderen Kinder weinten, aber so, dass es niemand mitbekam.

Den Behörden gegenüber hatte er gemeldet, die Kinder seien seine Mündel, Skolianer, die im Krieg ihre Eltern verloren hätten. Er wusste nicht, wie er sie nennen sollte. Qox Skolia ging ja nun wirklich nicht. Schließlich gab er ihnen seinen eigenen Namen, den sie entgegennahmen, als hätte er ihnen Ehrentitel verliehen, und nun waren sie Jay, Lisa, Peter und Kelly Rockworth.

Jai ging in das dunkle Wohnzimmer hinüber und griff nach der Fernbedienung für den Holoschirm an der Wand. Er schaltete ihn ein, und eine Nachrichtenübertragung erschien – eine Nachrichtenübertragung, die Jai offensichtlich bereits früher aufgezeichnet hatte. Er schaltete den Ton ab, und die Nachrichtensprecherin verstummte. Dann verblasste ihr Bild, und ein Abbild des Saales der Versammlung auf Parthonia erfüllte den Schirm.

Seth verstand, warum Jai diese Nachrichtensendung aufgezeichnet hatte. In einer Ecke des Bildes auf einer Bank, die für die Rubin-Dynastie reserviert war, saß Imperatorin Skolia und lauschte den Berichten der Versammlung; die Art und Weise, wie das Licht auf die Bank fiel, auf der sie ›saß‹, ließ darauf schließen, dass sie nur als holographisches Simulacrum anwesend war.

»Es muss schwer für dich sein, sie in den Nachrichten zu sehen«, seufzte Seth.

Jai schaltete die Übertragung ab. »Meinst du, was die Führer des Planetenverbandes sagen, stimmt? Dass die Rubin-Dynastie übertreibt, wenn es um die Hightons geht?«

Seth wählte seine Worte mit Bedacht. »Es hat einmal eine Zeit gegeben, da hätte ich ›nein‹ gesagt. Aber Menschen ändern sich. Händler-Piraten überfallen unsere Schiffe nicht mehr. Die Anführer der Händler scheinen ernstlich daran interessiert, ein Bündnis mit uns einzugehen.« In Wirklichkeit bezweifelte er, dass sich die Hightons jemals ändern würden. Aber was sollte er diesem Jungen erzählen, dessen Vater auf dem Karneol-Thron saß und von dort aus regierte?

Seth bezweifelte nicht im Geringsten, dass Jais Vater kein echter Highton war. Ein Aristo hätte diese vier Wunder nicht aufziehen können, um die sich Seth in den vergangenen Monaten gekümmert hatte. Sanft, intelligent, liebevoll, wohlerzogen, mit einem tief empfundenen Mitgefühl für die Menschheit im Allgemeinen und mit einer Unschuld, die all die Grausamkeit des Universums Lügen zu strafen schien, in das sie hineingeboren worden waren – sie versetzten ihn in Erstaunen. Er hatte sich bereit erklärt, sie zu sich zu nehmen und ihr Geheimnis zu bewahren – aus einer Ehrverpflichtung einer Dynastie gegenüber, deren Entscheidungen in Familienbelangen er vertraute, auch wenn er sich anderweitig außer Stande sah, mit ihnen zu leben. Jetzt hielt er diesen Eid auch aus Liebe zu den Kindern ein.

Vitar und Lisi liefen auf Soz zu. Sie kniete im Gras und streckte ihnen die Arme entgegen. Ihre Kinder stürzten sich förmlich in ihre Arme, und lachend purzelten sie alle übereinander. Jaibriol und Jai traten in etwas gemächlicherem Tempo aus dem Wald heraus, sie grinsten, und das Sonnenlicht umströmte sie …

Soz öffnete die Augen und sah nur Dunkelheit. »Was?«, murmelte sie. Eine Träne rann ihr über die Wange.

Ich habe eine Kurznachricht von Admiral Jon Casestar, wiederholte ihr Knoten.

Soz wischte sich die Träne fort. **Wie lange habe ich geschlafen?**

Drei Stunden.

Drei Stunden? Sie hatte nur zwei Stunden schlafen wollen. **Sag Jon, ich bin in zehn Minuten im Lageraum!**

Erschöpft schleppte sich Soz ins Badezimmer. Was würde sie jetzt nicht alles geben für eine einundachtzig Stunden lange Nacht, in der sie schlafen durfte, so lange sie wollte. Sie starrte ihr Spiegelbild an. Ihr Körper hatte sich von ihrer letzten Schwangerschaft wieder erholt, sie war inzwischen sogar zu dünn geworden. Sie strich sich über die Schwangerschaftsstreifen auf ihrem Unterleib. Das war alles, was ihr jetzt noch von ihren Kindern geblieben war. Aber selbst wenn sie die Streifen hätte entfernen lassen wollen, was nicht der Fall war, hätte sie es nicht tun können. Sie gestattete den Ärzten niemals, sie zu untersuchen, und ihr Schattenwerfer war ständig aktiv. Sollte jemals irgendjemand herausfinden, dass sie Kinder zur Welt gebracht hatte, würde man sie fragen, was mit ihnen geschehen sei. Und wer der Vater ihrer Kinder sei.

Sie zog niemanden ins Vertrauen. Sie schloss keinerlei Freundschaften, lehnte sie sogar gänzlich ab. Zu gesellschaftlichen Veranstaltungen erschien sie nur, wenn die Pflicht es verlangte. Doch sie suchte nach den Aufzeichnungen über die Jag-Staffel, die sie vor siebzehn Jahren kommandiert hatte. Taas, das jüngste Staffelmitglied, war bei der kämpfenden Truppe geblieben und inzwischen zum Sekundär aufgestiegen. Helda war mehrmals befördert worden und war dann aus dem aktiven Dienst ausgeschieden, um dann in der Administration weiter Karriere zu machen.

Und Rex.

Ihr bester Offizier und ihr bester Freund. Er war in einem unerwarteten Gefecht gegen ERKomm verletzt worden, wenige Stunden nachdem er ihr verraten hatte, er wolle den Dienst im IRK quittieren und sie heiraten. Nach der Schlacht hatte er, in seiner physischen und psychischen Qual, den Heiratsantrag zurückgezogen. Ihnen war nie die Chance geblieben herauszufinden, ob die Zeit die Wunden hätte heilen können, die dieser Krieg und die Trauer geschlagen hatten – Wunden, die tiefe Narben hinterlassen hatten.

Obwohl Rex seine Beine nie wieder richtig zu bewegen gelernt hatte, hatten die Fortschritte in der Chirurgie und bei den synthetischen Erweiterungen und Prothesen es ihm letztendlich doch ermöglicht, wieder ein ganz normales Leben zu führen. Er war als Diplomat in die Dienststelle für Planetare Entwicklung eingetreten und hatte bald darauf eine Premierministerin auf dem Planeten Forshires Hold geheiratet.

Soz seufzte tief. Dieser Teil ihres Lebens war vorbei. Sie wusste, dass die Versammlung der Ansicht war, sie sei viel zu sehr auf ihre Verfolgung von ERKomm fixiert. Dass sie, wenn sie durch den Orbiter schritt, stets in das Energiefeld eines Schattenwerfers gehüllt war, schürte diese Beunruhigung noch. Es war Soz egal. Es war besser, all diese Menschen um sie herum dachten, sie sei davon besessen, Jaibriol Qox zur Strecke zu bringen, als dass sie die Wahrheit erfuhren.

Sie kleidete sich an und ging zum Lageraum hinüber. Als sie ihren Platz im Kommandosessel einnahm, wurde Jon Casestar an einem Kran zu ihr hinübergeschwenkt. Sternenlicht überflutete sie. Künstliches Sternenlicht. Es kam von der Holokuppel, die sich als Ersatz für ein richtiges Fenster über ihnen wölbte. Da der Lageraum sich in der Nähe des Äquators des Orbiters befand, stellte die Hülle des Orbiters den Boden des Amphitheaters dar, nicht die Decke.

»Wir sind so weit«, berichtete Casestar.

Soz nickte. »Gut. Also los!«

Casestar schwenkte seinen Kran einer Überwachungs-Station am Rand der Kuppel zu. Soz tauchte in das Netzwerk ein und erstreckte ihr Denken und Fühlen durch das ganze Netzwerk des Orbiters und dann weiter, hinaus zu den Sternen. Zusammen mit acht Jag-Raumern jagte sie durch den Tiefenraum. Nur sieben Piloten formten ein Link zu ihr aus; beim achten Jag handelte es sich um eine Drohne, die von einem EI-Gehirn gesteuert wurde.

Bereit. Ein Gedanke, von sieben Personen zur gleichen Zeit gedacht.

Weitermachen, dachte Soz. Das Wort ließ mit Soz' ganzer Rhon-Stärke das Link vibrieren.

Der achte Jag wand sich aus der Realität und verschwand.

Zunächst bemerkte Soz keine Veränderung. Sie hatte ein Link zur EI des verschwundenen Schiffes ausgeformt, und diese EI sendete weiter Daten darüber, wie es ihr innerhalb der riesenhaften Kleinschen Flasche im Komplexraum erging, in der sie sich jetzt befand.

Dann machte sich ein sonderbarer Effekt bemerkbar: Die Daten *tropften* in ihr Denken hinein.

Ich verliiiiiere Kohäääsiooooon, dachte die EI der Jag-Drohne.

Dem Chronometer auf ihrem Mental-Display zufolge befand sich der Jag erst seit drei Minuten im Inneren der Kleinschen Flasche. **Test fortsetzen**, dachte sie.

Wiiird fooooortgeeeee . . .

Soz wartete. **JG-8, antworten!**

Wir haben ihn immer noch auf dem Schirm, dachte Jon Casestar. *Er überträgt nur keine Daten mehr.*

Soz runzelte die Stirn. Wenn schon eine Computer-EI nicht damit zurechtkam, wie sollte das dann ein Mensch schaffen? Vor fünfzehn Jahren hatten Jaibriol und sie während der acht Minuten, die sie im Komplexraum verbracht hatten, ihre geistige Kohäsion in einem Schiff bewahren können, dessen EI deutlich weniger hoch entwickelt war als die eines Jags. Allerdings war damals ihre Geschwindigkeit zur komplexen Größe geworden, nicht ihre Masse oder ihre Ladung.

Vielleicht ist das EI-Gehirn ja das Problem, dachte jemand.

Identifizieren Sie sich!, dachte Soz.

Alis Rasmuss von der Glenmarrow University.

Ach ja. Gut. Soz hatte Rasmuss für dieses Projekt extra

angefordert. Sie war Mathematikerin am Institut für weiterführende Theorie und ein unbestrittenes Genie auf dem Gebiet der Theorie Kleinscher Flaschen.

Was ist mit dem EI-Gehirn?, wollte Soz wissen.

Es ist hoch entwickelt genug, um zu verstehen, dass es in Schwierigkeiten steckt, erklärte Rasmuss, *aber vielleicht noch zu primitiv, um damit auch umgehen zu können. Eine EI ist nicht so flexibel wie der Verstand eines Menschen. Wenn sich die Realität auflöst, ist man vielleicht auf genau diese Flexibilität angewiesen.*

Soz richtete einen Gedanken an den Anführer der Jag-Staffel: **Primärin Ko, lassen Sie JG-8 wieder in den Normalraum zurückfallen!**

Befehl ausgeführt, bestätigte Ko.

Der achte Jag wand sich wieder in die Realität zurück. Er sah ganz normal aus und bewegte sich in Formation mit den anderen sieben Jags bei einer Geschwindigkeit von 0.05 der Lichtgeschwindigkeit.

Daten strömten auf Soz' internes System ein – auf den neuen Satz Knoten, den sie in ihrem Rückgrat trug. Auf ihrem Mental-Display sah sie sich JG-8 genau an, studierte die schematischen Darstellungen der Systeme.

Technisch gesehen sieht der einwandfrei aus, dachte eine neue ›Stimme‹.

Identifizieren Sie sich!, dachte Soz.

Jase Furlon, Herrin.

Soz' Knoten P identifizierte ihn als Ingenieur, der zum Strahlenprojekt gehörte; er befand sich an Bord der *Amboss*, dem Großkampfschiff, das den Jags durch den Raum folgte. **Wo sind die Daten über seinen Aufenthalt im Klein-Raum?**, fragte sie. **Ich habe hier nur Kauderwelsch.**

Wir auch, bestätigte Furlon.

Irgendwo unter diesem Kauderwelsch befinden sich die Daten, die wir brauchen, dachte Casestar. *Wir müssen sie nur noch aus diesem Grundrauschen isolieren.*

Imperatorin Skolia? Das kam von Stellart Heald, einem der Jag-Piloten.

Was möchten Sie?, dachte Soz.

Ich möchte da reingehen, dachte er. *Ich möchte die Flasche ausprobieren!*

Sie melden sich freiwillig dafür, in den Klein-Raum zu gehen?, fragte Soz nach.

Jawohl, Herrin.

Warten Sie! Soz richtete einen Gedanken an Casestar: **Geht die Entschlüsselung der Daten von JG-8 voran?**

Ein wenig, antwortete Casestar. *Rasmuss, bitte melden.*

Das sind Flüssigkeitsströmungen!, dachte Rasmuss. *Die Daten sind hinter einem Grundrauschen verborgen, das genau der Bernoulli-Gleichung für ideale Flüssigkeiten bei konstanter Strömung in einer Röhre variierenden Durchmessers entspricht. Die Strömungs-›Geschwindigkeit‹ entspricht der Änderung des Rauschens nach der Zeit. Die ›Dichte‹ der Flüssigkeit entspricht der Rausch-Amplitude. Der ›Durchmesser‹ der Röhre entspricht den Daten, die wir haben wollen – das kann man daran erkennen, wo genau im Speicher des Computers die Daten abgelegt wurden. Die ›Gravitationskonstante‹ entspricht der Position des Schiffes im Komplexraum; sie ist also eigentlich gar keine Konstante, sondern verändert sich in Abhängigkeit der Imaginärteile von Ladung und Masse. Die einzigen Abweichungen von Bernoulli entsprechen bekannten Korrekturen, die Turbulenzen in der Flüssigkeit berücksichtigen, oder Reibungskräfte und Kompressibilität. Wir können die Daten extrahieren, indem wir den ›Röhrendurchmesser‹ aus den Strömungsgleichungen herauslesen.*

Soz blinzelte. **Das ist erstaunlich.**

Von Rasmuss wurde geistig ein breites Grinsen übertragen. *Das ist wahr.*

Hat JG-8 irgendwelche Schäden erlitten?, fragte Soz.

Jase Furlon meldete sich. *Wir haben keine entdeckt.*

Heald, haben Sie das mitbekommen?, fragte Soz dann.

Positiv!, bestätigte Heald.

Dass wir bisher keine Probleme gefunden haben, bedeutet nicht, dass es keine gibt, warnte Soz ihn.

Verstanden, antwortete Heald.

Also gut, dachte Soz. **Versuchen Sie's! Viel Glück!**

Ja, Herrin. Ich aktiviere jetzt die Kleinsche Flasche.

Sein Jag wand sich aus der Realität heraus.

Heald?, fragte Soz. **Verstehen Sie mich noch?**

Klar wie Kloßbrühe. Nach einer kurzen Pause sagte er: *Warten Sie! Es fühlt sich an, als würde mein Mental-Display schmelzen.*

Soz konzentrierte sich auf ihn, versuchte auf das Dreier-Link zwischen ihm, dem EI seines Jags und dem Psiberspace zuzugreifen. Als sie den Kontakt hergestellt hatte, *troff* sein Mental-Display in ihr eigenes und ließ alles verwischen und schmelzen.

Rasmuss schloss sich dem Link an. *Heald, unseren Berechnungen zufolge haben Sie etwa fünfzehn Minuten, bis ihr Gitternetz sich auflöst!*

Verstandeeeeeen, dachte er.

Falls Sie irgendwann das Gefühl haben, Sie würden den Kontakt zu unserem Netzwerk verlieren, dachte Soz, **dann lassen Sie sich sofort in den Normalraum zurückfallen!**

Jawooooooooohl, Heeeerriiiin. Seine Gedanken bewegten sich wie ein viskoses Öl.

Heald, wir haben da eine Idee, dachte Rasmuss. *Wir extrahieren die Daten, die Sie uns schicken, gemäß der Bernoulli-Gleichung. Wenn Sie diesen Extraktionsprozess auf die Daten ihrer Schiffs-EI anwenden, könnte das diesen ›Schmelz-Effekt‹ kompensieren, den Sie gerade erleben.*

Weeeerd versuuuuuchen … Seine Gedanken sickerten davon.

Heald?, fragte Soz.

Keine Antwort.

Sie schickte einen Gedanken an das Großkampfschiff: **Haben wir ihn verloren?**

Wir haben ihn immer noch auf dem Schirm. Diese Meldung kam von Jase Furlon. *Genau wie bei der JG-8 im Klein-Raum.*

Soz tauchte in das Netzwerk der *Amboss* ein und sah sich die Daten selbst an.

Healds Jag war vorhanden und verhielt sich so, wie man es erwarten würde, obwohl ›vorhanden sein‹ im Klein-Raum nicht klar definiert war.

Heald hier. Der Gedanke kam geradezu in das Link hineingestürmt, klar und deutlich. *Dieser Extraktionsprozess scheint zu funktionieren.*

Soz grinste. **Schön, dass Sie wieder da sind!**

Sie fing das Grinsen des Piloten auf, der sich jetzt seit sechzehn Minuten im Inneren der Kleinschen Flasche befand. Sein Mental-Display hatte aufgehört zu schmelzen und formierte sich inzwischen neu.

Gute Arbeit, allesamt!, dachte Soz. **Heald, lassen Sie sich in den Normalraum zurückfallen!**

Healds Jag erschien wieder ...

Die JG-8-Drohne detonierte in einem Inferno aus hochenergiereichen Gammastrahlen und einem sich immer weiter ausbreitenden Feld aus Antimaterie-Plasma.

Heald, Lagebericht!, dachte Soz. Die bemannten Jags und das Großkampfschiff waren während der Explosion in Quasis versetzt worden, aber sie wusste nicht, ob auch Heald es rechtzeitig geschafft hatte.

Ich bin noch da, meldete er sich.

Was zur Hölle ist passiert?, dachte Soz in das allgemeine Link.

Wir wissen es noch nicht, gab Casestar zur Antwort. *Furlon?*

Ich kann's mir nicht erklären, dachte Jase Furlon. *Obwohl ... warten Sie! Die Klein-Felder der Antimaterie-Behälter an Bord von JG-8 sind aus irgendeinem Grund instabil geworden. Als Heald sich in den Normalraum hat zurückfallen lassen, haben Fluktuationen seiner eigenen Klein-Felder diese Instabilität von JG-8 intensiviert und die Treibstoffbehälter kollabieren lassen.*

Ihr solltet so schnell wie möglich Heald aus seinem Jag holen. Diesen Gedanken setzte Professorin Rasmuss mit Dringlichkeit in das Link. *Es sieht ganz so aus, als träte bei seinen eigenen Flaschen die gleiche Instabilität auf!*

Wird er gefährdet, wenn sich ihm ein anderes Schiff nähert?, fragte Soz nach.

Ja, dachte Rasmuss. *Je näher die Schiffe einander kommen, desto größer ist der Effekt. Die Fluktuationen, die letztendlich JG-8 zum Kollabieren gebracht haben, waren ziemlich ausgeprägt; die kamen wohl vom Kollaps der Flasche, in der sich Healds Schiff befunden hat. Aber wenn ein Jag ihm jetzt zu nahe kommt, könnten selbst kleinere Feldfluktuationen eine Explosion auslösen.*

Heald, verlassen Sie das Schiff!, dachte Soz. **Ko, sammeln Sie ihn auf! Alle Schiffe behalten den aktuellen Kurs und die aktuelle Geschwindigkeit bei. Zünden Sie nicht die Korrekturdüsen!**

Verstanden. Die Antwort kam zeitgleich von Heald und Ko.

Die Luftschleuse von Healds Jag öffnete sich, und er schwebte hinaus; er trug einen Schutzanzug mit einer geschlossenen, aufgeblähten Kapuze, die zugleich als Helm fungierte. Während er sich von seinem Jag entfernte, manövrierte Primärin Ko ihr Schiff so, dass sie bald einen ›Mann-über-Bord‹ aufnehmen konnte – bei einer Geschwindigkeit, die einem Zwanzigstel der Lichtgeschwindigkeit entsprach. Eine Sonde glitt aus Kos Jag heraus; sie war mit einer spinnwebfadendünnen Schnur aus verstärkten Fulleren-Röhren befestigt und bewegte sich gezielt auf Heald zu. Sobald er die Sonde ergriffen hatte, begann Ko, ihn an Bord zu ziehen. Die Luftschleuse ihres Jags erweiterte sich ...

Und Healds Schiff explodierte.

Ko, Lagebericht!, dachte Soz. **Haben Sie ihn zu fassen bekommen?** Die Schiffe waren in Quasis versetzt worden, auf dem Orbiter brauchte Soz natürlich keinen Schutz. Doch obwohl sie die Explosion selbst gesehen hatte, wusste sie nicht, ob Heald rechtzeitig in das Innere des Quasis-Feldes um Kos Schiff gelangt war.

Er ist hier, meldete Ko. Sie klang niedergeschlagen.

Soz stieß mit ihren Gedanken in Kos Jag vor. Auch dessen

EI wirkte bedrückt. Soz stellte mit Erstaunen fest, dass sie dank der Unterstützung ihres ohnehin schon rhon-starken Denkens und Fühlens durch die Triade sogar bis in das Pico-Netzwerk der Reparatur-NanoBots in der Außenhülle des Schiffes vordringen konnte. Sie sah, dass Heald durch die Kabine schwebte, den Kopf gesenkt. Ko hatte sich aus dem Cockpit geschält und bewegte sich jetzt auf ihn zu.

Vorsichtig dachte Soz: **Heald?**

Er hob den Kopf. *Es geht mir gut, Imperatorin Skolia.* Seine Gedanken waren von tiefer Trauer umwölkt.

Soz spürte die Erleichterung der Mannschaften von Großkampfschiff und Orbiter, als sie Healds Gedanken empfingen. Doch Casestar blieb still, und das Gleiche galt auch für die Jagernauts und einige wenige andere, die begriffen hatten, wie groß der Verlust war, den Heald gerade hatte erleiden müssen. Sein Schiff war ein Teil seines eigenen Denkens und Fühlens gewesen.

Ko nahm Heald in die Arme, und gemeinsam schwebten sie dort, hielt einander fest, während die EI von Kos Jag das Schiff steuerte. Soz und die anderen Piloten sprachen ihre Anteilnahme aus und ihr Bedauern: Das IRK hatte ein gutes Schiff verloren.

Schließlich zog Soz sich zurück und schaute nach dem Rest des Teams. Professorin Rasmuss und Jase Furlon analysierten die Explosionen, um das aufgetretene Problem besser verstehen zu können. Anscheinend entstanden diese Instabilitäten, wenn ein Gegenstand mit eigenen Klein-Feldern in eine größere Kleinsche Flasche hineinbewegt oder dort wieder herausgeholt wurde.

Schließlich gab Soz das Link auf und nahm wieder den Lageraum wahr. Jon Casestar ließ sich von seinem Kran zu ihr hinaufbewegen.

»Na ja, einen Teil haben wir geschafft.« Er sah erschöpft aus, aber ein wenig Jubel war in seinen Gedanken doch zu spüren. »Wir haben tatsächlich Schiffe in eine Kleinsche Flasche gesteckt!«

Soz seufzte. »Sich im Klein-Raum verstecken zu können, nutzt uns nichts, wenn wir jedes Mal explodieren, wenn wir da wieder herauskommen!«

Das Signal ergab keinerlei Sinn.

Die Domino-Staffel bestand aus sechzehn IRK-Wespen, die sich gerade auf dem Weg zum IRK-Armee-Stützpunkt im Grenz-Sektor befanden. Sie waren gerade auf Unterlichtgeschwindigkeit gefallen, um Routine-Überprüfungen durchzuführen, als Leutnant Jen Bollings ein TelVer-Signal auffing. Immer noch an ihren TelVer-Platz eingestöpselt, meldete sie: »Kommandant Kaller, ich habe gerade über das Netzwerk ein Signal auf einem ungesicherten Kanal erhalten!«

Aus dem Sitz des Piloten blickte Kaller kurz zu ihr nach hinten. »Quelle?«

»Unbekannt«, gab Bollings zur Antwort. »Wirkte sehr unbeholfen, als würde ein Kind versuchen, sich ins Netzwerk einzuhacken.«

Kaller runzelte die Stirn. »Haben die anderen Schiffe es auch aufgefangen?«

»Das werde ich überprüfen.« Bollings tauchte in ihr Link mit den anderen Wespen ein. *Habt ihr einen Hacker mitbekommen? Ungeschickt, wie ein Kind?*

Vierzehn TelVers antworteten: ***Nein.*** Der fünfzehnte hatte ein Flüstern aufgefangen, das er nicht hatte identifizieren können. Doch selbst das leiseste Flüstern konnte eine Warnung sein. Sofort nachdem Bollings Kaller informiert hatte, sagte dieser: »Auf Inversion vorbe...«

Das Gellen einer Sirene unterbrach ihn. Rings um sie fielen ERKomm-Schiffe in den Realraum: acht Stück, Solo-Raumer, das Händler-Gegenstück zum Jag, erschienen auf einmal, in perfekter Formation, die Rümpfe der Schiffe schimmerten schwarz und silbern.

Bollings erkannte sie sofort: Die *Hawkracer*-Staffel. Der Name war ihr letzter Gedanke. Danach traf ein ERKomm-

Geschoss den Hinterleib ihrer Wespe und brachte dessen Antimaterie-Bombe zur Explosion.

Unruhig ging Jon Casestar in Soz' Büro auf und ab. »Die *Hawkracer* sind absolut gleichzeitig aus der Inversion herausgetreten.«

Soz saß an dem langen Tisch, der früher Kurjs Schreibtisch gewesen war: eine durchsichtige Platte, in die Netzwerk-Komponenten eingelassen waren. Sie trauerte über den Verlust der Domino-Staffel. »Vielleicht waren die Händler nicht lange genug im Superluminalraum, um an Kohärenz zu verlieren.«

»Dafür war es zu präzise!« Er blieb vor ihr stehen. »Sie haben genau an der Position der Domino-Staffel re-invertiert, haben sie vernichtet, und sind dann von dort wieder fortinvertiert, alles innerhalb von Sekunden.«

Soz stieß einen Fluch aus. »Das klingt ja wie eine Netzwerk-Extraktion.«

»Ganz genau.« Casestar begann wieder auf und ab zu gehen, und auf seiner Stirn standen Sorgenfalten. »Es mag ja sein, dass die jetzt Psiber-Technologie einsetzen, aber noch sind wir im Vorteil. Ich bezweifle, dass ERKomm sich vollends auf die Entwicklung von Psiber-Technologie einlassen wird – angesichts ihrer Einstellung ihren Versorgern gegenüber. Und wenn sie das täten, hätten sie es mit schwerwiegenden Einschränkungen zu tun: Sie haben fast keine ausgebildeten TelVers und verfügen über keinen Zugang zu einem Psiber-Net. Selbst mit der Technologie, die sie uns stehlen, können sie höchstens zu einigen wenigen Knoten Links ausformen. Für mehr haben sie einfach nicht die Kraft.«

Soz nickte. Ohne ein Netzwerk konnte ERKomm nur auf den Psiberspace zugreifen, wenn sie sich in skolianische Knoten einhackten, und das taten sie seit Jahrzehnten – oder versuchten es zumindest immer wieder. Sie warf erneut einen Blick auf den Bericht des Domino-Massakers. »Ihre Tel-

Vers sind unbeholfen.« Aber das hatte ihren Leuten auch nicht geholfen.

»Wir können ein System entwickeln, mit dem wir sie entdecken können«, schlug Casestar vor.

»Ja, im Moment. Aber die werden darin immer besser werden.« Sie machte ein verdrießliches Gesicht. »*Jegliche* Psiber-Technologie, die ERKomm einsetzt, schmälert unseren Vorsprung. Und einen großen Vorspruch haben wir wirklich nicht.«

Wieder blieb er stehen. »Ich werde mit Professorin Rasmuss sprechen. Vielleicht hat sie das Problem am Strahlenprojekt schon gelöst.«

»Es muss auch an unserem Netzwerk-Extraktions-Programm gearbeitet werden.« Soz beugte sich vor, die Finger verschränkt. »Wir brauchen eine Möglichkeit, andere Extraktoren zu lokalisieren, auch wenn sie sich gerade selbst in der Inversion befinden.«

Casestar grinste. »Extraktoren ausbilden, damit sie Extraktoren extrahieren können?«

Soz spürte, dass ihr Gesicht sich zu einem Lächeln entspannte. »Es sieht ganz so aus.«

Nachdem Casestar gegangen war, lehnte Soz sich in ihrem Sessel zurück. A, **Aufnahme**, dachte sie. Jetzt, wo sie mehr als einen Knoten in sich trug, musste sie zwischen ihnen unterscheiden lernen. Der erste hatte immer noch keinen Namen, deswegen hatte sie ihn einfach A genannt und die anderen entsprechend alphabetisch folgen lassen.

Aufnahmebereit, meldete sich A.

Liegen irgendwelche Nachrichten mit der Kennzeichnung ›dringend‹ vor?

Eine Nachricht vom Ersten Ratgeber Tikal. Sie lautet: ›Imperatorin Skolia, bitte kommen Sie zu mir in den DenkRaum.‹

Hast du eine Vorstellung, was er will?

Basierend auf den Aufzeichnungen seines bisherigen Verhaltens nehme ich an, er ist über die Verhaltensweise eines oder mehrerer deiner Familienmitglieder beunruhigt.

Soz musste lächeln. **Das klingt aber ganz genau so wie immer.**

Anscheinend zieht er sich in den DenkRaum zurück, wenn die Beunruhigung ein von ihm selbst als noch akzeptabel definiertes Maß übersteigt.

Oh, na ja. Ich sollte mal schauen, was er will.

In Begleitung ihrer Leibwächter machte sich Soz auf den Weg zum DenkRaum. Als sie ›den Hügel hinaufschritt‹, wurde ihr Körper immer leichter. Der Raum lag in der Nähe des Nordpols, genau 180 Grad, vom RuheRaum aus gesehen, um den Orbiter herum. Die beiden Zimmer waren einander recht ähnlich, nur dass im DenkRaum kein Kommandosessel stand, sondern nur ein kleiner Tisch.

Soz ließ ihre Jagernauts vor der Kammer bei Tikals Leibwächtern stehen. Im Raum selbst traf sie dann auf Tikal; er saß an dem Tisch und starrte dessen Oberfläche an.

»Ich grüße Sie«, sagte sie.

Er blickte auf. »Ich grüße Euch, Imperatorin Skolia.«

Sie setzte sich ihm gegenüber. »Ich habe Ihre Nachricht erhalten. Stimmt irgendetwas nicht?«

»Euer Neffe ist eingetroffen.«

»Meinen Sie Taquinil?«

»Ja. Taquinil.« Tikal rieb sich die Augen. »Er ist verschwunden, sobald er hier eingetroffen war. Ich habe versucht, ihn in der Residenz der Pharaonin zu erreichen, aber dort meldet sich niemand.«

»Und deswegen wollten Sie mich sprechen?« Was war denn so bedrohlich daran, dass der Sohn von Dehya und Eldrin auf dem Orbiter eingetroffen war?

»Seid Ihr nicht besorgt?«, erkundigte sich Tikal.

»Sollte ich das denn sein?«

Er verzog das Gesicht. »Es ist schon schlimm genug, dass sich *ein* unsichtbares Genie im Netzwerk frei bewegt! Wenigstens ist Der Schlüssel Zur Versammlung geistig gesund.«

Soz verspannte sich, und sie spürte, wie zornig sie wurde

und dass Tikal es an ihrer Stimme hören würde. Deshalb nahm sie sich für einen Moment zurück. Bis zu einem gewissen Grad verstand sie Tikals Besorgnis. Und er machte sich ernstlich Sorgen. Also zwang sie sich, sehr viel ruhiger zu sprechen, als sie ursprünglich beabsichtigt hatte. »Taquinil ist geistig gesund.«

»Wirklich?«

»Er ist seit Jahrzehnten stabil.«

»Ich habe gehört, er habe in Harvard seine Psychiaterin angegriffen.«

»Sie meinen, als er in Harvard noch studiert hat?« Als Tikal nickte, dachte Soz: **Knoten C, ruf Taquinils College-Akte auf. Gib mir eine Zusammenfassung von allem, was mit einem physischen Angriff zu tun hat.**

Er hat Doktor Maria Sanchez angegriffen, nachdem sie festgestellt hatte, dass sich bei ihm multiple Persönlichkeiten manifestieren, berichtete C.

Was hat er getan?, fragte Soz nach.

Er hat sie in einem Gebäude eingesperrt, sie geschlagen und damit gedroht, sie umzubringen.

Das hört sich gar nicht nach Taquinil an.

Eines seiner Persönlichkeitsfragmente zeigt gewalttätige Tendenzen. Es ist Sanchez allerdings gelungen, seine Kernpersönlichkeit hervorzurufen. Die ließ dann zu, dass sie ihn unter Beruhigungsmittel stellte und Hilfe herbeirief.

Das ist unglaublich. Soz kannte Taquinil nur als einen freundlichen Gelehrten, der so bescheiden war, dass es über seinen geradezu Schwindel erregenden Intellekt hinwegzutäuschen vermochte. Sie konnte sich genauso wenig vorstellen, dass er dazu fähig war, ein Verbrechen zu begehen, wie sie sich vorstellen konnte, selbst eine Aristo zu sein. **Existiert diese zur Gewalt neigende Persönlichkeit noch?**

Nein.

Tikal beobachtete sie. »Habt Ihr darüber Aufzeichnungen?«

Sie nickte. »Ja. Habe ich. Barcala, Sie müssen sich keine Sorgen machen! Das war vor mehr als dreißig Jahren. Taquinil ist seitdem völlig in Ordnung. Er ist ein reizender Mann! Sie werden ihn mögen, wenn Sie ihn erst einmal kennen gelernt haben.«

»Wie denn?«, brummte er. »Er ist genau wie seine Mutter. Unsichtbar! Niemand hat ihn gesehen, seit er angekommen ist.«

»Möchten Sie, dass ich mal nach ihm schaue?« Das hatte sie sowieso vorgehabt; und sei es auch nur, um ihre Tante anzufauchen, falls Dehya ihren Sohn tatsächlich nicht zu Hause willkommen geheißen hatte.

»Das würde ich sehr zu schätzen wissen, Imperatorin Skolia.«

»Soz.«

»›Soz‹?«

»So heiße ich.«

Er blinzelte. Dann lächelte er. »Oh, äh, ja. Ja. Gut. Soz.«

Nachdem sie den DenkRaum verlassen hatte, fuhr sie mit der MagBahn zum Tal hinaus; dort wohnte sie in der Steinvilla, die Kurj als seine Zweitresidenz genutzt hatte. Seine Hauptresidenz, das WüstenHaus, hatte seit seinem Tode niemand mehr betreten, geschweige denn genutzt. Soz konnte sich dem Haus und seinen Erinnerungen noch nicht stellen, diesem Erinnerungsort zu Ehren ihres Bruders, den sie bewundert, gefürchtet, kritisiert und geliebt hatte.

Sie ging auf Dehyas Haus zu, das von Bäumen umstanden war. Die Türklingel ließ eine rieselnde Melodie erklingen, die an das Flüstern von Insektenflügeln erinnerte, an sprudelndes Wasser, an Vogelgezwitscher. Soz gefiel es.

Dann öffnete sich die Tür, und ein Mann blickte zu ihr hinaus. Er war etwa einen Meter fünfundsiebzig groß und schlank, sein Haar war glänzend schwarz. Das Auffallendste an ihm waren seine Augen, die golden schimmerten und von erstaunlich langen Wimpern gesäumt waren.

»Soz!« Taquinil lächelte sie an. »Komm herein!«

»Ich grüße dich.« Sie trat ins Haus. »Wo ist Dehya?«

»Im Netzwerk.«

Sie verzog unwillig das Gesicht. »Was denn, deine Mutter ruft dich nach Hause und dann ignoriert sie dich?«

Taquinil lachte. »Ach Soz, du bist so streitlustig wie immer!« Er schloss sie in die Arme. »Alle Götter, es ist schön, dich zu sehen!«

Sie erwiderte die Umarmung, und seine gute Laune ließ ihre Verärgerung verfliegen. »Ich freue mich auch, dich zu sehen.«

Er trat einen Schritt zurück, um sie besser ansehen zu können, und sagte dann: »Ich dachte, du arbeitest jetzt im Schloss.«

»Tikal hat mir gesagt, dass du jetzt hier wärst.«

»Tikal? Den habe ich noch gar nicht gesehen.«

»Er hatte sich Sorgen gemacht, du seiest vielleicht nicht angemessen willkommen geheißen worden.«

»Mutter und Vater haben mich im Hangar abgeholt. Wir haben hier zusammen zu Mittag gegessen.«

»Ja, also ... Gut.« Jetzt war Soz überhaupt nicht mehr verärgert über Dehya. »Tikal ist ein bisschen ...« Sie stockte und fühlte sich sichtlich unwohl in ihrer Haut. »Ich glaube, er möchte einfach nur wissen, was du so tust.«

Sein Lächeln verschwand. »Wieso? Um zu sehen, ob ich schon Schaum vor dem Mund habe?«

»Das habe ich nicht gesagt.« Leise fügte sie hinzu: »Barcala meint es doch nur gut.«

Taquinil seufzte, ein schwermütiger Laut, den Soz gut kannte. Egal was alle anderen sagen mochten, sie mochte ihren Neffen. Bei seinem Lebenslauf – einen *Bachelor of Sciences* in Wirtschaftswissenschaften, *summa cum laude* abgeschlossen in Harvard auf der Erde, den Doktortitel im Institut für Wirtschaftswissenschaften am *Royal College* auf Metropoli erworben, seitdem eine zeitlich unbefristete Professur an der Imperialen Universität auf Parthonia, hätte er gut ein sehr arroganter Mistkerl sein können. Stattdessen war er die Bescheidenheit in Person. Soz wusste, dass er sich selbst für fehlerhaft hielt, wegen seiner Persönlichkeitsstörung, die durch die Rhon-Mutation hervorgerufen wurde. Doch soweit es sie betraf, machte seine Fähigkeit, so viel zu erreichen, trotz so vieler Hindernisse derartig Außerordentliches zu leisten, ihn zum einem höchst beeindruckenden Menschen.

Während sie miteinander sprachen, spürte sie, dass er abgelenkt war. Einen Großteil seines Lebens verbrachte er im Netzwerk, in diesem anderen Universum fühlte er sich viel wohler als in Gegenwart anderer Menschen, deren Denken und Fühlen von sich fern zu halten ihm so schwer fiel. Er lag am äußersten Ende eines Spektrums: ein Telepath, der so empfindsam war, dass es ihm unmöglich war, ohne Medikamente zu leben, ein Telepath, der die Zeit in Einsamkeit verbringen musste.

Anders als Tikal machte Soz sich keinerlei Sorgen um Taquinils geistige Gesundheit. Sie machte sich viel mehr Sorgen darüber, was wohl dabei herauskam, wenn Dehya und er ihre phänomenalen Intellekte vereinigten.

24

Kaiserin Viquara nahm einen Schluck aus ihrem Weinpokal. Das einzige Licht im Raum kam von einer Lampe neben ihrem Lehnsessel, gerade hell genug, um den Bericht der *Hawkracer* zu lesen, den sie in Händen hielt. Das weibliche Kontingent ihrer *Razer* war den Wänden entlang aufgestellt, dazu kamen noch vier Frauen von Calope Muzes Geheimpolizei. In diesem riesigen Raum verschwanden die Frauen fast in den immer tiefer werdenden Schatten der Nacht. Oft vergaß Viquara ganz, dass sie überhaupt da waren.

Auf dem Bett saß Calope Muze, sie hatte sich am Kopfende angelehnt und döste, die langen Beine ausgestreckt; ihr Körper war in eine graue Tunika gehüllt, die ihr bis zu den Oberschenkeln reichte. Glänzend weißes Haar lag ein wenig unordentlich um ihren Kopf. Viquara fragte sich, ob die Richterin bereits ein Alter erreicht hatte, in dem es nicht mehr möglich war, mit Hilfe von Biotechnologie die Schwärze des Haares zu erhalten, oder ob Calope Muze einfach keinen Gedanken daran verschwendete, dass ihr Haar weiß geworden war. Wenn man bedachte, wie viel Wert diese Hundertjährige ansonsten darauf legte, sich so bioskulpturieren zu lassen, dass sie wenigstens ein halbes Jahrhundert jünger wirkte, als sie wirklich war, vermutete Viquara, dass Calope keine Wahl blieb, was ihre Haare betraf.

Cayson lag neben der Richterin auf der Seite, die Augen geschlossen, die Arme über seinen Kopf gestreckt. Die Bettdecke war bis zu seinen Knöcheln heruntergerutscht und zusammengeknautscht nach seinen Anstrengungen mit der ältlichen Calope. Allerdings glaubte Viquara nicht, dass er wirklich schlief. Dafür schien ihr sein schöner Körper zu angespannt.

Sie legte den Bericht zur Seite, stellte ihr Glas ab und ging zum Bett hinüber. Dann legte sie sich, noch vollständig bekleidet, auf die andere Seite neben Cayson. Er drehte sich auf den Rücken und sah sie an, die Arme immer noch über den Kopf gestreckt. Sie würden auch weiter so bleiben, schließlich hatte Calope seine Armbänder an einem Ring befestigt, der in das Kopfende des Bettes eingelassen war.

Viquara stützte sich auf einen Ellbogen und küsste Cayson; mit der Zungenspitze kitzelte sie seine Lippen, bis er den Mund öffnete. Er reagierte sofort. Doch als sie ihren Kopf zurückzog, versuchte er, mit einer ruckartigen Bewegung seines Kopfs eine Locke fortzuschütteln, die ihm ins Gesicht gefallen war. Viquara beobachtete, wie er sich abmühte, und seine vergeblichen Versuche erregten sie auf unbestimmte Weise. Dann drehte sie sich um und nahm eine Obstschale vom Nachttisch. Als sie sich wieder Cayson zuwandte, starrte er die Früchte gierig an.

Leise, um Calope nicht zu wecken, fragte sie: »Wann hast du das letzte Mal etwas gegessen?«

»Heute Morgen«, antwortete er. »Bevor die *Razer* mich hierher gebracht haben.«

Kein Wunder. Sie war zu einer Besprechung gerufen worden und hatte ganz vergessen, dass sie eine Eskorte ausgeschickt hatte, die ihn abholen sollte. Er musste den ganzen Tag hier auf dem Bett gelegen haben, ohne etwas zu essen.

»Hier.« Sie hielt ihm eine Traube dicker Beeren über den Mund. Mit den Zähnen schnappte er danach, bekam eine zu fassen und hatte sie in Sekunden verschlugen. Doch als er versuchte, sich eine weitere Beere zu holen, hielt Viquara die Traube zurück, außerhalb seiner Reichweite. »Nicht so schnell! Dir wird schlecht werden!«

Calope öffnete die Augen und lächelte träge. »Lassen Sie ihn essen, Viquara!« Sie strich Cayson die Locke aus dem Gesicht und ließ dann die Hand auf seiner Stirn liegen.

Viquara gab ihm eine weitere Beere. Dann fragte sie Calope: »Was halten Sie von den Berichten der *Hawkracer*?«

Die Richterin streckte die Arme. »Das Experiment war

erfolgreicher, als ich gedacht hätte. Aber ich halte es immer noch für unmenschlich, Versorger in den Kampf zu schicken.« Sie neigte den Kopf und küsste Cayson. »Da ist es doch besser, im Bett zu bleiben, hmmmm?«

Cayson starrte zu ihr empor. »Ja, Euer Ehren.«

Viquara lächelte. Dann stand sie in einer fließenden Bewegung vom Bett auf und blieb davor stehen. »Ich sehe euch beide dann später.«

Zufrieden reckte sich die Richterin erneut. »Ihre Gastfreundschaft ist wirklich unvergleichlich, Viquara.«

Viquara fragte sich, ob Calope auch so zufrieden wäre, wenn sie wüsste, wie tüchtig sich der schöne Cayson dabei erwiesen hatte, andere Personen auszuspionieren. Viquara wusste jetzt eine ganze Menge, einschließlich der Tatsache, dass Calope der Ansicht war, ihr Cousin Corbal Xir sei besser dafür geeignet, auf dem Karneol-Thron zu sitzen, als Jaibriol.

Mit großen Schritten ging Viquara durch den Palast; sie war in Gedanken versunken, ihr Leibwächter begleiteten sie wie Schatten. Dann stieg sie die schimmernd weißen Stufen zur Suite des Kaisers hinauf. Jaibriol gefangen zu halten, hatte sich als einfacher als erwartet erwiesen. Die Aristos fanden es nur natürlich, dass er so zurückgezogen lebte. Jahrelang hatte sein Vater ihn vor dem IRK versteckt gehalten. Und tatsächlich: Nur wenige Monate, nachdem er erstmals an die Öffentlichkeit getreten war, hatte das IRK ihn gefangen genommen. Fünfzehn Jahre lang hatte er sich ein Rennen auf Leben und Tod geliefert, bis er schließlich triumphierend nach Glorie zurückgekehrt war. Es überraschte niemanden, dass er als Einsiedler regierte, stets von Sicherheitskräften umgeben.

Viquara ließ ihre Wachen vor der Tür der Suite des Kaisers warten. In der Suite fand sie Kryx Quaëlen vor, in dem Arbeitszimmer, das neben den Räumlichkeiten lag, in denen sie Jaibriol gefangen hielten. Ihr neuer Gemahl las eine Kopie des *Hawkracer*-Berichts. Es störte sie, ihn hinter dem Schreibtisch sitzen zu sehen, hinter dem einst Ur Qox gesessen hatte.

Im Eingang blieb sie stehen. »Was hältst du davon?«

Er blickte auf. »Sechs der acht TelVers haben einen Schock erlitten.«

»Das stand nicht im Bericht, der dem Kriegskabinett vorgelegt wurde.«

»Ich habe es gelöscht.« Quaëlen legte das Hologramm auf den Tisch. »Die beiden skolianischen TelVers haben es gut verkraftet, aber die sechs Versorger, die wir extra dafür ausgebildet haben, sind fast katatonisch. Es sieht ganz so aus, als würden sie nicht mit dem Tod ihrer Gegner fertig.«

Viquara runzelte die Stirn. »Es bringt nichts, TelVers in Kriegsschiffe zu stecken, wenn sie schon nach dem kleinsten Gefecht nicht mehr funktionieren.«

»Die Tatsache, dass die skolianischen TelVers stabil geblieben sind, gibt uns doch wenigstens etwas, womit wir arbeiten können«, betonte Quaëlen. »Es lässt darauf schließen, dass man ihren Verstand irgendwie schützen kann.«

Wie bei meinem Sohn, dachte Viquara. »Hast du schon mit Jaibriol gesprochen?«

»Noch nicht.« Er stand auf. »Wollen wir?«

Sie betrat den Raum, Quaëlens Anwesenheit sorgte dafür, dass sie sich steif, gezwungen benahm. Er trat um den Schreibtisch herum, blieb unmittelbar vor ihr stehen und sah ihr ins Gesicht. Dann berührte er ihre Nase. »Die ist ein bisschen zu spitz.«

Viquara zog ihren Kopf zurück und warf ihm eine kühlen Blick zu. Sie hatte viele Überlegungen darauf verwendet, welche Anweisungen genau sie ihren Körperskulpteuren für die Verfeinerung ihrer Gesichtszüge hatte erteilen sollen. Einer der Gründe, weswegen Ur seinerzeit Admiral Kaliga, trotz dessen ehrwürdiger Blutlinie, nie einen Ministerposten angeboten hatte, war gewesen, dass Kaliga sich stets geweigert hatte, sein hässliches Gesicht zu heroischen Proportionen umgestalten zu lassen. Zur Etikette gehörte auch ein vorteilhaftes Aussehen.

»Ich bin mit dem Ergebnis zufrieden«, meinte sie.

»Vielleicht ist es wichtiger, dass dein Gemahl zufrieden ist.« Quaëlen wandte sich um und verließ das Arbeitszimmer. Mit gerunzelter Stirn folgte Viquara ihm.

Jaibriol saß in der Bibliothek und las. Als sie hereinkamen, blickte er auf und spannte sich an, wie ein wunderschönes, gefangenes Tier.

Quaëlen und Viquara setzten sich in Sessel, die dem Kaiser gegenüber standen, und sahen ihn an. Sie wirkten wie eine menschliche Mauer. Jaibriols Sessel stand so nah an den Bücherregalen, dass er sie fast berührte: Er konnte nirgendwohin fliehen.

Viquara las den Titel des Buches, das er in Händen hielt. »*Eubias Aufstieg*. Eine gute Wahl.«

Mit kühler Stimme sagte er: »Das hängt davon ab, wie man ›gut‹ definiert. Ich gebe zu, dass es seinesgleichen sucht, falls man eine Abhandlung darüber sucht, wie man die Bevölkerung unterwirft – mit Hilfe von Indoktrination, Drogen, Genmanipulation, dem Verweigern oder Gewähren von Zärtlichkeiten, sexuellem Missbrauch und regelloser positiver Bestärkung.«

Quaëlen sah ihn nachdenklich an. »Den Aufzeichnungen des Palastes zufolge habt Ihr eine außerordentlich umfassende Ausbildung und Erziehung erhalten, Euer Hoheit.«

Jaibriol schloss das Buch. »Kryx, sagen Sie einfach, worauf Sie hinauswollen! Ich habe keinerlei Interesse daran, einen verbalen Tanz aufzuführen.«

Der Minister warf ihm einen finsteren Blick zu. »Man fragt sich doch, ob vielleicht einige Aspekte Eurer bewundernswerten Ausbildung vernachlässigt wurden. Etwa, wie man ein zivilisiertes Gespräch führt.«

Jaibriol stand auf und ging zum Bücherregal hinüber. Während er das Buch in die Lücke zurückschob, fragte Quaëlen: »Habt Ihr jemals darüber nachgedacht, Jaibriol, dass es zu Eurem eigenen Vorteil sein könnte, wenn Ihr etwas kooperativer wärt?«

Der Kaiser starrte nur seine Bücher an, uralte Texte, noch handschriftlich. »Was wollen Sie?«

Leise sagte Viquara: »Sauscony Valdoria.«

Er drehte sich zu ihnen um. »Und warum fragt ihr dann mich?«

»Es scheint mir«, erwiderte Quaëlen, »dass Ihr ein bemerkenswertes Talent dafür habt, unseren Fragen auszuweichen.«

»Es scheint mir«, gab Jaibriol zurück, »dass Sie ein bemerkenswertes Talent dafür haben, sehr redegewandt zu wirken, ohne verflucht noch mal auch nur ein einziges Wort zu sagen!«

Quaëlen erstarrte, und wieder sah Viquara, wie sich sein Arm anspannte, als wolle er einem Sklaven einen Schlag versetzen. »Fünfzehn Jahre lang entkommen«, sagte er.

Jaibriol blickte von ihm zu Viquara. »Ein Planet ist etwas ziemlich Großes. Am Anfang waren sie und ich noch nicht einmal auf dem gleichen Kontinent.«

»Am Anfang.« Quaëlen sah ihn scharf an. »Aber am Ende schon, nehme ich an, ja? Sie muss ziemlich in Eurer Nähe gewesen sein, wenn sie so schnell Eure Kommunikationseinrichtungen gefunden hat.«

»Offensichtlich«, meinte Jaibriol.

Viquara war sich sicher, dass er mehr wusste, als er preisgab. Nachdem sie Jahrzehnte unter Hightons verbracht hatte, war sie zur Expertin darin geworden, feine Nuancen der Körpersprache zu lesen, und Jaibriol hatte es nie gelernt, seine eigene Körpersprache zu kontrollieren. Sie berührte einen Signalgeber an ihrem Armreif.

Jaibriol verspannte sich. »Was machst du da?«

»Es wäre bedauerlich, wenn wir deine Medikamente vergessen würden«, erklärte sie.

»Ich bin nicht krank.«

Von der Tür her war ein Geräusch zu hören. Zwei Medi-Techs standen dort, humanoide Roboter, der eine platinfarben, der andere golden; ihre polierten Oberflächen funkelten im Licht.

Ihr Sohn schluckte. »Ich brauche nichts.«

»Hast du jemals von den Werken von Kri gehört?«, fragte Viquara.

Jaibriol beobachtete immer noch die Roboter. »Von wem?«

»Carzalan Kri«, wiederholte sie. »Ich finde sein Epos *Jenseits der Dräuenden Nacht* geradezu betörend.«

Jaibriol drehte sich um und starrte sie an. »Mir ist davon schlecht geworden.«

»Es ist wunderschön geschrieben«, bemerkte Quaëlen.

»Ein Gedicht über Folter und Tod eines Volkes, das sich gegen die Versklavung aufgelehnt hat?«, fragte Jaibriol. »Die Schönheit der Sprache macht das Thema nicht weniger entsetzlich!«

»Vielleicht sogar noch viel entsetzlicher«, sagte Viquara. »Es ist ein erschreckendes Werk.« Sie machte eine Pause. »Eine Lektion, könnte man sagen.«

Jaibriol blickte zu den MediTechs, dann wieder zu ihr. »Ich habe euch nichts zu sagen.«

Wieder berührte sie ihren Armreif, und die Roboter betraten die Bibliothek; sie bewegten sich mit gleichmäßigen, mechanischen Bewegungen. Ihre Körper waren zwar annähernd menschlich geformt, doch statt Augen hatten sie nur horizontale Schlitze, Nase und Mund fehlten ganz.

Jaibriol wich zurück, als die Roboter auf ihn zukamen. Sie drängten ihn in eine Ecke zurück, in der zwei Regale gegeneinander stießen. Er presste sich gegen die Bücher und warf Viquara einen Blick zu, den sie schon kannte. Manchmal sah Cayson sie so an, als wolle er sie wortlos anflehen, ihre Natur zu ändern, schwach und empathisch zu werden wie ein Versorger.

Als der goldene MediTech den Arm nach Jaibriol ausstreckte, versuchte dieser, zwischen den beiden Robotern hindurchzuschlüpfen. Ohne Schwierigkeiten fingen sie ihn ab und drückten ihn gegen die Regale. Eine glitzernde Kanüle glitt aus der Fingerspitze des Platin-MediTechs hervor. Viquara vermutete, man hätte dort genauso gut eine Pressluftspritze installieren können. Aber Metall schien dem Design dieser Maschinen ästhetisch angemessener.

Jaibriol starrte die Nadel an, dann blickte er zu Viquara hinüber. »Mutter«, sagte er nur.

Sanft gab sie ihre Antwort: »Hab keine Angst! Die Medizin wird es dir nur einfacher machen, kooperativ zu sein.«

»Nein!« Er zuckte zusammen, als der Roboter mit der Nadel seine Haut durchstieß. Schnell ließ Viquara ihre mentalen Schutzmechanismen aktiv werden, um seinen Psioniker-Verstand auszublenden, damit sie auf seine Schmerzen nicht unangemessen reagierte.

Und so warteten sie; Jaibriol starrte die beiden an, während die MediTechs ihn weiter gegen die Wand drückten. Langsam sackte er in ihrem Griff zusammen, als die Droge zu wirken begann. Die Roboter halfen ihm sich wieder in seinen Sessel zu setzen und stellten sich zu beiden Seiten von ihm auf, nachdem er Platz genommen hatte.

»Wie fühlst du dich?«, fragte Viquara ihn dann.

»Müde«, antwortete er.

»Wie heißt du?«, fragte Quaëlen.

»Jaibriol Qox der Zweite.«

»Wo bist du?«

»Im Palast des Kaisers auf Glorie.«

»Wie alt bist du?«, fragte jetzt Viquara.

»Achtunddreißig.«

»Wie viele Kinder hast du?«, wollte Quaëlen wissen.

Keine Antwort.

»Wie hieß deine Mätresse auf Prisma?«, fragte Viquara und verwendete damit bewusst den Namen des Planeten, den Jaibriol selbst ihm gegeben hatte.

»Ich hatte keine Mätresse«, entgegnete Jaibriol.

»Du hast nicht mit jemandem zusammengelebt?«, fragte Quaëlen.

Er blickte sie nur an.

»Wie heißen deine Kinder?«, fragte Viquara jetzt.

Er bewegte den Mund, als wolle er Worte formen. Doch nichts war zu hören.

Viquara winkte die MediTechs herbei. Nun trat aus dem Finger des goldenen Roboters eine Kanüle und injizierte Jaibriol weitere Flüssigkeit. Wieder musste Viquara sich anstrengen, das transzendierende Auflodern seines Schmerzes auszublenden.

Quaëlen beugte sich vor, die Lippen leicht geöffnet. »Wie viele Kinder hat du?«

»Keine.« Jaibriols Stimme klang angestrengt.

»Wie lange war Sauscony Valdoria deine Mätresse?«

Seine Schultern entspannten sich. »Sie war niemals meine Mätresse. Was für eine absurde Vorstellung!«

Die Selbstsicherheit, die in seiner Stimme mitklang, ließ Viquara innehalten. Machten sie sich völlig umsonst Sorgen? Sie warf Quaëlen einen Blick zu, und er zuckte fast unmerklich mit den Schultern. Dann wandte er sich wieder Jaibriol zu. »Wer ist die Mutter deines Kindes?«

Wieder bewegten sich Jaibriols Lippen, doch es war kein Laut zu hören.

Quaëlen blickte zu dem Platin-MediTech hinüber. »Wird es dem Kaiser schaden, wenn wir ihm weiteres Serum verabreichen?«

Der Roboter fuhr eine dünne Sonde aus seinem Finger aus, ließ sie dann in Jaibriols Armband einrasten und zog sie kurz darauf wieder zurück. »Es könnte zum Verlust des Bewusstseins oder zu Krämpfen führen.«

»Das ist zu riskant«, beschloss Viquara.

Quaëlen runzelte die Stirn. »Und wie riskant ist sein Schweigen?«

Viquara sah ihren Sohn nachdenklich an. Widerstand er tatsächlich dem Wahrheitsserum, oder hatte er ihnen wirklich nichts mitzuteilen? »Sauscony Valdoria gehörte früher zu den Imperialen Boten, ist das richtig?«

»Ich habe keine Ahnung«, entgegnete Jaibriol.

Quaëlen ergriff wieder das Wort. »Wie ausführlich hat sie

Euch in Methoden ausgebildet, Befragungen zu widerstehen?«

»Ich weiß nicht, wovon Sie sprechen«, sagte Jaibriol.

Viquara versuchte einen anderen Ansatz. »Erzähl mir von deinem Vater!«

»Was willst du denn wissen?«, fragte Jaibriol.

»Wie hat er geheißen?«

»Ur Qox.«

»Welche Gefühle hattest du für ihn?«

Wieder klang seine Stimme angestrengt. »Ich habe ihn geliebt.«

Seine Reaktion verwunderte Viquara. Sollte ein Sklave tatsächlich dazu fähig sein, familiäre Zuneigung zu empfinden? »Warum?«

Jetzt klang Bitterkeit in seiner Stimme mit. »Ich weiß es nicht.« Einen Augenblick später setzte er hinzu: »Ich glaube, dass er mich geliebt hat – auf seine eigene Art und Weise.«

»Konntest du das aus seinen Gedanken auffangen?«

»Ja.«

Unruhig rutschte Viquara in ihrem Sessel hin und her; sie war sich Quaëlens Anwesenheit sehr bewusst. Obwohl sie beide wussten, dass Jaibriol ein Psioniker war, beunruhigte sie es doch, erleben zu müssen, wie der Kaiser selbst das bestätigte. Auf der anderen Seite bot ihnen das eine Möglichkeit zu überprüfen, wie gründlich das Wahrheitsserum wirkte.

»Wie war die Kyle-Einstufung deines Vaters?«, fragte sie.

Jaibriols Stirn legte sich in Falten. »Was?«

»Die Kyle-Einstufung des Kaisers. Wie war die?«

»Null«, entgegnete Jaibriol.

»Bist du sicher?«

»Wie sollte er denn ein Psioniker sein?«, fragte Jaibriol. »Man muss die Gene von beiden Elternteilen erhalten. Hightons besitzen diese Gene nicht.«

Quaëlen sah ihn nachdenklich an. »Und beide Elternteile von Ur Qox waren Hightons?«

Eine Schweißperle rann Jaibriol die Schläfe hinab. »Nein.«

Götter des Himmels, dachte Viquara. Sie blickte zu Quaëlen, und er starrte sie an; seinem Gesicht war die gleiche Reaktion abzulesen. Mit einem einzigen Wort hatte Jaibriol eine Täuschung zerstört, die ein Jahrhundert gewährt hatte. Dass Viquara und Quaëlen dieses unausgesprochene Geheimnis bereits teilten, dämpfte den Schock, es explizit ausgesprochen zu hören, nicht im Mindesten.

Quaëlen wandte sich wieder Jaibriol zu. »Welches Elternteil war kein Highton?«

»Seine Mutter.«

»Ich verstehe.« Quaëlen wartete, dann fragte er plötzlich: »Wie viele Kinder hast du?«

»Keine«, flüsterte er.

Sanft sagte Viquara: »Jaibriol, mein Lieber, du kannst uns die Wahrheit sagen! Wir werden dir nichts tun.«

»Ich glaube euch nicht«, erwiderte er.

»Wie lange warst du ein Gefangener des IRK?«, fragte Quaëlen jetzt.

»Elf Tage«, lautete Jaibriols Antwort.

»Wo hat man dich festgehalten?«

»In einer Anlage in der Wüste. Den Namen kenne ich nicht.«

»Wie viel davon hast du gesehen?«

»Meine Zelle. Die Befragungsräume. Mehrere Flure.«

»Kryx, warte!«, mischte sich Viquara ein. Als er zu ihr hinüberblickte, sagte sie: »Jaibriols Verstand ist konditioniert, und er trägt eine Cybersperre in seinem Gehirn. Das ist der Konditionierung ganz ähnlich, der Althor Valdoria unterliegt, damit er bei einer Befragung nichts verraten kann.«

Quaëlen nickte »Eine logische Vorsichtsmaßnahme.«

»Mehr als das«, erklärte Viquara. »Er hätte uns gegenüber niemals erwähnen dürfen, dass es in Urs Blutlinie diese ... Unregelmäßigkeit gibt.«

Quaëlen hob die Augenbrauen. Dann richtete er den Blick wieder auf Jaibriol und fragte: »Wie hast du deine Konditionierung so ändern können, dass du uns gegenüber deinen Vater verraten hast?«

»Habe ich nicht.«

»Wer dann?«, fragte Viquara.

»Niemand.«

»Das war Sauscony Valdoria, nicht wahr?«, fragte Quaëlen.

»Ich habe doch schon gesagt, dass sie nicht meine Mätresse war.«

»Woher kam dieser Junge auf Prisma?«

»Das war der Sohn einer Geisel, die ich während meiner Flucht genommen habe.«

»Wie hieß diese Geisel?«

»Lyra Merzon.«

»Maximilian!«, sagte Quaëlen auffordernd.

Der Computer des Kaisers antwortete ihm. »Aufnahmebereit.«

»Eine ›Lyra Merzon‹ identifizieren. Sämtliche skolianischen Datenbanken durchgehen.«

Nach einer kurzen Pause meldete Maximilian: »Ich habe zweiundfünfzig Einträge gefunden.«

»Passen davon irgendwelche Einträge auf eine Frau, die zur gleichen Zeit verschwunden ist, zu der Jaibriol Qox dem IRK entkommen konnte?«

»Jawohl«, bestätigte Maximilian. »Lyra Merzon war eine MediPilotin des IRK. In der Nacht, in der Jaibriol Qox entkam, befand sie sich im Palast. Sie ist als ›getötet‹ verzeichnet, mutmaßlich zusammen mit Qox und Valdoria gestorben.«

»Von denen niemand tot zu sein scheint«, kommentierte Viquara.

»Vielleicht haben wir unsere Fragen falsch gestellt.« Quaëlen legte seinen Ellbogen auf die Armlehne seines Sessels und rieb sich das Kinn, während er Jaibriol unverwandt ansah. »Wieso kannst du mir diese gefährliche Information über deinen Vater geben, wenn sie doch eigentlich in deinem Gehirn ›verschlossen‹ sein sollte?«

»Weil Sie bereits davon gewusst haben«, antwortete Jaibriol.

Viquara spannte sich innerlich an. »Warum glaubst du, dass er es schon gewusst hat?«

»Er hat es mir gesagt«, war Jaibriols Antwort. »Vor siebzehn Jahren.«

Mit sanfter Stimme sagte Quaëlen: »Das habt Ihr anscheinend missverstanden, Euer Hoheit. Ich habe niemals eine derartige Bemerkung gemacht, noch hätte ich jemals Euren geschätzten Vater in dieser Weise beleidigt!«

Viquara blickte von Quaëlen zu Jaibriol. »Warum glaubst du, hat er es dir erzählt?«

»Als Drohung.« In Jaibriols Wange zuckte ein Muskel. »Um mich davon abzuhalten, jemals jemand anderem von seinen Ausbildungsmethoden zu erzählen.«

Viquaras Zorn begann aufzuwallen, als beginne eine Flüssigkeit zu sieden. Sie sah Quaëlen an und verlangte zu wissen: »Und welcher Art waren diese Methoden?«

Ihr Gemahl hielt ihrem Blick stand. »Was immer mir notwendig erschien.«

Sie wandte sich wieder Jaibriol zu. »Hat Minister Quaëlen jemals Gewalt gegen dich angewendet?«

»Ja.«

»Welche Art von Gewalt?«

»Genug, Gemahlin!« Quaëlen machte eine auffordernde Handbewegung in Richtung der MediTechs. »Macht ihn bewusstlos!«

»Nein!«, widerrief Viquara den Befehl.

In diesem Augenblick erfuhr sie, wie gründlich Quaëlen ihre Sicherheitsvorkehrungen durchdrungen und unterlaufen hatte. Der goldene MediTech ignorierte ihren Befehl und stach Jaibriol eine Nadel in den Arm. Als der Kaiser nach Luft schnappte, beugte Quaëlen sich vor, die Aufmerksamkeit ganz auf seinen Gefangenen gerichtet.

Viquaras Zorn brandete erneut auf. Sie erhob sich und sagte mit eisiger Stimme: »Ich denke, wir sollten Seine Hoheit jetzt ruhen lassen!«

Quaëlen warf ihr einen Blick zu, seine Miene war unergründlich. »Wie du wünschst.«

Während sie die Bibliothek verließen, blickte Viquara noch einmal über ihre Schulter zu Ur Qox' Sohn zurück. Jaibriol war in dem Sessel zusammengesunken, er war jetzt bewusstlos. Die MediTechs bewachten ihn; seine dichten Wimpern zeichneten sich dunkel gegen seine Haut ab und ließen seine Augen erscheinen, als seien sie von Hämatomen umgeben.

Sie sagte erst wieder etwas, als sie in Quaëlens Arbeitszimmer angekommen waren. Dann fuhr sie förmlich zu ihm herum. »Wie kannst du es *wagen*, den Erben der Hightons zu missbrauchen?«

»›Missbrauchen‹?«, fragte er mit sanfter Stimme. »Ich bin erstaunt, dass dir das Getue eines Versorgers das Urteilsvermögen trüben kann! Das passt so gar nicht zu dir.«

Viquara holte tief Luft, um sich erst einmal wieder zu fassen. Ihr Gemahl mochte mit seinem Wissen über ihren Sohn ja das ultimative Druckmittel besitzen, doch auch Quaëlen hatte jetzt eine ganze Menge zu verlieren. Er war dem Karneol-Thron jetzt so nahe, dass er beinahe selbst schon Kaiser war.

»Und ich bin erstaunt«, gab sie zurück, »dass du die Position, die du dir mit so viel Eifer erarbeitet hast, so einfach riskierst.«

Er lehnte sich gegen den Türpfosten und verschränkte die Arme vor der Brust. »›Riskieren‹ ist ein sehr relativer Begriff, meine liebreizende Gemahlin!«

»Ist dir schon einmal aufgefallen«, bemerkte sie, »dass es, wenn jemand an Macht und Einfluss verliert, oft vorkommt, dass auch dessen Gefährten an Einfluss verlieren?«

Er blickte sie mit finsteren Augen an. »Vielleicht.«

»Auf der anderen Seite heißt es, dass Unterstützung oft zu wechselseitiger Unterstützung führt.«

»Das habe ich auch gehört.«

Viquara wartete; sie hoffte, bei ihm nicht zu weit gegangen zu sein.

Schließlich sagte Quaëlen: »Es erfreut mich, dass unsere Vorstellungen so gut zueinander passen.«

Obwohl sie sehr erleichtert war, gestattete sie sich nicht, sich innerlich zu entspannen. Noch nicht. »Vor allem, was das Wohlbefinden meines Sohnes angeht.«

»Deines Sohnes?«

»Des Kaisers.«

»Selbstverständlich bin ich stets am Wohlergehen unseres hoch geschätzten Kaisers interessiert.«

Viquaras Anspannung ließ nach. »Es erfreut mich, das zu hören.«

Quaëlen nickte. »Dann sind wir uns einig.«

Nach einer angemessenen Pause fragte sie: »Was hältst du von unserer Unterhaltung mit ihm?«

»Halbwahrheiten?« Quaëlen schüttelte den Kopf. »Lügen?«

»Ich bezweifle, dass er bei einer derart hohen Dosis noch dazu in der Lage war zu lügen. Und gewiss nicht mit dieser Leichtigkeit, mit der er abgestritten hat, dass Sauscony Valdoria seine Mätresse gewesen sei.«

»Vielleicht. Aber sie war ein Jagernaut, und das IRK kennt Mittel und Wege.« Er ging zu ihr hinüber. »Vitrex hat mir berichtet, der Verstand von Prinz Althor würde sich selbsttätig auslöschen.«

»Wenigstens kriegen sie jetzt endlich Informationen aus ihm heraus.«

»Ohne Verstand wird er uns nicht mehr viel nutzen.«

Viquara zuckte mit den Schultern. »Izar plant nur, ihn mit Cirrus zu kreuzen, wenn sie fertig damit sind, ihn zu verhören.« Sie hatte eigentlich beabsichtigt, Althor danach zu einem ihrer eigenen Versorger zu machen, aber sie war willens, mit Vitrex eine entsprechende Übereinkunft zu erzielen. »Althor und Cirrus sind erstklassige Qualität. Die werden Spitzen-Versorger hervorbringen.«

»Izar und du, ihr denkt einfach nicht weit genug.«

Sie hob die Augenbrauen. »Und was würdest du mit ihm anstellen?«

»Wir brauchen mehr Schlüssel für das Psiber-Net.«

»Wenn du damit meinst, wir sollten versuchen, mit Althor und Cirrus Rhon-Psioniker zu produzieren – das wird nicht funktionieren.« Viquara dachte an diesen Sohn des Mädchens, Kai. Jetzt würde die Kaiserin Kai niemals wieder zu Cirrus schicken – nicht, nachdem das Mädchen versucht hatte, ihr Wissen über Jaibriol zu verheimlichen. Cirrus sollte den Rest ihres Lebens den Preis für diesen Verrat zahlen. Im Angedenken an Ur wollte sie gnädig sein und Kai das Leben schenken, aber der Junge sollte niemals den abgeschlossenen Bereich des Palastes verlassen dürfen, in dem er jetzt mit der alten Sklavin Azzi lebte. »Cirrus ist keine Rhon. Sie kann keine Netzwerk-Schlüssel hervorbringen, nicht einmal zusammen mit Althor.«

Abwehrend wedelte Quaëlen mit der Hand. »Ich habe keinerlei Interesse an Cirrus. Althor ist unser Weg zur Rubin-Dynastie!« Er neigte den Kopf. »Wusstest du, dass Eldrin Valdoria volkstümliche Balladen schreibt? Oder dass die Rubin-Pharaonin die Kleinste in der Imperialen Familie ist? Eine hübsche kleine Streunerin.«

»Das mag ja unterhaltsam sein, mein liebster Kryx, aber kaum von Nutzen.«

»Alles hat seinen Nutzen.« Er machte eine Pause. »Laut Althor leben unser Barde und seine Streunerinnen-Königin gemeinsam auf dem Orbiter.«

Das weckte Viquaras Interesse. »Tatsächlich!«

Er begann, im Büro auf und ab zu gehen. »Über Althor können wir noch mehr Mitglieder seiner Familie zu fassen bekommen. Wir brauchen sie. Althor kann ein Psiber-Net erzeugen, und Althor kann es auch aufrechterhalten, aber das sind recht rare Ressourcen.« Seine Stimme wurde scharf. »Was Jaibriol angeht, gibt es zwei mögliche Szenarien. Entweder hat er mit dieser Lyra Merzon Kinder in die Welt gesetzt, und Sauscony Valdoria ist eine Fanatikerin, die ihn fünfzehn Jahre lang verfolgt hat, oder er hat mit dieser Valdoria Kinder in die Welt gesetzt, und sie ist jetzt auf Rache aus, weil die getötet wurden. Was immer davon auch zutreffen mag: Sie ist gefährlich.« Er kam wieder auf Viquara zu. »Die bisherigen Extrapolationen von ERKomm liefern eine gute Wahrscheinlichkeit für einen letztendlichen Sieg von Eubia, aber dieser wird jetzt immer unsicherer. Jahrhunderte abzuwarten und langfristig das IRK zermürben zu wollen ist zu riskant. Wir brauchen ein Schloss, wir brauchen mehr Schlüssel, und wir müssen die Rubin-Dynastie zerschlagen. Jetzt!«

»Wenn wir schon dabei sind, können wir ja noch ein oder zwei neue Universen erschaffen«, kommentierte Viquara trocken.

Sein Lächeln war personifizierte wilde Arroganz. »Du musst viel weitreichender denken, meine Liebe! Ich habe das mit General Taratus und Admiral Kaliga durchgesprochen. Je mehr ausgebildete TelVers wir auf unseren Schiffen einsetzen, umso mehr verringern wir den technischen Vorsprung, den das IRK uns gegenüber haben mag.«

Sie starrte ihn an. »Du meinst Onyx-Plattform.«

»Du denkst schnell.«

»Ich habe Vitrex' Bericht über die Vernehmung gelesen. Das Dritte Schloss befindet sich auf Onyx.«

»Das entspricht dem, was der Nachrichtendienst berichtet.«

»Es heißt auch, dass Onyx außerordentlich gut bewacht sei.«

Quaëlen kam zu ihr hinüber. »›Gut verteidigt‹ und ›hinreichend gut verteidigt‹ sind zwei verschiedene Dinge! Im Moment verfügt ERKomm über den größten Bestand an Schiffen, Ausrüstung und Personal seiner Geschichte, während das IRK durch Umwälzungen innerhalb der Rubin-Dynastie geschwächt ist. Wenn es jemals einen guten Zeitpunkt für einen derartigen Zug gegeben hat, dann jetzt!«

Viquara fragte sich, ob sie ihren Gefährten unterschätzt hatte. Ob sein Plan auch einer näheren Betrachtung standhielt, blieb noch abzuwarten. Aber sie kannte Quaëlen. Seine

Ideen wurzelten immer in wohl recherchierten Fakten. Sollte das hier tatsächlich so vielversprechend sein, wie es sich anhörte, würde Viquara es vielleicht tatsächlich noch miterleben, dass ERKomm das Imperialat unter seine Kontrolle brachte. Dann würden mit Leichtigkeit die Verbandler folgen. Es mochte sich als besonnen erweisen, sich diesem Mann nicht zu verschließen, der vielleicht bald aus dem Schatten des Karneol-Throns heraus die gesamte Menschheit regieren würde.

Sie änderte ihre Haltung, stellte die Hüfte ein *ganz klein wenig* aus, um ihre Figur zu betonen. »Das könnte ein guter Zeitpunkt für viele Dinge sein.«

Sein Blick galt ihrem Körper. »Allerdings.«

»Allerdings«, flüsterte Viquara.

25

Alle vier von Soz' leitenden Offizieren nahmen an der Besprechung des Vereinigten Streitkräftekommandos teil. General Stone und Primär Tapperhaven ließen ihre Simulacra von HQ aus übertragen. Admiralin Tahotas Simulacrum wurde von Onyx-Plattform aus gesendet, Generalin Majdas von Raylicon. Vier Personen befanden sich wirklich im Strategie-Zimmer: Soz, Jon Casestar, Soz' Bruder Eldrin und Barcala Tikal; alle saßen gemeinsam am Tisch. Diese vorbereitenden Besprechungen wurden bewusst in kleinem Rahmen abgehalten, um zunächst einmal die Grundlage für das VSK zu schaffen, bevor Soz dann auch ihren Stab hinzuziehen würde.

»Eine Flotte in der Größe, von der wir hier reden, würde selbst dem unfähigsten aller Netzwerk-Extraktoren auffallen«, erklärte Stone. »Man kann nicht Hunderttausende von Schiffen verstecken!«

»Sie müssen ja nicht gemeinsam unterwegs sein«, entgegnete Soz. »Wenn wir TelVers einsetzen, die über das Netzwerk miteinander in Verbindung stehen, kann die Flotte jederzeit aus sehr viel kleineren Verbänden zusammengezogen werden.«

Jetzt ergriff Tahota das Wort: »Um zu verhindern, dass die Flotte entdeckt wird, müssten diese Verbände sehr klein sein – ein Dutzend Schiffe oder weniger. Das Zusammenziehen einer ganzen Flotte aus derart kleinen Einheiten, und das auch noch während des Fluges durch den Superluminalraum, könnte sogar unsere besten EI-Gehirne überfordern. Wir sprechen hier von mehreren Billionen gekoppelter Raumzeit-Psiberspace-Transformationen pro Sekunde.«

Generalin Majda beugte sich vor. »Ich habe gehört, der Sohn der Pharaonin befindet sich auf dem Orbiter.«

»Das stimmt«, bestätigte Soz.

»Vielleicht könnten die Pharaonin und ihr Sohn in Erwägung ziehen, ihre geistige Kapazität für eine Lösung dieses Problems zur Verfügung zu stellen.«

Tikal richtete sich auf. »Eine ausgezeichnete Idee!« Er klang erleichtert. »Das wird sie beschäftigen. Und Schwierigkeiten vermeiden.«

Verärgerung war Brant Tapperhavens Gesicht abzulesen. »Ich hatte gar nicht bemerkt, dass sie in Schwierigkeiten sind!«

»Ich halte es für eine sehr gute Idee«, warf Eldrin ein.

»Zuerst müssen wir sie allerdings auch finden«, kam es trocken von Casestar.

Soz warf ihrem Bruder einen Blick zu. »Kannst du mit ihnen sprechen?«

Eldrin nickte. »Im Haus.«

Soz nahm eine Holographie vom Tisch und ließ sämtliche Darstellungen durchlaufen. »Selbst wenn Dehya und Taquinil in der Lage sind, einen Algorithmus dafür zu entwickeln, die Flotte zusammenzuziehen, haben wir immer noch das Problem der Verteidigungssysteme im Platin-Sektor und um Glorie.«

»Meine Leute haben sich das genauestens vorgenommen, jede Möglichkeit geprüft«, erklärte Tahota. »Wir haben keine Idee, wie wir mit einer derart großen Flotte vorrücken könnten, ohne jedes einzelne Alarmsystem im Umkreis von fünf Lichtjahren von Glorie auszulösen. Egal, wie wir die Flotte zusammenziehen: Der Platin-Sektor wird immer noch früh genug gewarnt werden, um mobilzumachen.«

»Angesichts der Ausmaße und der Leistungsfähigkeit der Verteidigungssysteme von Glorie«, führte Stone weiter aus, »und seiner Nähe zum Platin-Sektor sehe ich, wenn ich nicht etwas Grundlegendes übersehen haben sollte, keinerlei Aussicht auf Erfolg.«

»Es sei denn«, gab Soz zu bedenken, »unsere Flotte würde im Anflug klein genug erscheinen, um einer Entdeckung zu entgehen, bis es für ERKomm zu spät ist, noch mobilzumachen.«

»Ich wüsste nicht, wie man eine derartige Streitmacht tarnen könnte«, sagte Majda geradeheraus.

Casestar warf Soz einen Blick zu. Als diese nickte, sagte er nur: »Das Strahlenprojekt.«

Tapperhaven schnaubte verächtlich. »Diese Spielerei mit den Kleinschen Flaschen? Die hat doch nicht funktioniert!«

»Hat es nicht ein Problem mit Instabilitäten der Eindämmungsfelder gegeben?«, fragte Tahota.

»Die Instabilitäten haben sich wegen Interferenzen des größeren Kleinschen Feldes mit den Feldern, die sich darin befunden haben, ergeben«, erklärte Casestar. »Wenn wir die kleineren Flaschen abschirmen können, könnte das dieses Problem lösen.«

»›Könnte‹?«, fragte Stone nach.

»Bisher hat noch kein Schild funktioniert«, gab Casestar zu. »Sobald Materie in den Kleinschen Raum gewunden wird, verliert sie an Kohärenz. Sie ›schmilzt‹ sozusagen.«

»Dann nehmen sie etwas anderes als reale Materie«, gab Tapperhaven sofort zurück.

»Kennen Sie denn etwas anderes?«, fragte Tikal. Als Tapperhaven ihm einen verärgerten Blick zuwarf, hob der Erste Ratgeber die Augenbrauen.

»Was würden Sie vorschlagen, Primär Tapperhaven?«, fragte Soz.

»Irgendetwas mit Quasis«, meinte er. »Oder Tachyonen.«

»Im Kleinschen Raum existiert keine Quasis«, erklärte Casestar. »Die schützt nur die Realraum-Gerätschaften, die diese Flasche erzeugen.«

»Kann man das auf den Inhalt der Flaschen anwenden?«, fragte Tahota.

Casestar schüttelte den Kopf. »Das würde den Treibstoff selbst in Quasis versetzen. Und dann kann das Schiff ihn nicht nutzen. Das Gleiche gilt für die Waffensysteme. Annihilatoren nutzen nicht viel, wenn wir sie nicht abfeuern können.«

»Tachyonen-Materie kann in einem Imaginärzustand existieren«, betonte Tapperhaven.

»Professorin Rasmuss hat bereits über Superluminalpartikel nachgedacht«, ging Casestar auf Tapperhavens Vorschlag ein. »Vielleicht kann sie damit etwas anfangen. Aber das würde bedeuten, wir könnten die Schiffe erst in die Kleinschen Flaschen stecken, wenn wir uns selbst im Superluminalraum befinden, und wir müssten sie herausholen, bevor wir wieder in den Normalraum zurückfallen. Das würde zu weiteren Komplikationen führen und unser Überraschungsmoment schmälern.«

Soz.

Beinahe wäre Soz aus ihrem Sessel aufgesprungen. Ohne Geräte, mit denen die von den Gehirnen erzeugten elektrischen Felder verstärkt wurden, sprachen selbst leistungsstarke Psioniker nur in den seltensten Fällen unmittelbar geistig miteinander. Die Kyle-Aktivität hing von physischen Vorgängen im Gehirn ab und wurde vor allem durch Coulomb-Wechselwirkungen bestimmt, wobei sich auch noch Effekte höherer Ordnung, wie Spin und Impuls, auswirkten. Theoretisch erstreckten sich diese Auswirkungen bis in die Unendlichkeit; praktisch hingegen wurden sie so schnell so klein, dass die meisten Telepathen Gedanken nur über wenige Meter Entfernung auffangen konnten, und auch das nur von einem weiteren Psioniker, also von jemandem, der hinreichend starke Signale auszusenden vermochte.

Soz wusste, dass Dehya sich nicht in der Nähe des Strategie-Zimmers befand. Und dennoch vernahm sie die Gedanken ihrer Tante so klar wie klirrendes Kristall. Was noch sonderbarer war: Soz konnte, ganz hauchdünn, eine Art Gitternetz sehen, als hätte Dehya ein Geisterbild aus dem Psiberspace in den Raum projiziert.

Ja. Das kam von Eldrin. Ich sehe das auch. Sonderbar.

Soz sah ihren Bruder beunruhigt an. Er kannte Dehya besser als irgendjemand sonst. Wenn selbst er das beunruhigend fand, wusste sie erst recht nicht, was sie davon halten sollte.

Dehya?, fragte sie.

Sie spürte das Lächeln ihrer Tante. Ich fürchte, ihr alle seht bei mir viel geheimnisvollere Kräfte, als ich in Wirklichkeit besitze. Ich befinde mich im Netzwerk. So ist es einfacher für mich, ein Link zu euch auszuformen. Das ist schon alles.

Wo bist du?, fragte Soz.

Im RuheRaum. Ich hatte eine Idee bezüglich des Strahlenprojekts.

»Imperatorin Skolia?«, fragte Tahota. »Ist alles in Ordnung?«

»Sie befindet sich in einem Kyle-Link«, erklärte Tapperhaven. Als Jagernaut hatte er alle typischen Anzeichen dafür sofort wiedererkannt.

Die Stimmen der anderen lenkten Soz ab, deswegen hob sie die Hand, um sie zum Schweigen zu bringen. **Hast du eine Lösung gefunden?**, fragte sie Dehya dann.

Bedauerlicherweise nein. Aber mir ist ein Gedanke gekommen.

Na, dann sag schon!, dachte Soz.

Wenn ihr ein Interferenzproblem habt, dann solltet ihr euch vielleicht mit Zuständen beschäftigen, und nicht mit Schilden.

Meinst du Aggregatzustände der Materie?, fragte Soz. **Fest, flüssig, gasförmig, so etwas?**

Nein. Ich meine Lichtwellen. Zustandsphasen! Wenn Wellen phasenverschoben sind, führt das zu destruktiver Interferenz. Sie löschen sich gegenseitig aus. Gleichphasige Interferenz ist konstruktiv. Sie addieren sich und führen zu einer vergrößerten Amplitude. Vielleicht solltet ihr, statt euch mit Abschirmungen zu befassen, lieber über Phasenbeziehungen nachdenken.

Existieren im Kleinschen Raum denn Phasenbeziehungen?, fragte Soz nach.

Das weiß ich nicht, gab Dehya zu. So vertraut bin ich mit

den Arbeiten von Rasmuss nicht. Aber imaginäre Größen unterliegen oft der Oszillation. Ihre Gedanken schienen sich zurückzuziehen und mit dem Gitternetz zu verschmelzen. Vielleicht ist es eine Überlegung wert.

Dann war sie fort.

Soz blinzelte und schüttelte den Kopf, um ihn wieder klar zu bekommen.

»Imperatorin Skolia?«, fragte Tapperhaven.

»Das war Der Schlüssel Zur Versammlung«, erklärte Soz. Sie hatte festgestellt, dass unterschiedliche Personen Dehya auch mit unterschiedlichen Titeln assoziierten. Majda, der General der Pharaonenarmee, nannte sie ›die Pharaonin‹. Für Tapperhaven, dessen eigenes Denken und Fühlen untrennbar mit dem Netzwerk verbunden war, war sie Der Schlüssel Zur Versammlung. »Sie hat vorgeschlagen, sich mit den Phasenbeziehungen im Kleinschen Raum zu befassen.« Soz blickte zu Casestar. »Sie hat das mit Interferenzerscheinungen des Lichts verglichen. Können Ihre Leute damit etwas anfangen?«

Casestar wirkte höchst interessiert. »Wahrscheinlich. Ich werde mit Rasmuss sprechen.«

»Wenn wir das Problem mit diesen Flaschen lösen, hat das Projekt vielleicht tatsächlich eine Chance«, sinnierte General Stone.

Generalin Majda schüttelte den Kopf. »Die Ausmaße dieses Projekts zeigen doch schon, dass es undurchführbar ist! Allein schon die logistischen Anforderungen können einen in den Wahnsinn treiben.«

Als die Debatte fortgesetzt wurde, hörte Soz nur noch zu. Sie hatten natürlich Recht. *Falls* sie wirklich das Problem mit den Kleinschen Instabilitäten lösen sollten, gab es immer noch tausende anderer Probleme, die ebenfalls gelöst werden mussten, bevor die Invasion überhaupt Aussicht auf Erfolg haben konnte.

Vitrex warf seiner Frau Sharla einen finsteren Blick zu. »Beim letzten Mal haben sie nur auf der Pritsche gelegen! Ich kann die doch nicht züchten, wenn sie sich nicht paaren wollen!« Er deutete auf Cirrus, die in einem seidenen Morgenmantel auf einem Untersuchungstisch in Sharlas Büro saß. Cirrus versuchte sich vorzustellen, sie sei irgendwo anders. Egal wo, Hauptsache woanders.

»Du bist die Ärztin!«, fuhr Vitrex an Sharla gewandt fort. »Du musst doch eine Möglichkeit haben, seinen, äh ... Enthusiasmus zu steigern.«

Sharla lächelte ihn an. »Izar, mein Lieber, sieh sie dir doch an! Du brauchst sie doch nur in seine Zelle zu stecken. Die Natur wird den Rest dann schon übernehmen.«

»Habe ich ja. Hat sie aber nicht.«

»Lass mich mal einen Blick auf ihr Profil werfen!« Sharla zog eine Nadel aus ihrem Palmtop, führte sie in Cirrus' Armband ein, drehte es einmal und steckte sie dann wieder in den Palmtop zurück. Als sie das Display betrachtete, sagte sie: »Das ist ja wirklich gute Arbeit!«

»Was denn?«, fragte Vitrex.

Sharla klappte ihren Palmtop ganz auf, damit auch Vitrex einen Blick auf das Display werfen konnte. Das darüber schwebende Hologramm zeigte eine blaue, eine rote und eine goldene Linie, die in der Luft zu schweben schienen. Sie zeigte auf die unterste, die blaue Linie, die waagerecht, parallel zu ihrer Handfläche verlief. »Das ist die normale Pheromonproduktion eines ruhenden Menschen.« Sie deutet auf die rote Linie, ebenfalls waagerecht, aber höher als die blaue. »Das ist Cirrus' normales Niveau. Das wird von ihren NanoMeds produziert.«

Vitrex zuckte mit den Schultern. »Ich weiß, dass sie gut riecht.«

»Das ist mehr als nur eine Frage des Geruchs. Selbst ich spüre die Wirkung, und normalerweise reagiere ich überhaupt nicht auf Frauen.« Sie wies auf die goldene Linie, die noch höher verlief als die rote, dabei aber Hügel, Täler und scharfe Spitzen aufwies. »Das passiert, wenn man sich mit ihr beschäftigt. Die Spitzen liegen außerhalb der Skala.« Sie schaltete das Display ab. »Und dazu kommt, dass sie als Psionikerin Pheromone produziert, die sich an andere Psioniker richten. Wenn man nun bedenkt, dass Althor ein Rhon ist, sollte er eine noch viel intensivere Reaktion auf sie zeigen. Und sie auf ihn.«

»Und warum *haben* die dann nichts gemacht beim letzten Mal?«

Sie zuckte mit den Schultern. »Ich weiß nicht. Vielleicht wollte sie einfach nicht.«

»Dann ist es ihr Enthusiasmus, den du steigern musst!« Vitrex verzog ärgerlich das Gesicht. »Was nicht einfach ist, das kannst du mir glauben!«

»Hast du es schon mit Leratin versucht?«

Er machte eine verzweifelte Handbewegung. »Leratin. Halcasinsäure. Kerradonna. Nanogel. Entweder wird ihr davon schlecht, oder sie bekommt diese bizarren Stimmungsumschwünge. Einmal hat sie die ganze Zeit nur geweint.«

Du würdest auch weinen, wenn du mit dir selbst schlafen müsstest, dachte Cirrus.

»Wahrscheinlich hast du es falsch dosiert.« Sharla stöpselte eine Pressluftspritze an ihren Palmtop, um die optimale Dosis zu ermitteln, dann verabreichte sie Cirrus das Mittel. Schließlich zog sie ein Glasfläschchen aus der Brusttasche ihres Kittels und drückte sie Cirrus in die Hand. Leise sagte sie: »Gib das Althor! Er könnte Spaß daran haben, dich damit einzureiben, und dir könnte es gefallen.«

Nachdenklich sah Cirrus das Fläschchen an, aus blauem Glas, mit einem goldenen Stopfen. Sie schüttelte es und sah zu, wie das Öl darin herumschwappte.

Vitrex nahm ihr das Fläschchen ab. »Wenn er glaubt, er müsste Nanogel benutzen, damit sie ihn will, wird er sofort das Interesse verlieren.« Er gab seiner Frau das Fläschchen zurück. »Trag du ihr das auf!«

Sharla lächelte, und Cirrus fing ihren Gedanken auf: *Ach Izar, du möchtest dabei zuschauen, wie ich mit deinem Lieblingsspielzeug spiele, hmmm?* Sie streifte Cirrus den Morgenmantel ab und sagte mit sanfter Stimme: »Das tut nicht weh! Leg dich einfach nur hin!«

Cirrus legte sich auf den Rücken und starrte die Decke an; sie stellte sich Vitrex und Sharla als Wartungs-Roboter vor, die dort oben entlangkrochen – ihre ach so verehrungswürdigen Persönlichkeiten reduziert auf ein paar schmierige kleine mechanische Kriechtiere auf dem Hartbeton. Sharla verteilte das Nanogel über Cirrus' ganzen Körper, und Vitrex schaute zu; er hatte sich gegen einen Tisch gelehnt, der in der Nähe stand, die Arme vor der Brust verschränkt, und mit seinen Blicken verschlang er beide Frauen gleichzeitig. Als Sharla fertig war, half sie Cirrus dabei, vom Tisch herunterzuklettern.

»Wir fühlst du dich?«, fragte Vitrex Cirrus dann.

Sonderbar, dachte sie. Sie wollte irgendjemanden berühren. Doch sie warf Vitrex einen bewusst ausdruckslosen Blick zu. »Gut.«

Vitar sah seine Frau mit düsterer Miene an. »Siehst du? Nichts!«

Sharla hatte schon wieder ihren Palmtop in der Hand. »Den Daten zufolge zeigt sie sogar eine recht gewaltige Reaktion.«

»Wirklich?« Vitar legte Cirrus einen Finger unter das Kinn. »Willst du später ein bisschen mit mir spielen, Schönheit?«

Nein, dachte Cirrus.

Sharla reichte Cirrus ihren Morgenmantel. »Wenn du das tust, Izar, könnte sie nachher noch von dir schwanger werden statt von Valdoria. Ich habe sie empfängnisbereit gemacht.«

»Ich werde aufpassen«, entgegnete Vitrex. »Gib ihr einen Reizunterdrücker! Ich möchte nicht, dass deine Arbeit hier an Althor Valdoria verschwendet wird.«

Nachdem Sharla ihr eine weitere Injektion verabreicht hatte, zog Cirrus ihren Morgenmantel an, dann führte Vitrex sie aus dem Labor hinaus. Vor der Tür warteten seine Leibwächter, darunter auch Xirson, ein *Razer*, den Vitrex vom Palast zum Geschenk erhalten hatte. Xirson lächelte Cirrus an, und das überraschte sie. Normalerweise verhielten sich diese *Razer* eher so wie dieser andere Leibwächter, Kryxson, hart und kalt, wie Dolche im Schnee. Die lächelten nie.

Als sie gemeinsam den Flur hinuntergingen, fingen zwei Ministerialmitarbeiter sie ab, begleitet von weiteren *Razern*. Vitrex ging mit ihnen mit und ließ Cirrus so in der Obhut mehrerer Wachen, die sie dann durch weitere, gesondert gesicherte Korridore führten, bis sie vor einer Zelle standen. Darin lag Althor auf einer Pritsche. Als sie eintraten, blickte er auf, und die Wachen nahmen ihm die Ketten ab. Dann verließen die *Razer* den Raum und schlossen Cirrus zusammen mit Althor ein.

»Da bist du also wieder«, begrüßte Althor sie.

Sie biss sich auf die Lippe. Hasste er sie jetzt dafür, dass sie die Existenz von Jaibriol Qox preisgegeben hatte?

Mit der Handfläche klopfte er auf die Pritsche. »Komm, setz dich zu mir!«

Dass er mit so sanfter Stimme sprach, erleichterte sie; sie trat zu ihm und setzte sich auf die Pritsche. Obwohl er offensichtlich immer noch unter dem Einfluss von Betäubungsmitteln stand, wirkte er doch klarer als beim letzten Mal. »Fühlst du dich besser?«, fragte Cirrus.

»Wieso?«

»Letztes Mal warst du unglücklich.«

Er fuhr sich mit der Hand durch das Haar. »Daran kann ich mich nicht erinnern.«

Ich habe versucht, ihnen nichts zu erzählen, dachte sie. Über Jaibriol Qox.

Seine Miene wurde sanfter. **Ich weiß. Das habe ich von der Kaiserin aufgefangen.** Er griff nach ihrer Hand. **Es tut mir Leid, wenn sie dir deswegen wehgetan haben.**

Sie versuchte nicht an ihren Sohn zu denken, den sie niemals wiedersehen würde. Alles in Ordnung. Wenigstens lenkte es sie ab, in Althors Nähe zu sein. Sie streichelte die goldene Haut seines bloßen Armes; die Ärmel seiner Gefangenenkleidung waren sehr kurz.

Er umschloss ihre Hand mit der seinen. »Was haben sie mit dir gemacht?«

»Mit mir gemacht?«

»Das sind nicht nur Rhon-Pheromone. Das spüre ich ganz deutlich.«

Ihr schoss das Blut ins Gesicht. »Es tut mir Leid.«

»Warum? *Die* sind es doch, die sich bei dir entschuldigen müssten.« Er ließ ihre Hand los und strich ihr über das Haar, vom Scheitel bis zu ihren Schultern hinunter. »Die sollten vor dir auf den Knien liegen und dich um Verzeihung bitten!«

Cirrus legte ihren Arm um seine Taille und fühlte durch den Stoff des Hemdes seine Muskeln. Sie rieb ihre Wange an seiner Schulter und blickte dann zu ihm auf. Er beobachtete sie, leckte sich dann über die trockenen Lippen und neigte den Kopf. Während sie sich küssten, streifte er ihr den Morgenmantel ab.

Cirrus flüsterte ihm ins Ohr: »Du bist so wunderbar!«

»Wohl kaum.«

»Ich liebe dich.«

Althor seufzte. »Ach, schönes Mädchen, du liebst mich nicht!« Er strich ihr über das Rückgrat, von der Taille bis zum Nacken. »Die haben dich dazu gebracht, dich so zu fühlen. Im Augenblick würdest du dich auch in eine Schnecke verlieben, die gerade unter einem Stein hervorkriecht.«

Sie lächelte ihn an. »Du bist keine Schnecke.«

»Ich bin eine leere Hülle ohne Erinnerungen.«

»Du bist wunderschön.« Sie zupfte an seinem Hemd, wollte es öffnen. Er half ihr und zog sich aus, während sie begann, seinen Körper zu erforschen. Dann legten sie sich auf die Pritsche, ihre Glieder verschlungen, wie eins.

Das was Althor tat, war eigentlich nichts anderes als das, was auch Hightons taten, wenn sie nicht gerade transzendierten. Nur dass sie Althor mochte. Er war so sanft, wie sie es noch nie zuvor erlebt hatte. Und doch versuchte sie, irgendwohin zu gelangen, sie wusste nicht genau wohin, und sie kam und kam dort nicht an.

Schließlich erreichte er den Höhepunkt und blieb dann reglos auf ihr liegen; sie spürte sein Gewicht, während sie hörte, wie sein Atem ruhiger wurde. Obwohl sie wusste, dass er bald würde schlafen wollen, drückte sie sich an ihn. Er strich mit den Lippen über die ihren, dann ließ er sich zur Seite rutschen und streichelte sie zwischen den Beinen, versuchte nun ihr zu helfen, ihren Höhepunkt zu erreichen. Aber auch das wollte nicht gelingen. Vor Enttäuschung hätte sie schreien können.

»Die haben dir Damzarin gegeben, nicht wahr?«, fragte er.

»Was?« Sie öffnete die Augen und sah ihn nur durch einen Nebel aus Begehren und Tränen.

»Ein Reizunterdrücker.«

»Ja.« Sie mühte sich, ihre Atmung wieder unter Kontrolle zu bringen. »Was ist das? Warum haben die das gemacht?«

Leise stieß er einen Fluch aus. »Aus Grausamkeit. Damzarin blockiert die Rezeptoren im Gehirn, die für die Empfindung des Orgasmus zuständig sind. Du bist sexuell erregbar, aber du kannst nicht kommen.«

Sie legte ihre Hände um die seinen, verstand nicht, wollte einfach nur seine Hand halten.

Er legte ihr die andere Handfläche auf die Stirn. »Du hast Fieber!«

»Mir ist heiß«, bestätigte sie.

»Haben sie dir Kerradonna gegeben?«

»Ich glaube schon. Was ist das?«

»Ein Gift.«

Gift? »Habe ich etwas falsch gemacht?«

»Alle Götter, nein!« Er küsste sie, fuhr mit der Zungenspitze über ihre geschwollenen Lippen. »Du bist ein Engel.«

»Warum sollten sie mich dann vergiften wollen?«

»Bei niedriger Dosierung ist Kerradonna ein Aphrodisiakum.«

»Ein was?«

»Es sorgt dafür, dass du mich lieben willst.«

»Das tue ich doch.«

Er legte den Kopf neben den ihren. »Warum ist es denen so wichtig, dass wir miteinander schlafen?«

»Ich bin deine Belohnung. Dafür dass du mit ihnen zusammengearbeitet hast. Beim letzten Mal war ich nicht enthusiastisch genug. Also haben sie dafür gesorgt, dass ich diesmal besser bin.«

»Du warst wunderbar beim letzten Mal.« Sein Gesicht wurde sanfter, und er zog sie an sich, legte seine Lippen an die ihren.

Beim zweiten Mal gingen sie langsamer vor. Sie spürte in ihrem Denken und Fühlen, dass er versuchte, ihr zu helfen, den Höhepunkt zu erreichen. Aber sie konnte es nicht. Schließlich stöhnte er auf und gab sich seinem eigenen Orgasmus hin; diesmal war er noch stärker als beim ersten Mal. Als sie begriff, dass er fertig war, hatten die Drogen sie so aufgeputscht, dass sie weinte, zum Teil vor Wut auf Vitrex, zum Teil aus Enttäuschung. Althor hielt sie in den Armen, flüsterte ihr Trost zu, bis sie sich wieder beruhigte. Seine Umarmung entspannte sich, und sie spürte, wie er in Schlaf sank.

Sie war zu unruhig, um einschlafen zu können, und beobachtete ihn; beinahe konnte sie sich schon damit zufrieden geben, sich in seiner Güte geborgen fühlen zu dürfen.

Soz schwebte durch den Psiberspace, umgeben von einem schimmernden Gitternetz. Während sie langsam erwachte, begriff sie, dass sie sich unmöglich im Netzwerk befinden konnte. Sie war noch nicht einmal an den Sessel hier im Ruhe-Raum angeschlossen.

Das Licht der Sterne durchströmte den Raum. Soz' Nacken schmerzte, im Schlaf hatte sie den Kopf in einem ungünstigen Winkel gehalten. Sie fuhr sich mit der Hand durch die Haare und versuchte richtig wach zu werden. Zu viele Tage mit zu wenig Schlaf hatten sie erschöpft. Beinahe konnte sie fühlen, wie die Meds in ihrem Körper sich anstrengten, der Erschöpfung entgegenzuwirken, und Moleküle zusammensetzten, die Energie lieferten.

»Soz?« Die Stimme kam von irgendwo hinter ihr.

Soz zuckte zusammen und wirbelte herum. Im Innern des Raumes stand Dehya.

Ihre Tante trat auf den Sessel zu. »Es tut mir Leid, dass ich dich geweckt habe.«

»Wie bist du hier hereingekommen?« Soz rieb sich die Augen. »Ich habe nicht gehört, wie sich die Tür geöffnet hat.«

»Du hast geschlafen.«

»Nur gedöst. Die Tür hätte ich gehört.«

Dehya lehnte sich gegen die Konsole vor ihr. »Taquinil und ich haben unsere Arbeit an dem Problem abgeschlossen, wie die Flotte zusammengezogen werden kann.«

Soz kniff die Augen zusammen und versuchte, sich ganz auf ihr Gegenüber zu konzentrieren. Aus irgendeinem Grund erschien ihr der Körper ihrer Tante unscharf. »Ihr habt eine Lösung gefunden?«

»Viele sogar, einige sehr umständlich, andere sind ein wenig eleganter. Wir haben Tahota die am wenigstens schwerfällige vorgelegt.« Dehya zuckte mit den Schultern. »Die Umsetzung einer jeden dieser Lösungen wird zahlreiche Tel-Vers erfordern, die zusammenarbeiten und so viele simultan gekoppelte Gleichungen auflösen, wie die Flotte Schiffe aufweist. Aber es müsste funktionieren. Theoretisch.«

»Theoretisch.«

Dehya spreizte die Finger. »Ich bin nun einmal Theoretikern. Die technische Umsetzung muss ich anderen überlassen.«

»Professorin Rasmuss sagt, dass du mit den Phasenbeziehungen im Kleinschen Raum Recht hattest. Wenn wir es irgendwie schaffen können, das größere Feld mit dem kleineren phasengleich zu halten, müsste dadurch das Problem gelöst sein.«

»Das hoffe ich.«

Soz rieb sich ihren schmerzenden Nacken. »Wir werden die Sache durchziehen – Eubia angreifen. Ich weiß noch nicht wann. Aber wir werden es tun!«

Ihre Tante beobachtete sie, und Soz hatte ein unheimliches Gefühl, so, als würde sie beobachten müssen, wie Dehya sich auflöste. Als die Pharaonin wieder sprach, schienen ihre Worte aus weiter Ferne herangeweht zu werden. »Warte nicht zu lange!«

»Warum?«

Dehya atmete hörbar aus. Es war ein sonderbarer Laut, als zöge ein Sturm auf und Wind wehe durch Bäume. »Die Lösungen konvergieren. Aber ich kann nicht allzu viel daraus lesen.«

Mit dem kleinen Finger fuhr Soz sich ins Ohr; sie versuchte, die Schwierigkeiten ihrer Audio-Erweiterungen zu beseitigen, die dafür verantwortlich sein mussten, dass Dehya so sonderbar klang. »Die Lösungen?«

»Meine Vorhersagen.«

»Was sagst du denn vorher?«

»Umbrüche. Aber alles verschwindet im Grundrauschen. Dem Grundrauschen vieler möglicher zukünftiger Geschehen.« Dehya legte den Kopf schief, das Sternenlicht schimmerte in ihren Augen. »Im Augenblick ist die Zukunft formbar. Aber eines kann ich dir dennoch schon sagen: Geh *jetzt* nach Eubia! Warte nicht länger!«

»Wir sind noch nicht so weit.«

»Es hat irgendwie mit Glorie zu tun. Gibt es vielleicht einen anderen Ort, zu dem du musst? Du musst eine Entscheidung treffen. Auf irgendetwas musst du verzichten.« Sie wandte ihren Kopf ab, als betrachte sie etwas, das Soz nicht sehen konnte. »Du musst dich entscheiden.«

»Im Krieg muss man eben immer wieder Entscheidungen treffen«, seufzte Soz.

»Ich habe Eldrin gebeten, zur Erde zu gehen.«

Soz hatte es längst aufgegeben, den Gedankensprüngen

ihrer Tante folgen zu wollen. Dehyas Verstand knüpfte so schnell neue Verbindungen, und das so detailliert, dass all ihre Bemerkungen immer nur die Oberfläche ihrer Gedanken wiederzugeben vermochten. Soz hatte festgestellt, dass, wenn sie einfach so tat, als wüsste sie, worauf Dehya hinauswollte, es ihr im Nachhinein sehr häufig gelang, Verständnislücken zu schließen. Was ihr Bruder gesagt haben musste, konnte sie sich auch so denken. »Er will dich gewiss nicht allein hier lassen.«

Dehya verzog ärgerlich das Gesicht. »Er hat mir gesagt, *ich* sei es, die in Sicherheit gebracht werden müsse, nicht er!«

»Das klingt ganz nach Eldrin.«

»Er ist so stur wie ein eine festgerostete Schraube unbeweglich!«

»Er ist ein Mann, der seine Frau und seinen Sohn liebt. Hast du wirklich geglaubt, er würde ohne dich abreisen?«

»Du versteht mich nicht.« Dehya lehnte sich vor, ihre Worte verschmolzen zu einem Klanggestöber. »Er könnte verletzt werden. Getötet. Oder noch Schlimmeres.«

»Wie das?«

»Ich *weiß* es nicht!« Die Frustration grub tiefe Falten in ihr Gesicht. »Ich sehe immer nur winzige Ausschnitte, nichts als winzige Ausschnitte, eine Million verschiedene Manifestationen der Zukunft, die sich ausbreiten, ausfächern, mein Denken und Fühlen ausfüllen! In der einen ist Eldrin da, in der anderen nicht. Du bist da, dann wieder nicht. Ich existiere, ich höre auf zu existieren.«

Soz sah sie mit zusammengekniffenen Augen an. »Ich glaube, du verbringt zu viel Zeit im Netzwerk.«

»Brich jetzt nach Glorie auf! Warte nicht länger!«

»Wir müssen weitere Vorbereitungen treffen.«

»Eine derartige Chance wirst du nie wieder bekommen.« Dehya wurde durchscheinend, ihr Körper verschmolz mit dem geisterhaften Gitternetz, das jetzt den ganzen Ruhe-Raum ausfüllte. Auch das Zimmer selbst begann sich aufzulösen, nun füllte nur noch das Netzwerk den Raum aus, ein schimmerndes Gitternetz, das durch den Weltraum trieb.

Brich jetzt auf, flüsterte Dehya. Warte nicht länger!

Soz riss die Augen auf und setzte sich ruckartig gerade hin. Sie befand sich im RuheRaum, ihr Nacken schmerzte, weil sie in einer ungünstigen Stellung geschlafen hatte. Sie blickte sich im Zimmer um. Kein geisterhaftes Netzwerk, kein geisterhaftes Meer, keine geisterhafte Dehya.

Der Kommunikator auf ihrer Armlehne summte. Soz rieb sich den Nacken und berührte das aufleuchtende Tastfeld. »Skolia hier.«

»Imperatorin Skolia, hier spricht Admiralin Tahota. Wir haben jetzt die Ergebnisse der Pharaonin und ihres Sohnes bezüglich der Möglichkeiten, die Flotte zusammenzuziehen. Wollt Ihr sie mit mir zusammen durchgehen? Sie haben mir mehrere Möglichkeiten angeboten.«

Soz starrte den Kommunikator an und erinnerte sich an ihren Traum. Zufall? »Ja«, sagte sie. »Wir treffen uns in ...« Sie überprüfte ihr Chronometer-Psicon. »In vierzehn Minuten, um Null Fünfhundert heute Vormittag. Benachrichtigen Sie das Kabinett!«

»Wird gemacht, Herrin.«

»Sehr gut. Ende der Kommunikation.«

Nachdem Soz die Verbindung unterbrochen hatte, starrte sie zu den Sternen hinaus. **Dehya?**

Das Flüstern ihrer Tante füllte Soz' gesamtes Innerstes aus. Brich jetzt auf!

26

Onyx-Plattform glitzerte: dreiundzwanzig Habitate, von kleinen Rädern mit wenigen Tausend Bewohnern bis zu riesenhaften Gebilden, die an zwei aneinander gekoppelte Fässer erinnerten und Platz für mehrere Millionen Menschen boten. Das Ganze erinnerte an eine Ansammlung Juwelen besetzter Blumen; wenn man sich näherte, konnte man erkennen, dass es eine gewaltige Stadt aus Raumstationen war, in denen zahllose Lichter blinkten. Auf scheinbar ›glatten‹ Oberflächen ragten Kräne, Antennen, Hangars und Kontrolltürme auf, die alle näher kommenden Schiffe winzig erscheinen ließen. Und es näherten sich viele Schiffe: Wespen, Kobras, Vipern, Sensen, Leos, Skorpione, Klappmesser, Sternbrecher, Donnerkeile; Jag-Kampfraumer, Nadel-Raumgleiter, Rammbock-Tarnpanzer; Schlepper, Bolzen, Masten, Flöße, Spiere, Klingen, Fäuste. Feuersturm-Schlachtkreuzer ragten hoch neben ihren kleineren Geschwistern auf: eigenständige Großstädte, und doch nur winzige Punkten neben den Habitaten.

Das Dritte Schloss war ein kleines Rad, der Durchmesser betrug einen Viertelkilometer; der Kontrollturm befand sich an der Nabe und ragte senkrecht zum Rad in die Höhe. Aus der Ferne sah es aus, als würde über einer vergoldeten Scheibe ein filigraner Turm aus schimmernder Spitze aufragen. Das Schloss rotierte im Raum, beschützt vom gewaltigsten Militärkomplex, der jemals von der Menschheit errichtet worden war.

Im Jahr 372 des Imperialen Kalenders schickte ein Wachposten, der sich in einem Lichtjahr Entfernung zum Schloss befand, eine Warnung: Eine eubianische Streitkraft im Anflug war entdeckt worden.

Eine große Streitkraft.

Zwei Millionen Schiffe.

Soz marschierte auf den Hangar des Orbiters zu, den goldenen Helm ihres Kampfanzuges unter dem Arm, ihre Jagernaut-Leibwächter vor und hinter sich. Mit seinen langen Beinen hatte Tikal keine Schwierigkeiten, mit ihr auf einer Höhe zu bleiben. Und der schnelle Schritt minderte auch nicht seinen Zorn.

»Damit das ein für alle Mal klar ist«, betonte er gerade, »das IRK untersteht ziviler Kontrolle! Es ist mir völlig egal, wer da alles anderer Ansicht sein mag! Ich bin Euch gegenüber weisungsbefugt, Imperatorin Skolia! Und ich verbiete es Euch!«

Soz blieb abrupt stehen, Tikal und ihre Jagernauts taten es ihr gleich. »Und wie wollen Sie mich hier behalten?«

Tikal warf den Jagernauts einen Blick zu. »Bringen Sie Imperatorin Skolia zu ihrem Haus im Tal! Dort wird sie bleiben, bis die Vierte Staffel der Pharaonenarmee den Orbiter verlassen hat!«

»Ich fürchte, das kann ich nicht tun, Herr«, erwiderte der erste Jagernaut.

»Negativ, Herr«, schloss sich der zweite an.

»Was sagt Ihnen das Wort ›Kriegsgericht‹?« Tikal gab ihnen einen Augenblick Zeit, über diese Frage nachzudenken. Dann fuhr er fort: »Vielleicht habe ich mich nicht deutlich genug ausgedrückt: Sie haben die Anweisung, die Imperatorin in ihrem Haus festzuhalten, bis die Vierte Staffel diesen Stützpunkt verlassen hat.«

Soz sah die Jagernauts an. Sie wusste, wie viel sie von ihnen verlangte: Sollte Tikal wirklich Anklage erheben, war die militärische Karriere dieser beiden schlagartig beendet. Die Frage, wer wirklich Skolia regierte, hatte lange Zeit das Verhältnis ihrer Familie zur Versammlung belastet, und deswegen auch den ganzen Rest des Imperialats.

»Es tut mir Leid, Herr«, sagte der erste.

»Ich kann diesem Befehl nicht Folge leisten«, sagte der zweite.

Tikal sah die beiden scharf an. Dann wandte er sich wieder

Soz zu. »Ihr werdet diesen Stützpunkt ohne meine ausdrückliche Genehmigung nicht verlassen!«

»Barcala, ich *muss* das tun!«

»Wieso? Ihr könnt fast alles vom Lageraum aus überwachen.«

Soz schüttelte den Kopf. »Ich kann nur auf Netzwerk-Knoten zugreifen. Das schließt kaum ›alles‹ ein. Und was, wenn irgendetwas mit den Netzwerk-Links passiert?«

»Wir dürfen Euer Leben nicht riskieren!« Er stieß einen frustrierten Laut aus. »Wie kriege ich das nur in Euren gusseisernen Schädel?«

Sie grinste und schlug sich mit der Faust gegen den Kopf. »Das klappt nicht!«

Sein Gesicht blieb starr, nicht einmal die Spur von einem Lächeln. »Habt Ihr jemals davon gehört, dass Kaiserin Viquara ins All aufgebrochen wäre? Die Zeiten, in denen Kriegerköniginnen den Armeen vorausgeritten sind, sind seit fünftausend Jahren vorbei!«

»Was heißt denn hier ›den Armeen vorausgeritten‹? Ich werde mich im Inneren der Asteroidenwaffenplattform aufhalten, weit hinter der Strahlenflotte. Und meine Offiziere sind noch versessener auf meine Sicherheit bedacht als ihr alle hier!«

»Hier seid Ihr sicherer!«

»Hier halten sich zwei Mitglieder der Triade auf. Das ist nicht ›sicher‹. Wir müssen uns aufteilen.«

»Dann geht nach Parthonia.«

»Ich werde auf dem Asteroiden gebraucht!«

»Ur Qox hat geglaubt, er wäre in Sicherheit. Das Endergebnis kennt Ihr ja.«

»Er hat einen Fehler gemacht. Er hat Kurj unterschätzt.«

»Und Ihr werdet dabei sterben, dass Ihr Qox' Sohn ausschaltet!«

Wenn du wüsstest, dachte Soz. »Ich bitte Sie, meinem Urteilsvermögen zu vertrauen.«

»Skolia kann es sich nicht leisten, ein Mitglied der Triade zu verlieren.«

»Skolia kann es sich nicht leisten, bei diesem Einsatz zu scheitern.«

»Ihr glaubt, Eure Anwesenheit könnte darüber entscheiden?«

»Ja.«

Er rieb sich die Stirn und presste die Finger gegen die Schläfen. Dann ließ er mit schmerzverzerrtem Gesicht die Hände wieder sinken. »Vor vierzig Jahren habe ich in der Imperialen Flotte gedient. Aber ich bin einfach nicht für den Kriegsdienst gemacht! Ich bin Politiker. Meine Berater sagen mir, Ihr wärt ein militärisches Genie. Sie sagen, wenn Ihr glaubt, wir sollten die Strahlenflotte jetzt nach Glorie schicken, statt noch abzuwarten, dann unterstützen sie Euch in jeglicher Hinsicht. Was bleibt mir denn da übrig? Traue ich meinem eigenen Urteilsvermögen oder dem Euren? Meins schreit geradezu, dass Ihr hier bleiben müsst!«

Leise sagte Soz: »Ich weiß, was ich tue.«

»Ihr seid seit weniger als zwei Jahren Imperatorin. Warum seid Ihr Euch so sicher?«

Sie spreizte die Finger. »Was soll ich Ihnen erzählen? Soll ich auf das alte Klischee zurückgreifen und sagen ›so etwas liegt mir im Blut‹? Als ich sechs Jahre alt war, habe ich zum ersten Mal die anderen Kinder in einer Art Infanterie organisiert. Mit zehn habe ich in meiner Freizeit alles über Militärstrategien gelesen, was ich in die Finger bekommen konnte, obwohl diese Texte allesamt für Erwachsene gedacht waren. Als ich vierzehn war, habe ich, als mein Bruder Althor Heimaturlaub hatte, seinen Zerleger auseinander genommen und wieder zusammengesetzt – und zwar so, dass der Zerleger danach auf mein Denken und Fühlen eingestellt war und nicht mehr auf seines. Ich bin ein Jahr früher als alle anderen auf die DMA geschickt worden und habe das Vier-Jahres-Programm in drei Jahren absolviert. Ich war der jüngste Jagernaut-Sekundär in der Geschichte des IRK, dem jemals dieser Dienstgrad verliehen wurde. Soll ich weitermachen? Fragen Sie mich nicht, warum ich mir so sicher bin! Ich bin's einfach!«

Lange Zeit sah er sie nur nachdenklich an. Schließlich seufzte er auf. »Das wird mir noch Leid tun.«

»Wird es nicht!« Sie setzte sich wieder in Bewegung und hielt schnurstracks auf den Hangar zu.

»Soz«, hielt Tikal sie zurück.

Sie blieb stehen und wandte sich um. Dort auf dem Korridor stand Tikal, seine hagere, fast schlaksige Gestalt zeichnete sich klar vor den schimmernden Wänden ab.

»Viel Glück«, sagte er nur.

Sie lächelte ihm zu. »Danke.« Dann ging sie weiter und machte sich zügigen Schrittes daran, vor die Pharaonenarmee zu treten.

Schneidend drang die Stimme von Starjack Tahota durch ihr Büro. »Wie viele Wachposten haben vom Anflug dieser Flotte bis jetzt etwas mitbekommen?«

»Uns liegen bisher die Berichte von siebenunddreißig Wachposten vor«, antwortete Fregattenkapitän Raines. »Alle besagen das Gleiche: Die anrückende Flotte besteht aus etwa zwei Millionen Schiffen. Sie formieren sich sphärisch um Onyx-Plattform; diese Sphäre hat einen Durchmesser von etwa fünf Lichtjahren.«

Tahota bellte einen Fluch in das leere Zimmer. Physisch war sie die einzige Person, die sich in ihrem Büro auf *Neu-Metropoli* befand, dem größten Raum-Habitat von Onyx. Doch der ganze Raum war mit Konsolen und Holokabinen angefüllt, aus denen ein Gewirr von Stimmen und Bildern drang. Manche Displays zeigten Onyx, andere die Händler-Flotte, die aus dem Superluminalraum trat und sich formierte, wieder andere ihren Stab, der sich gerade in Besprechungen mit Simulacra ihrer Vorgesetzten befanden. Alle lieferten ihre Berichte als IR-Signale ab. Tahotas Spinal-Knoten analysierten die Daten und antworteten entweder sofort oder speisten die entsprechenden Analysen in eine Prioritätenwarteschlange ein, damit sie später heruntergeladen werden konnten. Mit *dringend* gekennzeichnete Dateien nahm Tahota sofort zur Kenntnis, die anderen ging sie der Reihenfolge der Prioritätenwarteschlange nach durch.

Anders als bei den Jagernauts gab es keinerlei Dienstvorschriften, die Tahota vorschrieben, sich mit einem biomechanischen Netzwerk ausstatten zu lassen. Als Marineoffizierin, die in Jacobs Militär-Institut auf dem Planeten Forshires Hold ausgebildet worden war, verfügte sie über einen tadellosen, sehr konservativen Hintergrund, der den Traditionen des Rubin-Reiches ebenso verpflichtet war wie der modernen Kybernetik. Doch wie die meisten hochrangigen Offiziere des IRK hatte sie sich dafür entschieden, ausgiebige biomechanische Erweiterungen ihres Körpers vornehmen zu lassen. Das war die einzige Möglichkeit, im erforderlichen Maße der gewaltigen Informationsflut Herr zu werden, die zu ihrer Aufgabe gehörte. Nun ging sie in ihrem Büro unruhig auf und ab, geistig schaltete sie zwischen den einzelnen Knoten, ihren eigenen Gedanken, der Warteschlange der Dateien und ihrem Stab hin und her.

Dann blieb sie vor einem Hologramm stehen, das die Sphäre der ERKomm-Schiffe zeigte. »Wie schnell fallen sie in den Normalraum zurück?«

»Zu schnell«, antwortete Fregattenkapitän Raines; seine Stimme erklang aus dem Nichts. »Sie haben nur dreißig Minuten dafür gebraucht, das zusammenzuziehen und in Formation zu bringen, wovon wir annehmen, dass es zehn Prozent ihrer Flotte darstellt.«

Tahota stieß einen erstaunten Pfiff aus. Bei zwei Millionen Schiffen hätte die Flotte sich eigentlich in gewaltigem Maße sowohl über den Raum als auch über die Zeit verteilen müssen. Um sich so schnell wieder formieren zu können, mussten sie TelVers einsetzen. Ohne ein Psiber-Net konnten sie nur sehr vereinfachte Links aufrechterhalten, aber das war immer noch besser als gar nichts.

»Liegt Ihnen schon eine Antwort aus dem Relings-Sektor vor?«, fragte Tahota dann.

»Sie geben uns zweitausend Schiffe«, antwortete Raines. »Voraussichtliche Ankunft in zwei Stunden.«

»Das ist alles? Zweitausend?«

»Das ist alles.«

Tahota ballte die Hand zur Faust. Sie wusste, wohin der Großteil der Streitkräfte des Relings-Sektors gerade unterwegs war, zusammen mit IRK-Streitkräften aus allen Teilen des Imperialats. In Inversion verborgen, schlichen sie sich gerade auf Glorie zu, eine ganze Wolke von Piraten auf Schleichfahrt, und standen kurz davor, sich unbemerkt wieder zu sammeln – eine getarnte Flotte aus achthunderttausend Schiffen.

Die Händler hingegen unternahmen nicht einmal den Versuch, bei ihrem Angriff gegen Onyx unbemerkt vorzugehen. Mit den technischen Möglichkeiten, über die ERKomm verfügte, gab es auch keinerlei Möglichkeit, eine derartig massive Flotte zu verstecken.

»Fregattenkapitän Raines«, wies Tahota ihren Untergebenen an, »bestätigen Sie unsere Truppenstärke hier bei Onyx. Laut meinen Berichten haben wir hier zweihundertdreiundachtzigtausend Schiffe.«

»Mit der Verstärkung aus den Randgebieten des Riff-Sektors kommen wir auf zweihundertsechsundachtzigtausend.«

»Wie viele sind noch unterwegs?«

Nach einer kurzen Pause meldete er: »Wir werden wahrscheinlich auf über dreihunderttausend kommen, bevor die Händler eintreffen.«

Tahota brauchte sich nicht erst mit ihren zahlreichen Mitarbeitern zu besprechen, um das Offensichtliche auszusprechen. Normalerweise waren an Onyx sechshunderttausend Schiffe stationiert. Wäre die sonst übliche Verstärkung verfügbar gewesen, wäre man auf weit über neunhunderttausend gekommen. Angesichts der überlegenen Technologie und der besseren Kommunikationsmöglichkeiten des IRK hätte man damit eine gute Chance gegen diese ungeheure Flotte gehabt, die sich dort draußen im All formierte. Doch jetzt konnte sich selbst ein Kind die Chancen ausrechnen. Ihre Überlebenschancen lagen niedriger als die Überlebenschance eines Eiskristalls in der Hölle.

Außer dass sich dort draußen im All, verborgen und unbemerkt, eine IRK-Flotte befand, mit deren Hilfe sie schnell auf über eine Million Schiffe kommen konnten – eine Flotte, die über eine Technologie verfügte, von deren Existenz die Händler noch nicht einmal etwas ahnten.

Tahota ging zu einer Konsole hinüber, die etwas abseits von den anderen stand. Sie ließ ihren Handgelenkschoner dort einrasten, und eine Stimme dröhnte: »Identifikation verifiziert. Sonder-Standleitung freigeschaltet.«

»Stellen Sie mich zu Imperatorin Skolia durch!« Und dann sagte Tahota: »Code Eins.«

»Auf gar keinen Fall!« General Stone hieb mit der Faust auf den Tisch. »Wenn wir die Strahlenflotte teilen, werden wir alles verlieren!«

Wie fast alle ›Anwesenden‹ im Strategie-Zimmer, war auch er nur in Form seines Simulacrums dort. Auf diese Weise erzeugte sein Faustschlag keinen Laut, doch es bedurfte auch keiner physischen Manifestation, um seinem Zorn Glaubwürdigkeit zu verleihen. Der Raum war mit Menschen geradezu überfüllt: General Stone, Generalin Majda, Primär-Tapperhaven, Admiralin Tahota; die Generäle und Admirale, die ›Einsatzleitung‹, ›Planung‹, ›Kommunikation‹, ›Logistik‹, ›Nachrichten‹ und ›Sicherheit‹ darstellten; Stellvertreter, Stabsoffiziere niedrigeren Ranges; TelVers von Onyx, von HQ, von Raylicon und von der Strahlenflotte; und der Innere Kreis der Versammlung. Ebenfalls als Simulacrum ›stand‹ Soz in einer Ecke des Raumes, hinter der Menschenmenge. Auf der anderen Seite des Raumes hatte sich schweigend Tikal, in Fleisch und Blut, einen Platz gesucht; auch er lauschte den anderen.

Majda widersprach Stone mit dröhnender Stimme: »Wenn

wir Onyx da draußen mit nur dreihunderttausend Schiffen allein lassen, wird das Ganze ein einziges Massaker!«

›Logistik‹ ergriff das Wort. »Auf Onyx gibt es so gut wie keine Zivilisten.«

Man konnte Tahotas Gesicht ansehen, dass sie ihre Konzentration nach innen richtete; sie griff auf ihr biomechanisches Netzwerk zu. »Die aktuelle Bevölkerung beträgt 2,2 Milliarden. Etwa 4,9 Prozent davon sind Zivilisten.« Jetzt richtete sie ihre Aufmerksamkeit wieder nach außen. »Das sind dann 108 Millionen, einschließlich 1086 Kinder unter sechzehn Jahren.«

›Innenpolitik‹ starrte sie an. »Was zur Hölle machen denn Kinder auf den Waffenplattformen?«

Irgendjemand murmelte: »Versuchen Sie doch mal, zwei Milliarden Menschen irgendwo zusammenzupferchen und dann dafür zu sorgen, dass dabei keine Kinder in die Welt gesetzt werden!«

Fast gleichzeitig sagte Stone: »Kann man sie ausfliegen lassen?«

Tahota schüttelte den Kopf. »Wir haben ERKomm darum gebeten, die Kinder evakuieren zu lassen. Das wurde abgelehnt. Sie haben jedes Köderschiff zerschossen, mit dem wir sie ablenken wollten.«

»Dann schicken Sie invertierte Schiffe«, schlug Brent Tapperhaven vor. »ERKomm kann ja nicht jedes einzelne Schiff extrahieren.«

»Dabei waren sie bisher aber verdammt erfolgreich!«, gab Tahota ihm zur Antwort. »Die haben TelVers auf diesen Schiffen. Richtig viele TelVers!«

Irgendjemand stieß einen Fluch aus. Jemand anders fragte: »Wie lange sind die jetzt schon damit beschäftigt, diese Sphären-Formation aufzubauen?«

»Seit 2.3 Stunden«, erklärte Tahota. »Wir rechen damit, dass sie in weiteren 2.8 Stunden bereit sein werden, die Sphäre kollabieren zu lassen.«

Jetzt ergriff ›Einsatzleitung‹ das Wort. »Selbst mit TelVers können sie eine Sphäre mit einem Durchmesser von fünf Lichtjahren nicht mit vollständiger Präzision kollabieren lassen. Sie müssen invertieren, dann ihre Flotte die zweieinhalb Lichtjahre bis nach Onyx zurücklegen lassen und sich dann wieder neu formieren. Die Flotte wird sowohl über den Raum als auch über die Zeit verteilt sein.«

Ein Offizier aus Tahotas Stab meldete sich zu Wort. »Ob sie nun genügend Kohärenz aufrechterhalten können oder nicht, uns im Inneren dieser Sphäre gefangen zu halten, hängt davon ab, wie viel sie über unsere peripheren Verteidigungssysteme wissen.« Er machte eine Pause. »Althor Valdoria war derjenige, der für die Errichtung dieser Verteidigungssysteme gesamtverantwortlich war.«

Diese Aussage wurde schweigend aufgenommen.

Schließlich meinte Brent Tapperhaven: »Der Verstand von Fregattenkapitän Valdoria ist abgesichert. ERKomm wird festgestellt haben, dass er keine leicht zugängliche Informationsquelle ist.«

Soz kannte die Stärke ihres Bruders. Wenn es irgendjemanden gab, der einem Verhör widerstehen konnte, dann war das Althor. Aber *zwei Jahre lang?* Selbst der stärkste Mensch des Universums, mit den besten vorstellbaren biomechanischen Verteidigungssystemen, konnte nicht so lange durchhalten!

Sie sprach mit leiser Stimme, weil es sie anwiderte, es aussprechen zu müssen – weil es sie anwiderte, was sie damit über die letzten zwei Jahre der Gefangenschaft ihres Bruders aussagte. »Wir müssen davon ausgehen, dass die Sicherheit der Onyx-Peripherie kompromittiert wurde.«

Obwohl Tahota nickte, spürte Soz ihre Anspannung, und sie sah sie auch auf den Gesichtern aller anderen Anwesenden am Tisch. Ihr Bruder wurde von allen Truppengattungen des IRK geachtet. Niemand wollte sich vorstellen, wie er die letzten beiden Jahre verbracht haben musste.

Ein Offizier der Marine meldete sich zu Wort. »Diese Sphäre, die sie da zusammenziehen – das ist doch nur Show! Die wollen uns demoralisieren!«

»Klappt ja auch ganz prächtig!«, kommentierte jemand.

Generalin Majda mischte sich ein. »Wenn wir nicht die Strahlenflotte nach Onyx umleiten, werden wir das Dritte Schloss verlieren. ERKomm verfügt schon über einen potenziellen Schlüssel. Und sie versuchen bereits, TelVers einzusetzen. Wenn wir denen ein Schloss bieten, werden sie ein eigenes Netzwerk aufbauen. Es ist besser, den Angriff auf Glorie aufzugeben, als das Risiko einzugehen, alles zu verlieren.«

Dayamar Stone beugte sich vor. »Wenn wir weiterhin konservativ vorgehen, werden wir die einzige Chance verstreichen lassen, Eubia ein für alle Mal zu brechen. Die entscheidendsten Knotenpunkte von ERKomm liegen im Platin-Sektor rings um Glorie verteilt. Wenn die so viele Schiffe aus ihrer Abwehr abgezogen haben, dann haben wir eine umso größere Chance, mit der Strahlenflotte dorthin vorrücken zu können. Die wissen noch nicht einmal, *dass* wir überhaupt kommen. Eine solche Chance erhalten wir niemals wieder!«

»Onyx-Plattform ist unser entscheidender Knotenpunkt«, erklärte ›Kommunikation‹. »Wenn wir den verlieren, wird das ganze IRK lahm gelegt.«

»Wenn wir ERKomm brechen können«, fügte ›Recht‹ hinzu, »können wir alle Gefangenen zurückholen, die sie bei Onyx gemacht haben mögen.«

»Es ist sehr gut möglich, dass es keine Gefangenen geben wird, die wir zurückholen könnten«, gab Tahota zu bedenken.

Jetzt ergriff Admiral Casestar das Wort. »Wurden Sie bezüglich der Kapitulationsbedingungen kontaktiert?«

Tahota nickte. »Sie wollen das Schloss, die Raum-Habitate, mich selbst, meine leitenden Offiziere und alle Schiffe, die sich auf Onyx befinden.«

Irgendjemand stieß einen Fluch aus, jemand anders sagte: »Das ist ungeheuerlich!«, und Stone kommentierte trocken: »Starjack, du kannst nicht kapitulieren! Du weißt, was sie dir antun würden!«

»Wenn wir die Strahlenflotte nach Onyx umleiten«, erläuterte Tapperhaven, »werden wir das Schloss retten und Althor Valdoria verlieren. Dann hat ERKomm einen Schlüssel, aber kein Schloss. Wenn wir nach Glorie vorrücken, haben wir eine Chance, Valdoria zu retten, werden aber das Schloss verlieren.«

»Wir können das Schloss sprengen«, schlug Tahota vor.

»Wir verfügen nicht über die Technologie, es wieder aufzubauen«, warf ›Logistik‹ ein.

»Wenn wir das Schloss verlieren, dann werden wir die Triade verlieren«, betonte ›Einsatzleitung‹.

»Wir verfügen über zwei weitere Schlösser«, gab Tapperhaven zu bedenken. »Selbst mit einem einzigen könnte die Triade arbeiten.«

»Wie ›arbeiten‹?«, wollte Majda wissen. »Mit letzter Kraft?!«

Soz ergriff das Wort, und auf einmal wurde es still im ganzen Raum. »Sprengen Sie das Schloss nicht, solange sie noch eine andere Chance haben!« Sie blickte Tahota an. »Wir können mit zwei Schlössern überleben, aber es würde schwierig werden. Wenn ERKomm nicht über einen Schlüssel verfügt, ist es kaum notwendig, das Schloss zu zerstören, um zu verhindern, dass es ihnen in die Hände fällt. Wenn keine andere Möglichkeit besteht, zu verhindern, dass ERKomm sowohl Schloss als auch Schlüssel in Händen hat, dann sprengen Sie das Schloss!«

Tahota nickte. »Verstanden.«

»Was wir benötigen«, bemerkte ›Einsatzleitung‹, »ist eine alternative Strategie.«

»Teilen wir die Strahlenflotte!«, schlug ›Planung‹ vor.

»Nein!«, donnerte Stone. »Wenn wir die Flotte teilen, werden wir alles verlieren!«

»Das wissen Sie nicht mit Sicherheit«, gab Majda zu bedenken. »Und wir erhalten so eine Chance, an beiden Fronten eine Katastrophe zu verhindern.«

Jetzt gab Tahota ihre Einschätzung der Lage ab. »Wir haben Extrapolationen durchgeführt. Wenn nicht ein Großteil der Flotte zu Onyx umgeleitet wird, wird es nicht ausreichen.«

Aus dem Nichts erklang eine Männerstimme – eine Stimme, der etwas Entrücktes anhaftete, sie wirkte fast übersinnlich. »Auch wir führen Extrapolationen durch. Angesichts der Tatsache, dass derart viele ERKomm-Schiffe aus dem Platin-Sektor abgezogen wurden, prognostizieren wir eine Wahrscheinlichkeit von dreiundsechzig bis einundachtzig Prozent, dass die Strahlenflotte erfolgreich sein wird – vorausgesetzt, sie geht mit voller Truppenstärke vor. Bereits eine geringfügige Verkleinerung der Streitkräfte lässt diese Zahlen ins Bodenlose fallen. Wird die Flotte halbiert, werden sowohl die Bemühungen bei Onyx als auch bei Glorie eine Erfolgswahrscheinlichkeit von weniger als fünf Prozent haben.«

»Wer zur Hölle ist das überhaupt?«, fragte irgendjemand.

Taquinil?, dachte Soz. **Identifizier dich!**

»Ich bin Taquinil Selei«, sagte er. »Der Schlüssel Zur Versammlung und ich stellen gerade Berechnungen an.«

»Wenn die Pharaonin und Fürst Taquinil Recht haben«, meinte Stone, »dann würden wir uns, wenn wir die Flotte tatsächlich teilten, in eine Situation begeben, in der wir nur verlieren können!«

›Sicherheit‹ wandte sich an Tahota. »Was besagen die Kapitulationsbedingungen über die Besatzung von Onyx?«

Tahotas Stimme verhärtete sich. »Sie würden durch ERKomm ›beschlagnahmt‹, anschließend würden ihnen ›Arbeitsverträge zugewiesen‹.«

Dayamar Stone blickte sie finster an. »Mit anderen Worten: ›Als Sklaven verkauft‹.«

»Das wäre noch milde«, entgegnete Tahota. »Nur ›verwertbares Material‹ soll weiterverwendet werden.«

»Was zur Hölle soll das denn bedeuten?«, fragte Majda.

›Nachrichten‹ ergriff das Wort. »ERKomm wird einen Großteil der Besatzung von Onyx exekutieren. Sklaven werden sie nur aus bestimmten Gruppen nehmen – Menschen, die leicht zu kontrollieren sind, Menschen, die eine hohe Kyle-Einstufung aufweisen, die zu verhören lohnenswert scheint, oder die sexuell attraktiv sind. Was der Feind definitiv nicht will, ist ein großer Zustrom von IRK-Mitarbeitern für den Genpool ihrer Sklaven.«

»Wir sprechen hier also von einem Massaker!«, fasste ›Kommunikation‹ entsetzt zusammen.

Tahota beugte sich vor. »Auf gar keinen Fall, nicht bei allen zehn Höllen der Entschwundenen See werde ich zulassen, dass meine Leute ein derartiges Schicksal erleiden müssen! Wir haben diesbezüglich ausgiebige Kommunikationen über das Intranet von Onyx geführt. Aus allen Sektoren heißt es einstimmig: Keine Kapitulation!«

»Da ist es doch viel besser, so viel Schaden anzurichten wie irgend möglich«, kommentierte ›Einsatzleitung‹. »Die Händler haben einen Großteil ihrer Ressourcen in diesen Angriff investiert. Auf diese Weise könnten Sie ERKomm lahm legen.«

»Wenn wir aus unseren Angriffen Selbstmordangriffe machen«, schlug Tahota vor, »könnten wir vermutlich für jedes IRK-Schiff, das dabei zerstört wird, drei ERKomm-Schiffe ausschalten. Das wäre fast eine Million. Ihre halbe Streitmacht.«

Soz wollte nicht, dass ihre Streitkräfte sich in eine Flotte Selbstmörderpiloten verwandelte. »Es muss einen anderen Weg geben!«

»Die Flotte nach Onyx umleiten«, sagte Majda.

»Dann gewinnen wir die Schlacht und verlieren den Krieg«, war Tapperhavens Kommentar. »Wir werden nie wieder eine Chance wie diese bekommen, Glorie anzugreifen. Verdammt noch mal, das ist unsere Chance, den ganzen *Krieg* ein für alle Mal zu beenden!«

»Und zu welchem Preis?«, verlangte ›Leben‹ zu wissen. »*Zwei Milliarden* Menschen? Wollen Sie *die* opfern? Zu Folter und Tod verurteilen? Denn glauben Sie mir, genau *das* ist es, was passieren wird! Wann haben die Hightons jemals das Kriegsrecht beachtet? Ich war bei den Verhandlungen zur Halstaad-Konvention dabei! Ich weiß, wie Hightons denken!

Für die sind wir keine Menschen, und die Verbandler können meinetwegen in der Hölle verrotten, wenn sie das nicht begreifen! Haben Sie ›*Eubias Aufstieg*‹ gelesen? Das Entsetzlichste daran ist, dass es so gnadenlos effizient ist. Wenn wir ERKomm Onyx überlassen, werden wir keinen von diesen Menschen jemals wiedersehen – die Halstaad-Konvention *interessiert* die doch , Pardon, einen Furz!«

Majda schlug mit der Faust auf den Tisch. »Dann *leiten Sie die Strahlenflotte um*!«

»Wenn Sie das tun«, rief Tapperhaven mit einer Stimme wie Donnerhall, »dann verurteilen Sie uns zu einem Krieg, der weit mehr als nur zwei Milliarden das Leben kosten wird!«

Ein fast unhörbares Klingeln war aus dem Palmtop zu vernehmen, den Soz in der Hand hielt. Sie öffnete ihn, und auf dem Schirm in ihrer Handfläche sah sie das Gesicht von Barcala Tikal. Darunter bewegten sich als Laufschrift drei Wörter: Code-Eins-Konferenz?

Soz verstand. Er bot Rat. Keine Anweisungen oder Befehle diesmal. Das Machtspielchen zwischen der Versammlung und der Rubin-Dynastie kannte fast keine Regeln; wo die Verfügungsgewalt des einen aufhörte und die des anderen anfing, blieb weiter strittig. Doch hier und jetzt waren die Grenzen klar abgesteckt. Code Eins. Invasion. In einer derartigen Situation oblagen alle militärischen Entscheidungen dem Imperator, dem amtierenden Kommandanten sämtlicher Streitkräfte des IRK. Hier konnte die Versammlung ihr nicht die Hände binden.

Und Soz, die Imperatorin, die Kommandantin der Streitkräfte, konnte die Entscheidung auch nicht jemand anderem übertragen.

Sie antwortete über einen ihrer Spinal-Knoten, der die Nachricht über IR an ein gesichertes Pico-Netzwerk übertrug, das in die Wände des Strategie-Zimmers eingelassen war. Das Pico-Netzwerk schickte die Nachricht weiter zu dem Wandabschnitt, der Tikal am nächsten war, und sendete ein kurzes Signal an dessen Palmtop, der herunterlud, was für die Augen seines Besitzers gedacht war. Es war besser das Pico-Netzwerk in Anspruch zu nehmen, statt die Information quer durch den Raum zu senden, weil Signale auf diese Weise deutlich schwerer abzufangen waren.

Was denken Sie?, fragte sie, über ihren Computer.

Leitet die Flotte nach Onyx um, gab er zur Antwort.

Und Glorie?

Führt diese Schlacht an einem anderen Tag.

Das ist vielleicht unsere einzige Chance.

Nach einer langen Pause schrieb er: Ich weiß.

Sie sahen einander an, während ihre Berater sich weiter stritten. Dann fügte Tikal hinzu: Ich beneide Euch nicht um diese Entscheidung.

Soz saß allein in der Dunkelheit. Rings um sie, in den Hangars, Sälen und Zimmern, auf einem Deck nach dem anderen, führte die Mannschaft des Schlachtkreuzers *Rocas Stolz* ihre Anweisungen aus. Sie hatte das Schiff nicht verlassen; die ganze Konferenz über hatte sie hier in diesem Sessel neben dem Konsolentisch gesessen.

Nun aber saß sie allein in der Dunkelheit.

Du musst eine Entscheidung fällen, hatte Dehya gesagt. Soz erinnerte sich sehr wohl an die Antwort, die sie ihrer Tante gegeben hatte. *Im Krieg muss man eben immer wieder Entscheidungen treffen.* So redegewandt. So oberflächlich. So dumm. Sie hatte ja keine Ahnung gehabt, was Dehya gemeint hatte.

Zwei Milliarden Menschen.

Onyx oder Glorie.

Zwei Milliarden Menschen verlieren und den Krieg gewinnen; zwei Milliarden Menschen retten und dann noch wie viele Leben im Laufe der Jahrhunderte verlieren? Das Schloss verlieren und den Schlüssel retten; den Schlüssel verlieren und das Schloss retten. Glorie brechen und Onyx verlieren; Onyx retten und Glorie verschonen.

Und es war noch viel schlimmer, als sie alle wissen konnten: ERKomm hatte nicht nur einen Schlüssel, ERKomm hatte zwei. Nur Althor zu retten war nicht genug; sie mussten auch Jaibriol dort herausholen.

In 1.8 Stunden würde ERKomm gegen Onyx anstürmen. Falls sie die Strahlenflotte tatsächlich umleiten wollte, musste sie mit der Re-Koordination so bald wie möglich beginnen.

Ein Signalton war in der Dunkelheit zu hören. Soz berührte den Kommunikator auf der Armlehne ihres Sessels. »Skolia hier.«

»Imperatorin Skolia, hier spricht Admiral Barzun auf der Brücke. Wir haben eine Übertragung von Admiral Casestar auf dem Orbiter.«

»Können Sie sich darum kümmern?«

»Er stellt Euch eine Primär-Kommunikation von der Erde durch.«

Innerlich spannte Soz sich an. Was konnte denn Anlass für eine Meldung über ihren heißen Draht zum Präsidenten des Planetenverbandes geben? »Stellen Sie es durch!«

»Aus Sicherheitsgründen leiten wir alle Signale verschlüsselt über den Orbiter weiter«, erläuterte Barzun. »Das führt zu einer Verzögerung von drei Sekunden. Präsident Cohen wird mit größter Wahrscheinlichkeit erkennen, dass Ihr Euch nicht auf dem Orbiter aufhaltet.«

»Ich verstehe.«

Auf dem Tisch vor ihr wurde ein Schirm ausgefahren. Während Soz das Licht einschaltete, wurde der dunkle Schirm langsam klarer und zeigte einen gut aussehenden Mann, dessen lockiges Haar an den Schläfen bereits zu ergrauen begann. Obwohl Soz Cohen nicht so gut kannte wie seine Vorgängerin, hatte sie ihn stets als offen und sympathisch empfunden.

Nach drei Sekunden sagte er: »Ich grüße Euch, Imperatorin Skolia.«

»Ich grüße Sie, Mr President.«

Wieder eine Pause. Dann sagte er. »Wir scheinen ein Problem mit der Verbindung zu haben. Wir haben hier eine Verzögerung von drei Sekunden.«

»Das Problem ist uns bekannt«, entgegnete Soz.

Diesmal dauerte die Pause länger als drei Sekunden. Als offensichtlich wurde, dass sie keine weiteren Informationen geben würde, sagte er: »Euer Vater möchte mich Euch sprechen.«

Ihr *Vater*? Was ging denn nur vor? »Also gut. Geben Sie ihn mir!«

Cohen trat aus dem Bild, und Eldrinson war zu sehen. »Sauscony.«

»Was ist los?«, fragte sie.

Er verschwendete keine Worte. »Das Triaden-Link löst sich auf.«

Soz starrte den Schirm an. Sechs Worte. Das war alles. Sechs Worte. Mit diesen wenigen Worten hatte er gerade eine interstellare Krise beschrieben, wie es sie noch nie zuvor gegeben hatte. Einen Augenblick lang schien sich ihr Denken und Fühlen in einem Limbus zu befinden, in dem diese sechs Worte ohne jegliche Bedeutung waren.

Dann holte die Realität sie wieder ein – ruckartig und schmerzhaft. »Nein«, sagte sie. *Nein.*

»Ich habe keinen Zweifel«, entgegnete er.

Soz ließ auf sich wirken, was das alles zu bedeuten hatte. Wenn das Triaden-Link sich auflöste, würde der Psiberspace implodieren. Das Netzwerk würde zusammenbrechen. Keine Kommunikationen mehr. Keine Möglichkeit, die Strahlenflotte zusammenzuziehen. Keine Möglichkeit, die Besatzung der siebenhundertfünfzigtausend Schiffe im Kleinschen Raum vor dem Wahnsinn zu bewahren.

»Woher weißt du, dass es sich auflöst?«, fragte sie.

»Ich fühle es«, antwortete Eldrinson. »Ich sehe es. Wie ein Geister-Netzwerk.«

»Dehya«, seufzte Soz.

Er nickte. »Du und sie, ihr seid euch zu ähnlich. Das Link kann nicht euer beider Denken und Fühlen stützen. Sie hat es bisher irgendwie zusammengehalten, aber irgendetwas muss bald nachgeben.«

»Wie lange haben wir noch?«

»Einen Tag? Wahrscheinlich weniger.« Seinem Gesicht war die Frustration deutlich anzusehen. »Mich betrifft die Überlappung nicht. Wenn ich mich in ein Schloss einlinken würde, könnte ich die Triade zusammenhalten, zumindest lange genug, um eine Lösung zu finden.«

»Nein!« Soz beugte sich vor. »*Bleib auf der Erde!*« Das Netzwerk zu verlieren würde Skolia zerschmettern, aber Netzwerke konnte man wieder neu errichten. Wenn sie ihre Schlüssel verloren, verloren sie das Netzwerk ein für alle Mal. Und sie würde ihren Vater verlieren.

Nach drei Sekunden sagte er: »Also gut.« Dass er nicht widersprach, trotz der drohenden Gefahr, verriet Soz, dass er begriffen hatte, welche Tragweite die Tatsache hatte, dass es diese Verzögerung von drei Sekunden gab, obwohl er nicht die Ursache kannte.

»Gibt es irgendetwas, das du auf der Erde tun kannst?«, fragte sie. »Selbst nur ein paar Stunden könnten eine ganze Menge ausmachen.«

»Ich werd's versuchen«, versprach er.

»Kannst du mir noch einmal Harry Cohen geben?«

»Hier ist er.« Eldrinson trat zur Seite, und Cohen erschien wieder auf dem Schirm.

»Mr President«, begann Soz und Fuhr fort: »Ich muss mich auf sämtliche Schutzklauseln des Island-Abkommens berufen. Ich bitte die Streitkräfte des Planetenverbandes darum, Lyshriol zu verteidigen. Der größte Teil meiner Familie lebt in der Region Dalvador auf dem Nordkontinent, abgesehen von meinem Bruder Denric, der sich auf dem Planeten Sandsturm aufhält. Sie werden Denric holen und nach Lyshriol bringen müssen. Mein Vater kann Ihnen weitere Informationen geben.«

Cohen nickte. »Wir werden Eure Familie beschützen, Imperatorin Skolia.«

»Könnten Sie mir meinen Vater noch einmal geben?«

»Hier ist er.«

Als Eldrinson wieder erschien, sagte Soz: »Ich habe eine Frage an dich. Die mag dir zwar sonderbar erscheinen, aber die Antwort ist sehr wichtig.«

»Nun, bitte.«

Sie wählte ihre Worte offensichtlich mit Bedacht. »Als Eldrin sechzehn Jahre alt war, ist er zum ersten Mal mit dir in die Schlacht gezogen. Die Armee war zwei Monate fort. Erinnerst du dich daran?«

»Aber ja. Dein Bruder hat sehr viel Mut bewiesen.«

»Als er aufbrach, hat er nur ein Schwert mitgenommen.«

»Das stimmt.«

»Wir hatten Laser-Karabiner und EM-Impuls-Gewehre. Er hat nicht einmal darüber nachgedacht, ob er sie mitnehmen sollte.«

»Das war für ihn eine Frage der Ehre. Er war der Ansicht, solche Waffen gegen Männer einzusetzen, die mit Schwertern bewaffnet sein würden, wäre falsch.«

»Er hat drei Männer getötet«, sagte Soz. »In zwei Monaten.«

Mit ruhiger Stimme sagte ihr Vater: »Gegen einen davon hat er mit bloßen Händen kämpfen müssen. Ich habe auch gesehen, wie er sich geweigert hat, zu töten, wenn es nicht notwendig war.« Er machte eine Pause. »Dein Bruder mochte in seiner Jugend viele Probleme damit gehabt haben, sich an das Leben auf dem Orbiter anzupassen. Aber er ist immer ein Ehrenmann gewesen.«

Soz nickte. Das traf auf alle ihre Brüder zu. »Zwei Jahre später, als Althor sechzehn war, ist er mit dir in die Schlacht geritten.«

Diesmal war die Pause viel länger als drei Sekunden. Dann sagte Eldrinson: »Ja.«

»Mit einem Laser-Karabiner.«

»Ja.«

Leise sagte Soz: »Er hat auf einem Hügel über den Tyroll-

Ebenen gestanden und dreihundertsechzehn Männer in fünf Minuten getötet.«

Die Stimme ihres Vater schien aus lichtjahreweiter Entfernung zu ihr hinüberzudriften. »Und er hat auf diese Weise einen Krieg beendet, der sich ansonsten noch über Jahrzehnte hingezogen hätte und das Leben von noch viel mehr Männern gefordert hätte.«

»Was meinst du – wer von den beiden hat das Richtige getan?«

Er sah sie in einer Art und Weise an, die sie kannte, die sie schon einmal gesehen hatte – an dem Tag der Trauerfeier für ihren Bruder Kelric. Es war der Blick eines Vaters, der die Qual kannte, seine eigenen Kinder zu überleben.

»Ich kann dir diese Frage nicht beantworten«, meinte er schließlich. »Ich weiß nur so viel: Eldrin und Althor haben beide die beste Entscheidung gefällt, die sie fällen konnten.«

»Und was hättest du getan?«

»Ich weiß es nicht.« Schmerz klang in seiner Stimme mit. »Ich kann mir nicht einmal ansatzweise vorstellen, welchem Problem du dich gerade gegenübersiehst, Soshoni. Ich kann dir nur sagen, dass ich immer schon, egal wie unterschiedlicher Ansichten wir auch immer waren, Vertrauen in dein Urteilsvermögen und dein Ehrgefühl hatte.«

Sie musste schlucken. »Und wenn es keine ehrenvolle Möglichkeit gibt?«

»Du wirst die beste Entscheidung treffen, die du treffen kannst.«

Leise sagte sie: »Mögen die Götter dich segnen, Hoshpa.«

Ihm versagte die Stimme. »Dich auch.«

»Leb wohl!«

»Leb wohl, Tochter!«

Sie unterbrachen die Verbindung.

Die Zeit war abgelaufen. Wie immer sie sich entschied, sie musste jetzt handeln, bevor das Netzwerk zusammenbrach.

»Charon, Aufnahme!«, sagte sie. »Bau eine Sonder-Verbindung zu Admiralin Tahota auf Onyx-Plattform auf! Sicherheitskodierungen in 3-11-**S.«**

»Kodierungen verifiziert«, bestätigte der Computer. »Verbindung aufgebaut.«

Über den Schirm auf dem Tisch vor ihr kräuselten sich kleine Wellen, dann sah Soz das Gesicht von Tahota. Die Admiralin saß an einer Konsole, hinter ihr waren verschwommen andere Hologramme zu erkennen. Mit ihren fast zwei Metern Körpergröße und ihrem kräftigen Körperbau sah sie aus wie immer: wie die Reinkarnation einer Rubin-Kriegerkönigin aus der Zeit vor fünftausend Jahren, aus der Vergangenheit von Raylicon.

»Imperatorin Skolia«, nahm sie die Kommunikation entgegen.

Für Soz fühlte es sich an, als sei sie plötzlich in einem viel zu kleinen Raum eingesperrt, in dem kein Laut mehr widerhallte. Ihre Worte bahnten sich nur leise und gedämpft ihren Weg. »Es tut mir Leid, Starjack.«

Es dauerte einen Augenblick, bis die Admiralin antwortete. Dann sagte sie: »Ich verstehe.« Sie atmete tief durch. »Ich werde Euch auf dem Laufenden halten, was die Entwicklung der Lage betrifft.«

»Das wird vielleicht nicht möglich sein«, erklärte Soz. »Wir verlieren das Netzwerk. Das sollte euch innerhalb des Onyx-Komplexes nicht betreffen – eure Habitate sind einander nahe genug, aber wir werden wohl nicht mehr über interstellare Entfernungen kommunizieren können.«

Tahota starrte sie an. »Alle Götter, was geht denn da vor sich?«

»Ich weiß es noch nicht.« Soz sprach sehr ruhig. »Was auch immer passieren mag, ich habe vollstes Vertrauen in Ihre Fähigkeiten und Ihre Entscheidungen.«

Tahota nahm die Worte mit einem Nicken entgegen. »Ich danke Euch.«

Soz machte eine Pause. »Kurj hat mir mal etwas erzählt.«

»Ja?«

»Er hat gesagt, Sie seien seine engste Freundin.«

Die Admiralin atmete hörbar aus. »Ich fühle mich geehrt.«

»Mögen die Götter Sie segnen, Starjack!«

»Euch auch.«

Dann beendeten sie die Verbindung.

Soz fuhr sich mit der Hand durch die Haare. »Charon, gib mir Admiral Barzun!«

»Auf Kanal Drei.« Wieder zogen Wellen über den Schirm; als das Bild sich dann klärte, sah Soz einen Mann mit eisengrauem Haar, einer regelrechten Hakennase und einem kantigen Kinn.

»Imperatorin Skolia«, grüßte Barzun.

»Wir müssen jetzt die Strahlenflotte zusammenziehen«, erklärte Soz. »Das Psiber-Net kollabiert. Wir haben nur noch einen Tag, vielleicht weniger.«

Barzun stieß einen Fluch aus. »Warum kollabiert das Netzwerk?«

»Das Triaden-Link ist nicht stabil.«

»Allmächtige Götter!« Der Admiral starrte sie an. Man sah, dass er innerlich bis fünf zählte, bevor er die Frage stellte: »Gehen wir nach Eubia oder nach Onyx?«

Leise sagte Soz: »Nach Eubia.«

27

Admiralin Starjack Tahota und Fregattenkapitän Claymore Raines schritten Seite an Seite über den Kiesweg in *Neu-Metropoli*. Der Weg ging leicht aufwärts; es war kaum spürbar, dass er nicht ganz horizontal verlief. Zu beiden Seiten des Weges erstreckten sich Rasenflächen, jetzt völlig zertreten; Sternenlicht fiel durch die DichroNetz-Fenster über ihnen. Rings umher liefen Soldaten, Seesäcke über den Schultern.

»Ich erhalte gerade Bestätigungen von den anderen Habitaten«, berichtete Raines ihr. Er hielt sich die Hand ans Ohr, um die Daten eindeutiger aufnehmen zu können, die ihm über den Kommunikator in seiner Sprechgarnitur übermittelt wurden. »Sie sind fast fertig damit, die zu Evakuierenden zu verladen.«

»Gut«, bestätigte Tahota.

Vor ihnen strömten zahllose Leute auf eine der riesigen Fahrstuhl-Säulen zu, die sie zu den Hangars in der Nabe der Raumstation bringen würden. Raines und sie bahnten sich ihren Weg durch die Menge, bis sie vor einem Leutnant standen, der den Verkehr regelte.

»Wie viele Fuhren sind noch geplant?«, fragte Tahota ihn.

»Das hier ist die letzte Gruppe, Herrin«, antwortete der Leutnant.

Tahota nickte. »Gute Arbeit.«

Während Raines und sie sich wieder in Bewegung setzten, strich Tahota sich die Haarsträhnen aus dem Gesicht, die sich aus ihrem Zopf gelöst hatten. Ihre Leute hatten einen Evakuierungsplan entworfen und umgesetzt, hatten mit Hilfe von Computer-Datenbanken entschieden, wer welche Mannschaften und welche Ausrüstung an welchen Ort bringen sollte, bis jedes einzelne Vorgehen durchgeplant war – vom

Lenken der Menschenmassen bis hin zu tausenden kleinster Einzelheiten, die eine weniger gut vorbereitete Truppe leicht hätte übersehen können. Und dennoch wusste sie, dass es sich hierbei um eine reine Verzweiflungstat handelte.

Statt die dreihunderttausend Schiffe, die sich auf Onyx befanden, in die Schlacht oder für Selbstmordmissionen auszustatten, hatte sie jedes verfügbare Schiff so gut es ging mit dem Personal von Onyx voll gestopft. Sobald ERKomm vorrückte, sollte die Evakuierungsflotte aufbrechen. Die Stationen waren jetzt so gut wie leer, eine glitzernde, schimmernde Ansammlung verlassener Inseln im unendlichen Ozean des Alls.

Um die Sphäre ›kollabieren‹ zu lassen, mussten die Händler-Schiffe wieder in den Superluminalraum invertieren, sich dann Onyx nähern, um sich anschließend wieder in sphärischer Form zu formieren, und das nahe genug, um den eigentlichen Angriff durchzuführen. Jegliches fliehende Schiff des IRK würde von ERKomm-TelVers extrahiert werden. Doch Tahota vermutete, dass die meisten dieser TelVers unausgebildete Versorger waren, die sehr davon in Anspruch genommen sein würden, einen gewaltigen Raumabschnitt überwachen zu müssen. Und während des ›Kollabierens‹ musste die Aufgabe noch viel schwieriger sein, vor allem, wenn die Peripherie-Verteidigungsanlagen von Onyx das Störfeuer eröffneten. Ob das die TelVers genug ablenken würde, dass es einigen IRK-Schiffen gelingen konnte, unbemerkt zu entkommen, oder eben nicht, hing einzig und allein davon ab, wie gut ERKomm darauf vorbereitet war, gegen die Verteidigungsanlagen der Onyx-Peripherie vorzugehen.

Tahota wusste nicht, was dort draußen in der Peripherie vor sich ging. Onyx hatte den Psiber-Net-Kontakt mit sämtlichen Vorposten und Stützpunkten verloren. Die vage Hoffnung darauf, dass die Evakuierung erfolgreich verlief, hing von einer einzigen Frage ab: Wie gut hatte Althor Valdoria die Geheimnisse von Onyx bewahren können?

Nachrichten strömten in Tahotas Gedanken ein, fast alle stammten von Freiwilligen, die sich zum Dienst meldeten. Nicht alle waren an Bord der Evakuierungsschiffe gegangen: Einige Hunderttausend blieben zurück, um beim letzten Schlag mitzuhelfen, der jemals von Onyx gegen ERKomm erfolgen würde. Und obwohl sie wussten, welchen Preis sie dafür würden zahlen müssen, hatten sie sich freiwillig gemeldet.

Die Aufklärungs-Kuppel, auf die Tahota und Raines zuhielten, befand sich im Rumpf des Zylinders des riesenhaften, zweigeteilten Habitats, aus dem *Neu-Metropoli* bestand. Sie betraten die Kuppel durch eine Klappe im ›Boden‹ unter ihren Füßen und kletterten eine Leiter zu der Plattform ›hinunter‹. Da die Scheinschwerkraft sich von der Achse des Zylinders aus erstreckte, lag die Aufklärungs-Kuppel ›unter‹ ihnen – eine Kuppel aus DichroNetz-Glas, die sich über einen Teil der Außenhaut der Station erstreckte. Darunter waren zahlreiche Plattformen verteilt, verbunden durch Laufstege und Leitern. Tahota stand oberhalb der durchsichtigen Kuppel und blickte in das All hinaus; sie hatte das Gefühl, als schwebe sie über einem unermesslichen Abgrund.

Als *Neu-Metropoli* sich weiterdrehte, kamen andere Habitate in Tahotas Sichtfeld, darunter auch das Dritte Schloss. Die Stationen waren einander gefährlich nahe, wenn man ihre immense Größe bedachte. Auf Tahotas Befehl hin hatten die Mannschaften sie zusammengezogen, damit sie einen möglichst minimierten Raum einnahmen.

Berichte strömten in ihre Knoten. Innerhalb von nur zwei Stunden waren fast zwei Milliarden Menschen an Bord der Evakuierungsschiffe gegangen – ein Beweis für die Effizienz einer Streitkraft, die durch ein Netzwerk miteinander verbunden war, das jeden einzelnen Aspekt ihres Lebens durchdrang, selbst noch das Denken und Fühlen des Einzelnen, obwohl die meisten gar keine Psioniker waren. Tahota selbst war auf der Kyle-Skala nur auf ›Zwei‹ eingestuft worden; sie besaß zwar eine größere Fähigkeit der Empathie als neunundneunzig von einhundert Menschen, doch das reichte nicht aus, um sie als ›Psionikerin‹ zu bezeichnen. Dennoch gestattete das ausgedehnte biomechanische Netzwerk in ihrem Körper ihr, eine Symbiose mit den optoelektrischen Netzwerken einzugehen, die fast der Telepathie gleichkamen. Doch den Psiberspace konnte sie niemals betreten – ein Faktum, das sie stets bedauert hatte.

Hunderte anderer Menschen drängten sich bereits in der Kuppel, sie standen auf Plattformen und Laufstegen, und viele weitere strömten noch durch andere Falltüren herein. Die Monitore, von denen die Kuppel umringt war, zeigten vergleichbare Szenen aus allen Bereichen von Onyx.

»Es sind so viele!«, meinte Tahota zu Raines, während sie zur Hauptplattform kletterten, die etwa auf halber Höhe der Kuppel lag, ganz in der Nähe der gewölbten Glaswand.

»Auf allen Stationen das Gleiche«, bemerkte er. Er schickte ihr die Kopie einer Datei, die sich bereits in ihrer Prioritätenwarteschlange befand. Insgesamt waren etwa vierhunderttausend Mann zurückgeblieben.

»Alle Götter!«, flüsterte Tahota. »Ich hoffe, das IRK hat genug Medaillen für die alle.«

Aus dem Kommunikator in ihrem Handgelenkschutz ertönte ein Summen. Sie hob den Arm und sagte: »Tahota hier.«

»Admiral, hier spricht Fregattenkapitän Oppendayer vom Schlachtkreuzer *Pharaonenschild*. Wir haben jetzt die letzten Nachzügler an Bord. Alle Evakuierungsschiffe sind startbereit.«

»Gute Arbeit!«, lobte Tahota ihn. »Starten Sie auf meinen Befehl!«

Dann rief die Admiralin eine Datei aus einem ihrer Spinal-Knoten auf, die ständig aktualisiert wurde. Ihr biomechanisches Netzwerk griff auf ihren Sehnerv zu, und vor ihr, in der Luft schwebend, erschien ein durchscheinendes Display. Wenn sie mit dem rechten Auge blinzelte, bewegte sich das Bild nach rechts, auf die Glaswand der Kuppel zu, sodass ihr

Blick auf die Kuppel selbst nicht behindert wurde. Das Bild zeigte die ERKomm-Sphäre, die Onyx umschlossen hielt; zwei Millionen Schiffe, die entlang der Oberfläche einer riesigen Kugel angeordnet waren – insgesamt eine Fläche von fast achtzig Lichtjahren zum Quadrat; durchschnittlich waren die Schiffe jeweils etwa sechzig Milliarden Kilometer voneinander entfernt. Ohne ein Psiber-Net war diese Sphäre viel zu groß, als dass die darin befindlichen Schiffe in Echtzeit hätten kommunizieren können. Ein Lichtsignal würde weit mehr als fünfzig Stunden benötigen, um auch nur den nächsten Nachbarn zu erreichen.

Allerdings überwachten ERKomm-TelVers die Sphäre und hatten bisher jedes einzelne Köder-Schiff abgefangen, das von Onyx aus aufgebrochen war; sie extrahierten diese Schiffe sowohl aus dem Real- wie auch aus dem Superluminalraum. Bald würde ERKomm die Sphäre kollabieren lassen, bis die einzelnen Schiffe nur noch wenige Millionen Kilometer von Onyx entfernt waren, gerade weit genug, dass die Schiffe auf dem letzten Stück des Weges zu den einzelnen Stationen Geschwindigkeit verlieren konnten. Tahota wusste bereits, dass sie dieses Manöver auf sehr viel kleinerem Raum durchführen konnten; auf diese Weise war ERKomm, mit brutalem Erfolg, gegen zahlreiche Außenposten des IRK vorgegangen. Doch etwas Derartiges mit einer Streitkraft von zwei Millionen Schiffen miterleben zu müssen, ließ sogar bei einer erfahrenen Offizierin wie ihr in gewissem Maße den Mut sinken.

Raines lauschte wieder den Informationen aus seinem Ohrstecker-Kommunikator. »Admiral, wir haben jetzt eine Konferenzschaltung zu allen Stationen und allen Schiffen aufgebaut. Wir sind so weit.«

»Gute Arbeit!« Tahota holte tief Luft; sie wusste, das hier war jetzt der Zeitpunkt, an dem sie eine ergreifende Rede halten sollte, die all den Milliarden, die ihre Stimme hörten, Hoffnung schenkte und Mut verlieh. Angesichts ihres sehr eingeschränkten Talents für Rhetorik mussten stattdessen ein paar simple Worte genügen.

Sie ergriff das Wort, und ihre Stimme hallte durch ganz Onyx. »In wenigen Augenblicken werden Sie alle Geschichte schreiben.« Das würde nicht gerade der originellste Satz werden, um eine Rede zu beginnen, aber es musste reichen. »Wir rechnen damit, dass ERKomm die Sphäre innerhalb der nächsten fünf Minuten kollabieren lassen wird. In genau diesem Moment werden die Evakuierungsschiffe starten. Die Götter wissen, wie gerne ich Ihnen versprechen würde, dass Sie alle es schaffen werden! Das kann ich nicht. Aber ich wüsste keine Truppe, die besser dafür ausgebildet wäre und der es deshalb gelingen könnte, eine solche Evakuierung zu einem glücklichen Ende zu bringen außer dieser Truppe hier, keine Truppe, die mutiger oder fähiger wäre!«

Zustimmung rollte Tahota wie Donnergrollen entgegen. Als die Welle der Zustimmung wieder abebbte, fuhr die Admiralin fort: »Wir wissen, dass ERKomm über Quasis-Technologie verfügt, die dem neuesten Stand der Technik entspricht, um damit hohe Beschleunigungskräfte abzuwehren. Deswegen erwarten wir, dass der Anflug auf Onyx nur zehn Minuten dauern wird – vermutlich sogar weniger.« Um die Sphäre in dieser Geschwindigkeit kollabieren zu lassen, mussten die Schiffe mit etwa hunderttausendfacher Lichtgeschwindigkeit fliegen. Diese Geschwindigkeit zu erreichen, stellte nicht das Problem dar, doch die sich dabei ergebenden Beschleunigungskräfte waren wirklich Angst einflößend. »Das bedeutet«, erläuterte sie weiter, »den Evakuierungsschiffen bleiben weniger als zehn Minuten, um hier rauszukommen.«

Tahota holte tief Luft. »All denjenigen, die sich freiwillig gemeldet haben, hier die Stellung zu halten, sollten inzwischen Treibstoffbehälter zugeteilt worden sein. Mit den vierhunderttausend, die hier geblieben sind, haben wir fast jeden einzelnen Behälter auf nahezu allen Stationen abgedeckt. Wir alle wissen, dass ERKomm unsere Selbstzerstörungen verhindern kann, aber wir werden trotzdem versuchen, sie in Gang zu setzen. Das wird der Feind allerdings ebenfalls erwarten.«

Sie warf einen kurzen Blick auf ihr Display. Die Habitate waren noch enger zusammengerückt; das Schloss befand sich dabei am Rand der Gruppierung. »ERKomm will diese Stationen intakt erhalten. Sobald sie in Reichweite sind, werden sie versuchen, unsere optoelektrischen Netzwerke unter Kontrolle zu bringen, um zu verhindern, dass wir irgendetwas sprengen. Nachdem Sie alle, die Sie sich hier zu bleiben entschlossen haben, die Selbstzerstörung ausgelöst haben, müssen Sie zusätzlich einfach jeden einzelnen der Ihnen zugewiesenen Behälter mit einem zweiten Kleinschen Feld umgeben.« Ob das wirklich so ›einfach‹ werden würde, blieb noch abzuwarten. Dieses Vorgehen in einem derart großen Ausmaß zu proben, hatte bisher niemals Bedarf bestanden, gerade angesichts der Tatsache, dass, gab man einen Treibstoffbehälter in einen weiteren Behälter, dieser Treibstoff nicht mehr genutzt werden konnte. Allerdings sorgte die scheinbare Unsinnigkeit, ja geradezu Dummheit, eines derartigen Vorgehens dafür, dass ERKomm keinerlei Grund gehabt haben dürfte, sich Gegenmaßnahmen auszudenken und diese einzuleiten.

»Sie müssen warten, bis das letzte Evakuierungsschiff invertiert hat, bevor Sie die neuen Behälter erzeugen«, fuhr sie fort. »*Auf gar keinen Fall* dürfen Sie damit anfangen, bevor die Evakuierungsschiffe invertieren!« Sie sah ihre Leute an und hob dann die Stimme, bis sie in der Kuppel widerhallte. »Es ist eine große Ehre für mich, mit Ihnen allen, die Sie bereit sind, auf diese Weise Ihre Pflicht zu erfüllen, hier zu sein! Die Gesichte wird sich Ihrer und Ihres Mutes erinnern. Eltern werden ihren Kindern erzählen, wie die Helden von Onyx dem Eubianischen Kaiserreich das Genick gebrochen haben!«

Gedämpfter Beifall brandete auf, aus allen Sektionen von ganz Onyx. Tahota musste schlucken; die Tapferkeit all dieser Männer und Frauen, die sich freiwillig gemeldet hatten, um ihr zu folgen, obwohl sie wussten, welcher Bedrohung sie gegenüberstanden, rührte sie zutiefst. Nicht bei einer einzigen Person bemerkte sie Bedauern oder Reue.

Fregattenkapitän Oppendayer meldete sich über ihren Ohrstecker-Kommunikator. »Admiral, die Händler-Schiffe beschleunigen! Sie bereiten sich darauf vor zu invertieren.«

»Bereiten Sie den Start der Evakuierungsschiffe vor! Start auf meinen Befehl!«

Auf ihrem Display begann die ERKomm-Sphäre zu schrumpfen und verblasste, als die Schiffe mit steigender Geschwindigkeit auf Onyx-Plattform zuhielten und dann in der Inversion verschwanden. Daten prasselten auf sie ein; hunderte von Händler-Schiffen invertierten, tausende, Hunderttausende.

»Drei ERKomm-Schlachtkreuzer haben invertiert«, meldete Oppendayer.

Tahota beobachtete weiterhin die Sphäre auf ihrem Mental-Display. Nur sechsundvierzig ERKomm-Schiffe waren noch nicht invertiert – die größten Kreuzer: Monstren, so groß wie ganze Städte.

»Admiral!«, meldete Oppendayer gleich darauf. »In nur siebzehn Millionen Kilometern Entfernung fallen ERKomm-Stinger in den Realraum zurück!«

Verdammt! Sie waren schneller da, als Tahota erwartet hatte. »Evakuierung einleiten!« Die letzte Waffenplattform des ERKomm hatte noch nicht invertiert, doch die Admiralin wagte nicht, noch länger zu warten.

Die Evakuierungsflotte brandete aus Onyx hervor wie Lichtstrahlen, die radialsymmetrisch von einer Punktlichtquelle abgestrahlt wurden. Je größer der Bereich war, über den sie sich verteilten, umso schwerer waren sie einzufangen.

Raines legte wieder eine Hand an sein Ohr. »Admiral, etwa zehn Prozent der ERKomm-Flotte hat jetzt re-invertiert. Sie befinden sich sphärisch verteilt in etwa fünfzehn Millionen Kilometern Entfernung von Onyx!«

Die Stimme von Fregattenkapitän Oppendayer erklang aus dem Ohrstecker-Kommunikator. »Die erste Welle unserer Evakuierungsflotte invertiert. Jag-Raumer, Wespen …

Jetzt die Vipern. Kobras ... Jetzt haben wir den ersten Zerstörer in der Inversion.«

Neben Tahota stieß Raines eine Fluch aus. »Und wir haben ERKomm-Stinger im Anflug auf Onyx! Die erste Angriffswelle ihrer Waffen wird die Evakuierungsflotte in sechsundvierzig Sekunden erwischen.«

»Oppendayer, schaffen Sie unsere Schiffe da raus!«, blaffte Tahota ihn an.

»Sechzig Prozent haben invertiert«, meldete Oppendayer. »Zweiundsiebzig. Achtzig. Sechsundachtzig.«

Auf Tahotas Display wurde angezeigt, welche Schiffe es noch nicht geschafft hatten: die Schlachtkreuzer, die nur langsam die erforderliche Inversionsgeschwindigkeit erreichen konnten. »Kommt schon!«, flüsterte sie mit zusammengebissenen Zähnen. »*Los jetzt!*«

»Etwa dreißig Prozent der ERKomm-Flotte ist jetzt im Anflug auf Onyx«, meldete Raines.

Drei IRK-Kreuzer befanden sich noch im Realraum. Während Tahota sie beobachtete, invertierten zwei weitere. Nur der größte, die *Pharaonenschild*, blieb noch zurück.

»Oppendayer, sehen Sie zu, dass sie hier wegkommen«, drängte Tahota.

»Die *Schild* hat noch nicht genug Geschwindigkeit aufgenommen«, gab er zurück.

»Invertieren Sie trotzdem!«

»Ein ERKomm-Annihilator feuert auf die *Schild*«, meldete Raines.

Keine Antwort von Oppendayer, als der Kreuzer in Quasis versetzt wurde. Auf Tahotas Display trafen Hochenergiestrahlen, rot hervorgehoben in der graphischen Darstellung, die *Pharaonenschild*. Ein Deck des Kreuzers implodierte, nur ein winziger Teil des gewaltigen Schiffs, und doch eine Warnung, dass die Quasis des Schiffs überlastet war.

»*Schild*, invertieren Sie, verdammt noch mal!«, brüllte Tahota. »*Sofort!*«

Mit ein paar Schwankungen des Raum-Zeit-Kontinuums

schmolz der riesenhafte Kreuzer aus dem Raum, durchlief eine Singularität in der Wirklichkeit. Das Schiff war groß genug, dass die Wirkung nicht augenblicklich eintrat: Es *floss* aus dem Realraum hinaus.

Und dann war es fort.

Während in der Kuppel Jubel aufbrandete, sagte Raines mit leiser Stimme zu Tahota: »Evakuierungsflotte gestartet, Admiral.«

Erleichtert atmete Tahota aus. Dann hob sie die Stimme und richtete die nächste Worte an die vierhunderttausend Freiwilligen, die sich noch auf Onyx befanden. »Erzeugen Sie Ihre Kleinschen Flaschen!«

Rings um sie, in der Kuppel und auf allen Monitoren, konnte sie beobachten, wie die Soldaten ihre Aufmerksamkeit auf ihre Palmtops, Handgelenkschoner und Steuerarmbänder richteten und sich an die Arbeit machten.

Neben ihr sagte Raines: »Neunzig Prozent der ERKomm-Flotte hält auf Onyx zu.«

Tahota nickte, ihre Konzentration galt gerade vor allem den Daten, die in ihre Spinal-Knoten strömten. Die zeitliche Überschneidung der Re-Inversion der ERKomm-Schiffe und des Abflugs der Evakuierungsflotte war zu groß gewesen. Doch das Gelingen der Evakuierung war keine Sache mehr, auf die sie noch Einfluss gehabt hätte. Sie konnte jetzt nur noch beten.

Dann meldete Raines: »Der ERKomm-Schlachtkreuzer *Flagstone* ruft *Neu-Metropoli*. Am Kommunikator ist Admiral Kaliga.«

Tahota starte ihn an. »Xirad Kaliga? Der Admiral, der das gesamte ERKomm befehligt?«

»Nein, nicht der«, sagte Raines. »Anscheinend ein Cousin.«

»Stellen Sie ihn durch!«, wies Tahota ihn an.

Ein vier Meter großer Bildschirm wurde von der Decke heruntergelassen, bis er auf Tahotas Augenhöhe hing. Ein Bild erschien darauf, ein hochgewachsener Offizier in schwarzer Uniform und schwarzen, kniehohen Stiefeln; seine Ärmel waren karneolrot paspeliert. Sein hageres Gesicht strahlte kalte Highton-Askese aus.

Tahota nickte ihm zu. »Admiral Kaliga.«

»Aha«, erwiderte er. »Die berüchtigte Starjack Tahota.«

Tahota hatte nicht gedacht, dass sie als ›berüchtigt‹ angesehen wurde. Sie war eher für ihr Organisationstalent bekannt. Da allerdings das ganze Talent auf ihren Kampf gegen ERKomm gerichtet war, konnte sie sich dennoch vorstellen, weswegen ihr das aus dem Blickwinkel ihres Gegners keinen allzu guten Ruf einbrachte.

»Wir akzeptieren die Kapitulationsbedingungen«, schnarrte Tahota.

»Etwas anderes bleibt Ihnen auch gar nicht übrig«, meinte Kaliga herablassend. »Es ist tatsächlich bemerkenswert. Ein Stützpunkt, der von dreihunderttausend Schiffen hätte verteidigt werden können, hat jetzt kein einziges mehr.«

»Bemerkenswert, ja«, pflichtete Tahota ihm bei.

»Haben Sie wirklich gedacht, dieses Spielchen würde funktionieren?«, fragte er dann. »Dass sie einfach den Schwanz einziehen und weglaufen können würden? Wir haben die Kleinen eingefangen, wissen Sie?«

Tahota bekam ein flaues Gefühl im Magen. »Ich weiß nicht, wovon Sie sprechen.«

»Nein? Können Sie den Schirm hinter mir erkennen?« Er deutete auf jemanden, der außerhalb ihres Gesichtsfeldes stand, und plötzlich war auf Tahotas Schirm das Bild einer IRK-Fregatte zu sehen, die mit einem ERKomm-Zerstörer vertäut war. Sie erkannte diese Fregatte wieder. Es war eines der Evakuierungsschiffe.

Verdammt! »Ja. Ich kann es sehen.«

»Dann schauen Sie mal genau hin«, sagte Kaliga.

Tahota schaute genau hin. Die zwei Schiffe trieben weiter durch das All.

Die Stimme eines IRK-Offiziers erklang in ihrem Ohrstecker-Kommunikator. »Admiral Tahota, hier spricht Korvettenkapitän Byr. Es könnte sein, dass ich die allgemeinen Kommunikationen der ERKomm-Schiffe abfangen kann. Die sind zwar verschlüsselt, aber ich denke, ich kann die Kodierung knacken.«

Sie wollte nicht in ihren Kommunikator sprechen, solange Kaliga zusah, deswegen schickte sie einen Gedanken an einen ihrer Knoten. *Kannst du mir ein Link zu Byr ausformen?*

Ja, antwortete der Knoten. Ich kann Daten an das Pico-Netzwerk in der Außenhaut von *Neu-Metropoli* übertragen, und das gibt sie dann an seine Konsole weiter.

Korvettenkapitän Byr, verstehen Sie mich?, dachte Tahota.

»Laut und deutlich«, erwiderte er.

Stellen sie die Überwachung der Kommunikationskanäle durch!

Draußen im All trieb die IRK-Fregatte immer noch neben dem ERKomm-Zerstörer, mit der sie vertäut war. Immer noch geschah nichts ...

Die Explosion war lautlos. Die Fregatte verschwand einfach in einem Auflodern aus Trümmerstücken und Strahlung. Das ERKomm-Schiff blieb davon unberührt, es war rechtzeitig in Quasis versetzt worden.

Tahota biss die Zähne zusammen. Neben ihr murmelte Raines: »So viel zur Halstaad-Konvention.«

Jetzt erschien Kaliga wieder auf dem Schirm. »Es war eine törichte Idee, uns täuschen zu wollen, Admiral.«

»Sie hatten keinen Grund, das Schiff zu zerstören«, erwiderte Tahota. »Sie haben gerade eben gegen die Halstaad-Konvention verstoßen.«

»Reichen Sie doch eine Beschwerde bei ERKomm ein!«, schlug er sarkastisch vor.

Über ihren Ohrstecker hörte sie Korvettenkapitän Byr. »Admiral, gemäß meinen Sensoren haben die da draußen nur eine Hand voll IRK-Schiffe.«

Gute Arbeit!, dachte sie. Byrs Information implizierte drei Möglichkeiten: ERKomm hatte die Evakuierungsschiffe zerstört, sie an einen anderen Ort gebracht ... oder sie größtenteils verfehlt. Sie betete darum, dass Letzteres der Fall sei.

Admiral Kaliga legte eine Hand an sein Ohr und neigte den Kopf. Einen Augenblick lang fürchtete Tahota, er würde ihre Kommunikation mit Byr abhören. Dann sagte er: »Doppelte Kleinsche Flaschen, Admiral Tahota? Was haben Sie sich denn dabei gedacht?«

»Ich weiß nicht, wovon Sie reden«, gab sie zurück.

»Ich bin mir ziemlich sicher, dass Sie sehr wohl wissen, wovon ich rede.« Wieder lauschte er seinem Kommunikator, dann lachte er. »Gute Götter! Kleinsche Flaschen in größeren Kleinschen Flaschen verstecken!« Er ließ die Hand sinken. »Wie grotesk!«

»Ich verstehe.« Tahota ließ ihre Stimme etwas angespannter klingen. Es fiel ihr nicht schwer, angesichts der Situation, in der sie sich befand.

»Wir haben Eure Treibstoffbehälter aus diesen lächerlichen Kleinschen Flaschen herausgeholt, in die Ihr sie gesteckt habt«, sagte er dann.

»Admiral Tahota!«, meldete Byr. »Sie setzen das Schloss in Bewegung!«

Auf ihrem Display in der Aufklärungs-Kuppel konnte Tahota erkennen, dass das Schloss von zahlreichen winzigen Leuchtpunkten umgeben war – ERKomm-Schiffen. Die gewaltigen Triebwerke des Schlosses wurden gezündet und trieben es von Onyx fort.

»Admiral, ich bin enttäuscht!«, heuchelte Kaliga jetzt.

»›Enttäuscht‹?«, fragte Tahota nach.

»Wir haben Euer Onyx-Netzwerk in unser eigenes heruntergeladen«, erklärte er. »Eure Kodierungen waren viel zu leicht zu knacken.«

Blufft er?, fragte Tahota Byr.

»Es tut mir Leid«, gab Byr zurück. »Es stimmt. Sie haben alles.«

»Dieser Spielzug mit den Behältern war töricht«, kommentierte Kaliga.

»Welcher ›Spielzug‹?«, tat Tahota, als wüsste sie von nichts.

»Uns liegen Ihre ›gesichert übertragenen‹ Anweisungen

vor. Es war ja wohl kaum damit zu rechnen, dass in doppelten Kleinschen Flaschen aufbewahrte Antimaterie dazu angetan sei, unsere Sensoren zu täuschen oder uns davon abzuhalten, die Selbstzerstörungsmechanismen einzufrieren.«

Tahota atmete hörbar aus. »Aha.«

»Ja. ›Aha!‹ Ihr Trick ist gescheitert.« Wieder legte Kaliga die Hand an sein Ohr. »Wir docken in vier Minuten an *Neu-Metropoli* an. Bereiten Sie sich darauf vor, geentert zu werden!«

Geentert. *Geentert.* Tahota dachte darüber nach, was es bedeutete, Gefangene von ERKomm zu werden, und Schweiß trat ihr auf die Stirn.

»Admiral Tahota«, hörte sie Byr in ihrem Ohr-Kommunikator. »Die Abhörleitung zu den Kommunikationen steht jetzt endlich.«

Stellen Sie durch!, dachte Tahota.

Eine Frauenstimme drang aus ihrem Komm, sie sprach Eubianisch. »Mehr als sieben Milliarden Kleinsche Flaschen. Die Götter alleine wissen, was die damit hätten anstellen können!«

»Überprüft die Flaschen noch einmal«, wies eine Männerstimme an. »Schaut nach allem, was irgendwie ungewöhnlich ist – versteckte Auslöser, verborgene Links zum Netzwerk, was auch immer!«

»Wir haben ihre Links zum Onyx-Netzwerk deaktiviert«, erklärte die Frauenstimme. »Wir haben Selbstzerstörungsauslöser gefunden, aber unsere Quasis-Generatoren haben diese unbrauchbar gemacht.«

Den Rest der Kommunikation hörte Tahota nicht mehr, da Kaliga jetzt wieder zu ihr sprach. »Admiral, wir haben das Schloss in Sicherheit gebracht.« Triumph blitzte in seinen Augen auf. »Hier habe ich etwas, worüber Sie ein wenig nachdenken können, während Sie auf meine Wachen warten, meine liebe Starjack! Eubia hat jetzt ein Schloss und einen Schlüssel. Denken Sie mal darüber nach!«

Tahota wollte darüber nicht nachdenken. Und sie wollte von einem Highton-Aristo auch nicht *meine liebe Starjack* genannt werden.

Kaligas Abbild verschwand, der Schirm blieb leer. Die Kommunikation auf der Abhörleitung lief immer noch. »Wir haben jetzt doppelt und dreifach nachgeschaut«, sagte die Frau gerade. »Die Behälter sehen ganz normal aus.«

Die nächste Stimme, die auf diesem Kanal erklang, überraschte Tahota. Es war Kaligas Stimme. »Sagen Sie den Truppen, die als Erste entern, trotzdem, sie sollen vorsichtig sein!«

Weit draußen im All wurde das Schloss immer kleiner, bis es nur noch ein winziger Lichtpunkt war, während es weiter beschleunigte, um Inversionsgeschwindigkeit zu erreichen; seine ERKomm-Kaperer geleiteten es. Die anderen Habitate drängten sich weiter um *Neu-Metropoli*. Ein Lichtblitz drang aus einer Station am äußeren Rand der Ansammlung von Raumstationen.

Tahota erstarrte. Nein! *Nicht jetzt!*

Wieder war Kaligas Stimme über die Abhörleitung zu vernehmen. »Was zur Hölle war das?«

»Eine der Kleinschen Flaschen hatte eine Instabilität in ihrem Eindämmungsfeld«, erklärte eine Stimme.

»Gehört das zu einer Selbstzerstörungs-Sequenz?«

»Anscheinend nicht«, sagte eine andere Stimme. »Fehlerhafte Ausrüstung. Muss ein Fehler im Kleinschen Feld gewesen sein.«

»Das gefällt mir nicht!«, beharrte Kaliga. »Stellen Sie Arez zu mir durch!«

Nach einer kurzen Pause sagte eine neue Stimme: »Colonel Arez hier.«

»Sind Sie bereit, mit dem Schloss zu invertieren?«

»Von der Geschwindigkeit her ja«, meinte Arez. »Aber ich bin besorgt, weil wir Onyx so nah sind. Eine Plattform von dieser Größe zu invertieren wird im ganzen Bereich Schwankungen im Raum-Zeit-Gefüge auslösen. Das könnte die anderen Habitate beschädigen.«

»Das ist irrelevant«, erklärte Kaliga. »Solange wir nur das Schloss bekommen. Invertieren Sie jetzt!«

»Jawohl, Sir. Inversion eingeleitet.«

Tahota sandte eine Nachricht an Korvettenkapitän Byr: *Können Sie mir das Schloss auf den Displays der Langstrecken-Sensoren zeigen?*

»Ich weiß es nicht«, erwiderte Byr. »Ich verliere mein Link hier. ERKomm hat einen Großteil von ... warten Sie, ich habe es! Daten sind unterwegs.«

Angekommen, dachte Tahota. Eine detaillierte Darstellung des Schlosses erschien auf ihrem Display. Noch während sie zusah, schmolz die Raumstation aus der Realität. Es war ein erstaunlich schöner Anblick, als würde man mit ansehen können, wie Funken flüssig wurden und dann in Form von Rinnsalen durch den Raum flossen. Dann verblasste das Licht, bis nur noch Schwärze übrig blieb. Und das Schloss war fort.

»Wir haben es!«, frohlockte eine Stimme.

Aha, dachte Tahota. Sie fühlte sich, als hätte sie gerade einen immensen Langstreckenlauf hinter sich gebracht. Sie warf einen Blick auf das Chronometer-Psicon auf ihrem Mental-Display.

Zur dritten Sekunde der sechsten Stunde des achten Tages im zehnten Monat des Jahres 372 AS des Imperialen Kalenders invertierten die Händler das Dritte Schloss und errangen so etwas, auf das ihnen fast vier Jahrhunderte lang der Zugriff immer wieder verweigert worden war.

In der vierten Sekunde wurde die Onyx-Station von den Nachwirkungen der Schloss-Inversion erfasst – und löste Instabilitäten in den phasenverschobenen Feldern von 7,32 Milliarden Kleinschen Flaschen aus.

Tahota hob die Hand und salutierte vor allen Freiwilligen, die, über ganz Onyx verteilt, jede ihrer Bewegungen mitverfolgten. »Mögen die Götter Sie alle segnen!«, sagte sie.

In der fünften Sekunde detonierte jedes einzelne Habitat von ganz Onyx. Plasma explodierte, schleuderte Strahlung in alle Richtungen – Gammastrahlen und andere, noch zerstörerischere Strahlenarten, die Nebenwirkungen von Hochenergiereaktionen waren. Riesenhafte Trümmerstücke wirbelten quer durch das All. Für ein Universum, das Supernovae, Quasare und schwarze Löcher kannte, war es nur ein kleines Energieflämmchen.

Für Menschen war es ein beispielloses Ereignis.

Gemäß der Formeln, mit denen die Umwandlung von Materie in Energie beschrieben wird, erzeugten die Explosionen gemeinsam eine Million Billionen Billionen Joule an Energie, mehr als die Leistung eines heißen gelben Sterns, heftiger als einhundert Billionen Atombomben. Die Wellen der Zerstörung rissen *Neu-Metropoli* in einen gewaltigen, tosenden Mahlstrom.

So starb Onyx – und mit seinem Tod löschte es zwei Millionen ERKomm-Schiffe aus.

28

Kerzengerade setzte sich Eldrin in der Dunkelheit auf. Er sprang aus dem Bett und zog sich einen Morgenmantel über, da war er schon fast aus dem Zimmer heraus. Er hörte, dass Taquinils Zimmertür aufgerissen wurde, dann dass sein Sohn in das Wohnzimmer lief, das noch im Dunkeln lag. Gemeinsam verließen sie das Haus, liefen durch die milde Nacht im Tal. Beide hatten sie den Hilfeschrei gehört.

Die Fahrt mit der MagBahn schien ewig zu dauern. Als sie endlich am Rumpf des Orbiters angekommen waren, war Eldrin so angespannt, dass er nicht einmal mehr merkte, dass er die Hände zu Fäusten geballt hatte. Sie liefen durch die Korridore des Orbiter-Rumpfes, hörten das Klatschen ihrer nackten Füße auf dem Boden. Weder er noch Taquinil hatten sich die Zeit genommen, Schuhe anzuziehen. Taquinil trug seine schwarze Hose und seinen schwarzen Pullover, er war über seiner Netzwerk-Konsole eingeschlafen; Eldrin trug nur seine Schlafanzughose unter dem Morgenmantel.

Niemand war vor dem RuheRaum postiert. Sie stürmten hinein – und fanden dort Dehya vor, die lautlos schrie.

Die zerbrechlich wirkende Gestalt in ihrem blauen Nachthemd umklammerte die Lehnen des Kommandosessels, ihr Körper war völlig starr. Voller Entsetzen stellte Eldrin fest, dass er durch ihren Leib *hindurchblicken* konnte. Außerdem sah er ein durchscheinendes Netzwerk, das den ganzen Raum um sie herum erfüllte, als hätte sie den Psiberspace aus sich selbst herausgezogen und damit das Universum überlagert, in dem sie sich befanden.

Sie schrie immer noch, doch er hörte keinen Laut. Mit zwei Schritten war er an ihrer Seite. Als er seine Finger um ihre Hand schloss und fühlte, dass er sie immer noch berühren konnte, brandete Erleichterung über ihn hinweg. Doch als er versuchte, sie aus ihrem Sessel zu heben, fiel Taquinil ihm ihn den Arm.

»Wir wissen nicht, was passiert, wenn wir sie da jetzt herausholen«, gab sein Sohn zu bedenken. »Es könnte ihr ganzes Sein völlig zerstören!«

Bestürzt ließ Eldrin seine Frau los. Sie starrte durch ihn hindurch, von irgendeinem anderen Ort aus, zeigte durch nichts, dass sie ihn erkannt hatte. Tränen strömten ihr über die Wangen.

»Kannst du ihr helfen?«, fragte er Taquinil.

»Ich denke schon.« Doch die Luft war durchdrungen von Taquinils Angst. Er berührte ein Tastfeld auf der Armlehne des Sessels, dann ein anderes, dann ein weiteres. Eines nach dem anderen verblassten die schimmernden Lichter, sowohl die am Sessel als auch die auf der Konsole.

Während Taquinil fortfuhr, wurde Dehyas Körper immer wirklicher. Sie richtete den Blick auf Eldrin, und jetzt war er sich sicher, dass sie ihn wirklich sah. Als er ihre Wange streichelte, fühlte er ihre Tränen.

»Dehya?«, fragte er. »Bist du da?«

Sie versuchte zu sprechen, doch ihre Worte wurden davongetragen wie Blätter im Wind, der über eine weite, leere Prärie weht; zu weit entfernt, als dass man sie hätte verstehen können.

Taquinil trat näher und stellt sich dann unmittelbar vor sie; er bewegte die Lippen überdeutlich, damit sie seine Worte davon ablesen konnte. »Mutter? Kannst du mich verstehen?«

Sie bewegte die Lippen. *Ja.*

»Kann Vater dich aus diesem Sessel lösen?« Ihre Lippen formten weitere Worte. *Ja. Beeilt euch!* Über ihren Körper liefen kleine Wellen, als wäre sie die Oberfläche eines Gewässers, in das ein Stein gefallen war.

Eldrin drehte sich zu seinem Sohn um. »Bist du sicher, dass ich das machen sollte?« Und wenn er sich jetzt irrte und das dazu führte, dass seine Frau sich irgendwie auflöste und in ein anderes Universum überging?

»Ich kann das nicht machen«, erklärte Taquinil. »Mein Denken und Fühlen ist ihrem viel zu ähnlich. Im Psiberspace sind wir einander zu nah.«

Die Vorstellung sie beide zu verlieren bahnte sich ungebeten ihren Weg in Eldrins Gedanken. »Du meinst, du könntest dort hineinstürzen, wo sie jetzt schon ist?«

Taquinil nickte. »Allein schon, wenn ich hier in ihrer Nähe stehe, spüre ich, dass mein Denken und Fühlen meinen Körper verlassen will.«

Eldrin holte tief Luft, beugte sich dann über Dehya und fasste ihr in den Nacken. Der Psi-Fon-Stecker fühlte sich glatt unter seinen Fingerspitzen an, als er ihn aus der Buchse herauszog. Als Nächstes löste er die Stecker in ihren Handgelenken, dann legte er seine Hand hinter ihre Taille und zog den Stecker aus ihrem Rückgrat. Schließlich ging er in die Knie und löste die Stecker aus ihren Knöcheln. Als er den letzten Stecker gezogen hatte, bewegten sich wieder Wellen über ihren Körper, als würde sie sich *auf null stellen*.

Dann stürzte Dehya vornüber aus dem Sessel. Eldrin fing sie ab, wurde aber durch den Schwung selbst zu Boden gerissen; nun war er zwischen dem Sessel und der Konsole eingeklemmt. Dehya fühlte sich *real* an, er spürte ihr seidenweiches Haar, fühlte wie ihr Atem seine Haut kitzelte. Er wiegte sie in den Armen, und sie hielt sich an ihm fest, den Kopf an seine Brust gelehnt. Mit ihrem hauchdünnen Nachthemd und ihrem kindlichen Gesicht, erschien sie ihm geradezu schmerzhaft verwundbar, als könne sie bei der leisesten Berührung zerbrechen.

Taquinil kniete sich neben sie. »Mutter?«

Ihre Gedanken kamen wie das Gluckern eines schlammigen Gewässers in weiter Ferne. Dryniiiiiiii . . . hiiiiiiilf miiiiiiiir . . .

Eldrin hielt sie noch enger umschlossen. ***Sag mir wie.***

Ich löööööööse miiich aaaaaaauf . . .

Er umschloss ihr Denken und Fühlen mit dem seinen und versuchte so, sie im Netzwerk genauso eng festzuhalten wie mit seinen Armen. ***Komm zurück!***

Aaach ... kalt, dachte sie. Mir ist so kalt!

Eldrin zog seinen Morgenmantel aus und wickelte ihn ihr um die Schultern, dann schloss er sie sofort wieder in die Arme. ***Dehya, komm zurück!***

Ahh! Sie holte tief Luft, man sah, wie schwer es ihr fiel; immer noch hielt sie seine Taille fest umklammert.

Dehya?, fragte er.

»Sie sind fort«, flüsterte sie, ihre Stimme wie Staub im Wind. »Die Krieger des Lichts.«

Erleichterung, so heftig, dass es kaum noch erträglich war, durchflutete ihn. »›Die Krieger des Lichts‹?«

»Onyx«, sagte sie.

»Du warst da?«

»Sie haben das Dritte Schloss.«

»Wer?«

»ERKomm.«

Taquinil erstarrte. »Mutter, bist du dir sicher?«

»Ja. Wir müssen Soz warnen.« Als ihr Körper endlich zu begreifen begann, was gerade geschehen war, begann sie unkontrolliert zu zittern. »ERKomm hat irgendjemanden in das Schloss gesetzt, der versucht hat, ein Link zum Orbiter auszuformen. Ich habe sie aufgehalten.«

Plötzlich war Eldrin eiskalt. »Wenn sie eine vierte Person in die Triade drängen, wird die dabei entstehende Leistungsspitze euch alle vier töten!«

»Nur wenn sie einen Schlüssel einsetzen. Haben sie aber nicht. Nur einen TelVer.« Dehya erschauerte. »Er wurde dabei sofort getötet.«

Eldrin wurde blass. Eine furchtbare Art zu sterben. »Dehya, du kannst nicht wieder in das Netzwerk zurückgehen!«

»Sie haben jetzt die Position des Orbiters«, flüsterte sie. »Wir müssen Tikal warnen. Wir müssen den Orbiter verstecken!«

Eldrin hielt sie weiter fest, wiegte sie vor und zurück, blickte über den Kopf seiner Frau hinweg Taquinil an und wusste, dass sie alle das Gleiche dachten. Die Schlösser waren über das Netzwerk unauflösbar miteinander verbunden. Wenn ERKomm den Orbiter über das Dritte Schloss geortet hatte, konnte nichts und niemand ihn vor ihnen verstecken.

Soz saß im Kommandosessel oberhalb der Brücke der *Rocas Stolz*. Ihre Wachen hatten verlangt, dass sie auf Dem Asteroiden bliebe, dem ausgehöhlten Planetoiden, der für die Invasion als Stützpunkt hinter der Front diente. Doch sie wurde dringender hier gebraucht, wo sie ihren Teil des Netzwerks zusammenhalten konnte. Sie hatte das Gefühl, als würde sie ständig an einem Abgrund entlanglaufen und könne ihr Gleichgewicht nur halten, solange sie schnell genug war – dass sie, wenn sie einmal innehielt, in die tosende See stürzen würde, die sich endlos rechts und links neben ihr erstreckte.

Der Kreuzer meldete sich dröhnend in ihrem Verstand. Wir erreichen jetzt Platin-Sektor Eins.

Soz atmete hörbar aus. Jetzt ging es wirklich los! Durch den engeren Zeitrahmen, den sie sich gesteckt hatten, um schneller vorzugehen, als das Netzwerk zusammenbrechen konnte, hatte ein Teil der Strahlenflotte nicht mithalten können; doch der weitaus größte Teil war zusammengeblieben und bereit zuzuschlagen. Was auch immer nun geschehen mochte, sie hatte auf keinen Fall mehr die Möglichkeit, es aufzuhalten.

Die Stimme von Korvettenkapitän Coalson drang lautstark aus dem Kommunikator. »Wir sind entdeckt worden! Eine Staffel Solos – ja, da kommen sie! Eine Flotte von ERKomm-Schiffen fällt in den Realraum zurück. Etwa fünfhunderttausend Schiffe, genaue Daten in Datei D5m.«

»Angekommen«, bestätigte Soz.

ERKomm-Signal auf Kanal **6**, dachte Admiral Barzun.

Bereit, dachte Soz.

Eine Highton-Stimme drang aus dem Kommunikator in ihr Ohr. »*Rocas Stolz*, hier spricht Colonel Jaibriol Izarson an Bord der *Rapier.*«

Soz' ganzer Körper verspannte sich. Obwohl sie wusste, dass der Name unter Händlern recht gebräuchlich war, bekam ihr Adrenalinspiegel dennoch jedes Mal eine Leistungsspitze, wenn sie ihn hörte.

»Sie sind unerlaubt in eubianisches Territorium eingedrungen!«, fuhr Izarson fort. »Dieser Sektor steht unter dem Schutz von ERKomm und ist für IRK-Schiffe gleich welcher Art gesperrt! Kapitulieren Sie und bereiten Sie sich darauf vor, geentert zu werden!«

Soz wusste, wie ihre Flotte wirken musste, eine armselige Streitkraft von fünfzigtausend IRK-Schiffen, die versuchten, sich in den Platin-Sektor hineinzustehlen.

»Colonel Izarson, hier spricht die *Rocas Stolz.* Wir erkennen die Berechtigung Ihres Einflugverbotes nicht an.«

»Kapitulieren Sie jetzt, und man wird Sie zu einem unserer Stützpunkte geleiten!«, forderte Izarson, um dann zu drohen: »Wenn Sie sich weigern, bleibt uns keine andere Wahl, als das Feuer zu eröffnen!«

»Sie halten ein Mitglied der Rubin-Dynastie gefangen«, erklärte Soz. »Dies ist eine unmittelbare Verletzung der Halstaad-Konvention.« In Wirklichkeit stand in dem Abkommen nichts darüber, dass es ERKomm verboten wäre, Althor gefangen zu nehmen und festzuhalten. Würden sie ihn foltern, so würde das natürlich eine gewaltige Verletzung der Konvention darstellen, aber dafür, dass etwas Derartiges geschehen sei, hatte Soz keinerlei Beweise. »Liefern Sie uns den Gefangenen aus, und wir werden uns zurückziehen!«

Imperatorin Skolia. Das kam von Garr, ihrem IRK-Psiber-Net-Genie. *Unsere Links zu den Schiffen im Kleinschen Raum geraten ins Wanken!*

›Geraten ins Wanken‹?, dachte Soz. **Bitte etwas präziser!**

Wegen des kollabierenden Netzwerks. Wir können unsere Links in den Kleinschen Raum nicht mehr stabilisieren.

Jetzt war wieder Izarson über ihren Kommunikator zu vernehmen. »*Rocas Stolz*, seien Sie doch vernünftig! Sie sind im Verhältnis zehn zu eins in der Unterzahl. Kapitulieren Sie, und wir werden nicht feuern! Sie haben eine Minute.«

»Wo ist der Rest Ihrer Streitkräfte?«, fragte Soz. »Ich dachte, im Platin-Sektor gäbe es über eine Million Schiffe?«

»Admiral Barzun, Sie haben noch fünfundfünfzig Sekunden«, sagte Izarson.

Die Effizienz ihres Geheimdienstes lässt aber einiges zu wünschen übrig, wenn die wirklich glauben, Ihr wärt ich, sandte Barzun Soz mit einem trockenen Grinsen zu.

Trotz seiner Belustigung spürte Soz auch seine innere Anspannung. Izarson hatte eine äußerst logisch Annahme gemacht. ERKomm hatte keinen Grund, anzunehmen, dass die Imperatorin sich auf dem Flaggschiff einer Invasionsstreitmacht aufhalten würde. **Wie lange noch, bis wir die Links verlieren?**, fragte sie dann Garr.

Garr dachte einen Augenblick nach. *Für die Kleinschen Flaschen kann ich Euch 1,03 Minuten geben. Wenn wir noch länger warten, werden die Links zu den Schiffen wahrscheinlich zu unklar geworden sein, als dass man sie noch aufrechterhalten könnte.*

»Ich habe einen weiteren ERKomm-Verband entdeckt«, meldete Korvettenkapitän Coalson. »Nähert sich aus Platin-Sektor Fünf.«

»Hab sie«, bestätigte Soz. Es überraschte sie nicht, dass ERKomm bis nach Sektor Fünf greifen musste, um Verstärkung zu rufen, wenn man bedachte, wie viele Schiffe sie wirklich nach Onyx geschickt hatten. **Irgendwelche Berichte von Onyx-Plattform?**

Nichts, dachte er. *Aber diese Netzwerk-Links sind alle tot.*

Das Öffnen der Kleinschen Flaschen vorbereiten, dachte Soz. Sie tauchte in eine VR-Simulation ein und schoss wie ein Pfeil gemeinsam mit der Strahlenflotte durch das All – eine Aneinanderreihung von Schiffen, über Milliarden Kilometer verteilt, die mit halber Lichtgeschwindigkeit flogen. Die

ERKomm-Schiffe waren als Lichtpunkte in der Ferne zu erkennen; sie hatten eine zylindrische Formation um die Flotte eingenommen.

»Barzun, Sie haben noch fünfundvierzig Sekunden!«, ließ sich Izarson vernehmen. »Wollen Sie sich wirklich auf einen Kampf einlassen, den Sie nicht gewinnen können?«

Obwohl Soz wusste, dass ihre TelVer-Kommunikationen fast in Nullzeit übertragen wurden, war es doch überraschend, dass erst zehn Sekunden verstrichen sein sollten. **Barzun, können Sie ihn ablenken?**, fragte sie. Zu Garr schickte sie den Gedanken: **Öffnen Sie die Kleinschen Flaschen!**

Barzun sprach über einen schiffsinternen Kanal. »Colonel Izarson, hier spricht Konteradmiral Chad Barzun. Wir verlangen die Freilassung von Althor Valdoria.«

»Sie haben noch vierzig Sekunden«, zählte Izarson ihm seinen Countdown vor. Dann fügte er hinzu: »Wenn Sie Barzun sind, mit wem habe ich dann eben gesprochen?«

Kleinsche Flaschen kollabieren, dachte Garr.

Der Effekt breitete sich über die ganze Strahlenflotte aus. Als die Schwankungen zunahmen, spannte Soz sich an. Sie hatten bisher keine Möglichkeit gehabt herauszufinden, was nun passieren würde. Die Zeit hatte nur für Vorversuche gereicht. Im kleinen Maßstab hatte die Phasenanpassung im Kleinschen Raum das Instabilitätsproblem gelöst. Ob das auch für den großen Maßstab galt – wer wusste das schon? Es mochte sehr wohl sein, dass in dem Moment, in dem die Schiffe in den Realraum zurückfielen, sich die ganze Strahlenflotte selbst zerstörte, ohne jegliche Mithilfe von ERKomm. Sie konnte sehr gut in einer Kaskade der Zerstörung verschwinden, die von dem gewaltigen Kollaps zahlloser Kleinscher Felder ausgelöst wurde.

Die Schwankungen rasten durch das All, ergriffen zunächst die Schiffe der Strahlenflotte, dann breiteten sie sich sogar weit genug aus, um auch noch die ERKomm-Schiffe zu erfassen. Ein Chronometer in der unteren rechten Ecke von

Soz' Mental-Display zeigte den Countdown von Izarsons Frist an. Dreißig Sekunden.

Garr, wie halten sich die Kleinschen Felder?, dachte sie.

Instabilitäten bei etwa acht Prozent. Seine Gedanken strömten verzerrt auf sie ein, wie es im Hochgeschwindigkeitsmodus eben der Fall war – alles nur noch Symbole und Zahlen.

Soz richtete ihre Gedanken auf das allgemeine Netzwerk der Strahlenflotte. **An alle, bei denen Instabilitäten aufgetreten sind: Geben Sie das Schiff auf!**

Die beschädigten Raumer ließen sich zurückfallen; sie wurden von Bergungsschiffen begleitet, von denen die Mannschaften aus dem All aufgelesen werden sollten. Nur etwa zehn Prozent der Schiffe in der Flotte waren bemannt, die restlichen wurden von EIs gesteuert. Eines der Bergungsschiffe war selbst beschädigt, konnte aber nahtlos auf sein Backup umschalten.

Die Raumverzerrung steigerte sich weiter, bis es schwierig wurde, die Schiffe noch zu erkennen, von der gegnerischen Verstärkung ganz zu schweigen. Von Izarsons Frist waren noch zwanzig Sekunden verblieben.

Dann, mit lautloser Erhabenheit, perfekt synchron, wanden sich siebenhundertfünfzigtausend IRK-Schiffe in den Realraum.

Auf irgendeinem Kanal sagte jemand: »Allmächtige Götter!«

Soz sprach wieder in den Komm. »Colonel Izarson, ich schlage vor, dass Sie kapitulieren.«

Izarson sagte nur: »Ihre Zeit ist abgelaufen.« Doch er klang jetzt angespannt, sein bisher so deutlich erkennbares Selbstvertrauen war geschwunden.

ERKomm gab die Zylinderformation, von der die Strahlenflotte umgeben war, auf und formierte eine Röhre von zehn Milliarden Kilometern Länge, doch nur von einhunderttausend Kilometern Durchmesser, sodass die Schiffe der Strahlenflotte eine lange ›Schnur‹ in deren Mitte bildeten. Da die Schiffe mit halber Lichtgeschwindigkeit flogen, legte jedes Schiff pro Sekunde einhundertfünfzigtausend Kilometer zurück. Der ERKomm-Verband bestand aus sechshunderttausend Schiffen, die Strahlenflotte aus achthunderttausend; insgesamt waren also 1,4 Millionen Schiffe an der Schlacht beteiligt.

Annihilatorstrahlen und von Impaktoren abgefeuerte Lenkraketen sausten kreuz und quer durch diese Röhre. Diese Formation war vorteilhaft für ERKomm, da dadurch die IRK-Schiffe leicht angreifbar waren, und doch wirkte sie sich auch nachteilig aus, wenn die Schüsse die weit verteilten IRK-Schiffe verfehlten, um dann die gegenüberliegende Seite der Röhre zu treffen. Im Gegensatz zu Lenkraketen, die ausweichen und ihre eigentlichen Ziele weiter verfolgen konnten, waren Strahlen dazu nicht in der Lage. Sie vernichteten alles, was sie trafen.

In einer derart breit gestreuten Formation war es allerdings kein Leichtes, irgendetwas zu treffen. Hier, im ›dichtesten‹ Kampfgetümmel, waren die ›aufgereihten‹ IRK-Schiffe durchschnittlich zwölfeinhalbtausend Kilometer voneinander entfernt. Annihilatoren trafen ihr Ziel nur, wenn der Schütze genauestens den Schnittpunkt von Flugbahn des Zielobjekts und Antimateriestrahl berechnete. Angesichts der Tatsache, dass hier Sekundenbruchteile entschieden, ließen selbst geringfügigste Kursänderungen den Strahl sein Ziel verfehlen.

Taus jagten durch die Röhre, grausame Geschosse mit Raumschiff-Antrieben, mit deren Hilfe sie in den Superluminalraum invertieren konnten. Die IRK-Jags und die ERKomm-Solos, die manövrierfähigsten Schiffe der beiden Flotten, waren die Einzigen, die sich ganz bewusst auf den Zweikampf mit diesen Geschossen einließen und sogar invertierten, wenn das notwendig war, um die Superluminal-Geschosse zu verfolgen. Dabei waren Jags üblicherweise deutlich präziser bei derartigen Manövern als ihre Solo-Gegenstücke, da sie auf das Psiber-Net zugreifen konnten, das sie dann durch den Superluminalraum leitete. Doch jetzt waren die Jags kaum besser als die Solos, weil das Psiber-Net sich aufzulösen begonnen hatte.

Ein Tau jagte aus dem Superluminalraum fast geradewegs auf die *Rocas Stolz* zu und detonierte an deren Quasis-Schild.

Quasis-Sprung, dachte die *Rocas Stolz.*

Schwarzsterne, an der Seite der Rocas Stolz *bleiben*, dachte Barzun.

Ja, General. Das kam vom Kommandanten der Schwarzsterne, einer geradezu legendären Jag-Staffel, die für ihre Kampferfolge so bekannt geworden war, dass sie selbst beim IRK fast eher berüchtigt denn berühmt war.

Soz runzelte die Stirn und sandte Barzun eine Nachricht über ihren Privatkanal. **Warum bewachen die Schwarzsterne nicht Den Asteroiden?**

Wir brauchen sie für die Rocas Stolz.

Soz' Miene verfinsterte sich noch mehr. **Sie gefährden die Sicherheit Des Asteroiden, um meine eigene zu garantieren. Schicken Sie sie sofort zum Asteroiden zurück!**

Sie konnte Barzuns Ablehnung spüren, bevor er sie ausgesprochen hatte. *Imperatorin Skolia, anders als Ratgeber Tikal heiße ich Eure Entscheidung gut, die Flotte persönlich zu begleiten. Um genau zu sein, seid Ihr für das Gelingen dieser Operation wichtiger als Der Asteroid. Umso mehr also Grund, Vorsichtsmaßnahmen zu treffen. Die Schwarzsterne geleiten weiter die* Rocas Stolz!

Erstaunt kniff Soz die Augen zusammen. **Woher wissen Sie, dass Barcala versucht hat, mich davon abzubringen?**

Er hat es mir erzählt. Mit nüchterner Stimme fügte er hinzu: *Er hat mich auch davon in Kenntnis gesetzt, dass, wenn Ihr in irgendeinem anderen Zustand als Eurer ›normalen Streitlust‹ zurückkehrt, er ›meinen verpuggten Kadaver abbalgen‹ würde.*

Soz lächelte. **Das hört sich ganz nach Barcala an.**

Die ganze Unterhaltung war in Netzwerk-Geschwindigkeit geführt worden und hatte weniger als eine Sekunde gedauert. Die Schlacht zwischen der Strahlenflotte und der

Platinflotte wogte weiter, bei relativistischen Geschwindigkeiten – eine Art der Kriegsführung, die das IRK ERKomm aufgenötigt hatte, weil das IRK durch seine schnellere Kommunikationsmöglichkeiten im Vorteil war. Drohnen-Geschosse verfolgte ihre Ziele und wichen einander aus, während Wolken aus selbstlenkendem Köderstaub den Raum vernebelten und die Schiffe zu begleiten schienen. Durch Pico-Chips gesteuert, die in die einzelnen Staubkörner eingebettet waren, verzerrte und störte der Staub Funksignale und ließ Oberflächen korrodieren. Wenn ein Staubkorn sich auflöste, wurde der winzige Sprengkopf gezündet, der sich darin befand.

Bei halber Lichtgeschwindigkeit wurden die Schiffe, die Geschosse und die Staubkörner relativ zu langsameren Objekten kontrahiert. Wenn sich zwei Schiffe mit der gleichen Geschwindigkeit bewegten, bot diese Kontraktion keinem der Schiffe einen Vorteil gegenüber dem anderen, weil beide sie in gleichem Maße erfuhren. Doch es bot dem äußerst reaktionsschnellen Jag einen Vorteil, weil er nahezu jeden anderen Schiffstyp an Geschwindigkeit übertraf. Und es war nicht nur die Geschwindigkeit, die den Jags einen Vorteil verlieh: Sie konnten auch die Form ihrer Schiffe verändern und auf diese Weise den Kontraktionseffekt noch überspitzen, wodurch sie langsameren Schiffen ein noch weiter verkleinertes Ziel boten. Diese Vorteile waren nur wenig ausgeprägt, wenn alle Schiffe sich mit relativistischen Geschwindigkeiten bewegten. Doch bei derart vergleichbar großen und starken Truppenverbänden machten sie sehr wohl einen Unterschied.

Die Zeitdilatation konnte ein Schiff für jeweils zehn Sekunden Flugzeit ganze zwei Sekunden in die Zukunft katapultieren. Die Schwierigkeiten, die sich dabei für die Kommunikation ergaben, nutzten üblicherweise dem IRK. Denn das Psiber-Net machte das IRK weniger abhängig von der Dauer von Signalübertragungen. Doch in dem Maße, in dem das Netzwerk schwächer wurde, ließ auch dieser Vorteil nach. Mit zunehmender Unruhe begriff Soz, dass sie *sehen* konnte, wie das Netzwerk die Leere ausfüllte, als materialisiere sich eine Art Geist – es schwankte, es fädelte sich auf, es riss.

Die ganze Schlacht fand im Inneren einer interstellaren Staubwolke statt, die einen Großteil dieser Region des Alls ausfüllte. Obwohl sie auf deutlich weniger Staub als auf Gas gestoßen waren, brachten die natürlichen Staubkörner den selbstlenkenden Köderstaub heillos durcheinander. Ein winziges Stückchen Köderstaub raste an Soz mit halber Lichtgeschwindigkeit vorbei, prallte gegen ein belangloses interstellares Trümmerstückchen, explodierte sofort und verschwendete auf diese Weise seinen Sprengkopf für ein unschuldiges Stückchen Materie.

Das Gas in dieser Wolke war sehr weit verteilt, mit nur etwa zehn Molekülen pro Kubikzentimeter. Im Vergleich zur Atmosphäre eines Planeten, in der durchaus auch zehn Trillionen Partikel pro Kubikzentimeter vorkamen, war das gar nichts. Und das Gas selbst war auch nicht weiter gefährlich. Der weitaus größte Teil davon war einfach atomarer Wasserstoff. Doch für Schiffe, die mehr als fünf Milliarden Zentimeter pro Sekunde zurücklegten, war das hier ein korrosiver Nebel, der über die Außenhaut der Schiffe schmirgelte. Hier erging es ERKomm besser als dem IRK, da sie Schiffe und Waffensysteme entwickelt hatten, die besser an die Nebel ihrer Heimatterritorien angepasst waren.

Vor ihnen schwebte drohend eine IRK-Fregatte … und verschwand in einem Strahlenblitz, als eine ERKomm-Stinger sie mit einer Antimaterie-Bombe traf. Dann explodierte auch diese Stinger, getroffen von einem IRK-Tau, das fast genau ›auf‹ der Stinger in den Normalraum zurückfiel. Ein weiteres IRK-Tau raste an Soz vorbei, gefolgt von einer ERKomm-Drohne. Das Tau invertierte aus dem Realraum … und erschien *hinter* der Drohne wieder, es hatte mit Supraluminalgeschwindigkeit einen Looping gedreht. Es schlug in das ERKomm-Schiff ein, und beides explodierte in einem Energieregen.

Daten strömten auf Soz' Knoten ein. ERKomm hatte zweihunderttausend Schiffe verloren, ein Drittel ihrer Truppen, sodass ihnen noch vierhunderttausend blieben. Auch das IRK hatte zweihunderttausend verloren, doch für sie war das nur ein Viertel der Flotte. Bei den meisten Schiffen, die bisher zerstört worden waren, handelte es sich um Drohnen, die von EI-Piloten gesteuert worden waren. Doch vor allem die Verluste an Menschenleben schmerzten Soz: Viele Tausend verloren in dieser ungeheuren Schlacht ihr Leben.

Glitzernder Staub breitete sich um Soz herum aus. Der Grund, warum er so funkelte, wurde ihr schnell klar: Ein ERKomm-Sternbrecher raste genau ›durch sie hindurch‹; das riesenhafte Schiff ließ ihren virtuellen Körper winzig erscheinen, die Lichter auf der Außenhaut des Schiffes funkelten. Zwei IRK-Vipern verfolgte den Sternbrecher, und sie jagte ihnen hinterher. Der selbstlenkende Köderstaub von ERKomm folgte ihnen, versuchte die Vipern zu stören, erzeugte immer wieder kleine Explosionen auf der Außenhaut, zwang sie immer und immer wieder in Quasis. Die fortwährenden Quasis-Sprünge erschwerten es den Vipern, ihre Geschwindigkeit zu erhöhen, und der ERKomm-Sternbrecher konnte sich immer weiter absetzen.

Plötzlich tauchte ein Jag genau vor dem Sternbrecher aus der Inversion auf, passte seinen Kurs genau an – eine Präzision, die nur durch das Psiber-Net koordiniert sein konnte –, und dann sprengte er den Sternbrecher mit seinen Abgasstrahlen, deren Partikel natürlich ebenfalls relativistische Geschwindigkeit aufwiesen, einfach aus der Existenz. Danach wirbelte der Jag weiter und ließ Soz alleine im All zurück.

Soz überflog ihre Displays – und wagte es, virtuell aufzuatmen. Das IRK verfügte immer noch über vierhundertfünfzigtausend Schiffe, die ERKomm-Flotte war auf neunzigtausend dezimiert worden. Noch während Soz die Zahlen studierte, sank die ERKomm-Angabe auf fünfundachtzigtausend, während die Zahl für das IRK konstant blieb.

Imperatorin Skolia, dachte Admiral Barzun. *Colonel Izarson auf Kanal 6.*

Ja, dachte Soz und rief ihr Bewusstsein wieder in den Kommandosessel oberhalb der Brücke zurück.

Izarsons Stimme klang ruhig. »*Rocas Stolz,* hier spricht die *Rapier* vom ERKomm. Wir kapitulieren.«

»Kapitulation akzeptiert«, entgegnete Soz.

Dann sah sie das rote Licht, das vor ihrem Sessel blinkte. Izarson nutzte einen der gefangen genommenen TelVers dazu, über einen seines Schutzes beraubten Knoten eine Nachricht in das zerfallende IRK-Psiber-Net zu schicken. Dabei war so nachlässig vorgegangen worden, dass jedes IRK-Schiff diese Nachricht auffing, aber das machte jetzt auch nichts mehr aus.

Izarsons Warnung wurde geradewegs nach Glorie übertragen: *Code Eins. Vierhundertfünfzigtausend IRK-Schiffe im Anflug aus dem Platin-Sektor.* Und dann fügte er hinzu: *Ihr Netzwerk bricht zusammen.*

29

Dehya saß auf dem Sofa in Tikals Wohnzimmer, immer noch in ihrem Nachthemd, die Arme um den Leib geschlungen; sie zitterte wie Espenlaub. Um sie herum standen Leute, Offiziere und TelVers, viele selbst noch in Schlafkleidung; sie waren geradewegs aus dem Bett herbeordert worden. Tikal kniete vor ihr, die Augen mit ihr auf gleicher Höhe, während Generalin Majda auf der einen Seite von ihr Platz genommen hatte, Admiral Casestar auf der anderen.

»Seid Ihr sicher?«, fragte Tikal noch einmal.

»Ja.« Dehyas Stimme hatte etwas Unheimliches, als käme sie aus weiter Ferne. »ERKomm hat den Orbiter geortet.«

»Können Sie uns weitere Informationen über ihre Truppen geben?«, fragte Majda. »Wie viele? Welche Bewaffnung?«

»Ahhh ...« Wieder schien sich Dehyas Körper zu bewegen wie die Oberfläche eines Sees. »Ich versuche, sie zu erreichen.«

Eldrin, der mit ansehen musste, wie seine Gemahlin buchstäblich immer und immer wieder aus der Realität zu verblassen schien, musste sich immens zusammennehmen, um Ruhe zu bewahren. »Überanstrengt sie nicht! Wenn sie noch tiefer im Netzwerk versinkt, wird sie nie wieder dort herauskommen!«

Tikal schaute ihn an, und auf seinem sonst so barschen Gesicht war Mitleid zu lesen. »Es tut mir Leid, Fürst Eldrin. Aber wir haben keine andere Wahl!«

Zu wissen, dass Tikal Recht hatte, machte es auch nicht einfacher. Eldrin presste die Fingerknöchel vor der Brust zusammen, wollte durch reine Willenskraft erzwingen, dass Dehya ihre zerbrechliche Verbindung zur Realität aufrechterhielt. Er befand sich jetzt in einer Rhon-Geistesverschmelzung mit ihr, gab ihr seine eigene Stabilität, und doch fürchtete er, das könnte vielleicht nicht genug sein. Wie konnte sie überhaupt im Netzwerk sein, ohne ein Link ausgeformt zu haben? Was, wenn er sie ganz verlieren würde, ihren Verstand, vielleicht sogar ihren Körper, der sich auflösen und an irgendeinen Ort gehen würde, an dem Raum und Zeit ohne Bedeutung waren?

Er fühlte ihren gemeinsamen Sohn Taquinil im Nebenzimmer, der über eine Konsole ein Link zum Netzwerk ausgeformt hatte. Genau wie bei Dehya bestand seine Arbeit darin, subtilste, unauffällige Feinheiten zu beachten, Nuancen, Finessen. Dehya wob das Netzwerk, Taquinil hielt es aufrecht, und Eldrin trug das Ganze, so wie ein tiefer Ozean ein Schiff zu tragen vermag.

»ERKomm nutzt jetzt sein Schloss dazu, unseres zu erreichen.« Dehya erzitterte in ihrem hauchdünnen Schlafhemd; ihr Blick war auf einen Punkt irgendwo zwischen Tikals Kopf und dem Bein eines geradezu hünenhaften Jagernauts neben ihm gerichtet. Eldrin hasste es, sie so von all diesen Menschen umringt zu sehen, vor Zorn knirschte er mit den Zähnen. Er *fühlte*, wie sie von ihnen eingepfercht wurde, fühlte es wie einen körperlichen Druck.

»Sie erdrücken sie«, sagte er. »Sie müssen etwas vorsichtiger sein!«

»Dryniiiiii!« Ein Echo begleitete ihre Stimme. »Ich muss das jetzt tun!«

»Wenn du dich selbst im Netz verlierst«, widersprach er, »dann kannst du gar nichts mehr tun!«

Generalin Majda blickte von Eldrin zu Dehya. »Pharaonin Dyhianna, seid Ihr immer noch in der Lage, Euch zurückzuziehen?«

»Ja ...« Dehya holte tief Luft. »Sie sind eingedrungen! ERKomm hat gerade ein Link zum Netzwerk des Orbiters ausgeformt.«

Casestar erstarrte, und ein Offizier, der hinter dem Sofa stand, stieß einen leisen Fluch aus. Generalin Majda sprach in den Kommunikator ihres Handgelenkbandes. »Oberst Gaithers, wir haben Grund zu der Annahme, dass eine sich nähernde Streitkraft vom ERKomm in unser Netzwerk eingedrungen ist!«

»Wir kümmern uns darum«, antwortete Gaithers. »Wir sind schon auf sie gestoßen. Ich werde Sie auf dem Laufenden halten.«

»Sie haben nur ein paar Schiffe«, meinte Dehya. »Onyx hat sie gebrochen.«

»Ihr habt Kontakt mit Onyx aufgenommen?«, fragte Majda nach. »Wir haben seit Stunden nichts mehr von da gehört!«

»Onyx ist ... fort«, sagte Dehya.

»›Fort‹?«, fragte Tikal. »Wie das?«

»Gebrochen. Onyx. ERKomm.«

»Sie meinen ERKomm sei gebrochen?«, fragte Casestar.

»Fast keine Schiffe mehr«, wiederholte Dehya.

Casestar warf Majda einen Blick zu. »Haben wir schon etwas von der Strahlenflotte?«

Die Generalin schüttelte den Kopf. »Unsere Netzwerk-Links zu denen sind schon fast genauso lange tot wie unsere Links zu Onyx.«

Plötzlich fuhr Dehya hoch: »Zwei ERKomm-Sternbrecher sind im Anflug auf den Orbiter. Und ein paar Solos. Das ist alles. Nein, eine Stinger ist auch noch dabei.« Wieder schlang sie ihre Arme um den Leib, um sich aufzuwärmen. »Verzweifelt.«

»›Verzweifelt‹?«, fragte Tikal nach.

»Der ERKomm-Verband, der gegen Onyx ausgezogen ist, ist fort.« Sie holte tief Luft und setzte sich ein wenig aufrechter auf das Sofa. Eldrin konnte fühlen, wie sie ihr Denken und Fühlen wieder in ihren Körper zurück rief. »Sie haben nicht annähernd genug Truppen, um den Orbiter einzunehmen«, sagte sie, nun mit festerer Stimme. »Sie schicken ein Sondereinsatzkommando, das schnell hinein und schnell wieder heraus soll. Sie sind hinter etwas Speziellem her.«

»Ihnen«, konstatierte Tikal.

Dehya musste schlucken. »Ja, sie wollen mich. Taquinil.

Eldrin. Sie wissen, dass das Netzwerk zusammenbricht. Sie wollen so viele Schlüssel wie irgend möglich, und den Rest wollen sie töten, damit, wenn all das hier vorbei ist, es einfacher für sie ist, das Netzwerk wieder aufzubauen, und schwerer für uns.«

Tikal wandte sich Generalin Majda zu. »Was ist mit dem Rest der Rubin-Dynastie?«

»Wir haben von den Verbandlern gehört, bevor unsere Links zu ihnen zusammengebrochen sind«, antwortete Majda. »Sie haben Denric Valdoria von Sandsturm abgeholt und ihn nach Lyshriol gebracht, damit er mit dem Rest der Familie zusammen ist. Die Truppen des Planetenverbandes haben die Abwehr von Lyshriol verdreifacht. Der Schlüssel Zum Netzwerk Eldrinson und Ratgeberin Roca befinden sich auf der Erde, die über eine sogar noch bessere Abwehr verfügt.«

Casestar sprach in den Kommunikator in seinem Handgelenkschutz. »›Sicherheit‹, schicken Sie die Abaj-Jagernauts her!«

»Sind unterwegs«, antwortete ›Sicherheit‹.

»General Majda.« Gaithers Stimme drang aus dem Kommunikator der Generalin. »Wir haben ein Problem! Die ERKomm-Verbindungen zu unserem Netzwerk blockieren unser eigenes Vorgehen.«

»Können Sie eine reziproke Ortung durchführen?«, fragte Majda sofort. »Ihre Verbindungen bis in ihr eigenes Netzwerk zurückverfolgen?«

»Das versuchen wir schon«, entgegnete Gaithers. »Bisher sind sie uns entwischt.«

»ERKomm hackt sich mit Versorger-TelVers in unser Netzwerk ein.« Dehya ballte die Hände in ihrem Schoß zu Fäusten. »Das schaffen ihre Versorger nicht. Die *sterben* dabei! Aber für die Händler gehören sie ja bloß zur Ausrüstung! ERKomm verbraucht die fast so schnell, wie sie sie installieren.« Sie erschauderte. »Es ist ihnen doch völlig egal, wie viele Versorger sie dabei verheizen. Sie wollen sich diese

Chance am Orbiter nicht entgehen lassen. Wenn das Psiber-Net zusammenbricht, dann war's das.«

Tikal sah sie nachdenklich an. »Wird es der Triade Schaden, wenn das Netzwerk zusammenbricht?«

»Das weiß ich nicht.« Sie wirkte fast durchscheinend, so sehr hatte ihre Erschöpfung ihre zarte Schönheit ausgehöhlt. »Es ist zuvor noch nie passiert.«

Tikal starrte sie an, dann blickte sie zu Majda. »Es ist noch nie ausgefallen?«

»Nicht vollständig«, bestätigte Majda.

»Teile sind schon früher zusammengebrochen«, warf Admiral Casestar ein. »Abschnitte des OE-Netzwerks oder kleinere Bereiche des Psiber-Nets. Aber die Störung blieb immer lokal. Eine Komplett-Abschaltung hat es noch nie gegeben.«

»Es wird auch diesmal nicht zwangsläufig alles ausfallen«, meinte Dehya. »Wir haben die Langstrecken-Knoten verloren, aber der Psiberspace selbst ist intakt.«

Ein Klingeln ertönte, und Eldrin hörte, dass eine Tür geöffnet wurde. Dann betraten mit großen Schritten acht Abaj-Jagernauts das Wohnzimmer. Alle waren auffallend groß, deutlich über zwei Meter; diesen Körperbau hatten sie von ihren Vorfahren geerbt, den Abaj Tacalique, die vor sechstausend Jahren geschworen hatten, die Rubin-Dynastie zu beschützen. Noch heute wurde dieser Eid in Ehren gehalten. Sie trugen schwarze Jagernaut-Uniformen und schwarze Stiefel, massive Handgelenkschützer aus Leder und Metall, die bis zu ihren Ellbogen reichten, und dazu an ihren Hüften riesige, glänzend schwarze Zerleger-Gewehre.

Casestar teilte vier der Abaj Eldrin und Dehya zu, vergrößerte auf diese Weise ihre Leibwache, die ohnehin schon aus vier Jagernauts bestand; die anderen vier Abaj schickte er ins Nebenzimmer. Kurze Zeit später kehrten sie zurück, in Begleitung eines erschöpften Taquinil in völlig zerknautschter Kleidung. Seine Frisur war durcheinander, offensichtlich war er sich unzählige Male mit den Fingern durch das Haar gefahren;

sein Gesichtsausdruck war verwirrt, er schien nicht zu begreifen, warum jetzt diese Abaj um ihn herum aufragten, zwei Köpfe größer als er und mehr als doppelt so schwer.

Wieder sprach Majda in ihren Kommunikator. »Gaithers, haben Sie weitere Daten über die ERKomm-Schiffe, die sich im Anflug befinden?«

»Unser Netzwerk ist immer noch blockiert«, erwiderte Gaithers. »Das ganze verpuggte Ding! Aber wir haben ihre Verbindungen bis zu ihrem eigenen Netzwerk zurückverfolgt und ihre Computer jetzt lokalisiert. Wir können nicht auf sie schießen, aber sie auch nicht auf uns.«

»Sie werden versuchen, das Steuersystem der Hangars zu infiltrieren«, überlegte Casestar laut. »Damit sie uns entern können.«

»Sie sind bereits im Netzwerk des Hangar-Steuersystems«, warf Taquinil ein.

»Überall«, erklärte Dehya. »Sogar in den Zusatzhangars.«

Majda sprach in ihren Kommunikator. »Gaithers, lassen Sie nicht zu, dass sie andocken! Mir ist egal, wie Sie das anstellen! Rammen Sie deren Schiff mit Ihrem eigenen, wenn Sie das müssen! Aber halten Sie die vom Orbiter fern!«

»Wir versuchen, über die Automatikabschaltung die Kontrolle zurückzugewinnen«, meldete er. »Aber die Systeme reagieren einfach nicht. Wenn das so weitergeht, kann es sein, dass wir nachher den Orbiter rammen!«

Casestar fluchte. »Wir haben eine Stadt hier, randvoll mit Zivilisten, und keinerlei Möglichkeit, uns gegen Einsatzkommandos von ERKomm zu verteidigen.«

»Die wollen die Rubin-Dynastie«, erinnerte Tikal die Anwesenden. »Nicht Die Stadt.«

Dehya schaute ihn an. »Sie wollen auch dich, Barcala.«

Casestar sprach in seinen Kommunikator. »›Sicherheit‹?«

»Wir überwachen Sie alle«, bestätigte ›Sicherheit‹. »Fast jedes einzelne Verteidigungssystem des ganzen Orbiters ist auf das Haus gerichtet. Derzeit ist es der bestgeschützte Ort der Station.«

»Das reicht nicht«, entgegnete Dehya.

Casestar wandte sich zu ihr um. »Wieso?«

»ERKomm bohrt mit Würmern Löcher in das Sicherheits-Netzwerk.«

Wieder sprach Casestar in seinen Kommunikator. »›Sicherheit‹, liegen Ihnen Berichte über eine Verletzung der Sicherheitssysteme vor? Schlüssel Zur Versammlung Selei sagt, ERKomm hätte Würmer eingesetzt.«

»Positiv!«, bestätigte ›Sicherheit‹. »Wir schalten sie aus, sobald wir sie finden. Wir haben bereits mehrere Knoten wegen des Befalls vollständig abriegeln müssen.«

Jetzt war wieder Gaithers über Majdas Kommunikator zu vernehmen. »General, wir schätzen, dass die ERKomm-Schiffe in etwa zwei Minuten eintreffen werden!«

»Sie müssen sie aufhalten!«, wiederholte Majda. »Wenn Ihre Navigationssysteme eingefroren sind, dann müssten es deren Navigationssysteme doch auch sein!«

»Wir versuchen es. Das verdammte Netzwerk fluktuiert hier kreuz und quer. Wir können nicht ... *das war's!*«

»Gaithers?«, fragte Majda.

»Wir haben uns verschätzt. Sie sind da! Zwei Sternbrecher, vier Solos ...verdammt noch mal, diese Stinger da ...«

Über die plötzlich eintretende Stille war eine andere Stimme zu hören: »General, hier spricht Oberst Marland. Die Händler haben eine Stinger genau auf Gaithers Schiff geschleudert. Beide Schiffe wurden zerstört.«

Majda ballte ihre Hand zur Faust, und eine Welle des Zorns, vermischt mit tief empfundener Trauer, brandete von ihrem Denken und Fühlen aus durch den ganzen Raum. »Was ist mit den anderen Schiffen?«

»Unsere Jags haben die ERKomm-Solos angegriffen«, berichtet Marland. »Den einen Sternbrecher können wir abwehren, aber der andere dockt gerade an.«

Eldrin trat einen Schritt vor und merkte, wie seine turmhohen Wachen ihm folgten. »Wir können nicht länger hier bleiben!«

Tikal erhob sich und stand jetzt unmittelbar vor ihm. »Sie haben ›Sicherheit‹ gehört! Das hier ist derzeit der Ort mit der besten Verteidigung auf dem ganzen Orbiter!«

Eldrin fühlte, wie sehr Dehyas Denken und Fühlen sich abmühte, die Invasion von ERKomm in das Netzwerk des Orbiters zu verfolgen. »Das reicht nicht aus!«

Aus Casestars Kommunikator war die Stimme von ›Sicherheit‹ zu hören. »Fürst Eldrin, wir mühen uns nach Kräften. Verpuggt noch mal, wir würden die mit bloßen Händen angreifen, wenn das notwendig würde! Ich schwöre Euch, wir werden nicht zulassen, dass ERKomm Eure Familie entführt!«

»Und dafür haben Sie unsere immer währende Dankbarkeit.« Eldrin betrachtete Dehya, fühlte, was sie fühlte, spürte die lautlose, unbarmherzige Invasion. »Aber das reicht nicht aus! Wenn wir auf dem Orbiter bleiben, dann wird ERKomm uns gefangen nehmen.«

»Sie können den Orbiter jetzt nicht verlassen«, meinte Majda.

»Doch, können wir«, widersprach Dehya.

»Bringen Sie uns zum Ersten Schloss!«, verlangte Eldrin.

»Nein«, sagte Casestar. »Der Lageraum ist deutlich schwerer zu sichern.«

»Sie müssen uns dort hinbringen!«, beharrte Eldrin.

»Warum?«, wollte Casestar wissen. »Dort sind Sie viel leichter angreifbar.«

»Von da aus kann ich es schaffen«, erklärte Dehya.

»Was ›schaffen‹?«, fragte Majda nach.

»Mich auflösen«, sagte Dehya. »In das Netzwerk eintauchen.«

Majda runzelte die Stirn. »Was?!«

»Transformieren«, erläuterte Taquinil. Er sah seinen Vater an. »Aber ich weiß nicht ...« Die Anspannung war seinem Gesicht deutlich abzulesen. »Vater, du bist nicht so verflochten damit wie wir.«

»Wovon reden Sie denn überhaupt?«, fragte Casestar.

»Meine Gemahlin und mein Sohn sind …« Eldrin suchte verzweifelt nach Worten, mit denen er etwas beschreiben konnte, was er nur intuitiv zu verstehen vermochte. »Sie sind hier, aber nicht ganz. Nicht vollständig. Sie haben sich bis in den Psiberspace ausgedehnt.« Er kniete vor Dehya nieder und nahm ihre Hände in die seinen. »Das war doch das, was du gemacht hast, oder? Du bist zu einem Teil des Netzwerks geworden.«

»Unsere Körper sind Wellenfunktionen«, erklärte sie. »Der Psiberspace ist nur ein weiterer Hilbert-Raum. Es sollte also möglich sein, unsere Wellenfunktionen vom Raum-Zeit-Kontinuum in den Psiberspace zu transformieren.« Sie umschloss sein Gesicht mit ihren Händen, hielt es fest, als sei es ein Kleinod. »Taquinils Denken und Fühlen ist dem meinen sehr ähnlich. Aber deines ist ganz anders. Das macht es sehr schwer, für dich die richtige Transformation zu finden. Ich weiß nicht, ob das bei dir schon funktionieren wird. Ich *weiß* es einfach nicht!«

Jetzt ergriff Casestar das Wort. »Sie sprechen doch jetzt davon, ihren Körper in Gedanken umzuwandeln, oder? Um ein Teil des Psiber-Nets zu werden?«

»Ja«, bestätigte Eldrin.

Majda sah Dehya ungläubig an. »Selbst wenn Ihr etwas Derartiges wirklich könntet, wie würdet Ihr denn dann wieder zurückkommen können?«

»Transformationsumkehr«, meinte Dehya nur.

»Wie das?«, fragte Casestar.

»Das weiß ich noch nicht«, gab Dehya zu. »Aber ich würde es lieber riskieren, im Netzwerk verloren zu gehen, als eine Gefangene der Händler zu werden.«

Eldrin warf Taquinil einen Blick zu, und sein Sohn nickte. Eldrin stand auf und streckte Dehya die Hände entgegen. Als sie danach griff, half er ihr auf die Beine. »Wir müssen jetzt gehen«, sagte er zu Generalin Majda. »Solange uns noch die Zeit dazu bleibt.«

Die Generalin sprach wieder in ihren Kommunikator. »Marland? Lagebericht!«

»Wir wehren die Solos und einen Sternbrecher ab«, meldete er. »Der andere Brecher hat angedockt.« Aus dem Hintergrund waren gemurmelte Stimmen zu vernehmen. Dann sagte Marland: »ERKomm-Kroiden haben den Orbiter geentert. Vier ... korrigiere: fünf Einheiten.«

»Wir müssen *jetzt* aufbrechen!«, drängte Eldrin. »Sonst ist es zu spät!«

Majda hatte sich entschieden. »Also los!«

Casestar sprang auf. Umringt von Leibwächtern rannten er, Eldrin, Dehya und Taquinil aus dem Haus. Die geringere Schwerkraft ließ ihre Bewegungen unwirklich erscheinen, jeder Sprung trug sie unnatürlich hoch und weit. Der Mag-Bahn-Wagen, der die Abaj zum Haus gebracht hatte, stand noch auf der Plattform, und während sie näher kamen, öffneten sich bereits die Türen. Sechs der Abaj sprangen als Erste hinein. Als Dehya den Wagen erreicht hatte, fasste einer der Abaj sie um die Taille und hob die Pharaonin hinein, als wiege sie nicht das Geringste. Eldrin schob Taquinil hinterher und sprang dann selbst hinein, gefolgt von Admiral Casestar und den anderen sechs Jagernauts.

Während der Wagen über die Berge dahinschoss, überwachte Casestar über den Kommunikator in seinem Handgelenkschutz die Invasionskommandos und die IRK-Trupps. Die zusammenbrechende Kommunikation machte es zunehmend schwerer, die Eindringlinge aufzuspüren. Doch es klang ganz so, als hätten die feindlichen Einheiten sich geteilt.

Mit einem Kreischen kam der Wagen an einer Plattform nahe des Orbiter-Rumpfes zum Stehen. Es dauerte nur Sekunden, bis sie den Lageraum erreicht hatten. Als sie in das Amphitheater stürmten, war ein Geräusch von den Laufstegen über ihnen zu hören. Eldrin blickte auf und sah vier Kroiden, ERKomm-Krieger in Ganzkörper-Panzeranzügen – wandelnde Festungen, fast zweieinhalb Meter groß, ERKomms Antwort auf die Jagernauts: besser geschützt, aber langsamer als ihre skolianischen Pendants. Ihre verspiegelten Oberflächen ließen das Licht zersplittern.

»LAUFEN SIE!«, brüllte Casestar.

Eldrin, Dehya und Taquinil rannten auf das Podest des Amphitheaters zu. Einige ihrer Leibwächter begleiteten sie, während die anderen das Feuer auf die Kroiden eröffneten. Die Schüsse der Zerleger ließen winzige, orangefarbene Funken in der Luft tanzen, die daher stammten, dass ihre Abitonen-Strahlen subelektronische Bitonen vernichteten. Mit einer Ruhemasse von 1.9 eV und einer Ladung von 5.95 x 10^{-25} C benötigten Abitonen nur einen Beschleuniger mit einem Durchmesser von fünfzig Zentimetern und einem Magnetfeld von 0.0001 Tesla Stärke. Die Luft war zu dünn, um die Strahlen signifikant abzuschwächen. Aber dort, wo sie auf die Kroiden trafen, verschwand die verspiegelte Panzerung in einer Explosion orangefarbenen Lichtes.

Eldrin hatte nicht die Zeit nachzusehen, ob die Strahlen auch die Krieger selbst ausgeschaltet hatten und nicht nur die Rüstungen. Dehya und er sprinteten über das Podest, Taquinil war unmittelbar hinter ihnen. Einer der Jagernauts, der neben Eldrinson rannte, stieß einen sonderbaren Laut aus, als hätte er zu schnell ausgeatmet. Er wurde zur Seite geschleudert und wirbelte mehrere Meter durch die Luft, bevor er gegen eine Konsole krachte.

»Alle Götter, nein!«, flüsterte Dehya. Ein weiterer Jagernaut brach zusammen, er war in den Rücken getroffen worden. Eldrin rannte weiter, wandte sich dabei kurz um und sah, dass weitere Kroiden in den Lageraum stürmten – durch genau den Eingang, den sie selbst vor nur wenigen Sekunden benutzt hatten.

Taquinil stolperte und fiel auf ein Knie. Ein Abaj-Krieger fasste ihn um die Taille und riss ihn schwungvoll wieder auf die Beine, trug ihn noch mehrere Schritte, bis der Rubin-Prinz sein Gleichgewicht wiedergefunden hatte. Sobald er sah, dass Taquinil wieder allein laufen konnte, wirbelte der Abaj herum und feuerte auf ihre Verfolger.

Ein Kran wurde von der Sternenkuppel genau auf Dehya zugeschwenkt. Noch bevor er über ihr zum Stehen kam, sprang ein Kroide aus der Schale am Ende des Auslegers. Mit entsetzlicher Deutlichkeit sah Eldrin den gepanzerten Riesen hinter ihr landen; der Schwung seines Aufpralls ließ das Podest erzittern. Dehya lief immer noch weiter, blickte über ihre Schulter, ihr offenes Haar wirbelte um ihren Leib. Mit einem großen Schritt hatte er sie erreicht, schlang ihr seinen Arm um die Taille. Sie stieß einen Schrei aus, als er sie in die Luft hochriss. In seinen massigen Armen wirkte sie wie ein kleines Kind oder wie eine Puppe, die er mit einer einzigen Bewegung zerstören konnte.

Bevor der Kroide auch nur die Möglichkeit hatte, mit seiner Gefangenen einen Schritt weiterzugehen, wurde er von zwei Schüssen getroffen. Ein Jagernaut zu seiner rechten hatte seinen Zerleger abgefeuert, und der Abitonen-Strahl ließ den Helm des Kroiden in einem orangefarbenen Lichtblitz explodieren; er zerstörte erkennbar mehr als nur das Metall der Rüstung. Zu seiner Linken feuerte ein Jagernaut ein EM-Impuls-Gewehr ab, das rasiermesserscharfe Projektile in die Rüstung des Kroiden jagte. Diese Projektile konnten die Rüstung nicht durchdringen, doch der Schwung stieß den Riesen zur Seite und brachte ihn ins Wanken; er stürzte, Dehya immer noch in den Armen.

Eldrin rannte bereits auf die beiden zu, doch er wusste dass er Dehya nicht würde erreichen können, bevor sie vom massigen Gewicht des Kroiden zerquetscht würde. Dann feuerte der Jagernaut mit dem Impuls-Gewehr erneut, und die Wucht des Aufpralls veränderte die Fallkurve des Kroiden so, dass er auf die Seite stürzte und auf diese Weise Dehya verfehlte.

Einer der Abaj erreichte Dehya und löste mit einem Ruck den Arm des Kroiden von ihrem Körper. Sie hatte sich bereits aus eigener Kraft dagegen gewehrt, festgehalten zu werden; sobald sie frei war, kämpfte sie sich auf die Beine und rannte wieder los.

Rutschend kam Eldrin zum Stehen und änderte die Richtung, dann stürmte er weiter, nun auf den Schloss-Korridor zu. Vor dem Eingang blieb er stehen, gerade lange genug, dass Taquinil und Dehya an ihm vorbeikamen und in den Korridor huschen konnten. In genau diesem Augenblick kam ein Abaj auf ihn zugestürmt. Eldrin war ein hochgewachsener Mann, größer als einen Meter achtzig, und mit recht massigem Körperbau, doch der Abaj hob ihn hoch, als wiege er gar nichts, und schleuderte ihn fast in den Korridor hinein. Eldrin fand sein Gleichgewicht wieder und sprintete vorwärts, nur wenige Schritte hinter seiner Gemahlin und seinem Sohn, rannte den langen, langen Flur in das Herz des Orbiters hinunter, bis zum Ersten Schloss, dem Geburtsort des Skolianischen Netzwerks.

Durchscheinende Säulen voller filigranster Mechanik blitzten neben ihm auf, im Inneren der Säulen wirbelten Lichter umher. Eldrin hörte schwere Stiefel, die hinter ihm auf dem Boden klirrten: die Jagernauts rannten, es waren weniger als noch vorhin. Das Ende des Flures kam immer näher, es war inzwischen nicht mehr nur der perspektivische Fluchtpunkt, sondern ein achteckiger Bogendurchgang, der von wild rasenden Lichtern gesäumt war.

Sie rannten in das Schloss hinein.

Die Energie des Netzwerks erfüllte die Kammer mit einem lauten, Ehrfurcht gebietenden Summen. Der achteckige Raum maß nur wenige Schritte im Durchmesser. Seine Mitte war von einer Singularität durchdrungen: eine Lichtsäule, die aus einer achteckigen Öffnung im Boden aufstieg und dabei das Gefüge der Realität sprengte. Sie schien funkelndem Nebel zu entspringen und verschwand über ihren Köpfen in einem undeutlich erkennbaren Schimmern.

Diese Säule stellte eine Kyle-Singularität dar, eine Nadel, die den Stoff des Raum-Zeit-Kontinuums zu durchstoßen vermochte. Die Technologie, die erforderlich war, etwas Derartiges zu schaffen, war seit langem verloren, sie war mit dem Rubin-Reich untergegangen. Die drei Kyle-Singularitäten – die Schlösser –, waren alles, was von den unheimlichen Kyle-Wissenschaften des Rubin-Reiches noch übrig war.

In dieser Kammer schritt die Zeit träger als an anderen Orten voran. Eldrin sah, dass Dehya und Taquinil sich wie in Zeitlupe bewegten, als sie auf die Säule zuliefen. Die Realität wurde zähflüssiger, ein schweres Öl. Als er sich, ebenfalls in Zeitlupe, umdrehte, sah er, dass sein Abaj-Leibwächter in den Schloss-Korridor zurückblickte. Nur wenige Schritte hinter dem Abaj betraten vier ERKomm-Kroiden die Kammer. Mit unerträglicher Langsamkeit eröffneten der Abaj und ein Kroide aufeinander das Feuer. Der Kroide taumelte einen Schritt zurück ... und der Abaj brach langsam zusammen, er war in die Brust getroffen worden.

Dryyyyyyninini, hallte Dehya Stimme wieder. Wir können dich nicht orten ...

Geht jetzt!, dachte er

Sie streckte ihm die Arme entgegen. Nicht ohne dich ...

Eldrin spürte, wie ein massiger Arm ihm um die Taille gelegt wurde, und er wusste, dass ihre Zeit abgelaufen war. Mit einer kräftigen, ruckartigen Bewegung stieß er Dehya auf die Säule zu. In Zeitlupe, ihr Gesicht vor Verzweiflung ganz rot, stolperte sie gegen Taquinil – und gemeinsam stürzten Eldrins Gemahlin und sein Sohn in die Singularität.

Ihre Körper *schwebten* um die Säule herum. Eldrin sah, wie ihre Gesichter über die ganze Singularität verteilt und dann durchscheinend wurden, verblassten. Es dauerte kaum einen Sekundenbruchteil. Er aber hatte das Gefühl, als hätte er eine Ewigkeit zusehen müssen, wie die zwei Menschen, die er mehr liebte als sein eigenes Leben, sich in diese Unwirklichkeit auflösten.

Der Kroide, der ihm den Arm um die Taille gelegt hatte, hob ihn jetzt an. Eldrins Füße berührten nicht mehr den Boden, und die Kammer zog an seinem Blickfeld vorbei. Dann sah er den Eingang wieder vor sich; er fiel in Zeitlupe darauf zu, als der Kroide ihn vorwärts stieß.

Im gleichen Augenblick, in dem Eldrin durch den Durchgang fiel, wurde die Zeit wieder beschleunigt, und er krachte schmerzhaft auf den Boden. Bevor er noch zu Atem kommen konnte, rissen ihn zwei Kroiden schon wieder auf die Beine. Ihm wurde schwindlig, als er die leblosen Körper weiterer Jagernauts auf dem Boden des Korridors liegen sah. Jon Casestar war nicht hier, doch Eldrin empfand eine Leere in seinem Denken und Fühlen, wo er einst den Admiral zu finden gewusst hatte. Es war zu viel auf einmal, um es alles aufzunehmen: dass sein Freund, den er seit seiner Kindheit kannte und seine eingeschworenen Leibwächter fort sein sollten.

Bevor Eldrin wieder richtig auf den Beinen war, setzten die Kroiden sich schon wieder in Bewegung, auf jeder Seite einer, beide hatten eine behandschuhte Hand um seinen Oberarm gelegt. Seine Zehen scharrten über den Boden, als sie ihn vorwärts schleiften, bis er endlich seine Beine wieder einsetzen und mit ihnen mitlaufen konnte. Er rang nach Atem: Das flackernde Licht trug zu seiner Verwirrung bei, als die Kroiden ihn in einer Geschwindigkeit den Korridor hinunterzerrten, bei der er kaum mithalten konnte.

Sie rannten auf den gleichen MagBahn-Wagen zu, mit dem er zum Lageraum gefahren war, und zerrten ihn hinein. Als der Wagen wieder über die Berge dahinschoss, erstatteten die Kroiden ihren Vorgesetzten in einem derartigen Schnellfeuer-Eubianisch Bericht, dass Eldrin nichts davon verstand. Er konnte gerade noch aufschnappen, dass Einheiten in Tikals Haus vorgedrungen seien, sich aber nicht mehr die Mühe gemacht hätten, nach dem Ersten Ratgeber zu suchen, nachdem klar war, dass die Haupt-Zielpersonen sich nicht mehr dort aufhielten.

Alles schien immer schneller zu werden, als Eldrins Verstand sich mühte, mit den wilden Veränderungen der Realität fertig zu werden, die er in den letzten Augenblicken erfahren hatte. Die Zeit, die der MagBahn-Wagen brauchte, um zur anderen Seite des Orbiters zu kommen, war so komprimiert, dass sie ihm wie wenige Sekunden vorkam. Eldrin wusste, dass er einen Kyle-Schock erlitten hatte: Er war bis an die Grenze des Psiberspace gestoßen und dann wieder zurückgerissen worden, doch er hatte keine Vorstellung, wie er damit umgehen sollte.

Als der Wagen die andere Seite des Orbiters erreicht hatte, zerrten die Kroiden ihn wieder heraus und rannten dann mit ihm los; wieder stürmten sie durch Korridore im Rumpf der Station, sie liefen auf die Hangars zu. Dort lagen weitere Leichen, Tote auf beiden Seiten: IRK, ERKomm. Eldrin hätte schreien mögen, seinen Protest herausschreien gegen das, was er hier sehen musste, sein Entsetzen, seinen Zorn darüber, dass so viel Gewalt angewendet worden war, und das alles nur, um drei Personen gefangen zu nehmen, die doch nichts anderes wollten, als nur in Ruhe gelassen zu werden, damit sie Gleichungen lösen und Lieder komponieren konnten.

Er nahm den Hangar um sich herum nur noch unscharf wahr. Er konnte nicht länger mit den Kroiden Schritt halten, also zogen sie ihn hinter sich her; es kümmerte sie nicht, dass seine Füße über den Boden schleiften und immer wieder gegen Kabel, Unebenheiten im Boden und Leichen stießen. Dann schleuderten sie ihn durch die geöffnete Luke eines Sternbrechers, er fiel zu Boden und rutschte noch einige Meter weiter. Als das Grollen der Antriebe durch das Schiff hallte, vibrierte das Deck unter ihm und ließ seinen Körper erzittern.

Eldrin versuchte, den Tumult der letzten Augenblicke zu begreifen, versuchte sein Zeitgefühl wieder zu normalisieren, doch das war völlig außer Kontrolle geraten. Er konnte nichts mehr sehen, nichts mehr hören, spürte kaum noch das Deck, auf dem er lag. Der Sternbrecher verließ den Hangar, und an seiner immer wieder aufsteigenden Übelkeit bemerkte Eldrin, dass sie in unregelmäßigen Abständen in Quasis versetzt wurden; das Schiff zog sich so schnell zurück, dass noch niemand dazu gekommen war, ihn auf einer Koje zu sichern. Ausgestreckt lag er dort auf dem Deck, die Beschleunigung presste ihn zu Boden, und sein Verstand schien zu implodieren.

Nach und nach ließ der Tumult in seinem Kopf nach. Wurde ruhiger. Langsamer. Eldrin wurde sich wieder seiner eigenen Atmung bewusst. Sein Blickfeld wurde wieder klarer, und er bemerkte, dass er nicht mehr auf dem Deck lag. Gewichtslos schwebte er jetzt in der Luft.

Ein Mann in der schwarzen Uniform eines ERKomm-Majors schwebte quer über die Brücke auf ihn zu. Andere Offiziere saßen in Kommandosesseln, den Blick von ihm abgewandt, überwachten sie die aufgereihten Konsolen. Zuerst dachte Eldrin, über die gesamte Breite der Brücke erstrecke sich ein Aussichtsfenster und gestattete den Blick auf die Sterne, die wie Edelsteine blinkten. Dann begriff er, dass es ein Holoschirm war, auf dem in strahlenden Farben das invertierte Universum abgebildet war, in dem sich das Schiff gerade befand.

Eldrin wusste nicht, wie er mit der Schwerelosigkeit umgehen sollte, doch das war auch bedeutungslos. Der Major bewegte sich mit einer Leichtigkeit, die nur aus jahrelanger Übung gewonnen sein konnte, und zog sich an den zahlreichen Griffen entlang, die an den Wänden des Schiffes befestigt waren. Dann fasste er Eldrins Arm und zog ihn zu einem Sessel im hinteren Teil der Brücke hinüber. Wie alle Hightons war der Mann hochgewachsen und hatte schimmerndes Haar und rote Augen. Als Eldrin das Gesicht seines Gegenübers genauer betrachtete, hatte er das Gefühl, in eine seelenlose Grube zu stürzen, als würde er in das gierige Denken und Fühlen dieses Aristos förmlich hineingesaugt.

Der Major fesselte Eldrin an den Sessel. Er befestigte die Handgelenke an den Armlehnen und die Knöchel an einer Stange, die an der unteren Kante des Sessels befestigt war. Eldrin erinnerte sich an die wenigen Brocken der Highton-Sprache, die er beherrschte, und sprach den Offizier an: »Sie ERKomm, ja? Highton-Major?«

»Ja. Sie befinden sich auf der *Prevailer.*« Er antwortete so langsam, dass Eldrin ihn verstand.

»Sie bringen mich nach Glorie?«, fragte Eldrin weiter.

»Möglich.« Mit konzentrierter Faszination beobachtete der Major, wie Eldrin ruckartig den Kopf bewegte, um eine Locke aus dem Auge zu schütteln. Dann fuhr er mit einer Fingerspitze an Eldrins Kiefer entlang. Schließlich schüttelte er den Kopf, als müsse er versuchen, wieder einen klaren Kopf zu bekommen, und sprach in den Kommunikator in seinem Handgelenkschutz. »Hier ist alles gesichert.«

»Wie viele haben Sie erwischt?«, fragte eine Stimme.

»Einen«, gab der Highton zur Antwort. »Den Gefährten. Die Pharaonin und ihr Erbe haben Selbstmord begangen.«

Selbstmord? Bis zu diesem Augenblick hatte Eldrin nicht begriffen, wie es für Außenstehende ausgesehen haben musste, als Taquinil und Dehya sich aufgelöst und den Realraum verlassen hatten. Er betete darum, dass dieses Erscheinungsbild nicht tatsächlich der Realität entsprochen hatte und auch nicht wahr werden würde. Er hatte gespürt, wie sich ihr Eintreten in das ohnehin bedrängte Netzwerk ausgewirkt hatte.

Der Psiberspace war implodiert.

30

Zuerst wusste niemand davon. Anfänglich schien es sich bei der sich ereignenden Implosion um ein örtlich begrenztes Phänomen zu handeln. Im Hauptquartier des IRK dachte man, es sei nur ein *Glitch* der neuen Software, die im Sicherheits-Netzwerk installiert worden war. Die Vermittler der Imperialen Universität auf Parthonia nahmen an, die alternden Netzwerk-Knoten der Hochschule hätten sich wieder einmal, aus welchem Grund auch immer, selbst abgeschaltet. An den Konsolen von ganz Skolia hoben User erstaunt oder verärgert die Köpfe, klopften gegen ihre Psi-Fon-Stecker und überprüften ihre Hardware.

Dann begann das Netzwerk sich aufzulösen.

Auf jedem Planeten, in jedem Habitat und an Bord jedes einzelnen Schiffes des Skolianischen Imperialats verschwanden einfach so sämtliche Links des Psiberspace, von denen die gesamte Zivilisation zusammengehalten wurde. User versuchten, auf andere Knoten zuzugreifen, suchten nach einem Netzwerk, das gar nicht mehr existierte. Nachrichten, die über den Psiberspace versandt werden sollten, kehrten wieder zu ihren Absendern zurück. Bei den System-Vermittlern gingen die ersten Beschwerden ein. Während ein SyVer nach dem anderen erfolglos versuchte, auf den Psiberspace zuzugreifen, verstärkte sich der Effekt: Aus dem Rinnsal der eingehenden Beschwerden wurde ein Strom, dann eine Flutwelle.

Es gab keine offiziellen Zahlen darüber, wie viele optoelektrische Links in das Psiber-Netzwerk existierten. OE-Systeme waren räumlich begrenzt, ihre Reichweite ging nicht über einen, maximal zwei Planeten hinaus, und ihre Geschwindigkeit war beschränkt durch die Lichtgeschwindigkeit. Die größeren OE-Netzwerke waren allgemein bekannt, doch die kleineren Netzwerke veränderten sich zu schnell, als dass man deren Entwicklung systematisch hätte verfolgen können. Die Gesamtzahl der Einzeluser-Links veränderte sich ständig, Milliarden von Veränderungen in jeder Sekunde.

Als der Psiberspace implodierte, verloren all diese Links ihren Haltepunkt. Milliarden von OE-Verbindungen wurden getrennt. Außerhalb des Psiber-Nets konnten Nachrichten vom Netzwerk eines Sternsystems zum Netzwerk eines anderen Sternsystems mit einer halbwegs akzeptablen Geschwindigkeit nur mit Hilfe von Raumschiffen befördert werden. Deswegen begriff zunächst niemand, dass auf jedem einzelnen Planeten und jedem einzelnen Raum-Habitat des Imperialats, nur Augenblicke, nachdem das Psiber-Net zu existieren aufgehört hatte, auch die OE-Netzwerke zusammenbrachen.

Es gab keine vollständigen Aufzeichnungen über die Links der Netzwerke von Skolianern, Verbandlern und Händlern. Große Zentren des Imperialats bewahrten Aufzeichnungen über ihre PsiberLinks zu allen Systemen auf, die nicht zum Imperialat gehörten; aber das entsprach nicht einmal der Oberfläche eines sehr, sehr tiefen Ozeans. Billionen von Menschen gehörten zu den drei Zivilisationen, in deren Kultur es vor Computern nur so wimmelte. Pico-Netzwerke durchzogen Gebäude, Schiffe, Habitate, nahezu alles, was jemals von Menschenhand geschaffen worden war – und menschliche Körper selbst noch dazu.

Das Netzwerk kannte keinerlei politische oder räumliche Grenzen. Es existierte in sich selbst und aus sich selbst heraus – ein Organismus, der über die Jahrhunderte immer weiter gewachsen war. Als das Netzwerk des Imperialats implodierte, riss es auch die Knoten von Eubianern und Verbandlern mit, die ebenfalls Teil des Netzwerkes gewesen waren. Das führte zum Versagen aller OE-Knoten, die mit den ausfallenden in Verbindung gestanden hatten. Der Zusammenbruch schwappte über Eubia und den Planetenverband hinweg wie eine tosende Flutwelle – und in einem gewaltigen, sich über alle Grenzen, alle Planeten und alle Sterne hinwegsetzenden Zusammenbruch hörten die gemeinsamen Netzwerke dreier interstellarer Reiche zu existieren auf.

Völlig lautlos bewegte sich die Strahlenflotte durch den Weltraum, doch für Soz, die ganz vom Zusammenbruch des Netzwerks gefangen genommen war, schienen die Schiffe mit ohrenbetäubendem Lärm in das Sternsystem von Glorie vorzustoßen. Stocksteif saß sie in ihrem Kommandosessel, ihre Muskeln waren so angespannt, dass die Sehnen in ihrem Nacken deutlich hervortraten. Als der Psiberspace implodierte, klammerte sie sich an den winzigen Rest des Netzwerks, der zur Strahlenflotte gehörte, und verließ sich ganz auf die Kraft ihres durch das Schloss noch verstärkten Denkens und Fühlens, um die Implosion von diesem kleinen Ausschnitt der Realität fern zu halten.

Die Flotte ließ sich in den Realraum zurückfallen; sie schickte Tau-Geschosse voraus, die sich mit 95 Prozent der Lichtgeschwindigkeit fortbewegten – schnell genug, dass sie beim Aufprall so viel Energie haben würden wie zahlreiche Megatonnen-Bomben. Die Flotte von Glorie bestand aus mehr Schiffen und besaß mehr Waffen, doch der Zusammenbruch des Netzwerks hatte ERKomm nahezu lahm gelegt. Die Strahlenflotte schlug eine Schneise durch die Verteidigungssysteme von Glorie, vernichtete Drohnen, Satelliten und Waffenplattformen. Skolias Angriffsverband schoss am Planeten selbst vorbei und hielt geradewegs auf die Sonne zu. In perfekt gleichförmiger Bewegung invertierten die Schiffe der Strahlenflotte, beschleunigten weiter und flogen in engem Bogen um den Stern des Systems von Glorie herum. Dann schossen sie wieder auf den Planeten zu und ließen sich erneut in den Realraum zurückfallen; wie eine einzige Wand reiner relativistischer Energie schienen sie direkt aus der Sonne herauszutreten.

Beim zweiten Anflug der Strahlenflotte vernichtete ERKomm 80 Prozent der verblieben IRK-Drohnen. Den bemannten Schiffen erging es besser; sie waren sehr viel erfolgreicher darin, den tödlichen Energiestößen ihrer Gegner auszuweichen, schließlich befanden sich ihre TelVers auch noch im Netzwerk. Und die Verluste waren auch nicht auf die Strahlenflotte beschränkt: Das IRK zerstörte einen Großteil dessen, was von den Verteidigungsanlagen im Orbit noch übrig war.

Als die restliche Strahlenflotte wendete, um ein drittes Mal den Planeten zu passieren, sandte Soz einen Ruf in die Überreste des Psiberspace hinaus, die sie bisher noch hatte zusammenhalten können. **Alle raus aus dem Netzwerk! JETZT!**

Ihren Leuten blieb nur ein winziger Augenblick zu reagieren. Dann, mit einem gewaltigen, ruckartigen Aufbäumen, implodierte auch der letzte Rest des Psiberspace und stürmte mit der donnernden Wucht einer Flutwelle auf Soz' Denken und Fühlen ein.

Sie stöhnte auf, sank in ihrem Sessel zusammen und nahm plötzlich wieder wahr, was um sie herum geschah. Sanitäter drängten sich um sie, alle schwebten im freien Fall durch das Schiff; sie bepflasterten ihren ganzen Körper mit Diagnose-Bändern und stachen ihr Dinge aller Art in die Arme.

»Was macht ihr denn da?«, meinte sie ärgerlich.

Eine Ärztin, eine mollige Frau mit ergrauendem Haar, atmete offensichtlich erleichtert tief durch. »Wir dachten schon, wir würden Euch verlieren, Herrin!«

Soz setzte sich aufrecht hin und verzog schmerzhaft das Gesicht, als sie spürte, wie sehr ihre Muskeln sich gegen die Bewegung wehrten. Sie wusste nicht, Sie lange sie reglos in ihrem Sessel gesessen hatte, doch jeder einzelne Teil ihres Körpers schmerzte.

»Imperatorin Skolia!« Barzuns Stimme drang aus Soz' Ohrstecker-Kommunikator. »Glorie hat Verstärkung aus allen Sektoren von Eubia herbeigerufen. Wenn wir den Planeten selbst angreifen wollen, dann müssen wir es *jetzt* tun! Wenn wir nicht hier weg sind, bevor die Verstärkung eintrifft, sind wir erledigt!«

Soz rieb sich das Gesicht und versuchte, sich auf die aktuelle Situation zu konzentrieren. »Wie sieht unser Status aus?«

»Achtzigtausend Schiffe«, antwortete Barzun. »Wir räumen gerade die Orbit-Verteidigungsanlagen von Glorie aus dem Weg und zerstören die planetaren Knoten. Gerade eben haben wir auch die Militäreinrichtung *Silicate Rift* am Tarja-Kap von Kuraysien zerstört. Zivileinrichtungen versuchen wir zu verschonen, vom Palast selbst abgesehen – der ist geradezu voll gepackt mit ERKomm-Knoten. Wir versuchen aber, chirurgisch vorzugehen und sie herauszuschneiden, ohne den Rest des Palastes zu beschädigen.«

»Gut«, nickte Soz. »Nur Militäreinrichtungen.« Auf Glorie lebten Milliarden von Zivilisten, nur ein winziger Bruchteil davon waren Aristos. Zivilisten zu töten verbot nicht nur die Halstaad-Konvention, sondern auch Soz' Gewissen.

Sie schlug sich ein paar Mal selbst aufmunternd auf die Wangen, aber auch das ließ sie sich nicht ein Stück wacher fühlen. Sie war deutlich überanstrengter, als ihre NanoMeds so schnell hätten kompensieren können. Sie konnte sich nicht einmal erinnern, wann sie das letzte Mal geschlafen hatte. Mühsam richtete sie ihren Blick auf die untersetzte Ärztin und sagte: »Geben Sie mir ein Stimulans!«

»Ich glaube nicht, dass Ihr das tun solltet«, gab die Frau zur Antwort. »Ihr seid jetzt bereits überanstrengter, als ich verantworten kann.«

»Ärztlichen Ratschlag zur Kenntnis genommen«, sagte Soz. »Und jetzt geben Sie mir etwas!«

Die Frau öffnete den Mund, um zu protestieren. Soz blickte sie finster an, und die Ärztin hob abwehrend die Hände: Sie gab sich geschlagen. Dann wählte sie eine Wirkstoffkombination für die Pressluftspritze und verabreichte Soz die gewählte Dosis.

Sofort wurden Soz' Gedanken klarer. Sie sprach in ihren Kommunikator: »Barzun, sind die L-Trupps einsatzbereit?«

»Versammeln sich gerade im Landungs-Hangar«, berichtete er.

»Die letzten Instruktionen gebe ich ihnen selbst.« Soz löste sich aus dem Sessel, und die Mediziner zogen sich ein wenig zurück, damit sie mehr Platz hatte. Sie schwebte frei im Raum, über die Plattform hinweg, an der die Laufstege verankert waren, die sich von der Sternenkuppel bis zu ihrer Kommandostation erstreckten. Unter sich sah sie, wie das Personal auf der Brücke an seinen Konsolen arbeitete.

Sie zog sich auf einen der Laufstege. Als ihre Stiefel ihn berührten, gab einer ihrer Spinal-Knoten eine Anweisung an die Buchsen in ihren Fußknöcheln, von denen die Anweisung an die NanoBots in den Sohlen ihrer Stiefel weitergeleitet wurde: So erhielten diese den Befehl, ihre Molekularhaken auszufahren, sodass die Stiefel auf dem Laufsteg hafteten.

Der Steg schwankte, als Soz sich auf den Weg zu einer Luke auf der anderen Seite der Brücke machte. Der ständig rotierende Rumpf des Kreuzers war nicht mit der Brücke verbunden; vielmehr erstreckte er sich von dort aus in Form eines Doppelwandzylinders mit einem Durchmesser von einem halben Kilometer und einer Länge von sieben Kilometern. Soz betrat den Zylinder in der Mitte seines ›Endstücks‹, genau auf der Rotationsachse, also dort, wo keine Pseudoschwerkraft jemanden desorientieren würde, der von der Brücke in den Zylinder umstieg.

Soz schwebte in eine kreisförmige Kammer hinein, aus der sich, gleich den Speichen eines Rades, Schächte in alle Richtungen erstreckten. Als sie einen davon betrat, zog schwache Schwerkraft sie nach ›unten‹, auf die Außenwand des Zylinders zu. Je weiter sie sich nach außen bewegte, desto mehr nahm diese ›Schwerkraft‹ zu, bis sie schließlich diesen Schacht eher hinunterfiel als -schwebte. Sie griff nach den Sprossen einer Leiter, die an der Wand befestigt war, und kletterte die letzten zehn Meter hinunter.

Am Boden betrug die Schwerkraft etwa ein Zehntel des Standards. Soz öffnete eine Luke und betrat den eigentlichen Zylinder, der sich parallel zur Rotationsachse bewegte. Mit großen Schritten lief sie die metallenen Flure hinunter, sie schwebte mehr, als sie sprang. Immer wenn sie sich in der Luft befand, wurde sie von der Coriolis-Kraft zur Seite gedrückt; geübt glich sie dieses Phänomen aus, indem sie sich gelegentlich von den Schotts abstieß.

Statt zum Landungs-Hangar ging sie jedoch in ihr Büro. Das war von Leuten überfüllt. Jagernauts. Zwanzig Stück. Dort standen sie in ihrer Landungs-Ausrüstung; in dem Moment, in dem Soz den Raum betreten hatte, hatten sie Haltung angenommen: Männer und Frauen in schwarzen Uniformen, die Hände in schwarzen Handschuhen verborgen. Zum Gruß hoben sie die Arme, die Hände zu Fäusten geballt, die Handgelenke überkreuzt.

»Rühren!«, befahl Soz. Sie hatte peinlichste Sorgfalt bei der Auswahl dieser Truppe walten lassen. Zwei der Jagernauts gehörten der Schwarzstern-Staffel an. Vier waren Abaj. Alle hatten mindestens den Dienstgrad eines Sekundärs, vier davon waren Primärs. Keiner von ihnen hatte Familie. Keiner von ihnen hatte enge Bindungen an seine Heimatwelt oder ein wie auch immer geartetes anderweitiges Privatleben, das aufzugeben schmerzhaft gewesen wäre. Doch ihren Persönlichkeitsprofilen zufolge sehnten sie sich alle nach derartigen Bindungen, suchten sie auch zu knüpfen. Als Jagernauts waren sie alle selbstverständlich Psioniker. Soz hatte nur Psioniker der höchsten Einstufung ausgewählt, allesamt echte Telepathen, mindestens Stufe sieben auf der Kyle-Skala. Sie stammten aus allen Teilen des Imperialats, Männer und Frauen aus den verschiedensten Kulturen, den verschiedensten Völkern, den verschiedensten gesellschaftlichen und politischen Hintergründen. Ein breit gestreuter Genpool.

»Ich möchte, dass Sie alle verstehen, was es bedeutet, zu diesem Trupp zu gehören«, begann sie. »Was auch immer bei dieser Mission geschehen wird, Sie alle werden nicht wieder zurückkommen. Niemals, auf gar keinen Fall. Mehr kann ich Ihnen im Moment nicht sagen, außer dass Sie weiterhin dem Imperialen Skolia dienen werden. Sie werden ein gutes Leben führen können, ein Leben, das Ihnen, Ihren Profilen zufolge, auch gut gefallen dürfte. Aber Sie werden nicht wieder nach Hause kommen.« Leise fügte sie hinzu: »Ich habe nicht die Absicht, auch nur einen oder eine von Ihnen aus einem Leben herauszureißen, an dem Sie hängen. Wenn Sie sich einem anderen Landungs-Trupp anschließen wollen, stellt das in keiner Weise einen Ehrverlust dar. Aber dann müssen Sie mir das *jetzt* mitteilen!«

Alle blieben sie stehen und schauten sie an. Niemand sagte ein Wort. Alle hatten sie ihre Entscheidung bereits getroffen.

»Also gut«, meinte Soz dann. »Los geht's!«

In Formation marschierten sie durch die Korridore des Kreuzers. Aufzüge trugen sie in Radspeichen nach ›oben‹ zu der nicht rotierenden Nabe, die sich wie eine riesige Röhre in der Zylindermitte und über deren ganze Länge erstreckte. Am Ende der Nabe und damit am Heck des Kreuzers befanden sich die Startrampen; dort war der Zylinder eben nicht mit einem zweiten ›Endstück‹ versehen, sondern war offen, sodass man unmittelbar von dort ins All abheben konnte. Die gewaltigen Triebwerke, die am Zylinderrand positioniert waren, konnten einen immensen Schub erzeugen und lieferten dem Kreuzer damit eine weitere Schwerkraftkomponente, die sich entlang der Rotationsachse auswirkte, statt lotrecht dazu.

An der Nabe angekommen, betraten sie einen höhlenartigen Hangar, in dem sich bereits zahlreiche Landungs-Trupps befanden, ebenfalls allesamt Jagernauts. Anders als Sondereinsatzkommandos in der Vergangenheit führten die Trupps hier nur leichte Ausrüstung mit sich. Ein Großteil dessen, was sie vielleicht benötigten, trugen sie bereits im Inneren ihrer eigenen Körper. Auf diese Weise konnten sie mehr Waffen transportieren, einschließlich Laser-Karabinern, EM-Projektil-Gewehren und Raketenwerfern.

Während Soz auf eine Waffenhalterung zuschwebte, sprach sie in ihren Kommunikator. »Barzun, die Trupps sind startklar.«

»Hier ist alles bereit«, meldete Barzun.

»Gut.« An der Waffenhalterung angekommen, nahm Soz einen Zerleger heraus, den sie bereits auf ihr Hirnstrommuster eingestellt hatte.

»Imperatorin Skolia«, hörte sie da Barzun sagen. »Meine Sensoren zeigen an, dass Ihr Euch eine Waffe genommen habt, die für die L-Trupps gedacht sind!«

Sie legte sich den Zerleger um. »Sie sind ein verdammt guter Kommandant, Chad.«

Wie eine Explosion drang seine Stimme aus ihrem Kommunikator. »Habt Ihr Euren verpuggten Verstand verloren? Ihr werdet NICHT mit den Trupps mitgehen!«

Umringt von ihren Trupps schwebte sie auf den Start-Schacht zu und stieg in eine der Landungs-Fähren. Selbst ohne das Psiber-Net funktionierte ihre Biomechanik noch, und immer noch wurde die *Rocas Stolz* von OE-Signalen überflutet. Ein Mitglied der Triade zu sein, hatte seine Vorteile: Sie war innigst mit dem verbunden, was vom Netzwerk der Strahlenflotte noch übrig war. Auf diese Weise konnte sie alle Versuche überwachen, die Barzun anstellte: Er versuchte tatsächlich sämtliche Barrieren zu umgehen, die sie errichtet hatte. Seine Leute ließen nichts unversucht, von Notabschaltungen bis zum Kurzschließen der Hangar-Tore. Sie versuchten, die Knoten der Fähren zu deaktivieren, dann deren Antriebe. Als die Startsequenz dennoch eingeleitet wurde, begann Barzun hemmungslos zu fluchen; derartige Ausdrücke hatte Soz vom ansonsten sehr zurückhaltenden Admiral noch nie gehört.

Dann startete die Fähre, ließ den Kreuzer hinter sich und hielt auf den Planeten zu.

Althor lag auf dem Rücken in der drückenden Hitze. Als seine Zellentür geöffnet wurde, setzte er sich auf und fuhr sich mit den Fingern durch das Haar. Doch es war nicht das Mädchen mit den Himmelsaugen und dem Sonnenhaar. Er hatte sie nicht mehr wiedergesehen, seit dem Tag, an dem sie in seinen Armen gelegen, geweint und ihm geschworen hatte, dass sie ihn liebe. Heute kamen acht Wachen herein, die einen hochgewachsenen Mann mit den Gesichtszügen eines Hightons begleiteten.

Der Highton sah Althor an. »Erkennst du mich?«

Althor versuchte sich zu erinnern. »Sie sind einer der Minister aus dem Palast.«

»Welcher?«

Althor schüttelte den Kopf.

»Kennst du deinen eigenen Namen?«, fragte der Highton weiter.

»Althor.«

»Ist das alles? Nur ›Althor‹?«

Er zögerte. »Prinz Althor Izam-Na Valdoria kya Skolia, Fünfter in der Erbfolge des Thrones der Rubin-Dynastie, Nachfahre zweiten Grades der Linie der Pharaonen, geborener Rhon.«

»War es das?«

Althor wusste, dass es noch mehr gab, aber es fiel ihm nicht mehr ein. Also schwieg er.

Der Minister sah ihn nachdenklich an. »Du wirst demnächst einen Sohn haben, wusstest du das?«

Althor erstarrte. »Was?!«

»Cirrus ist schwanger.«

»Wer ist Cirrus?«

Der Mann lächelte. »Das kleine Vögelchen war das letzte Mal, als sie hier war, ganz schön mit dir zugange. Hat sich gar nicht beherrschen können.«

»Meinen Sie das schöne Mädchen?« Althor konnte es gar nicht glauben. »Sie wird einen Sohn bekommen? Von mir?«

»Ganz recht.«

Seine Freude erlosch schnell, was blieb, war ein Gefühl von

Leere. »Warum? Sie wäre nicht schwanger geworden, wenn ihr das nicht genau so gewollt hättet.«

»Sie ist erstklassiges Zuchtmaterial, weißt du? Ich habe zehn Millionen für sie bezahlt.«

Althor spannte sich innerlich an. »Was habt ihr mit meinem Sohn vor?«

Der Minister strahlte geradezu. »Mit dir als Vater und Cirrus als Mutter wird er Spitzenqualität sein. Mehr als das! Dafür bekomme sich vielleicht sogar mehr als zehn Millionen ... Ahh!«

Der Highton stolperte rückwärts, als Althor sich auf ihn zu stürzen versuchte. Althors Ketten rissen ihn zurück, bevor er auch nur richtig auf die Füße gekommen war, und er fiel zurück auf die Pritsche. Unbändiger Zorn vernebelte seinen Verstand. *Versorger.* Sie würden einen Versorger aus seinem Sohn machen! Sein Blickfeld färbte sich blutrot, und er sah nur noch die Ketten, die ihn davon abhielten, den Aristo zu töten, der seinen Sohn zu einem Sklaven machen wollte. Althor kämpfte nur mit diesem einen Ziel, kämpfte so gut er konnte, bis er schließlich einen Ring aus der Wand herausgerissen hatte – den Ring, an der die Kette befestigt war, die seinen linken Knöchel festhielt.

Eine Nadel traf ihn in die Brust. Er ignorierte sie und stemmte sich jetzt gegen die anderen Ketten. Dann breitete sich eine ungeahnte Mattigkeit in seinem ganzen Körper aus, nahm ihm jegliche Kraft; schließlich fiel er wieder auf die Pritsche zurück und sackte, gegen die Wand gelehnt, in sich zusammen. Während sein Verstand immer weniger aufnahmefähig wurde, sah er noch, dass die Wachen ihn anstarrten. Der Highton bemühte sich, Haltung zu bewahren, doch nichts konnte über die Blässe seines Gesichtes hinwegtäuschen.

»Alle Götter!«, flüsterte eine der Wachen.

Althor beobachtete sie, sein Zorn war abgeflaut – was für eine Droge auch immer sie ihm da verpasst haben mochten. Nach und nach begriff er, was geschehen war. Er war gerade

Amok gelaufen. Das war bisher nie passiert, nicht einmal während einer Schlacht. Offensichtlich hatten sich die zwei Jahre der Gefangenschaft und der Befragung auf mehr als nur sein Gedächtnis ausgewirkt. Auch seine höheren Mentalfunktionen mussten gelitten haben: eben die Teile des Intellekts, die den Unterschied zwischen zivilisiertem Verhalten und Barbarei ausmachten. Es war ihm egal. Er musste seinen Sohn beschützen.

Jetzt hörte er eine Frauenstimme: »Ich dachte, Sie hätten seine Hydraulik abgeschaltet?«

Althor wandte den Kopf, um die Frau, der die Stimme gehörte, in sein Blickfeld zu bekommen. Dort stand sie, im Eingang zu seiner Zelle, eine Schönheit, selbst nach den Maßstäben der Hightons. Er wusste, er hätte sie wiedererkennen müssen, doch es regten sich keinerlei Erinnerungen in ihm, nur ein Gefühl der Unruhe war da. Und Schmerz. Vielleicht wollte er sich gar nicht daran erinnern, woher er sie kannte.

»Das haben wir auch getan: Die Hydraulik ist deaktiviert«, antwortete der Minister. Er warf Althor einen beunruhigten Blick zu. »Es scheint, als sei er kräftiger, als wir angenommen hatten.

»Programmieren Sie ihn um, Vitrex!«, herrschte die Frau den Minister an. »Jetzt, wo Sie mit ihm fertig sind, können Sie endlich all diese Modifikationen, die gesteigerte Geschwindigkeit und die Körperkraft, loswerden!«

Althor hatte gewusst, dass man früher oder später sein biomechanisches Netzwerk umprogrammieren würde, damit seine Feinde ihn mit dessen Hilfe noch effizienter kontrollieren konnten. Falls sie mit seiner Befragung fertig waren, mussten sie sich natürlich keine Sorgen mehr darüber machen, unbeabsichtigt Daten zu löschen; stattdessen konnten sie jetzt eine vollständige Rekonfigurierung seines Inneren Systems vornehmen. Dazu würden aufwändige Operationen gehören, einschließlich neurochirurgischer Eingriffe. Doch noch mehr als die Operationen selbst fürchtete er, was er dadurch verlieren würde. Nachdem er erwachsen geworden war, hatte er sein ganzes Leben mit diesen biomechanischen Erweiterungen verbracht. Ohne diese würde er sich vorkommen, als sei er verkrüppelt.

Schließlich war ihm doch noch ein Name eingefallen, der zu dieser Frau zu passen schien. »Kaiserin Viquara.«

»Ich grüße dich, Althor.« Ihre Miene wurde sanfter. »Hättest du gerne ein schöneres Zuhause als diese Zelle?«

»Ja«, antwortete er, und das war auch die Wahrheit.

»Ich werde dich in den Palast bringen lassen.«

Er konnte sich vorstellen warum. Sein Sohn war nicht der Einzige, aus dem sie einen Versorger machen wollten. Das Betäubungsmittel dämpfte die aufsteigende Abscheu, und dennoch wurde ihm alleine schon von der Idee übel.

Der andere Highton, anscheinend Minister Vitrex, sagte: »Ich glaube nicht, dass es klug wäre, ihn jetzt schon zu verlegen. Nicht, bis wir wirklich sicher sein können, dass er nicht wieder Amok laufen wird.«

»Wie lange werden Sie brauchen?«, fragte die Kaiserin.

»Wir sollten ihn heute Abend liefern können.«

Sie nickte. »Also gut. Fahren Sie fort!«

»Jawohl, Eure Hoheit.« Vitrex verneigte sich, die Faust an seiner Hüfte signalisierte Zuversicht.

Die Kaiserin verließ die Zelle, in Begleitung ihrer *Razer*, doch vier Wachen blieben bei Vitrex zurück. Zwei trugen Injektionsgewehre – damit mussten sie Althor das Betäubungsmittel verabreicht haben. Die beiden anderen trugen EM-Projektilgewehre, die ihn sofort getötet hätten.

»Hast du Hunger?«, fragte Vitrex ihn.

»Nein.« Die Frage kam Althor äußerst sonderbar vor, bis er sah, dass eine der Wachen einen Palmtop bediente. Das half Althors Gedächtnis ein wenig nach. Sie überprüften die physiologischen Reaktion, die er zeigte, während Vitrex mit ihm sprach, um zu sehen, wie er auf die Betäubungsmittel reagierte.

»Sag mir eines«, forderte Vitrex seinen Gefangenen auf.

»Wie hast du dich dabei gefühlt, ohne Besitzer zu leben? Hat dich der Mangel an Strukturiertheit geängstigt?«

»Nein«, antwortete Althor. »Ängstigt *Sie* das denn?«

»Warum sollte mich das ängstigen?«

»Es gibt keinen Grund, weswegen ich einen ›Besitzer‹ dringender benötigen würde als Sie.«

»Glaubst du das wirklich?«

»Ja.«

»Verblüffend!«

»Würden Sie mir jetzt auch eine Frage beantworten?«, fragte Althor.

»Du darfst fragen.«

Jetzt klang Althors Stimme fast schneidend. »Wie kommt es, dass ihr Leute euch gegenseitig eingeredet habt, wir anderen seien weniger menschlich als ihr? Glaubt ihr allen Ernstes, dadurch, dass ihr euch das wünscht, würde es Wirklichkeit werden?«

»Erstaunlich!«, kommentierte Vitrex. »Selbst jetzt, wo du die Hälfte deines Verstandes verloren hast, weißt du dich immer noch auszudrücken.«

»Ich habe nicht die Hälfte meines Verstandes verloren.«

»Nein? Vielleicht sollten wir dich weiter befragen.«

Althor spannte sich innerlich an. »Auf der anderen Seite kann ich mich nicht einmal an Ihren Namen erinnern.«

»Schade.«

Er wusste nicht, was Vitrex nun ›schade‹ fand: dass sein Gefangener den Namen nicht mehr wusste, oder dass er ihm keinen Grund geliefert hatte, ihn weiter zu befragen.«

»Minister Vitrex«, meldete jetzt eine der Wachen, »er reagiert normal.«

»Also gut!«, entschied Vitrex. »Dann bringt ihn her!«

Die Wachen lösten Althors Ketten und ließen die Sklavenarmbänder hinter seinem Rücken an seinen Handgelenken einrasten. Dann halfen sie ihm aufzustehen, doch als sie ihn losließen, gaben seine Beine nach, und er sackte wieder auf die Pritsche zurück.

Vitrex verzog verärgert das Gesicht. »Helfen Sie ihm auf, Kryxson!«

Eine der Wachen löste eine E-Feder von ihrem Gürtel: ein metallener Schlagstock, den er mit dem Schalter in dessen Griff aktivierte. Als er den beiden anderen Wachen ein Zeichen gab, ergriffen sie Althors Arme und zogen ihn wieder hoch. Althor versuchte, sich auf den Beinen zu halten, doch sobald sie ihn losließen, knickten seine Beine wieder ein, und mit einem dumpfen Aufschlag saß er wieder auf der Pritsche.

Althor blickte zu Vitrex hinüber. »Ich schaff's nicht!«

Vitrex warf ihm einen forschenden Blick zu, als schätze er ihn ab, dann nickte er Kryxson kurz zu. Die Wache hielt Althor den Schlagstock an den Nacken, und ein Funke sprang vom Metall auf die Haut über. Althor zuckte zurück, der Schmerz ließ seine Kiefermuskeln so verkrampfen, dass man seine Zähne knirschen hörte. Wieder versuchte er aufzustehen, doch seine Beine verweigerten ihm erneut den Dienst.

Als Kryxson wieder die E-Feder hob, flehte Althor: »Um aller Götter willen, *ich versuch's doch*!«

Die andere Wache war wieder mit seinem Palmtop beschäftigt. »Minister Vitrex, es ist möglich, dass er die Wahrheit sagt. Eventuell haben wir ihm zu viel von dem Muskelrelaxans gegeben.«

»Das gefällt mir nicht.« Vitrex nickte Kryxson erneut zu. »Stellen Sie sicher, dass er uns nichts vormacht!«

Althor duckte sich, als Kryxson den Schlagstock schwenkte, doch seine gefesselten Handgelenke und die Betäubungsmittel in seinem Körper verlangsamten ihn zu sehr, sodass die E-Feder ihm quer über den Rücken strich. Er holte keuchend Luft, sowohl vom Schlag selbst, als auch vom elektrischen Schock. Wieder versuchte er aufzustehen, und wieder sank er kraftlos auf die Pritsche zurück.

Vitrex sah Althor nachdenklich an, dann schaute er zu der Wache mit dem Palmtop hinüber. »Können Sie die Wirkung des Relaxans aufheben, ohne dass sich das auf die Beruhigungsmittel oder die Neural-Dämpfer auswirkt?«

Neural-Dämpfer? Kein Wunder, dass sein Verstand so langsam war. Zu viel von diesen Dämpfern, und er würde in einem geistigen Vakuum durch die Gegend laufen. Seine empathische Projektionsfähigkeit wurde dadurch allerdings in keiner Weise beeinflusst, und das war alles, worauf es den Aristos ankam.

»Ich kann es zunächst mit einer niedrigen Dosis des Gegenmittels versuchen«, schlug die Wache vor.

»Machen Sie das!«, erklärte Vitrex sich einverstanden.

Die Wache injizierte Althor etwas, und in dem Moment, in dem die Wirkung des Medikaments einsetzte, kehrte auch Althors Stärke zurück. Als sie ihm diesmal auf die Beine halfen, fühlte er sich kräftig genug, stehen zu bleiben. Dennoch ließ er sich wieder auf die Pritsche zurückfallen, tat so, als sei er erneut zusammengebrochen.

Vitrex verzog verärgert das Gesicht. »Und was jetzt?«

Die Wache wandte sich wieder dem Palmtop zu. »Ich überprüfe es gerade, Sir.«

Basalt, dachte Althor. **Synthetisier mir irgendetwas, was dem ähnelt, wonach sie suchen, was aber meine Muskeln nicht entspannt.** Obwohl er schon seit langem keinen Kontakt zu Basalt mehr gehabt hatte, ließ die Tatsache, dass seine biomechanisch verstärkte Körperkraft sich selbsttätig aktiviert hatte, darauf schließen, dass der Knoten noch funktionierte, wenigstens teilweise.

»Das Gegenmittel schlägt nicht an«, meldete die Wache. »Er hat systemisch jetzt noch mehr Relaxans als vorher.«

Noch mehr? **Basalt!**, dachte Althor. **Übertreib's nicht!**

»Wie kann er denn noch mehr haben?«, fragte Vitrex.

Die Wache zögerte. »Vielleicht habe ich ihm das falsche injiziert. Die beiden Menüpunkte liegen genau nebeneinander.«

»Haben Sie eine Aufzeichnung darüber angefertigt, was Sie ihm verabreicht haben?«

»Nicht für jede einzelne Injektion.«

Vitrex stieß einen zornigen Laut aus. »Das nächste Mal machen Sie von *allem* eine Aufzeichnung!«

Althor fühlte die Unsicherheit des *Razers*. Er fragte sich, ob die Hightons begriffen hatten, dass derjenige, der wie sie ihre Aufgabenerfüller dafür ausbildete, nicht selbstständig zu denken, eben diese Aufgabenerfüller darauf konditionierte, Fehler zu machen. Selbst dieser *Razer*, der genetisch zum Teil selbst Aristo war, suchte die Schuld zunächst bei sich, obwohl er eigentlich hätte stutzen müssen.

»Versuchen Sie es mit einer weiteren Dosis!«, wies Vitrex die Wache an. »Aber eine kleine!«

Der *Razer* verabreichte Althor eine weitere Injektion. Nachdem sie eine Zeit lang gewartet hatten, dass das Medikament anschlug, halfen die Wachen Althor wieder auf die Beine. Und wieder ließ er sich zurück auf die Pritsche sinken.

Die Wache überprüfte die Daten auf dem Palmtop. »Der Relaxans-Spiegel sinkt allmählich, Sir. Noch nicht genug, aber es ist ein Schritt in die richtige Richtung.«

»Ich traue dem Ganzen nicht.« Vitrex winkte Kryxson heran. »Motivieren Sie ihn aufzustehen!«

Also machte Kryxson sich wieder an die Arbeit. Althor versuchte, den Schlägen auszuweichen, doch der *Razer* schlug ihn mit einer Gewandtheit zusammen, die darauf schließen ließ, dass er reichlich Erfahrung darin hatte sammeln können. Althor biss die Zähne zusammen ... doch als sie ihn auf die Beine zerrten, ließ er sich wieder zusammensinken.

Und so ging es weiter; immer wieder versuchte Kryxson ihn zu ›motivieren‹, und dann rissen die anderen Wachen ihn wieder auf die Beine. Schon bald bereute Althor seinen Versuch, seine Gefangenenwärter täuschen zu wollen. Er machte nur deshalb weiter, weil er sich davor zu fürchten begann, was wohl passierten würde, wenn sie begriffen, dass er das Ganze nur gespielt hatte. Er kniete auf dem Boden, dort, wo er sich das letzte Mal hatte fallen lassen, schloss die Augen, und versuchte, sein Denken und Fühlen auf etwas völlig anderes als die Schläge zu richten.

Schließlich befahl Vitrex: »Genug, Kryxson!«

Erleichterung brandete über Althor hinweg, als Kryxson

endlich aufhörte. Er spürte, wie widerstrebend der *Razer* den Befehl befolgte. Was ihn jedoch überraschte, war nicht, dass Kryxson transzendierte, sondern dass Vitrex eben dieser Versuchung *nicht* nachgab. Wieder kehrte eine Erinnerung zurück: Auch während Althors Befragungen hatte Vitrex die Transzendenz unterdrückt. Es war ihm nicht immer gelungen, doch alleine schon der Versuch hatte Althor verblüfft. Er war nie auf die Idee gekommen, dass Hightons in der Lage sein könnten, vielleicht sogar eine besondere Ehre darin sehen könnten, ihre sadistischen Impulse zu bezwingen. Dass sie ihre wahre Natur verleugnen und sich zu einem anderen Zeitpunkt bewusst dafür entscheiden konnten, ihrer Leidenschaft, dem Sadismus, zu frönen, machte ihre Grausamkeit jedoch eher noch schlimmer.

Althor konzentrierte sich ganz auf Vitrex, versuchte ihn zu ergründen. Er hatte nicht gedacht, dass Hightons fähig seien zu lieben, und doch verrieten Vitrex' Gedanken eine tief empfundene Zuneigung zu Cirrus. Das überwältigte Althor beinahe. Nachdem er selbst Cirrus schon geliebt hatte, auch wenn er mit Pharmaka dazu gebracht worden war, hatte er das dringende Bedürfnis, sie zu beschützen. Dass Vitrex' Liebe mit schierer Gewalttätigkeit gleichzusetzen und gleichbedeutend war, verursachte ihm geradezu körperliches Unwohlsein.

»Ich glaube nicht, dass er uns etwas vormacht«, meinte die Wache.

»Also gut.« Vitrex klang ungeduldig. »Versuchen Sie es mit einer weiteren Dosis!«

Also verabreichten sie Althor eine weitere Injektion. Als sie ihn diesmal auf die Beine rissen, blieb er stehen. Er wusste nicht, genau, ob ihm sein Trick wirklich einen Vorteil einbringen würde; aber zumindest fühlte er sich, als sei er wieder ganz bei Kräften.

»Gut.« Vitrex wirkte erleichtert. »Bringt ihn in die Chemie!«

Wieder spannte Althor sich innerlich an. »›Chemie‹?«

»Die Duschen!« Vitrex verzog das Gesicht. »Du brauchst ein Bad, Rubin-Prinz! Und Kleidung, die der Kaiserin gefallen wird.« Ein hinterhältiges Grinsen umspielte seine Mundwinkel. »Und ein paar andere Dinge.«

Althor sah ihn misstrauisch an. »Was für ›andere Dinge‹?«

Vitrex machte eine abfällige Handbewegung, als wolle er über die Frage einfach hinweggehen. Dann zögerte er, und Althor spürte, wie sehr es den Minister danach gelüstete zu prahlen. »Meine Gemahlin ist sehr gut in solchen Dingen, weißt du? Pheromone. Rauschmittel. Mit ›Anreizen‹, könnte man sagen.« Er sah Althor boshaft an. »Du solltest sehen, was sie für mich alles mit Cirrus anstellt. Stell dir doch nur vor: die Mutter deines Kindes, wie sie vor mir auf den Knien liegt und mich anbettelt, sie zu lieben!«

Dass das eine Lüge war, verrieten Vitrex' Gedanken nur allzu deutlich. Althor biss die Zähne zusammen. »Verrotte doch in der Hölle!«

Als die Wachen Althor gegen die Wand schleuderten, aktivierten sich automatisch seine Reflexdatenbanken, und er versuchte sich zu wehren. Wäre ihm das gelungen, hätte das sofort seine Täuschung über seine vorgespiegelten verminderten körperlichen Fähigkeiten aufgedeckt. Doch mit vier Wachen, die ihn festhielten, und den immer noch hinter dem Rücken gefesselten Händen konnte selbst er nicht viel ausrichten.

»Dafür sollte ich eigentlich Kryxson befehlen, sich noch einmal mit dir zu befassen!«, bemerkte Vitrex. »Aber ich fühle mich heute so wohlwollend. Und dein Gesichtsausdruck, als ich dir das über Cirrus erzählt habe, hat mir bereits ausreichend Befriedigung verschafft!« Er schien eher amüsiert denn irgendetwas anderes. »Weißt du, Althor, wenn Sharla mit dir fertig ist, wird dein Enthusiasmus, was die Kaiserin betrifft, das, was du für Cirrus empfindest, weit in den Schatten stellen!«

Althor starrte ihn an und fragte sich, wie sich das Genick des Highton wohl zwischen seinen Fingern anfühlen würde. Knack. Kein Vitrex mehr.

Der Minister wandte sich Kryxson zu. »Sorgen Sie dafür, dass Sharla sich bei mir meldet, wenn sie mit ihm fertig ist. Ich werde bei der Sphinx-Delegation sein.«

Kryxson verneigte sich. »Jawohl, Sir.«

Mit großen Schritten war Vitrex durch die Tür; die vier *Razer*, die draußen auf ihn warteten, formierten sich um ihn. Kaum waren der Minister und seine Leibwache fort, führten Althors Wachen ihn aus der Zelle hinaus. Sie gingen mit ihm durch leuchtend weiße Korridore, die sich wanden, die Richtung wechselten, scheinbar wieder zurückführten, bis er jeglichen Orientierungssinn verloren hatte. Er hoffte, dass Basalt immer noch in der Lage war, Karten anzufertigen.

Dann brachten sie ihn in einen großen Raum, in dem alle Oberflächen mit glasartigen schwarzen Quadraten gekachelt waren; deren Kanten waren mit weißen, leuchtenden Linien abgesetzt. Die Wachen ließen ihn dort ausgezogen stehen; er trug jetzt nur noch seine Sklavenbänder und seine Halsmanschette; die Fesseln um die Handgelenke waren immer noch eingerastet. Mit einem kratzenden, schabenden Geräusch wurden Düsen aus der Wand ausgefahren, und plötzlich sah er auch die Abflussöffnungen, die in einem regelmäßigen Muster den ganzen Boden bedeckten. Auf einmal schossen Wasserstrahlen aus den Düsen und prasselten von allen Seiten auf ihn ein. Er fühlte sich wie eine Statue, die mit einem Sandstrahler bearbeitet wurde, und zugleich war es doch auch eine Wohltat, endlich wieder sauber zu sein.

Schließlich versiegte das Wasser, und die Düsen wurden wieder zurückgezogen wie Schildkrötenköpfe, die in ihren Panzern verschwanden. Mit einem großen Handtuch und Kleidung auf den Armen kamen die Wachen zurück und halfen ihm sich anzuziehen. Die schwarze Lederhose ähnelte seiner Jagernaut-Uniform, nur dass sie hauteng saß und seinen muskulösen Körper betonte. Als er das Samthemd sah, begriff er, dass die Wachen ihm die Handschellen würden abnehmen müssen, um es ihm überstreifen zu können.

Der Neural-Dämpfer, den sie ihm verabreicht hatten, trübte seine analytischen Fähigkeiten. Allerdings bedurfte es keiner sonderlich ausgiebigen Analyse, um zu begreifen, dass ein Fluchtversuch nichts als Dummheit gewesen wäre. Selbst wenn es ihm gelingen sollte, diesen Wachen zu entkommen, würde man ihn binnen weniger Minuten wieder aufgreifen. Und doch wusste er, dass er lieber durch die Hölle marschieren würde, als der Lust-Sklave eines Highton zu sein.

Basalt, dachte er. **Ich könnte hier ein bisschen Hilfe gebrauchen.**

Keine Antwort.

Kryxson nahm einen Magnetschlüssel aus seiner Tasche und trat hinter Althor. Dann hob er Althors Handgelenke und veränderte die Einstellung seiner Sklavenarmbänder. Althors Arme kribbelten, und dann fühlte er, dass sie frei waren.

Auf Kampf-Modus umgeschaltet, dachte Basalt.

Althor hielt sich nicht damit auf, zu fragen, wieso Basalt jetzt antwortete, nachdem er so lange geschwiegen hatte. Mit biomechanisch gesteigerter Geschwindigkeit und Körperkraft riss er sein Bein hoch und rammte der Wache vor sich den nackten Fuß gegen die Brust, und im gleichen Augenblick schleuderte er sich selbst zur Seite und prallte gegen eine der anderen Wachen – eine die ein Projektil-Gewehr trug. Im selben Moment, während das Knacken brechender Rippen zu hören war, taumelte der erste Mann nach rückwärts weg. Aus dem Gewehr der zweiten Wache, die ebenfalls ins Taumeln geraten war, löste sich ein Schuss; der Schuss ging weit über Althors Kopf hinweg. Für Althor sah es aus, als bewegten sich alle *Razer* in Zeitlupe. Er riss der Wache das Projektil-Gewehr aus den Händen und wirbelte im Kreis herum; die ganze Zeit über hielt er den Abzug gedrückt.

Scharfzackige Geschosse durchlöcherten die *Razer*. Selbst durch den Schutz seines Neural-Dämpfers schwindelte Althor vom Schock, ihr Sterben zu fühlen, beinahe wäre er ohnmächtig geworden. Er starrte die Leichen an, die zusammengesunken vor ihm auf dem Boden lagen, und es erstaunte ihn selbst, wie groß das Bedauern war, das er empfand. Sie hatten in den letzten zwei Jahren – oder war es länger gewesen? – dabei geholfen, ihn den brutalsten Befragungen zu unterziehen, und doch machte ihr Tod ihm etwas aus.

Althor rieb sich die Augen und versuchte, endlich wieder einen klaren Kopf zu bekommen. Er humpelte zur Tür hinüber, lehnte die Stirn gegen den Türrahmen und versuchte zu denken. Er spürte keine andere Person in der unmittelbaren Nähe, so sehr er sich bemühte, empathische Wellen aufzufangen. Wo waren denn bloß alle? Er konzentrierte sich auf Cirrus und spürte sie, in weiter, weiter Ferne. Spürte ihre Angst. Die Intensität ihrer Emotionen drang zu ihm vor, wie viele Kilometer sie auch immer trennen mochten.

Er hatte keinerlei Vorstellung davon, wo er sich befand, wusste nur, dass es sich um einen namenlosen ERKomm-Stützpunkt handelte. Das Einzige, was er aus Vitrex' Gedanken hatte aufschnappen können, war, dass der Minister eine Villa in der Nähe hatte; in Reichweite, aber nicht *zu* nahe gelegen.

Basalt, dachte er. **Zeig mir auf einer Karte den Weg zur Vitrex-Villa!**

Keine Reaktion.

Er versuchte es auf eine andere Weise. **Wenn du eine Vorstellung hast, wie ich Cirrus finden kann, dann übernimm meine Hydrauliken und lass mich einfach loslaufen!**

Nichts.

Er trat auf den Flur hinaus und setzte sich in Bewegung. Dann, plötzlich, bewegten sich seine Beine, als hätten sie einen eigenen Willen. Er drehte sich um und ging in die andere Richtung.

31

Cirrus saß an der weißen, reich verzierten Frisierkommode in ihrem weißen Sessel ihres weißen Schlafzimmers und hielt mit zitternden Händen ein Glas Wasser. Obwohl man ihr die Schwangerschaft noch nicht ansah, war sie jetzt eigentlich ständig durstig. Doch aus ihrer Freude, ein Kind zu bekommen, war schnell Niedergeschlagenheit geworden, durchsetzt mit tiefster Trauer. Vitrex hatte vor, ihr das Kind wegzunehmen. Sie würde ihren zweiten Sohn niemals zu Gesicht bekommen.

Sie vermisste Kai, ihren Erstgeborenen, so sehr, dass es ihr fast körperliche Schmerzen bereitete. Ob er immer noch lachte, immer noch auf Bäume kletterte, immer noch völlig schief sang? War sein Haar immer noch schwarz? Er war mit blonden Haaren und blauen Augen geboren worden, genau wie sie, doch dann hatte der Kaiser das verändern lassen, damit er mehr wie ein Aristo aussah.«

»Ach!« Cirrus wischte sich die Tränen von den Wangen.

Gerade als sie aufstand, wurde die Tür geöffnet, und vier *Razer* betraten den Raum, darunter auch Xirson. Eine der Wachen trug ein großes goldfarbenes Handtuch, eine andere trug eine goldene Kiste, die mit Smaragden und Saphiren besetzt war. Cirrus errötete und fragte sich, warum Vitrex Leute hierher geschickt hatte, um sie zu baden, wo sie es doch schon selbst getan hatte. Sie vermutete, das sei seine Methode, seine bevorzugten *Razer* zu belohnen.

Xirson trat auf sie zu, und sein normalerweise teilnahmsloses Gesicht entspannte sich zu einem Lächeln. »Ich grüße dich, Cirrus.«

Sie errötete noch mehr. »Ich grüße dich, Xiri.«

Er blieb vor ihr stehen und ergriff dann das Ende des Stoffgürtels, das ihren bis auf die Oberschenkel reichenden Morgenrock in Höhe ihrer Taille geschlossen hielt. Als er daran zog, öffnete sich die Schleife, und der Morgenrock teilte sich. Xirson strich ihr den Morgenmantel von den Schultern, raschelnd fiel er zu Boden; dort lag er dann zu ihren Füßen, wie ein See aus goldener hesterianischer Seide.

»Ach, Cirrus«, flüsterte er.

Sie hielt den Blick abgewandt, außer Stande, ihn anzusehen.

Xirson ergriff ihre Hand und zog sie durch den Raum zu einem Bogen, einem Durchgang in Form eines Schlüssellochs, der mit Blumen aus goldenen Mosaiksteinen abgesetzt war. Die dahinter liegende Badekammer war achteckig, alle Kacheln darin waren mit einem grünen und goldenen Fischen verziert. Ein achteckiges Podest nahm einen Großteil des Raumes in Anspruch, darin eingelassen war ein achteckiges Becken. In einer Ecke des Podestes stand die lebensgroße Statue eines Mädchens. Smaragdfarbenes Wasser strömte in einem Bogen aus einer gewundenen Muschel, die die Statue hielt, und plätscherte von dort in das Becken, funkelnd, als bestünde es aus zahllosen flüssigen Edelsteinen. Als Cirrus sich in das Becken gleiten ließ, setzte sich Xirson an dessen Kante, ein Bein, immer noch im Stiefel, ließ er ins Wasser hängen, das andere hatte er auf dem Podest ausgestreckt. Er badete sie sanft und behutsam, schäumte ihr Haar und ihren Körper mit duftenden Cremes ein. Dann zog er sie in seinen Schoß, jetzt hingen beide Beine im Wasser; er flüsterte Zärtlichkeiten; es schien ihm völlig egal zu sein, dass Wasser, Cremes und Schaum überall seine Uniform befleckten.

Doch Xirson war nicht Althor, der Vater ihres Kindes. Niemand war wie Althor. Er wusste sie in einer Art und Weise zu berühren, wie sie es niemals zuvor erlebt hatte. Aber das machte keinen Unterschied. Sie würde niemals eine echte Beziehung eingehen dürfen, geschweige denn einen Gemahl haben. Versorgern war das verboten.

Eine der Wachen räusperte sich. Xirson seufzte, dann half er ihr aus dem Becken heraus. Nachdem sie sich abgetrocknet hatte, kehrte sie in ihr Schlafzimmer zurück. Eine schreckerfüllte Sekunde lang, als Xirson sie zum Bett führte, fürchtete sie schon, er würde nun mit ihr zu weit gehen und Vitrex' Zorn auf sich ziehen. Doch er öffnete nur die juwelenbesetzte Kiste, die die andere Wache mitgebracht und im Schlafzimmer abgestellt hatte.

Die Fläschchen in der Kiste enthielten ein goldfarbenes Pulver, in dem winzige Saphir- und Diamant-Splitter glitzerten. Die *Razer* bedeckten ihren ganzen Körper damit; zum Auftragen verwendeten sie weiche Pinsel. Cirrus versuchte es abzureiben, doch das Pulver bleib auf ihrer Haut. Es blieb kein Fleck zurück, keine Streifen, keine Makel; nur ein wenig überschüssiger Staub rieselte auf den Teppichboden. Ganz offensichtlich war es speziell für ihren Hauttypus, vielleicht sogar für spezielle Oberflächenstrukturen ihrer Haut, entwickelt worden, denn es haftete nur an ihrer Haut, nicht an der Haut der *Razer*. Während die *Razer* das Pulver auftrugen, hänselten sie einander gegenseitig mit dieser gefahrvollen Mission, mit der man sie betraut hatte: eine nackte Frau einpudern. Das überraschte Cirrus ebenso, wie es ihr peinlich war. Außer Xirson hatte sie noch nie einen *Razer* lächeln sehen. Sie hatte nicht gedacht, dass die überhaupt wüssten, wie man lächelt

In der Kiste befanden sich auch Kleidungsstücke. Der schmale Rock, mit dem sie ihre Hüften bedecken sollte, war aus einzelnen goldenen Bändern zusammengesetzt; das Delta zwischen ihren Schenkeln wurde von einer goldenen Platte bedeckte. Der Büstenhalter bestand aus nichts als saphirbesetzten Goldbändern, die ihre Brüste umgaben. Der Sinn dieses Kleidungsstückes entging ihr. Es bedeckte nicht das Geringste. An Cirrus' Brustwarzen befestigte Xirson Saphirringe, die mit einer goldenen Kette verbunden waren. Das hauchdünne Netz, das sie ihr über die Haare streiften, war so gut wie unsichtbar, man sah nur die Edelsteine darauf funkeln: Sie blitzten wie blaue und weiße Sterne. Xirson aktivierte die NanoBots in Cirrus' Haar, und sofort zogen sich diese zusammen. Cirrus langes Haar wellte sich und fiel in langen Locken bis zu ihrer Hüfte, umhüllte sie wie eine Wolke.

Lieber hätte sie einen Leinensack angezogen. Xirson sah sie so eindringlich an, dass es sie ganz durcheinander brachte. Dennoch mochte sie ihn immer noch viel lieber als Kryxson, den anderen hochrangigen Aufgabenerfüller des Anwesens. Beide *Razer* waren gut ausgebildet, waren selbst wohlhabend, Vitrex gegenüber uneingeschränkt loyal und zur Hälfte Hightons. Doch Cirrus hatte schon vor langer Zeit gespürt, was kein Aristo begriffen hatte. Trotz seiner Highton-Gene gab es in Xirson keine Spur dieser Grausamkeit, die Aristos dazu trieb, sich Versorger zu nehmen.

Sie führten sie quer durch die Villa, in einen Raum, dessen elfenbeinfarbenen Teppiche von einem Muster aus Vögeln bedeckt waren; durchscheinende Wandbehänge zeigten das gleiche Muster. Vitrex und mehrere andere Hightons lagen auf Liegesesseln um einen niedrigen Tisch herum. Sie waren in eine Diskussion vertieft, überall lagen Palmtops.

Vitrex warf ihr einen kurzen Blick zu. »Schenk meinen Gästen ein, meine schöne Wolke!«

Cirrus kniete neben ihm nieder und griff nach der Karaffe auf dem Tisch. Während sie den Pokal des Highton zu ihrer Linken füllte, vertieften sich Vitrex und seine Gäste wieder in die Diskussion – es hatte irgendetwas mit der Kaufmanns-Gilde zu tun. Vitrex dachte wohl über eine Investition nach, war aber mit den ihm angebotenen Bedingungen nicht zufrieden.

Als Cirrus sich neben den nächsten Delegierten kniete, bedeckter dieser seinen Pokal mit der Handfläche. Überrascht blickte sie auf. Es war Corbal Xir, der alternde Highton mit dem weißen Haar. Sie erinnerte sich an ihn von der Palast-Auktion: der unerwartet sanfte Aristo, der von ihr nur Zuneigung gewollt hatte, nicht Transzendenz. Jetzt sah er sie geradezu verliebt an, fast so, wie Xirson, das vorhin getan hatte. Als sie errötete, wurde sein Gesichtsausdruck noch sanfter, und er nahm die Hand fort, damit sie ihm einschenken konnte.

Der nächste Highton war auffallend groß. Geradezu riesenhaft. Er hatte ein Doppelkinn, nein, gleich mehrere Fettwülste unter seinem Kinn. Normalerweise suchten Aristos Körperskulpteure auf, wenn sie zugenommen hatten. Cirrus spürte, dass dieser Aristo hier Vitrex verärgerte; wie die meisten Aristos sah auch der Minister in Hässlichkeit ein Anzeichen für Charakterschwäche. Cirrus dachte anders darüber, hatte aber niemals gewagt, das zu äußern. Sie hatte immer den eher schlichten Xirson lieber gemocht als Kryxson, obwohl Kryxson seine Gesichtszüge bis zur Highton-Perfektion hatte umgestalten lassen.

Nachdem sie dem riesenhaften Highton eingeschenkt hatte, hielt der sie plötzlich unsanft am Arm fest. »Ich möchte eine Polly-Beere!«, forderte er.

Cirrus blickte zu Vitrex hinüber. Er hatte sie angewiesen, seinen Gästen Getränke einzuschenken, nicht ihnen das Essen zu bringen. Doch er sprach gerade mit Corbal Xir und wäre verärgert, wenn sie ihn jetzt unterbräche. Nervös nahm sie eine Beere aus der Obstschale auf dem Tisch und hielt sie dem Highton vor den Mund.

Er schüttelte den Kopf und sein Doppelkinn wackelte heftig. »Von deinen Lippen.«

Ihr schoss das Blut ins Gesicht. Doch Vitrex befand sich immer noch im Gespräch. Also nahm sie die Beere zwischen die Lippen und neigte den Kopf, wie man es ihr ihm Silikat-Pavillon beigebracht hatte. Der Highton beugte sich vor und schloss die Lippen um die Beere; eine Hand legte er Cirrus an die Hüfte, während er mit der anderen Hand ihre Brüste betastete. Während er die Frucht in den Mund sog, küsste er Cirrus; seine Zunge schmeckte nach Polly-Beere. Sie musste sich anstrengen, um nicht zu würgen.

Plötzlich räusperte sich jemand. Der Highton ließ Cirrus los, und als sie über den Tisch blickte, sah sie, dass Vitrex sie mit einem finsteren Blick bedachte. Beschämt ergriff sie wieder die Karaffe und schenkte auch dem letzten Delegierten ein, dann ging sie wieder hinüber zum Minister und kniete neben ihm nieder.

Während die Besprechung weiterging, steigerte sich Vitrex' Ärger. Obwohl Cirrus' Anwesenheit die Sphinx-Delegation zugänglicher machte, vor allem Corbal Xir, waren sie doch zu schlau, als dass sich durch die Anwesenheit einer hübschen Versorgerin ihr Urteilsvermögen hätte trüben lassen. Und so bekam letzten Endes niemand das, was er wollte.

Als sich schließlich alle erhoben und sich für den Aufbruch bereitmachten, lächelte Corbal Xir Xirson zu. Der *Razer* verneigte sich vor ihm; offensichtlich freute es ihn, den alternden Highton zu sehen. Seinen Vater? Vitrex war über sie alle verärgert; doch er verbarg seine Gefühle, bis die Delegation den Saal verlassen hatte. Dann gab er Xirson mit beißender Stimme zahlreiche Anweisungen und verließ mit großen, steifen Schritten den Raum. Cirrus war froh, ihn gehen zu sehen.

Xirson half ihr auf die Beine, doch er schaute ihr nicht in die Augen. Sie versuchte aus seinem Denken und Fühlen aufzufangen, was hier vor sich ging; doch der *Razer* hielt seine Emotionen verborgen. Die Leibwächter ihres Herrn führten sie in einen anderen Teil der Villa, diesmal hinüber zu Vitrex' Suite. Im Schlafzimmer, durch dessen dicke Vorhänge nur wenig Sonnenlicht fiel, legten die Wachen sie rücklings auf das Bett, das völlig im Schatten lag. Als sie ihr dann Arme und Beine ausstrecken und Handgelenke und Fußknöchel an den Eckpfosten des Bettes befestigten, musste sie sich sehr zusammenreißen, um nicht in Panik zu geraten.

»Es tut mir Leid«, flüsterte Xirson. »Cirrus ... Ich ... Es tut mir so Leid!«

»Warum, Xiri?«, fragte sie mit zitternder Stimme.

Ein anderer *Razer* räusperte sich, und Cirrus fühlte dessen Verärgerung. Sie alle fürchteten, Xirson würde sie in Schwierigkeiten bringen, wenn er der Sklavin zu viel Aufmerksamkeit widmete. Mit zusammengebissenen Zähnen stieß Xirson einen Fluch aus, dann nahm er seinen Posten an der Wand ein.

Einen Augenblick später kam mit großen Schritten Vitrex in den Raum; Zorn umgab ihn wie eine dichte Wolke. Er legte sich neben Cirrus und begann, mit der Hand über ihren Körper zu streichen. »Die sind in ihren Verhandlungen so flexibel wie Eisenblöcke.«

»Ihr seid einfach besser als sie«, schmeichelte sie ihm, obwohl sie wusste, dass das nicht stimmte.

»Ich möchte dir etwas zeigen.« Der Minister stützte sich auf einen Ellbogen, löste den Palmtop von seinem Gürtel und öffnete ihn, sodass der Bildschirm jetzt auf seiner Handfläche lag. Als er mit dem Daumen über eines der winzigen Holo-Icons strich, die ein Stückchen oberhalb des Schirms schwebten, erschien ein größeres Holo: eine zehn Zentimeter große, unbekleidete Cirrus, die auf dem Palmtop stand. Das Bild verblasste, veränderte sich und zeigte nun ein silbernes Geflecht feinster Linien in den Umrissen ihres Körpers.

»Das sind deine Nerven«, sagte er.

»In mir drin?«

Er nickte. »Weißt du, wie deine Armbänder funktionieren?«

»Ich glaube nicht.«

Vitrex ließ einige Linien der Darstellung farblich gekennzeichnet hervortreten, sie alle endeten im Handgelenk. »Von deinen Armbändern aus erstrecken sich Neural-Fasern bis in deinen Körper hinein. Jede Faser ist dabei für einen bestimmten Nerv spezifisch. Wenn das Armband dann über eine dieser Fasern einen Impuls überträgt, stimuliert das den jeweiligen Nerv, der mit der Faser verbunden ist.«

Cirrus starrte ihn an. Jetzt verstand sie – nur allzu gut. Die Auswirkungen dieser Fasern hatten sie schon schreien lassen, bis ihre Kehle rau und blutig gewesen war.

Seine Stimme wurde sanfter. »Mach dir keine Sorgen, meine Liebe! Ich werde die Bänder jetzt nicht aktivieren.«

Sie hätte vor Erleichterung fast die Augen geschlossen. »Ihr seid sehr gütig.« Er war nicht ›gütig‹, er war ein Ungeheuer, aber das konnte sie ihm wohl kaum sagen.

»Dieses Goldpulver ist sehr hübsch.« Er rieb ihr über den Arm. »Da sind NanoBots drin, weißt du? Moleküle, die sich in deiner Haut festhaken. Deswegen geht er auch nicht ab.« Er betrachtete ihr Gesicht. »Auch diese Bots erstrecken Neural-Fasern bis zu deinen Nerven. Ich kann sie von meinem Palmtop aus aktivieren.«

Als ihr klar wurde, was das bedeutete, überflutete Panik sie. Dieses Pulver bedeckte ihren ganzen Körper! »Minister Vitrex, nein! Bitte!«

Er sprach mit einer trügerischen Stimme, die man für liebevoll hätte halten können, hätte Cirrus nicht diesen Unterton hungriger Erwartung erkannt. »Hast du jemals ›Die Geschichte vom Feuerprinzen‹ gehört?« Als sie den Kopf schüttelte, fuhr er fort: »Der Prinz steigt hinab in die Tiefe der Welt. Seine Reise verlangt ihm mehr ab, als er glaubt ertragen zu können, doch am Ende wird er für seine Mühen belohnt. Er steigt auf zu einer Erhabenheit, die er ohne die Mühsal seines Leidens niemals erreicht haben würde.«

»Bitte!«, flüsterte sie. »Ich möchte nicht erhaben werden!«

»Aber, Cirrus! Du enttäuschst mich.« Er deutete auf ein HoloIcon auf seinem Palmtop: Es stellte ein Neuron dar. »Hiermit werden die Fasern bis unter deine Haut ausgefahren.« Er fuhr schnell mit dem Finger durch das HoloIcon. »Spürst du das?«

»Nein.« Ihr versagte fast die Stimme. »Noch nicht.«

Er hielt seinen Finger über das HoloIcon eines Drachen. Mit heiserer Stimme flüsterte er. »Hiermit werden die Fasern aktiviert.«

Plötzlich durchschnitt eine Sirene die Luft, sie erklang irgendwo weit in der Ferne. Höchst verärgert setzte Vitrex sich auf. »Was zur Hölle ist *das* jetzt?«

Xirson las etwas von einem Display auf seinem Handgelenkband ab. »Das kommt von *Bunker Base*, Sir.«

»Nexus, Aufnahme«, sagte Vitrex. »Was sollen die Sirenen?«

Sein Computer antwortete. »Es handelt sich um eine allgemeine Angriffs-Warnung ...«

Vitrex ließ seinen Palmtop auf das Bett fallen, stand auf und ging zu einer Konsole an der Wand hinüber. »Lieutenant Azez, was geht da vor?«

Eine schneidende Stimme erklang. »IRK ist in den Platin ...«

Vitrex wartete. »Lieutenant?«

»Das Palast-Netzwerk ist ausgefallen«, meldete Nexus. »Bitte versuchen Sie es später wieder.«

Vitrex aktivierte seinen Handgelenk-Kommunikator. »Azez? Hören Sie mich?«

»Jawohl, Sir! Wir haben das Haus-Netzwerk verloren.«

Vitrex eilte auf die Tür zu und bedeutete den *Razern* mit einer Handbewegung, ihm zu folgen, während er weiter in seinen Handgelenk-Kommunikator sprach. »Azez, stellen Sie mich zu *Bunker* durch und liefern Sie mir Details über diese IRK-Invasion!«

»Aye, Sir!« Azez klang erleichtert, endlich Anweisungen zu haben.

Dann verließ Vitrex den Raum und ließ Cirrus allein in den immer dunkler werdenden Schatten zurück.

Zuerst dachte Althor, die Sirene bedeute, dass seine Flucht bemerkt worden sei. Er presste sich gegen die Wand eines Korridors, dann ließ er seine Kyle-Sinne schweifen und strich sanft über das Denken und Fühlen einer Gruppe Soldaten hinweg, die einen Flur in der Nähe entlangliefen. Niemand von denen dachte an die Flucht eines Gefangenen. Stattdessen fing er kurz Gedanken darüber auf, dass eine IRK-Invasion in den Platin-Sektor stattgefunden habe. Dann, als sie sich weiter von ihm entfernten, wurden die Gedanken der Soldaten zu undeutlich.

Nun lief er selbst los, ließ Basalt den Kurs bestimmen. Manchmal brachte sein Spinal-Knoten ihn dazu, sich in tiefer in die Wände eingelassenen, nicht einsehbaren Eingängen oder leeren Räumen zu verbergen, wenn ihm selbst niemals diese Idee gekommen wäre. Ihm war klar, dass er früher gewusst hatte, wie solche Entscheidungen zu fällen waren, ihm war auch klar, dass er früher jeden Tag noch viel komplexere Entscheidungen getroffen hatte – damals, als er noch stellvertretender Kommandant des IRK gewesen war. Dass er sich jetzt nur noch mithilfe seiner Reflexe und über sein biomechanisches Netzwerk fortbewegen konnte, ließ ihn einen Verlust spüren, der größer war, als er hätte beschreiben können.

Über sein Denken und Fühlen ›ertastete‹ er andere Menschen und vermied so, ihnen in die Arme zu laufen, doch das funktionierte nicht mit hundertprozentiger Sicherheit. Einmal stand er plötzlich vor einem ERKomm-Piloten, als dieser gerade aus einem Aufzug trat. Bevor Althor auch nur einen einzigen Gedanken denken konnte, hatte seine Reflex-Datenbank auf seine Hydraulik zugegriffen: Die biomechanische Beschleunigung seiner Reflexe wurde aktiviert. Er packte die Uniformjacke des Piloten, dieser verlor das Gleichgewicht; Althor bückte sich und schleuderte seinen Gegner über den Rücken, schmetterte ihn mit solcher Wucht rücklings auf den Boden, dass der Schädel barst und Genick und Rückgrat brachen.

Die Todeszuckungen des Piloten durchfuhren Althors innerstes Sein; beinahe hätte er sich übergeben. Irgendwie gelang es ihm, den Leichnam in einem Lagerraum zu verstecken. Er lief gerade wieder los, da krampfte sich sein Magen zusammen; gebeugt lief er zum nächstgelegenen Waschraum und schaffte es in letzter Sekunde noch rechtzeitig bis zum Waschbecken. Als das krampfartige Erbrechen aufgehört hatte, wusch er sich das Gesicht und fragte sich dabei, ob er schon immer so auf den Tod anderer reagiert hatte. Er konnte sich nicht erinnern.

Gerade als er den Waschraum verlassen wollte, kam ein

Soldat herein. Althor brach ihm das Rückgrat. Der Schrei, den der Mann niemals mehr hatte ausstoßen können, hallte in Althors Verstand und Seele wider, und erneut geriet Althor ins Taumeln, als der geistige Rückstoß ihn erwischte. Dann erst begriff er, dass die Neural-Dämpfer ihn geschützt hatten, als er die *Razer* erschossen hatte. Diese Neural-Dämpfer hatten seine Fähigkeit vermindert, die Hirnstromwellen anderer aufzufangen. Je mehr nun die Wirkung dieser Dämpfer nachließen, desto sensibler wurde sein Gehirn.

Die einzige Waffe, die der Soldat bei sich trug, war ein Dolch, so lang wie Althors Unterarm, fast schon ein Kurzschwert. Man hätte diese Waffe kaum als ›auf dem neuesten Stand der Technik‹ angepriesen, doch Althor schnallte sie sich dennoch um die Hüfte. Dann versteckte er auch diese Leiche und machte sich wieder auf den Weg; mit seinen langen Beinen kam er schnell voran.

Alarmsignale hörte er keine. Er nahm an, dass er sich auf dem Weg zum Palast befand, und niemand hatte Grund dazu, *dort* nach ihm zu suchen. Normalerweise hätte inzwischen irgendjemand die Leichen finden müssen oder Althor zumindest dabei ertappen, wie er durch diesen Stützpunkt lief. Doch keine der Konsolen, die er fand, schien zu funktionieren. Das Netzwerk des gesamten Stützpunkts war ausgefallen. In vielen Fluren und Zimmern war das Licht abgeschaltet, und Althor musste auf IR-Sicht umschalten. Dort, wo die kahlen Flure nicht genügend Wärme abstrahlten, um im IR-Bereich deutlich genug erkennbar zu sein, verließ er sich auf sein biomechanisch verstärktes Gehör und sandte in unregelmäßigen Abständen Ultraschallwellen aus, die von den Wänden zurückgeworfen wurden.

Während er weiterrannte, begann er zu grübeln. Wenn das IRK eine Streitkraft in den Platin-Sektor gebracht hatte, dann musste ihr Ziel Glorie sein. Wie wollten sie denn bei einer solchen Invasion erfolgreich sein? Für Althor sah das nach einem Selbstmordkommando aus! Aber wenn sie es bis nach Glorie geschafft haben sollten, dann würden sie auch nach ihm suchen. Eine Person auf einem Planeten zu lokalisieren, war mit einem guten Satellitensystem völlig unkompliziert. Er hatte allerdings keine Ahnung, konnte auch nicht wissen, ob etwas Derartiges zur Verfügung stand, sobald – falls überhaupt! – das IRK eintraf. Er musste seine Chance, gefunden zu werden, aus eigener Kraft erhöhen, aber ihm fiel nichts ein, womit er das hätte bewerkstelligen sollen. Er ballte die Fäuste, seine Unfähigkeit, sich etwas auszudenken, frustrierte ihn über alle Maßen. Er wusste, dass er in so etwas früher ausgezeichnet gewesen war, und jetzt hatte er das Gefühl, er würde ständig nur wahllos herumraten.

Dann hatte er doch eine Idee. Jaibriol Qox. Soz würde Trupps herschicken, um ihn zu finden. Jetzt hatte er einen Plan. Zum Palast gehen. Qox finden. Aber zuerst musste er Cirrus finden. Und seinen Sohn.

Aus irgendeinem Grund schickte Basalt ihn unter die Oberfläche des Planeten. Er begann schon an der Kohäsion des Knotens zu zweifeln, bis er schließlich zu einem Raum gekommen war, der mit staubigen Gerätschaften angefüllt war. Frustriert hieb er mit der Faust gegen die Wand, dann stieß er einen Fluch aus, weil er begriffen hatte, dass seine Gewaltbereitschaft ein weiteres Symptom seines Hirnschadens war, genau wie sein Amoklauf vorhin.

Als seine Beine sich wieder zu bewegen begannen, hätte Althor Basalt beinahe angewiesen, es aufzugeben. Doch er ließ sich weiter steuern, um zu sehen, was passieren würde. Also ging er zu einem Fenster in der gegenüberliegenden Wand: eine Scheibe aus Glas, nicht aus Glastahl, wie es ansonsten fast überall in dieser Anlage verwendet worden war. Mit einem Fausthieb ließ sich dieses Fenster leicht einschlagen. Er spürte nichts, als er sah, dass Blut aus den Schnittwunden in seiner Hand an seinem Arm herunterströmte; sein biomechanisches Netzwerk erzeugte Wirkstoffe, die sein Schmerzempfinden deutlich herabsetzten. Dieses Anästhetikum wirkte bei Schnittwunden viel besser als während all der Befragungen; damals war es etwa so gewesen, als hätte man versucht, eine Springflut mit einem Löffel aufzuhalten.

In dem Raum war das Fenster unter der Decke, doch tatsächlich befand es sich auf ebener Erde. Althor kletterte in die mondbeschienene Nacht der Jaizir-Bergen hinaus und stand dann im strahlenden Glanz acht verschiedener Monde, die die Landschaft in ein eisiges, pastellfarbenes Licht tauchten. Ein kühler Wind fuhr ihm durch die Haare, als er sich zu seiner vollen Größe aufrichtete, das Impuls-Gewehr in der Hand, den Dolch an der Hüfte befestigt.

Althor schlich um das Gebäude herum, hielt sich die ganze Zeit über im Schatten. Zu seiner Linken wurde eine Reihe Lichter eingeschaltet, flackerte und verlosch dann wieder. Mit Hilfe seiner Empathie ging er allen Wachposten aus dem Weg. *Bunker Base* wurde jetzt fast ausschließlich nur noch von Soldaten überwacht, Computersysteme oder andere Anlagen funktionierten wohl kaum noch – ein weiteres Anzeichen dafür, wie ausgedehnt der Zusammenbruch ihres Netzwerks sein musste. Doch wenn die hoch organisierte Kompetenz, die er von diesen Wachposten spürte, auf *Bunker* im Ganzen schließen ließ, dann konnte es nicht mehr lange dauern, bis *irgendjemand* seine Flucht bemerkte, selbst bei einem ausgefallenen Netzwerk.

Das Gebäude, das er eben verlassen hatte, war eines von mehreren, die in einen Berg hineingebaut worden waren: große, metallisch grau glänzende Bauten, mit zylindrischen Türmen in einem ausgedehnten, verschlungenen Röhrensystem. Althor kam zur Vorderseite des Gebäudes und sah, dass die Berge und Hügel vor der Anlage sanft abfielen. Auf einem unbeleuchteten Flugplatz, etwa fünfzig Meter zu seiner Rechten, standen in der Dunkelheit zwei Flieger.

Er lief auf den Flugplatz zu. **Basalt, kannst du einen Flieger zum Anwesen von Minister Vitrex lenken?**

Keine Antwort.

Althor rieb sich das Kinn. Ein Flieger half ihm nicht viel, wenn er nicht wusste, wohin er fliegen musste. Doch seine

Beine bewegten sich weiterhin, trugen ihn zum zweiten Luftfahrzeug. In dessen Inneren sah er Sitze für den Piloten, den Copiloten und zwei Passagiere. Zuerst wusste er nicht mehr, wie man einen Flieger steuerte, doch als er dann im Pilotensitz saß, kehrte langsam die Erinnerung zurück. Es gab nicht genug Platz, um den Flieger erst rollen zu lassen, also hob er senkrecht ab. Dass die Triebwerke völlig lautlos waren, überraschte ihn. Obwohl manche IRK-Flieger über Schleichfahrt-Modus-Technologie verfügten, hatte er nicht damit gerechnet, dass ERKomm so etwas auch hatte. Dieser Flieger ließ darauf schließen, dass deren Technologie viel fortschrittlicher war, als das IRK wusste. Entweder das, oder er hatte alle Informationen darüber vergessen.

Ein Knacken ertönte aus dem Kommunikator. »*Arrow*-J-G-Drei, hier spricht *Bunker Base Tower*. Sie haben keine Starterlaubnis!«

Bevor Althor sich überlegen konnte, was er antworten sollte, sagte eine Stimme: »Ich habe einen Flugplan eingereicht, *Bunker*. Den habt ihr Jungs vom *Tower* doch selbst genehmigt!«

Althor blinzelte erstaunt. Gemäß den Anzeigen auf dem Kommunikator vor ihm hatte gerade der Computer des Fliegers gesprochen. Während Althor das Luftfahrzeug über dem Flugplatz schweben ließ, warf er einen Blick auf die Kontrollen. Ein flackerndes Licht sagte ihm, dass der Computer IR-Signale aus dem *Inneren* des Fliegers empfing. Aber wie das? *Er* war doch die einzige mögliche Quelle hier. Seine Biomechanik-Buchsen konnte zwar IR-Signale empfangen und aussenden, aber in die waren derzeit seine Sklavenbänder und seine Halsmanschette eingestöpselt, die ihn weitestgehend kontrollierten – abgesehen von der Buchse am unteren Ende seines Rückgrats. Das hatten Vitrex' Leute nicht deaktiviert.

»Uns liegen keine Aufzeichnungen über Ihren Flugplan vor«, beharrte *Bunker*.

Der Computer antwortete, und er klang dabei genau wie

ein ungeduldiger Pilot, der mit den Nerven fast am Ende war. »Ich soll diese Ladung DNA-Proben zum Vitrex-Anwesen bringen!«

»*Arrow*-J-G-Drei, landen Sie unverzüglich!«, wies *Bunker* ihn an. »Unter keinen Umstän... Moment! Warten Sie!« Nach einer Pause fuhr die Flugsicherung fort: »Entschuldigen Sie! Ihre Genehmigung *ist* im System gespeichert. Hier ist wirklich die Hölle los! Sie sollten sich jetzt lieber auf den Weg machen! Sie hängen schon eine halbe Stunde hinter ihrem Zeitplan!«

»Schon unterwegs!«, bestätigte der Flieger. »*Over and out*.«

Die Hand immer noch auf dem Steuerknüppel, sah Althor, dass der Kommunikator sich selbsttätig abschaltete. Dann bewegte sich der Steuerknüppel von allein, und der Flieger drehte nach rechts ab.

Nachdem sie schon eine Zeit lang geflogen waren, meinte Althor zu sich selbst: »Das war ja unglaublich.«

Wieder bewegte sich sein Arm, diesmal, um seinen Handgelenk-Kommunikator in eine Vertiefung in der Armlehne des Pilotensitzes einrasten zu lassen. Eine ›Stimme‹, die er seit mehr als einem Jahr nicht mehr gehört hatte, dachte: Althor?

Althor musste schlucken; plötzlich aufsteigende Emotionen machten ihn erst einmal sprachlos. Wenn er es nicht besser gewusst hätte, wäre er sicher gewesen, dass ihm gleich die Tränen gekommen wären. **Ich dachte wirklich, du bist hinüber, Basalt!**

Ich kann nicht ›kaputt‹gehen, antwortete sein Knoten.

Du weißt, was ich meine.

Ich bin beschädigt, gab er zu. Im Moment greife ich auf den Computer des Fliegers zu, damit ich mit dir kommunizieren kann. Außerdem lade ich von dem gerade Codes herunter, um unser Interface zu rekonstruieren.

Gut. Basalt wiederzuhaben, war für Althor beruhigender als er jemals hätte in Worte fassen können. Er hatte die EI vermisst. Diese ›Wiedervereinigung‹ gab ihm das Gefühl, als würde er sich langsam wieder richtig erholen, als sei er jetzt schon wieder eins mit sich selbst. **Wie hast du diese gefälschte Frachtgutliste in das Netzwerk von *Bunker* eingespeist?**

Habe ich nicht. Dem Zeitplan zufolge und gemäß seiner Programmierung ist dieser Flieger genau für diese Lieferung vorgesehen.

Und woher wusstest du das?

Ich habe ihn über IR-Signale kontaktiert.

Irgendetwas an dieser Antwort kam Althor falsch vor, obwohl er nicht sagen konnte was. **Wo ist der richtige Pilot?**

Den hast du vor wenigen Minuten getötet.

Oh. Unruhig rutschte Althor in seinem Sessel hin und her. Hatte der Tod ihm schon immer so viel ausgemacht? Er fragte nicht nach. Er wollte es nicht wissen, falls er früher mal ein abgestumpfter Killer gewesen war. **Warst du das eben? Hast du mit dem *Tower* gesprochen?**

Ja. Ich habe über das Pico-Netzwerk in deinen Armbändern ein Signal an den Computer dieses Fliegers geschickt.

Jetzt wusste er, was ihm gerade eben falsch vorgekommen war. **Wieso kannst du jetzt meine Sklavenfesseln kontrollieren, wenn du es vorher nicht gekonnt hast?**

Ich habe auch jetzt noch nicht vollständig die Kontrolle darüber, antwortete Basalt. Aber der Zusammenbruch des Netzwerks hat alle IR-Übertragungen in diesem Gebiet abgeschnitten, also kann ich an ihrer Statt handeln. Selbst die IR-Leinen sind funktionsunfähig. Ich versuche, die Kontrolle über die Pico-Netzwerke in deinen Armreifen und deiner Halsmanschette zu übernehmen, bevor das System sich wieder regeneriert hat.

›IR-Leinen‹?

Wenn ein Aristo einen Sklaven ›anleinen‹ will, meldet er ihn oder sie beim Bergungsamt an, das diesem Sklaven dann eine individuelle Signatur zuweist. Falls der Sklave dann den Bereich verlässt, der ständig mit den mit seiner Signatur korrespondierenden IR-Signalen bestrichen wird, setzt dessen Halsmanschette den Eigentümer davon in Kenntnis und macht den Sklaven bewegungsunfähig.

Das klang für Althor nicht gut. **Wie macht es ihn bewegungsunfähig?**

Betäubungsmittel. Elektroschocks. Neural-Fasern.

»Alle Götter!«, flüsterte er. **Einfallsreiche Dreckskerle!**

Wir haben ein Problem, meldete Basalt. Deine ›Leine‹ ist auf die *Bunker Base* und den Qox-Palast eingestellt. Solltest du dich außerhalb dieser Bereiche befinden, sobald die Leinen wieder aktiv werden, hast du eine ganze Menge Probleme auf einmal!

Kannst du irgendetwas dagegen unternehmen?

Ich versuche gerade, diese Leine zu deaktivieren, aber bisher ist mir das nicht gelungen.

Kannst du dann den Auslöser stattdessen täuschen?

In welcher Hinsicht?

Kannst du ihn dazu bringen, zu glauben, dass er das richtige Signal erhält, auch wenn das in Wirklichkeit gar nicht so ist?

Basalt machte eine Pause. Das könnte mir gelingen, dachte er dann.

Wieder knackte der Kommunikator. »*Arrow,* Sie treten in den Vitrex-Luftraum ein! Landen Sie unverzüglich, oder wir werden das Feuer eröffnen!«

»*Das Feuer eröffnen?*« Basalt spielte den überraschten Piloten erstaunlich überzeugend. »Hey, ich liefere doch nur Laborbedarf für Doktor Azer!«

»Wir laden Ihre ID herunter.« Nach einer Pause sagte die Stimme deutlich freundlicher: »*Arrow*-J-G-Drei, fliegen Sie weiter! Wir haben hier unten wirklich höllisch viel mit unserem Netzwerk zu tun!«

»Klar!« Basalt klang erleichtert. »Ist ganz schön heftig was, jetzt, wo die ganzen Netzwerke zusammenbrechen!«

Der Lotse grunzte zustimmend. »Ich krieg hier keine Nachrichten mehr versendet!«

»Ist ja schön, dass es nicht nur mir so geht«, meinte Basalt trocken.

»Irgendwann werden die die ganzen Netzwerke schon wieder ans Laufen kriegen«, machte sich der Lotse selbst Mut.

»Das dauert aber verdammt lange«, beschwerte sich Basalt jetzt. »Meine Frau wird mich in die Abwasserkanäle spülen!«

Althor starrte den Kommunikator an. Was zur Hölle machte Basalt denn da? Ein bisschen Smalltalk mit einem eubianischen Fluglotsen?!

Der Lotse gluckste. »Wenn sie irgendwo auf diesem Kontinent ist, hat sie aber das gleiche Problem.«

»Ist sie nicht«, widersprach Basalt. »Die hat dienstlich in Kuraysien zu tun – im Rajakan-Sektor.«

»Ich kann Sie vermutlich zu ihr durchstellen.«

»Hey!«, gab Basalt munter zu Antwort. »Danke!«

Nach einer Pause fluchte der Fluglotse: »Verdammt sei Skolia! Die ganzen Verbindungen nach Kuraysien sind auch tot!«

Verdammt sei Skolia? Althor verzog das Gesicht. **Was für ein Fluch ist das denn?**

»Ist doch wirklich ein einziges Chaos!«, schimpfte nun auch Basalt.

»Die Leute können auch ohne Netzwerk überleben«, erwiderte der Lotse darauf.

»Wahrscheinlich schon.« Doch Basalt klang skeptisch. »Kommt mir irgendwie primitiv vor. Ich kann einfach nicht glauben, dass das ganze planetare Netzwerk einfach so ausfällt.«

»Wir wissen nicht, ob es auf dem ganzen Planeten ausgefallen ist.«

»Wenn sowohl Kuraysien als auch dieser Kontinent hier ausgefallen sind, ist ja nicht mehr viel übrig.« Basalt machte eine Pause. »Weiß eigentlich irgendjemand, *warum* dieses verdammt Ding zusammengebrochen ist?«

»Ich weiß von nichts«, entgegnete der Fluglotse kurz angebunden. »*Arrow*-J-G-Drei, hier kommt gerade ein weiterer

Flieger rein, und wir haben derzeit keine anderen Lotsen im Dienst. *Over and out.*«

»*Over and out.*« Basalt kappte die Verbindung.

Alle Götter!, dachte Althor. **Wie kann denn das Netzwerk eines ganzen Planeten zusammenbrechen?**

Ich weiß es nicht. Aber es ist hilfreich für uns. Und im Augenblick können wir wirklich jede Menge Hilfe gebrauchen.

Würdest du das freundlicherweise näher erklären?

Du kannst schließlich nicht mit diesem Flieger auf dem Vitrex-Flugplatz landen. Es ist ganz offensichtlich, dass du nicht der richtige Pilot bist.

Wieso?

Eure IDs stimmen nicht überein. Außerdem hast du goldene Haut, trägst die Sklavenfesseln eines Kriegsgefangenen und ansonsten keinerlei Kleidung außer einer geradezu anzüglichen schwarzen Lederhose. Du siehst aus wie eine Kreuzung aus einem Jagernaut und einem Sexspielzeug.

Die Beschreibung ließ Althor stutzen. **Gibt es irgendwelche Uniformen an Bord?**

Nein. Aber das ist auch egal. Die Armbänder und die Halsmanschette würden dich sowieso verraten.

Althor dachte nach. **Ohne Netzwerk müssen die Fluglotsen auf deutlich primitivere Techniken zurückgreifen. Radar. Vielleicht sogar Sichtkontakt. Wenn ich tief genug fliege, kann ich vielleicht verhindern, entdeckt zu werden.**

Das wäre möglich. Basalt machte eine Pause. Ich errechne eine Erfolgswahrscheinlichkeit von 14 bis 85 Prozent.

Na, das ist ja mal präzise!, kommentierte Althor trocken.

Es existieren zu viele Variablen, um präziser werden zu können.

Hat der Computer dieses Fliegers ein ... wie heißt so was? Ein Navigations-Makro?

Meinst du einen Autopiloten?

Nein. Ich meine einen ... Althor suchte nach Worten, um etwas zu beschreiben, was ihm einst in Fleisch und Blut übergegangen war und jetzt vollständig verschwunden zu sein schien. **Etwas, womit man den Flieger ganz flach über das Gelände steuern kann. Wir geben dem Computer eine Karte der Gegend, und er wählt eigenständig den besten Kurs aus. Als Pilot kann ich dann unerwartete Veränderungen des Geländes manuell ausgleichen.**

Eine Schleichfahrt-Funktion, auf die diese Beschreibung passt, ist vorhanden. Ich habe deine Spezifikationen zum Computer hochgeladen.

Der Schiffscomputer meldete sich. »Wie lautet der Bestimmungsort?«

»Das Anwesen von Izar Vitrex«, erklärte Althor. »Ich brauche einen Landeplatz möglichst nahe beim Haus, der groß genug ist, um dort dieses Luftfahrzeug zu verstecken.«

Auf dem Schirm vor Althor erschien die holographische Darstellung einer Villa. Im Osten grenzte ein Wald an das Gebäude, der bis hinauf in die Berge reichte. Auf den anderen drei Seiten der Villa und ihrer Nebengebäude erstreckten sich große Wiesen; im Norden und Westen stiegen auch diese zu den Bergen hin an, während sie im Süden den Hang hinab zum Flachland führten.

»Sieht so aus, als wäre der Wald das Beste, was wir kriegen können«, kommentierte Althor.

Basalt schickte einen Gedanken an den Computer des Fliegers. Gelände vergrößern und mögliche Verstecke farblich hervorheben.

Der Wald wurde größer, bis er die ganze Holokarte ausfüllte. Zwei Stellen darin waren leuchtend rot markiert. Bei der einen , etwa einen Kilometer vom Haus entfernt, handelte es sich um eine tiefe Felsspalte mit steinernen Wänden. Die andere war nur etwa zwanzig Meter vom Haus entfernt: eine Lichtung, auf der es so gut wie keinen Schutz vor Überwachungsanlagen gab.

Ich empfehle die Felsspalte, empfahl Basalt.

Ein Kilometer ist zu weit weg, gab Althor zu bedenken.

Mit deiner Geschwindigkeit kannst du diese Strecke in weniger als zwei Minuten zurücklegen.

Althors Hände verkrampften sich um seine Knie. Er konnte nicht einmal mehr seine eigenen Fähigkeiten einschätzen. **Gilt das nicht nur bei flachem Untergrund? Und ohne Gepäck?**

Ja. Angesichts deiner Körperkraft würde das Gepäck kein Problem darstellen. Aber dein Eigengewicht verlangsamt dich, vor allem auf so unebenem Gelände wie diesem hier.

Ich weiß nicht, wie es Cirrus geht. Er konzentrierte sich darauf, sie mit ihrem Denken und Fühlen zu suchen. **Das Einzige, was ich weiß, ist dass sie Angst hat.**

Wenn sie Angst hat, ist sie höchstwahrscheinlich bei Bewusstsein.

Das bedeutet nicht, dass sie rennen kann.

Wenn du das näher gelegene Versteck nimmst, riskierst du, entdeckt zu werden.

Sei mal realistisch!, dachte Althor. **Welche Chance habe ich, dort hineinzukommen, Cirrus zu holen und wieder herauszukommen, ohne bemerkt zu werden?**

Keine hohe, gab Basalt zu.

Wir nehmen das näher gelegene Versteck.

Ich habe die Daten eingegeben. Die Karte verschwand, wurde jetzt durch eine andere ersetzt, die schematisch das Gelände unterhalb des Luftfahrzeugs zeigte. Sie wurde von einem durchscheinenden Bild überlagert, das Echtzeit-Bildmaterial des Geländes zeigte. Die beiden Karten waren fast identisch; hauptsächlich unterschieden sie sich in der Größe einiger Pflanzen.

Althor schaute zu, wie das Gelände unter ihnen hinwegzurasen schien. **Basalt?**

Ja?

Es kann sein, dass ich in der Villa noch mehr werde töten müssen.

Diese Aussage trifft zu.

Auf der Echtzeit-Karte erschien plötzlich ein aus dem Boden aufragender Felsbrocken , der auf der älteren Karte nicht vermerkt war. Althor zog den Steuerknüppel zu sich heran, und der Flieger stieg steil auf, über den Felsbrocken hinweg.

Einen Augenblick später dachte Althor: **Hat mir der Tod und das Töten schon immer so viel ausgemacht?**

Ja.

Althor wusste nicht genau, warum er erleichtert war zu erfahren, dass er nie gerne getötet hatte. Aber er war es dennoch.

Dann änderte er den Kurs, wählte eine direktere Route nach Süden und passierte dabei die Villa selbst. Das verlängerte ihre Flugzeit zwar um mehrere Minuten – Zeit, die sie sich eigentlich nicht leisten konnten –, auf der anderen Seite gestattete es ihnen jedoch, tiefer zu fliegen und so die Berge selbst als Abschirmung für den Flieger zu nutzen.

Dann senkten sie den Flieger in einem lautlosen Blätterwirbel auf die Lichtung ab. In einer dichten Wolke stiegen die Auspuffgase auf, doch nichts brannte, dröhnte, kreischte oder erregte ansonsten irgendwie Aufmerksamkeit. Als Althor dann die Luke öffnete, sah er durch die Bäume hindurch Licht in der Villa.

Basalt?, fragte er.

Ich empfange dich.

Wieder spürte er beachtliche Erleichterung. Basalt musste die Codes, die er aus dem Flieger ›gestohlen‹ hatte, gut eingesetzt haben; sein Interface mit dem Knoten blieb selbst ohne direkten Kontakt mit dem Computer des Fliegers funktionsfähig. **Empfängst du irgendetwas aus dem Haus? Netzwerk-Signale?**

Ein wenig IR. Ein Großteil des Hauses ist offline.

IR? Althor spannte sich innerlich an. **Was ist mit den Leinen?**

Bisher nichts. Ich habe deine Halsmanschette so eingestellt, dass sie die richtige Leine ›sieht‹, egal wo du dich aufhältst. Aber wir werden erst wissen, ob das wirklich funktioniert hat, wenn die Leinen wieder online sind.

Althor stieg aus dem Flieger aus und machte sich auf den Weg durch den Wald; dabei bewegte er sich lautlos wie ein Schatten. Er konnte sich nicht erinnern, jemals gelernt zu haben, bewaldetes Gelände zu durchqueren, ohne dabei Blätter rascheln oder Äste knacken zu lassen, doch sein Körper kannte noch Dinge, die sein bewusstes Denken bereits vergessen hatte. Am Waldrand hielt er inne, dann sprintete er zu dem Haus hinüber, das sich als eine elegante Konstruktion aus Holz erwies – einem viel extravaganteren Baustoff als den üblicherweise verwendeten Kunststoffen.

Als er sich mit seinem Bewusstsein vorantastete, fing er die Gedanken vieler verschiedener Personen auf. Die meisten waren Sklaven, doch bei einigen wenigen traf er auf dieses Gefühl, als sei dort ein *Hohlraum*, das er mit Aristos verband; es war eine Leere, die ihm stets aufs Neue eine Gänsehaut verursachte.

Dann fand er Cirrus. Jetzt, wo er ihr so nahe gekommen war, spürte er die Intensität ihrer Furcht so deutlich, dass sie ihn fast selbst erfasst hätte. Was hatte Vitrex nur getan, um sie so zu verschrecken? Althor glitt durch die Schatten, suchte sich seinen Weg um die Büsche herum. Als er ihre Emotionen noch deutlicher wahrzunehmen begann, hielt er sich weiter in dieser Richtung; sobald sie schwächer wurden, änderte er den Kurs wieder.

Schließlich fand er sich unter einem Balkon wieder. In der Wand gab es weder einen Eingang noch irgendetwas, woran man sich beim Klettern hätte festhalten können. Althor ging schon auf die nächste Hausecke zu, als er plötzlich stehen blieb: Da waren Stimmen zu hören! Er hob das Impuls-Gewehr und tastete mit seinem Bewusstsein wieder die Umgebung ab.

»… DNA-Lieferung von *Bunker*«, sagte ein Mann hinter der Hausecke. »Der Flieger ist von den Schirmen verschwunden, aber wir wissen noch nicht, ob er wirklich abgestürzt ist.«

»Das gefällt mir nicht«, sagte ein anderer. »Ich will zusätzliche Wachen für Minister Vitrex und die Sphinx-Delegation, und ich will noch mehr Leute, die das Gelände absuchen.«

Beinahe hätte Althor aufgelacht. **Ich bin nicht hinter Hightons her.**

Dass du eine seiner Versorgerinnen holen willst, gereicht uns zum Vorteil, dachte Basalt. Die Wachmannschaft wird kaum daran denken, die Sklaven zu beschützen.

Althor mühte sich, mit seinen Sinnen weiter das Gelände abzusuchen, doch sein Denken und Fühlen schien zu ermatten. Sein Hirnschaden erschwerte es ihm, seine Kyle-Sinne einzusetzen, und die Gedanken der *Razer*, deren Wellen denen der Aristos sehr ähnlich waren, fühlten sich für ihn an wie Sandpapier. Er drehte sich um und ging den Weg zurück, den er gekommen war, um nach einem weniger gefährlichen Eingang zu suchen.

Dann zögerte er.

Mit biomechanisch erhöhter Geschwindigkeit wirbelte Althor herum und sah an der Hausecke einen *Razer* stehen, der gerade ein Gewehr hob. Althor feuerte, und die Geschosse seiner Waffe trafen den *Razer* mit solcher Wucht, dass der Mann mehrere Meter nach hinten geschleudert wurde, bevor er auf den Rasen fiel. Althor war bereits losgerannt. Er biss die Zähne zusammen, um sich gegen den mentalen Rückstoß zu wappnen, den ihm der Tod des Mannes versetzte, trat um die Ecke des Gebäudes und feuerte erneut, den Blick auf den zweiten *Razer* gerichtet, der dort stand. Sein Schuss schleuderte die Wache gegen die Kristalltüren der Veranda; sie barsten, und Splitter flogen in alle Richtung, als sei ein Eisblock explodiert.

Der Schock, in den das Sterben dieses Mannes Althor versetzte, erfasste ihn mit ungebremster Wucht, während Althor noch durch den Türbogen ins Haus lief. Sein biomechanisch verstärktes Gehör registrierte Geräusche, und seine Hydraulik machte, dass er sich im gleichen Augenblick zu Boden fallen ließ, in dem die Tür auf der anderen Seite des Raumes aufgerissen wurde. Althor landete auf dem Bauch, rollte sich seitwärts und schoss in dem Sekundenbruchteil auf die *Razer*, in dem sie gerade in den Raum hineinlaufen wollten. Sie hatten ihre Waffen bereits abgefeuert; die Projektile sausten zischend dort durch die Luft, genau dorthin, wo Althor noch einen Lidschlag zuvor gestanden hatte. Er rollte sich weiter und kam wieder auf die Beine, näherte sich der Tür jetzt von der Seite.

Vier Leichen lagen auf dem Boden. Althor rannte an ihnen vorbei, hinaus auf einen breiten Flur. Dieser Flur erweiterte sich in ein Foyer, von dem aus eine breite Freitreppe sich zum ersten Obergeschoss aufschwang. Er rannte hinauf, nahm immer drei Stufen auf einmal. Oben angekommen stand er vor drei im antiken Stil gehaltenen Türen. Hinter der ersten fand er die Bibliothek, hinter der zweiten das Wohnzimmer. Obwohl Sternenlicht durch die gläsernen Balkontüren fiel, sah er nirgends Cirrus. Den Raum durchsuchen oder die dritte Tür überprüfen? Er hatte nicht die Zeit, beides zu tun.

Althor lief zur dritten Tür hinüber. Dahinter befand sich eine kleine Diele, die er mit zwei Schritten durchquerte. Die nächste Tür ließ sich nicht öffnen, also warf er sich immer und immer wieder mit dem ganzen Körpergewicht dagegen, bis das Schloss schließlich nachgab und krachend die Tür aufschwang.

Cirrus' Entsetzen erfasste Althor wie eine Flutwelle. Das Schlafzimmer lag im Dunkel, doch mit seiner IR-Sicht fand er sie sofort: Mit ausgestreckten Armen und Beinen war sie an das Bett gefesselt. Als er auf sie zulief, fragte sie schluchzend und mit rauer Stimme: »*Wer ist da?*«

»Ich bin's! Althor!« Er blieb vor dem Bett stehen, holte tief Luft, befreite das Mädchen, so schnell er konnte, und ließ zur gleichen Zeit sein Denken und Fühlen mit dem ihren verschmelzen. Ihr ganzes Denken war von reiner Furcht überflutet. Sie hatte seit Stunden dort gelegen, Arme und Beine schmerzhaft gestreckt – lange genug, sodass sie kaum würde laufen können, jedenfalls nicht sofort.

Als Althor ihr aufhalf, dachte Basalt: Nimm den Palmtop! Vorsicht! Auf keinen Fall eines der Icons aktivieren!

Mit einer Hand hielt Althor Cirrus an der Taille, mit der anderen nahm er den Palmtop an sich und befestigte ihn an seinem Gürtel. Dann hob er Cirrus hoch, trug sie auf seinen Armen, wie ein Bräutigam die Braut über die Schwelle hebt. Als sie ihm die Arme um den Hals legte, fühlte er sich gleich besser: Offensichtlich war er doch noch in der Lage, etwas zu tun, etwas zu *bewirken*, trotz seines Hirnschadens.

Während er auf das Fenster zuging, nahm er dank seines biomechanisch geschärften Gehörs hinter sich leise Schritte wahr. Mit einer Geschwindigkeit, die ihn für jeden Beobachter hätte unscharf erscheinen lassen, ließ er Cirrus' Füße zu Boden gleiten, stützte sie mit einer Hand an ihrer Taille, während er gleichzeitig herumwirbelte, auf die Tür schoss und zur Seite sprang. Mit seiner IR-Sicht hatte er vier *Razer* wahrgenommen. Drei erwischte er mit dem Feuerstoß, mit dem er die Tür und einen Teil des Flurs bestrich; doch dann hörte sein Impuls-Gewehr auf zu feuern: Ihm war die Munition ausgegangen. Mit einem Sprung zur Seite schaffte er es gerade noch, dem Feuerstoß aus dem Gewehr des übriggebliebenen *Razers* zu entgehen. Dann schleuderte Althor die nutzlose Waffe mit biomechanisch verstärkter Kraft auf seinen Gegner, während die Geschosse aus dem Gewehr des *Razers* Löcher in die Wand hinter ihm riss. Die spitze Mündung von Althors Gewehr drang tief in den Schädel der Wache ein; der Todesschrei des Mannes hallte in Althors Innerstem wider.

Stöhnend taumelte Althor einen Schritt zurück. Er wusste, dass es verschiedene Techniken gab, sich während eines Kampfes vor diesem empathischen Rückstoß zu schützen. Aber einfallen wollte ihm keine einzige mehr. Er kämpfte gegen die aufsteigende Übelkeit an, nahm Cirrus wieder auf die Arme und stolperte zum Fenster.

Hinter sich hörte er das Zischen eines Nadelwerfers. Sein System, das immer noch unter dem Schock des mentalen

Rückschlags litt, reagierte nicht schnell genug, und er spürte, wie die Nadel in seinen Rücken eindrang. Sofort verteilte sich ein Relaxans in seinem Muskelgewebe. Als sein Griff, mit dem er Cirrus hielt, erschlaffte, glitt das Mädchen auf den Boden und blieb dort zusammengesunken liegen. Schwankend sank Althor neben ihr auf die Knie.

Hydraulik aktiviert, dachte Basalt. Stell dich tot!

Althor zwang sich dazu, ganz still zu bleiben. Er wollte unbedingt flüchten vor dem, was er im Eingang des Zimmers spürte: Dieser geistige Hohlraum, diese Leere, die ihn aufzusaugen drohte, sein Denken und Fühlen in die Tiefe reißen und ihn völlig aussaugen würde. Vitrex kam mit großen Schritten in den Raum; er bewegte sich mit der Sicherheit, die ihm nur auf IR-Sicht umschaltbare Augen verliehen haben konnten. Erneut feuerte der Minister seine Waffe ab, pumpte noch mehr Betäubungsmittel in Althor hinein, um sicherzugehen, dass er völlig bewegungsunfähig war. Basalt erteilte den Meds in Althors Blut genaue Anweisungen, und sie ließen ihn bewusstlos erscheinen; er war zusammengesunken, vornübergebeugt, sein Kopf hing schlaff herab.

Nachdem Vitrex noch einen Augenblick gewartet hatte, um wirklich sichergehen zu können, dass Althor kampfunfähig war, kniete er sich neben ihn. »Alle Götter!«, flüsterte er. »Wie bist du nur aus *Bunker* rausgekommen?«

Althors Hand schoss nach vorne und schloss sich wie ein Schraubstock um Vitrex' Hals. Einen Augenblick erstarrte der Minister. Wäre Althor in besserer Verfassung gewesen, hätte Althor ihn in diesem einen Augenblick ohne Schwierigkeiten getötet. Doch Althors Hydraulik aktivierte sich nicht schnell genug. Vitrex krallte sich mit beiden Händen in Althors Hand, Althors Griff ließ nach, während Basalt noch versuchte, sich gegen das Muskelrelaxans durchzusetzen. Mit einem erstickten Laut konnte der Minister sich ruckartig befreien.

In Althors IR-Sicht glomm Vitrex glühend rot, wie ein Feuerdämon. Althor hatte das Gefühl, als verrinne die Zeit nur noch ganz langsam. Die Hand des Minister wanderte zu der Impuls-Waffe an seiner Hüfte, während Althor nach seinem Dolch griff. Wie in Zeitlupe umschloss Vitrex' Hand den Griff seines Gewehrs, während Althors Hand das Heft seiner Waffe berührte. Als Althor den Dolch zog, zog Vitrex das Gewehr. Althor biss die Zähne zusammen, strengte sich an, seine hydraulikgesteuerten Bewegungen zu beschleunigen. Er musste mehr tun als Vitrex, musste den Dolch nach vorn schleudern, während Vitrex nur abzudrücken brauchte. Wenn er sich nicht beeilte, würde er tot sein, bevor der Dolch sein Ziel gefunden hätte.

Trotz der gesteigerten Geschwindigkeit schien jede einzelne Bewegung ewig zu dauern. Vitrex hob die Schusswaffe, Althor hob den Dolch auf Brusthöhe. Als Vitrex anlegte, konnte Althor fast schon fühlen, wie die Projektile seinen Körper zerfetzten. Er schleuderte den Dolch, beobachtete, als befinde er sich in weiter Ferne, wie die Spitze der Klinge die Strecke zurücklegte, die der Highton von ihm entfernt war.

Als Vitrex' Daumen sich auf den Zündknopf herabsenkte, berührte die Spitze von Althors Klinge die Brust des Ministers. Der Schwung des Wurfs riss Althor nach vorn – die Klinge drang tief in das Herz des Ministers. Und während Althor gegen Vitrex sackte und ihn zur Seite stieß, feuerte Vitrex. Mit einem flackernden Lichtstoß, der in der IR-Sicht noch gespenstischer wirkte, jagten Geschosse aus dem Lauf der Waffe, ein einzelnes, scharfkantiges Projektil riss Althor den Arm auf.

Der Schmerz schleuderte Althor zurück in die normale Zeitwahrnehmung. Er lag fast mit seinem ganzen Körper über Vitrex, der Dolch steckte bis zum Heft in der Brust des Highton. Vitrex starb – nicht schockiert oder entsetzt, sondern zutiefst verwirrt: Er konnte einfach nicht fassen, dass ein *Sklave* seinem Leben ein Ende gesetzt hatte.

Althor zwang sich wieder aufzustehen. Laut Basalt hatte der ganze Kampf nur Sekunden gedauert, und seit er mit dem Flieger aufgesetzt hatte, waren weniger als zwei Minuten vergangen. Mit gleichmäßigen Bewegungen, die charakteristisch für seine Hydraulik waren, hob er Cirrus wieder hoch und trug sie auf seinen Armen.

»Wer ist da?«, fragte sie mit zitternder Stimme.

»Althor.« Er ging zu den Vorhängen hinüber und zog sie zur Seite. Das Fenster war nicht dafür vorgesehen, geöffnet zu werden, also schlug Althor mit der Faust die Scheibe ein; dann hieb er mit seinem Armband gegen die noch im Fensterrahmen hängenden Splitter, um diese herauszutreiben. Der Wind fuhr in den Raum und wirbelte Cirrus' Haar um sie beide.

Hinter ihnen erklang das Klicken der Sicherung eines Projektil-Gewehrs.

»Umdrehen!«, befahl eine Stimme auf Highton.

Althor erstarrte. Dann drehte er sich langsam um. In wenigen Metern Entfernung stand ein Mann und hielt ein Gewehr auf ihn gerichtet. Er hatte die Gesichtszüge eines Highton und trug die Uniform eines *Razers*, und doch war, trotz seiner ganz offensichtlichen Aristo-Herkunft, sein Denken und Fühlen nicht dieser Hohlraum, diese *Leere*. Der Mann sah aus wie ein Highton, aber er besaß das Denken und Fühlen eines normalen Menschen.

Als der Mann dann sprach, tat er das mit einer Sanftheit, die Althor immens verblüffte, bis er endlich begriffen hatte, dass diese Worte nicht an ihn gerichtet waren. »Cirrus?«, fragte er. »Ist das wirklich das, was du willst?«

»Ach, Xirson«, flüsterte Cirrus. »Lass mich gehen! Bitte! Ich würde lieber sterben, als weiter Hightons zu ›versorgen‹.«

Xirson schluckte. Dann machte er mit seinem Gewehr eine auffordernde Bewegung in Richtung Althor. Mit harter Stimme sagte er: »Sie haben sechzig Sekunden. Dann werde ich ›entdecken‹, was hier vor sich gegangen ist.«

Althor nickte. Er drehte sich wieder zum Fenster um und sagte dann mit leiser Stimme, so leise, dass er hoffte, der verliebte *Razer* würde es nicht hören, zu Cirrus: »Ich muss dich aus dem Fenster fallen lassen. Es tut mir Leid. Die Büsche unten werden deinen Fall bremsen.«

Sie stieß fast keinen Laut aus, nur ein kurzes erschrecktes Aufkeuchen, bevor ihr Körper in die Büsche fiel. Althor schwang sich selbst über das Fensterbrett und sprang ihr hinterher. Er landete in stacheligem Laub, das ihm die ungeschützte Haut seines Oberkörpers aufriss. Cirrus bewegte sich nicht, also hob er sie hoch und lief auf den Wald zu. Aus dem Haus hinter ihnen waren Schreie zu hören, irgendjemand erteilte den Befehl, das Feuer zu eröffnen. Sein Rücken brannte, weil er erwartete, jeden Moment durch Laserfeuer zu sterben, durch Impuls-Geschosse, durch wer-weiß-was. Stattdessen hörte er eine andere Stimme: Sie fluchte, sie verdammte das ausgefallene Netzwerk.

Dann war er zwischen den Bäumen verschwunden, gleich darauf schon am Flieger angekommen. Während er hineinkletterte, meldete Basalt: Du kannst Cirrus nicht mitnehmen!

Was?! Warum nicht? Althor schnallte sie im Sitz des Copiloten an und ließ sich dann in den Pilotensitz sinken.

Die IR-Leinen sind wieder aktiv, und ihre sind auf dieses Anwesen eingestellt. Im Augenblick reichen von jedem einzelnen Korn dieses Pulvers, das ihren Körper bedeckt, Neural-Fasern in ihre Haut. Wenn du sie vom Gelände bringst, wird das in ihrem gesamten Körper einen massiven Nervenschock hervorrufen, gegen den ich nichts unternehmen kann.

Verpuggte Hölle! Beschütz sie! Althor startete die Antriebe. **Mach für sie das Gleiche, was du für mich auch gemacht hast!**

Das versuche ich. Aber ich habe weniger Zugriff auf ihre Systeme als auf deines.

Wenn wir jetzt nicht starten, werden sie uns kriegen!

Gib mir zwanzig Sekunden!

Wir HABEN keine zwanzig Sekunden! Althors Gedanken wirbelten durcheinander. Jeden Augenblick musste der Flieger explodieren …

Fertig!, meldete Basalt. LOS!

Als der Flieger in die Luft aufstieg, überkreuzten sich knapp unter ihm zwei Laserstrahlen. Laub auf dem Boden flammte auf, und schnell breitete sich das Feuer auf die ringsum stehenden Bäume aus. Als Althor den Schub noch weiter steigerte, presste ihn die Beschleunigung in den Sitz. Im gleichen Augenblick, als sie den Wald hinter sich gelassen hatten, ging er mit dem Flieger fast bis auf den Boden und programmierte dem Autopiloten neue Zielkoordinaten ein. Sekunden später jagten sie zwischen den Bergen hindurch, dunkel und versteckt – ein lautloser Falke, ein Flieger auf perfekter Schleichfahrt.

Endlich wandte er sich Cirrus zu. Zum ersten Mal an diesem Abend konnte er sie richtig ansehen. Sie schimmerte: Auf ihrer Haut lag ein goldener Glanz, in dem winzige Juwelen glitzerten, ihr Haar, das ihr bis zu den Oberschenkeln reichte, umspielte ihren Leib in einer leuchtenden, schimmernden Wolke, ihr atemberaubender Körper glitzerte vor Juwelen – und wenig anderem. Er musste schlucken und ließ einfach diese goldene Vision auf sich wirken. *Wunderschön* beschrieb es nicht einmal annähernd. Warum bei allen zehn Höllen der Entschwundenen See konnte Vitrex ihr *wehtun* wollen?

Dein Puls und dein Blutdruck sind zu hoch!, meldete Basalt.

Egal! Wie geht es Cirrus?

Ich habe die Neural-Fasern deaktiviert.

Cirrus regte sich. Sie öffnete die Augen und sah ihn an. Weder auf ihrem Gesicht noch in ihrem Denken und Fühlen war eine Spur des Wiedererkennens zu sehen. Keine Reaktion. Nichts.

Basalt! Was ist los mit ihr?!

Beruhige dich!, dachte Basalt.

Ich BIN ruhig! Beantworte jetzt endlich diese Frage, verpuggt noch mal!

Sie ist benommen. Das ist eine logische Reaktion angesichts der Dinge, die sie gerade erlebt hat. Sie wurde von Personen, die sie nicht hat sehen können, durch die Gegend getragen, man hat auf sie geschossen und sie aus einem Fenster geworfen. Ich würde vorschlagen, du tröstest sie ein wenig.

Oh. Ja. Natürlich. Althor schoss das Blut ins Gesicht. Es war Jahrzehnte her, dass er sich in Gegenwart einer Person, die er liebte, so gehemmt gefühlt hatte.

»Cirrus?«, fragte er. »Ist bei dir alles in Ordnung?«

Ihre Emotionen regten sich, und Furcht stieg an die Oberfläche wie eine riesige Gasblase. »Er hat dich am Arm verwundet!«

Erstaunt blickte Althor hinunter. Das Projektil aus Vitrex' Gewehr hatte seinen Bizeps fast ganz durchtrennt. Althor spürte die Wunde nicht einmal. Noch nicht. Aber er hatte schon schlimmeres abgekriegt. »Das kann ich mit den Med-Vorräten hier im Flieger flicken. Das wird schon wieder!«

»Er war hier.«

»Wer?«

»Minister Vitrex. Ich habe ihn gehört.« Sie klang völlig ruhig, doch in ihren Gedanken kochte ein unendliches Entsetzen mit. »Der Drache.«

Als Althor aus ihren Gedanken herauslas, was sie mit *Drache* meinte, hätte er beinahe würgen müssen. Immer wenn er glaubte, er könne sich langsam das Ausmaß der Hightons vorstellen, verblüfften sie ihn erneut mit ihrer Brutalität.

»Vitrex kann dir nichts mehr tun«, sagte er. »Er ist tot.«

»Bist du sicher?«

»Absolut!«

Grimmige Befriedigung huschte über ihr Gesicht. Dann zögerte sie. »Wem gehöre ich denn jetzt? Dir?«

Das überraschte ihn vollends. »Cirrus, hör mal gut zu! Du gehörst niemandem! Du gehörst dir selbst!« Sie roch so gut, dass es seinen Verstand ganz vernebelte. Er konnte nur noch daran denken, wie gern er sie jetzt in die Arme schließen würde. »Aber ich ... äh ... ich würde gern ... würdest du bei mir bleiben? Wenn du willst?«

»Bei dir bleiben?«

»Ja.« Er wusste, dass sie nur geringe Aussicht darauf hatten, zu entkommen, aber in Gegenwart dieser wunderbaren Frau, der Mutter seines Kindes, wollte er das nicht zugeben. »Wir können uns gemeinsam um unseren Sohn kümmern.«

Ihr Lächeln erstrahlte wie die Morgensonne. »Das würde mir gefallen!«

»Gut.«

»Aber wo fliegen wir jetzt hin?«

»Zum Palast.« Er holte tief Luft. »Wir müssen den Kaiser finden.«

32

Das Abbild von Admiral Barzun auf dem Holoschirm war die einzige Lichtquelle in der Raumfähre. Soz nahm die L-Trupps rings um sie und hinter ihr wahr, die allesamt still in ihren Kojen lagen.

»Dass Ihr mit zum Asteroiden gekommen seid – das ergab für mich durchaus Sinn«, erklärte Barzun gerade. »Eure Anwesenheit auf der *Rocas Stolz* bedeutete ein größeres Risiko, aber sie ergab immer noch Sinn! Ihr besitzt einzigartige Fähigkeiten. Ich bezweifle, dass wir ohne Euch, die das Netzwerk zusammen- und aufrechterhalten hat, als es sonst überall zusammengebrochen ist, so weit gekommen wären! Aber eine Landung mit den Truppen?« Er schüttelte den Kopf. »Das Leben der Imperatorin auf diese Weise zu riskieren, ist weder akzeptabel noch notwendig.«

Sie antwortete ihm sehr leise: »Chad, was glauben Sie, warum das Netzwerk zusammengebrochen ist?«

»ERKomm hat das Schloss erbeutet und versucht, es zu benutzen.«

»Damit hätten sie das Netzwerk nicht auf diese Weise zusammenbrechen lassen können.«

»Und wer war es dann?«

»Ich war das«, sagte Soz. »Wir reden vom Netzwerk, als wäre das ein Gitternetz in einem großen Ozean, aber in gewisser Hinsicht ist es eher wie ein Raum. Die Triade hält die Wände aufrecht, und Der Schlüssel Zur Versammlung und ich versuchen dort gerade, genau auf der gleichen Stelle zu stehen. Das können wir nicht.« Sie schüttelte den Kopf. »Ich weiß nicht, was den Zusammenbruch letztendlich ausgelöst hat, aber falls wir das Netzwerk jemals wieder aktivieren können, wird das entweder Dehya oder mich töten.«

Er blickte sie beunruhigt an. »Ich dachte, es sei nicht

möglich, einen Schlüssel jemals wieder aus der Triade zu lösen.«

»Solange das Netzwerk aktiv ist, nicht. Es bestehen dann zu viele Links zwischen dem Netzwerk und unseren Gehirnen. Uns dort herauszureißen, würde uns töten.«

»Wir können eine Lösung finden«, meinte er, er schien sie geradezu anzuflehen. »Das ist kein ausreichender Grund, Euer Leben auf diese Weise zu riskieren!«

»Ich habe andere Gründe.«

»Welche?«

»Das darf ich nicht sagen.«

Barzun beugte sich vor. »Dann werde ich sie Euch sagen: Ihr denkt, Ihr hättet die besten Chancen, Euren Bruder zu finden. Ihr haltet das für so wichtig, dass es sogar wert ist, Euer eigenes Leben zu gefährden, vor allem, weil Ihr denkt, dass Ihr sowieso werdet sterben müssen! Entweder das, oder Ihr verursacht den Tod der Pharaonin, richtig? Ihr wollt nicht die Geschichte von Kurj Skolia wiederholen. Aber Ihr wollt Rache nehmen für seinen Tod. Ihr wollt Jaibriol Qox' Tod! Wenn das so ist, muss ich Euch dringend etwas sagen: Diese Gründe sind allesamt nicht gut genug!« Er stieß einen frustrierten Laut aus, als versuche er, ihr etwas zu erklären, und spräche doch immer nur gegen eine Wand. »Wir können dieses Problem mit der Triade lösen!«

Obwohl sie nicht bestreiten konnte, dass seine Zusammenfassung in einzelnen Bereichen durchaus akkurat war und auch zutraf, war die Wahrheit doch noch viel komplexer. Aber sie ließ alle Skolianer das glauben, was auch er glaubte: dass sie auszog, den einen Bruder zu retten und den anderen zu rächen. Es passte zu den Legenden um die Rubin-Dynastie, die Geschichten über atavistische Kriegerköniginnen, die marodierend durch das All zogen. Es war völlig egal, dass sie eine moderne, egalitäre Armee befehligte, statt einer Armee im alten Sinne mit Kriegerinnen, die ganze Welten unterjochten und die Besitzerinnen und Eigentümerinnen ihrer Männer gewesen waren. Die Wirklichkeit würde nur wenig Einfluss auf die Legenden nehmen, die sich um ihre letzten Tage als Imperatorin ranken würden. Diejenigen, die sie besser kannten, wie Naaj Majda und Dayamar Stone, würden diese ›Wahrheit‹ hinterfragen und mit der pragmatischen Offizierin vergleichen, die sie persönlich gekannt hatten. Doch niemand würde ihnen die Fragen, die sie sich dabei stellten, jemals beantworten.

»Chad.« Sie betrachtete ihn aus der Dunkelheit heraus. »Machen Sie mir keine Angst!«

»Das muss ich aber! Skolia braucht Euch lebendig!«

Sie schnaubte verächtlich. »Skolia braucht keine weiteren Krieger mehr! Wir brauchen Diplomaten. Wir brauchen Leute, die sagen: ›Lasst uns Frieden schließen‹.«

»Das haben wir schon versucht. Hat nicht geklappt.«

»Ich muss jetzt gehen.« Leise fügte sie hinzu: »Grüßen Sie mir meine Familie! Sagen Sie ihnen, dass ich an sie gedacht habe!«

»Soz, kommen Sie zurück!«

»Ich kann nicht. *Over and out.*« Dann unterbrach sie die Verbindung.

Sie fühlte ihren L-Trupp rings um sie herum, fühlte all ihre Fragen. Doch niemand sagte ein Wort. Sie waren klug genug, keine Fragen zu stellen. Solange die Gefahr bestand, gefangen genommen zu werden, hatte Soz nicht die Absicht, ihnen mehr Details mitzuteilen, als für die Erfüllung dieser Mission absolut erforderlich waren.

Es herrschte tiefste Nacht, als sie landeten, einige Kilometer vom Palast entfernt. Einzelne Bereiche des ätherisch wirkenden Gebäudes stand in Flammen: Folgen chirurgischer Schläge von Schiffen im Orbit oder von den Jags, die in die Atmosphäre eingedrungen waren, um wiederholt die Bodentruppen anzugreifen. Das IRK versuchte nicht den Palast zu zerstören, nur dessen Verteidigungssysteme auszuschalten. Der Palast erwiderte das Feuer, doch ohne Zugriffsmöglichkeiten auf das Netzwerk war keine der beiden Parteien erfolgreicher darin, die andere von ihrem Tun abzuhalten.

Nachdem sie auf einem Hügel neben einer Reihe hoch aufragender Büsche gelandet waren, verließen sie das Fahrzeug und rannten in das Waldgebiet zu ihrer Rechten hinein. Jeder Jagernaut rief eine taktische Karte auf, die von der *Rocas Stolz* angefertigt worden war. Wäre das Netzwerk nutzbar gewesen, wäre diese Karte regelmäßig aktualisiert worden. Doch selbst ohne das Netzwerk war diese Karte nur wenige Minuten alt.

Soz' biomechanisches Netzwerk überlagerte ihr Blickfeld mit dieser Karte wie mit einem Geisterbild. Ihr IR-Blick zeigte ihr das Gelände in flammenden Farbschattierungen und gestattete es ihr, Orientierungspunkte im Gelände mit Psicons auf der Karte in Übereinstimmung zu bringen. Ein Kompass-Psicon in einer Ecke ihres Mental-Displays stellte sicher, dass sie den Kurs hielt; zusätzlich trug sie auch noch einen Kompass in ihrem Handgelenkschutz – für den Fall, dass das Mental-Display ausfallen sollte.

Zum Palast hin fiel das bewaldete Gelände sanft ab; vor ihnen lag felsiges Gelände, zu ihrer Rechten ein Abgrund oberhalb eines Flusses. Soz trat in ein Erdloch, das sie nicht gesehen hatte, und verzog vor Schmerz das Gesicht, als sie sich den Knöchel verrenkte. Sie zog den Fuß wieder heraus und marschierte stur weiter, über das Geflecht aus Wurzeln hinweg, das den Boden bedeckte. Zweige peitschten ihr ins Gesicht und verfingen sich an ihrem Gewehr. Sie war durchaus bereit zuzugeben, dass dieser Wald wunderschön war, aber hindurchmarschieren zu müssen, war geradezu Schwerstarbeit.

Die L-Trupps rückten im Verband vor. So nah beieinander, mit durch Neural-Implantate gesteigerten Kyle-Fähigkeiten, formten sie ein gemeinsames PsiberLink aus, insgesamt einundzwanzig Knoten.

Wartet!, dachte Soz.

Der Trupp blieb stehen. Eine Sicherheitslinie durchschnitt den Wald vor ihnen, auf ihrer Karte rot hervorgehoben. Vom Orbit aus war es schwer gewesen, Details zu erkennen, doch hier konnte man weitere Informationen sammeln. **Caser, ich brauche Ihre Hilfe.**

Schon unterwegs.

Auf ihrem Mental-Display erschien ein Icon in Form eines Mannes, das durch den Wald auf sie zuhielt. Als es das Icon erreicht hatte, das ihre eigene Position anzeigte, stand der echte Caser neben ihr. Er war Experte in Geheimdienstfragen und Sicherheitssystemen – und ein Ass darin, Verteidigungssysteme zu unterlaufen.

Die Linie liegt etwa fünfhundert Zentimeter nördlich, dachte Soz.

Ich orte sie gerade. Caser untersuchte die Linie mit mehreren verschiedenen Signalen, setzte dabei Suchroutinen ein, die er selbst programmiert hatte, wobei er auf jahrelange Erfahrung und angeborenes Talent gleichermaßen zurückgegriffen hatte. Dann überlagerte er die markierte Position auf der Karte mit einer roten Linie, die etwas näher an ihrer eigenen Position lag. *Das ist ein Sensor und ein Bolzenbeißer. Der Sensor würde Daten zur Sicherheitsabteilung des Palastes schicken, wenn das Netzwerk aktiv wäre. Diese Art Sonde überwacht normalerweise ein zylindrisches Gebiet von etwa zehn Zentimetern Durchmesser entlang dieser Linie, und auch entlang einer Ebene senkrecht zum Boden.* Auf der Karte markierte er farblich das entsprechende Areal.

Und was ist mit diesen Bolzenbeißern?, fragte Soz.

Primitiv, aber tödlich. Er verzog das Gesicht. *Wenn man die Linie überschreitet und nicht die richtigen IR-Codes aussendet, kommen Bolzen aus dem Boden. Dann wird man gepfählt, und das ist meist tödlich.*

Können Sie die IR-Codes herauskriegen?

Das hier ist ein sehr gut gesichertes System. Könnte eine Stunde dauern.

Das dauert zu lang. Nachdenklich betrachtete Soz die Linie auf der Karte. **Für wie akkurat halten Sie Ihre Ortung? Akkurat genug, um einen Sprung zu wagen?**

Ich würde sagen ja. Etwa sechzig bis achtzig Prozent akkurat.

Soz richtete ihre Gedanken an den gesamten L-Trupp. **Die Bolzen müssen einen Meter Erdreich durchdringen. Das gibt uns genug Zeit, wenn wir die Hydraulik einsetzen. Sehen Sie zu, dass Sie weit springen, aber opfern Sie nicht zu viel Zeit dabei, die Sprungweite zu optimieren! Lassen Sie sich den Kurs von Ihren Knoten berechnen und geben Sie die Daten an ihre Hydrauliken weiter!** Sie machte eine Pause. **Startklar?**

Herrin, ja, Herrin! Die Antwort in Form zwanzig verschiedener Denkmuster.

Also gut. Los geht's!

Sie nahmen mehrere hundert Meter Anlauf und sprangen mit einer Grazie, die ihnen ihre Hydraulik garantierte, ab, als sie die Linie erreichten. Bolzen schossen aus dem Boden, schleuderten Erdklumpen durch die Luft. Einer der Bolzen verfehlte einen Jagernaut um weniger als zwei Zentimeter.

Soz war als Letzte an der Reihe und übergab jetzt ihrer Hydraulik die Kontrolle. Sie rannte los, vorwärts, sprang dann über die Linie, die Beine zu einem Spagat in der Luft gespreizt. Ein Bolzen zerriss ihren Pullover. Dann war sie auf der anderen Seite, landete mit leicht angezogenen Beinen, um den Aufprall abzufedern. Trotz Casers mentaler Barrieren ›hörte‹ sie ihn sich selbst dafür verfluchen, die Position der Linie nicht doch akkurater bestimmt zu haben.

Sie schickte ihm geistig ein breites Grinsen zu. **So was hält uns wach und wachsam!**

Caser schickte ihr ein trockenes Grinsen. *Jou, Tatsache!*

Nach wenigen Minuten erreichten sie eine weitere Linie. Diese hier war bereits ausgelöst worden, der Boden war aufgewühlt, und überall waren Bolzen. Und Leichen. Sowohl ERKomm als auch IRK waren in dieses Blutbad verwickelt gewesen. Soz musste schlucken und wünschte sich, sie hätten Zeit, wenigstens die Toten zu begraben. Selbst nach so vielen Jahrzehnten hatte sie es nie geschafft, sich gänzlich an das Töten und an das Sterben zu gewöhnen.

Kylatin-Produktion steigern, dachte sie. **Stufe Vier.**

Abgeschlossen, meldete ihr Knoten. Wenn Kylatin die Psi-Sensibilität herabsetzte, hatten Jagernauts eine bessere Chance, einen Kampf zu überleben. Empathen und Telepathen in Waffen zu verwandeln, war von vielen äußerst scharf kritisiert worden, sowohl bei den Verbandlern als auch im Imperialat; es gab sogar im IRK selbst Kritiker. Es war kein Zufall, dass die Selbstmordrate bei den Jagernauts die höchste bei allen IRK-Angehörigen war. Doch trotz des Preises, den sie im Kampf für ihre durch ihre Kyle-Fähigkeiten gesteigerte Leistungs- und Reaktionsfähigkeit zahlen musste – Soz hätte sie niemals aufgegeben. Sie hatten ihr viel zu oft das Leben gerettet, und mehr noch als das: Sie hatten ihr die Menschlichkeit bewahrt in einem entmenschlichenden Krieg.

Sie erreichten den Waldrand dort, wo er dem Palast näher kam als irgendwo sonst. Laut Karte waren sie 162 Meter vom nächstgelegenen Teil des Palastes entfernt. Dieser Gebäudeteil war jetzt deutlich sichtbar: eine Veranda, gesäumt von gerillten Säulen, von einer Kuppel überdacht.

Sie sandte einen weiteren Gedanken über das Link: **Denken Sie daran: Ich will Qox lebend! Verstanden?**

Sie erhielt zwanzig Antworten: ***Ja.***

Also gut. Los!

Sie rannten auf den Palast zu und versammelten sich unter der Kuppel. Soz fing jetzt auch die Gedanken anderer Personen auf, spürte sie überall um sich herum. Einige davon wurden bald klarer: Personen, die auf den L-Trupp zuliefen. Ihr Trupp verschmolz mit den Schatten, kurz bevor sechs ERKomm-Soldaten im Laufschritt die Veranda überquerten und in der Nacht verschwanden.

Soz schickte eine Nachricht an ihren Knoten: **Kylatin-Produktion einstellen.**

Ich empfehle, die Produktion aufrechtzuerhalten, dachte ihr Knoten.

Ich brauche volle Sondierungskapazität.

Produktion eingestellt.

Als ihr Kylatin-Spiegel sank, konnte sie ihr Bewusstsein tief in den Palast vordringen lassen. Sie suchte. Sie fand andere Psioniker, wahrscheinlich Versorger, aber keine Spur von Jaibriol oder Althor.

Imperatorin Skolia, ich orte eine Impuls-Kanone. Dieser Gedanke kam von Jinn Opdaughter, einer Waffenexpertin und Fallschirmjägerin von den Schwarzsternen. Sie markierte die Position der Kanone auf der Karte. *Wenn wir uns aufteilen, können meine Leute sie ausschalten.*

Los!, dachte Soz.

Jinn und ihre Untereinheit von neun Jagernauts überquerten die Veranda, lautlos wie Schatten.

Soz, die immer noch das Gelände sondierte, entdeckte eine ERKomm-Einheit, die sich von Süden näherte. **Ausweichen**, dachte sie.

Lautlos verschwanden ihre zehn Jagernauts von der Veranda, alle hielten sie auf ein bereits zuvor bestimmtes Ziel zu. Problemlos fanden sie die Kristalltüren, durch die man in einen Speisesaal des Palastes kam. Im Inneren schimmerten Diamant-Kronleuchter und kunstvoll lackierte Vasen in der Dunkelheit.

Caser?, fragte Soz. **Was gibt's hier drin?**

Laser, antwortete er. *Auf Hirnstrommuster eingestellt. Wenn sich unsere von der richtigen Signatur unterscheiden, werden wir geröstet.*

Können wir Köder einsetzen, um die Laser aufzuspüren?

Würde nicht funktionieren, dachte Caser. *Die machen ihre Ziele selbsttätig ausfindig.*

Hirnstrommuster variieren, gab Soz zu bedenken. **Deren Detektoren könne nicht zu spezifisch sein, sonst würden sie gelegentlich auch Leute töten, die sie eigentlich beschützen sollten.**

Das ist wahr, gab Caser zu. *Aber die sind spezifisch genug eingestellt, um zu wissen, dass* wir *hier nicht hingehören.*

Imperatorin Skolia? Das kam von Cy Merzon, einer der jüngeren Jagernauts. *Darf ich einen Vorschlag machen?*

Bitte, dachte Soz.

Wir sollten dafür sorgen, dass unsere NanoMeds unsere Denkprozesse dämpfen, während unsere Knoten Signale aussenden. Das könnte unsere Gehirnströme überdecken und uns wie Maschinen wirken lassen. Cy machte eine Pause. *Ich melde mich freiwillig für einen Test.*

Soz dachte über den Vorschlag nach. **Also gut. Los. Viel Glück!**

Cy blieb reglos stehen, während die Dämpfer sich an die Arbeit machten. Ihre Miene wurde völlig ausdruckslos, und sie betrat den Palast mit geschmeidigen Bewegungen, wie sie für gut laufende Hydrauliken typisch waren. Während sie den Speisesaal durchquerte, folgten ihr alle Augen des restlichen L-Trupps, schweigend, angespannt. Als sie dann die andere Seite des Raumes erreicht hatte, war über das Psiber-Link lautloser Jubel zu vernehmen.

Caser, ist sie da drüben in Sicherheit?, fragte Soz.

Soweit ich das beurteilen kann, ja, antwortete er.

Gut. Alles los jetzt! Soz gab ihrem Spinal-Knoten die Anweisung, sie auf die andere Seite des Raumes zu bringen, nachdem er sämtliche ihrer Neuralprozesse gedämpft hatte …

Sie kam auf der anderen Seite des Speisesaales an, genau vor Cy. Die Jagernautin grinste sie an und salutierte. Soz lächelte, dann drehte sie sich um und beobachtete das Vorwärtskommen ihres restlichen Trupps. Die meisten waren inzwischen angekommen. Caser betrat den sichereren Teil des Hauses, dann durchquerte nur noch Sekundärin Matolinique den Speisesaal.

Soz erfuhr nie, ob Matoliniques Knoten sich verrechnet hatte oder ob das Abwehrsystem dieses Raumes schließlich doch begriffen hatte, was hier vor sich ging. Was auch immer der Grund gewesen sein mochte, plötzlich durchzuckten Laserstrahlen den Raum; sie kreuzten sich genau in Matoliniques Körper.

Die Jagernautin starb augenblicklich. Soz war mit Matolinique nicht nur über das PsiberLink des L-Trupps verbunden, sie hatte auch noch ihre Kyle-Sinne so weit wie möglich geöffnet. Der mentale Rückstoß hätte sie beinahe aufschreien lassen. Mehrere Mitglieder ihres Trupps stolperten zurück, einer stöhnte – kein hörbarer Laut, sondern eine Empfindung, die über das Psi-Link zu spüren war.

Soz musste schlucken; sie wusste, Zeit zum Trauern war später, wenn überhaupt. Sie ließ den Leichnam nur äußerst ungern zurück.

Aus dem Esszimmer traten sie in einen weißen Diamant-Flur; die Deckenleuchten bestanden aus Karneol, Rubin und Onyx. Im Laufschritt brachten sie den glitzernden Flur hinter sich; die trügerische Schönheit des Gebäudes schien sie von allen Seiten zu bedrängen, als sie tiefer in den Palast einzudringen begannen.

In Begleitung von acht Kroiden rannten Jaibriol und Viquara durch die Tunnel unterhalb des Palastes; sie hielten auf die MagBahn zu, die sie in Sicherheit bringen würde. Viquara warf einen kurzen Blick auf ihren Sohn. Seinem Gesicht waren keinerlei Emotionen abzulesen, und er weigerte sich, sie anzusehen.

Wenigstens hatte er aufgehört, sich gegen seine Wächter zu wehren: gepanzerte Kroiden, die so viel schwerer und so viel kampferfahrener waren, dass sein Widerstand einfach absurd schien. Jetzt liefen sie neben ihm, einer rechts, einer links von ihm, jeder hatte die Hand um einen von Jaibriols Oberarmen gelegt und zwangen ihn so, mit ihnen Schritt zu halten und zwischen ihnen zu bleiben. Niemand hatte gezögert, als die Kaiserinwitwe und Quaëlen ihnen den Befehl erteilt hatten, Jaibriol in Sicherheit zu eskortieren. Dass sich Jaibriol mit derart untypischer Gewaltbereitschaft gewehrt hatte, war dabei bedeutungslos; er war ihr Kaiser, und es war ihre Pflicht, ihn zu beschützen – notfalls auch gegen seinen Willen.

Viquara fragte sich, ob Quaëlen schon eine MagBahn erreicht haben mochte. Sie hatten sich aufteilen müssen, um die Wahrscheinlichkeit zu vermindern, dass sie alle drei getötet oder gefangen genommen wurden. Wenn alles glatt lief, würden sie sich in *Safeguard* wiedertreffen, einem unterirdischen ERKomm-Stützpunkt, hoch oben in den Bergen.

Sie waren kaum noch hundert Meter vom Haltepunkt entfernt, als sich die Explosion ereignete. Viquara wusste nicht, ob sie von einer Bombe stammte oder von einem Strahlentreffer, doch das Endergebnis war das Gleiche. Die Wucht der Explosion schleuderte sie zurück, ein Teil des Tunnels implodierte und ließ Trümmerstücke auf sie hinabregnen. Wäre das Tunnelsystem nicht extra dafür angelegt worden, auch derartige Angriffe zu überstehen, wäre der Tunnelgang mit Sicherheit vollständig eingestürzt und hätte sie alle unter sich begraben.

Dennoch rissen die umherfliegenden Trümmerstücke vier Kroiden mit sich, sodass nur noch Jaibriols persönliche Wachen und zwei weitere übrig blieben. Gerade als Viquara wieder auf die Beine kam, ließ eine weitere Explosion die Wände erzittern. Die Kroiden versuchten, mit den verschütteten Soldaten Kontakt aufzunehmen, doch eine schnelle Überprüfung ihrer Kommunikations-Standleitungen ergab, dass die anderen nicht überlebt hatten.

Als das Gelände ein weiteres Mal erschüttert wurde, rannten sie den Weg zurück, auf dem sie gekommen waren. Lautlos schimpfte Viquara über den verwünschten Zusammenbruch des Netzwerks, durch den sie erst verspätet vor dem Angriff durch das IRK hatte gewarnt werden können. Aber was hätte das schon ausgemacht? Ein voll funktionsfähiges Netzwerk wäre möglicherweise für das IRK vorteilhafter gewesen als für Glorie.

Der Kroide zu ihrer Rechten fasste sie am Arm und stieß sie in einen Quertunnel. Sie erkannte diesen Weg wieder: Er führte zu einem anderen Haltepunkt, einem alternativen Fluchtweg. Sie bogen um eine Ecke – und kamen rutschend zum Stehen. Der Tunnel vor ihnen war eingestürzt, immer noch brachen Trümmer aus der Decke herab.

Sie wirbelten herum und rannten in die Richtung zurück, aus der sie gekommen waren. Jaibriol konnte das mörderische Tempo halten, das ihm die Kroiden aufzwangen, doch Viquara fiel allmählich zurück. Der Kroide zu ihrer Linken legte ihr plötzlich den Arm um die Taille und hob sie hoch: Er trug sie, ihre Beine schwebten einen halben Meter über dem Boden. Verwirrt schlang sie ihm die Arme um den ›Hals‹, um sich festzuhalten. Sie sah Lichter auf seinem Gesichtsschirm aufblinken und wusste, dass er versuchte, Kontakt mit der Leitstelle des Palastes aufzunehmen.

Hinter ihnen zerriss eine Explosion die Stille der Tunnel, in denen nur ihre Schritte hallten, und schleuderte sie nach vorn. Als Viquara auf den Boden aufschlug, spürte sie ein schweres Gewicht auf sich lasten. Doch der Kroide hatte sich noch hinreichend abfangen können, um sie nicht zu erdrücken. Rings um sie stürzten krachend Teile der Tunneldecke herab.

Dann ließ das Geräusch berstenden Betons nach, hörte schließlich ganz auf. Mühsam kroch Viquara unter dem Metallriesen hervor. Er hatte seine Rüstung einrasten lassen und so seine Arme in gestreckter Position fixiert; auf diese Weise hatte er einen ›Unterstand‹ improvisiert, der trotz der auf ihn herabstürzenden Felsbrocken und Trümmer, die sich jetzt über ihm auftürmten, gehalten hatte. Aber die Explosion hatte ihren Preis gefordert. Auf seinem Handgelenkband blinkte eine Anzeige auf: *Inaktiv.* Tot.

Sie legte ihm die Hand auf die gepanzerte Schulter. »Danke.« Hätte er sie nicht beschützt, wäre sie jetzt auch tot.

Jaibriol kroch ebenfalls unter einer Art Brücke hervor, die seine beiden Leibwächter gebildet hatten, um ihn zu schützen. Die vierte Wache sah Viquara nicht, doch ein Unterarm ragte aus einem Schutthaufen heraus. Dumpf leuchtete auf den Panzerungen aller drei Kroiden das *Inaktiv*-Zeichen.

Selbst gepanzerte Festungen konnten nicht Tonnen Hartbeton überleben.

Jaibriol starrte seine Wachen an, sein Blick eine Mischung aus Dankbarkeit und blankem Hass. Dann stand er mühsam auf und humpelte den Gang entlang. Viquara nahm einer der gefallenen Wachen den Laser-Karabiner ab und folgte ihm.

Sie stolperten durch den von Schutt blockierten Tunnel, kletterten immer wieder über größere Fels- und Betonbrocken hinweg. Als sie Jaibriol endlich eingeholt hatte, sagte sie: »Wir müssen dich in Sicherheit bringen!«

»Wieso?« Er fuhr sich mit der Hand durch die Haare; Hartbetonstaub rieselte heraus. »Was willst du denn von mir?«

»Ich will, dass du lebst, mein Sohn!«

Bitter erwiderte er: »Mein ganzes Leben lang hast du mich um deine Liebe betteln lassen mit deinem Schweigen und deiner Distanziertheit. Jetzt willst du, dass es mir gut geht und ich in Sicherheit bin. Warum? Weil du ohne mich den Thron verlierst?«

Seine unverhohlenen Emotionen und seine harschen Worte erschütterten sie. Jaibriol machte nicht nur verdeckte Andeutungen: Er brach jegliche Anstandsregeln. Was sollte sie denn empfinden? Er war ein Sklave! Und zugleich war er auch der Kaiser. Das Höchste und das Niedrigste, Highton und Sklave, Sohn und Nicht-Sohn.

»Ich weiß es nicht«, gab sie zu. »Es ist falsch, dich wie einen Highton zu behandeln – dich so zu behandeln, als wärst du ein Mensch.«

Er starrte sie an, Unglaube und Zorn kämpften auf seinem Gesicht gegen die Trauer an. »Weißt du eigentlich, wie es sich anfühlt, wenn die eigene Mutter so etwas sagt? Aber ich habe ja ganz vergessen: Du bist ja gar nicht meine Mutter. Zumindest nicht im engeren Highton-Sinne.« Jetzt klang Schmerz in seiner Stimme mit. »Aber das ist ja eigentlich auch egal, oder? Du bist die einzige Mutter, die ich jetzt noch habe.«

Viquara fühlte sich, als würde sie innerlich brechen. »Du willst, dass ich Schwäche zeige!«

»Das Schlimmste daran ist, dass ich dich wirklich liebe.« Er sprach, als seien seine Worte Glassplitter, als würde jedes einzelne, das er aussprach, ihn verletzen, tiefe Wunden reißen. »Die Götter allein wissen warum! Jetzt wo ich weiß, was eine echte Familie ist, sollte man doch denken, dass mir das hier wirklich egal ist! Aber die Gefühle, die man als Kind hat … sie verschwinden nie ganz!«

Eine echte Familie. *Eine echte Familie.* Zorn regte sich in Viquara wie ein eigenständiges Lebewesen: ein Drache, der seinen Kopf hob: »Sie ist deinetwegen hierher gekommen, nicht wahr?«

»Wer?«

»Imperatorin Skolia.«

»Sie ist gekommen, um ihren Bruder zu rächen.«

»Nein, ist sie nicht!« Der Drache aus Zorn blies seinen feurigen Odem in ihr Herz und verbrannte es schmerzvoll. »Sie ist deinetwegen hier! Wegen des Vaters ihrer Kinder!«

»Sie ist nicht meine Mätresse. Das habe ich euch unter dem Einfluss jedes einzelnen eurer Wahrheitsseren erzählt, die du und Quaëlen in mich hineinpumpen lassen habt!«

Sie lachte bitter. »Ich habe das die ganze Zeit über nicht gesehen, dabei war es doch direkt vor mir! Wir haben die falsche Frage gestellt! Du hast sie *geheiratet*! Du hast diese verunreinigte Versorgerin geheiratet! Die Imperatorin von Skolia ist gleichzeitig die Kaiserin von Eubia!«

Mit dumpfer Stimme sagte Jaibriol: »Sag mir, dass du mich hasst, Mutter! Sag mir die Wahrheit! Dann kann es mir wenigstens endlich egal sein.«

»Das kann ich nicht.«

»Was kannst du nicht? Mir die Wahrheit sagen?«

Sie schluckte. »Ich kann dir nicht sagen, dass ich dich hasse. Mögen die Götter mir vergeben, aber ich kann es nicht!« Ihr Universum löste sich auf: die Imperatorin als Kaiserin! Die Abscheulichkeit dieser Situation lag weit jenseits dessen, was Viquara verkraften konnte.

Schließlich fanden sie eine unbeschädigte Treppe. Während sie hinaufstiegen, hörte Viquara Kampflärm und schloss ihre Hand fester um den Griff des Karabiners. Doch das Einzige, was sie fühlte, war das bleibende Entsetzen darüber, dass ihre Position, ihr Thron, ihre Macht … dass ihr all dies von einer Imperator-Kaiserin geraubt worden war!

Die Stufen endeten auf ebener Erde, in den zerstörten Überresten eines Parks, der jetzt so aussah, als hätte ein riesiges, wildes Tier ihn verwüstet. Die Lampen waren geborsten, doch offene lodernde Brände erhellten das Areal, ebenso die Scheinwerfer der Luftfahrzeuge hoch über ihnen: Jags und Solos, die versuchten, einander auszuschalten, ohne den Palast zu zerstören. Eine Explosion ließ eine Statue in ihrer Nähe zerbersten, Splitter wirbelten durch die Luft, das Tosen der Schlacht umgab sie von allen Seiten.

Viquara deutete auf den nächstgelegenen Flügel des Palastes, dem Teil des Hauses, in dem sich die Privatsuite des Kaisers befand. Sie war sich sicher, dass es kein Zufall war: Gerade dieser Teil des Gebäudes war fast unbeschädigt geblieben. Sie rannten auf die Treppe zu und liefen dann hinauf, bis sie einen Balkon erreicht hatten. Zu ihrer Rechten lagen die Hügel, die sich sanft dahinzogen, noch halb im Schutze der Nacht. Zu ihrer Linken schwelten oder brannten Teile des Palastes, dazwischen zerstörte Gartenanlagen. Vor ihnen lag ein fast quadratischer Innenhof, den sie überqueren mussten, wollten sie das benachbarte Gebäudeteil erreichen.

Jaibriol erstarrte mitten in der Bewegung, sein Blick ging über das Atrium hinweg. Eine Minibombe traf ein Dach in der Nähe, schleuderte zersplitterte Dachziegel in alle Richtungen und bedeckte Jaibriol und Viquara mit Trümmerstückchen und Staub.

»Wahnsinn ist das, reiner Wahnsinn!« Viquara zerrte ihn vom Geländer zurück, bis zur Wand, damit sie wenigstens ein Dach über dem Kopf hatten. Die Treppe konnten sie jetzt nicht mehr benutzen; Viquara hatte an ihrem Fuß IRK-Soldaten erkannt. »Ich hoffe, Kryx hat es nach *Safeguard* geschafft!«

»Das bezweifle ich.« Jaibriol starrte weiter zu dem Gebäudeflügel vor ihnen hinüber. »Dafür geht das IRK zu gründlich vor.«

»Was ist denn da hinten, dass du immer hinüberschaust?«

»Ich dachte, da könnte es sicherer sein.«

Sie schlug gegen die Wand hinter ihnen. »Das hier ist der sicherste Ort! Der Flügel, in dem *deine* Suite liegt!« Sie ballte die Hände zur Faust und fügte süffisant hinzu: »Es scheint wohl so, als hätte deine *Gemahlin* angeordnet, dich lebend zu holen!«

Er deutete auf den anderen Flügel. »Sie ist da drin.«

»Die Imperatorin würde niemals auf den Planeten herunterkommen!«

»Sie ist da drin.« Jaibriol verstärkte sein Kyle-Bewusstsein, richtete die Wahrnehmung suchend nach außen. Er verströmte perfekten, dichten empathischen Reichtum, stärker und reiner als alles, was Viquara jemals gefühlt hatte. Ihr wurde davon schwindlig, und sie war zu benommen, um zu reagieren, als er einen Schritt nach vorne trat.

Explosionen grollten, und eine Säule in der Mitte des Atriums stürzte mit ohrenbetäubendem Krachen um, Staub und Splitter wirbelten durch die Luft. Jaibriol ging bis zum Rand des Balkons und blieb dann dort stehen; er fasste nach dem Geländer, sein Haar wehte im staubgeschwängerten Wind, kurz war sein Gesicht in das Scheinwerferlicht eines vorbeijagenden Fliegers getaucht, bevor Schatten wieder verhüllten, was es in diesem Gesicht hätte zu lesen gegeben.

Viquara gewann langsam ihre Fassung zurück und kam auf ihn zu. Sie musste schreien, um das Getöse der Explosionen und der Luftfahrzeuge zu übertönen. »Du musst vom Geländer weg! Du bietest da draußen ein viel zu leichtes Ziel!«

Er starrte immer noch über den Innenhof hinweg. Als eine dunkelhaarige Frau unten, zu ebener Erde, aus einem Durchgang herausgerannt kam, rief er: »Hier oben!«

Die Frau schaute auf, ihr Gesicht war im umherwirbelnden Staub nicht zu erkennen. Dann setzte sie sich in Bewegung, in einem Zickzack-Kurs am Rand des Hofes entlang. Jaibriol kletterte auf das Geländer und wollte gerade das eine Stockwerk hinunterspringen. In dem Augenblick wusste Viquara ganz genau, welche Frau dort unten auf sie zukam.

Das Dach hinter Viquara explodierte, Trümmerstücke regneten auf sie und Jaibriol herab. Im Innenhof rief die fremde Frau irgendetwas. Viquara hätte die Worte nicht zu verstehen brauchen, um zu wissen, dass sie irgendjemandem den Befehl gegeben hatte, das Feuer einzustellen. Einsatzkommandos durchquerten jetzt den Hof, suchten immer wieder Deckung hinter umgestürzten Säulen und Schutthaufen; Viquara musste mit ansehen, wie Jagernauts begannen, ihren Palast zu besetzen. Sie ignorierte sie; ihre Aufmerksamkeit war ganz auf die Diebin gerichtet, die ihr alles gestohlen hatte, was in ihrem Universum von Wert gewesen war, einschließlich ihrer Stärke: der unerschütterlichen Distanziertheit einer echten Highton. Sie wich vor Jaibriol zurück, bis sie nicht mehr in seiner Reichweite war.

Dann hob die Kaiserin von Eubia ihren Laser-Karabiner und nahm die Imperatorin von Skolia ins Visier.

»Nicht meinen Sohn«, flüsterte sie.

»NEIN!« Jaibriol sprang auf den Balkon zurück und stürzte sich auf sie. Viquara wich ihm aus, dann wirbelte sie wieder herum und blickte in das Atrium hinunter, versuchte wieder, auf Sauscony Valdoria zu zielen.

Doch es war nicht die Imperatorin, die sie dort entdeckte. Auf einem Balkon des Palastflügels, der diesem hier gegenüber lag, stand ein hochgewachsener Mann und hob ein EM-Impuls-Gewehr: Ein Highton, dessen Figur und Gesichtszüge sie sehr gut kannte.

Kryx Quaëlen.

Zuerst dachte sie, er ziele auf sie. Dann begriff sie: Ebenso wie jeder Highton würde Quaëlen eher seinen Kaiser töten als zuzulassen, dass ihm die größtmögliche Schmach widerfuhr: die Gefangennahme durch das IRK. Zumindest würde das seine Ausrede sein. Sie kannte den wahren Grund: Er fürchtete die Entlarvung. Sollten Jaibriol und seiner Imperator-Gemahlin die Flucht gelingen, konnte er verheerende Tatsachen publik machen, die sie alle in ein noch viel größeres Chaos stürzen würden als die Verwüstungen, die sie hier, jetzt, inmitten dieser Schlacht umgaben.

Viquara sah, wie Quaëlen Jaibriol ins Visier nahm. Sie wusste, dass Jaibriols Tod ihre Pein beenden würde. Nie wieder müsste sie sich mit ihrem Sklaven-Sohn abquälen. Nie wieder mit einer Imperator-Kaiserin. Es gab dafür keinen Beweis außer Jaibriol. Ein Schuss, und Quaëlen würde die Ordnung des ganzen Universums wiederherstellen.

Ein Schuss, und Quaëlen würde ihren Sohn töten.

Viquara hob ihren Karabiner und trat in die Schusslinie zwischen Jaibriol und dem Wirtschaftsminister. Sie und Quaëlen drückten im gleichen Augenblick ab.

Obwohl sie spürte, wie sich die Projektile tief in ihren Körper bohrten, sah sie deutlich, wie ein Laserblitz Kryx umloderte. Sterbend streckte er die Hand nach ihr aus, als könne er die Kluft zwischen ihnen überwinden, doch sie sollte niemals erfahren, ob er sie hatte in die Arme schließen oder schlagen wollen.

Viquara stürzte. Irgendjemand fing sie auf und legte sie dann sacht auf den Boden. Über sich sah sie Jaibriols Gesicht, sah die Tränen auf seinen Wangen. Am Himmel hinter ihm durchbrach der Schein des abnehmenden Diamant-Mondes den von den heftigen Gefechten aufgewirbelten Staub. Ein immer schwächer werdender Teil ihres Verstandes wusste, dass das unmöglich war; so hoch am Himmel konnte zu dieser Nachtzeit kein Mond dieser Phase stehen. Daneben sah sie eine weitere Unmöglichkeit des Universums: der zunehmende, unregelmäßig geformte Unbenannte Mond verströmte klares, helles Licht.

Sanft flüsterte sie: »Es scheint ... als würde ich dich doch lieben, mein Sohn.«

Dann umfing Dunkelheit sie, und ihr Universum wurde für immer und ewig still.

33

Eine Bombe explodierte nur wenige Meter neben Althors Flieger, als er über die Rasenflächen hinwegschwebte, die den Palast umgaben. Wenigstens waren es einmal Rasenflächen gewesen, zahllose Morgen von Rasen, die sich in sanften, üppig grünen Wellen dahingezogen hatten. Jetzt war das Gelände übersät mit Sprengkratern. Althor ließ den Flieger so dicht über den Boden jagen, dass dieser eher darüber zu rutschen als zu fliegen schien. Sein waghalsiger Pilot wagte es allerdings nicht, die Scheinwerfer einzuschalten, weil er keine Aufmerksamkeit auf sich lenken wollte, doch das erschwerte das Steuern des Luftfahrzeugs nur noch zusätzlich.

Er hatte versucht, die IRK-Streitkräfte auf dem Planeten und sogar die Schiffe im Orbit zu kontaktieren. Die Reichweite des Kommunikators war gerade groß genug, um Kontakt mit dem Palast herzustellen; doch inzwischen war er bereit, nahezu alles zu versuchen. Stocksteif saß Cirrus in ihrem Sessel; sie trug jetzt einen Pullover, den sie im Spind des Fliegers gefunden hatte – er reichte ihr bis zu den Oberschenkeln.

Die nächste Explosion kam dem Flieger zu nah, und die Druckwelle schleuderte ihn nach vorn, so, als würde ein Riese ein Spielzeug fortwerfen. Mit dem Bug rammte der Flieger den Boden und pflügte dort eine Furche von gut zwanzig Metern Länge, bevor er ruckend zum Stehen kam. Cirrus kauerte sich in ihrem Sessel zusammen und bedeckte den Kopf mit den Armen.

»Alles in Ordnung«, versuchte Althor sie zu beruhigen. Als sie aufblickte, fügte er hinzu: »Es ist noch etwa ein Kilometer bis zum Palast. Das schaffen wir in weniger als zwei Minuten.« Dann begriff er, dass Cirrus niemals würde mit ihm Schritt halten können, wenn er so rannte. »Lauf einfach, so schnell du kannst! Ich bleibe bei dir.«

Schweigend nickte sie und konzentrierte sich ganz auf das, was geschah: Alles musste für sie so außergewöhnlich sein, dass sie es kaum für wahr halten konnte. Gemeinsam kletterten sie aus dem Wrack des Fliegers und rannten über den Rasen. Scheinwerferkegel flackerten über sie hinweg, schwangen dann zurück, blieben stehen, schwangen dann wieder weiter. Althor vermutete, das lag daran, dass sie Sklavenbänder und Zivilkleidung trugen. Das IRK würde nur an Militärangehörigen interessiert sein, nicht an Zivilisten.

Doch das Chaos stellte trotzdem auch für Althor und Cirrus eine Gefahr dar. Eine Infanterie-Einheit von ERKomm zog nur ein paar hundert Meter zu ihrer Rechten im Laufschritt über das Gelände. Eine Minibombe explodierte links von ihnen und schleuderte die beiden Flüchtenden zu Boden. Althor rappelte sich wieder auf, streckte die Hand nach Cirrus aus, um ihr aufzuhelfen. Sie allerdings war schon wieder auf den Beinen, rannte weiter, so schnell ihre Füße sie trugen. Vor ihnen ragte der Palast auf, überall leckten Flammen, dicke Rauchwolken umwallten die scharf gezackten Türme. Ein Jag stürzte durch die Nacht auf den Palast zu und ließ das Dach des Gebäudes in einer Schuttwolke zusammenbrechen.

Cirrus rannte weiter, bis sie in die Ruinen eines Gartens kamen. Dann, plötzlich, bog sie scharf nach rechts ab.

»Cirrus, warte!« Er lief ihr hinterher, schlang ihr beide Arme um die Taille, sodass sie ruckartig zum Stehen kam. »Wir können da nicht lang!« Er musste schreien, damit sie ihn bei all den Explosionen und den heulenden Sirenen überhaupt verstehen konnte. »Wir müssen den kaiserlichen Flügel finden!«

»*NEIN!*« Mit unerwarteter Heftigkeit schlug sie ihm ihre goldenen Fingernägel in den Arm. Völlig verdutzt lockerte Althor seinen Griff. Sie riss sich los und rannte auf eine kleine

Häusergruppe zu, die meisten davon nur noch schwelende Ruinen.

Althor folgte ihr, legte die Strecke in viel kürzerer Zeit zurück als sie. Cirrus war zu den rauchenden Überresten eines Hauses hinübergestürzt, hatte die Tür aufgerissen und war dann im Inneren verschwunden.

Schließlich fand Althor sie, in einer völlig versengten Ecke des Hauses, das nur aus einem einzigen Zimmer bestand; dort hockte sie, und Tränen rannen ihr in Strömen über die Wangen. In ihren Händen hielt sie einen größtenteils verkohlten Pullover. Sie wiegte sich vor und zurück, während immer wieder Explosionen das ganze Gebiet erschütterten, einige in der Ferne, andere viel zu nah.

Althor kniete sich neben sie. Er sprach jetzt viel leiser; hier, wo die Mauern den größten Lärm abhielten, konnte er sich auch so verständlich machen. »Was ist denn?«

»Mein kleiner Junge.« Sie zeigte ihm das Kleidungsstück. »Das hier war sein Lieblingspullover.« Tränen strömten ihr über die Wangen. »Mein kleiner Junge ist tot!«

Althor nahm den Pullover in die Hand. »Du hast einen Sohn?« Das Kleidungsstück sah nicht aus, als gehöre es einem Kleinkind. »Elf? Zwölf?«

»Zehn.« Mühsam holte sie Luft. »Er hätte mich gebraucht, und ich war nicht da! Jetzt ist er fort.«

Er legte ihr den Pullover über die Hände, die sie verzweifelt rang. »Das sieht nicht aus, als hätte den jemand getragen. Wahrscheinlich hat der Pullover einfach hier gelegen, als das Haus gebrannt hat.«

Ein verzweifelter Hoffnungsschimmer war in ihrem Gesicht zu lesen. »Aber wo ist er dann?«

»Wer hat sich um ihn gekümmert?«

»Kaiserin Viquara.«

Althor wusste sehr gut, dass die Kaiserin sich niemals um einen Sklaven kümmern würde. »Hatte er vielleicht ein Kindermädchen?«

Cirrus' Gesicht strahlte fast. »Azzi!«

Sie ließ den Pullover fallen und rannte an Althor vorbei. Vor dem Haus holte er sie wieder ein, und gemeinsam durchquerten sie einen völlig zerstörten Park, bis sie zu einem Haus mit eingestürztem Dach kamen. Als sie hereinkamen, sahen sie zuerst einen Tisch, dort geborsten, wo die Teile des Daches auf ihn gestürzt waren, und ein knarrendes Bett in einer Ecke, das unter dem Trümmerberg, der sich dort aufgetürmt hatte fast zusammenbrach.

Cirrus erstarrte. Althor spürte, wie sie mit ihren Sinnen die Umgebung abtastete; sie suchte, unerfahren zwar, unausgebildet, doch mit dem natürlichen Instinkt einer Kyle-Mutter, die nach einem Kyle-Kind sucht.

Ein ersticktes Schluchzen drang aus der Ecke, gefolgt von einem Jungen, der in der Sprache der Hightons »*Mama!*« rief.

»Kai!« Als Cirrus auf die Ecke zustürzte, war aus dem Hohlraum unter dem Bett ein scharrendes Geräusch zu hören. Ein zerzauster blonder Haarschopf erschien, gefolgt vom ganzen Rest eines kleinen Jungen mit auffallend blauen Augen. Cirrus half ihm auf die Beine, und sie klammerten sich aneinander fest; der Junge weinte nur »Mamamamama«, während Cirrus immer und immer wieder »Alles ist gut! Alles ist gut!« flüsterte.

Althor ging zu den beiden hinüber und sagte so sanft er konnte: »Wir müssen jetzt gehen. Wenn wir hier bleiben, wird man uns wieder einfangen.« Das hier mussten die Wohnstätten der Lieblings-Versorger des Kaisers sein. Althor bezweifelte, dass Jaibriol Qox Sklaven hielt; diese hier hatten also vermutlich seinem Vater gehört.

Cirrus und Kai blicken mit geradezu beunruhigender Zuversicht zu ihm auf. Wie sollte er sie denn aus diesem Chaos hier herausholen, ohne dass sie wieder eingefangen, in die Luft gesprengt, von Laserstrahlen durchbohrt oder sonst wie getötet würden?

»Habt ihr früher hier gewohnt?«, fragte er Cirrus. Als sie nickte, sagte er: »Weißt du, wie man zur Suite des Kaisers kommt?«

»Ja.« Sie blickte ihn nicht an. »Da war ich schon. Oft.«

Althor nahm sie sanft am Arm, wollte ihr Trost spenden, obwohl er sich fragte, ob sie jemals eine Berührung als Trost empfinden würde – nach dem Leben, das sie bisher hatte durchleiden müssen. »Kannst du uns dort hinführen?«

»Ich denke schon.«

Sie führte ihn auf einen kleinen Pfad, der sich durch die Überreste der Sklaven-Quartiere wand. Kai konnte mit ihren großen Schritten nicht mithalten, deswegen trug Althor ihn auf dem Rücken. Der Junge war leicht, doch Althor machte sich Sorgen darüber, was wohl passieren würde, wenn er dringend seine gesteigerte Geschwindigkeit würde einsetzen müssen. Obwohl er seine Wunde am Arm gereinigt und versorgt hatte, war er doch allgemein in einem schlechten Zustand, schließlich hatten nicht nur sein natürliches Zellgewebe Schaden davongetragen, sondern auch seine Hydrauliken. Kai und Cirrus gleichzeitig konnte er nicht tragen.

Cirrus brachte ihn zu einem unauffälligen Eingang des Palastes. Einen Augenblick, nachdem sie das Foyer betreten hatte, kreuzten Laserstrahlen den Eingang. Althor hatte das unbestimmte Gefühl, er hätte sich eigentlich dieser Gefahr bewusst sein müssen. Falls er allerdings jemals geheimdienstliche Informationen über den Qox-Palast besessen haben sollte, waren sie jetzt auf jeden Fall fort. Dass die Laser gefeuert hatten, nachdem sie eingetreten waren, konnte bedeuten, dass das System Cirrus und Kai wiedererkannt und ihn selbst erst als Eindringling identifiziert hatte, als es zu spät gewesen war. Dann wurde ihm klar, dass auch er hätte wiedererkannt werden müssen, schließlich war er der Versorger der Kaiserin. Vielleicht hatte Cirrus die Laser ausgelöst, weil sie nicht mehr hier lebte? Oder es war technisches Versagen gewesen, verursacht durch die ganzen Schäden an den Verteidigungsanlagen des Palastes.

Cirrus deutete auf die Treppe. »Da geht es zu seiner Suite.«

Althor tastete sich mit seiner Empathie vor. Er spürte mehrere Psioniker, doch keiner davon war stark genug, um Qox sein zu können …

Dann traf er auf etwas Besonderes: Ein hell leuchtender Stern inmitten glimmender Kohlestückchen. Es war nicht Jaibriol Qox; diese Nova war ihm viel, viel vertrauter.

Soz.

Einen entsetzlichen Augenblick lang, als der Laser mit seinem grellen Aufblitzen die Nacht durchschnitt, dachte Soz, irgendjemand hätte Jaibriol auf dem Balkon erschossen. Dann sah sie, dass er sich hinhockte, eine Frau in den Armen.

Zwei der Abaj-Jagernauts rannten auf die Treppe zum Balkon zu, doch bevor Soz ihnen noch folgen konnte, kam eine Einheit ERKomm-*Razer* um die Ecke gelaufen. Soz ließ sich hinter eine umgestürzte Statue fallen und feuerte aus dem Hinterhalt auf die *Razer*. Mit Gewehrfeuer bestrichen sie das ganze Gebiet – die falsche Taktik gegen IRK-Einsatzkommandos. Auf diese Weise verschwendeten sie ihre Munition, während die verborgenen Jagernauts sie der Reihe nach abschossen. Doch für jeden *Razer*, den sie erledigte, kamen von hinten weitere, und noch mehr, und noch mehr, genug, um sogar ihren erstklassigen L-Trupp zu bezwingen.

Plötzlich erschienen die beiden Abaj wieder. Mit großen Schritten traten sie aus dem Eingang – und hatten einen Gefangenen dabei. Sie hielten ihn auf genau dieselbe Art und Weise an den Armen fest, wie Kroiden das mit ihren Gefangenen taten, und zwangen ihn so, mit ihrem Tempo mitzuhalten. Einen kurzen Augenblick lang konnte Soz das verblüffte, geliebte Gesicht des Mannes sehen. Dann ›rief‹ sie einen Gedanken über das PsiberLink des L-Trupps: **Rückzug zur Raumfähre!**

Sie rannten durch den brennenden Palast. Die *Razer* verfolgten sie, immer noch gut organisiert, obwohl sie so drastisch dezimiert worden waren; doch sie waren außer Stande, mit den biomechanisch verstärkten Jagernauts mitzuhalten. Störfeuer aus IRK-Waffen bestrich immer noch den Palast und bot dem L-Trupp auf diese Weise Deckung.

Während sie rannten, fühlte Soz Freude und Trauer gleichermaßen. Sie hatten Jaibriol gefunden, aber nicht Althor.

Als sie die Rasenflächen erreicht hatten, waren die *Razer* weit hinter ihnen zurückgeblieben. Mit etwas Glück und genügend großer Geschwindigkeit sollte der L-Trupp die Raumfähre rechtzeitig erreichen. Sie rannten durch die Dunkelheit, den Hügel hinauf zu ihrem Schiff, überquerten die einzelnen Rasenstücke so schnell, dass sie vor ihren Augen zu verschwimmen schienen, schneller als jeder normale Mensch ihnen hätte folgen können. Einer der Abaj hatte Jaibriol auf die Arme genommen und trug ihn jetzt.

Sie sprangen über eine Sicherheits-Linie hinweg, die Beine gestreckt, die Bewegung fließend. Wie Rachegeister schossen Bolzen aus dem Boden, doch allesamt verfehlten sie die scheinbar fliegenden Jagernauts. Weiter ging diese wilde Jagd, die Kuppe des Hügels kam in Sicht, und damit auch die Büsche, hinter denen die Raumfähre versteckt war. Soz fühlte tiefe Erleichterung. Sie waren fast da ...

Soshoni?

Soz erstarrte; beinahe hätte der ihr folgende Jagernaut sie umgestoßen, er konnte ihr gerade noch ausweichen. Der Ruf hallte in ihrem Denken und Fühlen wider. Soshoni. Ein Name, den nur Jaibriol und ihre Familie benutzten.

Sie wirbelte zum Palast herum. **Althor!**

Wo bist du?, fragte er.

Sie schickte ihm ein geistiges Bild ihrer Position und der taktischen Karte, verstärkte das Signal durch das L-Trupp-Link. Deutlich spürte sie Althors Verwirrung: Er wusste nicht mehr, wie man solche Karten lesen musste.

Sie gab eine Anweisung in das Truppen-Link. **Bringt den Kaiser an Bord! Wenn ich nicht wieder da bin, wenn ihr start-**

bereit seid, dann startet trotzdem. Und dann schoss sie wieder den Abhang hinunter.

Althor schickte ihr ein Bild des Abhanges darunter. **Wir folgen dir. Aber wir haben *Razer* hinter uns.**

Ich habe euch geortet. Weicht um 30° von eurem aktuellen Kurs ab. Soz rannte weiter, sie ließ sich ihren Weg durch ihren Spinal-Knoten festlegen, der einen zeitlich minimierten Schnittpunkt ihres Kurses mit dem von Althor berechnete.

Weiter unten auf dem Hügel vor sich sah sie neue Gestalten: ein Kroide, der eine Frau hinter sich herzog. Dann begriff sie, dass es Althor war, der einen Jungen auf dem Rücken trug und in einem Zickzackkurs auf sie zuhielt; die Frau musste sich immens anstrengen, um mit ihm mitzuhalten. Offensichtlich konnte er nicht beide Personen tragen, und das bedeutete, dass er sich der Geschwindigkeit der Frau anpassen musste, um sie nicht zurückzulassen.

Soz rannte auf sie zu, und Althor drückte ihr den Jungen in die Arme. Während Soz sich das Kind auf den Rücken setzte, nahm Althor die völlig verblüffte Frau auf seine Arme. Soz hatte keine Zeit, ihren Bruder zu begrüßen, den sie seit siebzehn Jahren nicht gesehen hatte; Althor und sie schossen davon wie Projektile, jagten durch das Gelände mit einer die Sehnen zerfetzenden Geschwindigkeit, die sogar ihre biomechanisch erweiterten Systeme aufs äußerste belastete. Der Junge klammerte sich an Soz fest; die Hände krallte er in ihre Haare, während Soz' interne Biomechanik jedes Signal abstrahlte, von dem sie sich vorstellen konnte, es könnte ihre Verfolger verwirren.

Sie waren nur noch ein paar hundert Meter von der Raumfähre entfernt, als auf Soz' Karte eine ganze Flut von *Razern* erschien, die den Hügel herunterzufluten schienen. Sie rannte weiter, doch ein mulmiges Gefühl breitete sich in ihrer Magengegend aus, noch bevor ihr Spinal-Knoten es vollständig durchgerechnet und sie über das Ergebnis informiert hatte: Althor und sie waren der Raumfähre nicht nahe genug. Und die Fähre stellte ein ausgezeichnetes Ziel für die Raketenwerfer dar, die von den *Razern* mitgeführt wurden. Wenn das Schiff jetzt nicht startete, dann würde es zerstört werden.

Los!, ›schrie‹ sie in das Truppen-Link. **Schafft Qox hier raus! Nehmt seinetwegen Kontakt mit meinem Vater auf!**

Grollend erwachten die Antriebe der Raumfähre zum Leben, doch die Luftschleuse blieb immer noch geöffnet; zwei Abaj zeichneten sich als Silhouetten vor dem Lichtoval ab.

LOS, verdammt noch mal!, ›schrie‹ Soz. Althor und sie waren nur noch wenige Meter vom Schiff entfernt, doch es befand sich bereits in Reichweite der *Razer*-Waffen; und ihre Gegner mussten die Raumfähre längst gesehen haben.

Ein Geschoss raste kreischend an ihnen vorbei ...

Quasis-Sprung, meldete die Fähre.

Einen Augenblick lang dachte Soz, die Welt wäre einfach stehen geblieben. Dann begriff sie, dass irgendein wahnsinniges Mitglied ihres Trupps die Fähre in Quasis versetzt hatte, kurz bevor die Rakete explodiert war, und Althor und sie selbst hatten sich bereits innerhalb des Feldes befunden. Der reine Wahnwitz! Die Quasis-Technologie war nie für den Bodenkampf gedacht gewesen. Dafür änderten sich die Bedingungen viel zu schnell! Mit dem Schwung, mit dem sie und Althor sich bewegten, mussten sie wie starre Körper durch die Luft segeln, solange sie sich in Quasis befanden – und wenn sie aus der Stasis traten, könnten die inzwischen veränderten Umgebungsbedingungen sie leicht zerfetzen.

Soz stolperte, ihr ganzer Körper verkrampfte sich vor Schmerzen. Althor ließ die Frau los und stieß sie zur Seite, damit er sie nicht erdrückte, während er fiel. Soz konnte den Jungen nicht mehr festhalten und schaffte es kaum noch, ihn seiner Mutter in die Arme zu drücken. »Lauft!«, rief sie. »Ab in das Schiff!«

Ein weiteres Geschoss jagte über sie hinweg.

Quasis-Sprung.

Soz fiel vornüber, krachte zu Boden, gerade als Althor sich wieder aufgerappelt hatte. Noch eine Rakete …

Quasis-Sprung.

Soz kämpfte sich wieder auf die Füße und stolperte auf die offene Luke zu. Arme wurden ihr entgegengestreckt …

Quasis-Sprung.

… und zogen sie in das Schiff. Die Abaj konnte den schwereren Althor nicht festhalten …

Quasis-Sprung.

… beide Abaj griffen erneut nach ihm …

Quasis-Sprung.

… und hievten ihn hinein. Als sie die Luke zuschlug, legte Soz sich ausgestreckt auf das Deck …

Quasis-Sprung.

… die Triebwerke röhrten …

Quasis-Sprung.

Beinahe hätte das Schiff die Kohäsion verloren, als die Quasis versuchte, die molekulare Wellenfunktion der gewaltigen Menge an Auspuffgasen zu fixieren. Die Auspuffwolke wurde starr, doch das Schiff musste weiter steigen, obwohl es in der Quasis gefangen war. Dann brach die Quasis zusammen, und der Startversuch des Schiffes scheiterte. Erneut wurden die Düsen gezündet, und wieder sprang das Schiff auf den Himmel zu; der Rumpf des Schiffes stöhnte unter der Belastung, der es durch das Einwirken derart vieler entgegengesetzter Kräfte ausgesetzt war. Die Beschleunigung presste Soz auf das Deck, sie hörte, wie der Junge keuchte.

Fluchtgeschwindigkeit erreicht, dachte der Pilot.

Immer noch auf das Deck gepresst, dachte Soz: **Zu Phase Drei übergehen**.

Im gleichen Augenblick, in dem der Schiffs-Computer meldete »Detonation bereit zur Zündung«, dachte Jinn Opdaughter, die Waffenexpertin des Trupps: *Sprengsätze am Köder einsatzbereit.*

Sorgen Sie dafür, dass das klappt!, dachte Soz. **Das ist unsere einzige Chance!**

Fertigmachen für den Eintritt in den Kleinschen Raum, dachte der Pilot der Fähre.

Köder ausgesetzt, warnte der Computer.

Kleinsches Feld aktiviert, meldete der Pilot.

In Soz breitete sich Übelkeit aus, als das Schiff sich in den Kleinschen Raum wand – und im Normalraum detonierte eine Köder-Raumfähre in einem gewaltigen Energiestoß und schleuderte geschmolzene Trümmer in alle Richtungen. Für die Tausenden, die ihren Flug überwacht hatten, sah es so aus, als sei gerade die Fähre explodiert.

Das Grollen der Maschinen, das im Kleinschen Raum bizarr verzerrt klang, nahm zu, als das Schiff weiter Fahrt aufnahm. Soz konnte sich nicht richtig *konzentrieren, Wasser das durch eine Röhre strömt, mit so viel Druck, dass es brauste, ein Quasis-Sprung nach dem anderen, während die Raumfähre beschleunigt …*

Bei der Inversion schleuderten sie fast im gleichen Augenblick in dem Superluminalraum, in dem sie sich auch aus dem Kleinschen Raum herauswanden. Beinahe hätte Soz sich übergeben; sie konnte sich gerade noch zurückhalten. Dann waren sie frei und wirbelten durch das All.

Soz holte tief Luft und versuchte sich erst einmal zu orientieren, während sie, jetzt im freien Fall, vom Deck abhob und durch den Raum schwebte. Als der Junge sich vorhin an ihren Haaren festgehalten hatte, war ihr Knoten aufgegangen, und jetzt wirbelten die langen Strähnen um sie herum – ein Schimmer aus Gold, Schwarz und Rot. Sie hörte den Jungen weinen, hörte, dass die Frau sanft in Highton auf ihn einsprach. Die Frau musste eine Versorgerin sein; sie verströmte Kyle-Stärke, doch es war deutlich zu spüren, dass man sie nie gelehrt hatte, die eigene Angst zu verbergen. Dann umströmte Althors Denken und Fühlen sie, als umgebe er sie von allen Seiten, vibrierend vor Kraft, beruhigend und schützend.

Der L-Trupp war geradezu beunruhigend ruhig; wortlos schnallten sie sich und ihre Ausrüstung fest, keine Spur des üblichen Frotzelns und Spöttelns, das sonst bei erfolgreichem Abschluss eines Einsatzes einsetzte. Soz wusste warum. Keiner von ihnen wusste, warum sie die Zerstörung ihres Schiffes vorgetäuscht hatten, oder was sie, die Imperatorin, mit dem entführten Kaiser vorhaben mochte. Alle warteten gespannt darauf, was als Nächstes passieren würde.

Auf der anderen Seite der Kabine war eine Medi-Liege aus der Wand ausgefahren worden; darauf saß jetzt Althor, er hielt sich an einem Griff fest, um nicht im Raum zu schweben. Soz sah sofort, dass diese Liege auf seinen Gesundheitszustand reagiert hatte: Blut quoll unter einem zerrissenen Verband hervor und strömte ihm über den Arm, sein ganzer Oberkörper war mit Striemen und Prellungen bedeckt, und seine Hände waren völlig zerschnitten.

Die Frau schwebte neben ihm, hatte ihm die Hand auf die Schulter gelegt, den anderen Arm hatte sie um den Jungen geschlungen. Soz wusste nicht, was sie von der Fremden halten sollte. Ihr Gesicht war das eines Mädchens, doch auch dieses Pullover-Kleid konnte ihre äußerst weibliche Figur nicht verbergen. Entweder war ihre Haut umgestaltet worden, damit sie der von Althor ähnelte, oder sie war mit goldener Farbe geschminkt. Ihr Diamanthalsband und ihre Armbänder glitzerten so, dass sie fast schon blendeten, und ihre Augen waren von einem so satten Blau, dass es einfach nicht natürlich sein konnte.

Althor sah Soz über das geschäftige Treiben in der Kabine – Jagernauts, die ihre Ausrüstung verstauten – hinweg an. **Ich grüße dich, Soshoni**, dachte er.

Sie schickte ihm ein Grinsen. **Ich denke, ich rette dich, um dir ein grauenvolles Schicksal zu ersparen, und stattdessen finde ich dich in den Armen einer atemberaubend schönen Frau!**

Er lächelte. **Es ist schön, dich zu sehen.** Dann blickte er zur Seite, und Soz folgte seinem Blick.

Die Abaj bewachten Jaibriol in einer Ecke des Schiffes, in der sich zwei Schotte trafen. Sie hielten ihn an den Armen fest und stabilisierten ihre eigene Position im Schiff, indem sie Griffe umklammert hielten, die in die Schiffswand eingelassen waren. Auf diese Weise schwebten sie im Raum, den Kaiser zwischen sich, und warteten, so wie alle anderen warteten; warteten darauf, was geschehen würde, wenn die beiden Herrscher einander zum ersten Mal gegenüberstehen würden. Bisher hatte es eine solche Begegnung nur ein einziges Mal gegeben, und bei dieser Begegnung waren beide Regenten gestorben.

Bisher wusste niemand, ob das IRK oder ERKomm die Schlacht gewonnen hatte. In diesem Augenblick interessierte das auch niemanden an Bord der Raumfähre. Soz fühlte die Frage, die allen gleichermaßen durch den Kopf ging: Wie würde, sobald Jaibriol und sie die ersten Worte miteinander wechselten, ein jahrhundertealter Konflikt wohl in Worte gefasst werden?

Soz schwebte zu ihm hinüber, näher, noch näher, bis sie nur noch einen Meter von ihm entfernt war. Sie stellte fest, dass ihr die ganze Szenerie unendlich unwirklich erschien. Erst jetzt begriff sie, wie sehr sie bezweifelt hatte, ihn jemals wiederzusehen.

»Lasst ihn los!«, befahl sie.

Die Abaj zögerten, und Soz spürte, dass sie überzeugt waren, sich verhört zu haben. Also sagte Soz es noch einmal: »Lasst ihn los!«

Dann wartete sie und sah die Abaj an, bis die Wachen endlich ihren Griff von Jaibriol lösten. Als er die Hand nach einem Griff ausstreckte, griffen alle Jagernauts an Bord der Fähre gleichzeitig nach ihren Waffen. Jaibriol und Soz ignorierten die Soldaten; sie nahmen einen Tanz wieder auf, den sie vor achtzehn Jahren begonnen hatten, auf Delos, Dem Zufluchtsort.

Sie schwebten aufeinander zu, stießen sich von den Schotts ab, um ihre Bewegungen zu kontrollieren. Als sie einander erreicht hatten, schlang Soz ihm die Arme um den Hals, und er umarmte sie, zog sie näher zu sich heran. Dann küssten sie sich, drehten sich dabei langsam um die eigene Achse, bis sie schließlich gegen ein anderes Schott stießen.

»Allmächtige Heilige!«, flüsterte jemand.

Nach einem langen, langen Moment ließen Soz und Jaibriol einander wieder los. Sie legte ihm eine Hand an die Wange. »Ich grüße dich, Gemahl.«

Er sah sie mit diesem zärtlichen Blick an, den sie so gut kannte. Zum ersten Mal seit zwei Jahren sprach er mit ihr. »Ich grüße dich, Gemahlin.«

Und so kamen sie wieder zusammen. Ihr gemeinsames Leben war durch das Wunder ihrer Liebe gerettet worden.

34

Seth Rockworth stand in der Eingangshalle seines Hauses und betrachtete den Jugendlichen, der vor ihm stand. Mit seinen siebzehn Jahren, hochgewachsen und breitschultrig, mit einem ganz natürlichen Charme, dabei aber sehr still und zurückhaltend, war Jai Qox Skolia kein Junge mehr, sondern schon ein Mann.

Seth wusste, dass Jai sich nicht für etwas Besonderes hielt. Obwohl der Junge in der Schule gut vorankam, hatten die Probleme, die er hatte, sich an dieses ganz andere Leben als damals auf Prisma zu gewöhnen, das ganze Ausmaß seines Intellekts lange verborgen. Doch Seth war dieser Intellekt trotzdem aufgefallen. Jai hatte sowohl die analytische Brillanz der Familie Selei geerbt als auch den Scharfsinn der Familie Qox. In ihm vereinten sich das militärische Genie seiner Mutter und die allgegenwärtige Güte seines Vaters. Er hatte die unermüdliche, stahlharte mentale Stärke seiner Rubin- und seiner Qox-Vorfahren geerbt, eine Stärke allerdings, die immens von der Liebe geprägt war, die er selbst als Kind stets erfahren hatte. Doch er war mehr als nur die Summe von Skolia und Qox. Statt das schwache Überbleibsel einer durch Inzucht fortgeführten Blutlinie, war er wie ein genetisches Füllhorn, gesund und munter in Geist und Körper.

Jaibriol der Dritte hatte keine Ahnung, dass er ein lebendes Wunder war.

Doch Seth wusste nicht, wie er Jais Schmerz lindern sollte, oder den Schmerz all der anderen Kinder, die vom Tod ihrer Eltern auf die mitleidloseste Art erfahren hatten. Sie waren, es war erst wenige Tage her, ganz durch Zufall alle gerade im Wohnzimmer gewesen. Lisi und Jai hatten Schach gespielt, Vitar las, del-Kelric spielte mit Bauklötzen, und Seth, der halb eingeschlafen war, sah sich einen alten Film an. Dann unterbrach eine Sondermeldung den Film. Sie erhielten die Nachricht ohne Vorwarnung: Jaibriol Qox und Sauscony Valdoria waren in der letzten Schlacht des Strahlenkrieges gefallen. Dass die Kinder es ausgerechnet auf so unpersönliche Art und Weise, durch eine Nachrichtenübertragung, erfahren mussten, überzeugte Seth endgültig davon, dass, wenn es so etwas wie ›Schicksal‹ wirklich gab, es etwas völlig Herzloses sein musste.

Jetzt stand Jai vor dem Spiegel in der Eingangshalle, in der Hand ein Hologramm.

»Du brauchst das nicht zu tun«, meinte Seth.

»Ohne deine Unterschrift kann ich nicht gehen.« Jai hielt ihm das Holo entgegen.

Seth überflog es, ließ Formulare im Speicher einmal kurz durchlaufen. Alle waren sie sehr einfach abgefasst: Es waren die Zulassungsunterlagen für Jais Eintritt in das *Dawn Corps*, einer humanitären Organisation, die anlässlich des Krieges gegründet worden war. Niemand wusste bisher genau über die Lage in Eubia und Skolia Bescheid, und wie die beiden Reiche sich zueinander würden verhalten wollen, doch die Gerüchte mehrten sich unaufhörlich. Einigen zufolge war ERKomm völlig aufgerieben, andere sagten das Gleiche über die Rubin-Dynastie. Eines jedoch war eindeutig: Der galaxisweite Zusammenbruch des Psiber-Net hatte die Kommunikation im ganzen besiedelten All nahezu vollständig zerstört. ERKomm war entweder stark dezimiert oder ganz zerstört worden, und die Regierung von Skolia war ebenso im Chaos untergegangen wie die Regierung von Eubia. Eubianische Sklaven strömten zuhauf zu den Welten des Skolianischen Reiches und des Planetenverbands und erbaten Zuflucht. Überall überquerten die Menschen Grenzen: Soldaten, Kaufleute, Piraten, Kundschafter, sogar Aristos; sie versammelten sich auf Planeten, auf denen niemand wusste, wer nun eigentlich auf was noch Anspruch erhob.

Dann kamen die Überlebenden von Onyx.

Zuerst waren er nur wenige, ein paar Schiffe, die unter Volllast fuhren. Dann kamen sie zu Tausenden, schleppten sich in die Raumhäfen. Der Zustrom wurde größer: Zehntausende, dann Millionen, dann Dutzende von Millionen.

Dann Milliarden.

Zwei Milliarden Menschen hatten das Massaker von Onyx überlebt. Als die Historiker begannen, den Strahlenkrieg kritisch zu analysieren, stand schon sehr bald fest, welche Namen zu Ruhm und Ehre aufsteigen würden: Starjack Tahota und alle diejenigen, die mit ihr den Tod gewählt hatten, damit Milliarden hatten überleben können. Und Althor Valdoria.

Die Überlebenden von Onyx hatten es vor allem deswegen geschafft, weil ERKomm zu wenig über die peripheren Verteidigungssysteme von Onyx gewusst hatte, um die Evakuierung zu verhindern. Während seiner ganzen Gefangenschaft und der zahllosen Verhöre hatte Althor Valdoria nichts über die Verteidigungssysteme von Onyx verraten, und dafür hatte er einen Preis gezahlt, der zu bitter war, um ihn sich auch nur vorzustellen. Und auf diese Weise hatten zwei Milliarden Menschen überlebt.

In der folgenden Zeit der Wirren nach dem Strahlenkrieg rückte der Planetenverband der Erde in das Machtvakuum vor, immer noch zu klein und zu schwach, um offen das zu begehren, was ihre übermächtigen Nachbarn verloren hatten; doch bereits stark genug, um eine Situation auszunutzen, in der sie die Möglichkeit hatten, ihre Machtgrundlage zu verbessern. Außerdem leisteten sie auch Hilfe. Das Militär brauchte Freiwillige, die Hilfsdienste übernahmen, Flüchtlinge unterbrachten, wo immer es möglich war, und sich um unzählige andere Dinge, oft Kleinigkeiten, kümmerten, die dazugehörten, die Dinge weitestgehend in Ordnung zu bringen nach einem Krieg, in dem es keinen klaren Sieger gab. So war das *Dawn Corps* entstanden.

»Aber warum gerade jetzt?«, fragte Seth. »Willst du dir nicht noch ein wenig Zeit für andere Dinge nehmen?« Etwa Zeit zum Trauern.

Jai sah ihn so aufmerksam an, dass es ihn fast schon beunruhigte. »Hast du ›Eubias Aufstieg‹ gelesen?«

Leise gab Seth zu: »Ja.«

»Das hat der Großvater meines Großvaters geschrieben.«

»Du bist nicht für die Untaten deiner Vorfahren verantwortlich!«

»Ich stelle zwei Teile eines Ganzen dar: ein Teil Skolia, ein Teil Qox.« Jai spreizte die Finger. »Soll ich den Skolianern glauben? War mein Vater ein sadistisches Ungeheuer? Oder den Eubianern, die sagen, dass meine Mutter eine machthungrige Diktatorin war? Oder den Verbandlern, die meinen, dass beide gelinde gesagt ›fehlerhaft waren?« Er warf Seth einen gehetzten Blick zu. »Oder soll ich an das glauben, woran ich mich erinnere: Dass die beiden die anständigsten Menschen waren, die ich jemals kennen gelernt habe?«

»Glaub deinem Herzen!« Seths Stimme wurde noch sanfter. »Um Kinder wie euch vier aufzuziehen, müssen sie wirklich ganz außerordentliche Menschen gewesen ein.«

»Ich muss wissen, dass sie für irgendetwas gestorben sind. Für irgendein Ziel!«, meinte Jai.

Seth deutete auf das Hologramm. »Und wie soll das hier dir deine Fragen beantworten?«

»Ich muss dort hinausgehen! Ich muss es mit eigenen Augen sehen.«

»Aber wenn du jetzt gehst …« Seth schüttelte den Kopf. »Deine Schwester und deine Brüder brauchen dich.«

»Nein.« Die Stimme kam von hinter ihnen. Seth drehte sich um und sah Lisi im Durchgang zum Wohnzimmer stehen. Mit ihren vierzehn Jahren waren schon die ersten Anzeichen der beeindruckenden Ausstrahlung ihrer Großmutter zu spüren. Vitar stand neben ihr; er war jetzt acht Jahre alt und hatte die Haare seiner Mutter und die Highton-Gesichtszüge seines Vaters. Der drei Jahre alte del-Kelric hielt sich an Lisi fest, sein goldenes Haar und seine goldene Haut schimmerten, seine roten Augen wirkten ernst.

»Wir haben schon darüber gesprochen«, erklärte Lisi. »Wir möchten, dass er geht.« Dann stockte ihr die Stimme. »Wir müssen das wissen, Seth! Das ist doch alles nicht wahr. Was die Leute über unsere Eltern sagen. Das ist doch alles nicht wahr! Oder?«

Seth hätte ihnen so gerne den Schmerz genommen. »Natürlich ist das nicht wahr!«

»Wirst du das jetzt für uns tun?«, fragte Jai.

Seth wandte sich zu ihm um. »Hast du einen Lichtstift?«

Jai reichte ihm einen. Und so unterzeichnete Seth.

Corbal Xir durchschritt die leere Halle Der Ringe, einen der wenigen unbeschädigten Teile des Palastes. In der Mitte angekommen, stieg er die Stufen zum Podium hinauf. Dann setzte er sich in den Karneol-Thron.

Er hatte nie Kaiser sein wollen. Dass er keinerlei Interesse an Politik hatte, dass er Handelsvereinbarungen jederzeit kaiserlichen Intrigen vorzog, dass er sich jetzt viel zu alt fühlte, mit seinen 132 Jahren ... nichts davon war von Belang. Von Belang war einzig und allein die DNA in seinem Körper.

Von den Bänken auf den Ringen war das Rascheln von Seide zu hören. Xir blickte auf und sah eine Frau, die von einer der Bänke aufstand und auf ihn zuging, eine hochgewachsene Frau mit auffallend schimmerndem Haar. Weißem Haar. Genau wie seines. Sie kam auf das Podium hinauf und setzte sich in den Sessel, den irgendjemand neben dem Thron aufgestellt hatte.

»Haben sie ihn schon hereingebracht?«, fragte sie.

Corbal schüttelte den Kopf. »Das Letzte, was ich gehört habe, war, dass sie am Raumhafen seien.«

Die Frau blickte sich in der Halle um. »Nimm du das! Ich will es nicht.«

»Nein?« Er sah Calope Muze an, die Oberste Richterin der Hightons, die Einzige unter den Aristos, in deren Adern, von ihm selbst abgesehen, Qox-Blut floss. »Der Karneol-Thron verspricht große Macht.«

»Jetzt sogar noch mehr.«

Das überraschte ihn. »Mir erscheint es doch eher weniger zu sein.«

Calope drehte sich ihm ganz zu. »Die Rubin-Pharaonin ist tot. Ihr Erbe ist tot. Die Imperatorin ist tot. Die Verbandler haben jetzt den Schlüssel Zum Netzwerk und seine Gemahlin auf der Erde und den Rest der Rhon auf ihrer eigenen Heimatwelt. Sie werden sie nie wieder gehen lassen, Corbal. Das haben sie unmissverständlich klar gemacht. Und warum? Um die Machtposition der Erde zu sichern, natürlich, aber noch viel mehr, weil sie fürchten, der Krieg könne wieder von neuem losbrechen, wenn sie das tun.« Sie ballte ihre Hände, die bisher entspannt auf ihren Knien gelegen hatten, zu Fäusten. »Die Rubin-Dynastie ist zerstört. Nach so vielen Jahrhunderten ist sie endlich *zerstört*.«

Er blickte sie finster an. »Wir sind auch zerstört. Das IRK hat ERKomm zerschlagen und ihm einen Bolzen durchs Gehirn getrieben. Und du willst frohlocken!«

»Wir haben gewonnen. Wir haben ein Schloss und einen Schlüssel.«

»Und warum willst du dann nicht den Karneol-Thron?«

Calope zuckte mit den Schultern. »Ich bin eine alte Frau. Ich würde lieber mehr Zeit mit meinen Versorgern verbringen.«

Er sah sie nachdenklich an. »Ich hatte eine Anfrage von einem der Versorger von Kaiserin Viquara. Ihrem Lieblingsversorger, um genau zu sein. Ein Junge namens Cayson.«

Calope lächelte. »Ich erinnere mich. Reizend.«

»Er möchte, dass ich ihn an dich verkaufe. Er sagt, du seiest ›nett‹.«

Sie gluckste belustigt. »Wie soll man zu so einem Burschen anders als ›nett‹ sein?«

Er sah sie lange an. Schließlich fragte er: »Seit wann ist dein Haar weiß?«

»Ihr seid heute sehr direkt, werter Cousin!«

Er strich sich durch das eigene Haar. »Ich habe genau so eine Silbermähne. Ich bin sogar älter als du. Ich *darf* direkt sein.«

Calope lächelte mild. »Allmächtige Heilige, ja! Vielleicht.« Wieder zuckte sie mit den Schultern. »Es ist wohl etwa seit meinem neunzigsten Lebensjahr weiß.«

»Neunzig.« Er nickte. »Ich war schon fast 110.«

»Ist schon komisch, das mit der Genetik.« Sie wickelte eine silberne Locke um ihren Zeigefinger. »Wenn man die Haarfarbe eines Nicht-Aristo verändert, damit er wie ein Aristo aussieht, hat man doch nichts an seiner Natur verändert. Er ist immer noch kein Aristo. Aber man kann nicht die Natur eines Highton verändern, ohne sein Haar zu verändern.«

Ein sonderbarer Tanz, den wir hier aufführen, dachte Corbal. Wir schleichen so vorsichtig um die Wahrheit herum, damit wir nicht aus Versehen zu viel sagen und uns selbst damit verraten. »Genetik ist immer kompliziert.«

»Allerdings.«

»Calope, hast du jemals darüber nachgedacht, wie ernüchternd es wäre, wenn es ein Jahrhundert dauerte, bis ein Highton menschliches Mitgefühl erlernt hätte? Eine erschreckende Vorstellung.«

»Ich kann mir etwas noch Erschreckenderes vorstellen.«

»Ja?«

»Es niemals zu lernen.«

»›Nett‹.« Er schüttelte den Kopf. »Meine Versorger benutzen das gleiche Wort, um mich zu beschreiben. Sind wir ›nett‹? Warum? Sie sind immer noch Sklaven. Es gefällt mir, Sklaven zu haben. Es gefällt mir, dass schöne Versorgerinnen vor mir knien, mir zu Diensten sind, mich befriedigen. Dieses Mädchen, das zusammen mit Althor Valdoria gestorben ist ... ach, du kennst sie nicht. Ich hätte meinen ganzen Reichtum dafür hergegeben, sie zu besitzen. Beinahe hätte ich das sogar getan. Aber Vitrex hat mich überboten. Ich trauere, weil sie tot ist. Ist das Mitgefühl? Oder ist das nur die Wollust eines alten Mannes, der ein unvergleichlich schönes Mädchen besitzen wollte, wie auch immer dieses Mädchen darüber denken mochte?«

Calope schnaubte verächtlich. »Sie wäre bei dir glücklicher gewesen als bei Vitrex.«

»Ich hätte ihr nie wehgetan.«

Calope legte ihm die Hand auf den Arm. »Vielleicht sollten wir unsere Worte etwas vorsichtiger wählen, Cousin. Wenn solche Worte den falschen Leuten zu Ohren kommen, könnte uns das immens schaden.«

»Oh, ja.«

Ein Signalton erklang aus dem Steuerarmband an seinem Handgelenk. Als er den Kommunikator aktivierte, sagte ein Mann: »Wir sind am Palast angekommen, Lord Xir. Sollen wir Ihn zu Euch bringen?«

»Ja«, sagte Corbal. »In Die Halle Der Ringe.«

Wenige Minuten später schwang die große Doppeltür auf, und eine Einheit *Razer* trat ein, begleitet von zwei ERKomm-Offizieren, Hightons in schwarzen Uniformen mit roten Paspeln an ihren Ärmeln. Ihr Gefangener war barfuß, sein glänzendes Haar reichte ihm bis zur Halsmanschette, seine Hände waren hinter dem Rücken gefesselt. Corbal konnte nicht sehen, ob er Bänder an seinen Handgelenken trug, doch an seinem Hals blitzte eine Diamant-Halsmanschette, und an seinen Fußgelenken waren Diamantbänder zu erkennen. Sie hatten ihm die Fesseln eines Sklaven angelegt, nicht die eines Kriegsgefangenen.

Sein exotisches Äußeres gefiel Corbal. Der Gefangene hatte violette Augen, groß und dunkel, dazu ein gut aussehendes Gesicht, in dem um die Nase eine Spur von Sommersprossen zu sehen war. Sein Haar hatte die Farbe von edelstem Burgunder, und sein Gesicht war klassisch geschnitten, die Gesichtszüge deutlich feiner als die seines Bruders, in dem das energische, kantige Kinn viel zu sehr aufgefallen war. Er war nicht so hochgewachsen und nicht so stämmig wie sein Bruder oder auch nur wie Corbal selbst. Dieser gefangene

Prinz war kaum mehr als einen Meter achtzig groß, seine Schultern waren breit, seine Hüften auffallend schmal.

Als die Gruppe das Podium erreicht hatte, stießen die *Razer* den Mann vor Corbal in die Knie. Er starrte auf den Boden, den Kopf gesenkt, sein zerrissenes Hemd rutschte ihm weit den Arm hinunter. Corbal verzog missbilligend das Gesicht, als er die Prellungen auf der Schulter des Mannes bemerkte. Seine Häscher hatten ihn offensichtlich geschlagen, eine himmelschreiende Verletzung der Halstaad-Konvention, für die Corbal so lange gekämpft hatte. Er würde sich persönlich darum kümmern und den verantwortlichen Offizier notfalls ablösen lassen.

Corbal ergriff das Wort: »Ich grüße Euch, Prinz Eldrin.«

Eldrin hob den Kopf. Er sprach Highton mit einem schweren Akzent, seine Stimme war heiser. »Euch zu begegnen ist mir eine Ehre, Eure Hoheit.«

»Ich bin eigentlich noch gar nicht ›Eure Hoheit‹«, entgegnete Corbal. »So etwas dauert immer.«

Eldrin hatte keine Ausbildung beim IRK erhalten. Das, verbunden mit dem Chaos, das nach Vitrex' Tod im Ministerium des Nachrichtendienstes herrschte, hatte es Vitrex' Mitarbeitern nahezu unmöglich gemacht, einen guten Grund dafür zu finden, Eldrin zu verhören, so wie es bei Althor geschehen war. Corbal hatte nicht die Absicht, seinen sinnlichen Gefangenen in eine kahle Zelle zu sperren. Er hatte vor, ihn für sich zu behalten.

»Ihr werdet als mein Gast auf dem Xir-Anwesen bleiben«, entschied Corbal. »Wenn das Schloss eintrifft, werdet Ihr ein Psiber-Netzwerk für ERKomm aufbauen.«

Eldrin schluckte. »Als Euer Gast?«

Corbal fragte sich, ob er sich in hundert Jahren, falls er so lange leben sollte, außerstande sehen würde, Menschen zu besitzen. Vielleicht. Aber jetzt noch nicht. Im Moment hatte er deswegen keinerlei Gewissensbisse. »Na ja. Eine *Art* Gast.«

Die Hoffnung in Eldrins Augen schwand. »Ich verstehe.«

Als Corbal seinen Gefangenen ansah, wusste er, dass Eubia

einen Triumph zu feiern hatte. Sie hatten ihr eigenes Schloss und ihren eigenen Schlüssel. Und dennoch hatte er das Gefühl, etwas sehr Wertvolles verloren zu haben. Entging ihm gerade eine Chance für den Frieden, weil Hightons nur eine Art kannten, mit anderen umzugehen? Er wusste einfach nicht, wie Eubia und Skolia bei Friedensgesprächen erfolgreich sein sollten, wenn es Jahrhunderte dauern würde, auch nur ansatzweise zu verstehen, wie die Motive des anderen aussahen.

Seth rückte del-Kelric auf seinem Schoß zurecht und blätterte die Seite eines Bilderbuches um, das er dem Jungen vorlas. Aus der gegenüberliegenden Ecke des Raumes war ein verärgerter Schrei zu hören, gefolgt von einem Krachen. Als Seth aufblickte, sah er, dass Lisi ein Tablett in Händen hielt, auf dem ein Sandwich lag. Ihr Glas lag in Scherben auf dem Fußboden, eine Wasserlache breitete sich auf dem Parkett aus. Sie starrte sie an, dann ging sie weinend in die Knie und versuchte, das Wasser mit den Händen aufzuschöpfen.

»Ach, Lisi!« Seth setzte del-Kelric auf das Sofa und ging zu dem Mädchen hinüber. Dann kniete er sich neben sie, ignorierte das Wasser, das sofort von seinen Hosenbeinen aufgesogen wurde, legte den Arm um sie, wiegte sie sanft hin und her und flüsterte beruhigende Worte. Als dann eine kleine Hand sein Gesicht berührte, blickte er sich um und sah del-Kelric. Vitar legte sein Buch zur Seite, kam auch herüber und umarmte sie alle. So umschlangen sie sich gegenseitig, einen Augenblick lang, knieten gemeinsam dort auf dem Boden im Wasser, die Arme immer umeinander geschlungen; gemeinsam bekämpften sie die Finsternis der Trauer.

Schließlich machte Lisi eine sanfte Bewegung und strich sich das tränennasse Haar aus den Augen. Vitar versuchte sie anzulächeln, sein Gesicht zeigte ebenso Tränenspuren. »Nicht weinen, Lisi!«, sagte er. Sie drückte seine Hand.

»Pizza kommt«, verkündete del-Kelric.

»Oh, Kelly.« Lisi lachte, mit zitternder Stimme zwar, doch es ermunterte Seth dennoch. »Wieso Pizza?«

»Haben wir bestellt«, erklärte Vitar.

»Pizza-Mann vor der Tür«, konstatierte del-Kelric. Es klingelte an der Tür.

Während Seth noch aufstand, lief del-Kelric schon zur Eingangshalle hinaus. Als Seth hörte, dass er den Türöffner betätigte, rief er: »Kelly, warte!« Er wollte nicht, dass der Junge einem Fremden die Tür öffnete.

Als er dann del-Kelric kreischen hörte, rannte Seth hinaus. Und blieb ruckartig stehen. Kein Wunder, dass del-Kelric aufgeschrien hatte. Sein Bruder war nach Hause zurückgekehrt. Dort stand Jai im Foyer des Hauses, hatte seinen kleinen Bruder auf den Arm genommen, umarmte ihn, ganz offensichtlich völlig überwältigt, und zwar so sehr, dass es Seth geradezu erschreckte; schließlich wusste er, wie zurückhaltend der Junge eigentlich war. Andererseits, beruhigte er sich, hatten die Kinder einander jetzt schon eine Zeit lang nicht gesehen, und das ausgerechnet jetzt, wo sie alle einander wirklich brauchten.

Trotzdem: Irgendetwas stimmte nicht. Jai sah aus, als sei er ein paar Zentimeter kleiner als sonst. Seth war sich natürlich nicht sicher; vielleicht hatte er den Jungen ja größer in Erinnerung, als er tatsächlich war.

Dann hob Jai den Kopf, und Seth wusste, dass es nicht der Junge war. Es war dessen Vater.

Der Kaiser sprach ihn in perfektem Englisch an, wenngleich mit Highton-Akzent. »Ich grüße Sie, Admiral Rockworth.«

Während Seth ihn noch sprachlos anstarrte, hörte er hinter sich einen Schrei. Vitar stürmte an ihm vorbei, gefolgt von Lisi. Beide Kinder warfen sich ihrem Vater in die Arme, lachten und weinten gleichzeitig. Es war wie in den Träumen, die Seth hatte, diese Träume, in denen seine Eltern zurückgekehrt waren, doch jedes Mal war er aufgewacht und hatte gewusst, dass es eine vergebliche Hoffnung gewesen war, eine, die jedes Mal, wenn er davon träumte, nur noch schmerzhafter wurde. Doch dies hier war kein Traum.

Eine schlanke Frau trat neben Qox und schloss die Kinder auch in die Arme. Das war der Augenblick, in dem sich Seth ein paar Schritte nur zurückzog; er wollte, dass sich die Familie ganz ungestört wiederfinden konnte. Die Eltern waren irgendwie, unerklärlicherweise, nach Hause gekommen. Sie lebten. Er fühlte unglaubliche, unbeschreibliche Freude für die Kinder, und zugleich war er ein wenig traurig, weil sie jetzt nicht mehr *seine* Kinder waren.

Schließlich blickte Soz zu ihm auf, ihr Gesicht tränennass. »Ich werde dir ewig dankbar sein.«

Irgendwie schaffte Seth es, Worte herauszubringen. »Aber wie ist …? Wir dachten … die Fähre … man hat doch die Explosion gesehen! Alle!«

»Ach. Na ja.« Sie warf ihm einen reumütigen Blick zu. »Das war ein bisschen dramatisch, oder? Aber wir wollten wirklich keine Zweifel aufkommen lassen.«

»Ein bisschen?!« Das war eine Untertreibung, wie er sie, dessen war er sich sicher, niemals zuvor gehört hatte.

»Wir haben versucht, dir eine Nachricht zukommen zu lassen«, erklärte Soz weiter. »Aber mit den zusammengebrochenen Netzwerken war das schwierig.«

Das überraschte Seth nicht. »Was habt ihr jetzt vor?«

»Wieder ins Exil gehen«, meinte Jaibriol. »Wir werden eine Gemeinschaft gründen. Eine Gemeinschaft von Psionikern.«

»Nur mit uns und den Kindern kann so eine Gemeinschaft nicht überleben«, fuhr Soz fort. »Aber jetzt haben wir schon mehrere gefunden, lauter Leute, die mit uns kommen wollen, um diese Gemeinschaft aufzubauen.«

Seth musste das alles erst einmal verdauen. »Werdet ihr jemals wieder zurückkommen?«

»Ich weiß es nicht«, antwortete Soz. »So schnell jedenfalls nicht. Wir haben unseren inneren Frieden gefunden. Die Erfüllung unseres Lebens. Wahren Frieden.«

Jai blickte sich im Foyer um. »Wo ist Jai?«

»Er ist in einen Stern geflogen«, erklärte del-Kelric von seinem sicheren Platz auf dem Arm seines Vaters aus.

Jaibriol lächelte den Jungen an. »›In einen Stern‹?«

»Er meint ›zu den Sternen‹«, sagte Lisi. »Jai hat sich dem *Dawn Corps* angeschlossen.«

Soz erstarrte. »Er ist nicht hier?«

»Es tut mir Leid.« Plötzlich kam Seth sich sehr unbeholfen vor. »Ich hätte die Papiere natürlich nicht unterzeichnet. Aber ich wusste ja nicht ...«

»Warum zum *Dawn Corps*?«, fragte Soz.

»Das war seine Art zu trauern««, entgegnete Seth. »Er wollte verstehen, warum ihr gestorben seid.«

Jaibriol atmete hörbar aus. »Ja. Das klingt ganz nach Jai.«

»Du musst ihm erzählen, wohin wir gegangen sind«, bat Soz. »Sag ihm, dass er nach Hause kommen kann!«

»Das mache ich.« Seth machte eine Pause. »Könnt ihr eine Zeit lang bleiben?«

Jaibriol schüttelte den Kopf. »Wenn bekannt wird, dass wir noch am Leben sind, könnte das den Krieg wieder neu entfachen. Die Götter alleine wissen, was passieren würde, wenn unsere Eheschließung jemals an die Öffentlichkeit dringt.«

»Wir haben Gerüchte gehört, dass ERKomm das Dritte Schloss gekapert hat«, erzählte Seth. Das war die neueste Nachricht, von einem Raumschiff überbracht, bisher noch unbestätigt.

»Aber sie haben keinen Schlüssel«, sagte Soz erstaunt. »Althor und Jaibriol sind beide bei uns.«

»Geht es Althor gut?«

Es dauerte einen Augenblick, bis Soz antwortete. »Er hat einen Hirnschaden davongetragen. Viele seiner Erinnerungen sind nur noch undeutlich oder ganz ausgelöscht.«

»Es tut mir Leid«, meinte Seth leise.

»Eigentlich ist er aber immer noch der gleiche.« Ihre Miene wurde sanfter. »Mein großer Bruder.«

»Also ist der Krieg wirklich vorbei«, stellte Seth fest. Als Soz nickte, fragte er: »Und wer, glaubt ihr, hat gewonnen?«

»Wenn du damit meinst«, begann Soz, »das IRK oder ERKomm, dann würde ich sagen: niemand. Beide haben immense Verluste hinnehmen müssen. Wenigstens waren die meisten Opfer Soldaten, keine Zivilisten.« Sie machte eine Pause. »Ich denke, die Völker von Eubia und Skolia haben gewonnen. Ganz offensichtlich sind Millionen von Händler-Sklaven jetzt frei. Was mit Skolia passiert, ist wohl etwas unauffälliger – das IRK hat nicht mehr so strikte Kontrolle, und das Psiber-Net ist fort, aber langfristig könnte sich das ähnlich weitreichend auswirken.«

»Irgendwann wird das Netzwerk wieder aktiv sein«, gab Seth zu bedenken.

»In beschränktem Maße«, gab Soz zu. »Aber ohne eine vollständige Triade wird es unmöglich sein, es wieder in der gleichen Größenordnung aufrechtzuerhalten.«

»Wirst du denn nicht mehr zur Triade gehören?«

Sie schüttelte den Kopf. »Als die Links eingefroren waren, konnte ich mich daraus zurückziehen. Ich habe zwar einen Nerven-Schaden davongetragen, aber nichts Dramatisches.«

Er starrte sie an. »Du hast das schon gemacht?!«

»Wir waren auf Raylicon, bevor wir hierher gekommen sind«, erklärte Jaibriol. »Deswegen hat es so lange gedauert.«

»Ich habe das Zweite Schloss benutzt«, fuhr Soz mit der Erklärung fort. »Das befindet sich in den Ruinen der Stadt, aus der die Vorfahren unserer ererbten Leibwächter, der Abaj Tacalique, stammen.«

Seth begann zu verstehen. Dass sich auf Raylicon das Zweite Schloss befand, war einer der Gründe dafür, dass dieser Planet so streng bewacht wurde. »Was du mit all dem beabsichtigst … das ist eine Möglichkeit für Skolia und Eubia, Frieden zu schließen, nicht wahr? Ohne ERKomm, das Eubia einen Vorteil verschafft, und ohne das Psiber-Net, das

Skolia einen Vorteil verschafft, *müssen* eure Völker endlich Friedensverhandlungen führen.«

»Das können wir zumindest hoffen«, erwiderte Jaibriol. »Die Chancen dafür sind besser als jemals zuvor.«

Seth sah sie unbehaglich an; er fragte sich, ob sie wussten, dass Soz' Eltern in Stockholm gefangen gehalten wurden und ihre Geschwister Lyshriol nicht verlassen durften. Die Regierung des Planetenverbandes hatte den Schutzgewahrsam in Gefangenschaft umgewandelt. Nach allem, was Seth wusste, bestand keinerlei Absicht, die Imperiale Familie jemals wieder freizulassen.

»Wir wünschen uns jedenfalls von ganzem Herzen, dass zwischen euren Völkern endlich Frieden herrschen möge«, sagte Seth.

Soz schnaubte verächtlich. »Und wenn es dazu notwendig ist, meine Familie in ihrer Heimat gefangen zu halten, dann ist das eben so, ja?«

»Oh. Na ja.« Er räusperte sich.

Sie wollte gerade noch etwas sagen, doch dann überlegte sie es sich anders. Schließlich meinte sie: »Ich verstehe, dass du mir keine vertraulichen Informationen geben kannst.«

»Ich habe gar keine. Ich bin im Ruhestand.« Das entsprach nicht ganz der Wahrheit; er arbeitete immer noch für die Navy, schließlich bildete er SEALs aus.

»Ich habe mich gefragt, ob du etwas von Dehya gehört hast«, wollte Soz dann wissen.

Dass der Name seiner Exfrau fiel, überraschte Seth. »Sie ist doch auf dem Orbiter, oder nicht?«

»Nicht mehr. Sie ist ...« Soz zögerte, als suche sie nach dem richtigen Wort. »Irgendwie *fort*. Ich fühle das. Ich fürchte, dass sie, Taquinil und Eldrin tot sind.«

Sehr leise sagte Seth: »Es tut mir Leid.« Er wollte jetzt einfach nicht wahrhaben, dass sie wirklich tot waren. Darüber nachdenken wollte er später, wenn er genügend Privatsphäre hatte, um sich dieser komplizierten Form der Trauer, die sie auslöste, in Ruhe widmen zu können.

Er verstand, warum Sauscony und Jaibriol verschwinden und eine eigene Gemeinschaft gründen wollten. Selbst nachdem er mehrere Jahrzehnte am Imperialen Hof gelebt hatte, als Gefährte der Pharaonin, war es für ihn immer noch schwer vorstellbar, dass eine einzelne Familie von so vielen verschiedenen Mächten umworben werden sollte. Reiche erstiegen und vergingen wieder bei dem Versuch, die Rubin-Dynastie zu beherrschen. Es war nicht verwunderlich, dass sie eine eigene, verborgene Gemeinschaft wollten, in der das ganze restliche Universum sie in Frieden lassen würde.

»Ich hoffe, ihr habt Erfolg bei dem, was ihr tun wollt«, sagte er nur.

Jaibriol streckte ihm die Hand entgegen. »Ich finde keine Worte, die angemessen wären, Ihnen dafür zu danken, dass Sie sich um unsere Kinder gekümmert haben.«

Seth ergriff die Hand und schüttelte sie. »Es war mir eine Ehre.« Er schaute zu den Kindern, und sie lächelten ihn an: Lisi, Vitar und del-Kelric, die er alle so sehr liebte. Er würde sie bis ans Ende seiner Tage vermissen.

Jais erster Einsatz führte ihn in die Stadt Porthaven auf einem Planeten der Verbandler namens Edgewhirl, nahe der Grenze zum Händler-Territorium. Der kleine, nur schwach besiedelte Planet hatte früher eine Atmosphäre besessen, die an Chlorgas ebenso reich gewesen war wie an Sauerstoff. Terraformierer hatten den Planeten mitsamt seiner Atmosphäre so umgestaltet, dass Menschen darauf leben konnten, obwohl sich immer noch Chlor in der Biosphäre befand – in Form von Salzen, gelöst in den Ozeanen. Die Sonne Whirligig, die zu Ehren eines der großen Literaten aus dem Goldenen Zeitalter der Erde auch ›Clements Stern‹ genannt wurde, drehte sich wie ein Kreisel – so schnell, dass sie einer zerquetschten Orange ähnelte, die riesenhaft und golden am grünen Himmel hing.

Die Stadt Porthaven war um einen belebten Raumhafen

herumgewachsen. Jetzt strömten Flüchtlinge aus allen Gebieten des besiedelten Raumes zu diesem Raumhafen, und die Stadt war überfüllt mit Völkern von Tausend verschiedenen Welten.

Da er Iotisch, Highton, Eubianisch, Hochskolianisch und Englisch beherrschte, wurde er als Übersetzer eingesetzt und half den Leuten dabei, die notwendigen Formulare auszufüllen. Und so erfuhr er Dinge aus ihrem Leben. Die Aufgabenerfüller wollten Freiheit, eine Ausbildung und das Recht, dorthin gehen zu können, wohin es sie zog. Es überraschte ihn zu erfahren, dass einige von ihnen beachtliche finanzielle Reserven besaßen, oder Ländereien auf ihren Heimatwelten; oft hatten sie all das eingesetzt, um ihre Flucht finanzieren zu können.

Eines Morgens kam ein riesenhafter, schweigsamer Mann in sein Büro. Er hatte braune Haare, und auch seine Augen waren braun, doch im Licht des Zimmers glitzerten sie, fast als hätten sie einen metallischen Glanz, der durch genetische Manipulationen verborgen worden war – derartige Eingriffe konnte man in jedem Tätowierungssalon vornehmen lassen. Seine goldenen Handgelenkschoner sahen aus, als seien sie uralt, ohne Pico-Technologie, nur mit Gravuren, allerdings in einer Sprache, die Jai nicht erkannte, obwohl sie der alten Sprache Iotisch sehr ähnelten. Unter seinen Ärmeln zeichneten sich die Umrisse von Armreifen ab, fünf am einen Oberarm, sechs am anderen. In der kleinen Tasche, die an seinem Gürtel hing, klapperte etwas, als er sich setzte, als ob darin Münzen seien oder vielleicht Würfel.

Es war unglaublich, doch dieser Mann wusste so gut wie gar nichts über den Krieg. Er stellte viele Fragen, weigerte sich aber, selbst Fragen zu beantworten. Als er erfuhr, dass sich alle noch lebenden Mitglieder der Rubin-Dynastie in Gefangenschaft befanden und dass sowohl die Verbandler als auch die Händler dafür sorgen wollten, dass es auch so blieb, schien er noch misstrauischer zu werden. Letzten

Endes lehnte er es ab, Formulare auszufüllen und verließ das Büro, ohne auch nur seinen Namen genannt zu haben.

Jai lernte eine Versorgerin kennen. Sie war atemberaubend hübsch, sprach stets sehr leise und war so verängstigt, dass sie kaum ein Wort herausbrachte. Der Leiter seines Arbeitskreises rief ihn herbei, damit er bei dem Gespräch mit dem Mädchen übersetzte, weil sie nur Highton sprach. Als Jai das Büro des Direktors betrat, stand das Mädchen gerade vor dem Fenster und blickte hinaus. Sie drehte sich um und erstarrte, auf ihrem Gesicht stand die blanke Panik. Dann ging sie auf ihn zu und kniete vor Jai nieder, den Kopf gesenkt. Völlig durcheinander schaute er Hilfe suchend zuerst den Direktor, dann dessen Mitarbeiter an, doch niemand schien zu wissen, was zu tun sei.

Schließlich ging Jai vor ihr in die Knie und sprach sie auf Highton an: »Was machst du da unten?«

Lange starrte sie ihn an. Dann sagte sie: »Ihr habt braune Augen.«

Da begriff er. Sie hatte etwas gesehen, was niemandem auf der Erde aufgefallen war: Seine Gesichtszüge entsprachen dem klassischen Highton-Schönheitsideal. Ohne die Kontaktlinsen hätte man sofort gesehen, dass seine Augen rot waren.

Jai lächelte sie beruhigend an und tippte dann auf das Abzeichen seiner *Dawn-Corps*-Uniform. »Ich gehöre zum Planetenverband.«

Ihre Erleichterung umströmte sie beide, ungehindert und so stark, dass es unmöglich war, es nicht zu bemerken. Sie hatte niemals gelernt, ihre Emotionen zu verbergen oder wenigstens zu dämpfen.

Er führte sie zurück in sein Büro und half ihr, die Formulare auszufüllen. Und dabei erfuhr er ihre Lebensgeschichte. Irgendwie gelang es ihm, die Fassung zu bewahren. Irgendwie gelang es ihm, jedes einzelne, entsetzliche Detail zu übersetzen, ohne zusammenzubrechen.

An diesem Abend lag er auf dem Bett und starrte die Decke

an. Er konnte nicht schlafen, er konnte nicht die Bilder aus seinem Denken und Fühlen verbannen, die sein Gespräch mit ihr hinterlassen hatte. Tagelang war ihm übel.

Dann ging im Büro des *Corps* eine Nachricht von einem eubianischen Planeten namens ›Granat‹ ein. Dort erbat eine Gruppe Aufgabenerfüller Hilfe bei der ›Freilassung eines Pavillons‹. Es mussten einige Nachrichten hin und her geschickt werden, bis klar wurde, dass es darum ging, Leute umzusiedeln, die an einem Ort lebten, der als ›Pavillon‹ bezeichnet wurde.

Das *Corps* ordnete dieser Aufgabe die höchste Risikostufe zu. Granat befand sich auf Händler-Territorium. Im Augenblick waren keine Aristos anwesend, da die Eigentümer der Aufgabenerfüller sich dort nicht aufhalten wollten, solange ERKomm keinen Schutz bot. Nachdem Granat so gründlich von Eubia abgeschnitten war, hatten einige Aufgabenerfüller sich für die Flucht entschieden. Doch falls ERKomm zurückkehren sollte, während das *Dawn*-Team sich noch auf Granat befand, konnten die Teammitglieder sehr leicht ihre Freiheit verlieren und selbst zu Sklaven werden. Also wurden nur Freiwillige auf diese Mission geschickt. Mit seinen linguistischen Kenntnissen war Jai unter den Ersten, die ausgewählt wurden.

Am Abend landeten sie in Agate, einer Stadt auf dem Südkontinent. Ein Begrüßungskomitee brachte sie zu ihrer Unterkunft in einem Gasthof. Die Aufgabenerfüller hatten noch eine weitere Bitte, von ihren Immigrationsbemühungen abgesehen: Sie wollten, dass ihnen die Sklavenfesseln abgenommen würden. Üblicherweise mussten dazu nur MagSchlösser oder Silikat-Metall-Legierungen aufgebrochen werden, doch in diese etwas komplexeren Bänder und Halsmanschetten war Pico-Technologie eingearbeitet worden, die mit den Implantaten der jeweiligen Aufgabenerfüller verbunden war; daher konnten sie nur mit äußerster Vorsicht entfernt werden.

Obwohl die Aufgabenerfüller ganz offensichtlich in der Lage waren, ihr Leben und ihre Gemeinschaft eigenständig zu kontrollieren, waren sie dennoch viel zu vorsichtig und völlig außerstande, selbst die kleinsten Entscheidungen zu treffen. Über ihre Eigentümer sprachen sie in einer Art und Weise, die sowohl Verehrung als auch Furcht erkennen ließ. Die meisten hatten Schuldgefühle, weil sie sich dafür entschieden hatten, an anderen Orten Zuflucht zu suchen, und zahlreiche änderten tatsächlich noch ihre Meinung.

In dieser Nacht konnte Jai nicht schlafen. Er lag dort und starrte ins Nichts, während ihm immer und immer wieder Bilder durch den Kopf gingen, die zeigten, zu welcher Grausamkeit seinesgleichen fähig war.

Ein Tag auf Granat dauerte dreiundzwanzig Standard-Tage, also endete die erste Schlafperiode, kaum dass die Dunkelheit richtig hereingebrochen war. In dieser sternenklaren Dunkelheit bestiegen das *Dawn*-Team und einige derer, die sie um Hilfe gebeten hatten, große Karren, die von sechsbeinigen Tieren gezogen wurden. So wie sie durch die ersten Stunden einer langen, langen Nacht gerüttelt und geschaukelt wurden, erinnerte Jai das an Prisma, und seine Stimmung wurde immer düsterer.

Eine Frage ging ihm nicht aus dem Kopf: Würden seine Eltern der Menschheit wirklich nichts anderes als nur epische Legenden hinterlassen: über die großen Heerführer, die zwei Reiche in die Knie gezwungen hatten? Die Mythen, die er bisher über sie zu hören bekommen hatte, hatten mit der Realität, wie er sie kannte, nicht das Geringste zu tun. Es war, als habe man auf die Wahrheit verzichtet, weil in einem so gewaltigen, kalten Universum kein Platz für etwas so Zartes wie ›Liebe‹ war.

Über derartige Dinge dachte er nach, während sie zu dem Silikat-Pavillon fuhren. Als die Aufgabenerfüller sagten, sie wüssten nicht, was sie mit den Versorgern im Pavillon anstellen sollten, verstand das *Dawn*-Team sie nicht. Alle in diesem Pavillon waren doch erwachsen, oder? *Ja*, bestätigten die Aufgabenerfüller. Konnte man sie denn dann nicht umschulen? *Wie?*, fragten die Aufgabenerfüller.

Als sie den Pavillon erreicht hatten, begriff Jai. Er sah die Prüfungsräume, die Körperskulpturierungslabors, die Untersuchungstische. Er schritt durch die Isolationsräume, die Disziplinierungsräume, die Lernräume, die Erotikaräume, die Schweigeräume. Er lernte die ›Erwachsenen‹ kennen, die sich in ihren winzigen, sterilen Kabinen zusammenkauerten; einige Sklaven waren in seinem Alter, manche sogar noch jünger: schwindelerregend schöne Menschen, die entsetzt über diesen Tumult in ihrem sonst so rigide gesteuerten Leben waren, und denen man jegliche Menschlichkeit genommen hatte. Er sah ihre glitzernden Fesseln, deren Pico-Technologie so eng mit ihren Körpern verbunden war, dass das Team nicht wagte, die Bänder und Halsmanschetten zu entfernen.

Jai begann seine Schicht damit, den Sklaven, die ihn schweigend anstarrten, Essen und Decken zu bringen. Zuerst dachte das *Dawn*-Team, keiner dieser Versorger beherrsche irgendeine Sprache. Es war Jai, der entdeckte, dass sie Highton verstanden. Wieder einmal wurde er der Formular-Ausfüller. Fast wäre er unter dieser Aufgabe zusammengebrochen. Keiner dieser Versorger hatte einen Namen. Manche nannten ihm eine Nummer, unter der sie in einem Bestandsverzeichnis geführt wurden, doch die meisten kannten nicht einmal die. Niemand wusste sein Alter zu nennen. Niemand konnte lesen und schreiben. Als auf den Formularen die Frage kam, weswegen sie Zuflucht suchten, starrten ihn alle nur verständnislos an. Schließlich trug er ihre jeweiligen Beschreibungen der täglichen Routine ein. Weiterer Erklärungen bedurfte es nicht.

Am Ende seiner Schicht trat Jai in die Nacht von Granat hinaus. Er ging zu einem raschelnden Wald, dem ›Pavillon‹ gegenüber, und ließ sich auf die Knie fallen, dort mitten in einem wunderschönen Wald, den die Silikats zur Zierde ihres Pavillons angepflanzt hatten. Und dann erbrach er sich heftigst. Er beugte sich vor, die Arme auf den Magen gepresst, und würgte, immer und immer wieder, bis er das Gefühl hatte, es würde sein Inneres zerreißen.

Irgendwann später fühlte er eine Hand auf seiner Schulter. Als er aufblickte, sah er Mik Fresnel und Carol Sanchez, zwei andere Freiwillige des *Corps*. Als Jai aufstand, reichte Mik ihm ein Taschentuch, damit er sich sauber machen konnte. Jai wischte sich über den Mund, außerstande ein Wort zu sagen. Das hier überstieg seine schlimmsten Erwartungen, nachdem er geglaubt hatte, das Schlimmste schon zu wissen.

Mit gedämpfter Stimme sagte Carol: »Wir haben uns getäuscht.«

»›Getäuscht‹?« Jai wischte sich die Tränen von den Wangen. Er hatte gar nicht gemerkt, dass er geweint hatte.

»Was die Händler angeht«, erklärte Mik.

Carol erschauderte. »Wie soll man so etwas auch glauben, wenn man es nicht gesehen hat?«

»Wir müssen sicherstellen, dass davon Aufzeichnungen angefertigt werden«, beschloss Mik. »Die müssen an alle freien Planeten übertragen werden. Das muss jeder sehen. Damit niemand das jemals wieder vergessen kann, oder leugnen, dass es so etwas gegeben hat.«

Leise sagte Jai: »Das werde ich niemals vergessen.«

Nachdem sie auf Granat fertig waren, wurde sie auf einen anderen Posten geschickt, einem Ort wie Porthaven. Wieder füllte Jai Formulare aus.

Die Nachricht, dass Eldrin Valdoria gefangen genommen worden war, traf nach und nach auf allen bewohnten Welten ein. Ohne das zentrale Netzwerk musste die Nachricht per Raumschiff befördert werden und konnte sich so nur langsam verbreiten. Sie wurde mit Bestürzung aufgenommen. Die Hoffnung auf Frieden verflog, der Traum, dass Eubia und Skolia letztendlich doch gezwungen sein würden, Friedensverhandlungen zu führen, war ausgeträumt. Eubia besaß jetzt ein eigenes Schloss und einen eigenen Schlüssel.

Mit den Nachrichten kamen auch die Berichte über die von Eubia begangenen Gräuel, ein Bericht entsetzlicher als der andere. Schließlich verurteilten die Verbandler offiziell genau das, was sie so lange bezweifelt hatten. Doch während die freie Menschheit sich noch auf diese Weise umgruppierte und sich mühte, neue Verteidigungssysteme und neue Streitkräfte aufzubauen, kamen Gerüchte auf, dass in Eubia eine neue Macht aufsteige, die alle so fragilen Abkommen, die bisher im ganzen besiedelten Raum getroffen worden waren, einfach zerschmettern könne.

Der winzige goldene Hoffnungsschimmer am Horizont, auf den alle Aufmerksamkeit gerichtet gewesen war, dieses schimmernde Geflecht, das ›Frieden‹ hieß, stand kurz davor, zu zerreißen.

Skolia war erschöpft. Eubia war erschöpft. Die Verbandler waren erschöpft. Niemand wollte einen neuen Krieg. Selbst die Hightons sehnten sich nach Ruhe. Doch ungeachtet aller Wünsche und Sehnsüchte kannten die Aristos nur eine einzige Denkweise. Mit der Gleichförmigkeit einer gewaltigen, glitzernden Maschine, so unflexibel, dass es Jahrhunderte dauern würde, daran etwas zu ändern, reagierten sie so, wie sie es immer getan hatten: Sie wollten erobern.

Eines Abends ging Jai in einen Tätowierungssalon im *Old-District* der Stadt. Als er dem Tätowierer beschrieb, was er wollte, sagte der Mann, das sei unmöglich, das könne man nicht machen, es sei denn, Jai würde wenigstens Spuren der notwendigen DNA in sich tragen. Jai beharrte auf seinem Wunsch, bis der Mann schließlich Jais Genkarte untersuchte. Beunruhigt und fast niedergeschlagen gab der Mann zu, dass es doch möglich sei, durchzuführen, was Jai sich erbeten hatten. Doch er weigerte sich, es zu tun. Schließlich zahlte Jai ihm sehr viel Geld – sowohl für die Arbeit, als auch für sein Schweigen.

Als Jai in sein Quartier zurückkehrte, war an ihm keine Veränderung zu bemerken, abgesehen davon, dass er den Schädel rasiert hatte. Er hatte sich eine Mütze gekauft und trug sie danach überall und jederzeit, niemals legte er sie ab.

35

Der Planet Delos gehörte zum Planetenverband. Die Erde hatte ihn schon lange zur Neutralen Zone erklärt, Einem Zufluchtsort, einem Ort, an dem IRK und ERKomm-Soldaten gemeinsam in Eintracht leben konnten. *Eintracht* war allerdings der Begriff, den die Verbandler gewählt hatten. Es war niemals vorgekommen, dass ein Skolianer und ein Händler auf Delos gemeinsam gelebt hätten, weder ›einträchtig‹, noch sonstwie.

Von zweien abgesehen.

Als das *Dawn Corps* auf Delos landete, ging Jai zu den ›Arkaden‹, einer lebhaften Promenade, in der es vor Menschen nur so wimmelte. Er versuchte, die Bar zu finden, in der sich seine Eltern kennen gelernt hatten, *Constantinides*, doch die schien es nicht mehr zu geben. Also spazierte er weiter, eine hochgewachsene Gestalt in Jeans und Pullover, die Hände tief in den Taschen seiner Lederjacke vergraben. Er trug immer noch seine Mütze, obwohl das Haar inzwischen wieder nachgewachsen war – für alle Zeiten verändert durch den erstklassigen Tätowierungskünstler.

An einem trüben Tag verließ er das Hotel, in dem das *Dawn Corps* untergebracht war, und ging hinaus auf einen weiträumig angelegten Platz. Er schlug den Kragen hoch, um sich vor dem Nieselregen zu schützen, und ging zu den Botschaften hinüber, die auf der anderen Seite des Platzes lagen. Im Inneren eines schimmernd weißen Gebäudes sandte er eine Nachricht ab. Er schrieb sie in einer Sprache, die kaum noch jemand beherrschte, und legte dem Schreiben eine Locke seines Haares bei.

Dann kehrte er in sein Hotel zurück. Und wartete.

Zusammen mit Jaibriol saß Soz auf dem Hügel. Um sie herum raschelte das Spatelgras im Wind von Prisma. Nur wenige Leute von ERKomm wussten, dass dieser Planet existierte, und die waren jetzt alle tot.

»Denkst du, er wird jemals nach Hause kommen?«, fragte Soz.

»Ich weiß es nicht.« Jaibriols Stimme klang nachdenklich. »Jai ist jetzt erwachsen. Er braucht seine Unabhängigkeit. Er war doch schon ruhelos, bevor all das passiert ist.«

Soz spürte, wie heiß sich ihre Augen anfühlten. Sie erinnerte sich immer noch daran, wie ihr Erstgeborener als Baby in ihren Armen gelegen hatte. »Was immer er auch tun mag, ich hoffe, er ist dabei glücklich.«

Jaibriol musste schlucken. »Ja. Ich auch.« Er blickte auf die Wiese am Fuße des Hügels hinab, auf der die Jagernauts und Althor schon fast fertig waren mit dem Bau eines Festsaals für die Hochzeitsfeierlichkeiten. Vitar, Kai und del-Kelric liefen unermüdlich um das Gebäude herum; Lisi sah ihnen zu.

Der Pilot und der Erste Offizier der *Nähnadel*, des Schiffes, das Soz befehligt hatte, brachten das Essen für die Feier. Alles in allem hatten sie sich schnell an das erzwungene Exil auf Prisma gewöhnt. Keiner von ihnen hatte einen Lebensgefährten oder Kinder, also waren keine Familien zerstört worden.

»Meinst du, Althor wird hier glücklich werden?«, fragte Jaibriol dann.

Soz dachte über ihren Bruder nach. »Ich denke schon. Er hat diese Art zu leben schon immer gemocht.« Leise fügte sie hinzu: »Er kann nie wieder das werden, was er einmal war. Und das weiß er auch. Wenn er versuchen würde, wieder sein bisheriges Leben zu führen, würde ihn das ständig daran erinnern. Und *hier* wird er ein Anführer sein.«

Mit gemächlichen Schritten kam Cirrus auf die Wiese; für ihre Hochzeit trug sie eine viel zu große Hose, die an den Hosenbeinen umgeschlagen worden war, dazu einen riesigen Pullover, der dem massigsten der Jagernauts gehörte.

Den Goldstaub hatte sie sich vom Körper gescheuert, als müsse sie sich häuten, als würde sie eine verhasste Hülle abstreifen.

»Ich verstehe nicht, warum sie in solchen Klamotten heiraten will«, sagte Soz. »Die sind so eintönig und langweilig.«

»Nachdem man sie gezwungen hat, ein ganz bestimmtes Leben zu führen«, meinte Jaibriol, »würde es mich nicht überraschen, wenn es ihr am liebsten wäre, wenn niemand sie je wieder ansehen würde, ihr ganzes Leben lang.« Er wollte weitersprechen, zögerte dann jedoch.

»Was ist los?«, fragte Soz nach.

»Ich frage mich nur, ob es Cirrus gegenüber fair ist, Althor jetzt zu heiraten. Oder fair Althor gegenüber.«

»Warum sagst du das? Sie mögen einander!«

»›Mögen‹, ja.«

Soz neigte den Kopf. »Ich glaube, sie will ganz genau das, was er ihr bieten kann: Gesellschaft, zärtliche Zuneigung und Geborgenheit. Und das Symbol an sich spielt auch eine Rolle: Als Versorgerin war es ihr verboten zu heiraten.« Sie machte eine Pause. »Was meinen Bruder angeht: Ihm stand doch alles offen. Und er scheint wirklich aufrichtig glücklich mit ihr zu sein.«

Unten auf der Wiese sprachen Althor und Cirrus miteinander. Kai lief zu ihnen, sagte etwas, und lief dann wieder los, ohne eine Antwort abzuwarten; Cirrus und Althor lachten.

»Sie werden die Eltern meines Bruders sein«, konstatierte Jaibriol nachdenklich. »Ich möchte sicher sein, dass er in guten Händen ist.«

»Althor ist ein wundervoller Vater«, meinte Soz. »Und du hast gesehen, wie Cirrus und Kai miteinander umgehen. Das ist doch reine Magie.«

Jaibriol schloss seine Finger um ihre Hand. »Wir sollten nach unten gehen. Alle scheinen so weit zu sein.«

Gemeinsam standen sie auf, und Hand in Hand gingen sie der Zukunft entgegen.

»Ich verstehe das nicht«, sagte Mik Fresnel. »Das klingt, als würdest du mich darum bitten, dein Leibwächter zu sein.« Er setzte sich auf das Bett in dem Zimmer, das er in dem Hotel auf Delos mit Jay Rockworth teilte, und hörte weiter zu, während Jay im Badezimmer hin und her lief; er hatte gerade geduscht und zog sich jetzt an.

»Ich möchte nur, dass du mich begleitest«, erklärte Jai. »Ich möchte lieber nicht allein gehen müssen.« Er kam aus dem Badezimmer und trocknete sich gerade mit einem Handtuch die Haare. Statt seiner üblichen Kleidung, Jeans und Pullover, trug er jetzt eine schwarze Hose und ein schwarzes Hemd, beide ebenso streng geschnitten wie teuer.

»Wo hast du die Klamotten her?«, fragte Mik.

»Aus einem Geschäft. In den Arkaden.«

»Die sehen ja aus wie Aristo-Klamotten.«

Jay setzte sich auf das Bett, Mik gegenüber. Er ließ das Handtuch sinken – und Mik sah sein Haar: Es schimmerte im Licht, als bestünde es aus schwarzen Diamanten.

Mik starrte ihn an. »Bist du jetzt völlig durchgeknallt? Du siehst aus wie ein Highton!«

Jai griff sich in die Tasche seines Hemdes und nahm eine kleine Schachtel heraus. Den Blick auf den Boden gerichtet, entfernte er eine Kontaktlinse, von der Mik nie gewusste hatte, dass Jay sie trug, dann wiederholte er das Gleiche bei seinem anderen Auge. Und dann blickte er auf.

Mit leuchtend roten Augen.

Miks Stimme verriet seine Unruhe. »Was zur Hölle machst du da?«

»Ich möchte, dass du dir etwas einprägst«, meinte Jay, und sein Ton war unerbittlich. »Was auch immer passiert, was auch immer du hören wirst, ich möchte, dass du niemals vergisst, was wir gesehen haben!« Er stand auf. »Komm mit mir, Mik! Steh als mein Freund zu mir!«

Immer noch völlig verdutzt, stand auch Mik auf. »Du weißt, dass ich immer zu dir stehen werde.«

Jai musste schlucken. »Ich danke dir.«

Gemeinsam traten sie hinaus in den Nieselregen, der die Luft über der Stadt *New Athens* auf Delos schwängerte.

Corbal Xir stand am Fenster und blickte in den Regen von Delos hinaus. Er hatte immer noch keine Entscheidung gefällt.

Die formale Highton-Sprache, der sich der Junge in seinem Schreiben bedient hatte, war der Grund gewesen, weswegen er diese Nachricht erhalten hatte, trotz all der Spione, durch deren Hände sie in der Zwischenzeit gegangen war. Wahrscheinlich spotteten sie insgeheim über den Inhalt des Schreibens: ein verlorener Sohn, der für sich in Anspruch nahm, in seinen Adern fließe Xir-Blut. Ach ja, illegitime Kinder neigen ja dazu, plötzlich und unerwartet aufzutauchen – so oder so ähnlich mussten sie denken. Corbal fragte sich, ob irgendjemand eines der Haare entwendet hatte, um es analysieren zu lassen. Aber es war bedeutungslos. Niemand von denen hatte Zugriff auf die erforderlichen Genetik-Datenbanken, um irgendetwas zu verifizieren.

Corbal hatte mehr gelesen als nur den offenkundigen Inhalt dieses Schreibens, zwischen den Zeilen. Mit höchst subtilen Andeutungen, die auch dem erfahrensten Highton gut zu Gesicht gestanden hätten, hatte der Junge dort, zwischen den Zeilen, eine ganz andere Geschichte erzählt. Also hatte Corbal das Haar persönlich analysieren lassen.

Die genetische Übereinstimmung war perfekt.

Corbal war erschöpft. Er lebte schon so lange. Er wollte Eubia nicht regieren. Trotz all der Aussichten auf Ruhm, Vergeltung und pure Macht wollte er den Thron nicht. Jetzt hatte sich jemand anderes zu Wort gemeldet. Es gab keinen Zweifel: Diese Nachricht stammte von einem seiner Verwandten. Doch es ging hier nicht um einen illegitimen Sohn der Xir-Blutlinie.

Jaibriol II. hatte einen Erben hinterlassen.

Das würde Eubia beleben. Mit Jaibriol III. auf dem Thron,

einem kraftvollen jungen Kaiser, der gerade erst seinen Aufstieg begann, war der Sieg gesichert. Corbal hatte Bilder des Jungen gesehen. Er war das Ebenbild seines Vaters, noch hochgewachsener, mit noch klassischeren Gesichtszügen, dabei wirkte er aber in einem Maße widerstandsfähig und kräftig, wie es bei den meisten Highton-Blutlinien inzwischen verloren gegangen war. Eubia brauchte ihn. Das geschwächte Kaiserreich, das bereits auf den Knien lag, brauchte dieses Wunder.

Allerdings wusste Corbal auch den Rest.

Corbal hatte das aufgegeben, was ihn zum Highton machte. Er hatte seine Wahl getroffen, als er es sich selbst gegenüber nicht mehr hatte verantworten können, Freude aus dem Leid anderer zu ziehen. Er wusste, dass sich seine DNA langsam veränderte, wusste es nur allzu gut. Und deswegen erkannte er auch die Anomalien in der Genkarte dieses Jungen. Als er das Ausmaß seiner Entdeckungen begriff, stellte er weitere, noch obskurere Tests an, ging weit über das hinaus, was erforderlich war, um die Herkunft dieses Jungen eindeutig bestimmen zu können. Er sah sich die Aufzeichnungen über die bisherigen Kaiser an und analysierte sie bis ins letzte Detail. An vielen waren Veränderungen vorgenommen worden. Es dauerte lange, bis er die Wahrheit herausgefunden hatte.

Eu'be Qox war ein reinblütiger Highton gewesen.

Jaibriol I. war ein reinblütiger Highton.

Ur Qox war ein Halb-Highton.

Jaibriol II. war zu einem Viertel ein Highton.

Jaibriol III. zu einem Achtel.

Wenn Corbal düstererer Stimmung war, glaubte er die Identität der Mutter dieses Jungen zu kennen. Doch das war ja bedeutungslos. Eine Highton-Mutter konnte man erschaffen. Das Einzige, was jetzt von Bedeutung war, war seine Entscheidung.

Ich kann vor all dem fortlaufen, dachte er und blickte in den Regen hinaus. Ich kann einfach Anspruch auf den Thron erheben und ganz von vorne anfangen.

Oder ich kann das Gleichgewicht herstellen.

Und darin lag auch das Hauptproblem. Jaibriol III. war nicht gekommen, um Anspruch auf den Thron zu erheben. Ganz im Sinne der ältesten Traditionen von Eubia, war Jaibriol III. gekommen, um zu verhandeln.

Corbal kannte seine Grenzen. Er hatte Calope gegenüber die Wahrheit gesagt: Es gefiel ihm, Sklaven zu besitzen. Er mochte seine Versorger, liebte manche davon sogar. Eldrin Valdoria befriedigte ihn über alle Maßen. Dass Eldrin ihn verabscheute, machte keinen Unterschied; Corbal war der Eigentümer, und Eldrin war das Eigentum.

Und doch stellte Corbal seine Handlungen in Frage. Er hatte ein Jahrhundert gebraucht, ›Mitgefühl‹ zu erlernen. Jetzt lebte er mit den Schuldgefühlen für all das, was er seinen Versorgern angetan hatte, bevor er sich so sehr verändert hatte, dass er nie wieder würde transzendieren können. Was mochte er in seinem nächsten Jahrhundert lernen? Wie lange würde es dauern, bis er die letzte Evolutionsstufe des Denkens und Fühlens eines Highton erreicht hatte – wie immer sie auch aussehen mochte? Jahrhunderte? Jahrtausende?

Und was würden die Hightons der Menschheit bis dahin angetan haben?

Vielleicht waren seine Schuldgefühle ja gänzlich fehl am Platze. Vielleicht hatten Calope und er, die beiden Tattergreise, einfach jeglichen intellektuellen Scharfsinn verloren. Vielleicht hatte er sich dadurch, dass er sich selbst die Möglichkeit zu transzendieren genommen hatte, zu etwas gemacht, was weniger als menschlich war, und deswegen verwechselte er jetzt ›Schwäche‹ mit ›Mitgefühl‹. Er wusste auf diese Fragen keine Antwort.

Kein Highton hatte derartige Fragen jemals zuvor gestellt.

Jai hatte den Platz bereits fast zur Hälfte überquert, als eine kleine Gruppe Bediensteter aus der eubianischen Botschaft herausgetreten kam. Auf diese Entfernung und bei diesem Regen, konnte er ihre Gesichter nicht erkennen. Was würden sie ihm jetzt mitteilen? Ja oder nein? Er betete darum, dass die Antwort ›nein‹ lauten möge, und verabscheute sich zugleich für diese Hoffnung.

Mik an seiner Seite, blieb er in der Mitte des Platzes stehen. Die Händler kamen weiter auf ihn zu, insgesamt sechs Männer. Vier davon waren auffallend hochgewachsen, sie sahen aus wie Leibwächter, wahrscheinlich *Razer.* Als er sie sah, wünschte Jai sich, er hätte mehr Leute mitgenommen. Er war naiv gewesen, anzunehmen, dass wie immer die Antwort auch aussehen mochte, sie ihm ehrenvoll mitgeteilt werden würde. Und wenn er sich getäuscht hatte?

Den hochgewachsenen Mann, der alle anderen noch überragte, konnte er jetzt erkennen: Corbal Xir. Doch erst als die Händler ihn erreicht hatten, erkannte er auch den sechsten Mann. In diesem Augenblick wusste er, dass sich sein Leben für alle Zeiten verändert hatte.

Eldrin Valdoria stand mit ausdrucksloser Miene dort, die Arme hinter dem Rücken gefesselt; um seinen Hals glitzerte eine Manschette. Er betrachtete Jai, ohne an irgendetwas erkennen zu lassen, ob er ihn erkannt hatte oder nicht. Mit leiser Stimme sprach Corbal auf ihn ein, und Eldrin neigte den Kopf, als sei er sich nicht sicher, ob er das, was er gehört hatte, glauben könne oder nicht.

Dann wandte Corbal sich Jai zu. »Ich schlage vor, dass wir den Austausch gleichzeitig vornehmen. Ihr und Prinz Eldrin werdet zur gleichen Zeit losgehen.«

»Also gut.« Jai drehte sich um und streckte Mik die Hand entgegen. »Danke, dass du mitgekommen bist!«

Mik schüttelte ihm die Hand. »Ich weiß zwar nicht, was du hier tust, aber ich werde an das denken, was du mir gesagt hast.«

Jai nickte. Dann drehte er sich wieder um und sah, dass sein Onkel ihn beobachtete. Jai spürte das Denken und Fühlen seines Gegenübers. Bis zu diesem Moment hatte niemand

Eldrin gegenüber diesen Austausch auch nur angedeutet. Er hatte nicht einmal gewusst, dass sein Neffe sich auf Delos befand.

»Bereit?«, fragte Jai.

Eldrin holte tief Luft. »Ja.«

Sie gingen los, dann aneinander vorbei. Sechs Schritte, dann stand Jai vor den Händlern. Er drehte sich um und sah, dass Eldrin jetzt neben Mik stand. Während sein Onkel zu ihm zurückschaute, umringten die *Razer* Jai bereits. Dann gingen sie und Corbal Xir auf die eubianische Botschaft zu, nahmen ihn mit, schnitten ihn damit endgültig von seinem bisherigen Leben ab.

Jai straffte die Schultern und blickte einer Zukunft entgegen, die er nie gewollt hatte. Er wusste, dass er noch viel zu lernen hatte. Selbstschutz. Intrigenspiel. Täuschung. Er begehrte den Titel nicht, den er gerade akzeptiert hatte, bei einem allerdings wollte er ganz sichergehen: Er würde keine kaiserliche Marionette sein.

Er wäre nie auf die Idee gekommen, es als Selbstaufopferung zu betrachten, dass er sein bisheriges Leben aufgab, sein Glück, vielleicht sogar seine Menschlichkeit, um den Traum von Frieden wahr zu machen, den die ganze Menschheit träumte. Er kannte das Erbe der Hightons, aus denen er hervorgegangen war, und deswegen hatte er das Gefühl, in sich eine Schuld zu tragen, die so groß war, dass sie ihn erdrückte. Durch diesen Austausch konnte er sich wenigstens einer Sache sicher sein:

Seine Eltern waren nicht vergeblich gestorben.

Ohne das Psiber-Net hatten Roca und Eldrinson keinerlei Möglichkeit, der Trauerfeier des IRK beizuwohnen, nicht einmal als Simulacra. Doch sie konnten sich später eine Aufzeichnung ansehen. Das IRK erwies Soz alle militärischen Ehren, mit allem Prunk und allen Ritualen, die einer Imperatorin zukamen. Auf die gleiche Weise ehrten sie auch Althor.

Führende Politiker von den verschiedensten freien Welten wohnten der Feier bei. Kanonen wurden abgefeuert, Musik wurde gespielt.

In Schweden hielten Eldrinson und Roca eine private Trauerfeier ab. Im Beisein ihrer Schwiegertochter Ami, deren zwei Jahre alten Sohnes Kurjson, der Soldaten der Friedenstruppe der Vereinten Nationen, von denen sie bewacht wurden, und im Beisein Tiller Smith', des Verbindungsmannes des Planetenverbandes zur Rubin-Dynastie, gingen sie hinaus zu einem windgepeitschten Landstrich des Bottnischen Meerbusens. Auf einem kleinen Felsvorsprung, dicht mit Bäumen bestanden, hoch über einem abgelegenen Strand, an den eisige Wellen brausten, sprachen sie über ihre Kinder, und ihre leisen Worte wurden vom Wind davongetragen. Tiller hielt eine kurze Rede über Soz, die seine Schirmherrin gewesen war und dafür gesorgt hatte, dass er als erster und bisher einziger Bürger des Planetenverbandes für das Studium am Skolianischen Institut zugelassen worden war, an dem Psioniker ausgebildet wurden.

Auf diese Weise trauerten die Eltern um ihre Kinder. Vor achtzehn Jahren war Kelric gestorben, ihr innig geliebter Jüngster. Um Sauscony trauerten sie jetzt zum zweiten Mal, und beim zweiten Mal war die Trauer nicht geringer als beim ersten. Sie hatten Althor verloren, erst an die Eubianer, die ihm unbeschreibliche Gewalt angetan hatten, und dann endgültig an den Tod. Sie hatten Kurj verloren, gerade da sie den vielschichtigen, sensiblen Mann kennen zu lernen begannen, der sich hinter dem harten Äußeren versteckt hatte. Sie hatten Dehya und Taquinil verloren, an eine Leere, die sie allesamt nicht verstanden, und Eldrin an ein Leben in der Hölle der Händler-Sklaverei.

Am meisten jedoch betrauerten sie den Tod der Hoffnung selbst, für die ihre Kinder gestanden hatten, die sich ein besseres Universum als das existierende erträumt hatten, und die für diesen Traum ihr Leben zu geben bereit gewesen waren. Hätte ihr Tod diesen Traum wahr gemacht, dann hätten sie all diese Trauer ertragen können. Doch das hatte nicht sein sollen.

Nach der Trauerfeier kehrten sie gemeinsam zum Landhaus zurück, in dem sie jetzt wohnten. Eldrinson, der nicht mehr ein noch aus wusste, ging in den Netzwerk-Raum. Dort saß eine TelVer, angeschlossen an einen Steuerungssitz. Eldrinson ging zu ihr hinüber und beobachtete die flackernden Lichter auf der Konsole vor ihr.

Er sprach sie auf Hochskolianisch an, der einzigen Sprache, die sie gemein hatten. »Es sieht fast so aus, als wären Sie in das Psiber-Net eingelinkt.«

Sie lächelte. »Ich versuche nur, das Link wieder auszuformen, das wir hier hatten.«

Eldrinson nickte. Das war eine Möglichkeit des Wiederaufbaus: ein Link nach dem anderen. Mit nur einer einzigen Person in der Triade, und ihm war es verboten, eines der Schlösser zu benutzen, würde es Jahre dauern, auch nur ein lokal sehr begrenztes Psiber-Net aufzubauen. Doch das war immer noch besser als gar nichts. Vielleicht konnte er ja helfen. Es würde ihm etwas zu tun geben, damit er endlich aufhören konnte, darüber nachzudenken, dass er so viele seiner Kinder überlebt hatte.

Die TelVer sah ihn an. »Ich habe jetzt dienstfrei«, meinte sie. »Sie dürfen diese Station hier gerne benutzen, wenn Sie möchten.«

»Ich kann mich ja eine Zeit lang dort hinsetzen«, entgegnete er.

Sie koppelte sich ab, verneigte sich dann vor ihm und verließ den Raum, damit er seine Ruhe hatte.

Eldrinson setzte sich in den Sessel. **ψ-Zugang öffnen**, dachte er dann.

Nichts geschah.

Er ließ sein Denken und Fühlen in den winzigen Raum hineinströmen, den die TelVer erschaffen hatte, und versuchte es erneut. **ψ-Zugang öffnen.**

Keine Reaktion.

Na ja. Einen Versuch war es wert gewesen.

Von der anderen Seite des Raumes erklang eine Stimme. »Eldri?«

Er drehte sich um und sah seine Gemahlin: ein goldener, strahlender Anblick, der seinen Schmerz ein wenig linderte. »Ich grüße Euch, schöne Frau.«

Ihre Miene wurde sanft, als sie ihren Kosenamen hörte, doch dann verblasste das Lächeln wieder. »In London ist ein Raumschiff gelandet, das eine Aufzeichnung der Trauerfeierlichkeiten auf Glorie mitgebracht hat. Sie werden gerade in den Nachrichten übertragen.«

»Na gut.« Eldrinson löste sich aus dem Gitternetz. Als er gerade aus dem Sessel aufstand, sah er noch einmal kurz auf den Bildschirm der Konsole vor sich, auf der die Befehle aufgelistet waren, die er erteilt hatte.

ψ-Zugang öffnen.

ψ-Zugang öffnen.

Er wollte sich gerade abwenden, da sah er eine dritte Befehlszeile. Einen Augenblick blieb er wie angewurzelt stehen. Dann berührte er den Schirm, zutiefst erstaunt.

»Eldri?« Roca kam zu ihm herüber. »Was ist los?«

»Sie sind *hier.*«

Sie lächelte. »Wer?«

Ein ungewohntes Gefühl überkam ihn. Nach allem, was er in der letzten Zeit hatte durchmachen müssen, brauchte er einen Augenblick, um dieses Gefühl beim Namen nennen zu können: Freude. Er deutete auf die dritte Zeile auf dem Schirm.

Ich existiere.

»Was hast du damit gemeint?«, fragte Roca.

»Ich habe das nicht eingegeben.«

»Wer dann?«

»Jemand im Psiberspace.«

»Es gibt niemandem im Psiberspace.«

»Doch. Zwei Personen.« Seine Stimme stockte. »Dehya hat einmal zu mir gesagt: ›In der Zukunft, die ich gerade berechne, höre ich auf zu existieren.‹ Und später hat sie dann gesagt, vielleicht werde sie später wieder zu existieren anfangen.«

»Du weißt doch, wie Dehya immer geredet hat.« Roca ergriff seine Hände. »Das ergab doch sowieso nur selten Sinn.«

»Oh nein, was sie sagt, ergibt *immer* Sinn! Man muss dazu nur erst einmal sie selbst begreifen.« Er deutete mit dem Kinn zum Schirm. »Da ist sie.«

Roca seufzte. »Es wäre wirklich sonderbar, wenn Dehya und Taquinil irgendwo dort drin wären, für alle Zeiten verloren, nicht wahr?«

Er grinste. »Aber Roca, meine Liebste, hast du jemals erlebt, dass deine charmante, brillante und starrsinnige Schwester, die einen wahrhaftig zur Verzweiflung bringen kann, aufgegeben hat, wenn es darum ging, ein Computer-Problem zu lösen?«

Sie tätschelte seine Hand. »Die Hoffnung macht es erträglicher, nicht wahr?«

Eldrinson wusste, dass sie ihm nicht glaubte. Doch er zweifelte nicht im Geringsten. Er kannte Dehya. Die Freude umfing ihn, erfasste alle seine Sinne, eine Erlösung nach so viel Trauer.

Sie gingen zum Amphitheater des Hauses hinüber und gesellten sich zu Tiller Smith, um sich die Aufzeichnungen von Glorie anzusehen. Sie waren ursprünglich in Der Halle Der Ringe aufgenommen worden, nun wurde das dreidimensionale Abbild auf der Holobühne abgespielt. Die Zeremonie bestand darin, dass mehrere Hightons Reden hielten; die längste, blumigste galt dem Kaiser, dann der Kaiserinmutter Viquara, dann deren Gefährten Kryx Quaëlen. Corbal Xir überraschte sie damit, eine Rede über Sauscony zu halten, kurz zwar, aber dennoch erwies er damit seinem skolianischen Gegenstück die Ehre. Die Aristos ließen ihre Fingerzimbeln zweimal zu Jaibriols Ehren erschallen, je einmal für Viquara und Quaëlen, für Sauscony jedoch nicht.

Als die Rituale ihr Ende gefunden hatten, stellte Corbal sich vor den Karneol-Thron und blickte auf die Aristos hinunter. Doch statt Anspruch auf den Thron zu erheben, klang es, als würde er zu einer weiteren Rede ansetzen.

»Für Eubia ist ein neues Zeitalter angebrochen!«, donnerte er.

»Na, jetzt reicht's aber bald«, grollte Eldrinson. »Warum müssen die das dauernd sagen?«

»Viele von Euch haben Gerüchte gehört, über Verhandlungen meiner Abteilung mit den Verbandlern«, sagte Corbal. Nach einer perfekt bemessenen Pause setzte er hinzu: »Diese Gerüchte entsprechen der Wahrheit.«

Flüsternd leise erklangen Fingerzimbeln in der Halle. Als sie verklungen waren, fuhr er fort: »Die Verbandler hatten einen Mann in Gewahrsam genommen. Einen Highton. Ein Gefangenenaustausch wurde ausgehandelt: dieser Mann gegen einen meiner eigenen Gefangenen.« Als die Zimbeln erneut zu flüstern begannen, hob Xir gebietend die Hand. »Eubia hat triumphiert! So wie wir immer triumphieren werden!«

»Hast du eine Ahnung, wovon er redet?«, fragte Roca.

»Keinen blassen Schimmer!«, gab Eldrinson zurück.

Tiller wandte sich den beiden zu. »Der Pilot, der das hier mitgebracht hat, war anscheinend so aufgeregt, dass er mit der Übertragung schon begonnen hatte, bevor er überhaupt gelandet war.«

»Wissen Sie warum?«, fragte Eldrinson.

Tiller schüttelte den Kopf. »Noch nicht.«

»Und so wurde es zwischen dem Planetenverband und Eubia vereinbart«, fuhr Corbal fort. »Unser skolianischer Gefangener gegen ihren Highton-Gefangenen.« Er machte eine Pause. »Bei diesem Skolianer handelt es sich um Eldrin Valdoria.«

Verärgertes Klingeln der Fingerzimbeln. Roca legte die Hand auf den Mund, und Eldrinson starrte wie gebannt auf die Holobühne. Sein Sohn sollte *frei* sein?

»Das ist eine Lüge.« Roca brach die Stimme. »Sie verhöhnen uns nur. Kein lebender Highton wäre es ihnen wert, ihren Schlüssel auszuliefern, wenn sie ein Schloss zur Verfügung haben können!«

»Ich werde das überprüfen«, bot sich Tiller an. »Der Pilot, der diese Aufzeichnung hergebracht hat, die ganze Besatzung: Sie müssten das wissen!« Als Roca nickte, verneigte er sich und verließ mit großen Schritten das Amphitheater.

Corbal wartete ab. Schließlich beruhigten sich die Aristos, starrten ihn mit ihren kalten Marmorgesichtern an, warteten darauf, was er zur Wiedergutmachung dessen, was er weggegeben hatte, würde vorweisen können.

Er hob den Arm, deutete auf das große Portal des Saales und sagte: »Ich präsentiere Euch Den Ehrenwerten Jaibriol Qox den Dritten, Kaiser von Eubia!«

Zum ersten Mal in ihrem Leben hörte Roca Stimmen aus den Reihen der Ringe im Saal. Alle wandten ihren Kopf dem Eingang zu.

Jaibriol III. betrat mit großen Schritten den Saal. Er war fast noch ein Kind, und doch schritt er selbstbewusst voran, ein Abbild seines Vaters, und zugleich hochgewachsener, breiter, stärker, majestätischer. *Razer* umringten ihn, doch in seiner fast unermesslichen Ausstrahlung von Macht und Stärke schienen sie gänzlich zu verblassen.

Er erreichte das Podium und erklomm die Stufen. Corbal verneigte sich vor ihm und zog sich dann zur ersten Reihe der Sitze zurück. So stand der Kaiser allein dort oben, blickte hinaus zu den versammelten Aristos. Und er begann zu sprechen.

Seine Stimme hallte im Saal wider, sie besaß eine erstaunliche Autorität für jemanden seines Alters. Als er das neue Zeitalter rühmte, in das Eubia nun eintrete, beobachtete Eldrinson ihn genau – und sah etwas, was sonst niemand hätte erkennen können, weil es einfach zu unglaublich war. Er erkannte die Art und Weise wieder, wie Jaibriol den Kopf zur Seite neigte, kannte genau die Form seiner Wangenknochen, die zwar eigentlich so aussahen, wie man das von einem Highton erwarten würde, dabei aber winzige untypische Feinheiten aufwiesen, erkannte die Kraft, die in der Stimme lag – schließlich hatte er sie vor langer Zeit von einem anderen Menschen gehört, der damals ebenfalls siebzehn Jahre alt gewesen war.

In Jaibriol III. erkannte Eldrinson seine eigene Tochter wieder.

Der Kaiser lobte seine Highton-Mutter, eine Frau, die mit ihm versteckt gelebt habe, ganz in Übereinstimmung mit einer Tradition, die für das Geschlecht der Qox charakteristisch geworden sei: ihre Erben zu verstecken. Er sei fast neun Monate nach dem Verschwinden seines Vaters geboren, und all die Jahre, in denen sein Vater für tot gehalten worden sei, habe er versteckt gelebt, zusammen mit seiner Mutter, die erst kürzlich gestorben sei. Eldrinson erkannte die Frau wieder, die Qox beschrieb, erkannte die Feinheiten ihres Verhaltens, die er hervorhob und lobte. Diese Frau war keine Highton gewesen.

Die Zuhörer des Kaisers reagierten mit aufwallenden Emotionen. Dreimal während seiner Rede ließen sie ihre Fingerzimbeln erklingen, ganz gebannt von seinem charismatischen Auftreten.

Tiller kehrte zurück und sagte mit leiser Stimme zu Roca und Eldrinson: »Es stimmt. Ihr Sohn Eldrin befindet sich im Gewahrsam der Botschaft des Planetenverbandes auf Delos.«

»Danke!«, flüsterte Roca. Sie blickte zu Eldrinson. Er ergriff ihre Hand und drückte sie fest. In Sicherheit. Eldrin war *in Sicherheit*. Die Rubin-Dynastie mochte sich allesamt in Gefangenschaft befinden, doch wenigstens waren sie in Sicherheit vor den Händlern.

Auf der Holobühne drehte sich Jaibriol zur Kamera um, ganz offensichtlich war er sich vollends bewusst, dass seine Worte an ein viel größeres Publikum gerichtet waren als nur Die Halle Der Ringe. Mit ruhiger Stimme sagte er: »Wir haben die Verwüstungen erleiden müssen, die unser Konflikt hervorgerufen hat. Lasst uns jetzt versuchen, uns zu versöhnen! Den Völkern des Skolianischen Imperialats und dem Planetenverband der Erde sagte ich Folgendes: Lasst uns mit Friedensverhandlungen beginnen! Lasst uns den Hass begraben, der unsere gemeinsame Menschlichkeit entzweit hat!«

Jaibriol III. streckte die Hand aus, über Sternsysteme und Lichtjahre hinweg.

So wurde die erste Planke einer Brücke ausgelegt, eine zarte, zerbrechliche Brücke, die einen reißenden Strom des Hasses überspannen wollte, damit die Menschlichkeit diesen Fluss würde überqueren können, bis der Fluss ihr nichts mehr würde anhaben können. Es mochte Jahre, vielleicht Jahrzehnte dauern, bis diese Brücke vollendet sein würde.

Doch es hatte begonnen.

ENDE

Anhang I

Zeitliche Übersicht über das Skolianisache Imperialat

Alle Angaben erfolgen in der auf der Erde üblichen Zeitrechnung (v. Chr./n. Chr.), um den Vergleich mit der Erdgeschichte zu vereinfachen. **Der Imperiale Kalender**, der im Imperialat verwendet wird, legt das Jahr der Gründung des Imperialats als Jahr Eins fest (1904 n. Chr.). Ein sehr viel älteres Zeitsystem, der Iotische Kalender, beginnt mit der Ankunft der Menschen auf Raylicon. Es bestehen jedoch unterschiedliche Ansichten bei der exakten Datierung der ersten raylicanischen Siedlung.

circa 4000 v. Chr.	einige Menschen werden von der Erde nach Raylicon gebracht
circa 3600 v. Chr.	Beginn der Rubin-Dynastie
circa 3100 v. Chr.	die Raylicaner unternehmen die ersten Interstellar-Flüge; Aufstieg des Rubin-Reiches
circa 2900 v. Chr.	Beginn des Niederganges des Rubin-Reiches
circa 2800 v. Chr.	die letzten Interstellar-Flüge; Zusammenbruch des Rubin-Reiches
.	
.	
circa 1300 n. Chr.	die Raylicaner unternehmen erste Versuches, verlorenes Wissen und verlorene Kolonien zurückzugewinnen
1843 n. Chr.	die Raylicaner entwickeln erneut den Interstellar-Flug

1866	Rhons Genprojekt beginnt
1869	Schaffung der Aristos
1871	Aristos gründen die Eubianische Harmonie (alias Händler-Imperium)
1881	Geburt von Lahaylia Selei
1904	Lahaylia Selei gründet das Skolianische Imperialat und nimmt den Namen Skolia an
2005	Geburt von Jarac
2111	Lahaylia Selei heiratet Jarac
2119	Geburt von Dyhianna Selei
2098	Erden-Menschen entwickeln den Interstellar-Flug
2121	Erden-Menschen gründen den Planetenverband der Erde
2144	Geburt von Roca
2169	Geburt von Kurj
2204	Tod von Jarac; Kurj wird Imperator; Tod von Lahaylia; Geburt von Eldrin Jarac Valdoria
2205	Roca heiratet Eldrinson Althor Valdoria
2206	Geburt von Althor Valdoria
2210	Geburt von Sauscony (Soz) Valdoria
2219	Geburt von Kelricson (Kelric) Valdoria
2237	Geburt von Jaibriol Qox II.
2258	Kelric stürzt auf Coba ab (Anfang von *Der letzte Falke*)
2259	Soz begegnet Jaibriol II. (Anfang von *Der PSI-Faktor*)
2274	Beginn des Domino-Krieges
2276	Gefangennahme von Eldrin durch die Händler; Tod von Althor Valdoria; Ende des Domino-Krieges; Ende von (*Der letzte Falke*)
2279	Geburt von Althor Selei
2328	Althor Selei begegnet Tina Pulivok (Anfang von *Jäger des Lichts*)

Anhang II

Familienstammbaum: Die Rubin-Dynastie

Halbfett gedruckte Namen kennzeichnen Mitglieder der Rhon. Der Name »Selei« deutet darauf hin, dass eine direkte Verwandtschaft zur Rubin-Pharaonin besteht. Alle Kinder von Roca und Eldrinson nehmen »Valdoria« als dritten Namen an. Alle der Rubin-Dynastie entstammenden Mitglieder der Rhon haben das Recht, den Nachnamen »Skolia« zu führen.

verheiratet =

Lahaylia Selei = **Jarac**

Dyhianna Selei = [1]William Seth Rockworth III. (getrennt lebend)

= [2]**Eldrin Jarac**

Havyrl Torcellei

Althor Izam-Na

Del-Kurj* **Chaniece Roca**
(zweieiige Zwillinge)

Sauscony (Soz) Lahaylia

Taquinil Selei

Althor Vyan Selei = **Akushtina (Tina) Santis Pulivok**

Die Geschichte von Tina und Althor wird in dem Roman *Jäger des Lichts* *(Bastei-Lübbe Nr. 24317)* erzählt.

Jaibriol III.

* Der Name Del-Kurj bedeutet »zu Ehren von Kurj«, del-Kelric bedeutet »zu Ehren von Kelric«. Das »Del« bei Del-Kurj wird groß geschrieben, da Kurj ein Mitglied der Triade ist.

Roca (al. Cya Liessa) = [1]Tokaba Ryestar (verstorben)

Kurj = [2]Darr Hammerjackson (geschieden)
= [3]**Eldrinson (Eldri) Althor Valdoria**

Denric Windward

Shannon Eirlei

Aniece Dyhianna

Kelricson (Kelric) Garlin = [1]Corey Majda (verstorben)

Kelrics Geschichte wird im Roman *Der letzte Falke (Bastei-Lübbe Nr. 24319)* und in der Novelle *Light and Shadow* (Analog, April 1994) erzählt.

Jato Stormson (geschieden)

Hypron Luminar (verstorben)

Jaibriol Qox (al. Jaibriol II.) Die Geschichte von Soz und Jaibriol wird in den Romanen *Der PSI-Faktor (Bastei-Lübbe Nr. 24309)* und *Die strahlende See* erzählt.

Rocalisa **Vitar** **del-Kelric**

Familienstammbaum: Die Qox-Dynastie

Halbfett gedruckte Namen kennzeichnen Mitglieder der Rhon.

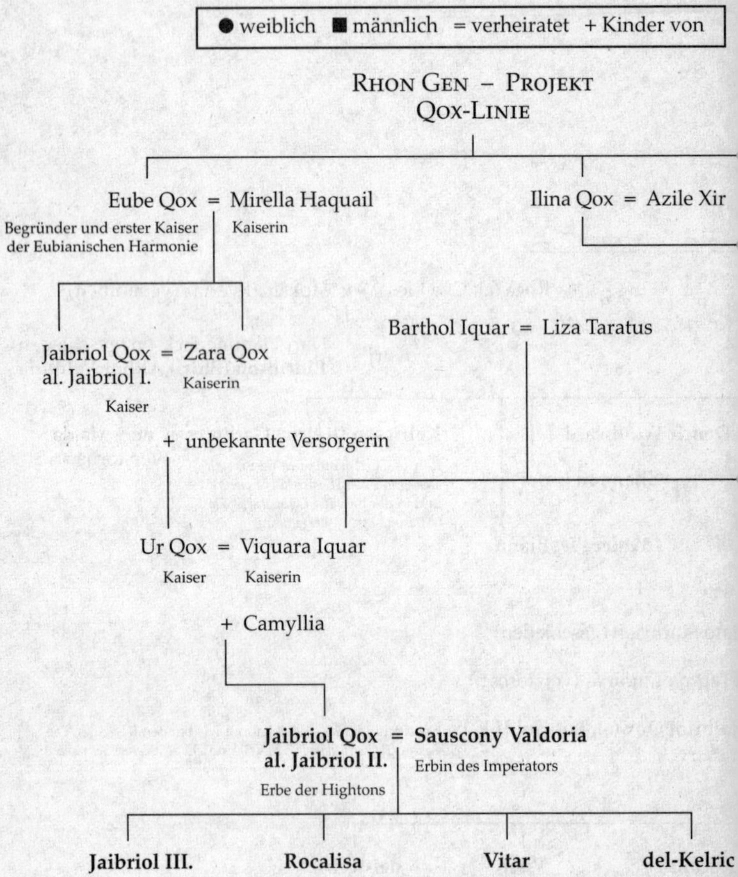

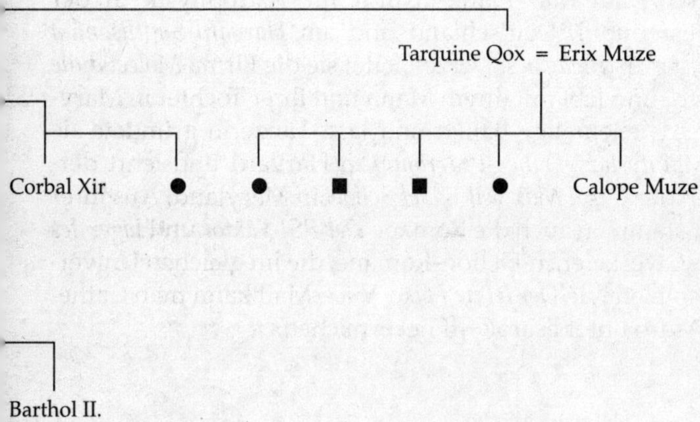

Der Urenkel von Barthol II. ist Kryx Iquar,
der Eubianische Wirtschaftsminister aus *Jäger des Lichts*.

Über die Autorin

Catherine Asaro wuchs in der Nähe von Berkeley, Kalifornien, auf. Sie erwarb einen Magistertitel in Physik und einen Doktortitel in chemischer Physik, beides in Harvard, sowie einen Bachelor mit höchster Auszeichnung in Chemie an der UCLA. Sie hat unter anderem an der *University of Toronto* geforscht, am Max-Plank-Institut für Astrophysik in der Bundesrepublik Deutschland und am *Harvard-Smithsonian Center for Astrophysics.* Derzeit leitet sie die Firma *Molecudyne Research* und lebt mit ihrem Mann und ihrer Tochter in Maryland. Als ehemalige Ballett-und Jazz-Tänzerin gründete sie das *Mainly-Jazz-Dance-Programm* in Harvard und lehrt derzeit an der *Caryl Maxwell Ballet School* in Maryland. Aus ihrer Feder stammen auch die Romane *Der PSI-Faktor* und *Jäger des Lichts*, zwei Science-Fiction-Romane, die im gleichen Universum spielen wie *Der letzte Falke*. Via e-Mail kann man Catherine Asaro unter asaro@sff.net erreichen.

Ein neuer in sich abgeschlossener Fall für Agent Ian Cormac

Willkommen auf einem Planeten, wo du nicht mal Luft holen kannst – selbst dann nicht, wenn die entsetzlichen einheimischen Tiere dir überhaupt Gelegenheit dazu bieten ... Miranda, eine Raumstation, wurde zerstört, und schon die Art des Anschlags weist darauf hin, dass das außerirdische Biokonstrukt Drache darin verwickelt sein könnte – eine Kreatur, so unzuverlässig wie riesenhaft. Mit dem gigantischen Polis-Schlachtschiff Occam Razor wird Agent Cormac entsandt, um die Katastrophe zu untersuchen und dabei auch das Problem von Masada zu klären, wo die ganze Bevölkerung seit Jahrzehnten aus dem Orbit des Planeten unterdrückt wird. Die Spur führt zu dem rätselhaften verschollenen Volk der Dschainas ...

3-404-23272-0

BASTEI LÜBBE